U0445783

飓光志[卷二]

光辉真言

Words Of Radiance

[美]布兰登·桑德森——著

徐羚婷——译

重庆出版集团 重庆出版社

48 不再怯懦

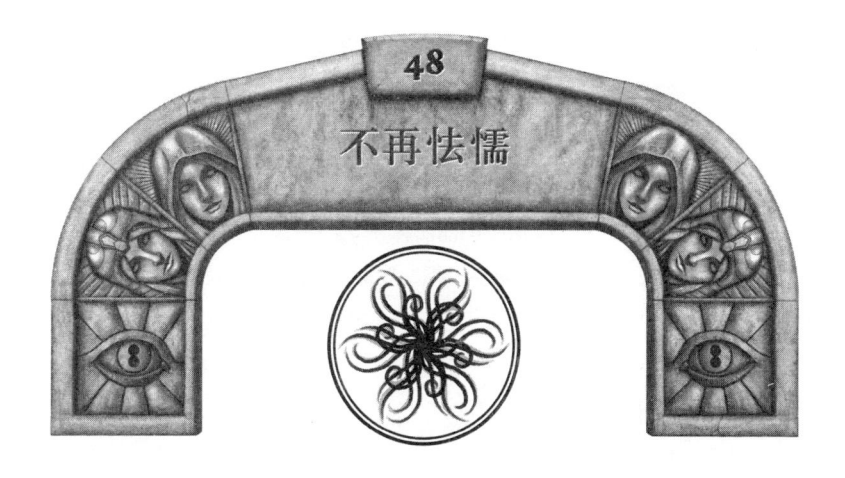

三年前

"这些图可真漂亮，沙兰。"巴拉特翻阅着她的素描。他们两人坐在花园里，和维吉姆一起，后者席地而坐，朝他的斧狐犬萨奇沙投出一只布球。

"我的人体结构堪忧，"沙兰红着脸说，"比例掌握得不到位。"为了完成作品，她需要模特给她摆姿势。

"你比母亲更擅长绘画。"巴拉特翻至另一页，他与剑术老师在比武场相互切磋的情景跃然纸上。他把素描一斜，维吉姆看罢抬了抬眉毛。

这四个月来，她的三哥一改从前，状态蒸蒸日上，连身形都壮实了不少，不再是骨瘦如柴的模样。他一直在捣鼓算术题，罕有间断，父亲一度对其横加指责，认为这类活动太过女子气，毫无体面可言——然而，父亲名下的虔诚者难得地发出了疑义，他们劝他冷静下来，因为全能之主认可维吉姆的兴趣。他们希望维吉姆能以自己的方式入行。

"听说艾丽塔又给你传书了。"沙兰打开话匣子，试图将巴拉特的心思带离她的素描本。他不停翻页，害她窘迫得难以自禁。这本集子不是用来观赏的，它们没有任何值得称道的地方。

"此话不假。"他笑意盎然地应答。

"你不会打算叫沙兰替你读信吧？"维吉姆随手掷开了布球。

巴拉特干咳一声。"我让玛丽瑟读了，沙兰没空。"

"你害羞了！"维吉姆扬手一指，"信中都写了什么？"

"里面的内容犯不着让我年方十四的小妹知道！"巴拉特说。

"就那么见不得人吗？"维吉姆回问，"我看塔维纳家的姑娘没这么开放，她一副矜持到底的样子。"

"瞎说！"巴拉特面红耳赤，"信里没有见不得人的文字，这纯属个人隐私。"

"隐私到好比你的——"

"维吉姆。"沙兰打断他。

他扬起视线，随即注意到巴拉特脚下涌出的成群怒灵。"风操的，巴拉特，你对那个姑娘敏感得过头了。"

"爱情把我们都变成了傻瓜。"沙兰岔开话题，让他们转换心境。

巴拉特向她投去一瞥。"爱情？"他问，"沙兰，你才刚到需要遮住禁手的年纪，你懂什么爱情？"

她面露羞赧。"我……算了。"

"噢，瞧啊，"维吉姆说，"她想到了鬼点子。趁现在直抒胸臆吧，沙兰。"

"有想法就没必要藏着掖着。"巴拉特附和道。

"米妮丝塔拉总言我心直口快，不加自制，与女性特质不合。"

维吉姆大笑道："在我认识的女人当中，这种特质似乎封不牢她们的嘴。"

"没错，沙兰。"巴拉特道，"如果你不对我们吐露心声，又能找谁诉衷肠？"

"树啊，"她说，"石头啊、灌木之类的，基本上一切不会惹恼导师的东西都成。"

"那你别费神操心巴拉特。"维吉姆说，"他拿聪明话没辙，光是叫他重复一遍就有够吃力。"

"喂！"巴拉特喊道，只可惜维吉姆的说法并非空穴来风。

"爱情，"沙兰发言，"就像一堆蟹粪。"她这么说多半是为了转移他们的注意力。

"臭烘烘的?"巴拉特追问。

"不是，"沙兰道，"喻意在于，哪怕我们极力规避这两样东西，结果还是会踩上去。"

"对于一位在青春期才逍遥了十五个月的少女来说，这项总结相当深刻。"维吉姆窃笑不已。

"爱情如艳阳。"巴拉特大发感慨。

"金灿灿的?"沙兰问，"白日送暖，威力无穷，可是也会将你晒伤?"

"大概吧。"巴拉特颔首道。

"爱情宛若赫达孜的手术师。"维吉姆说着，向她望去。

"此话怎讲?"沙兰提问。

"你先告诉我，"维吉姆道，"我想听听你的理解。"

"嗯……两者都会令你不舒服?"沙兰说，"不对。啊哈！除非你的脑袋被谁揍开花，否则没人想去看他们。"

"哈！爱情好似变质的食物。"

"一方面是生活所需，"沙兰说，"却也使人直犯恶心。"

"爱情还像父亲的鼾声。"

她身子一抖，道："你须得亲身经历才会明白这有多么烦人。"

维吉姆吃吃地笑起来。飓风在上，见他开怀真是件好事。

"你们二位快打住。"巴拉特说，"刚才那番议论太过失礼。爱情……爱情恰似经典旋律。"

沙兰莞尔道："要是表演结束得太快,观众就会大失所望?"

"沙兰!"巴拉特大叫。

维吉姆则毫不理会,在地上直打滚。转瞬之间,巴拉特摇摇头,欣然地扑哧一笑。沙兰自己却羞愧难当。*我刚刚真的把那种话说出口了?最后一句实际上很有才,比先前的言论强多了,可是它同样上不了台面。*

她备感愧怍,却也兴奋。巴拉特的神情尴尬万分,一联想到那句话的双重含义,他便涨红了脸,引得愧灵现身。巴拉特是个坚毅果敢的人,心怀持家的热望。就沙兰所知,他已经戒掉了加害飓虫取乐的陋习。恋爱巩固了他的心智,令他改头换面。

碾过石地的轮子传出阵阵响动,一辆车驾停在了宅门前,却没有传来马蹄声——父亲拥有马匹,然而其余当地人鲜有效仿,他们的车驾均由红甲蟹或仆族牵拉。

巴拉特起身探查访客的身份,萨奇沙在他身后兴高采烈地一路欢叫。沙兰拾起素描本,父亲最近严禁她为宅子里的仆族或暗眼种画像——他认为这样不成体统。碍于此情,她愈加难以找到练习的对象了。

"沙兰?"

她一惊,发现维吉姆并未和巴拉特同行。"什么事?"

"我之前会错了意。"维吉姆递给她一只小口袋,"你的所作所为,我看得一清二楚。就算如此,那些行动……还是卓有成效。诅咒之地啊,居然真的有用,多谢。"

她动手解开他交给她的袋子。

"别动。"他说。

"里面装了什么?"

"黑毒。"维吉姆道,"这种植物有毒,叶片的性子很烈。倘若口服,你会动弹不得,一时气绝。"

她不安地收紧了袋口。维吉姆怎么能识别出如此致命的植物?她压根不想知道。

"这几片叶子在我身上藏了大半年。"维吉姆轻声说,"放得越久,它们的毒性就越强。我现在觉得用不上了,你可以烧了它们,或者用别的方法销毁。我就是想着你该备上一份。"

尽管心神不宁,她还是笑了笑。维吉姆早前一直随身携带毒草?他觉得有必要转交给她?

他跟着巴拉特小跑而去。沙兰把口袋塞进小包,她晚些时候会想法子处理毒草。她握起炭笔,继续画图。

没一会儿,宅子里响起大呼小叫,使她分了心。她抬起头,不甚确定时间已过去多久。她站起来,将小包紧紧抱在胸前,随后穿过庭院。她的脚步逐渐加快,尽管摇曳的藤蔓接连让道,她还是踩到了不少,情势愈演愈烈。她感到脚下的植被正在奋力挣扎,急切地想要缩回去。人为栽培的藤蔓生来就反应迟钝。

她来到家门口,耳中尽是越加频繁的吵嚷声。

"父亲!"四子尤术的呼喊传来,"行行好,父亲!"

沙兰推开板条木门入室,丝裙摩挲着地板。她发现三名遵循老式打扮的男人站在父亲面前,他们身披类似半裙的士绅袍,上穿宽松的亮色衬衫,薄如蝉翼的外套垂到地面。

尤术跪倒在地,双手绑于身后。拜年复一年的挥霍所赐,他的身材已然发福。

"少来,"父亲说,"想骗我的钱,门都没有。"

"他欠多少,您就得还多少,光明贵人。"一名访客慢条斯理地说着,身为暗眼种,却没有暗眼种的口气,"他跟我们打包票说您会揽下他的债台。"

"一派胡言。"父亲说。在他身边,家族护卫埃克尔和吉克斯分别镇守一侧,武器不离手。

"父亲,"尤术含泪低唤,"他们会把我带去——"

"你的要务是驾车穿行于外围领地!"父亲大喝,"你本该视察那几片地产的状况,怎么能和这帮奸贼胡吃海喝,不仅输掉家财,还搞坏了我们的名声!"

尤术垂头丧气,困于枷锁。

"不肖子随你们处置。"父亲一转身,怒不可遏地冲出客厅。

一名访客叹息不已,朝尤术打了个手势,另外两人将其一手掐住。沙兰深受惊吓,透不上气。告辞之前没有捞到赎金,不见得会让他们称心如意。颤颤巍巍的尤术被人缓缓拖走,经过了在附近观望的巴拉特和维吉姆。来到门外,尤术哭天抢地,恳求债主开恩,准许他再度和父亲交涉。

"巴拉特!"沙兰走到他身边,拽拽他的胳膊,"想点办法!"

"谁都知道他会栽在赌博上。"巴拉特道,"我们劝过他,沙兰,他偏不听。"

"再怎么说他都是我们的手足!"

"你指望我想什么办法?我哪来的球币抵他的债?"

那群人离开大宅后,尤术的哭声渐行渐远。

沙兰扭身追赶父亲,路遇抓耳挠腮的吉克斯。父亲已经退至两间屋之隔的书房;她在走廊里稍作停留,注视着父亲陷进壁炉旁的座椅。她跨进房间,与一张桌子擦身而过——这里是他名下的虔诚者清点账目、朗读报告的地方,这趟活有时由他妻子代办。

此时桌边空无一人,然而翻开的账本却诉说着触目惊心的实情。她举起一只手捂住嘴巴,留意到好几封讨债信。她曾经帮忙记过一些小账,但从未见过这座冰山的全貌,她为自己的所见而震惊。家里怎么会欠这么多债?

"我心意已决,沙兰。"父亲说,"出去罢。尤术那是自掘坟墓。"

"可——"

"别来烦我!"父亲起身道,勃然大怒。

沙兰畏缩不前,双目圆睁,心脏几乎停跳。惧灵冒了出来,围着她不断蠕动。他向来不会对她发火。**这等事史无前例。**

父亲深吸一口气,转身面向窗户,背朝着她。他接着说:"我还不起他欠的球币。"

"为什么?"沙兰问,"父亲,这难道和光明贵人里维拉尔的交易有关?"她看看账本,"不,内情更为复杂。"

"总有一天,我会出人头地,"父亲说,"这个家族也会东山再起。我不许他们再对我们指手画脚;我会终结质疑。**达瓦家族将成为公国境内举足轻重的势力。**"

"就靠买通所谓的盟友?"沙兰诘问,"花的还不是自己的钱?"

他阴沉着脸与她对视,眼中却放着光,就如同两团星火在他暗乎乎的脑袋上闪烁。说时迟那时快,沙兰察觉到父亲的滔天恨意,只见他大步走来,扼住她的双臂。她的小包掉在了地上。

"**我这么做还不都是为了你。**"他粗声咆哮,紧紧卡住她的胳膊,造成一阵剧痛,"**放规矩点。**你倒是学会顶嘴了,我的管教肯定哪里出了问题。"

她痛得嘤嘤啜泣。

"家中要大作改制,"父亲道,"不得再有怯懦。我已经觅到方子……"

"求求您,住手。"

他往下一望,似乎头一次瞥见她眼中的泪花。

"父亲……"她抽噎道。

他昂首望向自己的书房。她明白他正在打量母亲的灵魂。他很快便松开手,她不由得摔倒在地,红发遮住了脸颊。

"你给我乖乖地待在屋里。"他厉声道,"快去,在获得我的允许之前,不准离开房间。"

沙兰摸索着站起身,捡起小包,走出了房间。她背对走廊的墙壁,大口喘气,泪珠顺着下巴滑落。情况原本没那么糟……父亲原本没那么凶……

她用力闭上眼,心乱如麻,百感交集,无法自已。

尤术。

父亲看上去真的想要害我,沙兰默念着,胆战心惊,他经历了剧变。她慢慢地瘫坐在地板上,用两臂护着身子。

尤术。

坚强的孩子,你要不懈地披荆斩棘……为光明开辟出一条道路……

沙兰强迫自己站稳脚跟。她边哭边跑,折返进宴会厅。巴拉特和维吉姆均已入座,米娜拉一言不发地为他们倒酒。护卫业已离去,他们也许回到了位于府邸庭院中的岗位。

巴拉特一瞧见沙兰便起立,同时睁大了双眼。他向她飞奔而来,匆忙之中撞到自己的杯子,酒水四溅于地。

"他有没有把你怎么样?"巴拉特追问,"叫他滚去诅咒之地吧!我非杀了他不可!我要去觐见轩亲王,然后——"

"他没有把我怎么样。"沙兰说,"拜托了,巴拉特,把父亲送你的那副匕首拿出来。"

他瞄了瞄自己的腰带。"耍什么名堂?"

"它值得上好多钱,我要用它赎回尤术。"

巴拉特垂下手,护着匕首。"尤术那是自掘坟墓,沙兰。"

"父亲对我讲过同一句话。"沙兰应道。她擦擦眼睛,与兄长四目相对。

"我……"巴拉特回头望了望来人带走尤术的方向,随即叹了口气,从腰带上解下刀鞘,交到她手上,"只押上它远远不够,他们说他欠了一百颗绿宝石布罗姆上下的债。"

"我还有串项链。"沙兰道。

维吉姆一声不吭地喝着酒,他动手摸向腰带,取下了自己的匕首,将其置于桌角。沙兰闪过身,顺手收下匕首,跑出了大厅。她能否及时追上那些人?

来到屋外,她发现马车只在道上驶出了一小段距离。她不顾脚上穿着拖鞋,没命地在石子路上狂奔,撞开院门,来到大路上。她速度不快,可红甲蟹移动起来也不快。她步步靠近,目睹尤术被五花大绑,随行于车子之后。沙兰路过他时,他连头也没抬。

车子作停,尤术跌倒在地,蜷成一团。车中那位傲慢的暗眼种男子推开边门,眼神向沙兰游移。"他怎么派了个小孩?"

"我自愿前来。"她举起两把匕首,"请您过目,都是十足的精品。"

男人扬起一边眉毛,抬手使唤一名同伴下车取物。沙兰松开她的项链,将其和两把匕首一道放进这位手下的掌心。他取出一把匕首仔细观察,沙兰忧心忡忡地等待着,不停地活动双脚。

"你在哭。"马车里的男人说,"你就这么关心他?"

"他是我哥哥。"

"这算得了什么?"男人发问,"曾有个兄弟试图对我使诈,我见状便杀了他。你不该被血缘关系蒙蔽了双眼。"

"我爱他。"沙兰低语。

男人对着匕首好生端详,接着把它们插回刀鞘。"确为绝世之作。"他坦言,"估价二十颗绿宝石布罗姆。"

"项链值多少?"沙兰问。

"设计简约,不过是铝制品,唯有塑魂术才可产出。"男人对他的头子传话,"十颗绿宝石布罗姆。"

"合起来只抵得上半份你老哥欠下的债。"马车里的男人说。

沙兰心一沉。"但是……你们会怎么待他？即使把他当作奴隶贩卖，也无法清算这笔巨债。"

"我时常乐意提醒自己，光眼种就和暗眼种一样会流血。"男人说，"有时，以儆效尤用场良多，我要让那些赌客明白，千万不要乱放偿不起的贷。如果我谨慎行事，将他拖出来作为反例，说不定就能替我省下更多钱。"

沙兰顿觉渺小无力。她握紧双手，一手遮，一手露。她就这么失败了？在父亲的藏书中，她所钦佩的女性形象不会凭借哀求来讨这个人的欢心。她们会用逻辑说话。

她并非逻辑高手。她没有受过训练，当下也绝对不在状态。然而，当眼泪再次涌出时，她只得从口中挤出她想到的第一句话。

"他的下场或许会省您的钱，"沙兰说，"但也不能排除相反的可能性。这样做形同赌博，以我之见您不是那种投机取巧的人。"

那人乐了。"这番话道理何在？我就是为了赌博的事才来的！"

"不，"她泪眼婆娑地说道，满脸通红，"您是借赌谋利的庄家，明知道赌客会经常输钱。我交上的是实诚货，请您收下，好吗？"

那人斟酌着。他伸手索要匕首，手下立马呈上。他将匕首抽出刀鞘，端详了一会儿。"列出一个能说服我放此人一马的理由。他进到我的地方，便沦为一个飞扬跋扈的饭桶，行事鲁莽，全然不考虑自己会为亲人和家族招来哪些麻烦。"

"母亲被杀的那晚，"沙兰说，"我号啕大哭，是尤术把我搂进了怀里。"那是她仅有的一张牌。

男人寻思片刻。沙兰的心咚咚直跳。最终，他把项链丢给了她。"留着吧。"他向同伴点头示意，"放了那只小飓虫。孩子，学聪明点，教教你老哥，叫他……收敛收敛。"他带上车门。

仆从砍断了尤术身上的绳子，沙兰不禁后退。完事后他爬回车驾的后座，敲了敲，车子辘辘而去。

沙兰跪在尤术身边,他的双手被麻绳勒得鲜血淋漓,她替他解了围。他眨眨一只眼睛,另一只眼睛则青肿不已,都快盖住了瞳孔。自父亲把他丢给那群人才不过一刻钟,可他们显然利用了这段闲暇,让尤术见识了一下他们空手而归的心情。

"沙兰?"他张开满是血痕的双唇问,"发生了什么?"

"你没听到?"

"我的耳朵嗡嗡作响,"他说,"世界天旋地转。我……我被他们放了?"

"巴拉特和维吉姆用匕首换了你一命。"

"弥尔怎么只拿走了这么点东西?"

"他显然不知道货真价实的你究竟值多少钱。"

尤术龇牙咧嘴道:"你的嘴皮子随时都能磨得这么快,是不是?"他在沙兰的搀扶下稳住四肢,一瘸一拐地往家宅走去。

行至半途,巴拉特插了进来,一手挟住尤术。"谢谢。"尤术咕哝道,"她说是你救了我。感激不尽,哥哥。"他潸然泪下。

"我……"巴拉特看看沙兰,再看看尤术,"你是我弟弟啊。让我们扶你回家吧,你得洗洗身子。"

眼看尤术不缺照料,沙兰放下心来,与他们作别,并迈入家宅。她上了楼,途经父亲那间发光的屋子,随后走进卧室,坐到床上。

她在原地静待飓风肆虐。

楼下飘来惊天怒吼。沙兰猛地合上眼皮。

卧室的门终于开了。

沙兰双目一睁,发现父亲正立于门外。她隐约认出了他背后的人影,那是女仆米娜拉,正七手八脚地瘫倒在走廊上,一条胳膊被拧成了畸形。她泣不成声,虚弱地挪动着身躯,匍匐途中在墙上留下了道道血迹。

父亲走进沙兰的卧室,甩上了身后的门。"你明白我绝对不会伤害你，沙兰。"他温柔地说。

她点点头，泪水溢出眼眶。

"我已经找到了一种自控的方式，"父亲说，"我只消把怒气全发泄出来。发火不是我的错，谁要是不听命于我，就是自动找打。"

她咽下了异议——他并没有命令她马上回房，只是叫她一旦进屋就不得外出。这句借口愚不可耐，他们俩都知道她有意和他作对。

"我不想因为你而惩罚任何人，沙兰。"父亲道。

这头冷血怪物，真的是她父亲吗？

"时辰已到，"父亲颔首道，"不得再有纵容。假如我们意欲在雅克维德功成名就，就不能被人视为怯懦之辈。懂了吗？"

她顿顿下巴，无法留住汹涌的泪花。

"好姑娘。"他扬手摸摸她的头，随后用指尖抚过她的发丝，"谢谢你的配合。"

他抽身离去，关上了门。

本页图志还原了亚泽尔当代服饰的设计，所用的模特均为本地人。图中虽然重点展示了男性政府官员的穿着，相似的风格还是深刻影响着全亚泽尔的时装潮流。

图志·亚泽尔政府官员服饰

49

看风云变幻

非机缘巧合也,上述织光骑士多从艺:为文儒、伶人、乐师、画匠、塑工。其记忆技巧奇诡多变,以该团惯有脾性为据,此传闻或属夸大。

——摘自《光辉真言》第二十一章,第十页

马车驶入外围市场,在马厩旁停下。沙兰下了车,被人领至一段修在石坡上的台阶。她拾级而上,最后怯怯地踏上凿山而建的露台。打扮入时的光眼种围坐于众多铁桌边,把酒言欢。

露台的地势足以俯瞰各大军营。此处面对东方的飓源,反常的布局令她有种暴露在外的感觉。沙兰早已习惯了背风朝向的阳台、院落和露台。当一场尚在预计中的飓风袭来时,论谁也不可能留在室外。尽管这是理所应当的,可她就是觉得不能接受。

一名身穿黑白双色制服的侍从大师赶到,鞠躬的同时无须沙兰介绍便唤她光明女士达瓦,她必须加以适应。在阿勒斯卡,她是一名独树一帜、极易分辨的新鲜人。侍从经过同意,领着她在铁桌间穿行,并把她的当班护卫送至位于右后方的岩窟。这间大厅开凿于山石之中，建有像模像样的房顶和外墙，因而能做到全封闭。另一队卫兵也等候在此，就等主人吩咐。

沙兰的出现引来了众宾的目光。甚好，她赶赴此地，就是为了打破他们世界的秩序。如果她能与越多的人交流，就越有可能说服他们。照此下去，时机一到，他们便会听她谈论仆族。仆族在军中随处可见，甚至在这家豪华酒馆里也有他们的立足之地。她在角落处看到了三名仆族，他们正在把壁架上的酒瓶挪到板条箱中，步履虽缓慢，却坚定不移。

她走了几步，来到露台的边缘。阿多林订了一张紧邻大理石栏杆的桌子，这里直面东方，远景一览无余。两名达力拿的家族护卫背靠墙壁，站在不远处。阿多林的地位显然非同小可，他的护卫无须与他人共同等候。

阿多林在浏览一本对开杂志，这种特大号读物不会被人误认成女性书籍。沙兰不仅见过对开的作战地图册，还见过采用相同装帧的盔甲设计稿和建筑图集。她斜眼一瞄，发现阿多林的杂志上写满了铭文，下方配有女性书写体详解，内容是来自里亚弗和亚泽尔的时装。

阿多林还是和先前一样帅——也许更帅，因为他明显放松多了。**她绝不会被他冲昏头脑。**本次约会的目的在于和寇林家族联姻，以帮助兄长，同时收获财政上的支持，为揭露虚渡的身份铺平道路，也为探寻乌有斯麓创造条件。

她不能给对方造成弱势的印象。她必须掌控好局面，既不能做出献媚之举，也不能——

见她走来，阿多林合上杂志，笑眯眯地站起身。

噢，风杀的。那抹盎然的笑意。

"光明女士沙兰，"他朝她伸出手，"在塞巴里尔的军营中还过得惯吗？"

"嗯。"她对他嫣然一笑。看到那头不听话的乱发，她只想抬手揉一揉。我们的孩子会长出史上最奇怪的头发，她想，他的发色在金黄中混有阿勒斯卡式的油黑，而我生着红发，那么……

她居然展望起他们的孩子了？这么快？傻姑娘。

"过得惯。"她接着回答，试图收敛一点，"他对我相当好。"

"大概因为你们是一家人吧。"阿多林邀她入席，然后安放好她的椅子。他没有招呼侍从大师，而是亲自动手，她没料到出身如此高贵的人会这么做。"塞巴里尔只会干一些迫不得已的事。"

"我觉得他可能会叫你吃惊的。"沙兰说。

"哦，他已经叫我吃惊了不少次。"

"真的？什么时候？"

"让我想一下。"阿多林在落座时说，"他有一次在王室会议上制造出了某种……唔……不合时宜的巨响……"阿多林笑着耸了耸肩，好像有些尴尬，不过他并不害羞；换作沙兰，她也许早就脸红了，"这算不算？"

"不清楚。就我对塞巴里尔伯伯的了解，这恐怕不算特别意外，倒更像预料之中的事。"

阿多林仰头大笑。"是，我想你说得对。真有你的。"

他看起来是那么自信，却不像她父亲那样目空一切。在沙兰看来，父亲怀揣这般态度并非出于自信，而是出于自卑。

阿多林似乎完全不在意自己的地位，和周围的人也相处得十分融洽。他招呼侍从大师送上酒水单，尽管那名女子是暗眼种，他还是笑了笑。瞧见这种笑容，就算是侍从大师也会生出满脸红霞。

沙兰要让这个男人来追求她？风杀的！相比之下，在欺诈鬼血会的头目时，她才感到自己更能胜任手上的任务。举止要大方，沙兰自我告诫，阿多林是上流社会的弄潮儿，交往的对象皆是世上最讲究、最出色的女子，他会对你抱有同样的期待。

"看样子，"他翻看着铭文酒水单，"我们要结婚啊？"

"光明贵人,我不想把话说得那么绝,"沙兰斟酌着用词,"*我们不是'要'结婚*,你堂姐迦熙娜只是希望我们考虑联姻的可能,而你伯母好像同意了。"

"倘若哪个男人的未来要他的女性亲戚谋划,只能求全能之主保佑了。"阿多林边说边叹气,"是啊,*迦熙娜人到中年还没有伴侣,没关系*;可我要是满了二十三周岁还讨不到新娘,周围的人好像就如临大敌了。她这是性别歧视,你说呢?"

"嗯,她也希望我结婚,"沙兰道,"所以不能说她有性别歧视。她只是……用上了迦熙娜式的歧视?"她顿了顿,"或者是迦熙娜式的女性视角歧视?不,可恶,应该叫迦熙娜式的误读性歧视,然而这种说法也不太精准,对吗?"

"你问我?"阿多林把酒水单翻过来给她看,"你觉得我们该点哪一样?"

"飓风在上,"她低语,"*这些全是不同种类的酒*?"

"是啊。"阿多林有意无意地凑了过来,"其实我很少花心思,雷纳林了解它们的差别——假如没人管,他会扑进去研究。我呢,喜欢点一些名字叫得响的酒,说白了只会按照成色来挑选。"他扮了个鬼脸,"我们名义上还是在打仗,不能喝太烈的酒,免得出事。今天无须出高地战,不喝上几杯有点不着调。"

"你确定?我以为战争时有发生。"

"没错,但是我方选择留守,反正他们几乎不和飓风做近距离接触。"他往后一靠,浏览起酒水单,随后点了一款酒,还向侍酒女抛了个媚眼。

沙兰一阵阵发冷。"慢着,*飓风*?"

"对啊。"阿多林看了看墙角的钟表——塞巴里尔曾说这类装置正在军中不断普及,"飓风随时会刮起。你不知道?"

她支吾着,望向东方的崎岖地貌。*镇定*!她想,*要优雅*!可她打心底里想钻进地洞躲藏。突然,她以为周围变闷了,气压逐渐走低,空气仿佛在极力外溢。她还能远眺飓源吗?不,这没什么。不管怎样,她还是觑了一眼。

"我还没查过塞巴里尔手上的时间表。"沙兰只得承认,"我太忙了。"其实就塞巴里尔的性子来看,那份清单很可能是过期的。

"原来如此。"阿多林道,"我还纳闷你怎么没问起这个地方,后来便默认你已经听说了。"

这座露台面向东方,那些饮酒的光眼种显示出了紧迫感。在她眼中,他们似乎早有期许。现在,那间护卫群集、门户坚实的大厅具备了更充分的存在意义。

"我们就在此赏风?"沙兰低声说。

"这是最近才流行起来的。"阿多林说,"我们理应坐等飓风临头,之后再跑到那间屋子里躲避。几周前我就想过来,只是刚刚才说服护卫我不会有危险。"他说起后一段话,口气有些愤愤不平,"如果你有这个需要,我们可以进去,那里安全。"

"不用。"沙兰强行移开搭在桌角的手指,"我没事。"

"你脸色不好。"

"天生的。"

"因为是雅克维德人?"

"因为我近期总是六神无主。噢,我们的酒上来了?"

从容点,她再次提醒自己,故意不往东方看。

酒侍端上两杯晶莹剔透的蓝酒,阿多林端盏鉴赏,先闻再啜,然后满意地点点头,笑着示意女侍退下,还对她的腰臀目不转睛。

沙兰对他抬起眉毛,可他似乎不觉得自己做了什么错事。他把眼神拨回,又凑过来对沙兰耳语:"我知道这酒该细酌慢品,可到底要品出些什么?没人跟我解释过。"

"会不会是漂在酒里的虫子?"

"不是，新来的试毒员会提早发现的。"他笑了笑，可沙兰意识到这话可能不是说着玩的。一个未穿制服的瘦男人已经走来和护卫闲谈了，没准就是试毒员。

沙兰抿了口酒，味道不错，微甜略冲。她没有闲情去品评酒的口味，那场飓风——

打住，她劝告自己，朝阿多林笑笑。她要力保两人的交流以他为中心。*我得让他谈论自己*。这是她从书里读来的一则忠告。

"说到高地战，"沙兰道，"你们怎么就决定得了出兵时间？"

"嗯？哦，我们有哨兵。"阿多林懒洋洋地向后一仰，"他们在哨塔上值岗，透过巨型瞭望镜侦测每一片目力所及的高地，在限定的时间内寻找石蛹。"

"我听闻你已经有所斩获。"

"嗳，我兴许不该挑起这个话题。父亲不希望大家再争下去了。"他看着她，面露期待。

"但是讲讲过去的经历总可以吧？"沙兰感觉自己的表现似乎很理想。

"可以。"阿多林说，"几个月前的一次出战，我基本上靠自己夺下了石蛹。你要明白，我和我父亲通常会第一个跳过深渊，为战桥开路。"

"那样危不危险？"沙兰乖乖地瞪大眼睛看着他。

"很危险，然而我们是碎瑛武士。全能之主赐予我们力量，我们的责任非常重大，保护部下是我们的天职。由我们带头穿崖，就能救下千百条人命；让我们当排头兵，就能直入敌营。"

他忽然不说了。

"真英勇。"沙兰希望自己的嗓音能沙哑一些，且满是崇拜。

"虽说这么做没错，**但危险是有的**。那天我跳了过去，可是碍于仆族智者的猛攻，我和我父亲分得太开，他被迫跳回去，落地时腿上受了重击，他的胫甲——那是护腿甲——裂了，这下再跳回去就危险了，当时我只有一个人，他只能在深渊的另一边等待战桥固定。"

他又不说了。她或许该问问后续。

"如果你们一时要上大号呢？"她转而问道。

"然后，我一转身，把深渊抛到背后，举剑就挥，想要……慢着，你刚才说什么？"

"上大号。"沙兰说，"打仗时，你们被金属盔甲裹得严严实实，就像缩进壳里的螃蟹。万一内急，你们怎么办？"

"我……呃……"阿多林对她皱皱眉，"以前还没有女人问起这档子事。"

"哇！我是不是很有创意？"话音刚落，沙兰的脸上就泛起了红晕。迦熙娜肯定不会高兴，沙兰就不能管管自己的嘴巴？哪怕就和人说几句话？她已经把话题带到了他喜欢的方面，进展很顺利，现在她居然问出了这种问题。

"是这样的，"阿多林慢悠悠地说，"每次打仗总有间歇，士兵轮流上前线。还没打上五分钟，就能不时地喘口气，再耗上五分钟。碎瑛武士撤下后，便轮到侍卫送水送饭、检查盔甲有无破裂，然后帮他干……你说到的事。光明女士，这不是什么好谈资，我们一般会跳过。"

"正因为如此，才是好谈资。"她说，"什么战争啦、碎瑛武士啦，还有杀戮的荣耀之类，我都能在官方记载中查到相关的描述。可是那些上不了台面的花边却始终无人问津。"

"这倒是，有些内容的确上不了台面。"阿多林喝着酒，苦笑道，"穿上碎瑛甲，你总不能……不可思议，我怎么会说出这种话……你总不能自己擦屁股吧，所以得找别人代办。每次遇到这种事，我都感觉自己仿佛回到了襁褓里。有时，你偏偏来不及……"

"然后呢？"

他眯起眼审视她。

"怎么啦?"她问。

"我就想瞧瞧你的真身是不是戴了假发的知策。他时常这么耍我。"

"我没在耍你,"她说,"只是好奇。"老实说,她确实好奇。关于这类问题,她曾想过,也许想得很多,超过了应有的限度。

"好吧。"阿多林说,"如果你非要知道,就听听那句兵家古谚:'耻胜于亡'。你不能在战斗时分心,哪怕只有一丝一毫。"

"那么……"

"那么我就敞开门说话。本人——阿多林·寇林,作为国王的堂弟和寇林公国的继承人,有过身着碎瑛甲拉屎的经历,共计三次,皆是故意为之。"他饮尽杯中所剩的酒,"你这女人真叫一个怪。"

"我要提醒一句,"沙兰说,"就因为你最先拿塞巴里尔的胃胀气开涮,我们今天的话题才一发不可收拾。"

"先前我恐怕走偏了。"他咧嘴笑道,"我们原本不该聊那些东西,是不是?"

"这样不好吗?"

"不是不好,"阿多林越笑越灿烂,"其实挺新鲜的。说起挽救高地战局的戏码,你知道我到底宣传过几次吗?"

"战场上的你准保彪悍无比。"

"那是相当彪悍。"

"不过,比起那些被迫清洗盔甲的可怜人,你大概就没这么彪悍了。"

阿多林听罢放声大笑,看似发自内心,这还是头一回。他的情感爆发在意料之外,并非预设。他使劲用手捶桌,叫来更多酒,从眼角拭去一滴泪,还向她展露笑容,她险些再绽酡颜。

等等,沙兰想,这就……成了?她本该装成纤柔的小女人,不能询问男人在战时难忍便意的光景。

"好了，不能再笑了。"阿多林接过酒盏。这次，他的眼神完全没有飞到侍酒女身上。"你还想打听哪些见不得人的秘密？拜你所赐，我已经把自己的糗事全抖出来了。传说和正史里略去的一箩筐奇闻。"

"讲讲石蛹吧。"沙兰急忙说，"它们长什么样？"

"你想知道这个？"阿多林挠了挠脑袋，"我还以为你一定想问擦破皮的……"

沙兰取出小包，把纸铺到桌上，开始画图。"目前能确定的是，至今还没有人把深渊恶魔研究做到极致，死体的素描倒是有。除此之外没别的了，在那些素描里，它们的身体构造画得很差。

"深渊恶魔的生命周期想必很有意思。它们常在深渊内出没，却不一定栖息在那里。这类巨兽无法在崖底觅得足够的食物，这就表明它们具备迁徙的习性，来此地是为了化蛹。你见过未破蛹的幼崽吗？"

"没见过。"阿多林把椅子挪了过来，"它们时常在夜里化蛹，不等天亮看不到。它们的颜色像石头，很难识别，搞得我都觉得仆族智者在盯着我们。在打仗的时候，我们经常要跨越一座座高地，他们可能见到我们在行进，然后就借着我们移动的方向来判断石蛹的位置。我们是提早出动了，不过在平原上，他们的行动更快，所以我们几乎会同时赶到……"

他渐渐地没了声音，侧过头细看她的素描。"风操的！你画得真好，沙兰。"

"过奖了。"

"哪里，我想说相当不错。"

她画了一张速写，描绘出书中提及的几种石蛹，还在旁边草草地加上了一个作为体型参考的人类。这张图的水准不太高，时间很赶，但阿多林的佩服之情似乎是由衷的。

"借助石蛹的形状和质地，"沙兰说，"我们可以把深渊恶魔归入与它类似的动物的科属。"

"它们的蛹看上去最像这个。"阿多林赶忙凑近,指向图中的一种石蛹,"摸上去的触感硬得像岩石,不用碎瑛刃很难抠进去。假如用锤子,不知道要砸到何年何月。"

"嗯,"沙兰边说边做笔记,"你确定?"

"确定。它们就长这样。还用问吗?"

"那是蛾鲶蛹。"沙兰说,"蛾鲶是一种巨壳生物,生活在玛拉贝提亚附近的海域中。据说当地人会用犯人喂它们。"

"哎哟。"

"这可能纯属误判和巧合。蛾鲶是水生物种,只有在化蛹时才会登上陆地。如果把它们和深渊恶魔扯上关系,似乎有点牵强……"

"应该是吧。"阿多林喝了口酒,"既然你这么说,那就听你的。"

"这或许很重要。"沙兰说。

"对,我知道这是研究要点,纳瓦妮伯母总在叨唠那些东西。"

"这可能更具实际意义。"沙兰说,"你们的军队和仆族智者每个月会杀掉多少头深渊恶魔?报给我一个总数。"

阿多林耸耸肩。"让我粗略算算。大约每三天死一头,数量时多时少。所以……每个月估计有十五头?"

"你发现问题了吗?"

"我……"阿多林摇摇头,"我没发现。抱歉,在下没什么见地。除了会捅别人一刀,我大概拿不出任何像样的才干。"

她对他一笑。"胡说,你很会挑酒。"

"我就是随着性子来的。"

"可酒的味道很正哦。"沙兰说,"事实证明,你有独门秘方。好啦,别气馁,你发现不了问题的原因可能在于实证的缺乏。一般而言,巨壳生物的繁殖速度和生长速度都很慢,这是因为,面对该类处于食物链顶端的大型掠食者,多数生态系统只能维持小种群的生存。"

"我以前听过一些类似的话。"

她看看他,柳眉一挑。为了看她的画,他靠得更近了,身上的古龙水散发出清淡的木香。噢,飓风之父啊……

"好吧,服了你了。"他在赏画时轻笑道,"我的笨是装出来的,其实我没有那么肤浅。我明白你的意思。你真以为滥捕滥杀会出问题?我是说,巨壳生物狩猎纵使传承了好几代,那些野兽却没有灭绝。"

"阿多林,你们这不是狩猎,而是掳夺。你们正在有条不紊地戕灭它们的幼兽种群。最近,它们有未减少化蛹的次数?"

"有啊,"他虽是这么说,但语气很勉强,"大家都觉得可能到季节了。"

"是有这个可能。不过还有一种可能,那就是经过五年多的搜罗,整个种群的规模已经开始变小。像深渊恶魔那样的动物一般没有天敌,如果每年的死亡量陡增一百五十有余,可能会对它们的种群带来灾难性的后果。"

阿多林蹙眉道:"我们夺来的琼心石养活了军中的民众。如果失去了稳定的来源,不能更新尺寸可观的琼心石,塑魂者终会耗尽现有的储备,作战军队的后勤保障也将无法跟上。"

"我不是叫你们中断狩猎。"沙兰脸红了。她也许不该论证这一点。乌有斯麓和仆族才是当务之急。不过,她仍须取得阿多林的信任。她可以在深渊恶魔研究上提供有益的帮助,之后再和他商量更具颠覆性的事宜,这样的话他没准会听进去。

"我想言明的是,"沙兰接着说,"这是一个值得思考和研究的课题。你们只要仿照红甲蟹的人工饲养模式来培育成群的深渊恶魔幼兽,每星期便能收获上百颗琼心石。此举可以替代一周进账三颗的高地采集,请你试想一下这样的场景。"

"军方必会受益良多。"阿多林仔细思量着,"为了使设想成真,你有什么要求?"

"啊,我不是要……我是说……"她顿了顿,"我得上破碎平原。"她更为坚决地说,"若想探明培育方法,我需要看一看未被捅穿的石蛹,成年深渊恶魔优先。如果有可能,最好还能研究一下被捕的幼兽。"

"这一连串要求只怕无法得到满足。"

"可你有言在先。"

"我大概可以送你上平原。"阿多林说,"父亲曾许诺会给迦熙娜展示一头死深渊恶魔,所以我觉得他那时打算在某次狩猎后带她出去。但想看石蛹的话……它们很少在军营附近出现,我得领着你走近仆族智者的领地,而这很危险。"

"我相信你能保护我。"

他满怀期待地望着她。

"怎么了?"沙兰问。

"我在等你调侃我。"

"我是认真的。"沙兰说,"只要有你在,我敢肯定仆族智者不敢靠近。"

阿多林笑了。

"我的意思是,"她说,"光是那种臭味——"

"刚刚对你说了私事,我怀疑自己即使再努力,也不能让你忘掉那个画面了。"

"对啊。"沙兰表示赞同,"你人老实,心又细,还很风趣。一个男人能拥有这些品质,我不会轻易忘掉的。"

他越笑越得意。风杀的,这双明眸……

小心,沙兰提醒自己,千万小心!卡波萨随手就骗了你。不要重蹈覆辙。

"我会看着办的。"阿多林说,"要不了多久,仆族智者就构不成威胁了。"

"当真？"

他颔首道："这消息还没传开，不过我们已经通知了各大轩亲王。明天，父亲要和仆族智者的首领会晤，此行或将开启和平谈判的进程。"

"太好了！"

"好归好，我是不抱什么希望。"阿多林说，"那个刺客……不论如何，我们要观望明天的发展，可我还得执行父亲布置给我的任务。"

"也就是决斗。"沙兰往前一靠，"进展如何，阿多林？"

他显得很犹豫。

"不管如今的军营有何氛围，迦熙娜都不清楚。"她放低音量道，"阿多林，由于对这边的政治图景并不了解，我感到很遗憾。我发现，令尊和轩亲王撒迪亚斯时有不和。国王修改了高地战的打法，你目前的决斗表现还成了众人议论的焦点。据我所知，*你从未放弃决斗。*"

"这不一样。"他说，"现在，我为获胜而决斗。"

"你以前不想赢？"

"不想。那时去决斗，是为了惩罚别人。"他探头张望，随后迎上她的目光，"最早的时候，父亲看到了幻象，继而……"

他将后话细细道来，毫无保留。那是一个出人意表的故事，交织着背叛与希望。他父亲透过幻象窥见过去，力图统一阿勒斯卡，为渡过即临的风暴做好准备。

她还未通晓这是怎么一回事，然而从阿多林的言语中可以判断，他明白军中流言飞散，所以才跟她这么讲话。她自然听说过达力拿的偶发病症，也对撒迪亚斯的所作所为略知皮毛。阿多林中途提到他父亲希望光辉骑士团能重现于世，沙兰不禁浑身发冷。她转头搜索图腾的身影——他应该就在附近——却一无所获。

至少在阿多林口中，这一系列事件的主线是撒迪亚斯的背叛。那时，他和他父亲被撒迪亚斯抛弃在平原上，遭到敌人的团团围攻。年轻的王子在叙述时眼神沉郁，两颊通红，说起自己被一个出身低微的冲桥手拯救，他似乎非常汗颜。

他竟然对我吐露真言，沙兰想道，精神一振。她把闲手搭上他的胳膊，动作虽无心，却带动着他的积极性。他小声地解释着达力拿的谋划，她并不确定他该不该把实情全告诉她。虽然他们对彼此不熟悉，可是讲出这些话后，他变得愈发惬意，背负的压力好像也变轻了。

"就讲到这儿吧。"阿多林说，"父亲要我赢来别人的碎瑛刃，浇灭他们的气焰，并羞辱他们。不过，这行得通吗？我心里没有定数。"

"为什么没有定数？"沙兰问。

"因为同意出战的人不够有影响力。"他把手紧握成拳，"假如我赢得太频繁，那些真正的目标——轩亲王们——就会怕我，从而推掉决斗。我需要来几场规格更高的比试。不，*我需要与撒迪亚斯决斗*，把那张笑嘻嘻的脸砸进石头，夺回父亲的瑛刃。可他太狡猾了，我们永远无法征得他的同意。"

她不禁渴望能帮上忙，不论巨细。他感情四溢，那双深邃的眼眸充满关切，她不禁深受触动。

*别忘了卡波萨……*她再次提醒自己。

算了，阿多林对她动杀心的可能性不大，但是这不代表她要放松警惕。在他身边，她不能任由头脑化为一团咖喱。她清清嗓子，调转视线，低头看画。

"好烦哪，"她说，"我搅了你的心情。男女交往这种事不是我的专长。"

"别骗人了……"阿多林把手搭在她的胳膊上。

沙兰再度脸红，立马低头遮挡窘态，把手伸进小包。"你得看看你堂姐的遗作。"

"又是她父亲的传记?"

"不是。"沙兰抽出一张纸,"阿多林,迦熙娜认为虚渡就要回归了。"

"什么?"他蹙紧了眉头,"她根本不信全能之主,又为何要管虚渡?"

"她有证据。"沙兰用一根手指轻点纸张,"可惜许多资料沉到了海里,不过我还是留下了一部分笔记,另外……阿多林,假如要说服轩亲王摒弃仆族,你觉得难度会有多大?"

"摒弃什么?"

"假如要让大家不再把仆族当作奴隶使唤,难度会有多大?你们可以把他们送走,或者……"飓风在上,她不想引发种族屠杀,对不对?*然而他们可是虚渡。*"……或者解放他们之类的。总之,你们要把他们逐出军营。"

"你问我难度会有多大?"阿多林说,"如果非要现在回答,我会说不可能,要不然就是绝不可能。我们凭什么要做这种事?"

"迦熙娜认为他们可能与虚渡及其回归有关。"

阿多林摇摇头,表情迷惑。"沙兰,为了让轩亲王们采用得当的方式打仗,我们勉勉强强才取得成效。如果我父亲或国王又要命令众人脱离仆族的服侍……风操的!只消一下心跳的工夫,整座王国就会瓦解。"

所以迦熙娜的相应观点是对的,这不足为奇。沙兰想知道阿多林究竟会发出多强烈的异议。他喝了一大口酒,好像彻底不知所措了。

那么是时候改换话题了。这次约会原本很愉快,她不希望弄到最后不欢而散。"上述内容其实出自迦熙娜之口。"沙兰道,"可是说真的,我更愿意让光明贵女纳瓦妮来裁定这个提议有多关键。她对她女儿及其笔记的了解要胜过任何人。"

阿多林颔首道:"那就去找她切磋。"

沙兰用指尖轻弹纸面。"我试过了，她不太欢迎我。"

"纳瓦妮伯母有时喜欢摆架子。"

"不是这样的。"沙兰扫视着信中的文字。她先前发函要求与纳瓦妮见面，并探讨她女儿的研究，这封信就是稍后送来的回复。"她不愿与我见面，似乎好不容易才承认我的存在。"

阿多林叹道："她那是不愿相信。我是说，她接受不了迦熙娜的事。对她而言，你是某种象征——大体上是真相的化身。慢慢来，她只须悼念一阵子。"

"我不确定我们是否等得起，阿多林。"

"我来和她谈。"他说，"怎么样？"

"太好了，"她说，"这就像你会做的事。"

他咧嘴一笑。"没什么大不了的。我是说，我们差不多都到这个地步了，也许只差一脚就能迈入婚姻的殿堂，为彼此着想是应该的。"他顿了顿，"不过别和任何人说起仆族的事，这消息不会获得什么好反响。"

她心不在焉地点点头，发现自己在盯着他看。她不禁浮想联翩，总有一天她会吻上他的嘴唇。

阿什有眼……他的性格是那么随和。她没想到出身如此高贵的人也能拥有这种气质。来到破碎平原之前，她从未遇见过和他相当的人，可是在她熟知的圈子里，有些人的权势几乎和他不相上下，而他们无一不是言行拘谨，乃至脾气暴烈。

阿多林不是这样。风杀的，和他相处是另一回事，她能习惯。

露台上的酒客骚动起来，她一时没有予以注意，然而许多人在不久后站了起来，把目光投向东方。

没错，飓风快来了。

沙兰远眺飓源，感到一阵惊慌。风势渐起，飘飞的落叶残屑掠过露台。山下的外围市场已经闭门送客，店主叠好帐篷、收起遮阳篷、关上窗户。十座军营严阵以待。

沙兰把东西放进小包，起身走到露台边缘，用闲手扶住栏杆，身旁是阿多林。在他们背后，齐聚的众人小声交谈着。石地上传来金属刮擦声，仆族已经动身拖走了铁桌铁椅。他们将其妥善安置，一来是为了保护酒馆的财产，二来是为了给光眼种开道，方便他们进山避风。

地平线已经由亮转暗，仿佛气得通红的人脸。沙兰紧抓栏杆，遥看风云变幻。草叶入洞、藤条收回、石壳木纷纷闭合。植物多多少少都有这种意识。

空气变得凛冽潮湿，飓风前期的狂风刮过，扬起了她的发丝。山下以北的军营内，废品和垃圾已经高高垒起，就等飓风把它们吹走。大多数开化地区严禁这种做法，因为弃物会被大风卷到相邻的城镇，然而破碎平原不与任何城镇接壤。

地平线越来越暗，一些站在露台上的人耐受不了紧张，陆续奔入后山躲避。大部分人还是默默地留在室外。风灵在他们头顶来回游曳，化为细长的流光。沙兰挽住阿多林的胳膊，瞭望东方。几分钟后，她终于看到了。

飓幕正在压近。

首当其冲的是一堵裹挟着碎石残木的滂沱水墙。来自后方的光芒将其照亮，闪耀之处风起云涌、暗影交叠，仿如光线穿透血肉时映现而出的手骨。那层极具破坏力的帷幕中一定藏匿着未知之物。

绝大多数人跑离了露台，不过飓幕依旧遥远。片刻后，只有若干人还站在室外，包括沙兰和阿多林。飓风临近，所花时间比预想中长。她瞠目而视，呆若木鸡。飓风以神速推进，规模浩大，从远处就可入眼。

飓风袭过破碎平原，将高地接连吞噬，随即笼罩在军营上空，送出呜呜的风号。

"我们该进去了。"阿多林终于说道,话音隐约可闻。

风中有生息。对于其中的活物,没有画家表现过,也没有学者描述过。

"沙兰!"阿多林迈开步子,拽着她去往避风处。她用闲手死死地抓着栏杆,站在原地不动,把小包抱在胸前。图腾发出一声低鸣。

她从未与飓风有过如此亲密的接触;就算只隔几寸,还有窗板挡着,她也没有离得这么近过。望着那团黑云席卷军营⋯⋯

我要画下来。

"沙兰!"阿多林把她拉离栏杆,"现在不走的话,他们会关门的!"

她猛地回过神,意识到别人都离开了。阿多林带着她往前跑,她没有反对,而是和他一起奔过空旷的露台。他们窜入边上的山窟,光眼种在那里挤作一团,惊恐地注视着面前的一切。阿多林的护卫紧随她入室,几名仆族砰的一声关上厚实的大门,重重地插好门闩,将灰天锁在外面,大厅内只剩下墙上的润石在发光。

远雷阵阵,暴风捶打大门。沙兰数着秒,感到飓风已至,其威力不止如此。

"六秒钟。"她说。

"什么?"阿多林问。他把嗓音压低了,在场者的说话声都很轻。

"飓风一来,仆人要花六秒钟关门。我们本来能在外面待得更久。"

阿多林以一种难以置信的表情看着她。"起初,你意识到了我们要在露台上干什么,那时你好像吓坏了。"

"是的。"

"现在你却想待在外面,不到飓风过境的最后一刻不进来?"

"我⋯⋯是的。"她面露惭色。

"我搞不懂你。"阿多林端详着她,"你一点也不像我见过的那些人。"

"这就是女人的神秘气息。"

他扬起了眉毛。

"这是我们女人的讲法。"她说,"我们会在突发奇想的时候使用。你即便知道也不该指出来,这样不礼貌。现在,我们就……就等在这里?"

"就这间闷屋子?"阿多林问道,似乎被逗乐了,"我们是光眼种,不是牲口。"他指向一边,已有几名侍者打开了通向山体内部的大门,"那里面有两间休息室,男女各占一间。"

沙兰点点头。在飓风期间,男人和女人有时会分处两室闲谈。这家酒馆看来遵循了该传统,也许还会供应小吃。沙兰走向指定的女性休息室,但阿多林把手搭到她胳膊上,让她留步。

"我会料理好的,保证你能上破碎平原。"他说,"亚马兰说他想多做一番探寻,高地战的经历还是偏少。我觉得他和我父亲会在明晚一起吃饭,目的就是讨论这件事。我可以问问他们能不能带上你。我还会和纳瓦妮伯母谈谈。我们可以在下周的宴会上商量,如何?"

"下周要举办宴会?"

"下周总要举办宴会。"阿多林说,"我们只须弄清楚主人家是谁。我会致函邀请你。"

她笑了笑,两人很快便分开了。*等到下周不够快,*她想,*我必须想个办法,在情况不太尴尬的时候找他见面。*

她果真答应要帮他饲养深渊恶魔?这样就像她需要别的活动来打发时间似的。然而,她还是觉得这一天过得很不错。她走进女性休息室,她的护卫在等候室里站好了位置。

沙兰大步穿过休息室。这里的光线很充足,经过切割的宝石并未镶嵌于润石中,而是装于高脚杯内——如此炫富的代价相当高昂。

她有种感觉,如果她与阿多林的对谈过程被两位老师撞见,她们肯定会失望的。在缇恩看来，她应当多多操纵王子；而在迦熙娜看来，她应当把嘴巴管得更牢，举止也要更雍容。

不管怎样，阿多林似乎对她有意思，这让她高兴得想欢呼。

不过，那些女人的目光抵消了这份喜悦。有些人背对沙兰，还有些人抿紧嘴唇，半信半疑地打量着她。她正在和王国境内最为抢手的单身贵族交往，这不会让她受欢迎，况且她还未融入这个环境。

沙兰并不为此而烦恼。她无须获得这些女人的认可；她只须找到乌有斯麓，以及埋藏在其中的秘密。只要赢得了阿多林的信任，她就能往这个方向迈进一大步。

她决定犒赏一下自己，在尽情享用甜点的同时深思潜行计划，目的地是光明贵人亚马兰的宅邸。

50 璞玉

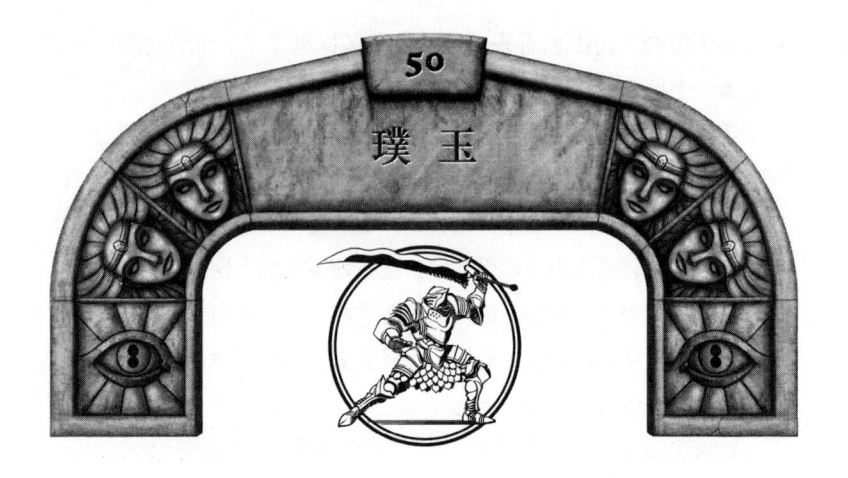

> 光辉骑士中的璞玉莫过于念化骑士,他们胆识过人,但飘忽不定。因维娅书就其"变幻无常、令人懊丧、不可信赖",因为他们坚信别人会同意他们的做法。因维娅常表示其视角或偏狭,念化骑士脾性各异、常出尔反尔,却也普遍追求冒险和新奇之物。
>
> ——摘自《光辉真言》第七章,第一页

阿多林听着室外的风啸,把盏坐在扶手椅上。在这座岩堡里,他本该有安全感,然而飓风一起,不论他的脑子有多清醒,这种感觉都会打折扣。他很庆幸泣雨季快到了,到时会有好几个星期不刮风。

阿多林朝着噔噔走过的艾立特举杯,他早前没有在酒馆的露台上见到此人,不过这间屋子也是外围市场的避风所,与几家商铺连通。

"你做好决斗的准备了吗?"阿多林问,"艾立特,你可让我等了整整一个礼拜啊。"

那个有些秃顶的矮个男子喝了口酒,然后放下酒盏,没有甩阿多林一眼。"我表亲打算杀了你,因为决斗是你挑起的。"他说,"就在杀你之前,他会先杀了我,因为我同意出战。"他终于向阿多林转过身,"不过,当我把你踩在沙地上,并且拿全你家族的碎瑛武器时,发财的就是我,谁还会记得他。你问我有没有做好决斗的准备,*我简直求之不得,阿多林·寇林。*"

"你才是磨磨唧唧的那一位。"阿多林毫不客气地指出。

"我在想该怎么弄你,越磨唧越享受。"艾立特咧开苍白的嘴唇笑了笑,走开了。

讨厌的家伙。罢了,阿多林两天后就能在决斗中对付他,不过明天和仆族智者碎瑛武士的会面才是优先。这件事就像电闪雷鸣的愁云般萦绕在他心头。如果他们最终息战,又意味着什么?

他考虑再三,端详着酒盏,断断续续地聆听背后的艾立特与人交谈。阿多林听出了那个声音,是不是?

阿多林一下子坐直,回头一看。*那不是撒迪亚斯吗?他来了多久?阿多林刚进来时怎么就没看到?*

撒迪亚斯朝他转过身,脸上露出淡然的笑意。

他说不定会……

撒迪亚斯背起双手,向阿多林闲步而来。他穿着入时的棕色开襟短外套,脖子上打着绿色的绣花领巾,外套上的两排纽扣均由相配的绿宝石打造。

风杀千刀的,他今天不想和撒迪亚斯较劲。

轩亲王挨着阿多林入座,背对着壁炉,仆族刚刚往里添了柴。人们心神不宁地交谈,室内弥漫着低声细语。飓风在外肆虐,即便这里装修得再豪华,大家也无法安逸地等候。

"年轻的阿多林,"撒迪亚斯说,"你觉得我这身衣服如何?"

阿多林灌下一大口酒,无心回答。*我应该直接起身走人。*但他没有逃避,还有点希望撒迪亚斯能挑起他的怒火,让他放开去做傻事。眼下就杀了他很可能会招致刑罚,假如不是处决,最少也是流放,但两种都很值得。

"一讲起时尚,你总是独具慧眼。"撒迪亚斯接着说,"我想听听你的意见。我是觉得这件外套很好看,然而短装只怕快落伍了。里亚弗最近在流行什么呢?"

撒迪亚斯拉开衣襟,动手展示一枚与纽扣搭配的戒指。戒指和外套上的绿宝石均是璞玉,内部的飓光莹莹发亮。

未经雕琢的绿宝石,阿多林想道,抬头迎上撒迪亚斯的目光。那人笑了笑。

"这些宝石最近才到手,"撒迪亚斯特意打开话题,"我挺中意的。"

前段时间,他违反规定,和鲁特哈联手打了一场高地战,这才搞到了琼心石。和往常一样,他比其余轩亲王先到。在这种场合,诸侯都想争第一,把战利品收入自己的囊中。

"我恨你。"阿多林喃喃道。

"恨也无妨。"撒迪亚斯脱下外套,朝阿多林的护卫点点头,他们守在不远处,散发出公然的敌意,"那些人曾经归我所有,他们对你还好吧?我见过他们在市场里巡逻,觉得很可笑,个中的理由不见得能用言语表达清楚。"

"他们那样做,"阿多林说,"是为了开创更繁荣的阿勒斯卡。"

"达力拿真这么想?听闻此言,我很惊讶。他自然谈起过正义,可他不准别人合法地伸张正义。"

"我知道你想表达什么,撒迪亚斯。"阿多林厉声道,"我军不允许你派遣执法者入营,作为轩督王的你火了。好吧,我告诉你,我父亲已经决定让——"

"轩……轩督王?怎么,你还没听说?我最近放弃了这个称号。"

"什么?"

"确有此事。"撒迪亚斯说,"我恐怕不是合适的人选。我的莎拉什脾气也许犯了。但愿达力拿能交好运,找到一个替补,不过我听说剩下的轩亲王达成了一致，我们都认为……没有人能胜任这类职位。"

他与王权决裂了，阿多林想。风操的，这下糟了。他咬咬牙，不禁横出手召唤瑛刃。不。他收回手。他会想办法把此人逼进决斗场。不论撒迪亚斯有多么活该，现在就开杀戒有违纪律和法典，阿多林父亲的苦心经营会功亏一篑。

可是风操的……阿多林等不及了。

撒迪亚斯又笑了。"阿多林，你以为我是恶人？"

"那样叫太便宜你了。"阿多林无情地说，"你不仅是恶人，更是一条自私自利、如飓砂般卑贱的滑泥鳅，想要用那只恶心的肥手掐断王国的命脉。"

"描述得真形象，"撒迪亚斯说，"要知道，建立王国的人可是我。"

"那是我父亲和我伯父的功劳，你只是帮手。"

"那两位已经不在了。"撒迪亚斯说，"'黑荆棘'和老迦维拉尔都死透了，如今的统治者是两个昏庸之辈，身上带着少许我爱的人的影子。"他探身向前，直视阿多林的双眼，"孩子，我没有掐断阿勒斯卡的命脉。你父亲正要推倒立国的支柱，我在尽全力地扶稳基座，不让大崩溃发生。"

"别叫我孩子。"阿多林低声呵斥。

"好吧。"撒迪亚斯起身道，"但我得告诉你，那天你没有死在塔地上，我很欣慰。在往后的几个月里，你将成为一位称职的轩亲王。我有种预感，再过十多年，等我们俩打完大规模的内战后，双方的联盟会得到巩固。到那时，你便会明白我的用意。"

"这可不一定。撒迪亚斯，在那之前，我会用剑捅穿你的肚肠。"

撒迪亚斯举杯走开，来到另一群光眼种之中。阿多林疲惫地长吁一口气，靠回到椅背上。不远处，那个两鬓斑白、身材矮小的冲桥手护卫向阿多林点点头，以表敬意。

阿多林在椅子上瘫坐了许久，感到浑身乏力。飓风过后，众人陆续离场。不管怎样，他宁愿等雨彻底停了再走。他一向不喜欢制服沾水的样子。

终于，他起身叫来两名护卫，走出酒馆，踏上冷冷清清的外围市场，头顶是灰霾的天空。之前和撒迪亚斯的争论基本上淡出了他的脑海，他始终提醒着自己，在此之前，这一天都过得很稳当。

沙兰自然已经坐马车走了。他本来也能预定一程，不过闷了这么久，在室外走一走的感觉也不错。风雨停息后，湿冷的空气非常清新。

他把双手插进制服的口袋，绕开水塘，悠闲地走上一条横贯外围市场的小路。园丁们在路边栽培了可供观赏的页岩皮木，但它们长得还不高，只有几寸。一丛繁茂的页岩皮木需要花上好几年才能长成。

那两个讨厌的冲桥手一直跟在他后面。阿多林的怨气并不针对护卫个人——他们似乎很亲切，指挥官不在的时候尤其好说话。可阿多林不需要别人照看，他就是不喜欢这样。尽管飓风已经刮到了西边，下午的天气还是阴沉沉的。云层遮蔽了日光，太阳已经从天顶缓缓落下，正在向地平线靠近。街上的行人不多，所以他的同伴就只有两名冲桥手和一大群爬出来觅食的飓虫。植物伸出藤条，吸收着水塘里的水分，那些飓虫就在枝叶上大肆啃噬。

这里的植物为什么在壳里缩了这么长时间？祖国的一草一木可不是这样。沙兰可能知道答案。他笑了笑，强行把撒迪亚斯抛到脑后。虽说他和沙兰擦出了火花，但这种交往在初期总会来电，因此他压下了心中的激情。

她是异域来客，超凡脱俗、冰雪聪明，而且从不拘泥于阿勒斯卡人的繁文缛节，**堪称绝代佳人**。她比他机灵，然而在她面前，他不觉得自己笨。这一点在很大程度上决定了他对她的好感。

他走出市场，经过一片空地，总算来到了达力拿的军营外。守卫利落地敬礼，放他通行。他徜徉于军中的市场，将看到的商品与巅宫附近的商品作对比。

倘若双方停战，阿多林想，*此地会何去何从？*宣告终结的日子总会到来，与仆族智者碎瑛武士的商谈一旦成功，这一天也许就是明天。

阿勒斯卡人不会善罢甘休，他们还有深渊恶魔要猎捕，但是如此庞大的人口绝不能移，是不是？他真能见证永久性地迁都？

阿多林在珠宝店里逛了好一阵子，想为沙兰挑点礼物。几小时后，他和护卫来到父亲的营堡前。天色逐渐变暗，阿多林的脚开始隐隐作痛。他直打哈欠，走进营堡里的空荡通道。现在，他们是不是该造一幢像样的宫邸了？以身作则地提倡简朴固然很好，可是像他们那样的家族总要保持一定的颜面。如果破碎平原的战略意义不改，就更有这个必要。那是……

他在一个岔口外停步，看着右边，迟疑不前。他本来想去厨房拿点吃的，但是另一边人头攒动，走廊里黑压压的一片，窃窃私语声飘了过来。

"这是怎么回事？"阿多林高声盘问，携护卫大步赶往人群聚集处，"士兵们，你们有什么发现？"

那队士兵又是受卡拉丁指挥的冲桥手，他们转身敬礼，把矛抵到肩头。达力拿、阿多林和雷纳林的卧房就在他们身旁，房门都开着，地上被人放了润石。

*发生什么事了？一般会有两人或四人值守在此，而不是八人。而且……队伍里怎么混杂着一名仆族？*他不仅身穿卫兵制服，还握着矛。

"长官！"一个两臂细长的瘦高个冲桥手站到冲桥手的前列，"我们刚才进屋查看轩亲王的情况，结果……"

没等他讲完，阿多林就挤过冲桥手，总算见到了被润石照亮的地方。

起居室的地板上又现出了铭文。阿多林跪下身,想要解读那些划痕。可惜的是,作案者刻得潦草,铭文不成图形,无益于分析。他觉得里面有数字……

"三十二日,"一个矮个亚泽许冲桥手说,"寻觅腹地。"

诅咒之地的。"你们有没有告诉别人?"阿多林问。

"我们刚刚才发现。"亚泽尔人说。

"在走廊的两端设置守卫,"阿多林说,"再派人去请我伯母。"

阿多林唤来瑛刃,再遣走,又召回。他一紧张就有这个习惯。丝丝缕缕的白雾如藤蔓般在半空中绽开,**瞬间化作碎瑛刃**,落入他的手心。

他站在起居室内,那些不详的划痕仰视着他,似乎在默默挑衅。紧闭的大门将冲桥手隔离在外,屋内只有他、达力拿和纳瓦妮,以便讨论内情。阿多林想用瑛刃剜去那些该死的铭文。**达力拿没有疯的假设已被证实。** 纳瓦妮伯母以父亲的幻象为导引,几乎译出了一整套晨颂文文献!

幻象是全能之主送来的。一切都对上了。

现在又发生了这种事。

"都是用刀划的。"纳瓦妮跪在铭文旁边。这间宽敞的起居室常用来接待访客和举办会议,另一边的几扇门通往书房和卧房。

"这把匕首,"达力拿捧起那把在光眼种身上很常见的匕首。"是我的。"

匕首的大小正合适作案,刀锋已被磨钝,上面还沾着碎石沫。他们在达力拿的书房门前发现了此物,他先前独自在屋中躲避飓风。纳瓦妮的马车来晚了,她被迫返回行宫,不然就会碰上疾风骤雨。

"可能是别人干的。"阿多林气冲冲地说,"作案者也许溜进了您的书房，趁着您耽于幻象的时候拿走了匕首，然后出来……"

另外两人看着他。

"正确的答案往往是最简单的。"纳瓦妮说。

阿多林叹着气遣走瑛刃，一屁股坐到椅子上，脚边就是那组恼人的铭文。他父亲昂首伫立，无所畏惧。事实上，达力拿·寇林的形象从未如此高大过，他背着手望向东墙，不再察看铭文。

达力拿就像坚不可摧的巨石，就连飓风也无法撼动。**他显得极为沉着自信，这一点值得依靠。**

"你什么都记不起来了吗？"纳瓦妮起身问达力拿。

"是的。"他面向阿多林，"我想，情况已经很明确了，那些字全是我刻的。吾儿，你就这么烦扰？为什么？"

"您陷于幻景，身不由己，"阿多林浑身发颤，"又在地上刻字，我很担心。"

"全能之主为我选择的道路非比寻常。"达力拿说，"为什么在地上和墙上留下划痕？何必像这样传达信息？为什么不直接在天启中说明？"

"要知道，这可是预言。"阿多林悄声说，"预卜未来是虚渺的本事。"

"是啊。"达力拿眯起眼，"寻觅腹地。纳瓦妮，你怎么看？这话指的是破碎平原的中部地区？那里隐藏着什么真相？"

"明显和仆族智者有关。"

他们谈论着破碎平原的腹地，似乎心中有数。可是那里只有仆族智者去过，并无人烟。对于阿勒斯卡人而言，"腹地"一词仅仅代表可查范围之外的无垠旷野，那里有着大片大片人迹罕至的高地。

"没错，"阿多林的父亲说，"可是在哪里？他们难不成会转移？腹地上或许没有仆族智者的城市。"

"配备了塑魂者，他们才能转移。"纳瓦妮说，"我觉得不会。他们肯定驻扎于某处。他们不是游牧民族,没理由四处迁徙。"

"如果我们能和仆族智者言和,"达力拿沉思道,"要接近腹地就容易得多……"他看看阿多林,"叫冲桥手铲点飕砂,填平划痕,然后拖一条毯子来,盖住地上那块地方。"

"我会吩咐的。"

"很好。"达力拿显得有点失神,"吾儿,干完后睡上一觉,明天是个大日子。"

阿多林点点头。"父亲,*冲桥手里居然有个仆族*,您知道吗?"

"知道。"达力拿说,"一开始就有一个,但他们没有给他配备武器,直到后来我才批准。"

"您为什么要这么做?"

"我就是好奇。"达力拿转过身,朝地上的铭文点点头,"纳瓦妮,你说说看,如果那些数字是倒计时,那么最后一天会不会起飓风?"

"三十二日后?"纳瓦妮问,"那时刚到泣雨季的中段,甚至没到年终,而是早上两天,我看不出这有何意义。"

"唉,现在下结论未免太过随意了。今天就到这儿吧,叫护卫们回到岗位,他们得发誓做好保密工作,我不想引起恐慌。"

51 后继

简言之，若有人认为卡兹拉清白无辜，请在明察事实后，务必全盘否定此观点。若要说光辉骑士团在处决这名公然亲近不良势力的同道上欠缺廉政之风，则是思想怠倦的表现，因为在任何情况下，针对敌人的恶性影响，不论作战与否，都需保持戒备。

——摘自《光辉真言》第三十二章，第十七页

次日，阿多林抬脚踩进军靴。晨浴过后，他的头发还是湿漉漉的。奇妙的是，洗个热水澡、花点时间静心沉思，整个人都会变样。他已经做了两个决定。

第一个决定是：父亲进入幻象后的举动虽令人不安，可他不想多担心。父亲接收全能之主的天启、下令重组光辉骑士团、为某场未卜之灾常备不懈，都是一环扣一环的举措。阿多林已经打定主意，他相信父亲没有疯，再担忧都是徒劳。

另一个决定则会给他惹上麻烦。他离开卧房，走进起居室。达力拿已经就位，纳瓦妮、考尔将军、忒夏芙和卡拉丁军尉正在和他探讨战略。雷纳林沮丧地守在门边，穿着第四冲桥队的制服。不管阿多林

好说歹说，雷纳林还是不愿放弃自己的决定。

"我们得再度起用冲桥队。"达力拿说，"若形势不利，可能需要快速撤离。"

"我会做好准备，派出第五队和第十二队，长官。"卡拉丁说，"这两支队伍似乎很怀念战桥，总是以深情的口吻谈论出桥的日子。"

"那不是血腥的屠杀吗？"纳瓦妮问。

"是的。"卡拉丁说，"然而士兵群体不同于常人，光明女士。逆境催人团结，他们再也不愿回到以往，但冲桥手的身份认同仍旧不改。"

近旁的考尔将军点头会意，纳瓦妮则纳闷不已。

"我的位置在这里，"达力拿举起破碎平原的地形图，"我们可以预先侦察会合点，我会在旁等候。这座高地的地势明显很奇特。"

"听上去不错。"光明女士忒夏芙说。

"确实，"阿多林来到众人之间，"但您不能到场，父亲。"

"阿多林，"达力拿语带苦恼，"我知道，你觉得这样太危险，可——"

"这样委实太危险。"阿多林说，"刺客依旧在外活动，上一次袭击就发生在仆族智者传令兵入营的那天。现今，我们又要与敌人在破碎平原上会晤。父亲，您不能去。"

"我必须去。"达力拿说，"阿多林，这意味着双方有望停战。我们可以了解他们发动攻击的初心。我绝不会舍弃这个机会。"

"我们当然不会舍弃，"阿多林说，"事前只要做一点小改变。"

"什么改变？"达力拿眯起眼问。

"一方面，"阿多林说，"我要替您去。"

"这怎么行，"达力拿说，"我不会贸然送儿子上——"

"父亲！"阿多林厉声道，"这没得商量！"

全场静默。达力拿垂下手，不再指着地形图。阿多林切齿咬牙，紧盯父亲的双眼。风操的,要违逆达力拿·寇林,简直难如登天。他仪态慑人,仅以一己的威望就可调遣人员。父亲意识到了吗?

曾经的达力拿畅所欲为,无人敢从中作梗。所幸他最近有了高尚的动机,但是在很多方面,他还是二十年前的那个枭雄。他是打下王国的"黑荆棘",必会全力争取心中所想。

可是今天除外。

"您的身份举足轻重。"阿多林伸手一指,"您经受的幻象十分关键,假如您死了,阿勒斯卡将分化瓦解。在场的每一位都不及您重要,别想否认。"

达力拿深吸气,再慢吐气。"世道不该如此。王国要强盛起来,即便一人亡去,也要顶住。此人是谁无关缓急。"

"目前还没到时候。"阿多林说,"为了追求这一宗旨,我们缺不了您。我们想替您提防着,您可要同意啊。父亲,容我说句抱歉的话,您有时也得让别人尽他们的职责,仅凭单人之力无法解决所有问题。"

"此话有理,长官。"卡拉丁说,"您万不可冒失地上平原,除非别无退路。"

"不见得有退路。"达力拿冷冷地说。

"唔,退路是有的,"阿多林说,"但是我要借雷纳林的碎瑛甲一用。"

※

在阿多林的预想中,这趟经历的离奇之处并不是穿着父亲的旧盔甲。纵使外观各异,碎瑛甲的合身度都很相近。这类盔甲会适应穿戴者的身形,没过多久阿多林就觉得这套瑛甲和自己的瑛甲恰是同款。

他骑行在前,身后是浩荡的军队,代表达力拿的旗帜在他头顶簌簌生风。这也不离奇,阿多林已经亲自领兵作战了六周。

最离奇的部分当属驾驭父亲的爱马。

加兰特是一匹巨大的骊马,体格敦实强壮,胜过阿多林的白驹血伯兰。就算与其他雷沙迪乌马相比,加兰特也像极了战马。就阿多林所知,除了达力拿,还没有别人骑过他。雷沙迪乌马对骑手很挑剔,达力拿解释了许久,那匹马才允许阿多林握住缰绳,更别提上马了。

尽管达力拿的劝导最终起效,阿多林还是不敢骑着加兰特作战。他深信这匹骁马会半途甩开他,转而奔去保护达力拿。胯下的马儿不是血伯兰,他感到很古怪。他总以为加兰特的前进方向会不合他的意,还怕他在不当的时候转头。阿多林轻拍马脖,发觉鬃毛的触感不太对劲,却无法解释其中的缘由。对于他的雷沙迪乌马而言,他不单单是骑手。说来也怪,没有血伯兰做伴,他不禁备感孤独。

别犯傻。他必须集中精神。军队逐步靠近会合地,那里有一座奇形怪状的石丘,离中心区不远。这片高地紧邻阿勒斯卡军扎营的区域,却更偏南,比阿多林去过的地方都远。先遣巡逻兵表示,深渊恶魔更易在这一地带出没,但是他们从未在此侦测到石蛹。看来深渊恶魔喜欢来这里捕食,而非化蛹?

仆族智者还未现身。斥候的报告表明这座高地很安全。阿多林催促加兰特穿过移动式桥梁。穿着瑛甲,他感到很热。这变幻无常的时节似乎终于要过渡到春季了,甚至有可能会过渡到夏季。

他策马接近位于中央的石丘,*其构造的确稀奇*。阿多林绕了一圈,注意到那嶙峋起伏的形状,几乎就像……

"是深渊恶魔。"阿多林恍然大悟。他骑过巨兽的面部,那中空的石头脑袋就给人一种深渊恶魔的感觉。是雕像?不,这堆石山太像天成之物,想必是哪头深渊恶魔的尸体。它死了好几百年,没有风化,而是缓缓地覆上了飓砂。

尸体的最终模样很是吓人。这头巨兽仿如破石而生的怪物,类似上古传说中的虚渡，层积的飓砂效仿出它的外形，糊在甲壳上，将深渊恶魔埋葬。

阿多林打了个寒战，他轻拍马背，示意加兰特走离化石，去往高地的另一端。不久后，他听到前方的斥候发来警报。仆族智者来了。他提振精神，准备召唤碎瑛刃。一队冲桥手在他背后列阵，共有十人，包括那名仆族。卡拉丁军尉留守于军营，和达力拿在一起，以防不测。

阿多林显得更为暴露。他有点盼望那个杀害他伯父的刺客在今日攻来，这样阿多林就能再试身手。日后，他想大肆决斗，其中又以这场对战为最，其重要性就连击溃撒迪亚斯也比不上。

那个刺客迟迟没有出现。之后，两百名仆族智者结队前来。他们穿过相邻的高地，纵身一跃，落在了会合高地上。阿多林率领的士兵放低矛头，一阵激动，盔甲铮铮作响。多年来，人类和仆族智者的相遇没有不沾着血腥的。

"好，"阿多林的声音从头盔里传出，"把文书送过来。"

光明女士英娜达拉坐在轿中，被人抬至队列前方。达力拿希望纳瓦妮留下当他的参谋，表面上是想听取她的意见，不过也有可能是想保护她。

"走吧。"阿多林拍拍加兰特，示意其前进。他驾马穿越高地，唯有下轿步行的光明女士英娜达拉相随。她是一名干瘦的老妪，为图省力才剪短了灰发。他见过不少比她丰满的人，可她思维敏捷，是一位值得托付的文书。

那名仆族智者碎瑛武士大步走出队列，独自踩上岩地，显得目中无人、淡然自若。她一定极富自信。

阿多林下了马，带着英娜达拉走完余下的路。他们稍后停步，离那名仆族智者有几尺远。三人站在一片空旷的岩地上，深渊恶魔的化石就在左边注视着他们。

"我是伊舒娜。"仆族智者说,"你还记得我吗?"

"不记得了。"阿多林压低嗓子,试着模仿父亲的声线。但愿有了头盔的阻挡,他能骗过此人,因为她不太清楚达力拿的讲话方式。

"不出意外。"伊舒娜说,"我们初次相会时,我还不成熟,只是个无足轻重的人物,几乎不值得怀念。"

阿多林原以为仆族智者的话音会像传说中那般抑扬顿挫,可事实并非如此。伊舒娜语中带韵,在作强调和停顿时都能听出。她的声线会改变,但是效果不像歌唱,倒更像吟诵。

英娜达拉取出写字板和对芦,开始记录伊舒娜的言论。

"这是怎么回事?"伊舒娜质问。

"依你的要求,我独自前来。"阿多林力图展现父亲的大将风度,"可我得记录下会谈的内容,并将之传回,让将军们过目。"

伊舒娜并未抬起面罩,所以阿多林有足够的理由学样。他们的视线透过观察缝彼此相交。会谈不会像父亲所想的那般顺当,但却符合阿多林的预期。

"我们前来的目的是商讨仆族智者投降的条件。"阿多林以父亲提议的话开头。

伊舒娜笑道:"这已经毫无意义了。"

"那要如何?"阿多林责问,"你们似乎急于会面。为什么?"

"'黑荆棘',我和你儿子谈过,此后事情就改观了。都是些重要的事。"

"什么事?"

"你想不到的。"伊舒娜说。

阿多林没有立即接话,似乎在深思熟虑,实际上却在等待英娜达拉与军营联系。英娜达拉凑到他耳边,将纳瓦妮和达力拿编写的说法小声告诉他。

"仆族智者,我们已经厌战。"阿多林说,"你们的种族日益衰弱,别以为我们不知道。订立停战协议对双方都有利。"

"我们不像你们想的那样不堪一击。"伊舒娜说。

阿多林不禁皱起眉。先前,他们交涉过一次,当时的她似乎慷慨激昂、引人注目。现在,她却淡漠无情、态度轻蔑。这对头吗?她是仆族智者,也许不能用人类的情感来理解。

英娜达拉又对他耳语几句。

"你们有什么想法?"阿多林用父亲传来的话讲,"怎样才能换来和平?"

"只要我们之中有一方死去,就会换来和平,'黑荆棘'。我来到此地,是想亲眼见见你。我要提醒你,我们刚刚修改了战规,琼心石已经不重要了,我们不会再和你们争抢。"

琼心石已经不重要了?阿多林开始冒汗。照她这么说,好像他们一直在自娱自乐,根本没有铤而走险。阿勒斯卡人就这么彻底地误判了全局?

她转身便走。

不。会谈就这么吹了?风打雷劈的,他好不容易才过来!

"站住!"阿多林上前喊道,"为什么?你们为什么以这种姿态出现?发生了什么事?"

她回眸一望。"你们当真想终结这一切?"

"当真。我谋求和平,不计代价。"

"那么你们必须灭掉我们这一族。"

"为什么?"阿多林又问,"多年前,你们为什么刺杀迦维拉尔?为什么撕毁协议?"

"肇事者是迦维拉尔王。"伊舒娜似乎在极力回忆阿勒斯卡先王的名字,"那一晚,他不该透露自己的谋划。那个可悲的愚人一无所知,他大肆夸口,以为我们会欢迎诸神的回归。"她摇摇头,再次转身跑开,盔甲锵锵作响。

阿多林后退几步，觉得自己很没用。如果父亲在场，会谈能否有所进展？英娜达拉还在记录传给达力拿的文案。

达力拿终于来报："回营。她用意彰彰，你我无力改变。"

阿多林在返程中陷入苦思。几小时后，他抵达军营，见到父亲正在开会，与会者为纳瓦妮、考尔、忒夏芙和四位军校。

他们共同分析着英娜达拉的传话。一群仆族侍从默默地端来美酒和水果。立于墙边的泰莱布眼观众人，穿着阿多林从艾拉尼夫处赢得的瑛甲，碎瑛锤背在身后。他的前人统治过阿勒斯卡，他对这一切有何看法？此人通常保留意见。

阿多林迈着重步入室，摘下父亲的——其实是雷纳林的——头盔。"我本该让您去。那不是陷阱，您或许能跟她讲讲理。"

"这些人谋杀了我兄长，当晚他们正要和他签协议。"达力拿望着桌上的地图，"自那天起，他们丝毫未变。吾儿，你做得很好。现在我们知道要怎么办了。"

"是吗？"阿多林把头盔夹到腋下，走到桌边。

"是。"达力拿抬起头，"无论如何，他们拒绝言和的意愿在预料之中，我问心无愧。"

阿多林细察着铺开的地图。"这么标意在何处？"他发现表示军队行进路线的记号纷纷穿过了破碎平原。

"意在强攻。"达力拿轻声道，"仆族智者不愿和我们打交道，他们正在酝酿扭转战局的大略。时机已到，不管怎样，我们都要直接与他们交战，并结束战事。"

"飓风之父啊，"阿多林说，"万一我们在那里被包围，该如何是好？"

"我们会发动全军，一兵一卒都不放过。"达力拿说，"别的轩亲王若有意和我联手，那是多多益善。吃饭问题由塑魂者解决。仆族智者无从包围这路大军，就算他们做得到，也不要紧。我们能够抵抗。"

"我们可以赶在泣雨季之前，等到最后的飓风平息后再出兵。"纳瓦妮在地图边上写下一些数据，"今年是出光年，我们会迎来几周的持续降雨，但是天上不刮飓风。在此期间远征破碎平原，不会顶着风头。"

这也意味着他们独上破碎平原的时日仍未超出倒数。一想起那些被人刻进墙壁和地板的日期……阿多林的背脊就直发凉。

"我们必须捷足先登，"达力拿浏览着地图，轻声说，"并在倒计时见底前遇其鬼胎。"他抬眼看阿多林，"请你多多决斗，对外要极尽高调之能事。吾儿，为我赢下碎瑛武器。"

"明天是对决艾立特的日子。"阿多林说，"我还为下一战作了规划。"

"很好。为了在平原上取胜，碎瑛武士必不可少。有意组成联军的轩亲王越多越好，我们需要他们的忠心。你要把注意力集中在以撒迪亚斯为首的小团体上，挑选其中的碎瑛武士进行决斗，并击败他们，同时尽可能地造成轰动。我会去做中立派轩亲王的工作，提醒他们仍有复仇誓约要践行。如果我们能从撒迪亚斯的跟屁虫身上夺走碎瑛武器，并用之终结战争，那就大有裨益，我始终在强调的东西也能获得印证。倘要重振阿勒斯卡的雄风，统一才是正道。"

阿多林点点头。"没问题，包在我身上。"

52
直冲云霄

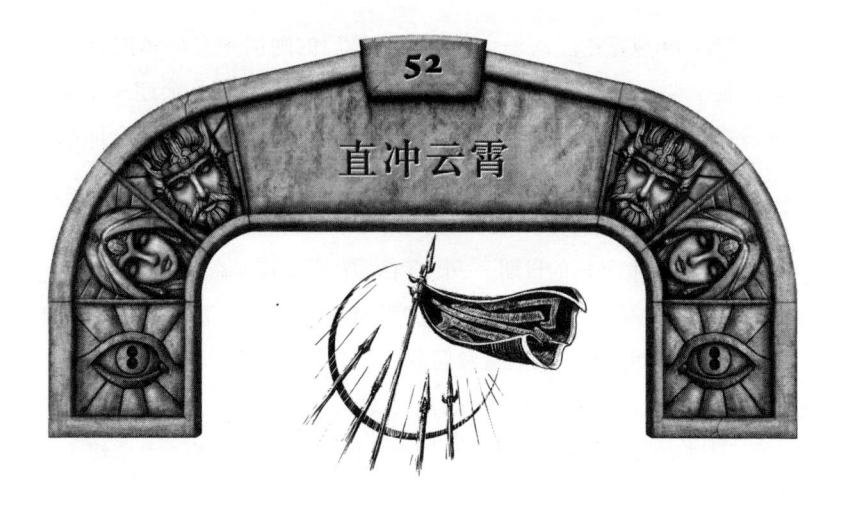

> 识真骑士生性玄奥，骑士团均由以下人群构成：于一己之力，他们从不谈起，也从不落笔。基于此情，若从外部审视其讳莫如深之道，必会失意受挫。他们平素不喜赘述；遇科博仑之疑义，遽沉吟不语，是为大智之举，而非轻蔑之兆。
>
> ——摘自《光辉真言》第十一章，第六页

夜幕低垂，卡拉丁漫步于破碎平原。一路上，形如尘埃的生灵在遍地丛生的页岩皮木和藤蔓间飞舞。昨日的飓风在低洼处留下了尚未干涸的水塘，水里富含飓砂，植物可以大量摄取。在左边，卡拉丁听到了从军营传来的忙碌喧嚣；而在右边……平原一片沉寂，只有望不到尽头的高地。

在卡拉丁的冲桥手时期，这条路未遭撒迪亚斯军封禁。人们在平原上还能干出什么事？不过，撒迪亚斯在军营的边界和桥梁的周围都安插了卫兵，以防奴隶逃走。

在这里，人们会做什么？无非是跳入深渊寻求解脱。

卡拉丁转身沿着一道深渊信步踱出，途经守桥的卫兵。火把在风

中摇曳，他们向他敬礼。

就是那儿，他想道，择路走上一座独特的高地。位于左方的军营灯火通明，亮光晕染在空中，足以让他看清当前所处的位置。他来到高地的尽头，这里正是几周前他与御前知策相会的地方。那一晚，他决心实行变革。

卡拉丁走到悬崖边，向东眺望。

决心与变革。他回头一望，核对情况。他已经路过了岗哨，且处在他人的目力之外。既然周围无异常，卡拉丁便跃入深渊，腰带上系满了润石袋。

※

沙兰对撒迪亚斯的军营毫无好感。

此地的氛围与塞巴里尔的军营截然不同，恶臭之中弥漫着绝望的气息。

绝望也有气息吗？她觉得这是可以描述的。昏暗的道路上翻涌着混合异味，既有汗味，又有廉价酒味，未被清除的飓砂沾在街道上，送出砂土味。塞巴里尔军中的行人通常结伴出动，而这里的行人通常扎堆聚众地跑来跑去。

塞巴里尔的军营散发着香料和工业品的气息，既有新制皮革的味道，有时还有牲畜的膻骚味。达力拿的军营散发着上光剂和油的气息，每隔一个转角，就有人在干实事。近来达力拿军中兵员稀少，但是人人都保持着军容，那身制服就像一面挡箭牌，抵御着非常时期的混乱局面。

撒迪亚斯军的士兵也穿着制服，可外套没有扣起，裤子也是皱巴巴的。她途经一家又一家酒馆，所到之处喧哗迭起。不少风尘女子正在某些酒馆的门前游荡，这表明军中的酒馆不全是单纯的饮酒场所。

妓院在十座军营中当然很常见，不过此地的娼妓显得更为大胆和露骨。

她从一些仆族身旁经过。在塞巴里尔军中，她经常见到仆族，而这里的数量更少。撒迪亚斯偏爱传统意义上的奴隶，那些负有额前烙印的男男女女驼背沉肩，到处奔忙。

老实说，这才是她对十座军营的预期。她读过的战争记载提到了营妓、军纪问题、情绪爆发以及被训练成杀人机器的士兵有何行为观念。相比感慨撒迪亚斯军的丑恶，她或许更该惊叹其余军队的迥异风格。

沙兰急忙赶路。她换上暗眼种青年的脸面，把头发挽在帽子里，给两手戴上厚手套。就算伪装成男孩，她也不能在外出时露出禁手。

在晚上出发前，她画了很多张用来打造新脸的素描，以备不时之需。测试表明，她可以在早晨画好图，到了下午再拿它生成幻象。要是等待时间超过了一天左右，她创造的幻象就会变模糊，有时似乎会消解。沙兰认为这种现象完全合理，施法的过程会给她留下印象，她脑中的图景经过多时终会褪色。

她现在的脸面参考自撒迪亚斯军中的青年信差。每当她路过一群士兵，她的心总会怦怦直跳，但是并没有人多看她一眼。

亚马兰是轩领主，在光民阶层中位处第三等，比沙兰的父亲还要高上一等，更是比沙兰自己高出两等。因此，他有权在其君主的军营中辟出小型领地。属于他的旗帜飘扬在宅邸的上空，亚马兰军则驻扎于附近的楼房。打进石地里的条纹桩呈紫红和森绿两色，划出了他的势力范围。她一步不停地越过了边界。

"喂，站住！是谁？"

沙兰当场发蒙，在暗中备感渺小——这还不够。她缓缓转身，正遇两名巡逻卫兵上前。他们面容整洁，她在这座军营里还没见过这么挺括的制服，就连纽扣也被擦得锃亮。不过，他们没有穿裤子，而是在腰间围着似裙的武士袍。亚马兰崇尚传统，军中士兵的制服就可体现这一点。

两名卫兵像多数阿勒斯卡人那样居高临下地看着她。"你是送信的?"一人问,"现在很晚喽,已经到这个点了。"他体型结实,胡须灰白,鼻子又宽又挺。

"第二轮月亮还没升起来呢,长官。"沙兰希望她的声音能显得男孩子气一些。

他冲她皱起眉。她刚才说了什么?*我叫他"长官"*,她发觉,*而他不是军官*。

"从今往后,你过来时记得向岗哨报告。"那人指了指他们身后的一小片被光照亮的区域,"我们快要架起警戒线了。"

"遵命,军士长。"

"咳,别找那孩子的麻烦,哈夫。"另一名士兵说,"你总不能盼着他知道半数士兵都不知道的规矩吧?"

"那就快走。"哈夫挥挥手,允许沙兰通过。她急于从命。警戒线?她一点都不羡慕这些执行任务的士兵。亚马兰的驻地没有隔离外人的围墙,只有几个条纹地桩。

亚马兰的宅邸规模较小,只有两层,每层楼均有若干房间。鉴于他初临军营,这里应当是临时住所,其前身可能是一家酒馆。堆在宅邸附近的飕砂砖和石块预示着日后还有大工程。建筑材料的旁边矗立着好几栋营房,里面的空间统统划拨给了亚马兰的贴身护卫,而他的亲卫队仅由五十人组成。他麾下的多数士兵在别处投宿。他们来自撒迪亚斯的领地,也宣誓效忠于他。

走近亚马兰府后,她躲到一间外屋边,然后蹲了下来。为调查这片区域,她之前花了三个晚上的时间,每次都用上了不同的面孔。那样大概小心过头了。她无法断定,因为她以前没有这么干过。她用颤抖的手摘下帽子——在整套行头中,这一处是真的——把头发披到肩上，又从衣袋里掏出一张叠好的画纸，开始等待。

她盯着宅邸出神，时间一分一秒地过去。快来人……她想，快来人……

终于，一名年轻的暗眼种女子走出了宅邸，一手挽着一名穿着宽松系扣衬衣和裤子的高个男子。那名女子在她朋友说话时吃吃直笑，还蹦蹦跳跳地来到夜幕之下，引得该男子追呼其后。那名女仆每晚都在此时出行——沙兰还不知道她的名字——两次是和这名男子，一次是和另一名男子。

沙兰深深地吸进一口飓光，举起早前画好的女孩形象。此人和沙兰差不多高，头发和她一样长，连身材也很接近……肯定能行。她一呼气，变作了他人。

她会咯咯地笑，沙兰想着，摘下男用手套，为禁手戴上女用手套，**还会踮脚走路，经常随处欢跃。她没有口音，嗓音也比我尖。**

为了咬正吐字发音，沙兰练过几次。不过，她还是希望自己的变声技巧无须经受检验。她只须进门上楼，而后溜进适当的房间。不过如此。

她屏息站起，靠着飓光的掩护前往宅邸。

✦

卡拉丁落至崖底，周身迸出耀眼的飓光。他把矛架到肩头，起步小跑。由于飓光在血管中奔流，他很难止步站立。

他扔下几只润石袋备用。在奔跑时，飓光钻出外露的皮肤，足以照亮深渊，也为崖壁投下明暗。崖底魂灵不散、尸堆遍地，残枝断木从中探出，与骨骸交织扭结，打造出人形。崖壁上的阴影似乎活了过来，在他经过时抖了几抖，仿佛正要转身看他。

照这么说，他还吸引到了一群无声的观众。变成光缎的茜尔飞了下来，在他脑畔就位，与他的速度持平。他跃过障碍，踏进水塘，溅起片片水花。这是训练前的热身运动，他要让肌肉活动开。

之后，他跳上崖壁。

他以别扭的姿势撞了上去，被褶花丛绊倒。他来回翻滚，最终趴伏在崖壁上。他呻吟着站直身子，飓光弥合了一处不起眼的臂伤。

这种感觉太不自然了。上崖后，他要花点时间适应。

他吸入更多飓光，再度开跑，让自己习惯视角的转变。他来到下一个隔断高地的豁口，在他眼中，这里就像一道深坑，两边的悬崖则成了底面和顶面。

他跳下崖壁，注视崖底，再眨眨眼，用意念驱使重力面回到下方。他手足无措地落地，复蹈前辙。这次，他跌进了水塘。

他叹了口气，翻过身，仰面横躺在冰凉的积水中。他紧了紧拳头，沉积在崖底的飓砂在他指间咯吱作响。

茜尔化作少女形态，降落到他的胸脯上，两手叉腰。

"怎么了？"他问。

"太差劲了。"

"我同意。"

"你可能有点心急。"她说，"在跳上石崖前，何不省掉起跑的步骤？"

"那个刺客可以这么来。"卡拉丁说，"我得学会他的打法。"

"我明白了。我觉得他一生下来就会这些本事，根本不需要练。"

卡拉丁轻轻吐气。"你的口气很像图克斯。"

"哦？他是不是秀外慧中，还一直占理？"

"他偏执聒噪，还极其刻薄。"卡拉丁起身道，"不过有一点没错，总的来说，他确实一直占理。"他面对崖壁，把矛斜靠在上面，"在泽斯口中，这种法力叫'风行术'。"

"好词。"茜尔颔首道。

"为了掌握风行术,我要做一些基础训练。"这和学习矛术有异曲同工之妙。

若想做好训练,他可能要在崖壁前来回跳跃上百次。

这也要好过被刺客的碎瑛刃干掉,他想道,开始操练。

✳

沙兰走进亚马兰府的厨房,试图效仿那个她假扮的女孩,以文雅而不失活泼的姿态行动。大堂里飘荡着浓烈的香气,当晚吃剩的咖喱正在炉灶上慢炖,以解光眼种的嘴馋。厨娘正坐在角落里翻看小说,为她打下手的女仆则在刷锅。室内光线敞亮,配有润石照明。亚马兰显然很信任自己的仆人。

一段长楼梯通往二层,可供仆人为亚马兰快速送餐。沙兰已经根据窗户的位置画出了一张假想的房屋结构图,那间密室很容易找到——亚马兰会把窗板拉上,而且从不打开。关于厨房里有楼梯这一点,她似乎猜对了。她暗自哼着歌,大步上楼,她模仿的那名女子时常这么做。

"这么快就回来了?"被小说迷住的厨娘头也不抬地问。从口音判断,她是赫达孜人。"他今晚送上的大礼还不够精致?要不然就是有人撞见你们俩在一起了?"

沙兰一语不发,想要用哼歌来掩饰自己的紧张。

"最好给你弄点活干。"厨娘说,"施达因想找人代擦镜子。他正在老爷的书房里洗笛子。"

笛子?像亚马兰那样的军人竟然有笛子?

如果沙兰不听吩咐、直接冲上楼,厨娘会有什么反应?那个女人也许是高等暗民,在家仆中权高望重。

厨娘的视线没有离开小说,可她还在小声嘀咕:"别以为我们没看到你在中午偷溜出去，孩子。老爷是很宠你，可你不能得寸进尺。去干活吧，把晚上的闲时间花在打扫上，别玩了。要记住，你不是没有任务。"

沙兰咬咬牙，抬头望着通向目的地的楼梯。厨娘慢慢放下小说，皱了皱眉。这表明沙兰不能不从。

于是她点点头，没有上台阶，而是走向远处的过道。前厅里应该有另一座直通上层的楼梯，她只须去往那个方向——

沙兰僵在原地。一个长着方脸尖鼻的人从侧间迈入走廊。他穿着剪裁时髦的光眼种套装，用开襟短上衣和系扣衬衫搭配笔挺的长裤，脖子上还打着领巾。

风打雷劈的！不论时髦与否，亚马兰轩领主今天不应在家。阿多林曾说亚马兰要与达力拿和国王共进晚餐。他为什么会出现在这里？

亚马兰站着浏览手中的账本，好像没有注意到她。他背过身去，信步前往走廊深处。

快跑。她的第一反应便是溜出大门、没入夜色。可问题在于，她已经和厨娘说过话了。等到沙兰假扮的那个女孩回来，她会陷入一堆麻烦。对方可以证明她没有提早回府，而且不缺目击者。无论沙兰做了什么，只要她一走，亚马兰还是会发觉有人伪装成一名女仆摸了进来。

飓风之父啊！她方才入室，却已搞砸一切。

上方的楼梯吱嘎作响。亚马兰要回房了，那里正是沙兰要搜查的地方。

要是我惊动了亚马兰，鬼血会的人会不满的，沙兰想，假如我败露了，还两手空空地回去，他们的不满肯定会升级。

她必须独自去那个房间，所以她不能让亚马兰进门。

沙兰手忙脚乱地跟在他后面，冲入门厅，绕着楼梯中柱转了一圈，再借力上楼。亚马兰来到顶层，拐入走廊。他没准不会去那个房间。

她的运气没那么好。沙兰匆匆上楼后,亚马兰正好转向那扇门,把钥匙插入锁孔,顺手一转。

"光明贵人亚马兰。"沙兰爬到顶层,上气不接下气。

他朝她转过身,眉头紧皱。"苔莱什?你今晚不是要出去吗?"

很好,现在她至少知道自己的假名了。亚马兰很了解下等女仆的夜生活,他对侍从就这么关心?

"我出去过了,光明贵人。"沙兰说,"可我又回来了。"

我得分散他的注意力,但不能做得太明显,免得让他起疑。快想!他会不会听出女仆的声音变了?

"苔莱什,"亚马兰摇摇头,"你还不能在他们之中做出选择?我都允诺你的好父亲了,我会把你照顾妥的。你要是没安定下来,我怎么能和你父亲交代?"

"不是那样的,光明贵人。"沙兰连忙说,"在警戒线外,哈夫拦下了一名要给您传话的信使,于是派我回来禀报。"

"信使?"亚马兰把钥匙从锁眼里抽出,"谁派来的?"

"哈夫没有说,光明贵人。但他好像觉得很重要。"

"那家伙……"亚马兰慨叹道,"他的戒心太重了。他以为自己可以防得滴水不漏?偌大一个军营,乱着呢。"轩领主思索片刻,把钥匙掖进口袋,"最好去探个究竟。"

沙兰对他鞠了一躬。他从她身旁走过,快步下楼。一见他没影了,她便数到十,随后惶然奔向那扇未开的房门。

"图腾!"沙兰低语,"你在哪里?"

他从裙褶里探出身子,挪过地面,再爬到门板上,正好面对着她,仿如木头上的雕花。

"你能撬锁吗?"沙兰问。

"里面有图样。"说完后,他大幅变小,钻进了锁眼。在她的住处,她已经让他多试了几次解锁步骤,况且他早前还撬开了缇恩的旅行箱。

锁眼里咔嚓了一下,她打开门,悄然走进幽暗的房间,从裙子的口袋里取出一颗润石,为四周打光。

这就是那间窗板紧闭、深锁不开的密室,也是鬼血会急于开眼的地方。

室内挂满了地图。

※

卡拉丁发现,在平面与平面间跳跃时,落地平稳与否、反应跟上与否都不是成功的关键。对于时机的把握也是如此,就连视角的转变也与之无关。

掌握此法的窍门是克服恐惧心理。

在悬空时,对他产生拖拽力的区域会从下方的崖底骤然更改为边上的崖壁。他的直觉无法应对这种变化。每当重力的方向不再朝"下",他的内心深处总会萌生惧意。

他贴着崖壁奔跑,纵身一跃,横出两脚。他不能犹豫、不能害怕、不能逃避。这就好似在自学俯冲姿势,迎头而来的是石面,却不能伸手防护。

他转换视角,运用飓光,把崖壁作为重力面,然后站了上去。就在那短短的一瞬,他的直觉还在反抗,他的身体则预感他会跌回崖底,落得骨折和撞破头的下场。

他四平八稳地落在了崖壁上。

卡拉丁惊讶地挺直身子,深深地送气,呼出一团飓光。

"太棒了!"茜尔围着他上下飘飞。

"这样不自然。"卡拉丁说。

"不，我从来不干不自然的事。我干的事只是……**无法用自然规律衡量**。"

"那就是超自然。"

"不对。"她笑了笑，窜到前方。

这样的确很不自然。蹒跚学步的小儿也是如此，久而久之才能养成自然的走姿。卡拉丁还在学习如何爬行，然而不幸的是，他接下来就要跑步了。这就好比掉进了白脊穴，不快点学的话就会成为野兽的美餐。

他沿着崖壁飞跑，跃过一株凸出的页岩皮木，再往旁边一跳，翻身转向崖底，只轻晃了几下就落了地。

好多了。他追赶着茜尔，继续操练。

✺

地图。

沙兰猫腰向前，手中的润石放着光，一间挂满地图、纸页遍地的房间呈现在她眼前。纸上写着不求美观的潦草铭文，大部分内容都不好懂。

我听说过，她想，**读风者有一套铭文系统，为的是克服书写条件的限制**。

亚马兰是读风者？墙上挂着的时间表似乎证明了这一点，那上面列着飓风来袭的日期和飓风预报的运算数据，原作者也是在地图上做笔记的人。这些材料也许是鬼血会的搜寻目标，他们想借此讹诈亚马兰。作为男性学者的读风者通常会让多数人感到不安。从根本上说，用铭文记事就等同于书写，他们的神秘本质……亚马兰是阿勒斯卡境内最为杰出的将领之一，曝光其读风者的身份可能会重挫其名誉。

他为何要费心培养此等奇怪的爱好？这些地图让她隐约回忆起了

她在父亲死后的发现。当时她在他的书房里找到了类似的东西，不过那些都是雅克维德的地图。"图腾，密切留意门外的情况。"她说，"亚马兰一回家，你就尽快向我传话。"

"嗯。"他喁喁而鸣，退至门外。

深知时间紧迫，沙兰赶忙来到墙边，举起润石，把地图印入脑海。上面画的是破碎平原？这张地图比她见过的任何地图都完整——其中就包括她在国王的地图殿里细细观赏过的主地图。

这张地图这么大，亚马兰是从哪里弄来的？她试着解读那些铭文的用法，却发现字里行间没有明晰的语法。铭文系统不应那样运用。它们传达的是独立的概念，而非连贯的含义。她瞅准某一行里的若干铭文，读了起来：

起源……方位……不确定性……中心所在地未定？可能是这个意思。

其余笔记与之相仿，她默默地做着翻译。朝此方向推进或许会收效。在该处伺探的战士已进入视野。她看不懂另外几组铭文，其写法不合常规。图腾说不定能译出来，可她绝对不行。

除了地图，墙上还覆着密密麻麻的长卷，上面布满文字、数据和图表。亚马兰在研究某个不得了的课题——

是仆族智者！她恍然大悟，那些铭文意即如此，读作Parap‐shenesh‐idi。这三个铭文各有独立的含义，可一经合并，其发音就与"Parshendi"一词的念法相同。这便是部分段落形同乱码的原因。在使用某些铭文时，亚马兰考虑的是发音，还加了下画线。这样一来，他就能用铭文书写某些本该无法表达的内容。读风者真的在把铭文系统转化为完备的书写体。

仆族智者必定了解如何唤回虚渡。她心不在焉地做着翻译，还在思考符文的性质。

什么？

破其奥义。

先于阿勒斯卡军抵达腹地。

部分段落列出了参考文献，尽管已被译成铭文，她还是认出了几则语出迦熙娜的引文，其中涉及了虚渡，还配有虚渡的假想图和其他神话生物的画像。

这充分证明了鬼血会的兴趣点与迦熙娜一样。很显然，亚马兰也走上了同一条道路。沙兰转身四顾，兴奋得心脏乱跳。这里有没有藏着乌有斯麓的秘密？他发现了吗？

目前，需要沙兰全译的东西太多了。铭文太晦涩，她的心跳得厉害，让她过于慌张。况且，亚马兰可能返回在即。她把眼前的景象定格在脑海，以便稍后一一画出。

在此期间，她顺便翻译了一些内容，心中燃起了新的恐惧。作为阿勒斯卡的模范义士，亚马兰轩领主似乎……似乎在做着积极的努力，想要触发虚渡的回归。

这里面必须有我的一份，沙兰想，本次入侵行动不可失败，不能让鬼血会踢我出去。我要进一步刺探他们的知情程度，还得查清亚马兰做这些事的理由。

她今晚不能就这么跑了。她不能惊动亚马兰、不能让他发现有人潜进他的密室，更不能搞砸这次任务。

沙兰必须创造出更逼真的假象。

她从衣袋里抽出一张纸，把它拍到桌上，然后提笔狂涂。

✴

卡拉丁从崖上跳下，小心控速。他往一侧转体，落地时步履不乱，尽管不是很快，但至少不再趔趄。

每跳一次，他便把内心的恐惧下压一点。吸入飓光。上、下、再上、再下。反反复复。

功到自然成。这才是他的本体。

他仍在崖底奔跑,感到一阵兴奋。他避开成堆的骸骨和苔藓,迎上影子的招呼。他飞身跃过一汪大水塘,却误判了其面积,眼看就要踩进浅水——

但他下意识地抬头一望,把自己甩到天上。

卡拉丁瞬时不再下落,而是改为上落。顺着惯性,他越过水塘,往下方施法,最后快步落地,浑身是汗。

我可以把自己甩上天,他想,然后永远往那边落去。

不,那是普通人的想法。飞鳗不怕坠落,对不对?游鱼不怕溺水。

在他开拓新思路之前,他始终不愿掌控这种本事。可他确实有天赋,他会欣然接受。

现在,天空归他所有。

卡拉丁大吼着冲向前,挺身一跃,对崖壁施放风行术,不歇、不疑、不惧。他急速落脚,身旁的茜尔欢笑不已。

如此简单。卡拉丁直视另一侧崖壁,一个起跳,把自己甩至上方,随即猛然转体,单膝跪倒在刚才的顶面。

"你办到了!"茜尔在他身旁翻飞,"有什么改变吗?"

"我办到了。"

"对啊,可是你呢?什么变了?"茜尔问。

"一切。"

她对他皱皱眉。他回了一个笑容,沿着深渊的一侧跑了起来。

✦

沙兰阔步走下通往厨房的后梯,想要让自己显得比以往更壮实,她的脚步便越踩越重。厨娘抬起头,惊恐地瞪大眼睛,正要站起,手中的小说掉落在地。"光明贵人!"

"坐好。"沙兰做出口型,挠挠脸颊,意图捂嘴。图腾依照指示为她代言,将亚马兰的声音模仿得惟妙惟肖。

厨娘听从了命令,坐着没动。但愿她无法从这个角度发现亚马兰没有平时那么高。就算沙兰踮脚走路——脚部已被幻象遮挡——她也比轩亲王轩领主矮上许多。

"你之前和那个叫苔莱什的女仆讲过话。"沙兰动动嘴,图腾在同一时刻发话。

"是的,光明贵人。"厨娘轻声说道,与图腾的音量保持一致,"我派她去和施达因干活了。我觉得这姑娘需要一点管教。"

"不用了。"图腾说,"她是受我之命才回来的。我又派她出去了,还告诉她别谈起今晚发生的事。"

厨娘皱皱眉。"今晚……出了什么岔子?"

"别谈起这件事。你在瞎搅和与你无关的东西。你就装作没看见苔莱什,别再对我多嘴。如果你服从了,我也会装作什么都没发生。听明白了吗?"

厨娘一脸惨白地点点头,瘫坐到椅子上。

沙兰对她略一点头,然后走出厨房,进入夜色。她闪至宅楼的一侧,心跳不止。不管怎样,她还是露出了笑颜。

确定无人可见后,她呼出一团飓光,再上前穿过去,亚马兰的幻象消失了,取而代之的是她早前扮演过的信使男孩。她匆忙回到宅门前,在台阶上坐下,用手撑着头,一时颓唐。

悄声相谈的亚马兰和哈夫在夜色中前行。"……那姑娘看见我和信使讲话了?我没注意到,轩领主。"哈夫说,"她肯定知道了……"一见沙兰在场,他便闭上了嘴。

她赶紧跳起,向亚马兰行礼。

"现在没你的事了，哈夫。"亚马兰招呼那名士兵重回岗位。

"轩领主，"沙兰说，"我有话要传给您。"

"这是不言而喻的，暗眼种。"亚马兰上前道，"那个男人有何企图？"

"男人？"沙兰问，"要我送信的是沙兰·达瓦。"

亚马兰侧过头，不解地问："谁？"

"阿多林·寇林的未婚妻。"她说，"她想更新阿勒斯卡的全套碎瑛刃图鉴。如果您愿意的话，她希望择时绘制您的瑛刃。"

"哦，是这样。"亚马兰似乎松了一口气，"行，没问题。我下午一般有空。叫她派人和我的管家联系，然后安排一次会面。"

"遵命，轩领主。我会把您的话传达到的。"沙兰迈步告辞。

"你怎么这么晚才来？"亚马兰问，"只是为了问个小问题？"

沙兰耸耸肩。"光眼种的命令不容置疑，轩领主。然而可以这么说，我的女主人有时挺健忘，她叫我来跑这趟差，是想趁着她还记得的时候。她对碎瑛刃真的很感兴趣。"

"谁不是呢？"亚马兰转身低语，"碎瑛刃不可方物，你说对不对？"

他究竟是在自言自语，还是在对她说话？沙兰迟疑不答。雾气凝聚，一把剑在他手中成形，刀身上挂着露滴。亚马兰举起剑，看着自己的倒影。

"精妙玲珑、巧夺天工。"他说，"我们为什么要用世上最伟大的发明创造来杀生？啊，瞧我在这儿胡言乱语，还拖延了你的时间，抱歉。我对这把瑛刃还是很陌生。为了实行召唤，我在找借口。"

沙兰几乎没在听。这把瑛刃的剑身蜿蜒曲折，剑背起伏有致，既似波流，又似火舌，剑面蚀满图文。

她认了出来。

这把瑛刃原属她的大哥赫拉兰。

※

卡拉丁在深渊中冲刺，背后生风，形如光缎的茜尔飘飞在前。

在撞上挡路石之前，他跃入空中，把自己甩至上方。他爬升了足有三十尺，然后把自己甩至侧面和下方。朝下的风行术减缓了朝上的冲力；指向一侧的风行术把他拉拽到崖壁上。

他解除朝下的风行术，一手撑崖，翻身起立，继续沿着石壁奔跑。他来到某座高地的边缘，纵身跃向下一座高地，转而对着崖壁施放风行术。

再快点！他几乎汲完了备用润石中所剩的飓光，由于摄取量巨大，他浑身耀如野火。飓光催人奋进，他腾跃而起，把自己甩向前方和东方。于是乎，他朝着深渊的尽头直坠而去，嗖嗖地穿过崖底，周围的草木糊成一团。

他必须清楚自己在掉落。这不是飞行，他每秒都在提速。尽管如此，他依然备感自由。这可能很危险。

风势渐起，在最后一刻，他把自己甩至后方，减缓降速，迎面撞向一堵崖壁。

对他来说，那个方向已成下方，于是他站起来，沿着崖壁奔跑。他正在急速消耗飓光，可他无须节省。他的薪水堪比六等光眼种军官，球币的面值并非微不足道的齐普，而是布罗姆。他一个月的工资超过了曾经的水准，与他早前的认知相比，他现在拥有的飓光储备简直是一笔横财。

他大吼着跳过一丛褶花，后者的叶子在他身下收起。他把自己甩向另一边，越过深渊，以手触壁，又仰身后翻，设法把自己稍微往上甩。

全身一变轻巧，他便在空中翻腾，继而两脚落地、双手握拳，站在崖上直面下方的深渊,皮肤上腾起飓光。

茜尔迟疑不决地在他身旁飞来飞去,还问:"怎么啦?"

"再来。"说罢,他又把自己甩到前方,正对深渊的尽头。

他无所畏惧地坠落,这里是供他畅游的海洋,阵阵清风引领他翱翔。下一座高地迎面而来,就在降落前,他分别往后方和侧边施放了风行术。

他的胃猛地一抽,这感觉就像有人在他身上绑了绳子,他先是被推下悬崖,在触底之前又被拽起。然而,由于他体内含有飓光,这种不适可以忽略。他落向一边,进入另一道深渊。

借由风行术之力,他再度东去,拐进另一道裂谷。他屡屡绕过高地和巨石,没有离开深渊,仿如海鳗破浪。他速速往前,仍在坠落……

那种奇妙和力量令他纠结,他咬紧牙关,抛开谨慎,连续向上施法。一次、两次、三次。他释放一切,射入高天,周身涌动着飓光。

他把自己甩回东边,以便再往那个方向落去,可是现在没有高地挡路了。他飞向匿于黑暗的天际线,不停加速,发丝扬起,外衣猎猎生风,气流刮过脸颊,他眯起眼,却未闭眼。

他接连掠过深渊,高地与裂谷交替出现。这种飞越大地的感觉……他曾在梦中经历过。冲桥手需要花上数小时跨越的距离,他仅用几分钟就飞过去了。他乘风而行,感到身后似有推力,茜尔在他的右手边翻腾游窜。

那他的左手边呢?不,那些是别的风灵。他渐而引来了几十只,它们化作光带,围着他飞舞。不知为何,他认得出茜尔,她的样貌毫无不同之处,可他就是能分辨,这就像在人群中仅通过走姿来挑出家人。

茜尔和她的近亲在他四周翻飞,盘旋之时闪着亮光,纵然排列得自由松散,却透着一丝协调。

他备感欢欣鼓舞，整个人神采奕奕。他有多久没有这种感受了？在提安死后就从未有过。就算他拯救了第四冲桥队，心理阴影还是紧紧相随。

那种压抑逐渐消失了。他看到前方的高地上耸起一块尖石，于是小心地把自己甩至右边，还往背后足足施放了几次减缓落速的风行术。他触到尖石，按住光滑的飓砂岩，紧抓石块顶端，并转了个圈。

一百只风灵在他周围四散开来，如飞溅的浪花般化为流光溢彩的图案。

他开口一笑，仰头望天。

※

夜色中，亚马兰轩领主还在欣赏瑛刃。宅门透出光芒，他借势把剑举到身前。

沙兰忆起了往事。赫拉兰曾用其对准父亲，父亲仰而视之，满心恐惧、不敢作声。这会不会是巧合？可不可能存在两把一模一样的剑？她也许记错了。

不。她绝不会忘怀那把瑛刃的外观。*这就是赫拉兰用过的瑛刃*。世上每一把瑛刃都是独一无二的。

"光明贵人。"沙兰发话，引来亚马兰的注意力。他乍一惊，仿佛忘了她还在场。

"什么事？"

"光明女士沙兰想确认几点事项。"她说，"第一，所有记载均确凿无误；第二，阿勒斯卡军中的瑛刃和瑛甲均可查清来历，而您的瑛刃不在其中。以学术的名义，她想询问您是否愿意说明这把瑛刃的来历。"

"我已经和达力拿讲清楚了。"亚马兰说，"我不了解这套武器的来历。瑛刃和瑛甲原属一名妄图杀我的刺客。他是个年轻的雅克维德人，长着红发，名姓未知。在我出手反击时，他毁容了。你要明白，我得用剑刺穿他的面罩。"

长着红发的年轻人。

站在她面前的这个人杀了她的兄长。

"我……"沙兰支吾难言，愁肠百结，"谢谢您。我会把您的口信传回去的。"

她回身走开，极力稳住脚步。赫拉兰的下落终于查明了。

赫拉兰，你也像父亲那样掺和进了这些事端，对不对？她想，不过你有什么理由？又是如何做到的？

亚马兰似乎力图复活虚渡，而赫拉兰曾想杀了他。

然而，这世上真有人想复活虚渡？她或许弄错了。她必须赶回住处，把印在脑海中的地图画下来，试着作一全面分析。

她溜出亚马兰的驻地，走上昏暗单调的街道，幸亏那些卫兵没有找她的麻烦。这样才好，要是他们长点眼神，就会看见那个信差满眼是泪。沙兰为兄长的逝去而哭泣。她知道，他再也不会回来了。

上升。

卡拉丁连发三次风行术，借之射入长天。于他而言，唯有广域才可无限怡情。

高处愈寒，他扶摇直上，冲向云海。最后，由于担心在落地前耗尽飓光——他口袋里只剩一颗有光的备用润石了，卡拉丁只好把自己往下甩。

他没有立即下落，冲力仅仅减弱了，他还未解除向上的风行术，因而仍在朝着天幕进发。

出于好奇，他对准下方施法，以进一步减速，而后只保留一上一下的风行术，其余的全部撤除。他终于悬停在半空。中月已经升起，遥远的平原沐浴着月光，从空中俯瞰，恍如一口碎盘。不对……他觑着眼想道，这是某种图案。他曾在梦中见过。

夜风拂过，他如风筝般飘浮。他引来的风灵已经散去，因为他不再御风。有意思，他向来不知道人们可以像吸引情绪灵那样吸引风灵。

若想达成，只须坠入苍穹。

茜尔还在绕着他盘旋，最终落在他的肩头。她坐下来，低头看去。

"没多少人见过这一景。"她发言。从高空远眺他的右手边，十座军营犹如十道火圈，似乎极为渺小。周围的寒气足以让人不适。石头声称高处空气稀薄，但卡拉丁分不清其中的差别。

"为了让你做到，我已经努力了一段时间。"茜尔说。

"这就像我第一次拾起长矛的时候。"卡拉丁低语，"初学时我年纪还小。从那时起，你就跟着我了？这么早？"

"不是，"茜尔说，"又是。"

"不可能有两种答案。"

"可能的。我明白我要找到你。风儿都认识你，它们把我领来了。"

"那么我所做的一切都是你的功劳。"卡拉丁说，"我的矛术和打法全不是自己的东西。"

"不，你我都有功劳。"

"我这叫不劳而获，根本没有真本事。"

"不经之谈。"茜尔说，"你每天都训练。"

"我不是没基础。"

"你的基础是天生的。"茜尔说，"在初学乐器的时候，音乐大师的乐感无人可及,这难道不是真本事?她生来就比别人有才华,也取得了艺术成就,所以她这叫不劳而获?她就不能是天才?"

卡拉丁用风行术把自己甩到西边,那是回营的方向。飓光耗尽后,他可不想被困在破碎平原的中央。他体内的风暴已经减弱,大不如初始状态。在减速前,他放胆落往西边,尽可能靠近军营,随后解除部分向上的风行术,开始缓缓下落。

"我要掌握风行术。"卡拉丁说,"不管它有什么优势,我都会加以利用。我得用这种法术打败他。"

茜尔点点头,依然坐在他肩上。

"你并不认为他有灵体跟着。"卡拉丁说,"可他是怎么做到的?"

"他的武器很特别。"茜尔更有把握地说,"全能之主将之创造,用以赋予人类法力。我们之间的羁绊遵循同理。"

还在下落的卡拉丁点点头,夜晚的微风轻拂着他的外套。"茜尔……"他该怎么说?"没有碎瑛刃,我不能和他打。"

她别过脸去,紧紧环抱两臂,姿势极具人性。

"我以前没有去上扎赫尔的剑术课。"卡拉丁接着说,"那时的我怀着什么心态,我理解不了。我必须学会使用这种武器。"

"它们是邪物。"她小声说。

"因为它们象征着骑士们的背誓行为。"卡拉丁说,"不过它们起先是从哪儿来的?又是如何铸造的?"

茜尔没有回答。

"人们能否新铸一把碎瑛刃?这样的话,失信的污点就不会沾染上去。"

"能的。"

"怎么铸?"

她没有回答。他们默默无语地往下飘了一阵子,最后轻盈地降落在一座暗冥的高地上。卡拉丁的方向感回来了,他走到边缘,慢慢下到崖底。他不想在回程时过桥。斥候没有看到他出去，假如他突然走回，他们会生疑。

风操的，他们是不是看到他飞上来了？他们会怎么想？有没有人离得够近，已经看到他着陆了？

算了，他现在没办法处理这种事。他来到崖底，迈步走回军营。飓光渐渐流失，他置身于黑暗中，感到沮丧、乏力、疲劳。

他从衣袋里摸出最后一颗注过光的润石，用它照亮前路。

"你在回避一个问题。"茜尔落到他的肩头，"已经过了两天了，你准备什么时候和达力拿摊牌？你要告诉他莫阿什带你见了什么人。"

"我跟他谈亚马兰时，他没听进去。"

"这显然不一样。"茜尔说。

确实，她说得对。那他为什么没有和达力拿摊牌？

"那些人似乎等不了太久。"茜尔说。

"我会对他们采取行动。"卡拉丁说，"我只想多琢磨一下。待我们搞垮他们，我不希望莫阿什卷入风波。"

在余下的路上，她一声不吭。他取回矛，踩着绳梯爬到高地上。头顶的天空已经变得阴霾，可最近就快入春了。

尽量珍惜眼前，他想，*泣雨季不远了*。到时，雨会连着下上几星期，而提安已经不在了。从前，他弟弟总能哄他开心。

夺走这一切的人是亚马兰。卡拉丁低下头，开步走。在军营的界外，他转向右边，往北走去。

"卡拉丁？"飞在他身边的茜尔问，"你怎么往这边走了？"

他抬头一看，发现此路通向撒迪亚斯的军营，而达力拿的军营在反方向。

卡拉丁继续前行。

"卡拉丁？你在干什么？"

他终于就地停步。前方是撒迪亚斯的军营，亚马兰想必身在某处。天色已晚，诺梦缓缓升顶。

"我能结果他。"卡拉丁说，"先以电光石火之速钻进他家的窗户，再杀了他，趁早开溜，让别人来不及反应。这是十拿九稳的事，人人都会将之归罪于白衣刺客。"

"卡拉丁……"

"茜尔，我这叫见义勇为。"他转身看她，勃然大怒，"你告诉我要保护生命，如果我把他杀了，不就是在做正事吗！保护别人，让他无从下手，避免我受过的陷害栽到他们头上。"

"你一想到他，就会变成这样，我不喜欢。"说话时，她显得十分渺小，"你就像换了个人似的，脑子也停转了。求求你。"

"他杀了提安。"卡拉丁说，"我绝对要结果他，茜尔。"

"可是选在今晚？"茜尔问，"你才刚刚有所发现、有所作为。"

他深吸一口气，想起了在深渊里腾跃的兴奋，以及飞翔的自由。多少年来，他头一次感到真切的喜悦。

他真想用亚马兰来玷污这份记忆？不。就算此人的死必然能为今日添彩，他也要说不。

"好吧。"他转身回达力拿的军营，"今晚不动手。"

当卡拉丁回到营房时，大伙已经吃完了晚上的炖菜。他走过余烬未熄的篝火，去往住处。茜尔窜到空中，划出复杂的轨迹。她会整夜乘风飞舞，和她的近亲玩耍。就他所知，她无须睡眠。

他走进自己的单间，感到精疲力竭，却不乏喜悦。那——

屋里有人在动。

卡拉丁扭转身子，把矛头对准闯入者，吸进最后几缕被他用来引路的飓光。他身上涌出光雾，照亮了一张红黑相间的脸庞。藏在阴影中的申就像传说中的恶灵，形容可怖，叫人直发毛。

"申，"卡拉丁放低矛头，"到底是怎么——"

"长官，"申说，"我得走了。"

卡拉丁皱起眉头。

"对不起。"申补了一句，声线还是那么慢条斯理，"我不能告诉你原因。"他把卡拉丁交给他的矛紧握在手中，似乎在期待什么。

"申，你已经自由了。"卡拉丁说，"如果你觉得非走不可，我不会留你，但我不知道还有哪里可以拓展你的自由。"

申点点头，与卡拉丁擦身而过。

"你今晚就走？"

"我马上就走。"

"平原上的戍兵可能会拦住你。"

申摇头反对。"仆族无法摆脱奴役。他们只会把我看成奉命干活的奴隶。我会把你给的矛留在火边。"他行至门口，却在卡拉丁身旁稍作停留，还把手摆到卡拉丁的肩头，"军尉，你是个好人。我学到了很多。我的真名不是申，而是瑞莱恩。"

"祝你一路顺风，瑞莱恩。"

"我不怕风。"瑞莱恩轻拍卡拉丁的肩膀，在走出营房之前深吸了一口气，仿佛正要知难而上。

53 完美

其余骑士团不擅进入灵体的远域，异唤骑士团于此极为和善，往往允许他人以辅助人员的身份同行交流；但他们一向不会让出自己的位置——面对灵体中的大家，他们是首要的沟通桥梁；纵使织光骑士团和念化骑士团均具备类似的能力，这两者依旧无法真正掌控该界域。

——摘自《光辉真言》第六章，第二页

阿多林用前臂挡下艾立特的碎瑛刃。碎瑛武士从不用盾，瑛甲的每一处都坚不可摧、赛过磐石。

他以风姿猛开攻势，脚踩沙地，穿梭于竞技场。

吾儿，为我赢下碎瑛武器。

阿多林接连出招、来回劈扫，逼得艾立特仓皇败退。后者的瑛甲泄出飓光，那上面有十几处被阿多林击中的部位。

破碎平原之战的和平终结已经无望。他们走到了穷途末路。他明白父亲是多么渴求那样的结果，可是仆族智者的嚣张气焰令他既愤怒又失意。

他收敛心绪。他不能沉湎其中。他架好剑姿,保持冷静,动作流畅谨慎。

鉴于阿多林在首场以碎瑛武器为赌注的决斗中表现野蛮,艾立特显然预判他会延续该打法,从而选择以避让为主的策略,就等对手发飙。可是阿多林没有使出这种伎俩。

今天,他讲究精确的打法。他要尽情发挥,将剑姿运用得丝丝入扣。在上一场决斗中,他的低调未能劝服任何有权势的人物,他们纷纷拒绝出战。阿多林好不容易才说动了艾立特。

是时候改换战术了。

阿多林从撒迪亚斯、亚拉达和鲁特哈的坐席前经过。这三人同属与父亲作对的集团,是此中的主心骨。当前,他们藐视规定,一律抢在指定人员抵达前上高地窃取琼心石,还次次倾囊缴款。面对其违纪行为,达力拿不能严加打击,只能征收罚金,以打消开战的可能。

但是阿多林可以另辟蹊径、严惩不贷。

一等阿多林前攻,艾立特就避让不及,还试探着前刺。阿多林挡下一剑,再反手侧击艾立特的小臂,命中处也拽出飚光。

观众低声抱怨,竞技场上腾起喧嚷。艾立特再度发难,阿多林专注格挡,却不予反击。

扎稳每一步才是理想状态。激越感翻涌而起,可他愣是把它压了下去。轩亲王之间倾轧不断,他恨之入骨,可他今天不会怒形于色,**反倒要展示最完美的一面。**

"他想拖垮你,艾立特!"鲁特哈的声音从附近的看台上响起。他年轻时也是一名决斗好手,只是与达力拿和亚拉达相差甚远。"别给他机会!"

阿多林乐了。艾立特一点头,持烟姿剑前扑,冒险刺出一剑。在多数比试中,只要在对手的瑛甲上破坏若干处,就能取胜。然而,有时也可用剑尖挑穿甲片的接合处。

这种攻击方式不仅能打败对手，还能造成伤害。

阿多林沉着地退后，使出得当的风姿剑格挡式。艾立特的剑铿然作响，观众怨声频出。起先，阿多林向他们展示了引起众怒的残酷手法；之后，他献上了一场高潮迭起的近战。

这一次，他一反前两场的打法，没有和对手进行正面交锋，而这常是决斗中最重要的部分。

他跨至一侧，轻击艾立特的头盔，割出一道细小的裂纹，其间溢出飓光，但量没有以往多。

好极了。

艾立特大吼一声，又前刺一剑，直冲阿多林的面罩。

想杀我，嗯？阿多林想道，一手持剑，一手抬起，迎面而来的瑛刃正巧游移到指尖上方，滑向虎口。

阿多林把手往右上方一扬，艾立特的瑛刃紧咬不放。身无寸甲的人绝不可能实现这种动作。即使刺过来的是普通的剑，他的手也会被砍成两半；而换作碎瑛刃，情况则更严重。

由于穿着瑛甲，阿多林很容易就把对手的攻势拨到头顶上，继而用另一手扫出瑛刃，重击艾立特的侧肋。

阿多林的单刀直入引得部分观众高声欢呼，不过有些人喝起了倒彩。正规的打法应是剑指艾立特的头部，以求击碎头盔。

艾立特没有命中，反倒吃了一招，他失去平衡，向前踉行。阿多林用肩膀顶开他，他跌落在地，后退几步，却未反扑。

嘘声此起彼伏。

艾立特起身跨步，略为摇晃，接着又迈了一脚。阿多林往后挪步，把剑插入沙地，等待着。天上响起闷雷，今天晚些时候可能会下雨，而且只是平常的阵雨，幸亏飓风未起。

"给我打啊！"艾立特的吼声钻出头盔。

"我是打了，"阿多林速速应答，"还赢了。"

艾立特蹒跚向前，阿多林步步后退，观众嘘声四起。艾立特的瑛甲最终完全锁定，飓光消耗殆尽，其人无法动弹。阿多林等到了这一刻，他在对手盔甲上划出的细纹终于合而起效。

阿多林从容地走上前，按住艾立特的胸甲猛地一推，后者砰的一声栽倒在地。

阿多林举目仰望担任裁判的光明贵女伊斯托。

"现在宣布决斗结果。"裁判喟叹道，"阿多林·寇林再度获胜，艾立特·鲁特哈丧失瑛甲的持有权。"

战果一出，观众不太乐意。阿多林转身面对看台，挥了几次瑛刃，之后才令其归于雾气。他摘掉头盔，向喝倒彩的观众鞠了一躬。他预先备好的持甲侍卫从他身后冲上场，一手推开艾立特的侍卫，卸下已属阿多林的瑛甲。

他笑了起来。待侍卫完工，他跟着他们走进位处看台下层的休息室。穿着瑛甲的雷纳林等在门口，纳瓦妮伯母则坐在火盆边。

雷纳林探头张望神情不悦的观众。"飓风之父啊，在首场决斗中，你只花了不到一分钟的时间就拿下了，他们恨你还来不及。今天，你打了大半个小时，而他们的憎意似乎更浓了。"

阿多林叹着气，坐到一张长凳上。"反正我赢了。"

"确实。"纳瓦妮走上前，检查他身上有无伤口。在他决斗时，她总是提心吊胆。"不过，你不是该大张旗鼓地打一场吗？"

雷纳林点点头。"那正是父亲的要求。"

"这场决斗会被人铭记。"阿多林接过当班冲桥手皮特送来的水杯，感激地点点头，"要想大张旗鼓，就得让所有人注意。这样才行。"

但愿如此。下一步也至关重要。

"伯母，"阿多林在她画感谢符时说，"关于我问您的事，您有没有考虑过？"

纳瓦妮仍在绘制符文。

"沙兰的研究听上去的确事关重大,"阿多林道,"我想说的是——"

有人在敲房门。

这么快? 阿多林心想,站起身。一名冲桥手打开门。

穿着紫裙的沙兰·达瓦冲了进来,一路上红发飞扬。"决斗太精彩了!"

"沙兰!"她并不是他在等的人,但一见到她,他不能说不高兴,"在开打前,我特意望了望你的坐席,可你没来。"

"我忘了焚祈祷符。"她说,"于是我停下了别的事情。不过,我后来还是看到了大半场决斗。"就在他面前,她扭捏了片刻,似乎很尴尬。阿多林也有这种感觉。他们宣布交往才过一周,却已立下了因缘婚……他们到底是什么关系?

纳瓦妮清清嗓子。沙兰转过身,用闲手捂住嘴巴,似乎刚刚才注意到太后的存在。"光明女士。"她俯首欠身道。

"沙兰,"纳瓦妮说,"每当我侄儿谈起你,我听到的只有好话。"

"谢谢。"

"那我就不打扰你们俩了。"纳瓦妮走向门口,铭守符还未画完。

"光明女士……"沙兰对她扬起手。

纳瓦妮头也不回地关上门,离开了。

见沙兰垂下手,阿多林苦着脸说:"很抱歉。我一直在找她谈,我想她尚须时日,沙兰。她会好起来的。她明白无视你是不应该的,我感受得到。你只是让她想起了那些事。"

沙兰点点头,看上去很失望。阿多林的持甲侍卫走过来帮他脱卸瑛甲,可他摆摆手,示意他们退下。摘掉头盔后,他的头发贴在头皮上,显得很乱,这已经够糟了。穿在里面的衣服——一件加了软夹层的制服——肯定不能见人。

"那么,你喜欢这场决斗吗?"他问。

"**你太厉害了**。"沙兰转头看他,"艾立特一直往你身上扑,而你顺手就把他甩开了,像是在对待一只企图爬到你腿上的烦人飓虫。"

阿多林咧嘴笑道:"其他观众可不这么认为。"

"他们是来看你任人践踏的。"她说,"你没有献出这一幕,真不贴心。"

"在这方面我可小气了。"阿多林说。

"我发现,你基本上没输过,这样太没劲了。有时,你或许该试试和对手打平,翻点花样。"

"我会考虑的。"他说,"我们可以在我父亲的军营里共进晚餐,顺便商量此事。你意下如何?"

沙兰蹙眉道:"我今晚很忙,实在抱歉。"

"哦。"

"但是,"她走近几步,"我说不定很快就能送你一份礼物了。我一直在奋力修复塞巴里尔家族的账目,因而没有充裕的研究时间。不过,我可能在无意中碰见了一些对你有用的信息,具体内容和决斗有关。"

"什么?"他皱着眉问。

"在迦维拉尔王的传记中,某些段落我还记得。你要以一鸣惊人的方式赢得决斗,让观众赞叹折服。"

"那么嘘声会少点。"阿多林挠挠脑袋。

"我觉得那是大家喜闻乐见的。"站在门边的雷纳林插话道。

"一鸣惊人……"阿多林说。

"明天我会详细解释。"沙兰说。

"明天?你有什么安排?"

"你要请我吃饭呀。"

"我真要请?"

"你还要陪我散步。"她说。

"我真要陪?"

"当然。"

"我太幸福了。"他对她笑了笑,"那好吧,我们可以——"

房门砰的一声打开了。

阿多林的冲桥手护卫吓了一跳,雷纳林骂骂咧咧地站起来。阿多林转过身,轻柔地把沙兰推到一边,以便看清是谁站在门口。来人是目前的决斗冠军瑞里斯,也即轩亲王鲁特哈的长子。

果然不出所料。

"刚刚那是怎么回事?"瑞里斯质问道,阔步入室,身后跟着一小群光眼种,包括担任裁判的光明贵女伊斯托,"你侮辱了我和我的家族,寇林。"

阿多林把手背到身后。瑞里斯愤怒地直奔他而来,把脸埋到阿多林面前。

"你不喜欢这场决斗?"阿多林随口一问。

"那根本不是决斗。"瑞里斯恶狠狠地说,"你不愿好好地打,还让我表亲颜面扫地。本人严正要求这场闹剧被判无效。"

"瑞里斯王子,我已经向您申明了。"站在后方的伊斯托说,"阿多林王子没有违反任何——"

"你想不想拿回你表亲的瑛甲?"阿多林轻声问道,直视瑞里斯的双眼,"要拿就跟我打。"

"我不会接受你的挑衅。"瑞里斯轻叩阿多林的胸甲,正对中心部位,"我不想再被你拖入那种滑稽可笑的比试。"

"我手上有六件碎瑛武器啊,瑞里斯。"阿多林说,"里面有我和我弟弟的甲刃,还有艾拉尼夫和你表亲的瑛甲。只要你同意和我较量,我就一口气全押上。"

"你以为我会同意?太天真了。"瑞里斯斥道。

"你这是怕了?"阿多林问。

"你的水平在我之下,寇林,从前两场比试中就能看出来。你甚至不懂决斗之道,你脑子里只有诡计花招。"

"那你应该能轻易地打败我。"

瑞里斯跺着双脚,一时语塞。最后,他指着阿多林道:"你个混蛋,寇林。你想羞辱我和我父亲,所以才和我表亲决斗。这我很了解。我不会受你的刺激。"他转身告辞。

*一鸣惊人,*阿多林想道,瞥了一眼沙兰,*父亲要求的是大张旗鼓……*

"如果你怕了,"阿多林回望瑞里斯,"无须单独和我决斗。"

瑞里斯在原地停步,扭过头说:"你的意思是,只要我带人来,*你就愿意同时和我们打?*"

"正是。"阿多林说,"不管你带谁来,我都会迎战。"

"你真是蠢到无药可救。"瑞里斯低声道。

"你同不同意?"

"再过两天。"瑞里斯厉声喝道,"就在竞技场里比。"他看了看裁判,"你能作证吧?"

"能。"她说。

瑞里斯扬长而去,其他人跟在后面。裁判逗留了一会儿,打量着阿多林。"你知道你都干了些什么吗?"

"我熟谙决斗规则,也清楚自己的行为。"

她长吁短叹着,但点点头,随即便走。

皮特关上门,看了看阿多林,扬起了眉毛。好啊,这下连冲桥手都对他有意见了。阿多林瘫坐在长凳上,问沙兰道:"那样能叫一鸣惊人吗?"

"你觉得一打二行得通?"她问。

阿多林没有回答。同时对付两人已经很难了,假如对手双双为碎瑛武士，则更难。他们可以联合、可以包抄、可以乘人不备。这远比连打两场难。

"不好讲。"他说，"可你希望我做到一鸣惊人，那我就想试试。现在，希望你真的有打算了。"

沙兰挨着他坐下。"你对轩亲王叶宁夫了解多少？"

"淑女步态"
光明女士希顿 作

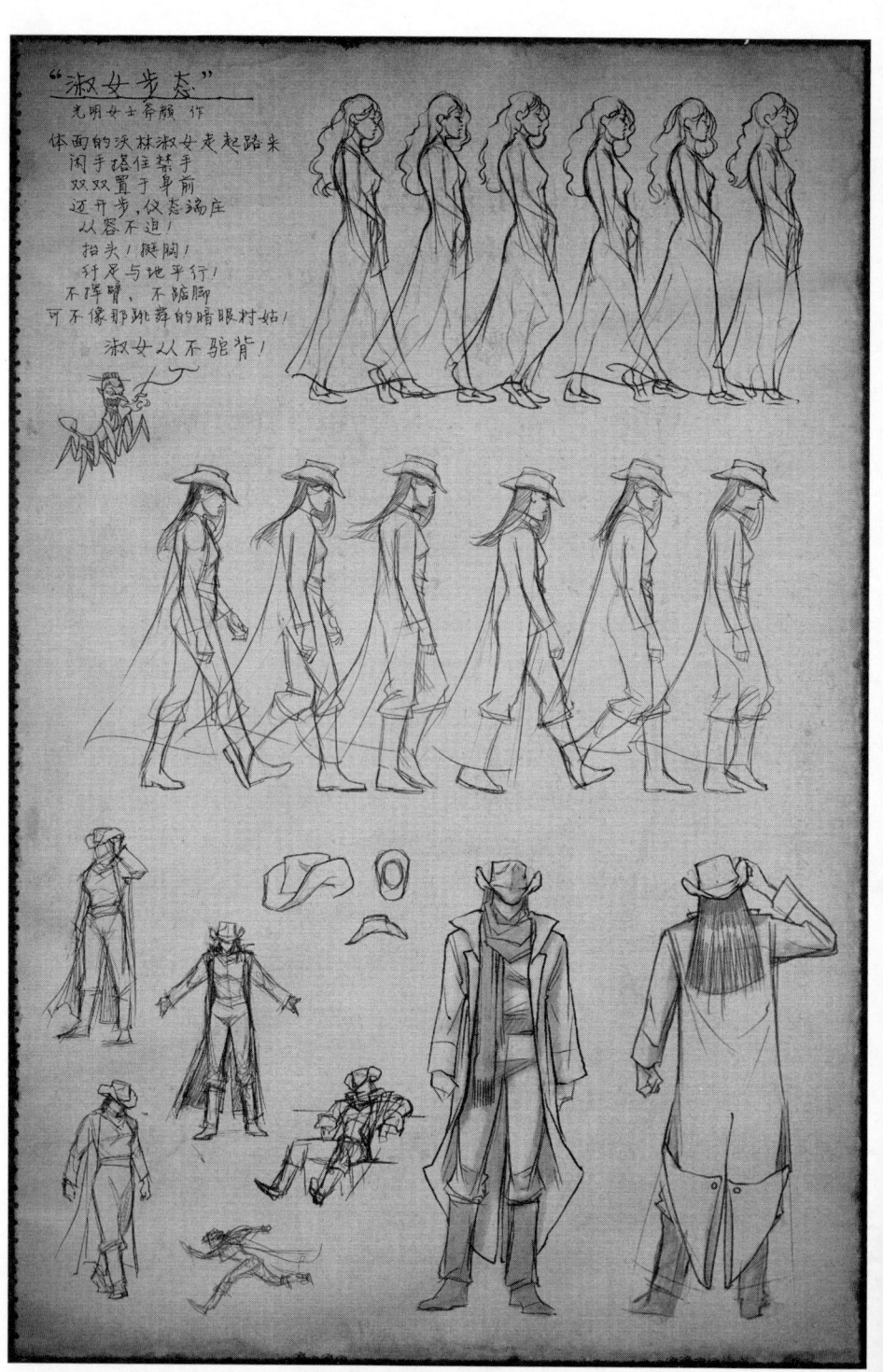

体面的沃林淑女走起路来
  闲手握住禁手
  双双置于臀前
  迈开步，仪态端庄
  从容不迫！
    抬头！挺胸！
    行足与地平行！
  不挥臂、不踮脚，
可不像那跳舞的暗眼村姑！
    淑女从不驼背！

沙兰的素描·步态

54 浣纱受教

十六位风行骑士携数目可观的扈从前来,觉察破天骑士正在区分良民与罪人,随即引发一场大论辩。

——摘自《光辉真言》第二十八章,第三页

沙兰走下马车,被细雨笼罩。她穿着白大衣和长裤,已经化身为那个被她叫作浣纱的暗眼种。雨点打在她的帽檐上。在上一场决斗结束后,她和阿多林相谈甚久,结果只能急匆匆地去无主山岭赴约,此地距离军营有足足一小时的车程。

但她最终及时赶到,还换好了装扮。雨点落在四周的石头上,她阔步前进,聆听雨声。她一向喜欢下雨天。雨水带来生机,虽是飓风的姐妹,却少了那种猛烈。沛雨降下,就算是军营以西的那片风暴之地也能焕发蓬勃的生气。石壳木纷纷打开外壳,尽管此地的品种不会像家乡的品种那般绽出花朵,却还是抽出了绿藤。饥渴的草儿从洞中探出,不愿缩回,除非快被踩到。几丛芦苇吐露芳华,吸引飓虫啃食花瓣。在此过程中,植物的孢子会赠到它们身上,一经传播,便可与别的植物的孢子相结合,从而繁殖出下一代。

在家乡，藤蔓的长势要旺盛得多，走路时很难不被绊倒。如果进入林区，没走几步就需用刀开路。而在此地，花草变得色彩斑斓，却不是前进的阻碍。

细雨轻洒，草木肥美，眼见这等大好美景，沙兰笑了笑。小雨飘过，雨声悦耳动听；天空雨云密布，变换出多重灰霾，美不胜收。为了欣赏此景，她只须付出很小的代价，那就是稍微淋湿。

沙兰把防水包夹在腋下，往前走去。她今天不能坐塞巴里尔的马车，于是雇了车夫载她过来。这辆车由仆族牵拉，不是真正的马车，但是仆族的行速比红甲蟹快，而且这一路下来很顺畅。依照她的指示，车夫要等她回来。

她走向前面的山坡，那里就是目的地，她早前就通过对芦收到了地图，上面标得很清楚。她穿着一双做工精良、结实耐用的靴子，身上那套原属缇恩的衣服或许有些不平常，可沙兰十分满意。大衣和帽子能挡雨，如果她踩上湿滑的石地，那双靴子就能稳住她的脚步。

她绕过那座小山，发现另一边坑洼不平，岩石已经开裂，经过一场小型塌方，碎石滚落在地。石块的边缘覆盖着硬化的飓砂，呈现出分明的层次，表明山崩就发生在不久前，否则新落下的飓砂就会遮住这些色调。

那道裂口形成了一座小山谷。山谷内碎石满地，罅隙遍布，地势崎岖。植物孢子和被风吹来的茎秆四散各处，营造出一派勃勃生机。哪里刮不到风，哪里就有植物落地生根。

蔓生的绿色植物盘绕交错。这里并非真正的避风地，不宜久留生息，只能防范一时，最多维持几年。如今草木疯长，有时层层叠叠，抽芽、开花、摇曳、扭结，欣欣向荣。这就是原生态的例证。

但那顶帐篷除外。

帐下坐着四人，那几把椅子精致华美，与周遭的环境很不搭调。帐篷的侧边已敞开，他们吃着点心，围着中间的火盆取暖。沙兰走近几步,把那些人的脸面定格入脑。事后她会把他们全画出来,就像对待鬼血会的第一批人那样。现场的四人中,两人上次来过,两人没来过。那个令人不安的面具女似乎未到场。

穆里兹傲然挺立,端详着他的长吹箭。沙兰来到雨篷下,他连头也没抬。

"各个地方都出产独特的武器,我热衷于学习它们的用法。"穆里兹说,"这个嗜好有点奇怪,可我感觉不无道理。想了解一个民族,就从武器切入。人类自相残杀的方式阐明了各种文化的特质,即便翻开民俗类学术专著,也找不到这么详实的内容。"

他托起芦管,直冲着呆立在原地的沙兰,后又转向那道裂口,将一支吹镖射入枝叶间。

沙兰走到他身旁。那支吹镖直取一只飓虫,将其钉在了茎秆上。这只体型很小的多足虫不停地抽动挣扎,试图挣脱,可它已经被吹镖刺中,必死无疑。

"这是仆族智者的吹箭。"穆里兹发言,"刀儿,你说它阐明了该族的什么特质?"

"它的打击目标显然不是大型猎物。"沙兰说,"这在情理之中。据我所知,平原上只有深渊恶魔体型较大,相传仆族智者奉其为神明。"

她从未听之信之。她曾在迦熙娜的坚持下细读过早期的文献,对于仆族智者所膜拜的神明,**著者提出了深渊恶魔说**,然而这种假设其实并不明确。

"他们大概会用它追踪小型猎物,"沙兰接着说,"这意味着他们是为觅食而狩猎,而不是图享乐。"

"为什么这么说?"穆里兹问。

"在狩猎时,有些人以搜寻高端战利品为荣。"沙兰说,"而那支吹箭只是人们用来养家糊口的。"

"要是有人拿它攻击别人呢？"

"它在战争中派不上用场，"沙兰说，"射程恐怕太小，况且仆族智者有弓。把它当暗器倒可以，不过我很好奇这行不行得通。"

"为什么？"穆里兹问。

对方像是在考她。"是这样的，"沙兰说，"多数土著人——比如希尔纳森的原住民、雷希族和伊里平原的行者部落——都没有切实的暗杀概念。据我所知，他们似乎并不善战。猎手的地位很重要，所以在这些文化中，所谓的'战争'常是虚张声势，死亡率很低。这类崇尚夸诞的社会似乎不适合刺客生存。"

然而仆族智者却派了一名刺客与阿勒斯卡人作对。

穆里兹把长吹箭轻托于指尖，正在用那双叫人难以揣摩的眼睛注视着她。"我明白了。"他终于说，"缇恩这回挑了个学者来当徒弟？很少见。"

沙兰羞红了脸。她忽然想到，变身后的自己虽然留着黑发、戴着帽子，却不是别人的翻版。浣纱就是沙兰本人的复刻。

倘若不改，可有危险。

"那么，"穆里兹从衬衣口袋里掏出另一支吹镖，"今天缇恩又有什么借口？"

"借口？"沙兰问。

"她没有完成任务。"穆里兹把吹镖装好。

没有完成任务？沙兰开始冒汗，额前冰凉。她已经查过了！她之前就想看看亚马兰的驻地是否存有反常，今天早上还去了一次，这就是她在阿多林决斗时晚到一步的真正原因。其间她假扮成工人，在亚马兰府附近监听，想探明是否有人说起闯入事件，或是亚马兰起了疑心，结果她一无所获。

很显然，亚马兰没有公布自己的怀疑。对于那一晚的潜入行动，尽管她竭力掩盖，却还是失败了。她或许不该太意外，但是不管怎样，她仍有这种感觉。

"我——"沙兰开口道。

"我开始怀疑缇恩是不是真病了。"穆里兹托起吹箭筒，又往树丛里射了一镖，"我给她布置了任务，她却不执行，甚至连试都没试过。"

"没试过？"沙兰疑惑地问。

"哦，这就是借口？"穆里兹问，"她试了一次，却没成功？我派了人监视那座宅子，如果她做了……"

他渐渐没了声音。沙兰抖了抖小包上的雨水，小心地打开包，取出一张画纸。这张图表现的是亚马兰的密室，那里的墙上挂满了地图。有些细节是她不得已才臆测的，当时屋里很暗，她只拿了一颗润石照明，作用不大。不过，她觉得自己的描绘已经很接近原型了。

穆里兹伸手接物，举起画纸仔细打量，汗流不止的沙兰只能在一旁干着急。

"难得一见，"穆里兹说，"这次是我犯了糊涂。恭喜。"

这是好事吗？

"缇恩没有这种才能。"穆里兹接着道，还在看那张图，"你亲眼见过这个房间？"

"她挑选学者做徒弟是有理由的。她想利用我的才能来弥补自身的不足。"

穆里兹放下画纸。"这让我很意外。你的主子可是行窃高手，但在人际交往上，她总是没什么觉悟。"他讲话温文尔雅，与满脸伤疤、唇形错位、双手粗粝的样貌不符。他谈吐有方，仿佛平日以品酒赏音为乐。然而，他又像那种屡屡被打断骨头的人，还可能反复还手过。

"可惜了，这些地图仅是点到为止。"穆里兹发话，又看起了那张图。

沙兰乖乖地取出另外五张专门画给他的图，其中有四张是壁上地图的详绘,另一张是壁上卷轴的近似摹本,附有亚马兰的笔迹。每张图上的文本实则难以解读,沙兰故意把那些字写成了狂草体。就算她能凭记忆做到如此细致,也没人会把这种指望放到画家身上。

她不愿把那些文本内容的明细透露给他们。她想获得他们的信任,以便了解自己的本事,**可她绝不会帮助他们,除非真有这个必要。**

穆里兹把吹箭递到一边。那个戴着面具的矮个女孩就在那里,捧着那只被穆里兹刺穿的飓虫,还有一只被吹镖扎入脖子的死水貂。后者的腿忽然动了动,看来它还没死,只是昏了过去。那么它中的是毒镖?

沙兰浑身打战。这个女人刚才躲在哪里?那双一眨不眨的暗眼直盯着沙兰,那张脸的其余部位都藏在上了色的甲壳面具后。她接过了吹箭。

"太漂亮了。"穆里兹评价着沙兰的画,"你到底是怎么进去的?那些窗户都有人蹲点监视。"

照这么说,缇恩一般会在夜深人静之时破窗而入?她没有把这类手法传授给沙兰,平时所教的无非是各地口音和伪装技巧。她可能早就发现走路时有不稳的沙兰并不能胜任那些需要充分调用四肢的盗窃行动。

"画工精湛,能夺天地。"穆里兹走到桌前,把图稿铺在桌面上,"品质绝对非凡,艺术造诣极高。"

他到底怎么了?在她首度与鬼血会的人会面时,他还是一个杀气腾腾、冷酷无情的男人;而现在,他却一改前貌,变得激情四溢。他弯下腰,认真地观摩画稿,还一张一张地过目,甚至动用了放大镜来品鉴细节。

她没有问出自己的疑惑。亚马兰在捣鼓什么?您知不知道他是如何弄到碎瑛刃的?他是怎样……杀害赫拉兰·达瓦的?一想到这些,她还是喘不上气,但是多年前她就隐隐接受了长兄走上不归路的事实。

可她依然对梅里达斯·亚马兰深怀恨意,这让她惊讶不已。

"孩子?"穆里兹瞥了她一眼,"过来坐。这些图都是你自己画的?"

"是的。"沙兰把上涌的情感压了下去。穆里兹刚才是不是叫了她"孩子"?她特意把自己的二重身份打造成了年长版本,后者的脸更有棱角。接下来她要做点什么改进?难道要往头发里加几根银丝?

她在桌边落座。那个面具女在她身旁现身,手端酒杯和一壶冒着热气的东西。沙兰犹豫地点点头,换得一杯热橙酒。她小作啜饮——酒里是否有毒也许不用她来关心,因为这些人随时都能杀了她。同在帐下的其余人轻言相谈,但沙兰根本听不清他们在讲什么。她感到自己就像一件被人围观的展览品。

"我为您抄录了一些文本。"沙兰抽出一页稿纸。她特意挑选了这个段落给他们看,上面没有透露太多,却可以吸引穆里兹谈论这个话题。"我们没在屋内待多久,所以我只弄到了几行。"

"你在那儿画了这么久,却没挤出时间记下文本?"穆里兹问。

"哦,"沙兰说,"不,那些图是我凭记忆画下来的。"

他抬头看她,嘴巴微张,脸上闪过一丝发自内心的讶异,之后很快恢复了惯常的自信与沉着。

承认自己具备那种本领……恐怕不太明智,沙兰意识到。究竟有多少人能凭记忆画出此等佳作?沙兰以前有没有在军中公开展示过她的画技?

她明白自己没有展示过。事到如今,她只能把这门手艺保密,免得鬼血会的人把光眼种女士沙兰和暗眼种骗子浣纱联系到一起。风打雷劈的。

好吧,她注定会犯上一些错,起码这次可能没有生命危险。

"金。"穆里兹厉声道。

一名身着飘逸外袍、胸膛裸露的金发男子站了起来。

"看着他。"穆里兹对沙兰说。

她把那名男子的形象印入脑海。

"金,回避。浣纱,画他。"

她别无选择,只得服从。金走到一边,自顾自地抱怨雨天。沙兰提笔作图,绘出一幅完稿,不仅画出了金的头肩部位,还试着描摹了周边的环境,将巨石塌落的背景收于其中。出于紧张,她没有发挥出以往的水平,不过穆里兹还是对着她的作品柔声赞叹,骄傲得如同父亲那般。她画完炭笔画,取出定型用的封胶,怎奈穆里兹先一把夺了过去。

"简直出神入化。"他把画纸举高,"你跟着缇恩真是浪费,然而碰上文本就不行了吧?"

"是的。"沙兰说了假话。

"可惜了,不过还是相当不错。非常好,我们总该用得上,确实该考虑。"他看着她,"孩子,你有什么目的?如果你值得信赖,我大概能在组织里为你腾出一个位子。"

太棒了!"要不是想求此机会,我不会同意代替缇恩前来。"

穆里兹冲她眯起眼。"你是不是杀了她?"

噢,真该死。沙兰瞬间面红耳赤,这是理所当然的。"呃……"

"哈!"穆里兹惊呼,"她总算挑了个聪明过头的副手了,真是舒畅。神气了这么久,本想收一个小跟班,结果还是被人干掉了。"

"大人,"沙兰说,"我没有……其实那不是我的本意,是她先来害我的。"

"想必说来话长。"穆里兹笑道,脸色却不悦,"记住,你这么做不犯讳,但也不是什么值得提倡的事。假如下级纯粹想靠追杀上级来擢升,那么这个组织就搞不好了。"

"受教了，大人。"

"不过，你的头头并不是组织里的人。缇恩以为自己是猎手，可她自始至终都是猎物。如果你想入会，就该明白一点：我们和你认识的那些人不一样。我们的目标更为远大，而且……彼此护得很紧。"

"明白了，大人。"

"那么你到底是谁？"他招呼仆从拿回吹箭，"浣纱，你的真身是哪位？"

"我是一名参与者。"沙兰说，"我想参与的是大事业，不论是偷光眼种怪人的东西，还是为了挥霍一个周末而诈骗，都不及它来得重要。"

"那么这就是一场狩猎。"穆里兹轻声道，咧嘴一笑，再背过身，走回帐篷的边缘，"日后我会下达更多指示。完成好组织布置给你的任务。到时我们再考虑。"

那么这就是一场狩猎……

什么样的狩猎？一听这话，沙兰打了个冷战。

这一回又没有人明确地催她离场，可她还是扣好小包，动身告辞。与此同时，她瞥了一眼那些久坐未起的人。他们一脸冷漠，令人胆寒。

沙兰走出帐篷，发觉雨已经停了。她渐行渐远，感到有人在盯着她的后背。他们都知道了，她意识到，我既能百分之百地认出他们，又能在任何人的要求下呈上精准的图稿。

他们不会乐意的。穆里兹表达得明明白白，鬼血会的人不常自相残杀。但他也出面澄清，说她还不是会员。他直截了当地提到这点，仿佛准许旁听者对浣纱下手。

塔拉特的黑手啊，她究竟落入了什么境地？

你到现在才想起来？她一边思考，一边绕过山坡。她的马车就在眼前，车夫正背对着她闲坐在车顶。沙兰慌忙回望，未发现有人跟踪,至少在目力所及范围内是安全的。

"有人在监视吗,图腾?"她问。

"嗯。只有我,没别人。"

对了,用石头打掩护。在呈给穆里兹的图稿中,她画过一块巨石。出于直觉和不小的恐惧,她不假思索地呼出飓光,塑造出那块巨石的幻象。

然后她马上躲了进去。

里面一团漆黑。她蜷着腿坐在石中,感到这姿势很不雅观。穆里兹的同伙也许不会做出此等蠢事。他们老练、圆滑、能干。风杀的,她或许根本没必要藏起来。

可她还是坐在原处。那些人的眼神……穆里兹的话语方式……

过分审慎总要好过天真无知。别人总以为她无法照顾自己,对此她早已厌倦。

"图腾,"她悄声道,"去找车夫,就用我的声音跟他说:'在你东张西望的时候,我已经上车了。别看过来,我得偷偷地离开。载我进城,停在军营外,数到十下。在你数完之前,我会先走人,千万别看。我付了钱,你要知趣。'"

图腾哼着声出发了。不久后,由仆族牵拉的马车咯噔咯噔地驶了起来。没一会儿,马蹄声传来,却不见马匹。

沙兰焦急地等待着。鬼血会的人知不知道这块石头原本不在这儿?如果他们没有见到她在军营边上下马车,会不会回来找她?

他们追的人或许不是她。她大概多心了。这番等待痛苦万分。天上又下起雨来,幻象会不会受影响?她画的石头是湿漉漉的,没有干燥面,所以不会露馅——但是眼看雨这么下,幻象显然在漏水。

像这样躲在里面,我要设法看到外面,她想。打几个小孔行不行?她能在幻象里做到吗?也许——

有人在说话。

"我们要调查出他了解多少。"穆里兹的声音响起,"把这些稿子交给萨尔达卡大人。我们已经很接近目标了,可是瑞斯塔雷那伙人似乎也没落后。"

对方粗声作答,沙兰听不清话里的内容。

"不,那个老糊涂不是我所担心的。虽然混乱由他而起,可他不会择机夺权。他窝在那座不起眼的小城闭门闻乐,以为自己在影响世界。他什么都不知道。不过,图卡的那一位不一样。我不信他是人,即便真的是,也肯定不是当地人……"

穆里兹又讲了几句,可一等他们走远,就什么也听不到了。不久后,沙兰又听到了马蹄声。

她还在苦等,大衣和裤子都湿透了。她瑟瑟发抖,紧咬打战的牙关,小包还摆在腿上。最近天气转暖,可是坐在雨中的她并无暖意。等着等着,她的脊梁骨发出声声抱怨、她的肌肉对她大肆叫唤。最后,她等到巨石消解、光雾弥散。

沙兰突然一惊。发生了什么事?

是飓光的问题,她悟道,伸展双腿。她看了看衣兜里的钱袋,发现自己已经在无意间耗尽了所有润石里的飓光。为了维持巨石幻象的稳定,那些光全被用完了。

几小时后,天色渐沉,夜晚降临。以那块巨石为例,维持简单的幻象无须消耗太多飓光,幸好她不必有意识地去做这件事。

她又成了傻瓜,因为她根本没去考虑自己用了多少飓光。她叹了口气,踉跄地站起,动作来得突然,她的腿在抗议。她深吸一口气,绕过山坡往外窥视。那顶帐篷不见了,鬼血会的活动痕迹也被一一抹消。

"我估计要步行了。"沙兰转身面朝军营的方向。

"不然你还想怎么样?"贴在大衣上的图腾问道,语气着实好奇。

"别当真,"沙兰说,"我只是在自言自语。"

"嗯。不对,你在跟我说话。"

她走进夜色,浑身发冷。不过这种冷并不是她在南方经历过的那种能把人冻死的冷。现在她仅仅感到冷得不舒服。如果她没被雨淋湿,夜晚的气息本该很好闻,哪怕天地昏沉。为了消磨时间,她和图腾练起了口音。她会先说一句,之后叫他用她的声线和语调复述原话,这样再听一遍会很有用。

她确信自己已经学会了阿勒斯卡口音。浣纱装扮的是阿勒斯卡人,所以这种技巧很好用。不过这种口音很容易学,因为雅克维德语和阿勒斯卡语很接近,只要能通一门语言,就能大致理解另一门语言。

她的吃角族口音也很溜——她能把这种口音代入阿勒斯卡语和雅克维德语。她还听从了缇恩的建议,把发音过于夸张的毛病给改了,而且水平在不断进步。此外,在上述两种语言环境下,她的巴甫兰德口音还过得去。回程时,她花了大量时间,把赫达孜口音代入两门语言。在这方面,帕萝娜就是一个很好的例子,她说的阿勒斯卡语混有赫达孜口音,图腾可以把她的话重复给沙兰听,这对练习很有助益。

"你要为我创造的幻象配音。"沙兰说,"我必须在这方面训练你。"

"你应该让它们自动发声。"图腾说。

"我做得到吗?"

"有何不可?"

"因为……这样说吧,我用飓光来生成幻象,所以那些幻象就是由光构成的仿制品。这讲得通。但是我用不上声音。"

"这是一种飓能。"图腾说,"它涵盖了声音。嗯……彼此相通,都是差不多的。你做得到。"

"怎么做?"

"嗯。有办法的。"

"这话可帮了大忙。"

"我很荣幸……"他渐渐不说了,"谎?"

"是。"沙兰把还未干透的禁手塞进湿漉漉的衣兜,穿过草丛。一见她走来,草儿便缩回了洞中。远山上显出长势齐整的谷瓜田,处处是谷荚,不过沙兰没有在这个时候看见任何农人。

起码雨已经停了。她还是很喜欢雨天,但她并没想过在雨中长途跋涉的艰辛可能有几何,而——

那是什么?

她忽然停下脚步。前方现出一团黑影。她犹犹豫豫地上前,嗅到了某种烟味。这就是营火被扑灭后所散发出的味道,带着潮湿的气息。

那是她的车。在夜幕之下,她认了出来。马车没有烧透,着火的时间不长,而且雨水已经浇灭了火焰。火势可能是从车内起来的,那里肯定没被淋湿。

这绝对是她雇来的车,车轮上的装饰清晰可辨。她迟疑地走了过去。她的担心是有道理的,还好她留下未走。她感到有些不安……

车夫!

她跑上前,生怕出现最糟糕的情况。他的尸体躺在破败的马车旁,未瞑的双眼遥视高天,喉咙已被割开。在他身边,拉车的仆族无一幸存,死尸堆成了小山。

沙兰捂住嘴,坐回到湿滑的岩石上,感到一阵恶心。"噢……全能之主在上……"

"嗯……"图腾低鸣着,语调郁郁。

"他们的死都怪我。"沙兰小声说。

"你没有杀他们。"

"不,他们是我杀的。"沙兰说,"拿着那把刀的人仿佛就是我。我明白眼前的危险,可车夫不明白。"

那些仆族也不明白。她该作何感想？他们确实是虚渡，尽管如此，面对自己犯下的事，她还是难以摆脱那种反感。

她的一部分意识叮嘱道：假如你证实了迦熙娜的言论，还会引出糟糕得多的后果。

简言之，当她看到穆里兹对她的画生发热情时，她本想喜欢这个人，可她最好铭记这一刻。发生在此地的谋杀经过了他的允许，他也许不是割破车夫喉咙的人，但他毕竟让别人相信：只要可行，除掉她也没有关系。

他们装着样子烧了那辆车，把幕后黑手的帽冠扣到了盗匪头上，然而没有盗匪会来到如此靠近破碎平原的地方。

可怜人，她看着车夫，心想。要是她未做这次行程安排，就无法在马车错留踪迹时藏匿起来。风杀的！到底怎么做才能不致死伤？这可能吗？

她耷拉着肩膀，终于强迫自己站起来，继续走回军营。

55

游戏规则

> 破天骑士以诸多伟力行事，无须倚仗特定飓能或灵体，可视为一大神功。该骑士团着实天赋异禀，连敌手也深以为然。
>
> ——摘自《光辉真言》第二十八章，第三页

"好啊，今天轮到你来做我的护卫？"

卡拉丁转过身，发现阿多林走出了卧房。王子一如既往地身着光鲜的制服，纽扣上刻有花押图案。他脚蹬一双贵重得足以买房的靴子，腰间佩着剑。对碎瑛武士而言，此举并不寻常，然而阿多林也许将这把剑当成了饰物。他的头发一团糟，金发之中夹杂着黑丝。

"我信不过她，公子哥。"卡拉丁说，"异国女子身陷秘密婚约，而唯一能够为其正名的人已经死了。她没准是名刺客，我必须尽已所能来保护您，以防不测。"

"你还真是谦虚啊。"阿多林说着，阔步穿过石走廊。卡拉丁调整步伐，跟在他身边。

"哪里。"

"那是句玩笑话，扛桥的小子。"

"我认错。我总以为玩笑话应该很滑稽。"

"这点只针对懂得幽默的人。"

"啊,那是当然。"卡拉丁说,"我的幽默感老早就不见了,我拿它换了别的东西。"

"什么东西?"

"伤疤。"卡拉丁轻声说。

阿多林瞟了一眼卡拉丁额前的烙印,不过大部分疤痕都被刘海遮住了。"很好,"阿多林小声说,"好极了。有你作陪,**我开心还来不及。**"

他们行至走廊的尽头,来到日光下。可天气不太晴朗,拜前几天的降雨所赐,阴霾依旧没有散去。

他们走进军营。"我们需要与其他护卫会合吗?"阿多林问,"你们通常两两行动。"

"今天就我一人。"卡拉丁正缺人手,他不仅要忙活国王的守卫工作,而且泰夫特又带着新兵外出巡逻了。他在每位要人身旁都安插了两至三名护卫,但阿多林总觉得他可以自保。

一辆马车恭候着他们,拉车的两匹马看上去脾气很糟。所有马都是这副德性,它们会突击行动,目光深不可测。何其不幸,王子驾临,可坐不得红甲蟹拉的车。一名男仆为阿多林打开车门,后者在车厢里落座。男仆关上门,然后爬进车后的专座。卡拉丁准备跳上车夫身侧的空位,旋即打消了这个念头。

"是你!"他指向车夫。

"是我!"御前知策手握缰绳,在原地答道。他套着黑色制服,黑发之下生着一对蓝眼。他为什么来驾车?他不是侍从吧?

卡拉丁小心翼翼地攀上座位,知策晃晃缰绳,催促马儿前进。

"你来这儿干吗?"卡拉丁问他。

"我想搞点恶作剧。"知策兴高采烈地作答。这时,马蹄嘚嘚地敲击石面,发出阵阵回响。"你有没有在练我的笛子?"

"呃……"

"别告诉我你出逃时把它落在了撒迪亚斯的军营。"

"其实——"

"我刚说过,别讲给我听。"知策回答,"没这个必要,因为我已经知道了。真可惜,你要是了解那支笛子的来历,原先的想法肯定会遭到颠覆。你这样坐上来,有监视之嫌,我可要把你推下车了。"

"呃……"

"今儿这算以无声胜有声吗?我领会了。"

卡拉丁的确把那支笛子撂在了身后。在他召集撒迪亚斯军中所剩的冲桥手之时——包括第四冲桥队的伤兵以及其余冲桥队的成员——他着眼于救人,而不是收拾东西。他顾不上自己那一星半点的财物,忘了他还有支笛子。

"我是士兵,不是乐师。"卡拉丁说,"而且,女人才玩音乐。"

"世人皆乐师。"知策反唇相讥,"问题在于,他们是否愿意分享自己的歌声。谈到音乐属于女性这一话题,那位著书立说的女作家——她的论述被你们阿勒斯卡人奉若神明——判定一切女性技艺均是坐着享乐;而耍弄起男性技艺,则往往要和人较量,不躺枪还不行。她的观点真是有趣,而且挺有说服力,你怎么看?"

"我猜也是。"

"你知道吧,我绞尽脑汁,就是为了想出既有趣、又有才,还有意味深长的笑柄来让你们开怀。我不禁觉得你没法接上我的话头,这效果就像对着聋人吹笛,听起来很是有劲。如果某人没有弄丢我的笛子,我可能会一试。"

"对不起。"卡拉丁说。此时他更乐意去回想扎赫尔教给他的新剑姿,不过知策以前对他高抬过贵手,他起码能和他聊聊天。"那么,嗯,你的铁饭碗还在吗?我是说,你还是不是御前知策?上次我们相见时,你暗示自己的头衔快保不住了。"

"我还没去问过。"知策说。

"你——你还没……国王知不知道你已经回来了?"

"他哪儿知道!我琢磨着该怎样以一种既得体又夺人眼球的方式来告诉他,兴许可以叫来一百头深渊恶魔,让它们齐头并进、放声高唱,讴歌吾之伟大。"

"听上去……挺不容易的。"

"是啊,那群风杀的怪兽根本调不来主和弦,而且五音不全。"

"我根本没听懂你的话。"

"是啊,那群风杀的怪兽根本调不来主和弦,而且五音不全。"

"光重复无济于事,知策。"

"啊!看来你的听力在走下坡路,是不是?假如哪天你全聋了,务必通知我,我想试试某些小把戏。要是我能记得——"

"行了,行了。"卡拉丁叹道,"你想给人吹笛子。"

"不,不是……啊!有了。我一直想躲起来,然后去戳某位聋子的后脑勺。我想这会很好笑。"

卡拉丁叹了口气。即使快马加鞭,他们仍须一个时辰左右才能抵达塞巴里尔的军营。一个时辰太漫长了。

"话说你光临此地,"卡拉丁道,"只是为了取笑我?"

"嗯,这算得上我经常干的事吧。不过我不会把你逼得太急。我可不希望你突然就飞起来了。"

卡拉丁惊得浑身一颤。

"你懂的,"知策淡定地说,"不光是飞,还满嘴毒舌,诸如此类的情况。"

卡拉丁眯起眼睛,直视着这位高挑的光眼种男子。"你知道些什么?"

"我几乎什么都知道。剩下的未知有时可让我吃尽了苦头。"

"那你究竟想得到什么?"

"那些我得不到的东西,"知策神情严肃地向他转过身,"就和芸芸众生的做法相同,'飓风恩护者'卡拉丁。"

卡拉丁感到如坐针毡。知策看出了他的本事,也大致清楚飓能术为何物。卡拉丁相当肯定。这么说来,知策难道有求于他?他该不该这么想?

"从我身上,"卡拉丁试图将措辞表达得更为精准,"你想得到什么?"

"啊,你原来在动脑筋,很好。伙计,我想要一件东西。请为我讲个故事。"

"什么样的故事?"

"由你定。"知策对他一笑,"我希望情节可以跌宕起伏。要说我最受不了的事,那莫过于无聊。求你千万别报流水账,否则看我躲起来戳你的后脑勺。"

"我又没聋。"

"很显然,对耳听八方之人出手也很好笑。什么,你难道以为我是看上他们耳聋才使坏的吗?那样太没道德。错,我对大伙一视同仁,真是谢了。"

"好吧。"卡拉丁往后一靠,等待更多的发落。令人惊讶的是,知策似乎满足了,没有继续话题。

卡拉丁望着阴云密布的天空。这种日子让他联想到泣雨季,更唤起了他的恨意。飓风之父在上,灰霾的天气令人苦不堪言,他不懂自己为什么要从床上爬起来。马车终于驶进塞巴里尔的军营,这里的面貌比起其他军营更像一座城市。卡拉丁对眼前的景象大为叹服:完备的公寓楼、市场,还有——

"农民?"他问。他们刚巧驶过了一队徒步走向大门的民众,这些人怀中抱着除虫芦秆和一桶桶飓砂。

"塞巴里尔使唤他们在西南坡上开垦谷瓜田。"知策解释道。

"那上面飓风太烈,耕不了地。"

"你去找纳坦人辩辩,他们曾经在此务农,留得整片田野。适宜在山上种植的作物是一类小型品种,它们长不到普通作物那么大。"

"可是何苦呢?"卡拉丁问,"农民为什么不去更方便的地方?阿勒斯卡就挺好。"

"'飓风恩护者',你还不通人性吧?"

"我……没错。"

知策摇摇头。"为人坦荡、直言不讳,你和达力拿简直一模一样。应当有人来教教你们二位该怎样及时行乐了。"

"我很明白该如何找乐子。"

"是吗?"

"还用说。你一旦走开,我就很自在。"

知策瞪大眼睛瞧着他,随后扑哧一笑。他晃起缰绳,马儿雀跃起来。"你的脑袋瓜还是挺有几下子的嘛。"

他的一时机灵是从母亲身上学来的。她经常会说些俏皮话,不过从未如此出言不逊。和知策混在一起绝对把我带坏了。

最后,知策把马车停在了一栋豪宅的门口,卡拉丁没想到军中也造起了这类常见于宜居防风地的房子。大宅内廊柱成群,辟出了华美的玻璃窗,装修的精致程度甚至超过了赫斯通的城主公馆。

知策站在车道上,招呼男仆去接阿多林的未婚妻。阿多林下了马车,捋正外套,用袖子擦了擦纽扣,在原地等待。他抬眼望了望车夫的座位,吓了一大跳。

"是你!"阿多林惊呼。

"是我!"知策回嘴。他从车头跳下,行了个故弄玄虚的弯身礼。"微臣随时为您效劳,光明贵人寇林。"

"你把我惯用的车夫怎么样了?"

"没怎么样。"

"知策——"

"怎么,你想说我害了那个可怜的老兄?那样像我吗,阿多林?"

"嗯,不像。"阿多林说。

"就是。再说,我敢保证他已经把缰绳松开了。啊,这位可是您的半路未婚娇娇妻。"

沙兰·达瓦从屋中现身。她匆匆跑下台阶,不像大多数光眼种女子那般款款而行。她平日肯定很奔放,卡拉丁漫不经心地想道,代替跑走的知策握紧缰绳。

这个沙兰·达瓦不是简单货色。她那么心急,还刻意卖笑,到底在打什么主意?再来考察一下光眼种女子所穿的长裙,那条扣死的左袖藏得下各色凶险暗器,只要刺穿布料,区区一枚毒针就能要了阿多林的命。

可惜每逢她与阿多林做伴,他都无法随时留意她的动静。他得更主动些,或许这样就能确认她是否人如其言。他说不定还能依她的过往判断她是敌是友。

见她走近阿多林,卡拉丁站起身,决定跳下地观察她的举动。她忽然吃了一惊,抬起闲手直指知策,两眼瞪得老大。

"是你!"沙兰惊呼。

"对,就是我。今天各位的火眼金睛果然把我识破了,我大概要戴上——"

知策瞬间没了声音,沙兰朝他飞扑过去。卡拉丁迅速蹲下,摸向腰间的匕首,后又迟疑片刻,眼见沙兰将知策拥抱入怀。她两眼紧闭,用头抵着他的胸脯。

卡拉丁把手从匕首上移开,冲着不知所措的知策扬起眉毛,后者把两臂垂在身侧,完全惊呆了。

"我一直想谢谢你,"沙兰耳语道,"但从来没有机会。"

阿多林清清嗓子,沙兰终于放开知策,看向王子。

"你抱了知策。"阿多林说。

"他名叫知策?"沙兰问。

"这是一大称呼。"知策明显惊魂未定,"说真的,我的名字数不胜数,还好大部分都和某种诅咒有关……"

"你抱的是那个知策。"阿多林说。

沙兰脸一红。"那样做不合适吗?"

"不是合不合适的问题,"阿多林道,"而是常识问题。抱了他就等于抱了白脊,或是一堆钉子之类的东西。我想说,他可是知策啊,你不该对他有好感。"

"我们得叙叙旧。"沙兰望向知策道,"以前聊过的内容我全都不记得了,但是有些话——"

"我是挺忙,"知策道,"不过我会尽量把你说的事情排进时间表。我是说,光是挑挑阿多林的刺就能让我快活到下周了。"

阿多林摇摇头,摆手遣走男仆,亲自扶沙兰上马车。之后,他欠身对知策说:"不准碰她。"

"孩子,要配我,她的年纪实在太小了。"知策道。

"话是没错。"阿多林颔首道,"去找和你年纪相仿的女人。"

知策露齿笑道:"唉,想找可有点难。我觉得这边唯有一人够得上标准,而她总是和我处不来。"

"你太叫人摸不着头脑了。"阿多林爬进马车。

卡拉丁叹着气,跟在他们身后,准备上车。

"你想坐进去?"知策笑得更欢了。

"对啊。"卡拉丁说。他打算好好地盯着沙兰。与阿多林同乘一辆马车,她不太可能有胆当众行刺。然而通过监视她,卡拉丁也许能够了解一些情况。他无法盖棺定论她不会动杀心。

"别想调戏那个女孩子。"知策悄悄说,"阿多林精气正旺,他的占有欲在日益膨胀。要不然……咦，瞧我在说什么呢！卡拉丁，去调戏那个女孩子吧，王子说不定会气得两眼发直。"

卡拉丁嗤之以鼻。"她可是光眼种。"

"那又如何？"知策发问，"你们这一辈太过拘泥了。"

"无意冒犯，"卡拉丁小声说，"与其跟她打情骂俏，我宁肯去找深渊恶魔。"他硬是爬进车厢，让知策单独驾驶。

车厢内的阿多林望天慨叹："你在胡闹。"

"还不是因为有任务。"卡拉丁坐到阿多林身边。

"我在此厢绝对安全，"阿多林咬牙道，"而且有未婚妻为伴。"

"好吧，我可能只想坐得安稳点。"卡拉丁向沙兰·达瓦点头致意。

她没有搭理。马车一上路，她便对阿多林笑道："今天我们去哪儿？"

"嗯，你说过要共进晚餐。"阿多林道，"我发现外围市场里新开了一家酒馆，那儿竟然还能点菜。"

"你总是知道哪家才是上选。"沙兰越笑越开怀。

你还能更加明目张胆地讨好他吗，大小姐？卡拉丁想。

阿多林也笑了。"我是道听途说的，仅此而已。"

"要是你能对酒水的优劣多长个心眼就好了……"

"这我不干，因为没难度！"他咧嘴一笑，"馆里卖的全是好酒。"

她咯咯地笑个不停。

风操的，光眼种真烦人，他们在互相讨好的时候尤其讨厌。沙兰和阿多林的对话仍在继续，卡拉丁觉得这女人太渴望和阿多林凑成一对了，征兆太过明显。这不意外，光眼种总会设法拔得头筹——或是在心情不佳时暗中使招。他的职责不是检验这女人会不会把玩时局，光眼种全是瞅准机会就下手的人。他只须看看她是不是想钓金龟婿，或是借行刺盈利。

他们还在说个不停，沙兰又把话题绕回到一天的行程上。

"好啦，我不是那个意思，去别家酒馆也行。"沙兰说，"不过我特别疑虑，选择下馆子是不是太平常了。"

"这我明白。"阿多林应道，"但是飓风之父不作美，除此之外我们无事可干。在这里听不成音乐会，看不了画展，更没有人比拼雕艺。"

你们真的把时间花在这类活动上？卡拉丁啧啧称奇，愿全能之主保佑你们能观赏到雕艺比拼。

"外围市场里有座动物园。"沙兰迫切地说。

"动物园？"阿多林问，"逛动物园是不是……有失身份？"

"噢，得了吧。我们可以看遍那里的动物，你还能和我讲讲狩猎的经历，指出你曾经勇猛地斩杀过哪头野兽，一定会很有趣。"她略微顿了顿，卡拉丁觉得自己在她眼中捕捉到了某种一闪而过的深层次情绪。痛苦？担忧？"我想调整心情。"沙兰轻声加上一句。

"我实在瞧不起狩猎。"阿多林好像没注意到沙兰的反应，"那构不成考验。"他的目光落到沙兰身上，她假模假样地一笑，忙不迭地点起头来，"也好，我们还是换个地方吧，这样大家都高兴。行，我去叫知策载我们去那里。但愿他能做到，可千万别把我们运到深渊里，然后跑出来嘲笑我们的惊声尖叫。"

阿多林转身掀开那块正对着车夫座位的小帘子，说明了目的地。卡拉丁看了看靠在椅背上的沙兰，在她脸上寻到了一抹自鸣得意的笑容。她别有用心地建议前往动物园，究竟图的是什么？

阿多林回过身，询问她一天过得如何。卡拉丁一心二用，一边竖起耳朵聆听谈话内容，一边端详着沙兰，想要找出藏在她身上的匕首。她被阿多林的话逗得满脸通红，还笑出了声。卡拉丁不怎么喜欢阿多林，然而这位王子起码是个诚实人。他继承了父亲的真性情，总是对卡拉丁直来直去；尽管自小娇生惯养，从不正眼看人，可他就是坦率。

这个女人却不一样。她的行动都是精心策划好的：笑得做作、出言谨慎。她会乐到失控，引来脸上的阵阵红霞，但那双眸子是雪亮的，一刻也不走神。她将光眼种一族的特质加倍放大，激起了卡拉丁的反感。

你只是一时烦躁罢了，他心虚地承认。这种情况时有发生，在乌云密布的天气更为常见。然而他们有必要摆出这副令人作呕的欢颜吗？

马车仍在前行，他始终紧盯着沙兰，到头来却发现自己对她太过疑神疑鬼。她对阿多林构不成实时威胁。他的思绪兀自飘向了那个在深渊里度过的夜晚。他乘风而动，体内翻涌着飓光。这才是自由。

不，这不仅仅是自由，更是使命。

你肩负一大使命，卡拉丁把思绪拉回现实，**保护阿多林**。这项任务不掺水分，报酬可观，长官为人厚道，还有可供差遣的专属小分队，属于完美无缺的要职，是广大士兵的梦想。

然而天上吹来的风……

"对了！"沙兰把手伸进小包，"我替你带来了那份文献，阿多林。"她顿了顿，瞥了卡拉丁一眼。

"你就信了他吧。"阿多林心有不甘地说，"他救了我两次命，父亲让他担当护卫，就算召开重要会议也会叫上他。"

沙兰取出一叠稿纸，上面布满了潦草的女性书写体笔记。"十八年前，轩亲王叶宁夫是阿勒斯卡的一大豪强，具备数一数二的实力，却一再违抗由迦维拉尔王发起的统一浪潮。叶宁夫最终并未战死，而是命丧决斗场。结果他的人是撒迪亚斯。"

阿多林点点头，连忙凑近了些。

"这是光明女士雅莱亲笔记下的事件经过。"沙兰说，"'击垮叶宁夫再轻易不过，我先生同迦维拉尔谈到了挑战权和圣恩赏赐，此举堪称精妙。时至今日,诸多光眼种虽对这些古已有之的传统不感陌生,却已不加重视。

"'传统与历代王室之间存在一定关系,将之复兴恰与我们力图建立的统治权威相呼应。我丈夫首先与人决斗,一场追名逐权的盛会拉开了大幕。'"

"一场追名逐权的什么?"卡拉丁问。

两人齐齐向他望来,似乎讶于听到他发话。*老是记不起我的存在,对吗?* 卡拉丁想,*你们喜欢无视暗眼种。*

"一场追名逐权的盛会。"阿多林说,"那是锦标赛的雅称。这类比试在早年很流行,专供歇战的轩亲王炫耀武艺。"

"我们需要为阿多林开路,使其有机会与撒迪亚斯决斗。假如不可行,至少要败坏他的名誉。"沙兰解释道,"在思考的同时,我回忆起了一段有关叶宁夫决斗的描述,该文载于迦熙娜所著的先王传记。"

"好吧……"卡拉丁蹙眉道。

"'这场初开的决斗,'"沙兰竖起手指,顺着行文继续念道,"'意在挑明格局,震慑各大轩亲王。我们已有谋划在先,然而首位对手并不知晓他将成为哪一粒棋子。撒迪亚斯算尽机关,下狠手将其击败。后者在决斗中屡次叫停,拔高赌注,先是以财相迎,再是以封邑相抵。

"'最终的胜利激动人心。在万众瞩目之下,迦维拉尔王依古时惯例,起身赏赐撒迪亚斯圣恩,赞许其为王添光之举。撒迪亚斯的回复言简意赅:"我欲拔剑刺入叶宁夫的胆怯之心,除此之外别无他求,陛下!"'"

"哄谁呢,"阿多林说,"牛皮大王撒迪亚斯讲得出这种话?"

"该事件和撒氏所言均被收入了多部重要史书。"沙兰说,"撒迪亚斯随后与叶宁夫决斗,并将其杀死。他借此为盟友亚拉达创造了条件,助其一举斩获叶氏公国的统治权。"

阿多林若有所思地点点头。"这样行得通,沙兰。我可以效仿他的做法——在下一场对抗瑞里斯及其伙伴的比试中出尽风头,激荡全场,从而挣得国王的圣恩,提出向撒迪亚斯本人挑战的要求。"

"那么做自有奥妙。"沙兰表示认同,"采用撒迪亚斯亲手使过的花招,再拿来对他反摆一道。"

"他绝不可能同意。"卡拉丁说,"撒迪亚斯不会如此作茧自缚。"

"说不准。"阿多林道,"可是我认为,倘若我们的行动不出疏漏,你就低估了他所处的位置。挑战权是一项历史悠久的传统——有人说那是由令使创立的。光眼种勇士当着全能之主和国王的面证明自己,再转身向枉陷他的人诉求正义……"

"他会同意的,"沙兰说,"他无法躲过去。只是你能不能做到一鸣惊人,阿多林?"

"观众就等着我耍手段。"阿多林说,"他们对我近期的决斗表现不太满意——这一点应当对我有利。如果我能动一次真格,他们定会无比兴奋,更何况又是一次性击退两人?光是此举就会赚来我们所需的注意力。"

卡拉丁依次瞅了瞅眼前的两位,他们的态度非常严肃。"你们真以为这么干有用?"卡拉丁渐渐陷入沉思。

"是的。"沙兰说,"不过撒迪亚斯有权依惯例派人替他出战,因此阿多林不一定能和他面对面决斗,但他还是赢得下撒迪亚斯的碎瑛武器。"

"这样一来就留下了遗憾,"阿多林说,"可我接受得了。在决斗中打败撒迪亚斯的武士会遏其盛气,他的威信将大大减低。"

"然而这实际上说明不了任何问题,"卡拉丁说,"难道不是吗?"

另两人看着他。

"只是场决斗,"卡拉丁说,"玩玩而已。"

"有区别。"阿多林道。

"我不明白区别在何处。确实,你或许能拿下他的碎瑛武器,但他不会丢掉头衔,权力还是照旧。"

"这事关看问题的角度。"沙兰说,"撒迪亚斯已经拉拢盟友与国王作对,此情暗示他的势力强过国王,而输给国王的武士则会扭转这一局面。"

"可他这么捣鼓只是在玩游戏。"卡拉丁说。

"没错。"阿多林说——卡拉丁没想到他会同意,"不过撒迪亚斯玩的就是游戏,他有一套规则。"

卡拉丁往后一靠,领会着阿多林的意思。这项传统或许解决得了问题,他想,是我找寻了多时的办法……

"撒迪亚斯曾经是那么强有力的盟友,"阿多林的语气略带愧疚,"我都忘了还有挫败叶宁夫这回事。"

"那么后来发生了什么变化?"卡拉丁问。

"迦维拉尔之死。"阿多林低声道,"促使父亲和撒迪亚斯齐心合力的动因就是先王。"他向前探了探身子,浏览着沙兰的那叠笔记,不过他显然看不懂。"这一计划必须实现,沙兰。我们得为那条泥鳅套上绞索,把他勒到喘不过气。你的提议太绝了,感激不尽。"

她红了红脸,很快将笔记塞进一只信封递给了他。"请把这个转交给你的伯母,里面写明了我的发现。她和令尊会更清楚这个主意是好是坏。"

阿多林收下信封,拉住了她的手。两人对视片刻,沉浸在彼此的目光中。卡拉丁愈加确信那姑娘对阿多林构不成直接威胁了。假如她是某类骗子,也不会取阿多林的命,顶多是想害他失态。

太迟了,卡拉丁想道,看着阿多林满脸傻笑地靠回椅背,他已经引火上身,顾不了颜面了。

不久后,马车驶入外围市场,经过了几支身着蓝色寇林军制服的巡逻队,其中的队员来自第四冲桥队之外的各色冲桥队。卡拉丁的一大训练方式就是指派他们担当此地的卫兵。

卡拉丁首先爬出车厢,发现几排防风笼车正停到附近。那片区域由穿过立柱的绳子围了起来,像是在提醒闲人勿进,然而一些操着棍子的人守在几根立柱旁,或许起到了更大的警示作用。

"感谢你载我一程,知策。"卡拉丁转身道,"我要再说声对不起,丢了你的笛子——"

知策从马车顶上消失了,换了个更年轻的人坐在那里。他穿着白衫棕裤,一把扯下头上的帽子,表情尴尬。

"饶命啊,长官。"卡拉丁对那个人的口音很陌生,"他付给了俺一大笔钱,真的,还告诉俺就站在某个地儿和他换班。"

"这是怎么回事?"阿多林从车厢里探出身子,看了看上方,"哦,知策的毛病又犯了,扛桥的小子。"

"毛病?"

"喜欢神秘消失。"阿多林说。

"不算神秘,长官。"小伙扭身指了指远处,"就在刚刚开过的那条道上,马车拐弯前停了停。俺正在等他,然后接下了活。他叫我上座时不准瞎碰,自己屁颠屁颠地跑开了,还笑个不停,没错,一整个小孩样。"

"他就是喜欢给人一个出其不意。"阿多林说着,搀扶沙兰下马车,"别跟他一般见识。"

新来的车夫愧怍地弓着背。卡拉丁认不出他,这个小伙不是阿多林惯用的仆人。*回来时我要坐到上面看着他。*

沙兰和阿多林结伴向动物园走去。卡拉丁从马车尾部取回矛,一路小跑跟上他们,随后与其保持若干步距离。他一听两人欢笑有加,就想往他们脸上揍几拳。

"哎哟,"茜尔说,"卡拉丁,你不是御风人嘛,不要让狂风吹乱你的眼神。"

她飞了过来,化作一条光带绕着他舞动。他朝她瞥了一眼,然后把矛架到肩头,继续行路。

"怎么啦?"茜尔悬浮在他面前,像是坐在一只隐形的架子上。他无论往哪里转头,她都会顺着飘过去,翩翩的裙裾充满少女风情,在膝下没入雾气。

"没事。"卡拉丁小声说,"他们俩叽里呱啦地讲个不停,我听着就不爽。"

茜尔回头看了看前方的两人。阿多林付了门票,朝卡拉丁比画几下,帮他一并交了钱。一个看上去自命不凡的亚泽尔人挥手示意他们向前走,他指了指几排笼子,告诉他们该去哪里观赏动物。他戴着一顶绣有古怪花纹的帽子,身上的长外套式样繁复。

"沙兰和阿多林看上去怪开心的,"茜尔说,"那有什么不好?"

"没什么不好。"卡拉丁说,"只要别再折磨我的耳朵就行。"

茜尔吸了吸鼻子。"他们没错,问题出在你身上。你发脾气了,我都尝到了酸味。"

"尝?"卡拉丁发问,"茜尔,你不吃东西,有味觉才怪。"

"只是打个比方嘛。我可以想象到,你浑身都酸溜溜的。别反驳,**因为我讲的是实话**。"她迅速窜到正在打量第一只兽笼的沙兰和阿多林身边,悬停在空中。

该死的灵体,卡拉丁想道,走上前,来到沙兰和阿多林的一侧,**和她斗嘴大概就像……唉,就像与风争论**。

这辆防风笼车像极了他在前往破碎平原时所乘的奴隶笼车,不过关在里面的动物看上去比奴隶过得好多了。它坐在一块石头上,笼子里到处都糊满了飓砂,营造出形如洞穴的栖息地。那头野兽不过是一团长着两只圆眼睛的肉,上面还伸出了四根长触手。

"哇……"沙兰瞪圆了眼珠,好似见到了一堆金银珠宝——只是在卡拉丁看来，这件宝贝不过是坨会粘在他靴底的滑腻异物。

"我从没见过比那东西更丑的生物，"阿多林说，"它和长在哈斯帕贝里的玩意儿差不多，只是不长壳。"

"这是软砂兽的一种。"沙兰说。

"可怜的家伙。"阿多林说，"它的名字是老妈取的吗？"

沙兰打了一下他的肩膀。"这是该族生物的统称。"

"那少不了老妈作怪。"

"我指的是动物的科属，笨蛋。它们在西部分布较多，那里飓风弱一点。我没见过几种，雅克维德产的都很小，找不到这样的。我完全不知道这一头属于哪一种。"她迟疑了一下，把手伸进围栏，抓住了一根触手。

笼子里的生物突然吹胀肢体，躲到远处，将两根触手举到脑后，做出恐吓状。阿多林惊叫一声，拉着沙兰后退。

"他说什么动物都不准摸！"阿多林说，"万一有毒怎么办？"

沙兰没理他，从小包里抽出笔记本。"触感暖热，"她自言自语道，"表明是真正的温血动物。真有趣，我要画下来。"她瞥了一眼笼子上的小铭牌，说："罢了，没用。"

"上面怎么写的？"阿多林问。

"'捕获于玛拉贝提亚的恶魔石。当地人声称这是被杀的孩童所生出的怨灵。'这简介根本没提到种类，叫什么学术？"

"这里是动物园，沙兰。"阿多林笑个不停，"那些家伙远道而来，只为娱乐军民大众。"

这座动物园的确常有人光顾。在沙兰写生时，卡拉丁忙着注意过路人，确保他们没有走得太近。他密切留意着浣衣女、光眼种贱民和军官的行动，甚至没有放过一些高等光眼种。在他们身后，一名光眼种女子坐在轿子里招摇而过，瞧也不瞧兽笼一眼，与沙兰的认真作画以及阿多林的善意嬉笑形成鲜明的对比。

卡拉丁并没有公正地看待这两个人。他们可能会忽视他，**却没有立马采取刻薄的态度**。他们活得幸福，又好相处，他怎么就为此烦恼起来了？

沙兰和阿多林总算走向了另一只笼子，里面关着几条飞鳗，还放着一大缸供其休憩的水。它们的状态不比"恶魔石"自在，笼子里的活动空间很小，它们不太飞起，导致趣味大减。

下一只笼子里的动物长得像头小型红甲蟹，不过生有更大的钳子。沙兰仍想画一次素描，所以卡拉丁便不由自主地靠在笼边观望路人，同时聆听阿多林绞尽脑汁地编笑话取悦未婚妻。对此他不太在行，可沙兰还是笑了。

"小可怜。"茜尔站到笼子里，望着那头被困的甲壳兽，"它过的是什么日子？"

"安生的日子。"卡拉丁耸耸肩，"至少不需要担心天敌，而且总能吃饱饭。这种长得像红甲蟹的东西还能有什么高要求。"

"哦？"茜尔问，"如果是你处在这个位置，就没关系喽？"

"当然有关系，我哪里像红甲蟹了，我是士兵。"

他们继续走过一只又一只兽笼，沙兰想为部分动物写生，判定其余动物无须在眼下入画。她觉得最迷人的生灵也堪称至奇，那是一种色彩斑斓的鸡，长有红、蓝、绿三色羽毛。她掏出彩色铅笔，画起了素描，显然在很久以前错失过作图的良机。

卡拉丁不得不承认这动物很漂亮。可是它如何存活？它脸上的壳生在最前面，而其余部位并不松软，因此它无法像恶魔石那样藏进石缝。要是起飓风了，这只鸡将何去何从？

茜尔落在了卡拉丁的肩头。

"我是士兵。"卡拉丁悄声重复。

"那是往事。"茜尔说。

"我还想从军。"

"你确定?"

"差不多。"他抱起双臂,将矛抵在肩头,"只是……茜尔,这太不可思议了。干冲桥手那阵子是我人生的低谷,我们受尽了剥削,活得没有尊严,连自身都难保。然而在最后几个礼拜,我感觉自己从未有过那种激情。"

在带领第四冲桥队之余,做一名普通的士兵——哪怕是一名像轩亲王卫队长那般备受尊崇的士兵——倒显得平淡无奇了。

然而随风翱翔——*那才非比寻常。*

"你快准备好了,对不对?"茜尔低声问。

他缓缓点头。"嗯,对,我觉得快了。"

下一只笼子周围人头攒动,地上甚至冒出了不少惧灵。卡拉丁挤了进去,可他无须开道——人群一见达力拿的继承人现身,便让开了。阿多林目中无人地从他们身前走过,显然对旁人的服从习以为常。

这只笼子在设计上有所不同,围栏的间隙更窄,木头做过加固,关在里面的动物似乎不值得享受这般特殊待遇。那头惨兮兮的野兽躺在几块岩石前,双目紧锁,方脸上长着锋利的两颗——仿如牙齿,只是更显凶相——和一对从上颌伸向下方的长獠牙。它生有强壮的腿足,光秃的尖刺从头部一字而下,漫过柔软的背脊,道出了野兽的本性。

"白脊。"沙兰小声喊道,向笼子走近一步。

卡拉丁从未见过活的白脊。他想起了一名死在手术台上的年轻人,当时遍地都是鲜血,那种恐惧、失落与痛苦重返他的记忆。

"我还以为,"卡拉丁试图整理自己的心绪,"它会……*更吓人。*"

"困兽凶不起来。"沙兰说,"如果得到允许,这头白脊可能早就在水晶里休眠了。他们肯定要一直给它淋水,不然冲不掉壳子。"

"别怜悯它。"阿多林说,"我见过它害人的样子。"

"行。"卡拉丁悄声道。

沙兰拿出画具,可当她一动笔,笼子附近的人群就散去了。起初卡拉丁认为野兽起了反应,但是它依然闭着眼躺在原地,偶尔才喷出一声鼻息。

不对,人们都赶往动物园的另一边了。卡拉丁把阿多林的注意力掉转过来,用手指了指,意在说明:*我要去那里看看*。阿多林点点头,将手挪到剑柄上,表示:*我会盯好的*。

卡拉丁把矛举到肩头,迈着快步前去探查情况,他的视线越过人潮,却不幸撞见了一张熟悉的脸庞。亚马兰身型魁梧,达力拿就站在他旁边。担当护卫的是卡拉丁的几名部下,为安全起见,他们挡着凑热闹的民众,好让他们保持一定距离。

"……听说我儿子在这里。"达力拿正在和身着华服的园主说话。

"您不需要付钱,轩亲王!"园主的口音与西格吉尔类似,有种傲慢的姿态,"您能莅临敝园是令使降下的天大福分。这位想必是您的贵宾。"

贵宾就是亚马兰。他披着条奇异的斗篷,料子是明艳的金黄色,背上缝有一个巨大的黑色铭文。意为"誓言"?卡拉丁认不出这个形状,可它很眼熟。

双瞳眼,他回想起来。这标志着……

"是真的吗?"园主凝视着亚马兰,"军营里流言纷飞,我不免心生好奇……"

达力拿重重地叹了口气。"我们本计划在今晚的宴会中宣布此消息,不过鉴于亚马兰执意要穿这身斗篷,我想秘密也就包不住了。依据国王的指示,我下令重组光辉骑士团。向各大军营传话:古老的誓言再度响起,光明贵人亚马兰响应我的请求,成为了先驱,即将成为诸位骑士的领袖。至此,光辉骑士团得以再建。"

56 白脊出笼

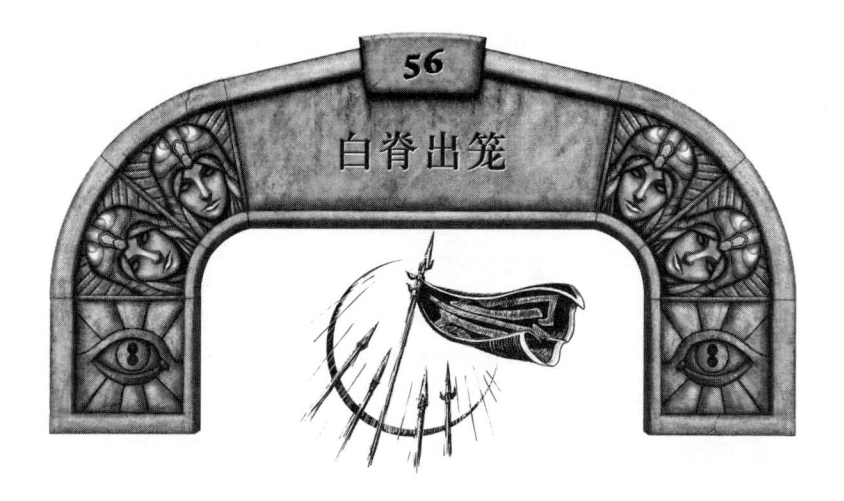

> 由马卡巴卡姆之王贡献的二十三支队伍跟随在后。虽然人灵间的纽带时有费解之处,但是通过立誓,已有羁绊的灵体在离开自有界域后,会在现世展示出更强的显形之力。
>
> ——选自《光辉真言》第三十五章,第九页

"亚马兰显然不会飓能术。"站在卡拉丁身边的西格吉尔小声说。

达力拿、纳瓦妮、国王和亚马兰在他们眼前下了马车,面对紧邻破碎平原的决斗场。这又是一个山坑,却比军营所在地要小,且内部设置了多层看台。

为了陪护艾尔霍卡和达力拿——更别提纳瓦妮和达力拿的儿子们——卡拉丁带上了所有能出动的卫兵,总计四十人,其中有一些来自第十七队和第二队的冲桥手,他们傲然而立,持矛高举,精神抖擞,终得执行首次任务。

如果白衣刺客侵袭,他们的战力根本不值一提。

"说法有确切来源吗?"卡拉丁朝亚马兰点点头,后者仍旧系着他的金黄披风,背面是光辉骑士团的标志,"我没有在别人面前施过

法。总该有几个和我一样的同道。风操的,茜尔大言不惭地向我保证过。"

"如果他能来上几手,那么纸肯定包不住火。"西格吉尔道,"十座军营里谣言纷飞,仿如洪水袭城。一半人认为达力拿的做法有违天理、愚蠢至极;另一半人未作表态。假若亚马兰使得出飓能术,光明贵人达力拿的举动就会显得更为牢靠。"

西格吉尔的话或许是对的。可是……就凭亚马兰?此人走路时抬头挺胸、趾高气昂,卡拉丁感到一股血气涌上了脖颈。一时间,他眼中的亚马兰定格成了单一的模式——金衣加身、目中无人。

鲜血淋漓。此人有过杀生的前科,卡拉丁都向达力拿坦白了!

达力拿不为所动。

必须有人挺身而出。

"卡拉丁?"西格吉尔问。

卡拉丁发觉自己已经往亚马兰所在的方向迈了几步,两手紧抓着矛杆。他深吸一口气,抬手作出指示。"派人去竞技场的外围。让斯卡和亚斯去准备室和阿多林待在一起,即使这样在场上帮不了他,总还是保险点为好。再派几人去竞技场的底层,以防万一。每扇门前站三人,我会带六人守着国王的坐席。"卡拉丁顿了顿,然后补充道,"再出两人护着阿多林的未婚妻,以防万一。她会和塞巴里尔同坐。"

"遵命。"

"告诉大伙别分心,西格。接下来可能会上演一场激烈的比拼,我希望他们多注意盯防刺客,不要急着看决斗。"

"他果真要一打二?"

"对啊。"

"这怎么能赢?"

"不知道,我实在不想管。我们的职务是防患于未然。"

西格吉尔点点头,动身欲走,却稍作停留,挽住了卡拉丁的手臂。"你可以加入他们的行列，卡尔。"他耳语道，"如果国王有心重组光辉骑士团，你完全有理由走向前台。达力拿煞费苦心，大众却将光辉骑士划入邪恶势力的范畴，忘了他们在变节之前为人类作出的贡献。可是一等你显山露水，人们的想法或许就会改观。"

加入以亚马兰为首的光辉骑士团？不可能。

"去传令吧。"卡拉丁作出指示，抽出手臂，一路小跑着跟在国王及其随员身后。今天至少放晴了，春日的气息很和煦。

茜尔一直飘浮在卡拉丁身后。"亚马兰正在摧毁你的心智，卡拉丁。"她低声道，"别受他影响。"

他紧咬牙关，没有回答，反而朝莫阿什靠拢，后者负责光明女士纳瓦妮的卫队——她更喜欢在看台下的准备室内观战。

他有点疑惑，除了达力拿，他该不该让莫阿什保护别人？风操的，莫阿什发过誓，说他不会再对国王采取进一步措施，卡拉丁相信他能做到，他们同是第四冲桥队的一员。

*莫阿什，我会把你救出来，*卡拉丁把那个人拉到一边，*我们会解决这件事的。*

"莫阿什，"卡拉丁低声道，"从明天起，我要把你调到巡逻队去。"

莫阿什蹙眉道："我以为你不会把我换下……"他的表情愈发严峻，"是因为那件在酒馆里发生的事吧？"

"我想派你出一趟远巡，"卡拉丁说，"方向是新纳塔楠。既然我们要和格雷夫斯的团伙作对，你还是消失为好。"那次会面已经过去了很久。

"我不会走。"

"你得走，这不是你能——"

"他们并没做错，卡尔！"

卡拉丁皱眉道："你还在与他们会面？"

莫阿什扭过脸。"就一次,我跟他们说你会改变心意。"

"你还是不听命令!"卡拉丁道,"风操的,莫阿什!"

决斗场内喧嚣渐起。

"决斗快开始了。"莫阿什抽出手臂,挣脱卡拉丁的掌控,"这事日后再议。"

卡拉丁恨得直咬牙,然而莫阿什说得在理,目前还不是时候。

*今天早上我就该叫住他,*卡拉丁想,*不,几天前我就该做好这个决定了。*

那是他自己的错。"你要去巡逻,莫阿什。"他说,"别以为你是我的朋友,就可以违抗命令。去吧。"

莫阿什跑到前头,与他的小队会合。

※

阿多林跪在准备室中,身边就是他的剑,而他不知从何说起。

他看着自己在瑛刃上留下的倒影。接下来,他要同时对付两名碎瑛武士,可是在训练场上,他从未做过这般尝试。

与多人对战是场硬仗。在历代的决斗中,一打六之类的传闻是有,其实决斗手很可能是将对手一一拿下,而同时与两名有备而来,且打法缜密的对手作战,则很艰苦。想获胜,不是没有可能,但是很难达成。

"事已至此,"阿多林必须与剑对话,这是上场前的惯例,"我们就给他来个一鸣惊人,把撒迪亚斯的那张肥脸抹抹黑,看他还敢不敢笑。"

他起身遣走瑛刃,走出小准备室,拐进那条挂着决斗手雕绘的廊道。正在焦急等待的雷纳林坐在前面的房间里,身穿寇林家族的制服。只有在正式场合,他才会换下那套该死的第四冲桥队制服。纳瓦妮伯母扭开颜料罐的盖子，正要画铭守符。

"您无须多费笔墨。"阿多林从衣兜里取出一张符纸，上面的蓝符意为"卓绝"，呈现寇林家族的标志色。

纳瓦妮扬起了眉毛。"这是那个小姑娘画的？"

"对啊。"阿多林说。

"她的字还不错。"纳瓦妮不情不愿地承认。

"她妙不可言，伯母。"阿多林说，"我希望您能多给她一次机会，她也很想和您探讨学术。"

"以后再说吧。"讲起沙兰，纳瓦妮的语气比以往慎重了，这是好兆头。

阿多林把铭守符放进火盆，在焚符期间低着头，向全能之主祈求帮助。他的对手可能也在焚符。全能之主该如何抉择帮助的对象？

他怎么会希望那些效忠于撒迪亚斯的人得胜，阿多林想道，抬起头，就算他们不是他的直属下臣，也还是叫人难以置信。

"我很担心。"纳瓦妮说。

"父亲觉得行得通，艾尔霍卡也十分器重这一方式。"

"艾尔霍卡有时会感情用事。"纳瓦妮抱起双臂，看着剩下的铭守符燃尽，"决斗条件里有变数。"

早前，阿多林和瑞里斯就在裁判的见证下说定了条件。这场决斗的取胜前提是一方投降，而非瑛甲的若干部位遭到破坏。这就意味着，如果阿多林能打败一名对手，并迫使其认输，另一名对手还可以继续战斗。

这也意味着阿多林无须停手，除非他确信自己已被打败。

又或者，他无力再战。

雷纳林走过来，把手搭到阿多林的肩头。"我觉得我们盘算得很周到。"他说，"你能行。"

"他们会试着打垮你。"纳瓦妮说，"这就是为何他们坚称只要没人投降,比试就不会终止。如果有可能,他们会把你弄成残废,阿多林。"

"这和外出征战无异。"他说,"他们倒会放我一条生路。这样一来我就成了反面教材,相比化作一捧骨灰,拖着一条被瑛刃砍坏的病腿总归更有警示意义。"

纳瓦妮合上眼,吸进一口气。她的脸色很苍白,带有些许他母亲的影子。

"切记不要留给撒迪亚斯任何可乘之机。"在雷纳林说话的当口,几名持甲侍卫抱着阿多林的碎瑛甲入室,"当你把他逼到墙角,他会想法子逃走。哥哥,别让他如愿,迫使他在沙地上就范,给我狠狠地打。"

"乐意为之。"

"对了,你吃过鸡了吗?"雷纳林问。

"我吃了两盘咖喱鸡呢。"

"母亲的链子在不在?"

阿多林摸了摸一侧的口袋。

然后他的手伸到了另一侧。

"怎么了?"雷纳林问道,他的五指在阿多林肩上逐渐绷紧。

"我发誓我塞进去了。"

雷纳林暗骂了几句。

"大概还在军营里。"阿多林说,"我忘在房里的床头柜上了。"万一他没有保管好这件东西,还丢在了半路上,那才是风操的倒霉。

母亲的链子只是一道好运符,没有别的含义。尽管如此,他还是浑身冒汗。雷纳林连忙差人去找链子,可他们肯定赶不上了。他已经听到了场上的喧嚣,在决斗开始前,观众会越叫越响。阿多林带着勉强,让持甲侍卫为他穿戴瑛甲。

待侍卫递给他头盔时,他的生理节律已经大为恢复。他满怀期待，其中混杂着心头的顾虑和肌肉的放松感，甚是古怪。决斗手不能在精神高度紧张的状态下作战，轻微的不安可以有，但心弦不能绷得太紧。

他对侍从点点头，他们推开门，他一步踏上沙地，光从喝彩声就能分辨暗眼种的席位在何处。相比之下，一等他上场，光眼种的呼声则不升反降。艾尔霍卡为暗眼种留了座，他的决定是英明的，阿多林喜欢那种喧嚣，每次聆听，他总会联想到战场。

当年我并不留恋战场，他想，因为那里不如决斗场安静。尽管起初不情愿，他还是成为了军人。

他大步行至竞技场的中央，其余人还未走出准备室。**先取瑞里斯**，阿多林自我告诫，**你熟悉他的决斗风格**。该人喜用藤姿，慢中求稳，却爱突袭，出手又快又狠。阿多林不清楚他会带谁过来组成同一战线，不过他借用了一整套御用甲刃。他表亲也许有意再战，以报前仇。

沙兰坐在竞技场的对面，她的红发异常显眼，就像岩石上的血迹。她身旁站着两名冲桥手护卫，阿多林不由自主地点头赞许，还朝她扬起拳头，她挥挥手，作为回礼。

阿多林轻跳着倒换两脚，让瑛甲的能量流经全身。就算失却了母亲的链子，他也能赢。问题在于，他打算在本轮过后挑战撒迪亚斯，所以他必须为下一场决斗保存足够体力。

他东观西望，满心焦虑。撒迪亚斯来了吗？是，他已入席，与父亲和国王离得不远。阿多林觑着眼，记忆回涌。在那个惨痛的时刻，他亲眼看着撒迪亚斯军从塔地撤退，这才豁然开悟。

他定了定神。他对撒迪亚斯的背叛怀恨已久，现在时运终临，他必须当机立断。

对面的房门被打开了。

阔步而出的是四个穿着碎瑛甲的人。

"四个人？"达力拿一跃而起。

卡拉丁往下迈了一步，面朝竞技场。没错，总共有四名碎瑛武士踏上了下方的沙地，一人着御用瑛甲，其余三人着各自的瑛甲，上面涂了色，配有装饰。

站在下方的裁判一转身，朝国王偏过头。

"这是怎么搞的？"达力拿冲着坐在近处的撒迪亚斯喊道。有几排如坐凳般的席位被夹在当中，已入座的光眼种或是弯腰或是回避，以免挡住两位轩亲王的视线。

撒迪亚斯夫妇慵懒地回过头。"你凭什么问我？"撒迪亚斯朗声回应，"场上没一个是我的人，今天我只当看客。"

"嗳，撒迪亚斯，别说丧气话。"艾尔霍卡喊道，"你明明知道是怎么回事。为什么上来了四个人？阿多林不是该随意挑选两名对手吗？"

"两名对手？"撒迪亚斯问，"他什么时候说过要和两个人较量？"

"他提出挑战时就是这么说的！"达力拿大吼，"依照决斗规则，一方单人出战，陷于不利的境地，对阵方则双人组队！"

"实际上，"撒迪亚斯应道，"年轻的阿多林不是这么应允的。依据相当可靠的消息，他如此告知瑞里斯王子：'不管你带谁来，我都会迎战。'我没有听到他规定人数，所以阿多林已经陷入了完全不利的境地，决斗不再是一对二，瑞里斯可以想带多少人就带多少人。阿多林的准确说法已经被文书记下来了，里面有我认识的人。我还听到裁判特地问他知不知道自己在干什么，他说他知道。"

达力拿低声号叫，犹如被拴在链上的野兽，卡拉丁一惊，这种声音他闻所未闻。但轩亲王还是克己自省，断然落座。

"我们又被他算计了。"达力拿对国王讲起悄悄话，"必须先放手，再商榷下一步行动。派人通知阿多林退出比试。"

"你有把握吗？"国王说，"一旦退出，阿多林就要交出碎瑛武器，叔叔。我想你名下总共有六件武器，到时全得拱手相让。"

达力拿眉头紧锁，两颊涨得通红，眼中闪现着优柔寡断。看得出，他内心的挣扎反映在了五官上。弃权？不战而败？这也许是妥当的做法。

他恐怕办不到。

下方的沙地上，气氛凝固。在长时间的停顿后，阿多林举起手，表示同意。裁判宣布决斗开始。

※

我好蠢好蠢。我风操地蠢到家了！

阿多林回身小跑，穿过环形竞技场的沙地。他必须背对边墙，以防被人团团围攻。这表明在决斗伊始，他便遭到封锁、无路可退，失却了回旋余地。

他怎么就没说得更明白些？他发现了战书中的漏洞——这场决斗对他完全不利，而他在不经意间就答应了下来。**他本该特别声明瑞里斯可以协同一人出战，这才是明智之举。可他没想到。阿多林是个欠风操的笨蛋！**

他认出了瑞里斯，其甲刃均呈深黑色，很好识别。此人还穿了一件可脱卸的披风，上面有他父亲的对铭。从身高和走姿来看，那名身披御用瑛甲的武士就是瑞里斯的表亲艾立特，他重返决斗场，为的是与阿多林二次交手。他手持巨锤，而非瑛刃。两人谨慎地穿过沙地，另两位伙伴护驾在旁，一人着橙甲，另一人着绿甲。

阿多林以瑛甲取人，那一位是亚拉达帐下的碎瑛武士阿布罗巴达，其人甲刃俱全；还有一位是……雅卡马夫，他握着瑞里斯借来的御用瑛刃。

雅卡马夫可是阿多林的朋友。

阿多林咒骂着。这两人都是军中的决斗高手。假如雅卡马夫被允许赌上瑛甲，他多年前就能赢下瑛刃。先前的规定明显有所改观，他和他的家族是不是被收买了？这样他们便能和别人一同瓜分战利品。

瑛刃在手中成形，阿多林退回到竞技场围墙下的阴凉处。入席观战的暗眼种就在他头顶喊叫，眼见他面临的状况，他们究竟是兴奋，还是惊骇，着实难辨。阿多林本想来此上演一场一鸣惊人的大戏，然而观众即将收获一场性质截然相反的快手屠杀。

这是引火自焚。如果他非得被火烧死，至少先得奋力抗争。

瑞里斯和艾立特趋来趋去，越靠越近——一人着岩灰色瑛甲、一人着黑色瑛甲——其伙伴则在两侧。其目的是想让阿多林关注前面的两人，继而落在后面，稍后就能从两侧包抄。

"各个击破，小年轻！"看台上响起一声呐喊，似乎与众不同。是扎赫尔在说话吗？"尚有退路！"

瑞里斯疾步上前，试探阿多林。阿多林以风姿回避，轻盈地跳开——想要以一敌众，这必然是最佳招式——用双手把剑举到身前的一侧，一脚前迈。

*尚有退路！*扎赫尔的话是什么意思？他哪里还有退路！直面四人，他只会陷入绝境，何谈各个击破？他们绝不会允许。

瑞里斯又上前试攻，阿多林一个侧转，把注意力集中到他身上，只得沿墙缓缓挪步。但是他必须扭身面对瑞里斯，而此举又把阿布罗巴达的位置移到了他的视线之外。风操的！

"他们怕你，"扎赫尔的声音再次飘荡在观众席之上，"发现没有？*让他们尝尝你的厉害。*"

阿多林一时踌躇。瑞里斯一步上前，以石姿剑出击，力图求稳。

艾立特顺势跟进，战锤高举。他们逼着墙边的阿多林退向阿布罗巴达。

不。这场决斗是阿多林的要求。他志在必得，不会抱头鼠窜。

让他们尝尝你的厉害。

阿多林一跃上前，冲着瑞里斯就是一连串劈扫，艾立特咒骂着跳开。他们就像两名不停戳刺的矛手，面前是一头白脊。

这头白脊桀骜不驯，还未被牢笼所困。

阿多林怒吼着猛击瑞里斯，命中其头盔和左前臂护甲，后者应声碎裂，飓光腾起。艾立特恢复平衡，阿多林见机转身出剑，撇下被打得昏昏然的瑞里斯。艾立特被逼得用前臂格挡，未用战锤，唯恐阿多林将其砍成两半，毁了他的武装。

扎赫尔的意思就是如此：专注猛攻，不让他们有时间预判和反应。面对四人，一旦唬住他们……也许……

阿多林不再思考，让战意流遍全身、让心律指引剑舞。艾立特痛骂着退避，左肩甲和左前臂护甲漏出飓光。

阿多林扭肩撞向正在重整剑姿的瑞里斯，把那名黑甲武士推翻在地。伴随着一声高吼，阿多林转身迎击奔来救场的阿布罗巴达，架起风姿剑屡屡劈砍，挡开被阿布罗巴达挥起的剑。他们相持一阵，他终于听到了呻吟声和咒骂声、终于感到了橙甲武士的恐惧如臭气般外溢、终于看到了地上爬出惧灵。

艾立特慎重上前，瑞里斯爬了起来。阿多林又挥出风姿剑，动作大开大合、流畅自如。艾立特跳到一边，阿布罗巴达跟跄退后，一手摁住竞技场的边墙。

阿多林转身面对瑞里斯。尽管这位决斗冠军在各方面都恢复得很好，阿多林还是击中了他的胸甲，这已是第二次了。假如把决斗场看成战场、把决斗对手看成普通的敌手，那么瑞里斯会死、艾立特会残，而阿多林还毫发未损。

可他们不是普通的敌手，而是碎瑛武士。即便他二度刺中瑞里斯的胸甲，整套盔甲也不会随之破裂。阿多林只得转而与阿布罗巴达交战，面对剧烈的攻势，后者把剑举高，极为防备。阿多林大肆挥砍，却没有震住他，那人挺了过来，恰逢艾立特和瑞里斯就位。

只须——

阿多林的背部被狠狠地撞了一下。

是雅卡马夫。阿多林耗了太久，让第四人——他所谓的朋友——找好了站位。阿多林一扭身，背甲上升起一团飓光。他举剑应对雅卡马夫的下一轮攻击，却使得自己的左侧腹门户大开。艾立特见势挥捶，砸中阿多林的侧体，甲片裂开，阿多林失去了平衡。

他愈发拼命地来回劈扫，这次他的对手没有退开，雅卡马夫反倒低头前冲，甚至没有出剑。聪明。他的绿甲未被击中，阿多林挥舞瑛刃，砍向那人的背部，但阿多林的剑姿还是完全被破坏了。

雅卡马夫冲了过来，阿多林往后一倒，脚下趔趄，险些被撞翻在地。他把那人推到一边，设法握住碎瑛刃，可是另外三人走上前，攻势如雨点般落下，他的肩甲、头盔和胸甲纷纷中招。风操的，*那把锤子可真生猛。*

阿多林被砸得头脑嗡嗡作响。他就快成功了。在他们施以暴揍之时，他咧嘴笑了。一人同时对战四人，*他离胜利只有几步之遥。*

"我投降。"他说道，声音闷在头盔里。

他们还在攻击。他拔高音量，又说了一遍。

无人听信。

他抬起手，示意裁判叫停，可有人把他的手臂打了下去。

不！阿多林心想，惊慌失措地转过身。

裁判无法终止决斗。他若能苟活，也得瘸着腿走出决斗场。

"够了。"达力拿看着四名碎瑛武士轮番攻打阿多林,他儿子显然无所适从,难以击退对手,"决斗规则允许阿多林寻求外援,前提是他这边的人数少于瑞里斯的小队。艾尔霍卡,我需要你的碎瑛刃。"

"不行。"艾尔霍卡抄着手坐在荫凉下。周遭的众人闷声不响地观看决斗……不,是群殴。

"艾尔霍卡!"达力拿回头说,"那是我儿子啊。"

"你可没穿瑛甲。"艾尔霍卡说,"如果花时间披挂,一定赶不上。你即使下去了也救不了阿多林,到头来只会输掉我的瑛刃,以及所有别的装备。"

达力拿急得咬牙切齿。他明白艾尔霍卡的话不无道理。阿多林玩完了。他们现在就得结束比试,不能再冒险。

"要知道,你能帮他。"撒迪亚斯的声音飘了过来。

达力拿朝他转过身。

"决斗规则没有禁止。"撒迪亚斯说得很响,达力拿听得到,"我特意查过了。年轻的阿多林至多可以接受两人的援助。我认识的那个'黑荆棘'肯定早就跳下去了,哪怕手里只有一块石头也会战斗。我想你已经不复当年勇了。"

达力拿深吸一口气,起身道:"艾尔霍卡,我想依惯例借用你的瑛刃,费用我会付清。你的瑛刃不会有事。我要下去战斗。"

艾尔霍卡起身抓住他的胳膊,道:"叔叔,别发昏。好好听听!你弄清他的用意了吗?他明摆着想让你上场送死。"

达力拿扭头与国王对视。他的双眼一片浅绿,一如其父。

"叔叔,"艾尔霍卡的手越捏越紧,"好歹听我一声劝。防人之心不可无,撒迪亚斯为何希望你下去?因为'事故'偶有发生!他想除掉你,达力拿。我敢下定论,你要是踏上沙地,那四个人会直截了当地杀过来。不管有没有碎瑛刃,你一概活不成,连找站位都是后话了。"

达力拿呼哧呼哧地喘着气。艾尔霍卡所言不假。风打雷劈的,他句句有理。**不过达力拿必须想点办法。**

观众席上喧闹起来,人们的窃窃私语仿如笔尖刮擦纸面的声音。达力拿转过身,看到有个刚走出准备室的人加入了战斗。他未穿瑛甲,两手局促地握着碎瑛刃。

是雷纳林。

噢,不……

※

一名上前攻击的对手避开阿多林,铠靴落地,吱嘎有声。阿多林扑了过去,在另外三人的包围圈中杀出一条路。他转身后退,感到瑛甲变得沉重起来。他损耗了多少飓光?

瑛甲上没有一处遭到破坏,他想道,一直用剑指着另外三人,他们已经散开,随时都会攻击他。他或许可以……

不行,是时候收场了。他觉得自己愚蠢至极,但是活着总比死了好。他转身面向裁判,以示投降。现在她肯定能看到他了。

"阿多林,"瑞里斯踱蹀上前,胸甲上的细小裂纹漏出飓光,"我们不会这么早就搞定,是不是?"

"你觉得这么打有什么光彩?"阿多林怒声反问,把剑举稳,准备投降,"靠四个打赢一个,你以为别人会为你叫好?"

"没什么光彩不光彩的。"瑞里斯说,"我只想让你吃吃苦头。"

阿多林嗤之以鼻。直到这时,他才发觉竞技场的另一端来了一个人。那是穿着蓝色寇林家族制服的雷纳林,他颤颤巍巍地举着碎瑛刃，面对阿布罗巴达，后者站在原地，把剑扛到肩头，似乎完全没有受到威胁。

"雷纳林！"阿多林高呼，"这吹的是什么邪风！你在干什么？快回——"

阿布罗巴达开启攻势，雷纳林笨手笨脚地挡了过去。迄今为止，雷纳林练过的招式都是在身着碎瑛甲时完成的，但他来不及去取瑛甲。阿布罗巴达挥出一击，使得雷纳林的剑脱了手。

"喂，"瑞里斯逐步靠近阿多林，"那边的阿布罗巴达中意年轻的雷纳林，不想伤害他，所以只会和那个小伙相持一阵，不会下狠手。前提是你愿意信守承诺，和我们好好地干上一仗，然后像一只丧家犬那样投降，或是让国王终结比试，只有这样，阿布罗巴达或许才会网开一面。"

阿多林心生恐惧，遥望裁判。如果她觉得场上的局面失控，可以自行取消比试。

她傲慢地坐在裁判席上看他。在那副平静的表情之下，阿多林认为自己读到了别的东西。**他们找过她**，他想，**可能与她暗通关节了**。

阿多林紧握瑛刃，回望三名对手。"你们这帮混蛋。"他低声唾骂，"**雅卡马夫，你怎敢插手？**"

雅卡马夫就是不答，阿多林看不见那张藏在绿头盔里的脸。

"那么，"瑞里斯说，"还来吗？"

阿多林一声不应，反而冲上前去。

※

达力拿来到裁判席旁，那里有一座往外凸出几寸，俯瞰决斗场的小型石台。

身材高挑、头发花白的光明女士伊斯托把双手摆在腿上，正在坐看决斗。当达力拿走近时,她没有转身。

"是时候做个了断了,伊斯托。"达力拿说,"取消比试,将胜利判给瑞里斯和他的小队。"

那名女子仍在聚精会神地观看决斗。

"你听到了吗?"达力拿逼问。

她不置一词。

"那好,"他说,"这个了断由我来做。"

"达力拿,我才是此地的轩亲王。"那名女子说,"在竞技场上,我的话就是唯一的铁律,裁决结果获国王许可。"她朝他转过身,"令子既未投降,也未伤残,不符终赛条件。只有达到条件,我才会叫停。您还尊不尊重规则?"

达力拿愤恨地咬咬牙,回望竞技场。雷纳林正在和一名碎瑛武士战斗。那孩子几乎没受过剑术训练。其实在达力拿观战的时候,雷纳林的肩膀突然抽搐起来,猛烈地往头上提,看样子是发病了。

阿多林又冲进另外三名碎瑛武士当中。他打得极妙,却无法提防所有对手。那三人形成包围圈,对他施以重击。

阿多林的左肩甲猝然炸裂为熔融的金属碎屑,拽着烟雾四散横飞,主体部分滑落到不远处的沙地上。阿多林的皮肉暴露在外,瑛刃迎面袭来,该处无遮无拦。

恳请全能之主保佑……

达力拿转向高朋满座的观众席,对光眼种高喊:"你们还看得下去?吾儿孤军奋战!诸位之中一定有碎瑛武士,难道无人愿意和他们联手?"

他的目光扫过拥挤的看台。国王正在盯着自己的脚看。亚马兰如何?只见他坐在国王旁边,达力拿和他四目相视。

亚马兰别过头。

不……

"我们都犯了什么毛病?"达力拿质问,"我们的荣誉呢?"

"荣誉已死。"一个低低的声音从他背后传来。

达力拿转头看着卡拉丁军尉,没有注意到冲桥手已经跟着他走下了台阶。

卡拉丁深吸一口气,向达力拿望去。"我会尽力。万一失利,请您照顾好我的部下。"他握着矛,抓住墙边翻身一跃,落在了竞技场的沙地上。

57

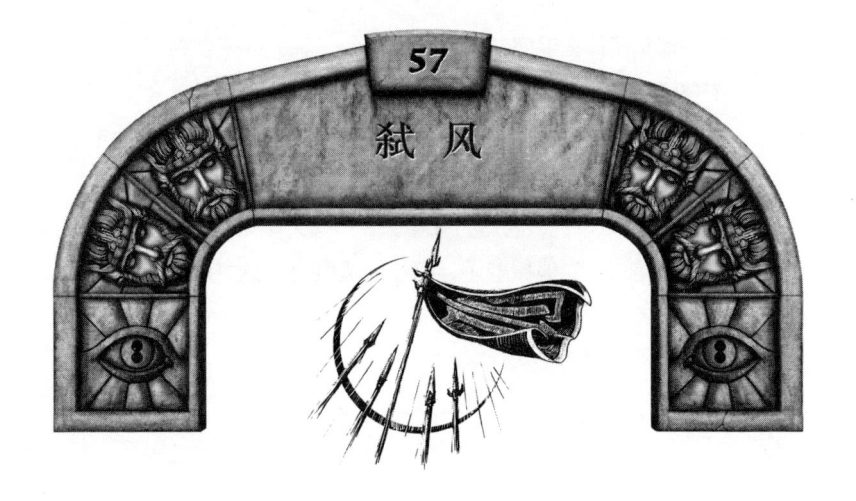

弑风

马奇恩善战，不输于人，却进退维谷，难与织光骑士为伍。他倾心浅白的誓言，而针对此定义，该团灵体态度开明，正如通识所言。欲进阶，人需吐真，藉之抵达内省境界，而马奇恩向来无力自察。

——摘自《光辉真言》第十二章，第十二页

沙兰从坐席上起身，看着阿多林在下面挨打。他为什么不认输？他就不能退出比试？

对手竟有四人，他们钻了空子，她本该一眼看破。作为他的未婚妻，她有义务留意此类阴谋。现在她才刚刚订婚，却已经大大地亏待了他。况且，这场演化为悲剧的决斗是她出的主意。

阿多林像是要投降，没过多久又奋勇应战，不知为何。

"蠢货。"塞巴里尔悠闲地坐在她身边，另一侧是帕萝娜，"明明落败，还硬撑，太狂了。"

"不是这样的，"沙兰说，"他有苦衷。"她往下瞥了一眼孤立无援的雷纳林，他试图与碎瑛武士较量，却完全处于下风。

刹那间，她打算下去帮忙。这纯属愚行，她的技术甚至比雷纳林更蹩脚。为什么无人相助?她愤懑地扫了一眼看台上的阿勒斯卡光眼种,包括亚马兰轩领主,那个所谓的光辉骑士。

他算什么东西。

沙兰被这突如其来的心绪吓了一跳,于是移开了视线。**别去想**。既然无人支援,那么两位王子双双战死的可能性就大了。

"图腾,"她低语,"那个碎瑛武士在和雷纳林打,你去看看能不能引开他的注意力。"她不想影响阿多林的比试。出于某种原因,他显然打定主意要坚持下去。不过,她会尽己所能,不让雷纳林受伤。

图腾从她的裙子上滑下,哼着声穿过了坐席上的石凳。在公众场合出动他太显眼了,然而所有人的目光都集中在下方的决斗上。

阿多林·寇林,求你不要死,她一边想,一边看着阿多林抗争三名对手,拜托了……

这时,有个人跳上了沙地。

※

卡拉丁奔入了竞技场。

又来了。他记起了多年前拯救亚马兰的情景。"这次最好别像上次那样。"

"不会的。"化作一缕光的茜尔允诺道,一路都在他的脑边打转,"相信我。"

相信。他这么做了,跟达力拿说了亚马兰的事,那下场真是美妙。

黑甲武士瑞里斯的左前臂护甲裂出一道缝,泄出飓光。他瞥了一眼步步上前的卡拉丁,继而无动于衷地回过身。瑞里斯显然不把单枪匹马的矛兵视作威胁。

卡拉丁笑了笑,吸进一些飓光。鉴于白日当空、光线敞亮,他才敢超常摄取，但愿无人发现。

他加速扑向两名碎瑛武士，把矛扎进瑞里斯那开裂的前臂护甲。对方痛得直呼，卡拉丁抽回矛，在对手间翻跃，逐渐靠近阿多林。那个一身蓝甲的年轻人瞄了他一眼，然后飞快地转身背对卡拉丁。

卡拉丁与阿多林背靠背，以防有人从身后偷袭。

"有何贵干，扛桥仔？"阿多林的声音闷在头盔里。

"演活十蠢之一。"

阿多林咕哝道："来得正好。"

"我刺不穿他们的盔甲，"卡拉丁说，"你要替我打开缺口。"离得不远的瑞里斯晃晃手臂，骂不绝口。卡拉丁的矛尖沾有血迹，可惜不多。

"你只须引开一个，"阿多林说，"我能拿下两个。"

"我——行。"这也许是最佳方案。

"如果可能，注意一下我弟弟。"阿多林说，"那三人要是无路可走，大概会用他要挟。"

"成。"卡拉丁挪步跳至一边，正遇被达力拿唤作艾立特的武士攻向阿多林。挥着剑的瑞里斯从另一边逼近，像是要先砍穿卡拉丁，再取阿多林。

他心脏狂跳，但扎赫尔的教导起了效。他可以直视那把碎瑛刃，*只觉淡淡的恐惧*。瑛刃扫过，他在瑞里斯四周扭身躲闪。

黑甲武士瞥向阿多林，一步跨至该方向，卡拉丁扑上前，假装又要刺其前臂。

正想与阿多林交手的瑞里斯回过身，极不情愿被卡拉丁引开。那人采取快攻，摆出讲究防御性站位和灵活度的藤姿，卡拉丁已能识别。

他的势头越来越猛，可是卡拉丁翻身挪转，*总能恰好避开*。瑞里斯信口谩骂，回身与阿多林作战。

卡拉丁用矛尾砸向其脑侧。与碎瑛武士战斗时，此等武器很难造成威胁，可这一击又激起了那人的注意力。瑞里斯扭身扫出瑛刃。

卡拉丁退得稍慢，矛尖被瑛刃削去。吃一堑，长一智。他的皮肉更难挡过这一剑，脊椎断了死期将至，吸再多飓光也没用。

他小心翼翼，试图把瑞里斯引到更远处，不让其搅和阿多林的决斗。不过，一等他退得太远，瑞里斯就转身向阿多林开步。

王子来回挥舞瑛刃，狠命与各居一侧的两位对手作战。**风操的**，他技术傲人。在训练场上，阿多林不见得展示过此等水平，那里的挑战还不够艰巨。阿多林多番横扫，在出招间隙迈步挡下绿甲武士的碎瑛刃，又击退了执锤的武士。

他频频以分毫之差攻击对手，对阿多林来说，似乎二打一才公平。

而三打一就够呛了。卡拉丁要稳住瑞里斯的注意力。可是方法何在？他无法用矛刺穿瑛甲，瑞里斯的唯一弱点在于观察缝和前臂护甲上的细小裂纹。

他必须有所行动。那人扬起武器，往后迈开大步，直追阿多林。卡拉丁咬紧牙关，冲了过去。

他速速横穿沙地，在接近瑞里斯之前就挺身一跃，把脚底对准碎瑛武士，接连往该方向施放多次风行术，动作极快。他尽情消耗飓光，直到燃尽所有储量。

卡拉丁只下落了一小程，在观众看来，并无太大异常。不过，他借力又行一程，两脚重重地砸在瑞里斯的瑛甲上。

他拼命狂踹，两腿腾起雷劈般的刺痛，骨节折断，磔磔有声。黑甲武士被踢得全身佝偻，仿佛被巨石撞到。瑞里斯迎面摔倒，脱手的瑛刃归于雾气。

卡拉丁砰的一声落地，口出呻吟，飓光耗尽，法术失效。他习惯性地吸气，飓光从袋中的润石内流出，治起腿伤。他的腿脚全断了。

愈合过程似乎很慢，他硬逼自己翻身查看瑞里斯的情况。不可思议的是，卡拉丁击碎了那人的瑛甲，受到破坏的部位并不是被他砸中的背甲，而是肩甲和侧体处的甲片。瑞里斯起身晃头，以近乎敬佩的态度回望卡拉丁。

在躺地不起的武士身后，阿多林扭身迎击执锤的艾立特，用双手挥起碎瑛刃，猛地砍向这名对手的胸甲，使之炸裂为熔融碎片，带出烈光。阿多林又出一剑，正中绿甲武士的头盔，再下一城。

阿多林的处境很不妙。这位年轻人所穿的瑛甲几乎处处都在拽泄飓光，照此下去，能量很快就会散尽，他将无法在过重的瑛甲内活动。

还好他现在基本已经重挫了一名对手。即便胸甲遭毁，碎瑛武士仍可作战，但会碰到极大困难。这体现在艾立特身上，他别扭地后退几步，其瑛甲仿佛骤然大幅增重。

又一名碎瑛武士逼近阿多林，他只好转身迎战。在竞技场的另一头，始终在与雷纳林"战斗"的第四名敌手抡着剑指向沙地，叫人不明所以。他抬起头，发现情势对伙伴不利，随即撇下雷纳林，冲过场地。

"等等，"茜尔说，"那是什么？"她飞向雷纳林，但卡拉丁无法对她的行为多加揣测。橙甲武士一旦靠近阿多林，他又会陷入包围圈。

卡拉丁爬起来，幸好腿脚能动，飓光的接骨疗效足够他行走。他扑向艾立特，一手抓着矛，脚下扬起滚滚沙尘。

艾立特跌跌撞撞地朝阿多林走去，不顾瑛甲失效，还想再战。但卡拉丁先一步赶到，躲过那人匆忙挥就的一锤，又用双手举断矛过肩，全力戳刺。

断矛扎入艾立特那毫无遮拦的前胸，传出大快人心的嘎吱声。那人痛得弯下腰，大口喘息。卡拉丁扬起矛，准备再刺，可那人颤颤巍巍地抬起手，开口欲言，最后虚乏地说："我投降……"

"大点声！"卡拉丁冲他咆哮。

那人一开口便透不过气，可是有那只高举的手足矣。裁判见状，不得已道："光明贵人艾立特宣布退出战斗。"

卡拉丁回避着那个蜷成一团的武士，脚步轻快，体内的飓光奔流不息。坐席上爆出一阵喧哗，就连许多光眼种也吼出了声。

另外三名碎瑛武士依旧坚守。瑞里斯现已回到着绿甲的伙伴身边，两人正在不断侵蚀阿多林的防线。他们把王子逼到墙边，最后一名着橙甲的武士加入进来，把雷纳林丢在了后头。

雷纳林低着头坐在沙地上，身前的碎瑛刃插进了地面。他战败了吗？卡拉丁还未听到裁判宣布结果。

没时间担心。阿多林又一次和三人对战，头盔被瑞里斯击中，随后爆裂，王子脸面尽展，难撑长久。

卡拉丁冲向艾立特，后者一拐一拐地溃退。"摘掉头盔。"卡拉丁对他喊道。

那人朝他转身，惊愕地打出手势。

"摘掉！"卡拉丁高吼，又扬矛欲刺。

看台上的观众大呼小叫。卡拉丁不清楚决斗规则，但他怀疑，假如他进犯此人，就会违禁，甚至有可能会面临刑责。所幸他无须被迫下重手，因为艾立特摘掉了头盔。卡拉丁一把夺过，跟他作别，跑向阿多林。

卡拉丁丢下断矛，把手插进头盔底部。他已经对碎瑛甲有所了解——它会自动贴服在穿戴者身上。在这个关头，他希望头盔也有这一功能，而事实的确如此——那个头盔逐渐在他的手腕上收紧。当他放开另一手时，头盔还卡在原处，就像一副古怪的手套。

卡拉丁深吸一口气，拔出匕首。他早就随身带上了一把，万一又要扔出，便可派上用场。在为奴前，他还是矛兵，那时他就会投飞刀，只不过现在生疏了。无论如何，这样无法对付瑛甲，于碎瑛武士而言，区区一把匕首不足挂齿。不过，他还是不能单手用矛。他再次冲向瑞里斯。

这回瑞里斯立即退而出剑，盯着卡拉丁——困扰至少已经造就。

卡拉丁往前走，逼他后退。瑞里斯迅速保持距离。卡拉丁佯装作态，猛地上前逼退对手，仿佛要为他们两人辟出作战空间。碎瑛武士巴不得如此，他挥着瑛刃，总想在大片的空地上出招。狭小的空间则更利于卡拉丁操持匕首。

然而，在两人一进一退了好一段距离后，卡拉丁忽然转身，冲回到尚在交战的阿多林和另两人身旁。瑞里斯独自立于原地，被卡拉丁的回撤搞得晕头转向，显得很迷惑。

阿多林瞥向卡拉丁，然后点头。

卡拉丁扑上前，绿甲武士诧异地扭过身，当即一个劈扫。卡拉丁用手上的碎瑛甲头盔迎上去，挡下一击。那人一声闷哼，就在这时，阿多林全力挥剑砍向橙甲武士。

短时内，阿多林只有一个对手要战。但愿他能抓住时机，可他的脚步已经变得无力，从瑛甲上泄出的飓光也大为减少。他的腿几乎不能动了。

绿甲武士再与卡拉丁开战，卡拉丁用头盔挡下一击，头盔被击碎，飓光外溢而出。瑞里斯从另一边进攻，却没有与阿多林对阵，反而用剑刺向卡拉丁。

卡拉丁咬着牙侧身闪躲，感到瑛刃破空。他必须为阿多林争分夺秒。时机。他需要时机。

风儿缭绕，化为光缎的茜尔回到他身边，在空中一闪而过。

卡拉丁又躲过一剑，用临时盾极力格挡对手的瑛刃，再往后一跃，沙尘飞扬，瑛刃在他身前触地。

卡拉丁随风而动，同时对抗两名碎瑛武士，利用手上的头盔，把他们的瑛刃拨到一边。他不能袭击，**也不敢试攻**。他只能求生，风儿似乎在鞭策他。

直觉……更深邃的内在……指引着他的脚步。他在瑛刃间舞动，浑身被凉气环绕。片刻间，某种不可想象的感觉袭上心头。他一度以为自己在闭眼时也能扭身闪避。

碎瑛武士破口咒骂，屡作试探。观众越吼越响，卡拉丁闻得裁判的话音，却无心关注，只因他沉醉于决斗。一人袭来，他脚下一跃，后又跨步，正好避开另一人。

你不可弑风、不可阻遏风吹。风无垠，无人可及……

飓光耗尽。

卡拉丁一个急停，想要多吸几口，可是所有润石均已无光。

是头盔作乱，他突然意识到。那个头盔裂缝遍布，**涌出海量飓光**，但未炸开，还吸走了卡拉丁身上的飓光，不知为何。

瑞里斯攻来，卡拉丁在慌乱中堪堪躲过，背部撞上竞技场的边墙。

绿甲武士趁他不备扬起瑛刃。

有人从后面跳了上来。

卡拉丁一怔，看着阿多林与绿甲武士扭打在一起。两人纠缠不下，阿多林的盔甲不再冒光，里面的飓光已然耗尽，他几乎难以活动。不远处，被打败的橙甲武士躺在沙地上，留下了几道歪歪扭扭的痕迹。

该武士已投降，裁判刚才已宣布过。阿多林击败对手，吃力地迈开步，慢慢地来到卡拉丁的战斗位置。他之前跳上绿甲武士的背部，还紧抓不放，似乎把最后一点力气也用掉了。

绿甲武士骂骂咧咧地猛击阿多林，王子与其相持，瑛甲已锁定——盔甲变重，穿戴者几乎不可活动。

两人蹒跚不已，双双翻倒在地。

卡拉丁看看瑞里斯，后者瞥了一眼倒下的绿甲武士，又望向橙甲武士，最后和卡拉丁对上眼。

瑞里斯转身在沙地上飞跑，直奔雷纳林。

卡拉丁咒骂着，把头盔丢到一边，赶紧跟上他。少了飓光的辅助，他感到浑身乏力。

"雷纳林！"卡拉丁吼道，"投降！"

那小子抬起头。风操的，他在哭。受伤了？不像。

"快认输！"卡拉丁从失去飓光匡助，已然疲劳无力的肌肉中唤起残存的全部能量，试图快跑。

雷纳林凝视着朝他强攻的瑞里斯，不发一言，反倒遣走了瑛刃。

瑞里斯滑步急停，把瑛刃高举过头，准备砍向毫无设防的王子。雷纳林仰头闭眼，仿佛要露出咽喉。

卡拉丁赶不上了，相比碎瑛武士，他速度过慢。

还好瑞里斯一时无措，似乎不想攻击雷纳林。

卡拉丁及时赶到，瑞里斯改变主意，转身对他扫出一剑。

卡拉丁两脚一滑，双膝跪地，又顺着惯性往前移动几寸，瑛刃恰在此刻落下。他扬起手，啪的一声合上两掌。

他接住了瑛刃。

就在此刻，他脑中惨叫连连。

他为什么听得到惨叫？那是茜尔的声音吗？

那声惨叫反复回响，凄厉刺耳。他大受震动，肌肉战栗，只得喘着气放开碎瑛刃，往后摔去。

瑞里斯扔下瑛刃，仿佛被咬了一口。他步步后退，两手抱头，号叫不止，似乎深为痛苦："怎么回事？怎么回事！不，我没杀你！"吼罢他跑到沙地的另一端，拉开准备室的房门，灰溜溜地躲了进去。当他的人影消失后，卡拉丁还能听到回荡在走廊里的尖叫。

全场安静下来。

"瑞里斯·鲁特哈轩领主擅离场地，"裁判终于不安地宣布，"视为主动弃权。"

卡拉丁摇摇晃晃地站起身，望了一眼雷纳林——那小伙没大碍——随后慢慢地穿过竞技场。就连观战的暗眼种也默默不语了，不过卡拉丁很肯定他们没有听到那声诡异的惨叫。这种体验只有他和瑞里斯有。

他来到阿多林和绿甲武士身边。

"站起来打啊！"绿甲武士吼道，仰面躺地，阿多林把手埋到他身下，紧紧扣着他。

卡拉丁跪下身，捡回落在沙地上的匕首。绿甲武士挣扎得愈发起劲，卡拉丁把刀尖顶在盔甲的开裂处。

那人变得纹丝不动。

"还不投吼？"卡拉丁低吼，"我可要杀掉第二个碎瑛武士了！"

那人没有回答。

"你们两个真该被风活活劈死！"绿甲武士的吼声终于从头盔里传出，"这哪是决斗，根本就是胡闹！只有懦夫才会赤手空拳地上阵！"

卡拉丁把匕首抵得更紧了。

"我投降！"那人抬手高吼，"风操的，我投降！"

"光明贵人雅卡马夫宣布投降。"裁判说，"光明贵人阿多林获胜。"

看台上的暗眼种大声喝彩，光眼种似乎木然不动。茜尔在风中腾转，卡拉丁觉察得到她的喜悦。阿多林松开绿甲武士，后者翻身离场，脚下噔噔有声。王子颓萎地躺在沙地的凹陷上，瑛甲受损，头肩外露。

他在笑。

卡拉丁紧挨王子坐下，阿多林咯咯傻笑，泪花涌出双眼。

"这是我干过的最蠢的事。"阿多林说,"噢,哇……哈!扛桥仔,我想我赢下了三套瑛甲和两把瑛刃。来,帮我脱掉这身盔甲。"

"这活可以叫侍卫做。"卡拉丁说。

"赶不及。"阿多林极力坐起,"风操的,全耗尽了。快,搭把手,我还有事。"

他想挑战撒迪亚斯,卡拉丁瞬时领悟。这才是终极目的。他伸出手,帮阿多林解开护手甲的扣带。护手甲没有像往常那般自动脱落,阿多林果然耗尽了宝石里的飓光。

他们把两只护手甲依次扯下。几分钟后,雷纳林信步走来帮忙,卡拉丁没有问他先前发生了什么事。那个小伙递来几颗润石,卡拉丁松开阿多林的胸甲,把润石塞进内侧。此后,盔甲的功效复原了。

观众在他们动手时连连高呼。最后,卸下瑛甲的阿多林站起身。前方,国王已经站到裁判身旁,一脚踏在竞技场的围栏上。他低头看向阿多林,后者点点头。

这是阿多林的机会,卡拉丁认识到,**也能成为我的机会**。

国王抬手示意观众噤声。

"勇士,决斗之王,"国王高声道,"今日成绩斐然,本王大喜。在阿勒斯卡,此战几代未见,本王已悦纳。"

全场欢呼。

我能行,卡拉丁想。

"兹赏圣恩一次。"国王大声宣布,指向阿多林,全场皆静,"说出你有何欲求,于本王、于宫廷,均可。此番受赏属实至名归,无可争议。"

挑战权,卡拉丁想。

阿多林觅到了起身快步上跑的撒迪亚斯。他知道这意味着什么。

披金斗篷的亚马兰正坐在最右边。

"谢陛下圣恩!"阿多林冲着无声的竞技场大喊,"我欲求挑战权！轩亲王撒迪亚斯身负大过，此时此刻，请赐良机，准我与其决斗，以雪家族耻辱！"

拾级中的撒迪亚斯骤然停步，观众交头接耳。阿多林似乎想多言，见卡拉丁挺身而上，便打住了。

"谢陛下圣恩！"卡拉丁高呼，"我欲挑战剑子手亚马兰！行窃后，为窝赃，他屠尽我的战友，并贬我为奴！此时此刻，我欲与其决斗，特求圣恩一次！"

国王大为惊异。

全场陷入死寂。

挨着他的阿多林发出一声叹息。

卡拉丁毫不分心，远望光明贵人亚马兰，直视杀人犯的双眼。

那对眸中燃起恐惧。

亚马兰起身匆促后退，他认出了卡拉丁。

你早该杀了我，卡拉丁想。坐席上鼓噪起来。

"抓住他！"国王怒喝，盖过喧哗。

好极了。卡拉丁咧嘴大笑。

笑到一半他才发现那些士兵未去抓捕亚马兰，而是冲他而来。

58

下不为例

梅里什返回营帐,决意次日摧毁虚渡。然而当晚另有战略,变数涉及铸契骑士之异能。因百务缠身,他未能将大计全盘付诸笔端。此法事关令使及其圣职之本性,唯有铸契骑士才可掌控。

——摘自《光辉真言》第三十章,第十八页

"卡拉丁军尉向来刚正不阿,艾尔霍卡!"达力拿吼道,指向坐在近旁的卡拉丁,"他是唯一站出来协助我儿子的人!"

"那是他分内之事!"艾尔霍卡怒声回敬。

卡拉丁甘做无精打采的听众。他待在达力拿的住处,披枷戴锁,整个人在一张椅子上不得动弹。他们没有回宫,卡拉丁不晓得其中的缘由。

室内只有他们三人。

"他当着群臣的面折了一位领主的台,"艾尔霍卡在墙壁前来回踱步,"他竟敢叫板高高在上的贵人,他们之间的身份鸿沟不可想象。"

"他是一时冲动,"达力拿说,"不要太过苛责,艾尔霍卡。他方才还助人力克了四名碎瑛武士！"

"那是在决斗场上，当然欢迎他的援助。"艾尔霍卡把两手猛地挥到空中，"我还是不同意让暗眼种和碎瑛武士进行决斗。如果你当时没有拦着我……太不像话了！*我忍无可忍，叔叔*。普通士兵怎可挑衅身处高阶的军官政要？简直匪夷所思。"

"我讲的是实话。"卡拉丁悄悄念道。

"不许吱声！"艾尔霍卡一边大叫，一边停下脚步，指着卡拉丁说，"计划全都被你搞砸了！我们失去了对抗撒迪亚斯的机会！"

"阿多林已经下了战书，"卡拉丁说，"撒迪亚斯绝对逃不掉的。"

"这还用提，"艾尔霍卡高声道，"他已经作了回应！"

卡拉丁皱起眉头。

"决斗还未尘埃落定，阿多林毫无主动权。"达力拿望向卡拉丁，"他一下场，撒迪亚斯便传信过来，表示同意与阿多林较量——准备期放宽到了一年。"

一年？卡拉丁感到心里空荡荡的。也许一年还未过去，决斗的意义就已不在。

"他侥幸逃过一劫。"艾尔霍卡奋力扬起双手，"场上的那一刻意在牵制，我们本想逼他应战！你搅黄了时机，冲桥手。"

卡拉丁低下头，脚踝处的冰凉镣铐将他困在了椅子上。要不是活动受限，他一定会站起来与他们对峙。

他记得这样的镣铐。

"这就是你种下的苦果，叔叔。"艾尔霍卡道，"谁叫你指派一名奴隶担当卫队长。飓风啊！你在想什么？*我居然听之任之，动的是什么念头？*"

"你都见识过他的身手了，艾尔霍卡。"达力拿轻声说，"他驾轻就熟。"

"武艺高强于事无补，有违军纪才是关键！"国王环抱双臂道，

"处决。"

卡拉丁立马仰起头。

"少开玩笑。"达力拿走向卡拉丁的椅子。

"羞辱领主的人就该受罚。"艾尔霍卡说,"*王法不容忤逆。*"

"为王者大可赦罪。"达力拿道,"你打算看着他死在绞刑架上,就因为他今天的举动?别告诉我你是真心的。"

"你准备挡我的道?"艾尔霍卡说。

"我没法接受你的判决,这错不了。"

艾尔霍卡穿过房间,径直走向达力拿,卡拉丁似乎转瞬被人遗忘。

"我才是国王吧?"艾尔霍卡问。

"确凿无疑。"

"*可你没有表现出来。你必须做出决定,叔叔。我不会再让你插手政事,不然我就成了十足的傀儡。*"

"我并没有——"

"我都说了那小子该处死,你又作何评论?"

"如果你有勇气试一试,就站到了我的对立面,艾尔霍卡。"达力拿的态度愈发生硬。

*来啊,*卡拉丁暗想,*有种就来处死我。*

两人彼此对视,相持良久。最后,艾尔霍卡背过脸去。"那就改为监禁。"

"多久?"达力拿问。

"时长由我说了算!"国王摆摆手,怒不可遏地朝出口走去。他停在门边,双目直追达力拿,眼中冒出挑衅之火。

"好吧。"达力拿说。

国王离开了。

"虚伪。"卡拉丁咬牙切齿地说,"他早先固执己见,要您任我为卫队长,现在却来指责您的不是?"

达力拿叹出一口气,在卡拉丁身边跪下。"你今天建功卓著,不仅替我儿子解围,还当着王室的面践行了我的信念,可你随后弃之不顾,实在可惜。"

"他问我想求何种圣恩!"卡拉丁高举上铐的双手,声色俱厉地说,"看样子我不虚此行。"

"赏赐圣恩的对象是阿多林。你知道我们的盘算,士兵,你在今晨的会议中想必有所耳闻。你打着复仇的旗号发泄私欲,扰乱了我们的步伐。"

"亚马兰——"

"虽然我不知道你对亚马兰的成见从何而来,"达力拿道,"但你要适可而止。在你首次向我提出异议之后,我进行了一番调查。有十七人向我担保,他们说亚马兰刚在四个月前赢下碎瑛刃,远远晚于你在账上的为奴日期。"

"全是瞎扯。"

"十七位证人,"达力拿重申,"眼珠无论光暗,均执一词,此外还有相识几十年的挚友作保。你误解了他,士兵,你的想法明显不对。"

"您儿子刚才身处险境,"卡拉丁低声道,"要是他的品行如此高尚,出手相救的为什么不是他?"

达力拿默不作声。

"无所谓。"卡拉丁移开视线,"叫国王把我关起来吧。"

"艾尔霍卡的确喜欢闹脾气,"达力拿起身说,"待他心静后,我会放你出狱。现在你最好花点时间反省一下。"

"想把我扔进大牢可没那么省力。"卡拉丁小声嘀咕。

"你把我的话都当成耳旁风了吗?"达力拿突然一声咆哮。

卡拉丁往后一靠,目瞪口呆。达力拿的脸涨成了猪肝色,他俯身按住卡拉丁的肩膀,仿佛想摇醒他。"马上要出大事了,你难道还没感觉?王国的各方势力互相排挤,你难道还没发现?我们没时间应付这种事!我们没时间玩世不恭!丢掉你的稚气,摆出军人的样子!你得毫无怨言地入狱,这是命令。你还从不从军规?"

"我……"卡拉丁顿时哑口无言。

达力拿起身按揉太阳穴。"我原以为我们已经把撒迪亚斯逼到了绝境,可以切断他的后路,从而抢得救国的先机。眼下我是回天乏术了。"他扭身迈向门口,"感谢你救了我儿子。"

他走后,阴冷的石屋内徒留卡拉丁一人。

※

托洛尔·撒迪亚斯甩上了居室的房门。他走到桌前俯身其上,将双手平放于桌面,两眼朝下望着桌心,那里有一道他先前用渡誓割出的裂口。

一滴汗滚落至缝隙近旁。回营之前,他一路上都强忍着惧意,身子没有发颤,甚至成功地换上了笑颜。他面无紧张之色,就算要给妻子口授战书的回信,他也保持着常态。

然而,他的潜意识里自始至终都有个声音在嘲笑他。

达力拿险些出奇制胜。如果那次挑战生效,撒迪亚斯会不知不觉地上场,而对手刚刚打败的不是一名碎瑛武士,*而是四名。*

他坐下来,无意喝酒。酒精会败坏一个人的记性,可他不想忘怀今日的遭遇。他绝不允许自己这么做。

要是哪天达力拿的胸脯被自己的利刃刺穿,那滋味该多美。风杀的,他光是这么一想就不由得同情起旧友来。事到如今此人竟使出了这样的招数,他怎变得如此老辣?

不,撒迪亚斯告诉自己,这说不上老辣。风水轮流转,他只是纯粹地走运罢了。

阿多林岂能打倒四名碎瑛武士?尽管那个奴隶也掺了一脚,但事态已经浮出水面,阿多林终于长成了他父亲的早年版本。想当初达力拿——也就是"黑荆棘"——为攻下王国立了大功,害得撒迪亚斯只能胆战心寒。

这下满意了吧?撒迪亚斯想,你不是一直盼着他重振旗鼓吗?

不。在这套想法背后,撒迪亚斯其实并不希望达力拿回归,他最不想看到的就是他的老友半路杀出。不论抛出了多少暗示,他怀有此想法已经数月有余。

片刻后,雅莱推开书房的门,悄悄地进了屋。见他耽于沉思,她便停在了门边。

"搜索你的情报网,"撒迪亚斯望着天花板,"派出所有奸细,调动一切资源。给我找出加害他的手段,雅莱。"

她点点头。

"打探好之后,"撒迪亚斯说,"你派出的刺客就有用了。"

他必须确保达力拿涉险致伤,一展其无可救药的颓势,以便给他人留下既定印象。

随后由他来算总账。

✸

没过多久,一群卡拉丁不认识的士兵各自就位,准备将他押走。他们毕恭毕敬地解开连在椅子上的枷锁,不过没动他的手铐和脚镣。其中一人向他挥了一拳,以表尊敬。这一拳意为:挺住。

卡拉丁低着头,慢吞吞地跟在他们后面,穿过军营,暴露在兵卒与文书的检视之下。他在围观者中还瞥到了一眼第四冲桥队的制服。

他走进达力拿军中的监牢,这里专收在营内动武或违规的士兵。

狱所规模不大，厚实的墙壁上几乎没安窗户。

卡拉丁分到了一个单间，他的牢房前有钢栅门后有石墙。入监之后，他们没有解开他的镣铐。

他坐在一张石凳上，经过一阵等待，茜尔终于飞进了牢里。

"这就是信任光眼种的报应。"卡拉丁看着她，"下不为例，茜尔。"

"卡拉丁……"

他闭上眼，翻身躺倒在冰凉的石凳上。

他再度身陷牢笼。

（第三部分·完）

插曲

莉芙特　泽斯　伊舒娜

I-9 莉芙特

莉芙特从来没有在宫殿里偷过东西，这种活干起来好像太危险了。她倒不是担心被抓，只是连饥肠辘辘的宫殿都偷过了，接下来还能去哪儿？

她爬上外墙，打量起眼前的庭院。墙内的一切——树木、石头、房屋——都映着星光，看起来十分古怪。一幢浑圆的建筑挤在所有楼宇的中心，好似池塘上泛起的泡泡。其实，这里大部分建筑的外观都是整齐划一的圆形，屋顶常带有小球状的凸起。整座被饿死鬼诅咒的宫殿见不到一根直线，只有无止境的曲线。

莉芙特的同伙摸了上来，越过墙头向内窥视。这是一支手忙脚乱、吵吵闹闹的小团体，由六人组成，据说全是神偷，可他们居然连爬个墙都爬不好。

"青铜宝殿的真身。"胡金悄声道。

"青铜？所有东西全是拿这玩意儿做的？"莉芙特提问，她跨坐在墙头，"看上去像一堆大奶子。"

同伙看着她，惊呆了。他们都是亚泽尔人，皮肤黝黑，一头乌发。她是雷希人，来自北方的群岛。她妈妈是这么说的，可她从未去过岛上。

"什么?"胡金追问。

"大奶子。"莉芙特伸手一指,"看,就像一个姐姐仰面躺下来的样子,屋顶凸出来的地方是奶奶头。造宫殿的家伙准是打了太久太久太久的光棍。"

胡金转向他的一个伙伴,他们顺着绳子迅速地沿着外墙往下滑,开始低声讨论。

"这边的院子里空荡荡的,正如线人的情报所言。"胡金说。他是这帮人的头目。他的鼻子像是在小时候被什么人极其极其用力地拧过一次,每当他转过身来,居然不会打到别人的脸,这让莉芙特惊奇不已。

"大伙儿都在专心地选举新一任阿卡希克斯大帝,"马克辛说,"咱们当真可以放手去干,在内阁的眼皮子底下扫荡青铜宝殿。"

"这……呃……安全吗?"胡金的侄子询问。他年纪轻轻,正值烦恼重重的青春期,光看他的脸、说话的嗓音,还有那双细瘦的长腿就知道。

"闭嘴。"胡金斥道。

"别这样。"提格吉克说,"那孩子有点警备心没啥错,今天这手可危险了。"

提格吉克能用三种语言骂人,因此同伙都奉他为盗贼团里的知识分子。骂人可是实打实的学术功底。他身着一袭华服,而其他人多为黑衣打扮。"天黑后宝殿里会乱成一锅粥,"提格吉克接着说,"杂七杂八的什么人都有。不过风险排除不了,守卫太多了,可能到处都有人盯着。"

提格吉克是一名垂垂老者,也是盗贼团中莉芙特唯一认识的人。她念不来他的名字,要是有人能念对他名字尾巴上那个"克",效果就和一时断气没多大差别。为了避免这一状况,她只称呼他为

"提格"。

"提格吉克。"胡金说。错不了,喘不过气了。"是你提的这一茬,别告诉我你现在怕了。"

"谁怕了,我是在劝大家要小心。"

莉芙特扶着墙头朝他们弯下腰。"少吵几句,"她说,"快行动。我饿了。"

胡金抬起头。"*我们何苦把她带来?*"

"她有用得很。"提格吉克说,"走着瞧。"

"她只是个黄毛丫头!"

"她起码有十二岁,是个小姑娘了。"

"*我才没有十二岁。*"莉芙特厉声抗议,咄咄逼人地俯视他们。

他们朝她翻过身。

"我才没有咧。"她说,"十二是个不吉利的数字。"她扬起十指。"我只有这么大。"

"……十岁?"提格吉克问。

"这么大就是十岁?那好吧,我十岁。"她把手放下。"要是我的岁数用手指头算不出来,就是不吉利。"三年以来她一直那么大,没得商量。

"看来不吉利的岁数好多。"胡金被逗乐了。

"当然啦。"她表示同意,又扫视了一下院子,接着回望他们进城的那条路。

有个人正沿着一条通往宫殿的街道前行。他的黑衣与黑夜融为一体,然而每逢他经过路灯,衣服上的银扣子就会闪闪发光。

风操的,她想,一股寒气在背上扩散开来,*我终究没能甩掉他*。

她向下看着那伙人。"你们跟不跟我来?我可要闪了。"她从墙头哧溜一声滑进宫殿的庭院,半蹲在地,摸了摸冰凉的地面。错不了,金属做的,全都裹着青铜。有钱人,她下定论,总喜欢一成不变的东西。

盗贼终于停下争执，开始攀爬。这时，一缕相互缠绕的细藤蔓从暗处生出，向莉芙特接近，这景象宛如洒到地上的一小摊水正在缓缓淌过。一簇簇透明的水晶隐现于藤蔓的表面，仿如黑色石块里的颗颗石英。它们并不尖利，而是像抛过光的玻璃那般平滑，没有散发出飓光。

藤蔓的长势愈发迅速，它们彼此盘绕纠结，形成一张人脸。

"主人，"那张脸说，"这么做明智吗？"

"你好呀，虚渡。"莉芙特说边打量庭院。

"我不是虚渡！"他说，"你明明知道，只是……只是别再这么说了！"

莉芙特得意地一笑。"你是我的宠物虚渡，没有谎话会改变这一事实，是我把你抓住的。现在我们不偷灵魂，我们不为灵魂而来，只是小打小闹，害不了什么人。"

那张由藤蔓形成的脸——他管自己叫温达——叹了口气。莉芙特飞似的在青铜地面上奔过，来到一棵树下，它自然也是用青铜做的。为了方便他们溜进宫殿，胡金挑选了夜晚天色最暗的时候，也就是另一轮明月升起之前——然而，今晚空中没有云层，星光又挺耀眼，他们很容易就能看清路。

温达不停生长，向她延伸过来，身后留下一连串细小的藤蔓痕迹，似乎不为常人所视。这些藤蔓在原地停留片刻后逐渐变硬，仿佛化为了坚固的结晶，很快便归于粉尘。人们偶然会瞥见这一幕，只是他们肯定见不到温达的真身。

"我是灵体。"温达对她说，"光荣而高贵的——"

"嘘。"莉芙特说着，从青铜树背后向外偷瞄。一辆敞篷马车驶过她眼前的道路，载着一些亚泽尔贵人，单凭衣着就能分辨身份。这些人身上的大号外套松松垮垮的，袖子异常肥大，服装上的纹饰搭配互不协调。他们看起来就像一个个窜进父母衣橱偷穿大人衣服的孩子。那几顶帽子倒挺时髦。

盗贼们尾随在她身后,潜行的身姿有板有眼。平心而论,就算这帮人不知道该如何爬墙,他们的水平也没有那么差劲。

他们聚拢在她周围,提格吉克起身正了正外衣——其款式模仿了政府官员的服装,是富有的文书会穿的。在亚泽尔,为政府工作的意义相当重大,所有不为其效力的国民都被称作"闲杂人等",不管这意味着什么。

"准备好了没?"提格吉克对马克辛说,后者是盗贼团中另一个衣着光鲜的人。

马克辛一点头,他们俩就往右边走去,取道宫殿的雕塑苑。贵人们应该都在那里焦急地来回踱步,预测谁会成为下一任大帝。

那是件危险的工作。前面两任都被某个穿白衣的家伙挥着碎瑛刃砍下了脑袋,上一任大帝连两天都没有熬过去,真是饿死鬼降下的诅咒!

提格吉克和马克辛走后,莉芙特只需要挂念其余四个人了。胡金、他的侄子,还有两个精瘦的兄弟。这对兄弟不太讲话,总是把手伸进衣服里摸刀子。莉芙特不喜欢他们这类人。偷东西不能把人放倒,放倒几个人太容易了。要是你在干活时把发现你的人一杀了事,*就一点挑战性都没有了。*

"你能把我们弄进去,"胡金对莉芙特说,"对吗?"

莉芙特故意翻了翻眼皮,接着她一阵疾跑穿过青铜院子,直捣主殿。

真的好像一只大奶子……

温达跟在她身边,蜷曲的藤蔓沿着地面挪移,一大簇细小的透明水晶在体表崭露头角。他活动的身姿和鳗鱼有得一拼,既灵活又迅速,不过他实际上并不移动,*而是不停生长*。虚渡真是个怪东西。

"你要知道，我没有选择你。"他边移动边说话，藤蔓中显出一张脸。当他一开口，许多张冻结的脸便凝固在他身后的踪迹上，形成一种奇异的效果。他生长得实在太快，在她看来那张嘴似乎在一张一合。"我原先看中的是一位尊贵的伊里族老妇。她已经到了做别人祖母的年纪，干着园丁的活，颇有建树。可是我的意见左右不了议团，他们倾向于选择你。他们说：'她寻找过古魔法。'他们说：'母神为她祈过福。'他们说：'她年纪尚小，孺子可教。'真是的，他们倒好，根本不需要来对付——"

"住嘴，虚渡。"莉芙特呵斥道，在靠近宫墙的地方停下脚步，"要是你再废话，我就淋上一身圣水去找牧师，他们说不准会给我驱一下灵。"

莉芙特侧身慢慢移动，顺着弯曲的墙壁张望，一支巡逻警卫队映入眼帘：他们身穿花哨的背心，头戴华丽的高帽，手中握着长戟。她抬头观察起这面墙来，它就像石壳木那样在她头顶伸出，越往上越细。它由光滑的青铜打造而成，没有安装扶手。

她等着卫兵扬长而去。"没事了，"她对温达耳语，"你要按照我的命令行动。"

"我不干。"

"你给我安分点。是我抓住了你，故事里都是这么写的。"

"是我找到了你。"温达说，"你的法力来自于我！你怎么就不听——"

"上墙。"莉芙特扬手一指。

温达唉声叹气，只得乖乖地爬上墙，把身子摆成宽大的环形。莉芙特一跃而上，抓住藤蔓做的小把手，藤蔓则靠着成千上万根覆着吸盘的枝条牢牢固定在墙面上。温达在她身前迂回前行，编织出一张梯子。

要攀上这栋肥墩墩的建筑真不容易，简直比挨饿还难，况且温达身上的把手并不怎么大。然而她还是做到了,一路爬至靠近房屋圆顶的地方,透过窗户可以看到院子。

她瞅了一眼城市,没见着那个身穿黑色制服的男人。她大概把他甩掉了。

她转过身,仔细观察起窗户。厚厚的玻璃嵌在上好的木制窗框里,朝着东方。阿兹米尔鲜少受到飓风侵扰,这有违公平。城里的人们应该和其他地方的居民一样,在风中生活。

"这下需要请虚渡来施法了。"她指向窗户。

"你明不明白?"温达说,"在我俩之间,你自诩为神偷,殊不知这全是我的功劳?"

"你也总是抱怨个没完。"她说,"我们怎么才能进去?"

"种子带了吗?"

她点点头,在衣兜里一阵乱摸。她的手很快又伸到另一个口袋里,接着是她的裤袋。啊,找到了。她取出一捧种子。

"我在实界域的影响力非常微弱,"温达说,"这意味着你需要运用神能——"

莉芙特哈欠连天。

"运用神能——"

她打了个大哈欠。虚渡的肚子饿得慌,总是不得要领。

温达一叹。"把种子铺在窗框上。"

她乖乖照办,将一把种子洒在窗户边。

"你我之间的纽带赐予你两种基础法力。"温达说,"第一种,操控摩擦力,你已经——别给我犯困!——已经学会了。我们针对这种法力练习了好几个星期,现在是时候让你学学第二种法力了,也就是增生术。你还练不了旧称重生术的法术,它是用来治疗——"

莉芙特把手按到种子上,随即召唤她的大法。

她不清楚自己是如何做到的,**她就是做得到**。温达一出现,事态便开始成形。

曾经他不爱唠叨,她有点怀念那些日子。

她的手掌发出微弱的白光,犹如从皮肤上升腾而起的蒸汽。种子一见光便开始生长,速度很快,破壳而出的藤蔓钻进窗户与窗框的缝隙。

藤蔓依照她的意愿抽枝发芽,传出阵阵细密而吃力的响动。玻璃碎了,窗框砰的一声大开。

莉芙特咧嘴大笑。

"干得好,"温达说,"我们会慢慢把你培养成一名缘舞骑士。"

她的胃咕咕直叫。上次吃东西是什么时候?早前在练习时用掉了太多大法。她也许真该偷点吃的来,肚子一饿,就施不出大法。

她无声无息地爬进了窗户。有只虚渡在手干活挺方便,尽管她并不全信她的法力来自于他,虚渡似乎会在这类事情上撒谎。她可是正大光明地把他收入囊中的,她念过真言。虚渡没有身体,它们不见得有。要逮住这样的东西,你必须来上几句真言。这道工序尽人皆知,就像诅咒会唤来邪恶力量。

她不得不取出一颗润石——她的吉祥物钻石马克——好看清四周。窄小的卧房呈现一派亚泽尔装饰风格,地上铺着花纹繁复的地毯,墙上的织物也是极尽华丽之能事,屋内金红两色交相辉映。这些纹饰是亚泽尔人的一切,它们的重要性和真言不相上下。

她透过窗户朝外看去。她铁定已经甩掉了"黑煞",也就是那个一身黑银打扮、脸颊上长有浅白色月牙形胎记的男子。他瞪人的目光仿如死者,不见一丝生气。他绝不可能从玛拉贝提亚一路尾随她而来,不然他可要穿越半块大陆啊!好吧,至少是四分之一块大陆。

她定下心,解开绑在腰部和肩膀的绳子,系在壁橱的柜门上,将它送到窗外。盗贼们抓紧了绳子,开始攀爬。温达在一旁缠住一根床柱,像飞鳗一般把自己盘绕起来。

她听到下面有人在说悄悄话。"**看到没？**她直接爬上去了，没见扶手。咋回事？"

"安静。"胡金的声音道。

莉芙特大肆搜索着橱柜和抽屉，这时盗贼们终于一个接一个地跨过窗户爬了进来，吃力得不得了。一来到室内，他们就把绳子拉回，稳稳地关上了窗。胡金对着窗框上的藤蔓打量了片刻，这是从她的种子中长出来的。

莉芙特把头伸进一个衣柜，在底下四处翻找。"这房里除了发霉的鞋子什么也没有。"

"小家伙，"胡金对她说，"你和我侄儿守着这间屋子。我们三个大人去附近的卧房搜东西，很快就回来。"

"你们大概会找到一麻袋发霉的鞋子……"莉芙特让自己抽离衣柜的怀抱。

"笨丫头。"胡金手指壁橱。他的一个手下将柜内的鞋子与衣物一股脑儿全搬了出来，塞进一只麻袋。"这些衣服能卖上好多钱哟。我们苦苦追寻，为的就是它们。"

"干吗不偷真正的有钱人？"莉芙特说，"他们有财宝和艺术品……"她自己对那些玩意儿不感兴趣，但她知道胡金想搞到它们。

"把守都太严了。"胡金说话时，他的两个同伙正在利索地搜刮房间里的衣物，"懂行的小偷和找死的小偷不一样，前者知道何时该带着战利品溜之大吉。刚才这一手足够我们逍遥上一两年了，不求多。"

两兄弟中的一人从门边探出头，侦察走廊的情况。他一点头，三个人就摸了出去。"注意听哨声。"胡金对侄子作好吩咐后便缓缓拉上了门。

提格吉克和他的同伴负责待在楼下留意各种异常情况。假如发生不测，他们会立马逃逸，同时吹起口哨。胡金的侄子蹲伏在窗边仔细聆听,明显把自己的任务很当回事。他看上去十五六岁的样子,处在不吉利的年华。

"你怎么能像那样爬墙?"少年问。

"我机智啊,"莉芙特说,"而且会吐痰。"

他对她皱起眉头。

"我会吐魔法痰。"

他似乎相信了。笨蛋。

"你习不习惯这里的生活?"他问,"你的老乡和你离得好远。"

她的外表十分引人注目:圆润的体型、褐色皮肤,笔直的黑发披散下来直达腰际。人人都会立即把她归到雷希一族。

"不知道。"莉芙特溜达到门口,"我从没见过老乡。"

"你不是从岛上来的吗?"

"不对,我在拉尔艾洛林长大。"

"那座……暗影城?"

"对啊。"

"它是不是——"

"对啊,和大人说的一样。"

她透过门缝偷瞄,发现胡金一行人已经越走越远。走廊是由青铜制成的——墙壁和其他部位也未免俗——然而过道的正中央铺着一条红蓝相间的地毯,以大量细小的藤蔓花纹作装点,墙上挂着不少画作。

她大开房门,跨了出去。

"莉芙特!"胡金的侄子匆忙追到门边,"他们叫我们待在这里!"

"然后呢?"

"然后我们就老老实实地待在这里!不能给胡金阿叔添麻烦!"

她摇摇头。"溜进宝殿却不惹出麻烦?有意思吗?"这些人好奇怪,"屋里全是有钱人在晃悠,这下来劲了。"应该能在这里找到一些真正好吃的东西。

她蹑手蹑脚地来到走廊，身旁的温达沿着地面一路生长。意外的是，胡金的侄子也跟在后面，她原以为他会守在房内。

"我们不能跑出来。"他说。这时他们经过了一扇虚掩的门，里面传来忙乱的嘈杂声，无非是胡金那伙人在莽撞地扫荡宫殿。

"那就留下来呗。"莉芙特压低嗓门道，靠近一座宽敞的楼梯。侍从们在楼下来回穿梭，其中甚至混杂着几名仆族，不过她的目光没有捕捉到任何穿大袍的身影。"大人物都去哪儿了？"

"忙着审阅表格呢。"胡金的侄子在她背后说道。

"表格？"

"是的。"他说，"大帝驾崩后，大臣、文书和仲裁官的机会就来了。他们只要填完申请表，便能竞争帝位。"

"当皇帝还要申请？"莉芙特问。

"是的。"他说，"申请人要费上不少笔头工夫，还要交一篇文章。你的文采一定要过人，不然选不上。"

"吃风去吧，你们国家的人都是神经病。"

"其他国家难道做得更好？打上几场血淋淋的继位战争？采用我们的方式，人人都有机会，就连官职最低的文书也能提交笔头申请。只要理由够充分，就算你是'闲杂人等'，也能登上帝位。这种情况发生过。"

"神经病。"

"你一直自言自语，还敢这么说。"

莉芙特突然与他对上眼。

"别装了，"他说，"我亲眼见过。你和空气说话，好像什么人在那儿似的。"

"你叫什么？"她问。

"高克斯。"

"哇,那好吧,高儿。我要是得了神经病,就不会自言自语。"

"是吗?"

"*我对着空气说话是因为我会大法。*"她拾级而下,等待侍从经过,随即趁着没人的空当往对面的储物间跑去。高克斯骂了一句,也有样学样。

莉芙特等不及了,她想施大法飞快地滑过地面,但现在还没有必要。况且温达一直对她滥用大法颇有微词,说她在铤而走险,搞不定会得营养不良,她不懂他在说什么。

她溜到储物间旁边,只使出了自己的日常行窃伎俩,三下五除二便爬到了里面。身后的高克斯费力地钻了进来,她立刻带上房门。摆在推车上的餐具在他们身后叮当作响,这里空间过于狭小,他们差一点就挤不下了。高克斯挪了挪身子,引得餐具的碰撞声愈发响亮,她立马推了他一肘。他终于安分下来,这时两名仆族路过门前,怀里抱着大酒桶。

"你该上楼回去,"莉芙特和他咬耳朵,"太危险了。"

"哦,原来潜进这风杀的皇宫是件危险的事?谢谢,我都没意识到。"

"我说的是真心话。"莉芙特透过储物间的门缝向外探视,"到楼上去,一等胡金回来就逃。他一下心跳的工夫就会把我扔在一边,对你大概也不会手软。"

而且,她不想在高克斯身边施大法。他会问个不停,还会说闲话。她恨死这两件事了。这一次,她希望自己能在某个地方待上一会儿,而不是被逼得逃之夭夭。

"不行。"高克斯悄声道,"如果你打算偷点好的,我要分一杯羹。胡金看到后也许就不会再把我撂在身后,尽差我干点小活。"

哟,他胆子不小嘛。

一位途经的侍从手捧一只大托盘,上面堆满了碟子。食物飘来阵阵香味,害得莉芙特的胃直叫唤。都是给大富翁吃的东西,太馋人了。

莉芙特目送着那个女侍离开,然后跑出储物间,跟在她后面。高克斯这个累赘让潜行变得更加棘手。虽说他叔叔训练有方,只是一旦碰上人来人往的场合,要想做到神不知鬼不觉,并不简单。

女侍拉开了墙上的一道暗门,里面是仆人的专用通道。门一关,莉芙特就闪到前方,稍等片刻后才轻轻推门而入。狭窄的过道里不见几个灯光,香气四溢的食物刚刚被人端走。

高克斯比莉芙特晚来一步,只得静静地把门掩好。女侍消失在前方的拐角处——宫殿中也许藏着很多这样的通道。在莉芙特背后,温达长到了门框上,将房门覆盖起来,接着再攀上她身旁的墙壁,墨绿色的藤蔓好似一大片真菌。

他在藤蔓和斑驳的水晶中挤出一张脸,然后摇了摇头。

"太窄了?"莉芙特问。

他点点头。

"这里那么黑,没人看得到我们。"

"地上有脚步声,主人,有人朝这边过来了。"

她望眼欲穿地盯着侍从手上的食物,随即撞开高克斯,推门再次进入主廊。

高克斯骂开了。"你到底知不知道自己在干什么?"

"不知道。"她快步绕过拐角,来到一条宽敞的走廊,绿黄相间的宝石灯盏在墙上一字排开。不巧的是,一位身着笔挺黑白制服的侍从正直奔她而来。

"惨了。"高克斯忧心忡忡地嘀咕了一句,躲回角落。莉芙特挺直腰杆,把双手背于身后,信步向前。

她与那个人擦肩而过,看制服就知道他是一名身处高位的侍从。

"站住!"男人怒喝,"干什么呢?"

"女当家想吃蛋糕。"莉芙特张嘴大喊。

"唉,杰泽尔在上,食物都摆在园子里!那里有蛋糕!"

"口味不对,"莉芙特说,"女当家想吃浆果蛋糕。"

男人气得把双手甩到半空。"厨房在另一边。"他说,"去找厨娘,跟她软磨硬泡。在听取你的特殊要求之前,她八成已经剁掉了你的小手。欠风劈的乡下文书员!想吃不寻常的食物,就应该提前告知,并交上相应的申请表!"他怒不可遏地走开了,徒留莉芙特目视他离去,她的双手仍放在背后。

高克斯畏畏缩缩地晃出墙角。"我以为我们死定了。"

"别犯傻,"莉芙特边说边沿着走廊一路小跑。"这还不算危险情况。"

这条走廊的另一端与下一条走廊相连——两者的装潢一模一样,路中间铺着宽地毯,墙面被青铜覆盖,安有发光的金属灯。过道对面有扇门,底下没有漏出光线。莉芙特朝两边望了望,确认没有危险,才向它奔去。她吱嘎一声推开房门,往里窥探了几眼,接着挥手招呼高克斯一同躲进去。

"我们应该顺着外面的走廊走。"高克斯小声说着,恰逢她关上门,留出一道小缝,"往那个方向走,我们就能找到大臣的卧房。里面大概空空如也,因为所有官员都前往偏殿了,他们在那儿商讨选举。"

"你知道宝殿的构造?"她一边问,一边在门边蹲下。周围的光线暗极了,他们正身处一个类似于起居室的房间,屋内摆着几把椅子和一张小桌,统统埋在阴影之下。

"嗯。"高克斯说,"来之前我记下了宝殿的地图。你没有吗?"

她耸耸肩。

"我以前来过,"高克斯说,"为的是看大帝的睡相。"

"你说啥?"

"他是公众人物，"高克斯说，"属于全体国民。如果你中了奖，就能来看他睡觉，他们每小时轮换。"

"啥哟？那天有特殊意义？还是在干吗？"

"不是，天天都这样。你还可以看他吃饭，或者看他生活。要是他掉了根头发或是剪了指甲，你都有机会保留一份作纪念。"

"听着好吓人。"

"有点。"

"走哪条路可以去他住的地方？"莉芙特问。

"那条路。"高克斯手指左侧，也就是外边那条与大臣卧房位于反方向的走廊，"你不要去那儿，莉芙特。大臣和全体要人会在屋里审阅申请书，大帝也将亲临现场。"

"可他已经死了。"

"过来的是新大帝。"

"他还没选出来呢！"

"也对，是有点不符常理。"高克斯说。黯淡的光线穿过虚掩的房门打在他脸上，她发现他面色潮红，他大概也明白这一切有多古怪。"**要说大帝不存在**，这可从未有过。我们只是不知道他是谁。换句话说，他人还活着，而且已经成为大帝——就在此刻。我们马上就会看出个所以然来。所以那些房间都是他的，决定大帝人选之时，宗卿和大臣都希望能与他同在，哪怕他们挑出的人并不身处室内。"

"这讲不通。"

"当然讲得通。"高克斯道，"这里可是政府，**法规里都极其详细地写着呢**……"见莉芙特大打哈欠，他知趣地打住了话头。**亚泽尔人有时真没劲**。不过面对旁人的暗示，他好歹能做到心领神会。

"反正，"高克斯再次开口，"外头那些等在园子里的人都盼着自己能被叫进去面试，但事态不一定会发展成这样。宗卿做不了大帝，他们在全国各地出访，为乡村送上福祉，忙碌到抽不出时间——大臣倒是有机会，而且他们的申请书写得最好，新大帝的人选一般会在他们中间产生。"

"大帝住的地方，"莉芙特说，"吃的都往那边送。"

"你干吗如此执着于找吃的？"

"我要吃他们的晚饭。"她坚定地低语。

高克斯眨眨眼，一惊一乍地问："你要……你要什么？"

"我要吃他们的东西。"她说，"有钱人的东西最好吃。"

"可是……大臣的屋里可能有球币……"

"呃，"她说，"我只用它们来买吃的。"

只偷日常劳什子不好玩，*她要的是真正的挑战*。两年以来，她专挑最难的目的地加以攻克。她会悄悄潜进去。

然后把里面的大餐一扫而空。

"快跟上。"她边说边走出门，接着右转直取大帝的寝宫。

你真是疯掉了。高克斯小声埋怨。

"乱讲，我只是太无聊了。"

他朝另一条路看去。"我要去大臣的卧房。"

"随你。"她说，"最好还是回楼上去，你手太生，偷不了什么东西。和我走散，你可能会碰到麻烦。"

他显得忐忑不安，最后朝着大臣的卧房走去。莉芙特翻了个白眼。

"你和他们一起行动，图的究竟是什么？"温达从房内匍匐而出，"为什么不单干？"

"关于这一整桩选举的情报都是提格吉克拿来的。"她答道，"他跟我说今晚是个混进来的好时机，这是我欠他的。我也想留在这里，万一他碰了壁，我搞不定能帮上忙。"

"干吗操这个心？"

是啊，干吗呢？"因为必须有人来关心别人。"她说，"现在懂得关心的人太少了。"

"进来偷东西还贫嘴。"

"怎么,又不会把他们吃了。"

"你有着奇怪的道德观念,主人。"

"别傻了,"她说,"任何道德观念都是怪东西。"

"也许吧。"

"尤其对一只虚渡而言。"

"我不是——"

她咧嘴一笑,继而快步前往大帝的寝宫。当她瞥见一条侧廊和尽头的守卫时,就知道自己找到了目标。错不了,那扇门气派极了,一定非皇帝莫属。只有富得流油的人才会造出花里胡哨的大门。当你的钱多得实在是没地方花了,你才会把它们砸在打理门面上。

屋外的戒备很成问题。莉芙特在墙角蹲下,环视四周。通往大帝寝宫的走廊窄得就像条胡同。这设计够狡猾的,外人想潜入都难,还有那两名守卫,一见就不是玩忽职守的类型。他们是那种"往那一站,冷酷到底"的角色,两人昂首挺胸的姿势叫人怀疑他们背后是不是绑了把扫帚。

她向上瞅了一眼。走廊的天花板造得很高,大款都喜欢高的东西。要是换作穷人,他们肯定会再建上一层楼,把七大姑八大姨全安顿好。富人就是乐于浪费空间,这表明他们的钱多得没去处了,可以拿来挥霍。

在他们身上大干一票似乎合情合理。

"那边。"莉芙特小声说,扬手指向头顶上那道装饰华丽的平台,它沿着墙壁一路延伸开去。台子非常窄,一般人无法行走其上,除非你是莉芙特。她真庆幸自己不是别人。往上走也暗得慌,枝形吊灯晃来晃去,垂得很低,里面的镜子反射出润石的光芒。

"我们上去吧。"她说。

温达叹息不已。

"照我说的做，不然看我怎么修理你。"

"你……修理我。"

"当然。"这话很凶吧？

温达爬上墙，为她提供把手。他留在身后走廊里的藤蔓凝固成水晶，随即化为粉尘，逐渐消失。

"他们为什么发现不了你？"莉芙特哑声问道。虽说他们相处了好几个月，她却从未问过他这个问题。"难道只有心灵纯洁的人才能看到你？"

"别胡闹了。"

"可不是，那样完全契合传说啊故事啊这类东西。"

"哦，你的说法本身并不滑稽，"温达在她身边道，一条条扭动的绿色藤蔓就像讲话的嘴巴。"只是你自认为心灵纯洁这一点太好笑了。"

"我纯洁得很，"莉芙特低语道，在爬墙时喘着粗气，"因为我是小孩啊。我太欠风操的纯洁了，光打个嗝都能喷出彩虹。"

当他们攀上平台，温达又叹出一口气——这是他的癖好。他沿着台子的边缘生长，使其变得更宽一些，莉芙特踏了上去。她小心地保持平衡，接着向温达点头示意。他继续贴着平台生长，之后折返回来蔓延至墙面，来到了她头顶上的位置。从那里开始，他横向前进，为她生出把手。脚下踩着多出的几寸藤蔓，头上还有把手可依，她终于能够以腹部靠墙的姿势缓缓移动。她做了个深呼吸，随即转过墙角，接近那条有人把守的走廊。

她移动的速度很慢，温达来来回回地替她加固垫脚和把手。守卫没有号叫，*快要大功告成了*。

"他们看不到我，"温达长到她身边，萌生出另一道把手。"哪怕我把自己的意识转移到了你们的界域，我身上的一大部分还是存在于知界域。我可以随心所欲地对任何人显形,不过做起来不太方便。其他灵体对这个更在行,也有些灵体会碰到相反的问题。当然了,**无论我怎么显形,都没有人能触碰到我,因为我在这个界域几乎没有实体**。"

"除了我之外。"莉芙特耳语道,沿着走廊墙壁一点点前移。

"你原来也触碰不了我。"他的语气流露出疑惑,"在见母神时,你求了什么?"

莉芙特不予作答,欠风操的虚渡滚一边去。她总算快到走廊的尽头了,脚下就是大门。不走运的是,守卫正巧站在那里。

"主人,此行似乎考虑得并不周全。"温达指出,"在去之前,你有否想过抵达后要干些什么?"

她点点头。

"怎么说?"

"慢着。"她轻声道。

他们大气也不敢出,莉芙特正对着墙壁,脚后跟离守卫有十五尺之多。她不想摔下去。她确信自己可以凭借大法熬过这一关,可是万一被发现,计划就全完了。她会被迫四处逃窜,**什么大餐也吃不到**。

她不幸言中了。一名守卫在走廊的另一端现身,他喘得上气不接下气,看上去恼火至极。其余两名守卫朝着他一溜小跑,他转过身,手指相反的方向。

她的机会来了。温达往下伸出一条藤蔓,莉芙特把它一手抓住。她能摸到卷须间凸出的水晶,不过它们既光滑又平整——并没有分明的棱角,也不尖利。她开始往下滑,荡到门前便停手,指缝中的藤蔓很是柔软。

她只有几秒钟的时间。

"……抓到了一个企图洗劫大臣卧房的窃贼。"新来的守卫说,"他可能还有更多同伙,给我继续盯紧了。杰泽尔开眼!我不敢相信他们居然胆子这么大，不挑别的，就挑今晚！"

莉芙特把通往皇帝住所的大门打开一道小缝，并向内窥视。房间很大，男男女女围在桌边，没人朝她的方向看。她偷偷进了屋子。

然后变身大法师。

她弯着腰猛地向前冲去，片刻间，地毯和木地板再也困不住她的脚步。她仿佛滑行于冰上，悄无声息地穿过十尺长的距离。当她一旦发动溜滑术，任何东西都成不了障碍，她的十指似乎不属于自己。她可以自如前行，直到永远。要是不打住大法，她觉得自己根本停不下来，一路上滑呀滑，直到一头扎进恶风肆虐的大海。

今晚，她在桌子底下停下来，十指抓地——它们并不"滑"——接着撤掉了腿上的溜滑术。她的胃正在不停抗议，她需要吃东西。这顿饭得速战速决，否则大法就一点儿也使不出了。

"要解释你为什么触碰得了灵体，"温达盘绕在她身边，扬起一张由藤蔓缠结而成的脸庞，"我只找到了一种答案：不知怎么搞的，你身上有一部分存在于知界域中。你还可以把食物直接代谢为飓光。"

她双肩一耸。他老是在说这些话，试图迷惑她，这只虚渡比饿死鬼还可恶。她没心思回嘴，现在不是和他较量的时候。站在桌边的男女即使注意不到温达的动静，也可能会听到她的说话声。

吃的就摆在这里的某个地方，她能闻到。

"可是为什么？"温达问，"为什么她赐予了你这般不可思议的能力？为什么看上一个小孩？她对世上那么多士兵、君王和博学之才视而不见，唯独相中了你。"

吃的，吃的，吃的，好香啊。莉芙特在长桌下缓缓爬行。外面的男女相谈正酣，语气十分关切。

"你的申请书无疑是最出挑的，达尔克希。"

"什么！光是第一段里我就拼错了三个词！"

"我没注意到。"

"你没……你肯定注意到了！不过计较这个没有意义，因为亚克西克写起文章明显比我技高一筹。"

"别把我扯进来，我的资格已经被取消了。我腰背不好，不适合当大帝。"

"智者阿湿奴的腰背也不好，他是埃穆尔最伟大的元首之一。"

"别啰嗦了！我的文章尽是瞎扯淡，你有数的。"

温达贴着莉芙特不断移动。"母神已经对你们失去了信心，我能感受到。她不再关心了，既然上神已经逝去……"

"争来辩去没有多大好处。"一个颇具权威的女性嗓音说，"我们应该启动投票程序，人们都在等着。"

"把帝位让给园子里的某个傻蛋吧。"

"他们的文章写得太烂了，看看潘德丽在上半段都写了些什么。"

"我的……我……我有一半都看不明白，不过着实像侮辱。"

这番话终于引起了莉芙特的注意，她仰视着头上的桌板。很爽的脏话？来吧，她想，快读上几句。

"我们必须选出一人。"另一人说道，听上去很像领导，"卡达希克斯和群星在上，事态成谜了。如果没有人想要称帝，我们该怎么办？"

没有人想要称帝？这个国家的人怎么突然长脑子了？莉芙特继续挪动。做富人似乎乐趣无穷，可是谁高兴掌管这么多人？那种活儿会把人折磨死。

"我们兴许该拿出最差劲的申请。"一个声音说，"为情势所迫，只有最会动脑筋的人才会这么写。"

"短短两个月内，"一个新的声音加入了进来，"六位君主遇刺……东部的轩亲王接连被杀，宗教领袖也难逃厄运。只消一周，两名大帝惨遭毒手。飓风在上……我还以为新一轮灭世来了。"

"区区一人就能降下灭世之灾。杰泽尔保佑我们的人选，他等于被判了死刑。"

"我们已经拖延了太长时间。数周的等待,没有大帝登基治国,这对亚泽尔来说不啻为一场祸事。我们干脆从这摞申请书中选出最糟糕的一份得了。"

"万一我们挑中的申请者恰好是位无能之辈,又该如何是好?我们的职责难道不是为国着想吗?我们当真不用考虑任命时所产生的风险吗?"

"但是话说回来,如果最佳人选出自我们之中,这些聪明绝顶的精英人才可就遭了难,我们那是亲手将他们引到剑下送死……杰泽尔保佑。艾悉德宗卿,请祈求上天的指引,不胜感激。愿杰泽尔下旨,要是我们选对了大帝,他或她也许就会受到庇护。"

莉芙特摸到桌角,朝外打量,发现了一张置于房间另一边的小餐桌,上面摆着一道饕餮盛宴。这间屋子太像亚泽尔人的杰作了,到处都是繁复的装饰。地毯精致得不行,可怜的纺织女很可能搞到眼睛都瞎了。房里采光不佳,颜色昏暗,墙上挂着画作。

咦,莉芙特暗想,*那幅画上的人脸被谁扯走了。什么人会干出这种事?毁掉如此美丽的艺术品,上面还画着站成一排的令使?*

不管了,反正似乎没人想动那顿大餐。她的胃又不听使唤了,但她还是待在原地,静候良机。

出手的时刻来得很快。房门开了,大概是守卫进来报告他们抓住了窃贼。倒霉的高克斯,她只得晚些时候再去救他。

眼下,莉芙特要的是吃的。她双膝跪地,一溜烟似的滑了出去,同时用上大法,让大腿变"滑"。她横穿地面,抓住了小餐桌的桌脚,滑行的力道催着她轻微打转。她弯下身子,稳当地躲在桌布后面,聚集在屋子中央的人有眼也看不到。她为双腿解除了溜滑术。

好极了。她伸出一只手,从桌子上顺了个小面包,刚咬一口,就犹豫起来。

为什么大家都不作声了?她冒险朝桌面一瞅。

他来了。

"他"就是那个脸颊上生着一块白色月牙形胎记的亚泽尔大高个。此人身穿黑色制服,两排银纽扣在胸前一字而下,外衣里套着衬衫,一圈银色硬领探了出来。他的厚手套自带翻边,往回盖住了半边小臂。

他的双眼死气沉沉,正是"黑煞"本尊的特色。

噢,坏事了。

"这有何意义!"一名大臣诘问道。她身上的宽松外套是他们专有的一种款式,配有宽得惊人的袖口。帽子与衣服上的纹样不尽相同,两者明显搭不上号。

"我光临此地,"黑煞说,"是为了抓一个小贼。"

"你知道自己身处何处吗?你怎敢打断——"

"我手上有相应的申请表。"黑煞讲话时不泄一丝情感。尽管遭到质疑,他却显得毫不恼怒,也没有摆出自命不凡的嘴脸。什么神态都没有。他手下的一个仆从走了进来,站到他身后,此人也穿着和黑煞相似的黑银两色制服,只是款型更为朴素。他为主人呈上一大叠整齐的文书。

"交上表格固然很好,"大臣说,"只是现在不是时候,警官,因为——"

莉芙特冲了出来。

她的本能终于战胜了惊诧,她飞奔起来,跳过一座沙发,瞄准房间的后门。温达也跟着她行动,身手迅猛。

她咬下一大片面包;接下来吃的就要派上用场了。那扇门背后是一间卧房,里面一定有窗子。她撞开门,闯了进去。

屋子的另一边被黑暗笼罩,有个异物从中挥了下来。

一根短棍直中莉芙特的前胸,敲得她的肋骨嘎嘣作响。她大口抽气，对着地板迎面倒下。

黑煞的另一个仆从遁出了卧房的阴影。

"就连这种混乱情况，"黑煞说，"也能通过一定的研究加以预测。"他走到她背后，落在地板上的脚步铿锵有力。

莉芙特咬牙切齿，在地上缩成一团。**刚才没吃饱……饿死了。**

她不久前吃掉的面包开始发威。那种熟悉的感觉涌了上来，就像一场在血管中呼啸的风暴。血液大法。她胸口的伤正在痊愈，痛苦逐渐消失。

温达围着她飞速绕圈，藤蔓形成一道小小的绳索，叶片四散于地，在她周边不停打转。黑煞走近一步。

快逃！她手脚并用，腾身而起。他一手擒住她的肩膀，可她也有能力挣脱。她召唤出大法。

黑煞朝她身上硬塞了个什么玩意儿。

那是一只体型细小的动物，形如飓虫，**但长有翅膀**。它的双翼被紧紧扎住，几条腿也被绑了起来。它的小脸生得非常古怪，不像飓虫那么凶，而是胜似一只微型斧狐犬，口鼻和双眼一应俱全。

它看上去带有病容，发亮的眼珠透出苦痛。她是怎么看出来的？

那只动物吸走了莉芙特的大法。**她眼睁睁地看着大法抽离出自己的身体，形成一束白光，往小生灵的方向流去。它张开嘴巴，将大法一饮而尽。**

突然间，莉芙特感到疲乏不已，**她饿得前胸贴后背。**

黑煞将小动物递给一个仆从，后者很快把它装进一只黑袋，完事后将其塞进衣兜。莉芙特确信那些义愤填膺的大臣光顾着在桌边站作一堆，什么也没发现，更别提黑煞正背对着他们，周围还贴着两个仆从。

"把润石全拿走。"黑煞说，"不能让她施行授能术。"

莉芙特吓得不行，自那段在拉尔艾洛林摸爬滚打的日子以来，她已经好几年没有如此害怕过了。她拼命反抗，左踢右踹，狂咬扼住她的大手。黑煞一声不吭地将她拉起，另一个仆从则按住她的手臂往后猛拽，痛得她倒抽一口冷气。

不。她明明逃出来了！她不能就这样被人抓走。温达还在地上绕着她转圈，显得相当无助。这只虚渡真是好样的。

黑煞转身向众臣道："不打扰你们了。"

"主人！"温达叫道，"这边！"

吃了一半的小面包躺在地上。当短棍袭来时，她把它弄丢了。温达撞上了小面包，却弄不出什么动静，最多只能让它晃几下。莉芙特翻来覆去地想要解脱，可是没了那场在她体内横冲直撞的风暴，她不过是个小毛孩，还被一位训练有素的士兵牢牢掌控在手心。

"对于你的中途闯入，*我深感不悦，警官*。"领头的大臣道，迅速翻阅着黑煞交付的那叠文书。"你呈上的文件没什么问题，我见你甚至附上了一则申请——由仲裁官亲笔授权——以获准搜查宝殿，目标是逮捕这名顽童。你根本没必要打断神选大会，更何况就为一名普通的窃贼而来。"

"正义没有男女之分。"黑煞心如止水地说，"而且这个小贼绝非凡人。请容我们告退，我们不会多扰。"

他好像并不介怀他们会不会同意。他大步流星地朝门口走去，仆从紧随其后，拖着莉芙特。她抬脚碰上了小面包，却只能将之踢到前方，它滚到了大臣身边的长桌下面。

"这是一项处决令。"大臣举起文书丛中的最后一页，语带诧异，"你打算杀了那孩子？就因为她行窃？"

杀？不，千万不要啊！

"除此之外，附加私闯大帝宝殿的罪名。"黑煞边说边伸手开门，"她还妨碍了正在进行中的神选大会。"

大臣迎上他的逼视。她坚守片刻，最后还是败下阵来。"我……"

她说，"啊，那是当然……呃……警官。"

黑煞对着她一转身，而后拉开房门。大臣一手置于桌上，抬起另一手扶住额头。

仆从揪着莉芙特来到门口。

"主人！"温达说，"噢……噢，老天啊。那个人身上问题可大了！他不对劲，一点都不对劲，你必须使用法力。"

"我在试呢。"莉芙特咕哝了一句。

"你把自己弄得太瘦了，"温达说，"这不行啊。你总是把剩下来的储备也用得一干二净……体内脂肪含量偏少……大概是问题所在。**我搞不懂这是怎么回事！**"

黑煞在门边迟疑片刻，望向走廊顶上低垂的枝形吊灯，里面缀满了镜子和发光的宝石。他扬手作出指示，没有抱住莉芙特的那个仆从走进过道，找到了吊灯的控制线。他解开绳索，将其一拉，吊灯遂升起。

莉芙特死命召唤她的大法，只要再来一点点。她只需要一点点。

她感到疲劳不堪，一点力气都没有。她之前用得真的太过了。她奋力挣扎，心中的恐惧渐渐升级。她愈发绝望。

走廊里的仆从系好了绳子，枝形吊灯被牢牢地固定于高处。不远处，领头的大臣往黑煞送去一瞟，随即再看向莉芙特。

"帮帮忙。"莉芙特做出口型。

大臣故意推了推桌子，给了抱着莉芙特的仆从一个侧击，撞到了他的手肘。他破口大骂，松开了手。

莉芙特扑到地上，挣脱了他的双臂。她向前扭动身体，一步步靠近桌底。

仆从抓住了她的脚脖子。

"这是怎么回事？"黑煞冷酷无情地问道。

"我滑了一跤。"大臣说。

"走路时给我留个心眼。"

"你在威胁我吗,警官?你管不着我。"

"我管得着任何人。"他依旧不动声色。

莉芙特在桌下又蹬又踢,与仆从大作斗争。他低声谩骂,扯着莉芙特的双腿将她撑了出来。黑煞在一边看着,面无表情。

她口中叼着刚咬了一半的小面包,和他四目相对。随后她很快嚼起面包,把它吞下肚。

他终于换上一副困惑的神情。"你好生折腾,"他说,"就为了一个小面包?"

莉芙特一言不发。

快点啊……

他们领着她走过长廊,接着拐了个弯。一个仆从奔跑在前,别有用心地取走了壁灯中的润石。他们在抢劫吗?不对,在她经过后,那个仆从又溜回去把润石一一归位。

再快点……

他们进入较宽的走廊,路过一名站在尽头的宫殿守卫。他留意到了黑煞身上的什么东西——可能是那条缠在上臂的绳子,其间缝着一串亚泽尔风格的彩线——他很快便向黑煞敬礼。"警官大人?您抓到了另一个窃贼?"

黑煞止步查看,守卫为他打开了门。房内,高克斯瘫坐在一张椅子上,被两名守卫夹在中间。

"你果然有同伙!"屋里的一名守卫大喊道,给了高克斯一个耳光。

温达在她身后不停喘息。"这根本没有必要!"

快……

"小孩的事跟你们无关。"黑煞告诉守卫,等着一个仆从完成那道匪夷所思的润石摆放工序。他们干吗要担心那个?

莉芙特体内骤起反应,仿如微风盘旋,捎来风暴的先声。

黑煞连忙向她看去。"情况有变——"

大法重生。

莉芙特摇身一变,除了双足和手掌之外,她身上的所有部位都发动了溜滑术。她挥起手臂摆脱了仆从的手,然后向前疾冲,她双膝跪地,躲过黑煞伸向她的魔爪,一路滑行。

温达兴奋地大叫,在她身边不停乱窜。她用手撑着地板,做出泳姿,两臂来回拍打,好使自己往前移动。她掠过宫殿走廊的地面,膝盖滑腻得就像上了一层油。

这般姿态并不怎么优雅。优雅是属于有钱人的,他们总有闲暇来游戏人生、互相角力。

她的速度着实快得不像话——在她收回大法,想要跳起之时,控制自己变得十分困难。她撞向了走廊尽头的墙壁,摔得四脚朝天。

她歪嘴笑着,从事故中恢复过来。*这次她干得比前面几次要好得多*。她的首轮尝试太失败了,身上"滑"得过了头,根本没办法维持跪姿。

"莉芙特!"温达说,"注意身后。"

她朝走廊投去一瞥。*她发誓他在微微发光*,而且这跑步速度也确实太快了。

黑煞同样会施大法。

"这不公平!"莉芙特高呼。她七手八脚地站起,跑向一条侧廊——那是她和高克斯一同潜行时经过的原路。她又开始浑身没劲了,一个小面包撑不了多久。

她沿着奢华的走廊冲刺狂飙,惊得一名女仆往后一弹,后者放声尖叫,反应如同见着了老鼠。莉芙特滑过一个拐角,直冲着浓郁的香味而去,一头撞进厨房。

她从混乱的人群中一溜而过。刚过一秒钟,身后的房门就被重重推开。黑煞驾到。

莉芙特没去搭理那些目瞪口呆的厨师,她跳上一座长长的餐台,在腿上发动溜滑术,侧身滑行,掀翻了锅碗瓢盆,到处都是哗啦啦的碎裂声。餐台到了末端,她一跃而下,这时黑煞还在厨师之中半推半搡地前行,手中的碎瑛刃高高举起。

他没有因为嫌烦而张口就骂。是男人就该发泄一下,一旦骂开了,人会感到活得很真实。

然而毋庸置疑,黑煞不是实在的人。她对他了解甚少,不过关于这一点,她相当笃定。

莉芙特从热气腾腾的餐盘里夺过一条香肠,随即奔向侍从的过道。她边跑边嚼,温达则沿着附近的墙壁抽枝发芽,留下一道墨绿色的藤蔓痕迹。

"我们去哪儿?"他发问。

"逃跑。"

通往侍从过道的大门在莉芙特背后猛地被人摔开,她转过一个拐角,吓着了一名侍从官。她用上大法,让自己滑向一边,在狭窄的走廊里轻而易举地经过了他。

"我这是怎么了?"温达质问,"夜里鬼鬼祟祟,被一群该遭天谴的家伙追杀。我原来是个勤劳的好园丁!秘灵和荣灵双双来欣赏我种的水晶,也就是你们思维世界的产物。现在却落到这步田地,我究竟成了什么?"

"你是个话痨。"莉芙特喘气道。

"胡说。"

"那你从头到尾都是他们的一分子,对吗?"她扭头回望。黑煞心不在焉地推开侍从官,急吼吼地向她冲来,阵脚丝毫未乱。

莉芙特来到门口,使劲用肩膀撞开门,仓促地重返豪华的走廊。

她需要找地方出去,一扇窗子就可以。刚才的一程把她抛回了大帝寝宫的附近,她凭感觉选了一个方向,开始飞跑,但是黑煞的一个仆从出现在拐角,*也举着一把碎瑛刃*。她的运气真是好得能把人饿死了。

莉芙特转向另一边,路遇大步迈出侍从过道的黑煞。他举起瑛刃大肆挥砍,差点就让她中招,她屈身躲避,发动溜滑术,贴着地板滑个不停。她终于能站起身,这次没有东倒西歪,算得上是小有进步。

"这些人是谁?"温达在她身边问道。

莉芙特哼了一声。

"他们为什么把你盯得那么紧?他们携带的武器一定有问题……"

"碎瑛刃,"莉芙特说,"价值连城,专杀虚渡。"他们手上居然有两把,太疯狂了。

专杀虚渡……

"是你!"她边说边跑,"他们来抓你了!"

"什么?当然不是!"

"*他们就是*。别慌,你是我的,我不会让他们抓到你。"

"这话可真中听,"温达说,"不止带着一点酸味。可他们不是来抓——"

黑煞的另一个仆从闪到她面前的走廊上,高克斯在他怀中不得动弹。

他扬起一把匕首,抵住少年的喉咙。

莉芙特慌乱停步,差点摔跤。高克斯在男人的怀中呜咽,毫无招架之力。

"不许动,"仆从说,"再动我就杀了他。"

"混账饿死鬼。"莉芙特朝地上啐了一口,"太卑鄙了。"

黑煞的隆隆脚步声从她背后传来,另一个仆从和他结伴同行,两人把莉芙特围住。大帝寝宫的入口其实就在眼前,众臣和宗卿纷纷从室内涌进走廊,他们对着彼此喋喋不休,一片慷慨激昂之气。

高克斯在哭。可怜的小傻瓜。

唉,这类麻烦事向来没个好结果。莉芙特像往常一样听从直觉,猛地往前一冲,威胁仆从放开高克斯。他是治安官,不会轻易结果人质的性命——

仆从割破了高克斯的喉咙。

如注的鲜血染红了高克斯的衣衫。仆从放开他,不由得踽蹒后退,似乎被刚才的举动吓得不轻。

莉芙特呆住了。不可能——他没有——

黑煞从背后揪住了她。

"瞧你干的什么破事。"黑煞无情地对仆从说。莉芙特听不清他的话。好多血。"你会受到处罚。"

"可是……"仆从说,"我非得那样做才能威胁……"

"在这个国家,你没有做好书面工作就不能杀死那个小孩。"黑煞道。

"我们不是凌驾于他们的法律之上吗?"

黑煞把她放下,大步向前,狠命甩了仆从一巴掌。"没有法律,就没有一切。你必须融入他们的行为准则,对正义的裁决俯首帖耳。这是我们的追求,也是世上唯一一件不容置疑的事实。"

莉芙特注视着奄奄一息的少年,他正用双手捂着自己的脖子,仿佛想要止血。他的眼泪……

另一个仆从在她背后现形。

"快跑!"温达喊道。

她一怔。

"跑啊!"

她跑了起来。

她经过黑煞,推开大臣,高克斯之死惹得他们或抽气或惊叫,她只得从中杀出一条生路。她火速抵达大帝的寝宫,滑过桌面,从碟子里抢得另一个小面包,接着向卧房直冲而去。须臾间,她便站到了窗子外头。

"上墙。"她指示温达,之后将小面包塞进口中。他迅速攀至墙面,莉芙特爬了上去,大汗淋漓。一秒钟后,一个仆从从她下方的窗口飞跃而出。

他并未抬头仰望,而是往外部的庭院没命冲刺,四处搜寻着猎物。他的碎瑛刃映出星辉,寒光可鉴。

莉芙特稳稳地来到宫殿上端,蔽身于阴影之中。她蹲坐下来,用两手环抱膝盖,感到几丝寒意。

"你和他一点都不熟,"温达说,"可你有颗悲悯之心。"

她点点头。

"你见证过太多死亡,"温达说,"这我明白。你还没有习惯吗?"

她摇摇头。

楼下,那个仆从渐行渐远,继续寻觅着她的行踪。她逃出来了,只要爬过房顶,从反面荡下去,就能一走了之。

院子旮旯处的墙上有谁在动吗?没错,那些挪移的身影正是盗贼团的同伙。其他成员正在翻墙,渐渐遁入黑夜。胡金果然丢下了他的侄子。

谁会为高克斯哭泣?没有人会。他已被忘却、已被抛弃。

莉芙特展开双腿,爬过弯曲的屋顶,往她之前通过的窗子靠近。从她的种子里生出的藤蔓与温达的产物并不相同,它们还活着。窗户上枝蔓丛生,叶子在风中摇曳。

快跑,她的直觉告诉她,*快闪人*。

"你早前提起过什么东西,"她低声说,"重……"

"重生术。"他说,"每一根纽带赐予你操控两种飓能的法力,你可以影响物体的生长。"

"我能用这个来救高克斯吗?"

"如果有人事先多教教你？那可以。不过现在恐怕不行，你不够强，法力用起来也不熟练。他没准已经死了。"

她碰了碰一条藤蔓。

"你关心别人的理由何在？"温达又问了一句，他的语气充满好奇，丝毫不冲。他想试着理解。

"因为必须有人站出来。"

仅此一回，莉芙特没有跟着感觉走，她爬进窗子，一阵风似的穿过了房间。

她跑向楼上的走廊，来到台阶处。她起身一跃，跳过了一大片阶梯，接着再经过一个门厅。她向左前进，一条走廊之后又一次左转。

一群人聚集在富丽堂皇的走廊里。莉芙特追上他们，摆动身子通过人肉屏障。她无须使出大法。自打会走路以来，她就在人群中待惯了。她会找准空隙，乘虚而入。

高克斯倒在一片血泊中，名贵的地毯因沾上血迹而发黑。大臣和守卫将他包围，轻声交谈着。

莉芙特向他爬去。他双目紧闭，体温尚存，只是不再流血。

"来不及了？"她细声道。

"不知道。"温达在她身边蜷起身子。

"怎么办？"

"我……我不清楚。主人，来到你们的界域非常艰难，尽管我的同胞准备了一些预防措施，我的记忆里还是出现了空白。我……"

她把高克斯的后背翻转过来，让他脸朝上。他和她真的没什么交集，这错不了。他们没见过几面，而他是个大傻帽。她明明告诫过他回去的。

然而这就是她的本色，她必须从一而终。

我会铭记那些已被忘却的人。

莉芙特探身向前，碰上他的额头，然后缓缓吐气。某种闪烁之物从她的唇边流出，形成一小缕明亮的光雾，在高克斯的嘴边盘旋着。

"快……"

光雾稍作浮动，接着涌进了他的口中。

有只手按住了莉芙特的肩膀，她被硬生生地拉走，离高克斯越来越远。她一阵体虚，突然感到精疲力竭。她累得快垮了，甚至连脚跟都站不稳。

黑煞拽着她的肩膀，把她从人群中拖走。"来。"他说。

高克斯动了动手脚。众臣惊得倒抽一口气，他们的注意力全部转向了那名少年。他不停地呻吟，最后坐起身来。

"看来你是一名缘舞骑士。"黑煞发话，将她丢在楼梯上。人们纷纷向高克斯靠近，在他身边围作一团，议论不休。她一个趔趄，而他把她扶正。"我事前还在猜测，你究竟属于那两支骑士团中的哪一支。"

"奇迹！"一名大臣道。

"杰泽尔作证！"一名宗卿道。

"缘舞骑士？我不知道那是什么。"莉芙特说。

"这支骑士团曾经风光无限。"黑煞领着她走下长廊，没有引起任何人的注意，人群的目光都聚焦在高克斯身上。"他们身姿美极，不仅能在常人走不稳的地方优雅穿梭，就连最细的绳索也能驾驭；他们还能在屋顶翩然而舞，如风中的飘带一般轻捷地掠地大地。"

"听上去……太神了。"

"是的。只可惜他们的缺陷在于视野太过狭隘，对大事业上不了心。你似乎也沾染上了这份习气，渐渐地成为了他们的一员。"

"我不是有意的。"莉芙特说。

"这我想到了。"

"你凭什么……凭什么抓我？"

"为了正义。"

"世上有好多人在干坏事。"她的话一字一句地顿出。难以开口。

难以思考。好累。"你……你应该去抓大坏蛋和杀人犯,可你挑中了我,为什么?"

"那些人也许犯下了可憎的罪孽,但他们并未沾手奇能异术,也没有因此招致灭世重回人间。"他的话语冰冷至极,"你的身份不可以再维持下去。"

莉芙特四肢僵直,试图召唤大法,但她已经把它用尽,可能还透支了。

黑煞扭过她的身子,将她重重地压在墙上。她无法站立,只得跌倒在地,摆出坐姿。温达移到她身边,猛然生出一大卷匍匐的藤蔓。

黑煞在她身边跪下,横出一只手。

"我救了他。"莉芙特说,"我干了好事,不是吗?"

"好事坏事无关紧要。"黑煞的碎瑛刃落入指间。

"你就一点都不关心别人吗?"

"不,"他说,"我不关心。"

"你应该关心别人。"她乏力地说,"我觉得你应该……应该试试。我以前想要变得像你,可做不到。简直……生不如死……"

黑煞挥起碎瑛刃。

莉芙特闭上双眼。

"她无罪!"

黑煞紧紧掐住她的肩膀。

莉芙特感到自己的力气全用完了——就好似有人抓着她的脚趾将她举起,把她榨得一干二净——她强迫自己张开眼。高克斯在他们身边跌跌撞撞地立定,大口呼吸,后面的大臣和宗卿也随之一起行动。

高克斯满身是血双目圆睁,猛地把一张攒于手心的纸塞进黑煞的怀里。"这名幼女已获赦。放开她,警官!"

"你是什么人?"黑煞问,"这种事用得着你来管?"

"我是阿卡希克斯大帝!"高克斯大声宣布,"亚泽尔受我统治!"

"笑话。"

"卡达希克斯作证。"一名子弟说。

"令使?"黑煞说,"他们不会随便作证,你弄错了。"

"投票业已完成,"一名大臣说,"这位少年的申请最为出众。"

"哪儿来的申请?"黑煞说,"他是个小贼!"

"他创造了重生奇迹,"一名年老的宗卿说,"他死而复返。这份绝佳的申请摆在眼前,我们还能求什么?"

"神迹降临,"执掌众官的大臣道,"新一任大帝具备抗衡'白煞'之力。赞美杰泽尔,王者中的卡达希克斯,愿他统领众生,一世英明。这位少年就是大帝,**他自始至终都是大帝**。我等方才获悉,目视短浅,恳请大帝宽恕。"

"一如既往,"年老的宗卿发言,"未来亦然。退下,警官,这是命令。"

黑煞审视着莉芙特。

她疲惫地笑笑。要给这个活该被饿死的人一点颜色瞧瞧,这样才对头。

他的碎瑛刃化作雾气。虽然在对峙中占据下风,但他貌似并不在乎。听不到一句诅咒,也不见他皱起眉头。他起立,依次戴上翻边手套。"赞美杰泽尔,"他说,"赞美列王之使。愿他统领众生,一世英明,前提是他不要老挂着口水。"

黑煞向新大帝鞠躬,然后步履坚定地离开了。

"谁能报上那位警官的名姓?"一名大臣发问,"我们何时开始批准执法部门的官员申请使用碎瑛刃了?"

高克斯跪在莉芙特身边。

"那你现在就是皇帝般的存在喽。"她闭上眼,往后一靠。

"对啊,我脑子还乱着呢,刚才像是创造了什么奇迹。"

"一级棒。"莉芙特说,"我能吃你的大餐了吗?"

I-10 泽斯

瓦拉诺之孙泽斯——深国无真奴——踞于世界最高塔之顶，思忖着万物的终结。

他所杀之人的灵魂潜伏于阴影中，对他窃窃私语。他一旦靠近，它们便厉声惨叫。

当他合上双目，它们还在惨叫。他已能做到尽量不眨眼，不免感到颅中的瞳仁有些干涩。此举是任何……未疯之人的常态。

世界最高塔隐匿在群山之巅，是冥思的绝佳之地。如果他的自由未受誓约石所限，如果他的人生改模换样，他会乐意在此休憩。这里乃是东部唯一一处圣地，岩石未遭诅咒，人方可行走其上。

艳阳高照，阴影遁形，惨叫无声。那些嘶吼的逝者无疑是咎由自取。他们本该杀了泽斯。**我恨你们。我恨……所有人。**心内的荣光啊，这感觉太奇怪了。

他并未举目。他无法直视万神之神的凝睇。**然而沐浴日光终究是件好事。**此地不见云影，它凌驾其上。乌有斯麓更是直插云霄，俯瞰众生。

巨塔内空空如也，他为此欢喜。该塔为环形，共有百层，每一层皆比上层要宽，辟出了阳台的空间。然而塔身的东翼却又陡又平，远看仿如被一把庞大的碎瑛刃劈砍成形，异常古怪。

他坐在塔顶的边缘，晃荡的双足之下是直入峰壑的百层塔楼，其平坦的一侧无比顺滑，闪耀着玻璃的光泽。

塔上的玻璃窗面朝东部，指向飓源。当他初临此地——正值他离乡之后——他还未理解这些窗子的奇异之处。那时他仍然习惯柔和的风雨，仍然喜爱凝神静思。

在这片风杀的踩石客国度，情况迥然相异。这块可憎的土地充斥着血光、死亡和惨叫。此外……还有……

呼吸。他站到塔顶的护墙边上，猛地吸气，再大口吐气。

他曾与不可能开战。那是一个浑身散发飓光的男子，他深谙体内的风暴。这催生了……问题。多年前，泽斯因传播危言而遭放逐，**人言他拉错了警报**。

人言曰：虚渡已灭。

石中灵亲身作证。

古法尽陨。

光辉骑士团堕落。

我们是仅存的孑遗。

一切只剩……无真。

"我难道还不够忠心？"泽斯高呼，终于仰头面向烈日。山谷有灵，他的喊声在此间久久回荡。"我已遵守誓约，**并依照你的指示行动**，难道不是吗？"

杀戮。取命。他眨了眨疲惫的双眼。

惨叫。

"如果萨满出了错，又该作何解？如果他们误将我放逐，又该作何解？"

这意味着万物的终结、真相的终结。一切都将再无道理可言，他的誓约也将失去意义。

这意味着他早前在平白无故地杀人。

他从塔侧一跃而下,在风中飘飞的白衣已是他行事的标志。他为体内注满飓光,使用风行术将自己甩向南边。他的身子在空中一斜,朝着那个方位直落而去。他只能借此活动一小段时间,身上的飓光维持不了太久。

他的体格着实不适合施法。光辉骑士团……据说……据说他们更精于此道……就如虚渡。

他飞离群峰,降落在山脚下的一个村庄里,正好用完了飓光储备。村民们将他奉为神明,时常供出润石来充当祭品。他依靠其中的飓光为生,长途旅行因此成为了可能,直到他觅得另一座城市,得到更多飓光。

若想去往目的地,还须花上几天。**但是他会找到答案,要不然就再杀点人。**

这次,他将亲自做主。

I-II 新韵

伊舒娜爬上位于纳拉克中心的石峰,挥手赶走那只微小的灵体。它绕着她的头飞舞,形如彗星,身上放射出一圈圈光华,煞是邪门。它为什么就不能离她远点?

它可能做不到,毕竟她有了几百年不遇的全新经历。飓风态才是真正具有力量的形态。

这是诸神给予她的形态。

她继续攀登,一步步往上,碎瑛甲铮铮作响,她感觉良好。

她处在此态已有十五天,新韵响起,她连着听了十五天,起初还会经常唱响,却使得某些听者紧张万分。她只好妥协,逼迫自己在说话时用上众所周知的旧韵。

回归旧韵非常艰难,因为它们是如此单调。浸淫在新韵中,她凭直觉就知道了韵名,还能大致听清一些声音,那些声音对她说话、向她出主意。倘若她的族人在数百年的历史中接受了这种导引,就绝对不会沦落到现在的地步。

伊舒娜爬到了峰顶,其余四位元老都在等她。她姐姐依然在场,也换上了新态,身上长着富有棘刺的甲片,双眼通红,肢体灵活,极具威慑力。比起上一次会议，本次会议的进展将大不相同。伊舒娜循环着新韵，很是小心，尽量不把它们哼出来。其余族人还未准备好。

她坐下来，倒吸一口气。

那种韵律！听上去就像……她在对自己吼叫，喊声中透出痛苦。**这是怎么回事？**她摇摇头，发现自己不假思索地把手捂到胸前，心情焦虑。她移开手，那只形似彗星的灵体飞了出来。

她切换至懑韵，别的元老都歪着头打量她，两者哼出奇韵。她为什么要那样做？

伊舒娜躬身坐下，碎瑛甲碾压着岩石。飓风间歇期——人类称之为泣雨季——不远了，飓风的次数会越来越少，她的行动因此受到了小小的阻碍，无法保证每一位听者都化为飓风态。在伊舒娜变形后，只有一场飓风来袭。在此期间，温丽和学者们一律换上了飓风态，与他们同时变形的还有两百名由伊舒娜选出的战士。军官未被编入，选中者都是普通的军人。**她确信这类听者会服从命令。**

距离下一场飓风刮起只有几天的时间了。温丽一直在收集灵体，他们准备了上千只。现在是时候了。

伊舒娜端详着其余四位元老。今日天气晴朗，白色的阳光洒向大地，几只风灵乘着微风而来，等到靠近后就悬停在空中，随后嗖的一声往反方向飞去。

"你们为什么召开这次会议？"伊舒娜询问其余与会者。

"你谈起过自己的计划。"达维姆说着，那双劳动态特有的大手交握在身前，"你已经广而告之了，可你不该首先向五元老通报吗？"

"抱歉。"伊舒娜说，"我只是太兴奋了。不过我认为我们现在应该扩充成六元老了。"

"此事还未敲定。"体态丰满却孱弱的阿布罗奈说。交配态令伊舒娜作呕。"进展太快了。"

"**进展必须快。**"伊舒娜以毅韵回应，"在飓风间歇期之前，只剩两场飓风了。你听过间谍的报告,肯定知道。人类计划向纳拉克推进,向我们发起最后的总攻。"

"憾矣,"阿布罗奈道出思韵,"你和他们的会面进行得那么不顺利。"

"他们是想告诉我,他们准备给我们带来灭顶之灾。"伊舒娜说了谎,"他们就想幸灾乐祸,即便和我会面,也只是出于这个原因。"

"为了与他们抗争,我们要全力备战。"达维姆以忧韵道。

伊舒娜笑了。用笑容表现心情有些露骨,但她真的有这种感觉。"备战?你刚才没听进去吗?我可以召唤飓风。"

"你还需要协助。"齐薇以奇韵道。她处在机敏态,此态也不中用,他们应该撤销她的席位。"你说过自己无法独自做到。你需要多少人手?现在的两百号听者足够了。"

"不,还远远不够。"伊舒娜应道,"我觉得,变作此态的族人越多,我们取胜的可能性就越大。因此,我提议变形。"

"行。"齐薇说,"但是需要多少人?"

"全部都上。"

达维姆哼出乐韵,认为她肯定在说笑。眼见其余元老默默而坐,他知趣地闭上了嘴。

"我们只有一次机会。"伊舒娜以毅韵道,"人类会共同离开军营,他们组成联军,意图在飓风间歇期内抵达纳拉克。他们会完全暴露在高地上,无遮无拦。在那时刮来的飓风会击溃他们。"

"我们甚至不清楚你能否实行召唤。"阿布罗奈道出疑韵。

"所以我们要尽量变作飓风态,人数多多益善。"伊舒娜说,"我们一旦与这个机会失之交臂,我们的后代就会唱响诅咒之歌,只要他们活得够久。这是我们的机会,仅此一次。试想一下,十支人类军队在高地上孤立无援,被一场意想不到的风暴侵袭,这画面该有多美妙!化作飓风态,我们会对飓风的效力产生免疫。那些人类要是活下来了，我们可以轻易地消灭他们。"

"听上去确实很有吸引力。"达维姆说。

"那些变形后的听者样貌异常，我不喜欢。"齐薇说，"族人吵着要变形，我也不喜欢。两百人也许足够了。"

"伊舒娜，"达维姆说，"化为新态后，感觉如何？"

他话里有话。从某种角度而言，任何形态都会改变听者：战斗态使听者更为好斗、交配态使听者易于一心多用、机敏态使听者聚精会神、劳动态使听者俯首帖耳。

伊舒娜调谐至和韵。

不，*那声尖叫又来了*。她化为此态已有几周，怎么就没注意到？

"我感到重获生机了。"伊舒娜以欢韵道，"我觉得自己孔武有力，与世界产生了联系，而这个世界我本该了如指掌。达维姆，这一改变就像我们从愚钝态到其他形态的跨越，*是巨大的进步*。现在我拥有了这份力量，我认为自己从未活得如此充实。"

她抬手握拳，伸展肌肉，感到能量流向手臂，不过它还藏在碎瑛甲之下。

"红眼。"阿布罗奈轻声道，"真的要到这一步吗？"

"如果我们决定这么做，"齐薇说，"我们四位元老也许应当首先作一番评估，至于哪些族人应当加入，稍后再议。"温丽开口欲言，但齐薇摆摆手，打断了她，"你已经表达过意见了，温丽。我们知道你的想法。"

"可惜机会不等听者。"伊舒娜说，"要想困住阿勒斯卡军，我们必须在他们出发搜寻纳拉克之前就腾出时间，确保人人都能变形。"

"我愿做尝试。"阿布罗奈说，"我们也许应该在族人中推行大规模的变形。"

"反对。"凤恩道出和韵。

五元老中的愚钝态代表没精打采地坐在原位，低头看着跟前的地面。在平时的会议中,她几乎从不发言。

伊舒娜调谐至恼韵。"你说什么?"

"反对。"凤恩重申,"此非正道。"

"我希望诸位的看法能够统一。"达维姆说,"凤恩,你就不能服理?"

"此非正道。"愚钝态听者再次指出。

"她处在愚钝态,"伊舒娜说,"我们不该理她。"

达维姆哼起忧韵。"凤恩代表着过去,伊舒娜。你不该如此评价她。"

"过去已经消亡了。"

阿布罗奈和达维姆共同哼着忧韵。"你兴许要三思。伊舒娜,你……你的话语方式和以往不同,我没意识到你的改变竟是如此剧烈。"

伊舒娜调谐至一种新韵,即怒韵。她默默歌唱着,不禁哼了出来。他们太过患得患失、太过软弱无能!他们会让族人走向毁灭。

"我们先花点时间沉下心,好好考虑,"达维姆说,"今天晚些时候再开启议程。伊舒娜,只要你愿意,我想和你在休会期间单独谈谈。"

"当然可以。"

他们从各自的座位上站起。伊舒娜走到峰顶的边缘,低头看着其余元老依次下去。这座柱形石峰高耸而立,就算穿着碎瑛甲也不能从顶上往下跳。可她实在想试试。

族人倾城而出,似乎都聚拢在石峰脚下,等待五元老做出决定。在伊舒娜变形后的几周内,她和其他听者的境况成了一大话题,城市里洋溢着某种紧张与希望交织的氛围。许多同胞找上她,乞求化作新态的许可。变形会带来机遇,他们已经看清了这一点。

"他们不会同意。"温丽的声音从后面传来。她等到其余元老下楼后才发话,使用的是一种新韵,即怨韵。"你发言时太过激进了,伊舒娜。"

"达维姆站在我们这一边。"伊舒娜以傲韵道,"齐薇听过劝告后,也会过来支持我们的。"

"这样还不够。如果五元老未能达成一致——"

"别担心。"

"族人必须换上那种形态,伊舒娜。"温丽说,"这事无可避免。"

伊舒娜不由得调谐至新一代乐韵……即讽韵。她回过头,对姐姐说:"你什么都知道,是不是?你很清楚此态会带给我什么变化。你在亲自变形前就心知肚明了。"

"我……是的。"

伊舒娜看准姐姐的长袍,一把抓住前襟,猛地把她拽过来,牢牢地揪着她。在穿戴碎瑛甲的情况下,这么做别提有多容易了,但温丽反抗得很激烈,一丝红色闪电穿过她的手臂和脸庞。伊舒娜还未习惯自己的学者姐姐拥有这般力气。

"你可能会毁了我们。"伊舒娜说,"万一变形造成过严重的后果呢?"

她脑中响起尖叫。温丽笑了笑。

"你是如何发现的?"伊舒娜问,"歌中从未唱到过,肯定有隐情。"

温丽沉默不语。她迎上伊舒娜的目光,以傲韵道:"我们必须确保五元老同意该计划。我们若想求生、若想击败人类,就必须化身此态,一名听者都不能落下。**我们必须召唤那场风暴。**它在……等着呢,伊舒娜。与此同时,它也在不断形成、不断扩张。"

"我会办到的。"伊舒娜放开温丽,"你可不可以为我们收集到足以让所有族人变形的灵体?"

"这三周以来,我的同道一直在努力。在飓风间歇期到来之前,我们会做好准备，让千千万万的族人在最后的两场飓风中换上新态。"

"那就好。"伊舒娜拾级而下。

"妹妹？"温丽问，"你心里在盘算什么？能透露一下吗？你要如何说服元老们？"

伊舒娜仍在下楼。穿上碎瑛甲后，她的平衡感和力量都得到了增强，因此她无须劳神抓紧链条稳住身子。当她就快走到石峰脚下时，其余四位元老正在和族人交谈。她停下脚步，与他们保持着很短的距离，并深吸一口气。

之后，伊舒娜尽量把嗓门提到最高，喊道："两天后，我将带领任何有志者走进飓风，并赋予他们以新态。"

听者们安静下来，哼唱声逐渐变弱。

"元老会试图剥夺你们的权利。"伊舒娜大吼，"他们不想让你们拥有强力形态。他们怕得不得了，就像躲进石缝的飓虫。人人都有自行选择形态的权利，*这项权利不容剥夺！*"

她把双手高举过头，哼起毅韵，召唤风暴。

一场微弱的风暴在两手之间生成，比起那场蓄势待发的大风暴，显得如涓流般微不足道。她掌中的小型旋风雷光交加，势不可当。这种已有数个世纪未被运用的力量就如决堤的河水般急于得到释放。

暴风越刮越猛，抽打着她的衣衫，弥漫着黑雾的旋风在她身旁打转，红色闪电发出霹雳炸响。终于，这场风暴消散。她听到敬韵响彻群众，这些韵律不是哼出来的，而是唱出来的，听者情绪高涨。

"以这种力量，"伊舒娜宣告，"我们可以消灭阿勒斯卡人，从而保护族人。我看得到你们的绝望，我听得见你们唱响悼韵。何必呢！请跟我走入飓风。这是你们的权利与义务，和我一起来吧。"

温丽站在她身后的台阶上，哼出急韵。"你这样太嚣张、太莽撞！我们之间会产生分歧的，伊舒娜。"

"我看行得通。"伊舒娜以傲韵道，"你不如我了解他们。"

元老会的其余成员在下面抬头瞪着她，一脸遭到背叛的表情，但她听不见他们的歌声。

伊舒娜走到石峰脚下，从群众中挤过去，飓风态士兵也和她同行。族人为她让开道，很多听者哼起了忧韵，其中多为劳动态和机敏态。这说得通。战斗态听者讲求实际，不会过来看热闹。

伊舒娜和飓风态战士离开了环形市中心。她允许温丽跟在后面，却不予注意。伊舒娜终于抵达了地处城市背风面的营房，那里有一片广大的建筑群，构成了营区。尽管她的部队不必在此就寝，许多士兵还是住了进来。

训练场在一座高地之外，洋溢着忙碌的喧嚣，战士正在磨炼技能，抑或是刚变形的士兵正在训练——这种情况更有可能。由一百二十八员士兵组成的第二联队已经出动，密切注意着来到中部高地的人类军队。斥候两两一组，在平原上四处侦察。在收获新形态后，她派出了这些斥候执行任务，因为她在那时就知道自己必须扭转战局。她想尽己所能，取得任何有关阿勒斯卡军及其现有战术的情报。

目前她麾下的士兵不会去争夺琼心石。她不希望那种无聊的游戏再夺去士兵的生命。受她指挥的男男女女都展现出了化身飓风态的潜质，她不希望这时候出乱子。

不过其余部队也汇集于此，兵力总计一万七千，这在某种程度上是一个大数字，但相比他们曾经的规模，人手还是显得不足。她举手握拳，飓风态联队号召听者军的全体士兵集结。那些还在操练的士兵放下武器，小跑过来，其余士兵则走出营房。短时间内，全体士兵都站到了她身边。

"是时候终结与阿勒斯卡人的斗争了。"伊舒娜高声宣布，"你们之中有谁愿意追随我？"

士兵们纷纷和着毅韵哼唱，她没有听到任何疑韵。非常好。

"每一位士兵都需要化为此态，和我一样。"伊舒娜喊道，她的话语在阵列中传递。

越来越多的士兵哼起毅韵。

"我为你们而骄傲。"伊舒娜说,"我要派遣飓风态联队来到你们中间,记下每一位士兵对变形的意见。假如有人不愿意,我想亲自获悉。按理说,选择权在你们手里,我不会强迫你们,但我必须知情。"

她望了望飓风态士兵,他们敬完礼便分散开来,成双成对地行动。伊舒娜后退几步,抄起双臂,看着他们依次接触别的部队。新韵在她脑中作响,但她并未调谐至和韵,因而听不到那些奇怪的尖叫。她无法反抗自身的变形。诸神都在注视她,那些目光太过强烈。

一些士兵集结在不远处,坚硬的颅甲之下是一张张熟悉的脸,男性的胡须上挂着小颗宝石。他们是她自己的部队,也曾是她的战友。

她不明白自己为什么没有选中他们作为第一批变形者,反倒从许多别的部队里挑出了两百名士兵。她需要恭顺的士兵,但他们不能以足智多谋著称。

图德和伊舒娜曾经的部队……他们太了解她了,肯定会提出质疑。

不久后,她得到了消息。在一万七千名士兵中,只有一小部分回绝了变形的要求,那些反对者都集结在训练场上。

在她思索下一步动作的时候,图德走了过来。他很高,四肢粗壮,总是处在战斗态,仅和碧拉进行过为时两周的交配。他哼起毅韵,士兵通常以这种方式来表达服从命令的意愿。

"我很担心,伊舒娜。"他说,"变形之事真要大动干戈?"

"如果不变形,"伊舒娜说,"我们就走到了穷途末路。人类会消灭我们。"

他仍在哼唱毅韵,表示自己信任她,可他的眼神似乎流露出了别样的态度。

飓风态士兵梅鲁从任务中返回,向伊舒娜敬礼。"清点完毕,长官。"

"好极了。"伊舒娜说,"向士兵传令。我们也要对城里的所有听者这么做。"

"所有听者?"图德以忧韵问。

"时间紧迫。"伊舒娜说,"假如不采取行动,我们会错失与人类对抗的机会。距离年终还有两场飓风,在风暴过境之前,我希望城里一切有志于化为飓风态的民众都能做好准备。那些不愿变形的族人保有维持原形的权利,不过我希望他们能聚集在一起,好让我们看清情况。"

"遵命,将军。"梅鲁说。

"结成密集侦察阵型。"伊舒娜指了指城里的几个区域,"在街上走走,清点人数,非飓风态联队也得用上,以加快速度。告知平民,我们正在决定投入下一场战斗的士兵人数。命令士兵平心静气、唱响和韵。把有意变形的带到中心区,再把无意变形的护送到这里,以防走失。"

温丽向她走来。梅鲁把话传下去,派出队伍执行命令。图德又回到了自己的部队。

他们平均每半年计算一次族人的数量,以视形态分配得是否均衡。他们偶尔需要更多要志愿者来完成交配和劳动,然而在多数情况下,他们时常需要更多战斗态听者。

这就意味着士兵对这一活动很熟悉,他们很容易就会服从命令。在年复一年的战争之后,他们早已习惯了按她的吩咐行动。很多士兵也会表现出常人的抑郁心态,不过在军队中,这种心态只会化为杀戮的欲望——他们只想战斗。只要伊舒娜一声令下,他们就会迎头冲向那座在规模上翻了十倍的人类军营。

元老们把指挥棒交给了我,她想道,这时第一批不愿变形的族人在士兵的带领下逐渐走出城市,多少年来,我一直是独揽大权的军事领袖。任何有点侵略性的族人,都被我收入了军中。

劳动态听者唯命是从,这是他们的天性。不少还未变形的机敏态听者忠于温丽,因为他们之中的大多数都渴望成为学者。交配态听者对外事毫不关心,而少量愚钝态听者思维迟缓,无法发表反对意见。

城市掌握在她手里。

"很遗憾,我们必须杀了他们。"温丽看着不愿变形的族人聚集到一起。尽管士兵唱着轻柔的歌谣,他们依然相互依偎,显得惊恐不已。"你的部队能做到吗?"

"不能。"伊舒娜摇摇头,"如果我们现在就做,许多听者会奋起反抗。我们必须等待我部队里的士兵完成变形。到那时候,他们便不会有异议。"

"那样太敷衍了。"温丽以怨韵道,"我以为你赢得了他们的忠诚。"

"不要质疑我。"伊舒娜说,"控制这座城市的听者是我,不是你。"

温丽静默不语,但她哼出的怨韵持续响起。她会设法从伊舒娜手中夺走控制权。一想到这点,伊舒娜就感到不安。当她意识到自己是多么渴望掌权时,心情也是如此。这感觉一点都不像她。

这一切感觉都不像我。我……

新韵的节拍在她脑中涌动。她转换思路,恰逢一队士兵走来。他们拖着一名大喊大叫的族人,此人就是五元老中的阿布罗奈。她本该意识到他会引发麻烦。他十分轻易地维持了交配态,避免了此态带来的劣势,毫不分心。

让他变形有风险,她想,他自控力太强了。

飓风态士兵把他强行带到伊舒娜面前,他的吼声冲击着她的耳膜。"太不像话了!元老会的准则制约着我们,仅凭一个听者的意志是办不到的!你们难道瞎了眼?新形态压倒了她的本性!你们全都疯了!又或者……又或者更糟。"

令她不安的是,这番话相当接近事实。

"把他丢到那边去。"伊舒娜指了指反对者群体,"别的元老呢?"

"他们都同意了。"梅鲁说,"有几个很勉强,却还是妥协了。"

"去把凤恩找来,让她和反对者待在一起。我不放心让她办要事。"

那名士兵没有多问。她把阿布罗奈拖走了。在那座构成训练场的大高地上,也许有一千名反对者,为数不多,尚可接受。

"伊舒娜……"流淌着忧韵的歌声响起。她回过头,图德正好走了过来。"我不喜欢我们的做法。"

图德是个麻烦角色。她总担心他很难被说动。她拉住他的胳膊,领着他走了一段路。新韵在她脑中循环,她那覆有甲片的双脚踩在石地上,发出吱嘎吱嘎的响声。他们逐渐走远,免去了温丽和其余听者的打扰。她把图德的身子扭转过来,直视他的双眸。

"有话快说。"她对他道出懑韵,这是他很熟悉的旧韵。

"伊舒娜,"他悄声道,"你明明知道这样有违情理。我同意变形——士兵们都同意了——可这样就是不对头。"

"你难道不同意我们需要采用新战术?"伊舒娜以毅韵道,"我们正在逐渐走向衰落,图德。"

"新战术确实是必需的。"图德说,"但这……你身上出了问题,伊舒娜。"

"没这回事,我只是需要一个采取极端行动的借口。图德,我已经考虑了好几个月。"

"你要发动政变?"

"不,我要调整部署。战术不改,注定灭亡!温丽的研究是我唯一的希望。她唯一的研究成果就是飓风态。我要试着利用此态,做出拯救族人的最后一番努力。元老会企图制止我,听说你在抱怨他们多说不做的行为。"

他哼起思韵，但她十分了解他，所以每当他逼着自己歌唱时，她都能察觉到。此曲的节拍太过扎耳、太过强烈。

我差点就说服他了，她想，都是这双红眼坏了事。我向他灌输了一套东西，在我自己的部队里，也有一些士兵耳濡目染。说起诸神，他们个个都害怕不已。

她感到痛心，但她或许只能将他和她从前的战友逐一处决。

"看来你不太相信。"伊舒娜说。

"我……我只是不知道，伊舒娜。情况似乎很糟糕。"

"我稍后再跟你谈。"伊舒娜说，"现在没时间。"

"你准备怎么处置他们？"图德向反对者扬起头，"有这么多号听者，都不赞成你的决定。伊舒娜……你知不知道你自己的母亲也在其中？"

她一怔，看到年迈的母亲正被两名飓风态听者领至反对派的团体。他们甚至没有过来提问。这是不是意味着他们从命如流，不论如何都要把她的吩咐执行到底？又或者，他们是不是在担心她会心软，就因为她母亲拒绝变形？

她听得到母亲的歌声。在他者领路的时候，她唱着一首老歌。

"你可以监管那个团体。"伊舒娜对图德说，"除了你，那些你信任的士兵也行。我会命令我自己的部队掌管那群族人，具体事宜由你负责。那样的话，假如没有你的同意，他们也不会出事。"

他一时犹豫，随后点点头，哼出思韵，这次是来真的。她准许他离开，他便朝着碧拉和伊舒娜曾经的部队小跑而去。

可怜的图德就是容易相信别人，她想道，这时他接管了反对者的保卫工作，你能这么利索地就位，真是感谢。

"诸事处理得不错。"温丽说道，正逢伊舒娜朝她走去，"为了达成变形，你能把城市控制得长久一些吗？"

"小意思。"伊舒娜向前来汇报的士兵点点头,"你只要确认自己可以送来适量可用的灵体。"

"行。"温丽道出悦韵。

伊舒娜接过报告。所有同意变形的听者都聚集在市中心。现在是时候向他们讲话、道出她准备好的谎言了:当人类被消灭后,五元老会恢复原形,民众没有理由担心,一切都会平安无事。

伊舒娜大步走进这座现已归她所有的城市,身旁还有化为新态的士兵。她召唤出瑛刃扛在肩上,摆了摆样子。这是族人所拥有的最后一件神兵。

她向市中心走去,途经一座座扭曲变形的建筑和那些用甲壳搭成的陋屋。这些房舍历经风吹雨打还未坍塌,实属奇迹。她的族人应该享有更好的居住条件。等到诸神回归之时,**这一希望一定会成真**。

令她气恼的是,在她发表演讲之前,族人花了好一阵子来做准备。约有两万名非战斗态听者齐聚,场面异常壮观。放眼望去,城里的听者数量似乎远没有那么稀少,但却只是原始数量的一小部分。

她麾下的士兵让他们全坐下,还叫传令兵做好准备,把她的话传给那些坐得远、听不到的族人。在准备过程中,她一边等待,一边听取听者数量的报告,并惊讶地发现,大量反对者都处在劳动态。他们理应很听话,只是绝大多数听者年龄偏大,没有与阿勒斯卡人打过仗,也没有被迫看着伙伴受死。

在一切就绪之前,她始终在柱形石峰脚下等候。之后,她爬上阶梯,准备演讲,却停下脚步,注意到瓦拉尼斯副尉正向她跑来。他是她指定的人选,已经化为了飓风态。

伊舒娜突然警觉起来,调谐至灭韵。

"将军,"他以忧韵道,"他们逃走了!"

"谁?"

"那些不想变形的听者,您曾命令我们把他们分出来。现在他们跑得没影了。"

"那就去追。"伊舒娜以怨韵道,"他们跑不远。变成劳动态的跳不过深渊,只能看桥行事。"

"将军!他们切断了一座桥,用绳子爬下悬崖,逃进了深渊。"

"那他们再怎么说也得完蛋。"伊舒娜道,"两天内就会起飓风,他们会和灾难正面遭遇,必死无疑。别管他们。"

"卫兵呢?"温丽以怨韵发问,左推右揉地来到伊舒娜身边,"反对派为什么没有处在监视之下?"

"卫兵跟着他们去了。"瓦拉尼斯说,"伊舒娜,图德是领头——"

"随他去。"伊舒娜说,"你走吧。"

瓦拉尼斯退下了。

"你一点都不惊讶。"温丽以灭韵道,"这些愿意帮助因犯逃脱的卫兵都是谁?你干了什么,伊舒娜?"

"不要挑衅我。"

"我——"

"我说了,*不要挑衅我*。"伊舒娜用覆有护甲的手掐住姐姐的脖子。

"杀了我,一切统统作废。"温丽的话音丝毫不含畏惧,"他们不会追随一名公开杀害姐妹的女子,而且只有我才能提供变形所需的灵体。"

伊舒娜哼起戏韵,放开手。"我要发言了。"她转身背对温丽,上台对族人发表演说。

第四部分
暴风临近

卡拉丁 纱兰 达力拿

59 疾风

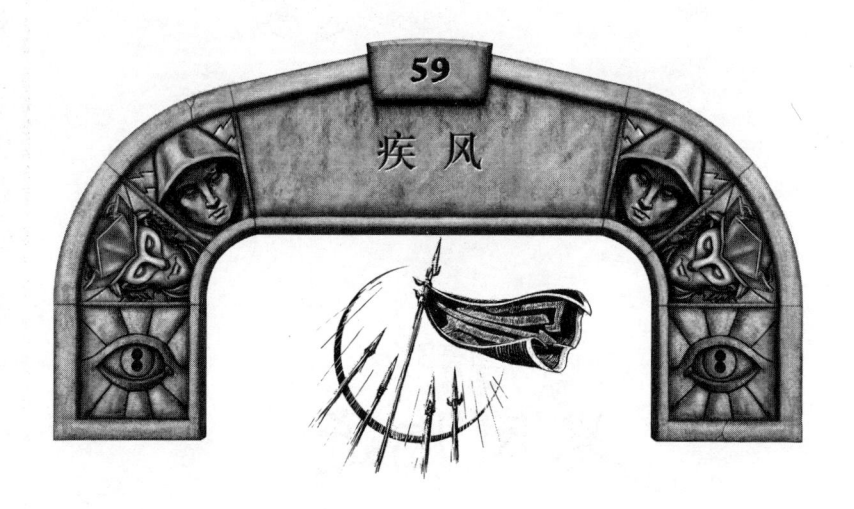

> 此函致我的"老朋友",因为我不清楚你眼下在使用哪个名字。

卡拉丁从未进过大牢。

他坐过笼车、蹲过坑井、待过畜栏,还曾被人关在屋内严加看守。身陷正经的监狱还是头一回。

说起"正经",或许是因为牢里的条件太优越了。他有两条毯子、一只枕头和一个定时更换的夜壶,侍从送来的饭菜也远远强过他在奴隶时期吃的食物。那块石板不是最舒适的床铺,可上面铺了毯子,所以不算太难受。墙上没安窗户,不过他至少没有在外经受风吹雨淋。

总体而言,这间囚室的条件相当不错,他对此深感憎恶。

以前,他曾有几次困于方寸之地躲避飓风的经历;如今,他被关在狱中,一连好几个小时无所事事,只能仰面大躺、思索人生……他心情烦躁,浑身是汗,既怀念开阔的大地,又怀念风。他并不介意孤身一人,然而这几堵墙似乎快把他压垮了。

在入监的第三天,他听见远处传来一阵动静,事发地和他的囚室有点距离。他站起身,没有理睬倚墙而坐的茜尔——她身下好似有条隐形长凳。*那些大喊大叫是怎么回事?* 走廊里回荡着吵嚷声。

他的小牢房是单间。自关押之日起,卫兵和侍从是他见过的唯一来人。安在墙上的润石发着光,照亮了四周。他们把润石运进监狱,是想奚落那些囚犯吗?财富近在咫尺,却无法企及。

他将身子贴紧冰凉的围栏,谛听着模糊不清的闹腾。他怀疑是不是第四冲桥队来劫狱了,飓风之父保佑他们不要干出这等傻事。

他望向墙壁,打量起一颗安在墙上的润石。

"怎么啦?"茜尔问他。

"如果我靠得够近,说不定就能吸走那里面的飓光。我从仆族智者身上的宝石获取飓光的时候,跟他们站得不远,现在我与润石的距离只比那会儿远一点。"

"然后呢?"茜尔小声问。

问得好。"如果我打算越狱,你会不会帮忙?"

"你想吗?"

"不确定。"他转过身,背靠围栏而立,"也许吧,可越狱是犯法的。"

她昂首道:"我不是轩灵。法律的意义不大,做正确的事才要紧。"

"在这一点上我们达成了一致。"

"你是自愿进来的,"茜尔说,"为什么现在却要走?"

"我不能干等着他们来处决我。"

"他们不会的。"茜尔说,"你都听见达力拿的话了。"

"达力拿去死吧。事情是他搞出来的。"

"他想——"

"是他搞出来的!"卡拉丁愤怒地大喊,转身猛地将双手砸在栅栏上。又一个风操的笼子,他再度回到了原点!"他和别人没什么两样。"卡拉丁低吼道。

茜尔嗖的一声向他飞来,靠在栅栏之间,两手叉腰。"再说一遍。"

"全是他……"卡拉丁回过身。对她撒谎太不容易了。"唉,行,我认输。他是好心的,国王才有病。认了吧,茜尔,艾尔霍卡是位昏君。一开始他还表扬我,说我保护了他;不料弹指一挥间,又要处决我,幼不幼稚。"

"卡拉丁,你吓死我了。"

"是吗?你叫我相信你,茜尔。在我跳进决斗场时,你说这次事态不同了。不同在哪里?"

她移开目光,突然显得十分渺小。

"就连达力拿也承认国王犯了个大错误,竟姑息撒迪亚斯蒙混过关。"卡拉丁道,"莫阿什和他的朋友说得对。没有艾尔霍卡在位统治,这个王国会更繁荣。"

茜尔垂头丧气地落到地上。

卡拉丁走回到石凳旁边,却不想坐下。他着实郁闷,不由得踱起步来。一个人要是逃不出小屋,还呼吸不到新鲜空气,该如何存活?他不能让他们把他丢在这里。

达力拿,你最好说到做到,尽快放我出去。

远处的不明声响渐渐止息。卡拉丁趁着侍从送饭之时向她打探情况,后者把食物推进围栏接地处的小口,不肯和他交谈,随后就像只躲避飓风的飓虫那样匆匆跑开了。

卡拉丁叹了口气,接过饭食——浇着黑色咸汁的蒸菜——一屁股坐到石凳上。他们送来的饭光是手抓就能吃,刀叉向来不供应,以防他钻空子。

"这间牢房真不错,扛桥的小子。"知策说,"我屡次计划亲自搬过来,这里的租金大概挺便宜,不过入场费死贵。"

卡拉丁手足无措地站起身。牢房外的知策坐在靠墙的长凳上，几盏润石灯向他投下光芒。他正在为腿上的某种古怪乐器调音，它上紧了弦，由锃亮的木料制成。刚才他还不在这里。风操的……*那凳子是从石头里蹦出来的吗？*

"你是怎么进来的？"卡拉丁问。

"唔，世上有种东西叫作门……"

"卫兵没拦着？"

"说实话？"知策拨动琴弦，随后俯身聆听，抚弄起另一根琴弦，"是的。"

卡拉丁坐回到牢里的石凳上。知策仍旧以黑衣黑裤示人，他解下配在腰间的细长银剑，将其置于身边的长凳上，一旁还躺着一只棕色的麻袋。知策翘起二郎腿，弯身为乐器调音。他暗自哼着小曲，还点了点头。"音感很完美。"知策说，"这样可比以前方便多了……"

卡拉丁坐在原地等待。知策往墙上一靠，却什么也不干。

"喂？"卡拉丁发问。

"我在呢，谢了。"

"你要为我奏乐？"

"哪里，你不懂欣赏。"

"那你干吗过来？"

"我喜欢探监，犯人没有招架之力，和他们讲话可以随心所欲。"他抬头看看卡拉丁，把手放到乐器上，笑道："我来讨个故事。"

"什么故事？"

"你马上会讲给我的那个故事。"

"别闹了。"卡拉丁仰面躺倒在石凳上，"知策，我今天没心情跟你做游戏。"

知策弹出一个音符。"大家总是这么说，一上来就搬出老一套。我很好奇，到底有没有人高兴跟我做游戏？假如他们心甘情愿，做游戏的意义岂不是一开始就没有了?"

知策继续奏乐,卡拉丁不禁唉声叹气。"要是我今天陪着玩,"卡拉丁问,"你会不会饶了我?"

"故事一讲完我就走。"

"成。一个人进了大牢,恨得不行。结束。"

"啊……"知策说,"看样子这故事讲的是个小孩。"

"不,我讲的是——"卡拉丁插话道。

我的故事。

"也许是讲给小孩听的。"知策道,"我来编一个吧,好为你提提神。一天,阳光明媚,小白兔约上小黄鸡,一起跑到草地上玩耍。"

"小黄鸡……鸡崽吗?"卡拉丁说,"还有只什么来着?"

"咳,当我没说。"知策说,"抱歉,我得切换模式,以免你听不惯。一天,淫雨霏霏,一只恶心的十七足螃蟹虫悄悄爬过石面,身上沾了块湿泥。是不是好多了?"

"大概吧。故事完了吗?"

"还没开始呢。"

知策的手指奋力掠过琴弦,乐声流淌而出,洋溢着热切而决然的情感,跃动的旋律周而复始,先是一个单音,随后是激情澎湃的七连音。

音乐的韵律飘进了卡拉丁的心房,整间屋子似乎都在随之摇摆。

"你看到了什么?"知策问。

"我……"

"闭眼,傻瓜!"

卡拉丁合上眼。**这么做蠢毙了。**

"你看到了什么?"知策又问。

知策在耍他,此人据传就是这么好事。他本是西格吉尔的老师,怎么就不对卡拉丁网开一面?他的学徒明明受过卡拉丁的关照。

这波音符强劲有力,不带一丝诙谐。知策又加进了一段旋律,与前一段旋律相映生辉。他在用另一只手演奏吗?双手并用?繁复的乐声源源不绝,一个人如何能把一门乐器把玩到这种地步?

卡拉丁的眼前幻化出……

一场赛跑。

"这支歌唱的是位跑步健将。"卡拉丁说。

"某日,白昼极盛,万物干涸,健将从东部瀛海出发。"知策的吟诵紧扣音乐节拍,几近成曲,"他去往何方?他为何奔忙?请你告诉我答案。"

"他想避开飓风。"卡拉丁轻声说。

"你可知,健将名曰疾风。他跑得飞快,稳扎稳打,看遍尘世,无人能敌,且听歌谣与传说将他的经历娓娓道来。很久以前,我犹记得,他与人过招,对手正是令使恰娜兰奇。他赢下比拼,一如往常,而溃败之役,正要到来。

"快腿疾风信心十足,直面苍生高调立誓:挑战飓风、不得落后。话语一出,甚是自傲、甚是大胆。与风竞速?绝不可能。无所畏惧的疾风蓄势待发,来到岸边,面朝东方,俯身起跑。

"飓风越刮越烈、越吹越猛。这位踌躇满志的健将究竟为何人?无论是谁都不该挑衅飓风之神,没有愚人会如此鲁莽。"

知策仅用两手,怎能弹出此等音乐?肯定有另一只手参与其中,卡拉丁该不该偷看?

卡拉丁的脑海中现出了竞速的过程。疾风是位裸足健将,知策宣称他的名字家喻户晓,但卡拉丁从未听说过他的故事。疾风是个瘦高个儿,披到腰际的长发被他束到脑后。他在岸边就位,俯身向前,摆出起跑姿势,这时咆哮的飓幕扫过瀛海,正冲他而来。知策拨出一连串强音,提示比赛开始,把卡拉丁吓了一跳。

疾风飞奔而起,身后是一堵电闪雷鸣的水墙,风声呜呜,所到之处飞沙走石。

知策没有再张口,直到卡拉丁出言相激。"启程时,"卡拉丁说,"疾风表现出色。"

"脚踩岩地,身掠草木,我们的疾风撒腿狂奔!他跃过石块、躲过树丛,他脚下生风、魂如艳阳!飓风浩然,肆虐无度,我们的疾风却撒腿狂奔,远离风声!他一马当先,尽甩天风,现在世人可否承认飓风也会落败?

"快腿疾风自信地穿过大地,途经阿勒斯卡。然而考验近在眼前,群山莽莽须得征服。飓风奔涌而至,发出一声怒号,在它看来,时机或到。

"崇山绵延,冰峰冲天,我们的英雄疾风一往无前。坡陡路险,他是否还能遥遥领先?"

"明显做不到,"卡拉丁说,"他不可能永远跑在前头,优势只是暂时的。"

"不!飓风抄近,直逼他的脚跟。疾风感到脖颈一片冰凉,风暴的凛冽之息将他团团包围。飓风展开冰霜之翼,大张黑夜之唇。磐石碎裂,带出它的话音;雨声隆隆,奏出它的高歌。"

卡拉丁感受得到飓风,冰水渗进他的衣衫,暴风反复捶打他的皮肤,风声振聋发聩,掩盖了一切响动。

他身临其境,饱尝冷暖。

"他随后登顶!制高点被他觅得!疾风越过峰巅,不再攀爬。下山之时,他的状态得以回归!疾风跑上亚泽尔平原,迈向西域的步伐愈加矫健。"

"可是他快不行了,"卡拉丁说,"谁能一口气跑那么远,就连疾风也会累。"

"可是狂奔的后劲开始突显,他的腿脚阵阵发软,宛如灌铅。健将大口呼吸,一路发喘。终点即临,飓风落后,我们的英雄却越跑越慢。"

"前方是深国,"卡拉丁低语,"群峰更为连绵。"

"最后的挑战渐生渐起,投下最后一道阴霾,令他心生惧意。大地再现起伏,迷雾山脉赫然耸立,守护着深族的门户。为了抛下风暴,我们的疾风再次动身攀爬。

"飓风赶上来了。

"飓风又一次追到他背后,又一次在半空盘旋!终点不远,时间紧迫,疾风一边翻山,一边冲刺。

"比赛的转折正要发生。就算是下山,他也无法保持大幅领先。

"他越过群峰,却不再领跑。脚下只剩最后一程,可他精疲力竭、步履维艰,呼吸时,苦痛袭来。他悲伤地穿过低洼的大地,身下的青草了无生气、纹丝不动。

"但是在此地,飓风的威力渐行渐弱,雷声不在,闪电消匿,雨势已然减小,天上飘下蒙蒙细雨。深国不为风暴所扰。

"前方就是广海,比赛已到终点。疾风首当其冲,跑到肌肉酸痛。纵使两眼发花、步履蹒跚,他依旧为命运而行。你可知,竞速的胜败出乎意料,最终的结果将被铭记。请你告诉我答案。"

音犹在,话已停,知策正等着卡拉丁接应。*我受够了*,卡拉丁想道。"他死了,没有撑到最后。结束。"

乐声戛然而止。卡拉丁睁开眼,朝知策看去。卡拉丁为故事续上了如此可悲的结局,他会不会生气?

知策盯着他,依旧把乐器摆在腿上,似乎没有发火。"*原来你知道这个故事。*"知策说。

"什么?我以为是你编出来的。"

"不,是你编出来的。"

"那你怎么知道?"

知策不禁莞尔。"故事并非无中生有,我们借此自省。先人如此,后人亦然，只有名字是新编。"

卡拉丁坐直身子，用一根手指敲打着石凳。"那么……真的有疾风这个人吗？"

"他是有血有肉的真人，和我一样。"知策说。

"在他跑完全程之前，"卡拉丁道，"确实是死了？"

"对。"知策笑了。

"什么？"

知策发狂似的撩拨乐器，奏出一波波响彻囚室的高音。卡拉丁站起身。

"在那片尘土之国，"知策大声唱，"我们的英雄瘫倒在地，不再醒来！身已竭、力已尽，英雄疾风就此作古。

"飓风追来，将他找寻，半路息止，难于吹拂！风雨依旧交加，可是飓风无法向前。

"荣光耀，万物生；求得志，须一搏。人要尝试，天风作证；过关斩将，逐梦不止。"

卡拉丁缓步走到围栏前，就算睁着眼睛，他还是能目睹这一幕，他的想象依旧鲜活。

"在那片尘土之国，我们的英雄刹住了飓风的脚步。空中降下泪珠般的雨点，我们的疾风却无意终结比赛。肉体已逝，精神长存，他的灵魂随风飞升。

"在白日的终曲中，健将一路疾驰，为的是大获全胜、拥黎明入怀。我们的疾风踏浪过海，永葆生息、强壮、迅猛、自由，与风竞速，天长地久。"

卡拉丁把手靠在牢房的围栏上。室内余音袅袅，之后逐渐平静下来。

卡拉丁一时不知该怎么反应，知策瞧了瞧他的乐器，嘴上露出一抹自豪的笑容。最后，他把乐器夹到腋下，拿好剑，拎起口袋，朝出口走去。

"故事的寓意何在?"卡拉丁小声问。

"这是你的故事,由你诠释。"

"但是你已经有数了。"

"我肚子里装着大部分故事,可我从未唱过这一曲。"知策回眸一笑,"故事的寓意究竟何在,第四冲桥队的卡拉丁?或者叫你'飓风恩护者'卡拉丁?"

"飓风赶上了他。"卡拉丁说。

"飓风终究会赶上所有人,这有什么关系?"

"我不知道。"

"那就好。"知策把剑尖抬至额前,以示尊重,"你有了个值得思考的问题。"

他走了。

一幅仿古镶嵌画,所绘城市设为八门,座。

60

浣纱起步

那块宝石已经效力全无,你有未放弃它?你是否还躲藏在旧主的名头之后?我听说你为目前的身份取了个称呼,从字面上看,你自命的一大优点得到了体现。

"啊哈!"沙兰匍匐在松软的床铺上,爬到另一端。每动一下,她几乎就会陷进去。她摇摇晃晃地探出身子,把手伸到地板上,在一沓沓纸卷里摸索,丢开不相关的资料。

最终,她取出一张想要的纸,一手将其举起,一手把眼前的头发掖到耳后。这张地图是迦熙娜口中成图年代最久远的地图之一。为了在破碎平原上找到售卖该图复制品的书商,她花了很长时间。

"快看。"沙兰把那张地图举到一张现代版地图旁,对准同一区域。这张现代版地图由她亲手临摹,原图是亚马兰的密室中所挂的那张。

那个混蛋,她如梦方醒。

她把两张地图转了转,让图腾过目。后者点缀在墙上,所处的位置越过了床头。

"地图。"他说。

"里面有图样!"沙兰欢呼。

"我没见到图样。"

"看这里。"她慢慢挪到墙边,"在这张旧版地图上,那片区域……"

"纳塔纳坦。"图腾念道,轻声低哼。

"那是古纪元诸王国之一,"沙兰说,"由令使亲手建立,遵照神圣意志,以及诸如此类的说法。不过,你瞧,"她戳了戳画纸,"纳塔纳坦的王都乃是飓座,假如要为此地定位,把这张旧版地图与亚马兰的地图对比一下……"

"飓座位处群山之中,"图腾说,"就在'晨曦之影'一词和'无主山岭'一词打头的'无'字之间。"

"不对,不是这样的。"沙兰说,"动动脑筋!这张旧版地图的偏差太大了,飓座就在这里、就在破碎平原上。"

"地图不是那样画的。"图腾鸣道。

"已经够接近了。"

"那根本不是图样。"他的语气透着恼火,"人类,你们不懂图样。比方说,现在中月高挂,每天晚上一到这个点你都会睡觉,可是今晚却没睡。"

"今晚我睡不着。"

"请你再解释一下。"图腾说,"为什么今晚睡不着?今天不是周一吗?一到这时候你都睡不着?或者是天气的原因?已经变得太热了吗?月亮的位置相对于——"

"跟那些全没关系。"沙兰耸耸肩,"我就是睡不着。"

"你的身体肯定睡得着。"

"大概吧。"沙兰说,"可是我的头脑还清醒,里面有太多思绪在涌动,就像波涛拍击礁石。礁石……我想……也在我的脑中。"她歪过头,"我不觉得那个比喻能把我衬得特别智慧。"

"但——"

"别再发牢骚了。"沙兰抬起一根手指,"今晚,*我要做学术*。"

她把地图放到床上,朝一边俯下身,搜出几张别的纸卷。

"*我没在发牢骚*。"图腾抱怨道,爬到床上,紧挨着她,"我记不清了,迦熙娜在……'做学术'的时候,不是用了一张写字台吗?"

"写字台是留给迂腐之人用的,"沙兰说,"还有那些没有柔软的卧榻可躺的人。"达力拿的军营会给她提供这种豪华的床吗?去那里的话工作量可能会小一些。不过,她终于整理完了塞巴里尔的个人财务状况,很快就能向他呈上一套比较有条理的账本了。

当时她豁然顿悟,在报告中塞进一张抄录着引文、主题是乌有斯麓的稿纸交给帕萝娜,里面的内容不仅关系着市内的潜在财富,还提到了该地与破碎平原的关系。她在页面的底部写道:"迦熙娜·寇林在笔记中提及,破碎平原上藏有宝物。一有新发现,我会立即上报。"如果塞巴里尔认为那里的机遇不只有夺取琼心石,那她也许就能让他在出兵时带她上平原,以防阿多林食言。

可惜的是,把准备工作全部做好后,她的研究时间便所剩无几了。她失眠的原因或许在此。*假如纳瓦妮同意与我见面*,沙兰想,*一切会变得更容易*。她先前再度致函,而纳瓦妮回函表示她正在忙着照顾病倒的达力拿。他似乎没有生命危险,却静养了几天。

在上次决斗前,她并未发现战书中的漏洞,阿多林的伯母有没有责怪她?上周阿多林做了那种决定……也罢,反正他打算一门心思地待着,沙兰至少可以抽空读读书、思考思考乌有斯麓。她不想再担心兄长们了,别的事她都愿意干。她已经把几封信寄了出去,却仍未收到回复。在信中,她恳求兄长们逃离雅克维德,之后再来投奔她。

"我觉得睡眠是个怪现象。"图腾说,"我明白实界域的一切生物都需要睡眠。你们是不是觉得这样很舒服?你们唯恐不存在,然而无意识不也是一样?"

"在睡眠期间,无意识只是暂时的。"

"哦,也对,因为你们会在早上恢复知觉。"

"嗯,这因人而异。"沙兰心不在焉地说,"对许多人而言,'知觉'一词可能太宽泛了……"

图腾轻声叫唤,试图理出她的语意,之后终于发出一声类似嗤笑的鸣响。

沙兰冲他挑眉。

"我猜你在说笑。"图腾道,"不过我不晓得为什么。这不是笑话。我听过一些,比如下面这则:一名士兵在一夜风流后逃回了军营,面色煞白。他的战友问他爽不爽,他说不爽。他们问他理由,他说他问了妓女要价多少,对方说一颗马克再加零头。他告诉战友他以前不知道现在要用身体来付钱。"

沙兰皱起眉。"你是从瓦沙尔那边听来的吧?"

"是的。笑点在于'零头'一词具备多重含义,不仅指代通常自愿加付的小费,这个'头'又表示某物的尖端。此外,我想'零头'是军中的粗口,所以那个笑话里的人才认为妓女要割掉他的——"

"不用讲了。"沙兰说。

"那是个笑话。"图腾接着道,"我明白里面的笑点。哈哈,说讽刺话时都是差不多的,用大出意料的含义替换意料之中的含义,两者一经结合,就会产生幽默效果。你刚才那句话哪里搞笑了?"

"目前很难说……"

"可——"

"图腾,解释笑点最无趣了。"沙兰说,"我们得讨论更重要的话题。"

"嗯……像是你为什么忘了使幻象发声的方法?你很久以前成功过一次。"

沙兰眨眨眼，举起现代版地图。"纳塔纳坦的王都就在这里、就在破碎平原上。旧版地图那是误人子弟。亚马兰在笔记中写道，仆族智者所用的武器品质卓越，远超他们的工艺水平。他们是从何处得到这些神器的？答案就是那座繁荣一时的废城。"

沙兰从成堆的纸卷中抽出一张飓座地图，上面未显示周边区域。这只是一张相当不准的城市地图，取自她买来的一本书。她认为该图就是迦熙娜在笔记中提到的原图。

书商称其历史悠久，为副抄本，图源出自亚泽尔的一本古籍，据传是一张绘有飓座市容的镶嵌画。那些锦砖早已荡然无存——人们对影时代的认识大多源自这类遗存。

"学术界拒绝承认飓座地处破碎平原。"沙兰说，"学者纷纷表示，十座军营的凹坑状驻地与该市的相关描述不符。因此，他们转而断定遗址隐于山地间，与你的假设重合。但是迦熙娜不予苟同。她指出罕有学者亲自下访，而且没有人把那里走遍。"

"嗯，"图腾说，"沙兰……"

"我同意迦熙娜的看法。"她背过身道，"飓座规模不大，可能位于平原中部，这些山坑则另当别论……亚马兰在这里写道，他认为其前身也许是圆顶的建筑。我在怀疑这有无可能……如果有可能，那也太大了……总之，飓座可能是某座卫星城。"

沙兰觉得自己正在接近某些问题的解答。亚马兰的笔记多半在探讨如何与仆族智者会面、如何向他们询问有关虚渡的内幕，以及如何唤回虚渡。不过，他确实提到了乌有斯麓，似乎与迦熙娜得出了同样的结论——在古老的飓座市内，有一条指向乌有斯麓的通道。古纪元诸王国的十座都城各有一条与乌有斯麓相连的通道，列国均在该地设立王座，十位国君还会同在一室会晤。

这就是各版地图将圣城置于各处的原因。若想步行抵达，实在荒谬。世人需要换其道而行之，也即就近入都城，并利用当地的誓约之门实现旅行。

他在搜寻有关乌有斯麓的信息，与我雷同，沙兰想，然而，他想复活虚渡，却不想与它们作战。这是为什么？

她举起那张临摹自镶嵌画的古代版飓座地图。此图的风格颇具艺术美感，但缺乏比例尺和地点标识。她很欣赏前者，后者则让她失望透顶。

誓约之门的秘密，你藏在那儿吗？她想，你是否盘踞于飓座之上？迦熙娜的看法是否正确？

"破碎平原的地形并非始终如一。"沙兰喃喃自语，"在学术界，只有迦熙娜没有遗漏这一点。时逢最后的灭世，飓座才遭覆灭，可是光阴荏苒，无人再谈起陷落之由。是火灾还是地震？不，根源更为骇人。这座城市四分五裂，犹如被铁锤敲碎的上品餐具。"

"沙兰，"图腾凑了过来，"我知道你遗忘了大量往事，那些谎言虽然很吸引我，可你不能继续下去。你必须承认那些与我有关的真相，还要认定我的能力和我们的成就。嗯……*你必须多多了解你自己，把记忆提上来。*"

她盘腿坐在极为奢华的床上，压抑许久的回忆涌进脑海，一律带出那块不该现身的血色地毯。

"你希望帮上忙，"图腾说，"还希望为那场由异者手下的灵体所引发的灭世风暴做准备。因此，你必须有所作为。我来到你身边不仅仅是为了向你传授织光技巧。"

"你为研习而来。"沙兰盯着地图，"这是你的说法。"

"确实如此。我们要干出一番伟业。"

"你真想夺走我的欢笑，让我跛行在人生道路上？"她开口诘问，瞬间忍住泪花，"那些记忆就会对我造成这类伤害。*正因为我和它们一刀两断了，我才能成为现在的自己。*"

她眼前现出一层生自飓光的幻象，是她在不经意间造就的。她无须事先作画,因为她太过了解。

这个形象就是她自己,**表现的是她该有的样子**。此人蜷缩在床上暗自啜泣,良久之后,连泪水也哭干了,然后想哭都哭不出了。一旦有人和她说话,这名少女……这名还未出落为成熟女子的少女……便会退避。她以为所有人都会吼她。她笑不出来,因为童年时期的阴影和苦痛已经把欢笑给榨干了。

那才是真正的沙兰。对此,她非常确信,这就好比她从不怀疑自己的名字。当前,她变成了另一个人,此人并不实在,而是她假借求生的名义捏造出来的。她回想起儿时的自己在花园里发现了光,还在石雕上觅到了图案,当幻梦成真……

"嗯……你的谎言是如此深刻。"图腾低鸣,"确实很深刻。可是,你仍须拥有本领。如果有必要,你得再学一次。"

"那好,"沙兰说,"倘若我们以前成过事,你就不能告诉我方法?"

"我的记性不行。"图腾说,"多年来,我智力低下,半死不活。嗯。我还说不出话。"

"这倒是。"沙兰突然想起,他以前会在地上转圈,还会撞到墙上,"不过那时你挺可爱的。"她赶走那个满心恐惧、蜷身呜咽的少女形象,取出画具,用炭笔轻点嘴唇,画出浣纱的简图,也就是那名善用骗术的暗眼种女子。

浣纱并不是沙兰。她们的五官差异很大,要是这两人偶然被谁看见,肯定会被视作两个完全不同的人。然而,浣纱身上还是带有沙兰的影子。她是生着褐肤的暗眼种,也是沙兰的阿勒斯卡人翻版。她的年纪比沙兰大几岁,鼻子和下巴都更尖。

画完图后,沙兰呼出飓光,造出幻象。假人抄着手站在床边,神情中流露出自信,就像一名面对着持棍孩童的决斗大师。

下一步是发声。她要怎么生成声音?图腾称其为某种力量,也即光启飓能的一部分,或者至少是相似的东西。她坐在床上观察浣纱,盘起一条腿。在接下来的一小时里,沙兰绞尽脑汁,意图唤出声音。她做了多番尝试,不仅冥神静气,**还想画出声音**,但是这些方法无一奏效。

之后,她终于下床走向隔壁房间,准备为自己倒酒。当她快走近那个放着酒瓶的冰桶时,**她的内心却挣扎了一下**,于是扭头看了看卧室,只见浣纱的幻象变得模糊起来,就像被抹过的炭笔线条。

可恶,这样真不方便。若想维持幻象的存在,沙兰需要提供持续不断的飓光源。她走回卧室,把一颗润石放在地上,使其位于浣纱的足内。等到她走开,幻象还是朦胧不清,仿如行将破裂的水泡。沙兰两手叉腰,转头凝视糊成一团的浣纱。

"烦死啦!"她恶声抱怨。

图腾鸣道:"遗憾呐,你那玄奥神圣的法力没有像你想的那样立即奏效。"

沙兰朝他抬抬眉毛。"我以为你不懂幽默。"

"我懂的。我只是想说明……"他停顿片刻,"我有趣吗?讽刺。**我可喜欢说讽刺话了。好意外啊!**"他似乎很惊讶,甚至有点高兴。

"我想你在进步。"

"那是由于纽带的羁绊。"他解释道,"在裂影界中,我不会以这种方式展开交流。这种方式……太具人性了。我们之间的联系使我有能力在实界域显形。因此,我不只是一个无法思考的微小个体。嗯。那根纽带把你我相连,借着它的力量,我便能以你的方式展开交流。迷人,实在是迷人。嗯。"

他落到地上,像一只凯旋的斧狐犬那般心满意足。沙兰突然注意到了什么。

"我身上没发光。"沙兰说,"我体内含有大量飓光,可是没有光透出来。"

"嗯……"图腾说,"大型的幻象会转换飓能,消耗的是你体内的飓光。"

她点点头。她吸入的飓光滋养着幻象,吸走了笼罩在她皮肤上的多余飓光。这样能派上用场。图腾上了床,浣纱的手肘离他最近,所以变得更为明晰。

沙兰蹙眉道:"图腾,离幻象近一点。"

他照做了,穿过床罩,移向浣纱站立之处。图腾一出现,她就变清晰了,虽然不完全,却是大变样。

沙兰走到浣纱旁边,幻象瞬间变回一清二楚的原形。

"你可以留住飓光吗?"沙兰问图腾。

"我不……我是说……我利用神能是为了……"

"来吧。"沙兰把手摁到他身上,他的话音化为懊恼的鸣响。这种感觉很奇怪,就像用床单罩住一只发怒的飓虫。她把一些飓光导入他体内,再抬起手。这时,缕缕光雾从他身上逸出,犹如烤盘法器所散发出的热气。

"你我互相羁系,"她说,"我创造出的幻象也属于你。我要喝点酒,你看看能不能把牢幻象,别让它解体。"她回到起居室,不禁莞尔。图腾从床上爬下来,还在气恼地低鸣。由于床铺遮挡了视线,她看不到他,但他大概已经钻到了浣纱的脚下。

这下成功了,幻象没有变糊。"哈!"沙兰为自己斟了一杯酒,走回床边,轻轻地躺上去——如果动作太猛,还端着酒,似乎并不审慎——然后看着床边的地板,图腾就待在浣纱的脚下,他被注入了飓光,因而清晰可见。

*我需要考虑的是,*沙兰想,*制造可供他隐藏的幻象。*

"成了吗?"图腾问,"你怎么知道能成?"

"我也不知道,"沙兰啜了口酒,"都是猜的。"

趁着图腾嗯嗯呃呃之时,她又抿了口酒。迦熙娜肯定不会赞许。

做学问需要敏锐的头脑和清醒的意识，学者不可沉溺于酒精。沙兰把剩下的酒一饮而尽。

"好嘞。"沙兰伸出手，下一步动作纯粹靠直觉。她和幻象之间存有一定的关联，她和图腾之间也是如此，那么……

她一推飔光，使幻象附着到图腾身上，她平常也是这样穿戴伪装的。图腾的光亮变暗了。"走一走。"她说。

"我不能走……"图腾说。

"你知道我的意思。"沙兰说。

图腾挪了挪，幻象也跟着运动，可惜后者不能起步走路，只能在地上滑行，就像被人把玩的调羹在墙上投下的光影。不论如何，她还是欢呼起来。她始终无法让幻象发声，所以这一截然不同的发现似乎是巨大的成功。

她能否使幻象运动得更为自然？带着这个问题，她坐下来，捧起素描本，开始作画。

61 顺从

一年半前

沙兰成了十足的乖女儿。

她一直安安静静的，尤其是当着父亲的面。她几乎天天都在卧室里倚窗而坐，翻来覆去地阅读相同的书籍，或者是一遍又一遍地画着相同的东西。现在，即使她惹怒了他，他也不会碰她，这已经有好几次了。

然而，父亲会因为她而殴打他人。

只有与兄长为伴，她才会允许自己卸下面具；也只有此刻，父亲的耳朵才不会伸过来。她的三位兄长经常说尽了好话，口气透出绝望，希望她能为他们讲讲书里的内容。考虑到他们作为听众的心情，她开起玩笑，对父亲的访客大加嘲弄，还在壁炉边编织出一个个耸人听闻的故事。

这是多么微不足道的反击方式。她觉得自己是个胆小鬼，因为她无法做到更多。然而有一点她确信无疑……那就是目前一切都在好转。这并没有错，沙兰愈加频繁地与清点账目的虔诚者共事，她留意到父亲逐渐变得精明起来，他不再受到其他光眼种的刁难，反而开始将他们操控于手掌心，任由这些权贵相互对抗。她不禁对他刮目相看，可他夺权的方式也让她感到恐惧。父亲时来运转，他的领地上新开采出一片大理石矿藏，资源上的保障令他兑现了自己的承诺，他借之向人行贿，生意也做得有声有色。

想必情势的改换会让他再度绽放笑颜，也会驱走他眼中的阴翳。

事实并非如此。

"她的地位太过低贱，配不上你。"父亲放下酒杯，"我不会同意这桩婚事，巴拉特。你不得再与那位姑娘交往。"

"她的出身很好！"巴拉特站起来，两手按在桌上。当下正是午餐时分，沙兰理应现身，而不是关在房里。她靠边就座，伏在自己的餐桌旁。巴拉特挺直了身板，正视着主桌对面的父亲。

"父亲，他们是您的下臣！"巴拉特厉声道，"是您自己邀请他们与我们共进晚餐的。"

"我的斧狐犬在我脚边进食，"父亲说，"可我不允许自家儿子追求它们。塔维纳家族于我们而言野心还远远不够，说到苏蒂·瓦拉姆，她才是值得考虑的对象。"

巴拉特眉头紧绷。"轩亲王之女？您肯定在说笑。她已经年逾半百了！"

"她仍是孑然一身。"

"那是因为她丈夫在决斗中战死了！无论如何，轩亲王绝不会答应的。"

"他对我们的看法会改观的。"父亲说，"眼下我们已经是一个极富影响力的富庶家族。"

"可惜当家的仍旧是一位杀人犯。"巴拉特抛出狠话。

他说得太过火了！沙兰想道。卢维什站在父亲的另一侧，紧扣的十指置于身前。这位新上任的管家脸面沧桑，宛如用久了的手套，他时常蹙额，眉宇间的皱纹尤为明显。

父亲缓缓起身。他换了种新方式来泄愤，其中的冷酷无情令沙兰惊恐不已。"真可惜，你刚养的斧狐犬幼崽在上一场飓风过境之时全染上了病。"他对巴拉特说，"很遗憾，我得找人把那些不幸的小家伙给扑杀掉。"他打了个手势，一名沙兰不太认识的护卫跨出新丁队列，拔剑出鞘。

沙兰感到浑身冰冷，就连卢维什也变得关切起来，抬起一只手放到父亲的胳膊上。

"你这个畜生。"巴拉特说着，脸刷的一下就白了，"我要——"

"你要怎样，巴拉特？"父亲甩开卢维什的手，朝巴拉特俯下身去，"来啊，快说。你要挑战我的权威？别以为你这么做我就会饶你活命。维吉姆也许是个弱不禁风的可怜虫，但为了家族所需，他也能做出和你不相上下的贡献。"

"赫拉兰回来了。"巴拉特说。

父亲大惊，用两手撑住桌面，一动也不敢动。

"两天前我见过他，"巴拉特道，"他派人找我，我就驾车进城，和他会面。赫拉兰——"

"不准在这个家里提起那个名字！"父亲道，"我不是说着玩的，*长子巴拉特*！不得再犯。"

巴拉特迎上父亲的凝视，沙兰数了十下心跳，他才打破僵局，把视线移开。

巴拉特阔步走出房间，父亲坐了下来，神情疲惫。大厅陷入沉寂，听不到任何声响，沙兰怕得吐不出一言。父亲最后站起来，把椅子推回原位，转身就走。卢维什很快便尾随在后。

这样一来沙兰就独自与仆人为伍了。她怯生生地站起，去找巴拉特。

他在犬舍里。护卫下手很快,巴拉特刚养的一窝斧狐犬幼崽躺在石地上的紫色血泊中,了无生气。

之前是她鼓励巴拉特饲养这些宠物的。多年来,他一直在与心魔作斗争,已经小有成果,他几乎不会再伤害任何比飓虫要大的生物了。现在他坐在一只箱子上,俯视着那些小小的尸体,惊魂未定。痛灵涌出地面,在他身边挤成一团。

沙兰推开犬舍的金属门,引得它吱嘎作响。她扬起手遮住嘴巴,渐渐走近小可怜们的遗骸。

"父亲的护卫整个等着机会上钩的模样,他们乐意干这种勾当。"巴拉特说,"我不喜欢他新组建的团体。那个叫勒夫林的家伙凶神恶煞的,还有里恩……他吓坏我了。泰安和庇尔到底去哪儿了?你可以和这些兵哥插科打诨,他们都快算得上朋友了……"

她把手搁在他的肩头。"巴拉特,你真的见到赫拉兰了?"

"是的。他说我不能告诉任何人,还告诫我这次他走后,可能很长时间内都不会回来了。他跟我讲……叫我好好看着家里。"巴拉特双手抱头,"我成不了他,沙兰。"

"没这个必要。"

"他很勇敢,总是不屈不挠。"

"他丢下了我们不管了。"

巴拉特抬起头,泪珠从面颊滚落。"他指不定是对的,也许那么做才是唯一的解决之道,沙兰。"

"离家出走吗?"

"困在大宅里有什么意义?"巴拉特问,"你天天都被锁在深闺,只有需要显摆的时候父亲才会放你出来。你知道吧,尤术又打回了赌棍的原形,不过他学聪明了点。维吉姆常说他想当虔诚者,但我不知道父亲是否会放行,他是家族的保证。"

他的话不无道理，这令人悲哀。"我们有哪些地方可去？"沙兰问，"我们一无所有。"

"在这儿也是一无所有。"巴拉特说，"我不会扔下艾丽塔不管，沙兰。她是唯一一个走进我生命的佳人，要是我和她被迫在魏德纳以十等光民谋生，我们也心甘情愿，我会去干家族护卫一类的工作。这样的生活是不是比现在的窘境更为美好呢？"他指了指幼犬的尸体。

"有可能。"

"如果我和艾丽塔私奔，你会跟我一起走吗？你可以做个文书自力更生，从而摆脱父亲的管制。"

"我……不行。我要留下。"

"为什么？"

"父亲是被外物给控制了，那东西很邪恶。假如我们全离开的话，就是将父亲送进了魔爪，必须有人来救他。"

"你为什么要如此偏袒他？你知道他都做了些什么。"

"他没干出那种事。"

"你记不起来了。"巴拉特道，"你不厌其烦地跟我说你的大脑一片空白。你明明看到他杀了她，却不想承认。风操的，沙兰，你的身心也不健全，与维吉姆和尤术同为沦落人。就像……就像我有时发病的样子……"

她急忙赶走自己的麻木。

"没关系的。"她说，"你要是决定出走，会不会带上维吉姆和尤术？"

"我可负担不起，"巴拉特说，"特别是尤术。我们得靠节衣缩食来过活，我放心不下他……你该清楚。不过如果有你在，我们之中的一人找起工作兴许就更容易了。你在书画方面比艾丽塔在行。"

"行不通，巴拉特。"沙兰一度迫不及待地想要点头称是，这使她后怕，"我不能走，况且尤术和维吉姆还留在家里。"

"我明白了。"他说,"事情大概……大概另有出路吧。我会想办法的。"

她和巴拉特作别后便离开了犬舍,唯恐父亲发现她在那里,因为他会生气。她走进府邸,不由得感到自己仿佛在极力维护一张地毯的完整,而四边的流苏却被许多人拉扯着。

巴拉特的出逃会引发什么乱子?他一次次地与父亲对着干,期间他百般妥协,但他至少在反抗。维吉姆只会按照吩咐办事,而尤术依然麻烦缠身。我们只须多加忍耐,沙兰暗想,*不要再激怒父亲,让他安心点,然后他就会恢复常态……*

她上楼经过父亲的房间,屋内的说话声穿过微敞的门缝飘进她的耳膜。

"……去瓦拉瑟找他。"父亲说,"长子巴拉特号称在城里见过他,他的意思肯定是这样。"

"遵命,光明贵人。"里恩发话了,他是父亲新聘来的卫队长。沙兰后退几步,偷偷望向房内。在后墙的那幅画背后,父亲的保险柜熠熠生辉。她一阵晕眩,不过屋里的人似乎对此景视而不见。

里恩在父亲面前一鞠躬,手不离剑。

"揣着他的头颅来见我,里恩。"父亲道,"我想亲眼目睹他走上绝路,他会毁坏我苦心经营的一切。给他个下马威,在他召唤出碎瑛刃之前就杀了他。只要你效忠达瓦家族,这件武器就会是你的报偿。"

沙兰手忙脚乱地与房门拉开距离,以免父亲抬头看到她。赫拉兰。*父亲刚才对赫拉兰下达了刺杀令。*

我必须想点办法,向他通风报信。怎么做?巴拉特能再次联系到他吗?沙兰——

"你竟然下得了手。"房内响起一个女声。

这话带来一片令人意想不到的沉默。沙兰慢慢地挪到门口,朝里查看情况。她的继母玛丽瑟站在位于卧室与起居室之间的过道上。在沙兰眼中,这个矮墩墩的女人似乎从未发过火,然而时至今日,她脸上如飓风般的盛怒之色足可以吓退白脊。

"他是你的亲生骨肉啊。"玛丽瑟说,"你的良知全泯灭了吗?你难道就没有一丝一毫的同情心?"

"我再也不认这个儿子了。"父亲咆哮道。

"我相信你那些关于前妻的说辞。"玛丽瑟道,"我是你的贤内助,我学着去适应家里密布的愁云。现在呢?*却用这种话打发我?打仆人先另当别论,可是老子要杀儿子?这怎么行?*"

父亲对着里恩低声嘀咕着些什么,后者很快便走出房间,咔嗒一声关上了房门。沙兰惊得跳起,她刚刚才穿过走廊逃回自己的卧室。

沙兰把自己关在房间里,只听得玛丽瑟和父亲大吵起来,他们互不相让,话语中透出十足的火气。沙兰在床边蜷缩成一团,试图用枕头捂住耳朵,隔离叫嚷声。当她觉得两人消停下来之后,才拿掉枕头。

父亲气得摔门而出,来到走廊上。"为什么家里就是没人肯顺从?"他大吼道,步履沉重地走下楼梯,"如果你们全都乖乖听话,这堆破事就不会发生了。"

62 背誓

我认为，你这样就和臭鼬以臭得名有些类似。

卡拉丁在狱中度过了一日又一日。尽管地牢的条件挺优厚，他却更想回到关押奴隶的笼车里，这样至少能看看风景、呼吸一下新鲜空气，有时还能在渐息的飓风所捎来的阵雨中冲个澡。那种生活虽然难熬，却强过困在室内、遭人遗忘。

狱卒总在夜里取走润石，留他一人享受不见五指的漆黑。在暗中，他会不由自主地生发想象，以为自己待在深坑里，头上是厚达几里的岩石，毫无出逃和获救的希望。没有哪种死法比这更糟了，他宁愿在战场上被人开膛破肚，于近乎长眠之际遥望高天。

✦

他被光亮晃醒，不禁叹了口气，望向天花板。几个他素不相识的光眼种卫兵正巧前来更换用作照明的润石。日复一日，**事事风杀地照旧**。在一片微弱的润石灯光中醒来，他只想亲近日光。侍从送来了早饭,他把夜壶推到围栏接地处的小口,她移过旧桶换上新的,蹭得地上刮擦作响。

她被他吓得不行,忙不迭地逃开。卡拉丁坐起身暗暗叫唤,他的肌肉全僵住了。他看了看早饭——拌上豆酱的薄饼,站起来挥走了几只奇怪的灵体,它们形如绷紧的线条,一直在他眼前乱窜。他硬逼自己做了几组俯卧撑,如果再被关上一阵子,想保存体力就难了。他没准可以叫人送来一些用于锻炼的石块。

莫阿什的祖父母莫非也遭过这份罪?卡拉丁拿起食物,感到纳闷,他们直到死前也没有等来审讯吧?

卡拉丁坐到石凳上,啃着大饼。昨天刮过飓风,但他被锁在这里,没听到什么风声。

他听到茜尔在附近念念有词,却寻不到她的踪迹。"茜尔?"他问。她近来一直在和他玩捉迷藏。

"决斗中有只秘灵。"她悄声道。

"你以前说过,是不是?一种灵体?"

"讨厌的灵体,"她顿了顿,"可是我觉得它们不邪恶。"她的口气透着不情愿,"我想追它,可它跑了,你那时正好需要我。当我回过神时,它就没影了。"

"什么意思?"卡拉丁皱着眉问。

"秘灵诡计多端。"茜尔放慢语速,好像在搜寻久远的回忆,"啊……我记起来了。他们就会议论,*就会旁观,却什么也不做*。可……"

"什么?"卡拉丁起身问。

"它们在找人。"茜尔说,"我见到了些迹象。卡拉丁,你也许很快就有同伴了。"

找人。那群灵体在挑选与他相似的飓能者。茜尔明显不喜欢它们,这些灵体到底属于哪支光辉骑士团?这些骑士似乎不像是他愿意结识的类型。

噢,邪风啊,卡拉丁坐回原处,想道,要是他们相中了阿多林……

想到这点,他并未犯忧,茜尔的话给了他古怪的慰藉。单打独斗的日子快结束了,他很高兴,心中的抑郁也散去了少许,就算人选真是阿多林,也没什么大碍。

他一吃完早饭,就听闻走道上传来了隆隆的脚步声。大门开了?只有光眼种能探望他,然而迄今无人前来,除非算上知策。

飓风终究会赶上所有人……

达力拿·寇林走进了囚室。

虽然心情不好,卡拉丁的第一反应还是立正行礼,把手放于胸前——经过多年,习惯已成自然。达力拿是他的指挥官。他感到自己的行为无比愚蠢,竟在围栏后向着命他坐牢的人致敬。

"稍息。"达力拿颔首道。这位肩膀宽阔的男子将紧扣的双手背在身后,站姿笔挺。就算放松警惕,达力拿仍然威风凛凛。

他的面貌仿若传说中的将领,卡拉丁想道。其人脸型饱满,头发灰白,身板壮实,有如磐石。他穿的不是制服,而是制服彰显着他。达力拿·寇林演活了军中楷模,卡拉丁一度以为这类形象只是痴人说梦。

"你过得如何?"达力拿问。

"长官?我正关在风操的牢里。"

达力拿绽出笑容。"这下我明白了。别激动,士兵。如果我命令你花上一周看守一间房,你做得到吗?"

"做得到。"

"那么请你将此看作一大使命,把守这间屋。"

"我会管好尿壶,防止闲人把它偷了去,长官。"

"艾尔霍卡回心转意了,他已经摆正想法,现在只愁太早放了你会折损威信。我希望你再将就几天,到时我们会起草正式的赦令,准你恢复原职。"

"我没有选择的余地,长官。"

达力拿靠近围栏道:"这对你来说是件难事。"

卡拉丁点点头。

"你和诸位部下的待遇相当不错。有两名冲桥手一直坚守着狱所的大门。凡事都不需要你操心,士兵。假如你顾虑自己的名声——"

"长官,"卡拉丁说,"我想我就是不相信国王有意放我出去。他历来就喜好把麻烦的人扔进大牢,任他们自生自灭。"

话音刚落,卡拉丁难以相信这是他的亲口之言,其中字字都散发出叛逆的味道,甚至有欺君之嫌,但是嘴中的语词就等着一泄而出,**堵也堵不住**。

达力拿不改身姿,仍旧把手背在身后。"你在说塔冠城的银匠?"

他果然知道。飓风之父在上……达力拿是否有所牵连?卡拉丁点点头。

"你的消息出自何处?"

"从一名部下口中听来的。"卡拉丁说,"他认识坐牢的人。"

"我满心希望我们可以压下这些流言。"达力拿说,"可是没办法,流言就像丛生的青苔,刮也刮不掉。这些人的遭遇源自一时的失误,士兵,我只得开诚布公。同类的事情不会发生在你身上。"

"那么流言有事实依据?"

"我实在不想谈起荣寿风波。"

荣寿。

卡拉丁回忆起了那些惨叫声。父亲的手术室血迹遍地,一名少年奄奄一息。

场景切换到那个雨天,某人想要窃走卡拉丁的生命之光,并且最终得手。

"荣寿?"卡拉丁低声发问。

"对,一位身份下贱的光眼种。"达力拿叹道。

"长官,我想知道真相。这很重要,不然我于心不安。"

达力拿把他打量了个透彻。卡拉丁只好目视前方,脑中……空空。荣寿。在他接任赫斯通的城主后,万事就走上了歪路。在此之前,卡拉丁的父亲相当受人拥戴。

那个厚颜无耻的人精一来,就带着十足的妒意,他身后好似拖着一条碍事的披风,整个世界都要抖上三抖。他就像不洁的伤口上的腐灵,感染了赫斯通。因为他,提安上了战场;因为他,卡拉丁追随在后。

"看来我得向你和盘托出了,"达力拿道,"不过切勿外传。荣寿是个得势小人,深受艾尔霍卡的青睐。当时艾尔霍卡还是储君,其父正于破碎平原搭建第一批军营。艾尔霍卡受命管理塔冠城,同时料理国事。在此关头,我却……不在宫中。

"无论如何,不要责怪艾尔霍卡,他听取的是亲信之见。然而,荣寿向来不为王室着想,他追逐的是一己之利。他名下有几间银铺……算了,没必要说些琐碎的事。简单地概括,就是荣寿诱使王子做出了错误的决定。回朝之后,我出面解决了这场事端。"

"您惩罚了荣寿?"卡拉丁悄声问道,浑身木然。

"他的下场是外放。"达力拿颔首道,"艾尔霍卡把此人贬到了某个他无法作威作福的地方。"

某个他无法作威作福的地方。卡拉丁差点哑然失笑。

"你有话要说?"

"我想说的话不是您爱听的,长官。"

"或许如此,但我可能仍要一听。"

达力拿是个好人。尽管时有盲目之举,可是他的品行很端正。"长官,那个……"卡拉丁吃力地控制着自己的情感,"我认为……

导致人民无辜死去的罪魁祸首就该坐牢,然而这位荣寿却置身其外,着实叫人费解。"

"情况很复杂,士兵。荣寿既是轩亲王撒迪亚斯的死忠下臣,又是若干贵人的表亲,他们的支持必不可少。我最早谏言罢黜荣寿的官位,将其降为十等光民,勒令其过上穷困潦倒的生活。可是此举会离间同盟关系,或许还会削弱国力。艾尔霍卡提议从宽处理荣寿,他父亲也通过对芦表示同意。我的心当即一软,意识到自己不该向艾尔霍卡泼冷水,而是该鼓励他拿出大度的姿态。"

"确实,"卡拉丁恨得咬牙切齿,"不过所谓的大度鲜少降临在低阶百姓身上,光眼种政要的表亲才是受此恩惠的常客。"他的目光穿过围栏的空隙,射向达力拿。

"士兵,"达力拿冷冷地说,"你觉得我对你或你的部下施以了不公?"

"不,长官,我的怨言并不针对您。"

达力拿缓缓呼出一口气,似乎有点懊恼。"军尉,你和一众部下的身份很特殊,你们整天围着国王转,*看见的是他这个人*,而不是他对外的脸面。贴身护卫的工作就是这样。

"因此你们必须放宽肚量,做到忠心耿耿。你们保护的对象的确有不少缺点,人孰能无过?他仍旧是你们的国王,*请你放尊重一些*。"

"我一向尊重王室,可以做到,长官。"卡拉丁说。他也许不太待见在位的君主,但他确实尊重这个职务,统治权必须有人揽下。

"孩子,"达力拿寻思片刻之后道,"你知道我为什么派给你这个岗位吗?"

"您曾说要征募信得过的人,以防撒迪亚斯的奸细浑水摸鱼。"

"我有过相关的考虑,"达力拿更进一步,离卡拉丁只有寸步之遥,"*然而出发点不在这里。我自认为这么做没错,于是就行动了。*"

卡拉丁眉头紧蹙。

"我相信个人的直觉。"达力拿说,"我预感你有能力改变这个王国。试想一个人熬过了撒迪亚斯军中的残酷考验,还能或多或少地激励他者,这种苗子必须吸收进来。"他的神情愈发严肃,"军中还没有暗眼种接受过你的军衔,我委任你这一职位,允许你参与王室会议,也会倾听你的建言献策。不要让我后悔做出这些决定,士兵。"

"您还没后悔?"卡拉丁问。

"我几欲改变主张,"达力拿说,"可是我理解你的想法。你和我谈过亚马兰,如果那些话都是真心的……这样说吧,假若我站在你的位置,也会难以克制住愤愤之情。可是飓风在上,你终归是暗眼种。"

"这无关紧要。"

"大概吧,可惜实情就是如此。你想翻越这道底线?那好,请你不要装疯卖傻、哇哇乱叫,少去挑衅亚马兰之流,避免与之决斗。你必须在我指派的岗位上干出一番业绩,成为大众仰慕的人上人,让光眼种和暗眼种统统心服口服,同时向艾尔霍卡证明,暗眼种也能成为领袖,世界将因此而颠覆。"

达力拿转身离去。卡拉丁不由得感觉这位壮汉垂下了肩膀,精神不如刚进来时那么抖擞。

达力拿走后,卡拉丁坐回到石凳上,恼火地长舒一口气。"别冲动。"他喃喃道,"卡拉丁,照他说的做,待在牢里。"

"他只是想帮忙。"茜尔说。

卡拉丁朝一边瞅了瞅。她躲在哪儿?"你没听到荣寿的破事吗?"

茜尔缄默无声。

"听到了。"她终于发出一声低吟。

"我的家境走下坡路、镇里的人排挤我们、提安被强征入伍,全是荣寿的错。艾尔霍卡把祸嫁到了我们头上。"

茜尔一言不发。卡拉丁从碗里拾起一片薄饼,咬了上去。飓风之父啊,莫阿什果然是对的。没有艾尔霍卡,这个王国会更好。达力拿拼尽了全力，可一谈起侄儿，他总是忽略问题所在。

现在是时候了，必须有人站出来砍断阻碍达力拿上台的枷锁。国王绝不能苟活，这既是为王国考虑，又能替达力拿·寇林本人行道。

某些人——就像溃烂的手指或保不住的断腿——活该被切除。

63 焦灼之境

瞧你让我说什么好？你总能挑战我的极限，老朋友。尽管你的行径令我不胜其扰，我还是把你称作朋友。

你在干什么？对芦传信而来。

没什么，沙兰借着润石的光写下回复，就在整理塞巴里尔的收入账。她透过幻象上的窟窿俯瞰街道，城市里的人潮仿佛在以奇异的调子涌动，时而如涓流、时而如大川，往往断断续续，难成奔流之海。起因何在？

想不想来一趟？芦笔写道，日子越过越无趣了。

不好意思，她回复阿多林，我得把手头的活干完。不过，有你在对芦边和我做伴，或许也不坏。

她扯了谎，引得身边的图腾轻声鸣叫。这里是塞巴里尔军中的公寓楼，沙兰身居一间加盖在顶层上的小屋，已经用幻象扩大了室内面积，营造出一处潜伏之所，以便坐着观察楼下的街景。长达五小时的等待尚算舒适，她有椅子坐，还有润石照明，到头来却一无所得。目前还没有人走近那棵长在街边的岩皮树。

她不知道那棵树属于哪一品种。其树龄偏大,肯定远超塞巴里尔军的进驻时长,不可能是最近才种上去的。眼见树皮盘曲坚硬,她觉得这是某种石化木,但是此树又长着擎天长叶,它们在风中旋转飘扬,犹如旌幡,让她想起了谷柳。她已经画好了一幅素描,稍后就会翻书查阅。

这棵树习惯了有人经过,不会收起叶片。如果哪个人小心地靠近,还没有擦到树叶,沙兰便会看到他们。相反地,如果他们快步路过,叶片便会感受到震动,从而缩回去——这样她也看得到。她有理由相信,倘若有人想要拿走树洞里的物品,就算她一时移开视线,也肯定会发现。

可以啊,芦笔写道,我还能陪你好一阵子。邵仁没别的事。

今天,虔诚者邵仁受命到访,替阿多林执笔。王子特意提到,他委托的人是虔诚者,而非其父手下的文员。他是不是认为,请别的女人代写会激发她的妒意?

见她没有争风吃醋,他好像相当吃惊。宫廷里的女人就这么小心眼?要么沙兰就是异类,反应太过迟钝?他的眼神确实经常乱晃,对此,她只得承认自己很不高兴。这还不算,他的名声也要考虑进去。据传阿多林以前换女友的速度就和别人换衣服的速度一样快。

她也许应该把他的大腿抱得更紧一些,但是这种想法会害她犯恶心。由此她想起了父亲,他总是抓着任何东西不放,直到把它们都生生捏碎。

行,她回复阿多林,用的是身边箱子上的书写板,那位虔诚者好兄弟除了为一对光眼种恋人代笔,肯定没别的事好干了。

他是虔诚者,阿多林传书,虔诚者就爱服侍人,这是他们该做的。

我有意见,她写道,他们该做的是拯救灵魂。

他已经累了,阿多林传书,据说他在一大早就救了三个。

她莞尔一笑，看了看那棵树——依旧没有变化。他真的救了？她写道，估计那些灵魂都藏到他的裤兜里了吧？这样他就能保管它们了。

不，父亲的方式不对头。如果她想留住阿多林的心，就得做更艰难的尝试，不能只抱着他的大腿。她必须变得魅力难挡，让他不肯放手。不幸的是，在这个领域，无论是迦熙娜还是缇恩都无法提供帮助。迦熙娜对男人很冷淡，而缇恩只谈过如何让男人分心，以求快速行骗，却从未谈过如何拴住男人。

令尊可好？她写道。

他很好，昨天就能下床活动了，身板还是那么壮实。

深感欣慰，她写道。在他们两人聊天时，沙兰不时地看看那棵树。穆里兹给她留了便条，叫她在黎明时分到场，在那棵树的树洞里搜寻指令函。因此她提早四小时前来，溜到这幢楼的楼顶做观察，那时天还没亮。

显然她来得还不够早。她很想看看他们是如何摆放指令函的。"我不喜欢这样。"沙兰对图腾耳语，忽略了那支替阿多林写下后话的芦笔，"穆里兹为什么就不用对芦传达指示？又为什么让我来这儿？"

"嗯……"图腾的声音从她脚下的地板上传来。

太阳早已升起，她必须去取指令函，可她还是迟疑了，开始用指尖轻点手边那个夹了纸的写字板。

"他们在监视我。"她意识到。

"什么？"图腾问。

"我在干的事就是他们在干的事。他们躲在某处，想看我拿指令函。"

"为什么？这有什么用？"

"他们借此获取情报。"沙兰说，"这些人以此为乐。"她向一旁倾身，透过窟窿朝外窥伺。从外面看，这个洞眼就像两块砖之间的缝隙。

尽管发生了那件致使车夫惨死的不齿事件，她还是觉得穆里兹无意夺取她的性命。虽然他准许同伙在犯怵时干掉她，可他的本意是考验沙兰。穆里兹所办的事多是基于这种考虑。那场悲剧意在说明：如果你既有头脑又有毅力，就能避免被这些人杀死。

本次任务是下一场考验。她到底要如何通过这一关，才能不出人命？

他们在关注着，就等她拿取指令函。可是适合观察那棵树的地点并不多。假设她是穆里兹那伙人，她会去哪里监视？

思考这个问题感觉很荒唐。"图腾，"她低声说，"去这幢楼查一查面朝街道的窗子，看看有没有人坐在楼里监视。"

"好的。"他悄无声息地挪到了幻象之外。

她忽然意识到穆里兹的人可能正躲在离这里很近的地方，但她压下紧张，读起了阿多林的回复。

还有个好消息，芦笔写道，我父亲于昨晚来访，我们进行了详谈。他准备远征平原迎战仆族智者，希望彻底击败他们。近期将有侦察任务，在我的提议下，他同意在某次任务中带你上高地。

我们找得到石蛹吗？沙兰问。

这个嘛，芦笔写道，就算仆族智者不再掠夺琼心石，父亲还是不想冒险。万一他们前来争抢，我怎么能带你去？但是我在想，我们也许能组织一次别样的任务，等到某座高地上的石蛹被捅破后，把侦察点选在那里，过一两天就去。

沙兰皱眉蹙额。被捅破的死石蛹？她写道，难说能揭示多少奥秘。

反正，阿多林回复，有总比没有好，对不对？你还说过你想找机会亲自切开石蛹的外壳，前后两者的性质差不了多少。

他所言极是。再说,上平原才是她真正的目的。那就这么定了。我们什么时候去?

再过几天吧。

"沙兰!"

她猛地一怔,可那声鸣响只是兴奋的图腾发出来的。"你是对的。"他说,"嗯。那女人就在楼下的第二间盯着。"

"女人?"

"嗯。就是那个戴面具的。"

沙兰浑身发颤。现在怎么办?难道要回到住处给穆里兹发报,说她不乐意受到监视?

这样根本没用。她低头看着写字板,意识到自己和穆里兹的关系就如同自己和阿多林的关系。在对待这两人时,她不仅要满足对方的期待,还要超越常规,让他们提起兴致。

我得走了,她回复阿多林,塞巴里尔在叫我,可能要花点时间。

她关闭对芦,把芦笔和写字板统统装进包里。这只单肩皮包很结实,不是她常用的那款,倒像浣纱会背的包。之后,她钻出虚幻的藏身之所,还没来得及慌张。她背对屋墙和街道,触碰幻象的侧边,将飓光回收。

由幻象构成的墙面迅速离解,流入她的手心。但愿无人在往这间小屋看。不过,假如真有人看到了,他们可能也会认为是眼花了。

接着她跪下来,为图腾注入飓光,使其与先前绘制好的幻象结为一体。沙兰点点头,示意他行动,浣纱也随之走了起来。

她样貌自然,高视阔步,大衣　　,鸭舌帽遮阳挡脸。依照沙兰早前作画时的规定,幻象甚至会眨眼,还会不时地转头。

她在一旁观望着。在穿戴浣纱的脸面和服饰时,她真长这样?她感觉自己在换装后没那么自若,对她来说,这套衣裳似乎太夸张了,甚至有点傻。而这次的幻象打扮得很得体。

"下去,"沙兰对图腾低语,"走到那棵树旁边。试着小心地放慢脚步,震动得响一点,让树叶缩回去,然后挨着树干站上一阵子,装作要取树洞里的东西,完事后走到这幢楼和旁边那幢楼之间的小巷里。"

"好!"图腾窜向楼梯,兴奋地参与到造假活动中。

"慢点!"沙兰看着步伐跟不上行速的浣纱,皱起了眉,"像平时练过的那样!"

图腾减慢速度,来到楼梯口。浣纱笨拙地下了楼梯,她的幻象可以在平地上走走停停,然而碰到别的地形——比如楼梯——她便无法适应。在旁人看来,浣纱似乎是临空滑下去的。

没办法,目前他们只能做到这一步。沙兰深吸一口气,戴上帽子,呼出第二个幻象。她被笼罩其中,变成了浣纱。附着在图腾身上的幻象能够维持很久,除非飓光耗尽,不过其流速更快,原因不明。

她尽量放轻脚步,只下了一层。在阴暗的走廊里,她数到第二扇门,面具女就在里面。沙兰没有进去,反而躲进了楼梯边上的壁凹,这样走廊里的人就看不到她了。

她静候着。

终于,一扇门呀的一声被打开了,走廊里传出衣袍摩挲地面的沙沙声。面具女途经沙兰的藏身之处,下楼梯时脚步轻得出奇。

"你叫什么?"沙兰问。

面具女愣在台阶上,戴着手套的禁手摸上了腰刀。她转身一看,发现沙兰站在壁凹里。面具女的目光飘回她刚离开的房间。

"我派了一个打扮得跟我一样的分身。"沙兰说,"你都看到了。"

面具女一动不动,依然蹲伏在台阶上。

"他何苦派你跟踪我?"沙兰问,"我的所在之处就那么能挑起他的兴趣?"

"不是的,"面具女终于说,"树洞里的指令函要求你即刻动手执行任务,一点时间都不能浪费。"

沙兰蹙眉沉思。"那么你要做的事并不是跟着我回家,而是跟着我执行任务。你想看我完成得如何?"

面具女一语不发。

沙兰大步走上最高一级台阶,躬身坐下。"那么我要执行什么任务?"

"指令函在——"

"我更想听你讲。"沙兰说,"我很懒的。"

"你是怎么发现我的?"面具女问。

"这要归功于一名眼尖的助手。"沙兰说,"我叫他严密注视那些窗户,再把你的窝藏之处告诉我。我一直在楼上等他的回复。"她扮了个鬼脸,"我想把那个放置指令函的人抓个正着。"

"我们早在和你联系之前就放好了。"面具女犹豫片刻,拾级而上,"伊雅蒂。"

沙兰不解地歪过脑袋。

"那是我的名字。"面具女说,"我叫伊雅蒂。"

"不曾听过类似的名字。"

"不奇怪。你今天要混进达力拿的军营,调查一名新来客的身份。我们想了解此人,却吃不准达力拿效忠的对象。"

"他忠于国王和王室。"

"这是表象。"面具女说,"其兄长的所知有蹊跷,难说达力拿有未从他口中得悉详情,然而他和亚马兰的来往是我们所担心的,这位来客是局内人。"

"亚马兰正在绘制破碎平原的地图。"沙兰说,"这是为什么?他有什么企图?"他为什么想唤回虚渡?

伊雅蒂没有作答。

"也罢。"沙兰起身道,"那我们一起干,如何?"

"一起?"伊雅蒂问。

沙兰耸耸肩。"要么尾随,要么合伙,随你选。"她伸出手。

伊雅蒂打量着沙兰的手,用包在手套里的闲手握了上去,以表赞成。不过,她一直把另一只手放在腰刀的刀柄上。

※

在抵达达力拿的军营之前,沙兰坐在摇摇晃晃的大轿子里,翻阅着穆里兹留下的指令书,伊雅蒂盘着腿坐在她对面,正用那双藏在面具后的晶亮小眼细察秋毫。这名女子穿着朴素的衬衫长裤,沙兰一开始还错把她当成了男孩。

有她在场,沙兰感到浑身不舒服。

"不就是一个疯人吗?"沙兰翻到指令书的下一页,"穆里兹就这么感兴趣?"

"达力拿和国王感兴趣的,"伊雅蒂说,"我们也感兴趣。"

这里面似乎真有某种障眼法作祟。那个疯人被一个叫伯丁的人押送过来,该侍从多年前就被达力拿派驻到了塔冠城。穆里兹的情报表明,这个伯丁并不是单纯的信使,而是最得达力拿信任的听差之一。他留在阿勒斯卡的目的是暗中监视王后——至少鬼血会是这么推断的。可是何必留意王后?对此,指令书没有展开。

这个伯丁几周前就已光临破碎平原,运来了那名疯人,还有别的神秘货物。沙兰的主要任务便是调查疯人的身份,以及达力拿将其雪藏的原因。此人已经进了一所戒规甚严的虔诚院,除了特定的虔诚者,其余人不得与其接触。

"你的老师所知更广,"沙兰说,"他只向我透露了一部分。"

"我的老师?"伊雅蒂问。

"我说的是穆里兹。"

伊雅蒂笑道:"你弄错了。他是我的学生,不是我的老师。"

"你都教他什么?"沙兰问。

伊雅蒂紧盯着她,一言不发。

"为什么要戴面具?"沙兰凑近她,问道,"这有何意义?为什么把脸藏起来?"

"我曾屡次自问,"伊雅蒂说,"你们为什么会肆无忌惮地把自己完全展露在别人眼前?戴面具是为了自保。况且,我可以用面具随机应变。"

沙兰往后一靠,陷入沉思。

"你愿意动脑筋,"伊雅蒂说,"而不是接连发问,这点不错。不过你的动机必须得到评定。你究竟是猎手,还是猎物?"

"都不是。"沙兰立刻接上。

"人人都可以对号入座。"

轿夫慢下了脚步。沙兰把头探出帘子,发现他们终于抵达了军营边缘。把守营门的卫兵拦下了所有排队等候入营的人。

"你准备怎样把我们弄进去?"伊雅蒂拉上帘子,问沙兰道,"近来轩亲王寇林因为刺客夜袭之事而变得愈加小心。要进入他的领地,你有什么瞒天过海的奇招?"

这下好了,她想道,调整着一系列待办任务。沙兰非但要潜入虔诚院挖取有关疯人的情报,而且不能把自己的真实身份——或是自己的本事——过于透露给伊雅蒂。

她必须当机立断。站在前列的士兵要求轿夫把轿子抬过去——光眼种无须在普通的队伍里等候,而且那些士兵会以为这是载着富人的豪华肩舆。沙兰深吸一口气,摘掉帽子,让头发披过肩,垂于胸前,再把头伸出帘子,置于轿外。与此同时,她撤走幻象,把帘子拉紧,围住自己的脖子,以防伊雅蒂看到变脸过程。

轿夫均是仆族,她觉得他们未必会对自己的所见加以评论。所幸他们的光眼种主人背过了身。晃荡的轿子来到队伍的前排，一见到她，卫兵大惊，立即招呼她通过。目前，阿多林的未婚妻已经混了个脸熟。

那么，她又该如何换回浣纱的脸面？街上行人如织，她的头还悬在窗外，她绝不能吐纳飕光。

"图腾，"她悄声道，"去轿子的另一头，在窗边来点动静。"

缇恩曾多次叮嘱沙兰，在扒东西的时候，要用另一只手做出干扰动作。换至如今，相同的道理可能行得通。

另一扇窗户那里传来一声尖叫。沙兰迅速把头伸回到轿子里，呼出飕光，戴上帽子遮脸，又捻了捻帘子，分散旁人的注意力。

被窗边的尖叫吸引过去的伊雅蒂回过头，不过沙兰又变成了浣纱。她往椅背上一靠，正视伊雅蒂的目光。这个矮个女子看到了吗？

她们沉默了一会儿。

"你提前买通了守卫。"伊雅蒂终于推测道，"我想知道你是怎么做到的。寇林的部下很难买通。你去找了上面的人？"

沙兰展露欢颜，但愿那是一抹苦笑。

轿夫抬着轿子，继续前往随军神殿。在达力拿的军营中，她从未去过那块地方。事实上，她也不常拜访塞巴里尔名下的虔诚者——而当她前去时，才惊觉他们是如此笃信宗教，他们的主人都是塞巴里尔。

途中，她把头探出窗外。神殿内院朴实无华，符合她的预想。灰袍虔诚者三三两两地从轿子旁边经过，与各色人等走在一起。那些民众专程前来，为的是在祈祷之余聆听教诲，或是寻求建议——一座配置齐全的神殿可以为所有教众提供此类服务。各阶层的暗眼种几乎都能前来学习一门手艺，行使由令使授予的神圣进修权。低等光眼种也会前来学习各种手艺，高等光眼种则会前来学习两性技艺，或是精进感召，以取悦全能之主。

此地的虔诚者组成了一个庞大的群体,其中必然会诞生各行各业的宗师。她或许该找上达力拿名下的画师,并在其指导下学艺。

她皱皱眉,纳闷该去何处寻求这种机会,况且她仍要抽出时间。因为她正在和阿多林交往,还得打入鬼血会内部,在整理塞巴里尔的账册之余也不能丢了破碎平原的研究,能有时间睡觉都是奇迹了。不过,在忽视全能之主的同时又对个人事务的成功抱有期待,这总让她有一种不敬的感觉。她确实需要对这些事多上点心。

全能之主会如何看待你? 她心生疑惑,***你变得愈发精于造假,这又会收到怎样的评价?*** 毕竟诚实是全能之主的神性之一,人人都应加以追求。

神殿的总体格局不只是单幢建筑,然而大部分人只会进主殿。穆里兹下发的指令函囊括一张路线图,所以她知道自己要进哪一间屋子——目的地毗邻后殿,虔诚者医师在此照料病人,为慢性病患提供关怀。

"要进去可不省事。"伊雅蒂说,"为了避开耳目,虔诚者把病患锁在深院,管理得很严,若想不请自入,不会受到好心接待。"

"指令有言,今日大吉,宜渗透目标方。"沙兰说,"机会不等人,要赶快。"

"神殿每月无偿开放一次。"伊雅蒂说,"人人都可前来求医问诊,或是聆听教导。今日人多事杂,照理来说更易渗透,但他们不会容你大摇大摆地进入。"

沙兰点点头。

"如果你想在夜里行动,"伊雅蒂说,"我也许能说服穆里兹暂时搁置此事。"

沙兰摇摇头。她没有暗中潜行的经验,一旦逞强,只会洋相百出。

问题是如何进去……

"轿夫,"她把头伸到窗外作指示,"带我们去那幢房子,落轿后叫一个手下去找主治医师,并说明我们有求于他们。"

那个领着仆族的十等光民点了点头,沙兰花了钱才把他雇来。十等光民是很不寻常的阶层,此人不是这些仆族的主人,而是在为出租仆族的女子干活。生着暗眼的浣纱虽然在社会地位上不及他,却也是出钱的一方,所以他只好一视同仁,把她当作主人来对待。

轿子落地,一名仆族前去传达她的请求。

"要装病?"伊雅蒂问。

"差不多吧。"沙兰说。外面响起脚步声,她下了轿,遇上两位留着方正胡须的虔诚者。在仆族的带领下,他们一边交谈、一边朝她走来,还把她打量了一番,留意到她的暗眼和服装。那套行头做工考究,但显然是结实耐用的款式。他们很可能把她当作了等级虽高、但不太显赫的暗眼种公民。

"小姐,出什么事了?"年长的虔诚者问。

"我妹妹很不对劲,"沙兰说,"她始终不肯摘下脸上的怪面具。"

轿子里传出一声细声细气的呻吟。

"孩子,"长者诉苦,"你那骄蛮的妹妹不归虔诚者管。"

"我懂,我的好兄弟。"沙兰把手护到身前,"可我觉得她不只是骄蛮,我觉得她……她被虚渡附体了!"

她拉开帘子,让虔诚者目睹轿中的伊雅蒂。一见那怪面具,虔诚者连忙退却,没有再讲反话。两人中的晚辈探头观望伊雅蒂,瞪大了双眼。

伊雅蒂面向沙兰,发出一声几不可闻的轻叹,开始在座位上扭来扭去。"我们要不要杀了他们?"她自语道,"不,这怎么行,会有人看到!别傻了,少讲这种话。不,我才不听你的。"她哼哈起来。

虔诚者晚辈回头瞅瞅长辈。

"她病得不轻啊。"长者颔首道,"轿夫,跟我来,轿子让你下面的仆族抬。"

※

不久后,沙兰进了虔诚院,在一间小屋的屋角等候,看着伊雅蒂。后者坐下来,不肯接受几名虔诚者的照料。她反复警告他们,说那只面具一旦被摘下,她就会杀了他们。

这不像在演戏。

还好在其他方面她表现得不错。配合那张半遮不露的脸庞,她在虔诚者面前满口胡诌,似乎时而把他们迷得兴致勃然,时而把他们吓得心惊肉跳,就连沙兰也要为之发颤。

专心画画,沙兰心想。她画下了一名和她同高的胖虔诚者,手法虽赶,但尚可使用。她不禁纳闷长胡须的感觉会是如何。会发痒吗?答案是否定的,既然长头发不痒,那么长胡须又为何会痒?男人怎样才能不让食物沾上去?

她迅速画完,静静起身。伊雅蒂又说了一串胡话,虔诚者的注意力一直集中在她身上。沙兰感激地朝她点点头,轻手轻脚地出了门,来到走廊上。她四处张望,确认周围没人后才呼出一团飓光,将自己变为虔诚者。事毕,她把顺直的红发塞进衣领,这是唯一一处有可能穿透幻象的部位。

"图腾?"她低声呼唤,仪态自如地拐进走廊。

"嗯?"

"去找他。"她从小包里抽出穆里兹留在树上的疯人画像。画师作图时离得很远,成稿的效果不太理想。但愿……

"在左边第二条走廊。"图腾说。

沙兰低头看看他,不过她的新装——一件虔诚者长袍——遮住了贴在大衣上的他。"你怎么知道?"

"你画画时没注意。"他说,"我到外面看了看。隔壁第四间有个奇女子,她像是在往墙上抹大粪。"

"好恶心。"沙兰仿佛闻到了那味道。

"有很多图样……"他在他们走路时说,"我没看清她在写什么,但是似乎很有趣。我想我该去一下——"

"不行,"沙兰低语,"你得和我在一起。"沙兰笑着向慢步而过的几名虔诚者点头,幸好他们没和她说话,只是颔首回礼。

虔诚院里打通了许多晦暗素朴的走廊,与达力拿军中的绝大多数设施相同。沙兰跟随图腾的指示来到一扇嵌在石内的厚门前,等图腾咔嚓一声开完锁,沙兰便悄然入室。

这间屋里只有一扇更似裂缝的小窗,以致光线朦胧,无法完全照亮那个坐在床上的壮汉。他皮肤黧黑,宛如从马卡巴克诸王国而来,黑发缠乱披散。他两臂浑圆,表明其不是常年做工,就是久经沙场。此人弓背垂首,坐得颓丧。微弱的光线从窗口射入,在他背上形成一道白线,勾勒出一幅严酷强力的剪影。

此人呓语连篇,话意难辨。沙兰靠在门上颤抖不已,举高穆里兹给她的素描。至少从肤色和敦实的体型判断,此人就是画中人,但他的肌肉更发达。风操的……那双手眼看可以将她如飓虫般捏碎。

疯人似后而静止的滚石般岿然不动,既未抬头,又未挪转。

"屋里怎么这么暗?"图腾大为开怀地问。

疯人没有搭理图腾,就算沙兰上前几步,他照样无动于衷。

"现代医学理论表示,精神病患者应在昏暗而密闭的环境下接受治疗。"沙兰小声说,"过多的光照容易刺激他们,还会减低疗效。"在这方面她涉猎不广,但至少能记起一些。她所在的房间一团漆黑,窗户不到几指宽。

他在嘀咕些什么?沙兰小心翼翼地前进,问:"大人?"而后稍作迟疑,意识到她发出的是少女音,而她的外表却是发福的老虔诚者。那人会不会被吓到？但他看都没看一眼，所以她撤下了幻象。

"他好像没生气。"图腾说，"可你叫他疯人。"

"'疯'字有双重含义。"沙兰说，"其一表示生气，其二表示精神崩溃。"

图腾说："就像失去羁绊的灵体。"

"我看不完全是，"沙兰步步靠近疯人，"但很像。"她挨着疯人跪下，想要听清他的话。

"虚渡回归，灭世逼近。"他喃喃低语。她原以为他会有亚泽尔口音，因为他生着黑肤，可他讲得一口纯正的阿勒斯卡语。"备战刻不容缓。循往世灾祸，你们已忘却太多。"

她瞧了瞧没于墙边阴影的图腾，又回头看着疯人。他脸庞黯然，那双深棕色的眼睛闪闪发亮，如同两个光点。他身姿颓唐，似乎甚为沉抑孤怨。他滔滔不绝地低语，谈及青铜与钢铁，又论备战与养兵。

"您是哪位？"沙兰小声问。

"我是塔拉内艾林，通称石筋。"

她打了个寒噤。疯人口出陈词，一字不漏。她甚至无法断定刚才那句话究竟是抛给她的回答，还是吟诵中的一段。她又三番提问，可他毫无反应。

沙兰抄着手后退几步，小包还挎在肩上。

"塔拉内。"图腾道，"这名字我听说过。"

"塔拉内拉塔艾林是一位令使的名字，"沙兰说，"两者相差无几。"

"啊，"图腾顿了顿，"谎？"

"毫无疑问。"沙兰说，"达力拿·寇林为什么要把一名全能之主的令使关进神殿的后院？简直不可理喻。许多精神病患者都有多重人格的妄想。"

传言达力拿也陷入了癫狂，这点自然不用说。他想重组光辉骑士团，因而挖来一名自诩为令使的疯人与之并不冲突。

"疯人，"沙兰道，"你来自何方？"

他仍在喋喋不休。

"你知道达力拿·寇林对你有什么打算吗？"

他变得愈发激昂。

沙兰叹了口气，却跪下来，把他的胡话一字不差地写下，便于传给穆里兹。她记下了一整段，还细细地听了两遍，以防他再吐新词。不过他这次没有报出自己的名字，所以刚才那次是突发情况。

他该不会是实打实的令使吧？

别犯傻，她想道，收走文具，令使手挥荣刃，周身泛光，耀如白日，金口一开，千号齐鸣。他们一声令下，屋宇尽毁；他们威力无穷，就连飓风也得臣服。世人一经触摸，便可得到治愈。

沙兰朝房门走去。另一间屋里的虔诚者不会到现在还没发现她已中途离场。她应该回去扯个谎，说她口干舌燥，想找水喝。不过，她想先换回虔诚者的伪装，于是就一吸一吐，利用依旧鲜活的记忆来创造——

"啊啊啊啊啊啊！"

疯人一跃而起，号叫连连。他一侧身，以非人之速扑向她。沙兰惊叫一声，他一把抓住她，将她拽出光雾。幻象消解，疯人怒目圆睁、呼吸急促，猛地把她摁到墙上，并用狂乱的双眸审视她的脸庞，眼光飘忽不定。

沙兰浑身战栗，透不过气。

十下心跳。

"一名艾沙魔下的骑士。"疯人眯缝着眼呢喃，"犹记得……骑士团由他组建？是也。灭世几经轮回，不是空谈。数千年来犹是如此。可是……何时……"

他抱头退后，动作颓然。她的碎瑛刃落入手中，可似乎不再需要。那人背过身，走向卧榻，躺倒后便缩成一团。

沙兰一点一点往前挪动，发现他又在念叨老话。她遣走瑛刃。

母亲的灵魂……

"沙兰？"图腾问，"沙兰，你是不是疯了？"

她哆嗦了一下，恢复到常态。已经过了多久？"是的。"她连忙走到门口，探头张望。在这间屋里，她不能再冒险使用飔光。她只须无声无息地溜出去——

该死的，走廊上有几个人，他们越走越近，她得等他们路过，可他们好像就是冲着这扇门来的。

其中一人是轩领主亚马兰。

64 至宝

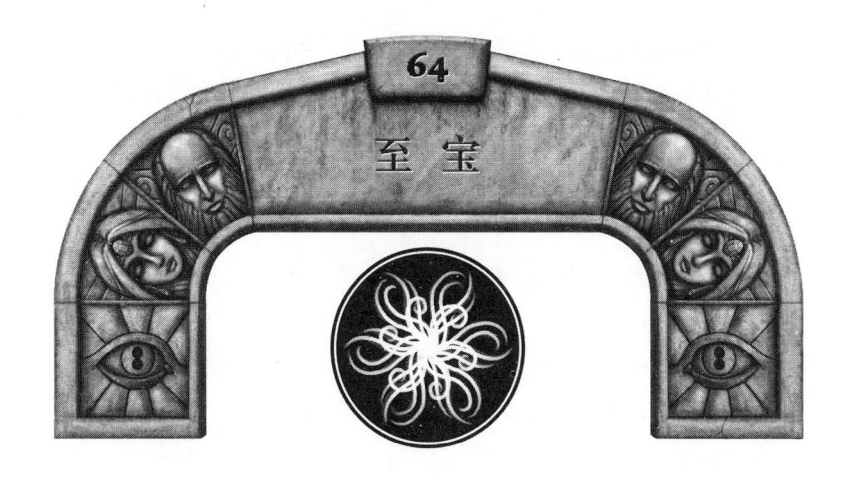

> 我的确很失望。依你之言,这份失望将直达永恒。

卡拉丁躺在石凳上,没有碰地上那碗饭。下午送来的食物是调过味的溻娄米。

他已经把自己想成了动物园里的那头白脊。现在的他宛如笼中困兽,饥渴、消沉、迷惘,但愿他能受到飓风的眷顾,不至于落到如此悲惨的命运。*困兽凶不起来*,沙兰如是说。

已经过了几天了?不知不觉中,卡拉丁愈发不在乎度日的意义,这让他揪心。在奴隶时期,他也曾像这般萎靡不振。

他迄今还未脱离当年的悲观心态。他感到自己正在慢慢地打回原形,就像一名攀登者——他挂在覆满飓砂和污泥的悬崖上,每每想爬高,却总会下滑。因此,摔落只是时间问题。

旧日的思维方式……奴隶的思维方式……在他心中百转千回:对人对事麻木不仁;只为下一顿饭操心,还不能让人抢了去;别想太多,动脑不仅招灾惹祸,还会催生希望。

卡拉丁怒吼一声,猛地跳起。他双手抱头,在小牢房里来回踱步。他曾以为自己是一名百折不挠的斗士。然而，若想夺去他的坚强，旁人只需把他关上几个星期，就能让他变回去！他撞上围栏，把一只手伸出间隙，想要触碰一盏壁灯。他吸进一口气。

什么都没发生。飓光并未流入他体内。那颗润石还在稳稳地发亮。

卡拉丁喊到歇斯底里，把手使劲伸向那盏遥远的壁灯。*别被阴暗面压倒*，他一边想，一边祈祷。他有多久没有这么做了？他找不到可以画符和焚符的人，但是全能之主会聆听人心，对不对？*拜托了，旧日不能重现，我不能变回那个可怜虫。*

拜托了。

他极力摸向那颗润石，又一吸气。*飓光似乎有些抗拒*，稍后才堂皇地流入他的指尖，他的血管中瞬时风起云涌。

卡拉丁屏息闭眼，体味风暴带来的快意。飓光的力量在他体内横冲直撞，试图钻出毛孔。他从围栏前走开，闭上眼，又踱起步子，不像先前那么失控。

"我好担心你，"茜尔的声音飘了过来，"你越变越阴沉了。"

卡拉丁睁开眼，终于发现了她。茜尔坐在两根围栏之间，像是在荡秋千。

"我没事的。"卡拉丁张开嘴，光雾从中涌出，"我只求能出去，这牢我待不了。"

"不只是这样，那种阴沉……阴沉……"她侧头一看，突然发笑，随即飞去观察地面，有只小飓虫正沿着墙脚爬行。她站在虫子上方，看着姹紫嫣红的外壳，瞪大了眼睛。

卡拉丁笑了。她仍是一只富有童真的灵体。对茜尔来说，这个世界奇妙无穷。那会是什么样的感受？

他坐下吃饭，感觉自己好像暂时收起了抑郁情绪。许久后，总算有一名前来巡视的卫兵发现了那颗无光的润石。他一敛眉，取下旧润石，摇了摇头，然后换上新润石，继续前进。

亚马兰马上要进屋了。

快躲！

沙兰立刻吐出余下的飓光，跳入光雾的笼罩。这次施法很迅速，她引以为豪，甚至没有考虑那个疯人对织光术的反应。不过，她也许该三思。不管怎样，这回他好像未加注意。

她该不该变成虔诚者？这样不行，她需要创造又快又省的幻象。

化为一团黑暗才是上选。

于是，她的衣服、皮肤、帽子和头发统统转为了纯黑色，她赶忙从门边跑开，躲到离窗缝最远的屋角，镇定心情。幻象生成后，通常皮肤上腾起的缕缕飓光被织光术吸收，她的身形也变得更不明显。

房门开了。她的心咚咚直跳。要是来得及创造一堵假墙就好了。亚马兰在一名暗眼种青年的陪同下入室，后者身穿寇林军的制服，长着黑色短发和浓眉，显然是阿勒斯卡人。他们轻轻地关上门，亚马兰把钥匙放进口袋。

一看到杀害长兄的凶手，沙兰顿时感到怒从中来，却发现心情略有平复，那不是深恶痛绝，而是窝火憋气。她已经很久没有与赫拉兰相见了，况且巴拉特说得有理，她的长兄确实抛弃了他们。

赫拉兰那么做的目的无疑是想夺去亚马兰的性命。她读过一些关于此人及其碎瑛刃的资料，汇总出的结论至少是这样。赫拉兰为什么要行刺？她真能把长兄的过世怪罪到亚马兰头上？他当时可能只是在自卫。

她觉得自己所知甚少，不过亚马兰自然还是那个没心没肺的混账。

亚马兰和阿勒斯卡暗眼种齐齐转向疯人。由于屋内几近全暗，沙兰看不清他们的脸。"光明贵人，恕小的不才，您何必屈身来访？"侍从道，"他是张过嘴，我不都说给您听了嘛。"

"住口，伯丁。"亚马兰走到房间的另一头，"在门边守着，听好动静。"

沙兰紧贴墙壁，僵立在角落。他们会不会看到她？

亚马兰挨着卧榻屈膝下跪。"大君，"他把手搭到疯人的肩头，轻声唤道，"请您转个身，赏我一个照面。"

语乱不休的疯人抬起头。

"呵……"亚马兰一声美叹，"全能之主高高在上，十大圣名字字不爽。真乃天造之物。迦维拉尔，*使命已达*，我们总算如愿了。"

"光明贵人？"站在门边的伯丁说，"此地不宜久留。一旦暴露，闲言恐四起。那件至宝……"

"他当真提到过碎瑛刃？"

"是的，"伯丁说，"均秘藏于某处。"

"荣刃。"亚马兰自语道，"恳请大君再开金口，再叙您讲给此人的话。"

疯人又嘟哝起沙兰听过的陈词滥调。亚马兰长跪不起，最后扭过身，询问慌张的伯丁："怎么说？"

"他日日都重复前言，"伯丁说，"不过只提到过一次瑛刃。"

"我想亲耳一闻。"

"光明贵人……我们穷尽几天几夜也未必能听到。还是走为上吧，免得撞着查房的虔诚者。"

亚马兰很是不甘地站起。"大君，"他对蜷身而卧的疯人说，"我去找您的宝物了。切莫对生人讲起。我会妥善利用这些瑛刃。"他面向伯丁道，"走吧，我们得去那里搜一通。"

"今天？"

"你说那里离得不远。"

"也是,我千里迢迢地把他运过来,不就是图个方便。可——"

"我们要先下一城,取走宝物,让后来者空手而归。谁知道他哪天会说漏嘴?快点,别磨蹭。如果干得好,事后必有赏。"

亚马兰大步而出。踯躅于门户的伯丁望向疯人,多看了几眼后才徐徐退下,把门咔的一关。

沙兰如释重负地长吁一口气,猛然坐到地上。"刚才就像入了那片珠海。"

"沙兰?"图腾问。

"我掉了进去,"她说,"漫过头顶的不是水,而是那些根本称不上水的怪东西,我根本不知道该怎么游泳。"

"我拆不穿这个谎。"图腾说。

她摇摇头,皮肤和衣装再现本色。她又变身为浣纱,来到门口,耳中盈满疯人的乱语。*司掌战事的令使。回归之时逼近……*

她走出门,返回伊雅蒂所在的房间,忙不迭地向照顾后者的虔诚者致歉。她借口说自己迷了路,却同意让护卫带她回到停轿子的地方。

不过,她在告辞前俯身拥抱伊雅蒂,仿佛想与妹妹道别。

"你能脱身?"沙兰低声问。

"少荒唐,我当然能。"

"这个给你。"沙兰拿出一张纸,瞄准伊雅蒂那只戴着手套的闲手,一把递了过去,"疯人一字不改地说来说去,我记下了他的胡言。我看到亚马兰溜进了屋,他好像以为这些话都是真的,还表示自己在追寻疯人早前提到的什么宝物。今晚,我会用对芦给你们发信,汇报此事的经过。"

沙兰想要抽身,但伊雅蒂还抱着她不放。"浣纱,你究竟是什么人物?"伊雅蒂问,"我静悄悄地监视你,却被你揭穿;我跟着你上街,你又能甩掉我。要做到这种程度,绝非轻而易举。你的精美画作令穆里兹大为惊艳,这是近乎不可能的情况,因为他见过太多世面。今天,你又办成了大事。"

沙兰浑身一震。收获这些人的钦佩,她为何要如此振奋?他们是杀人凶手。

可是风杀的,她恰恰赢得了这份钦佩。

"我寻求真相。"沙兰说,"不论它藏在哪里、不论它握在谁手里,我都要找到。我就是这样的人。"她朝伊雅蒂点点头,随后迈开步,从虔诚院脱身。

当晚,她把白天采集到的情报全部发了出去,同时附上先前说好的素描,内含疯人、亚马兰和伯丁的肖像。再晚些时候,她收到了穆里兹传来的简讯。

致浣纱:

真相救人,更害人。不过,你已证明了自我,无须再惧怕本会的同仁。他们已获指示,不会再碰你。按会规,你需要文上一个特定标志,以表忠诚。我会送来图样,文身部位任你挑,但是等到下次相见,务必将之呈给我,以便核实。

欢迎加入鬼血会。

回忆起变态的过程，要像对待新红甲蟹那样继续培育。经驯化的幼蟹无法保证能够化蛹……

欲使发育成熟的幼蟹化蛹，每餐喂其石百合叶，不得中断。欲防止成年红甲蟹化蛹，将页岩及木油滴入饮用水中，同时喂其捣碎的壳蜱粉。每逢飓风，将家养红甲蟹赶进屋舍，可有效避免其化蛹。

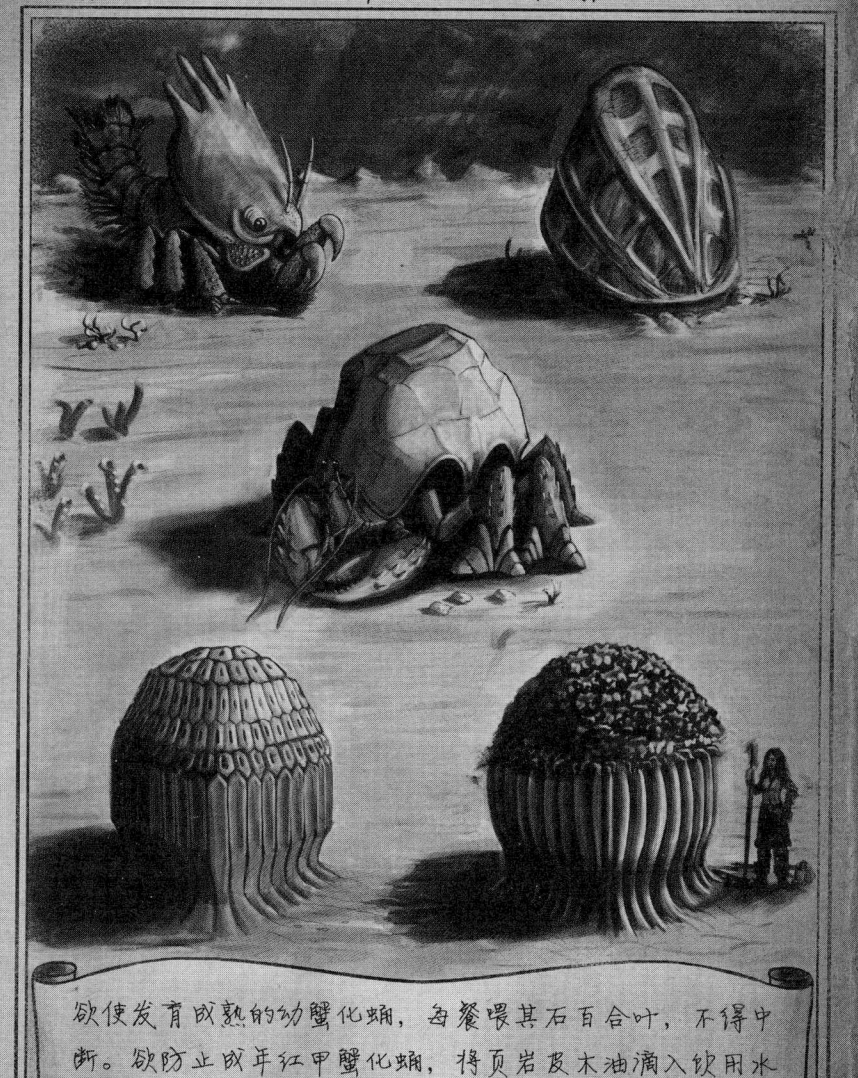

图30——红甲蟹的变态过程：幼蟹（红甲虫）、首次化蛹、成年红甲蟹、二次化蛹、老年红甲蟹。

65 活该

一年半前

现世之中,女性的地位何在?迦熙娜·寇林写道,这个无数同辈孜孜以求的疑问却令我无比抵触。多数人对问句中透出的偏见熟视无睹。她们意欲挑战过去的种种定势,自诩为先驱者。

然而她们遗漏了更为重要的一点——女性的"地位"只有先框定、再阐释,才能成立。撑起半边天的女性被一家之言所限,沦为某种特定身份的指代物。不管这等身份的含义如何宽泛,它从诞生之日起即是对包罗万象的女性特质的简单归化。

我以为,女性无法用角色一说来概括;然而,每位女性都有必要为自己设计一个角色。她们或是学者,或为人妻;一些人身兼双职,另一些人则皆而不是。

请勿曲解我的说法,我并不借地位的尊卑来评价女性。我不想把民众划分出三六九等——这个社会的等级制度早已巍然森严——我举出此例意在丰富论据。

女性的魅力源于抉择的气魄,而不应体现在所选的角色上。我把这一点看作是吾等展开对话的前提,可着实讶于自己被迫一再立论。

沙兰合上书籍。自父亲下令刺杀赫拉兰起，已过了两个时辰。沙兰回屋后，两名父亲手下的护卫出现在外面的走廊上。他们可能不是来监视她的，她不太相信父亲察觉到了自己偷听刺杀令的情况。这些护卫是冲着沙兰的继母玛丽瑟去的，他们要确保她插翅难飞。

沙兰可能误会了。玛丽瑟的大喊大叫惹得父亲喷出愤怒的冷言冷语，沙兰并不确定她是否还活着。

沙兰好想躲进壁橱，用毯子裹住身体，再使劲闭上眼。迦熙娜·寇林的著作给予了她动力，不过从某种角度而言，她拜读起此书大概会叫人笑掉大牙。轩贵女寇林谈及了选择的崇高性，说得似乎每一位女性都拥有这般权利。在迦熙娜的设想中，学者和母亲是两种角色，要做出抉择非常艰难。其实一点也不难！**两者兴许全是容人大显身手的舞台！**比起在家中诚惶诚恐地经受愤懑、抑郁和绝望的折磨，无论是选择做学问还是为人母，沙兰都很乐意。

在她的想象中，轩贵女寇林一定是位无须顺应外部压力的贤才。她高高在上，手中握有权力，享受着逐梦的清福。

什么样的人生才会如此？

沙兰立起身。她走到门边，把门推开一条缝。夜色已深，可是两名护卫依旧守在走廊的尽头。沙兰的心跳得厉害，她暗骂着自己的怯懦。为什么她成不了敢做敢当的女性？为什么她只能缩在房间里用枕头捂脸？

她浑身颤抖地出了房间，轻手轻脚地向卫兵走去。她感到两人的目光向她投来，其中一人扬起了手。她不知道他叫什么。以前，她能叫出所有护卫的名字。她从小和这些人一起长大，可现在他们已被换下。

"我父亲想见我。"她并未遵照护卫的手势停下脚步。虽然他是光眼种，她却不需要听命于他。她或许把成天的时间都花在房内，但她的地位依然比他高上许多。

她经过护卫，握紧发抖的双手。他们放了她一马。当她途经父亲的房门，只闻得阵阵抽泣声。谢天谢地，玛丽瑟保住了性命。

她发现父亲正独自坐在宴会厅里，两座壁炉烧得正旺，吐出烈烈火舌。他瘫坐在主桌边瞪着桌面出神，身子被熊光映红。

沙兰在父亲觉察之前便溜进了厨房。她调好了他最爱的紫酒，内有辛辣的肉桂，加热后可驱走凉意。他抬起头，恰逢她回到宴会厅。她举杯送到他身前，与他四目相视。今日他做回了自己，眼里的阴沉一去不返。这些天来此景异常罕见。

"他们听不进去，沙兰。"他嘟哝道，"没人愿意听话。我讨厌窝里斗，他们理应是我的左膀右臂。"他饮酒下肚，"维吉姆多半在面壁发呆，尤术是个不中用的东西，而巴拉特一路上都和我作对。现在连玛丽瑟也变成这样。"

"我会劝劝他们。"沙兰说。

他呷了口酒，点点头。"行，这样再好不过。巴拉特还在外面守着那些风杀的死斧狐犬，它们无非是一群屠弱的孬种，没了小命才痛快。反正他也不想养了……"

沙兰踏入袭人的寒气。夕阳业已西沉，不过大宅的屋檐上悬着灯盏。她鲜少见过夜里的花园，暗黑之中处处都显得神秘莫测。根根藤蔓好似从虚空中伸出的手指，它们寻找着猎物，将其拖入夜色之中。

巴拉特躺在一条长椅上。沙兰向他走去，双脚突然踩碎了什么东西。那是飓虫的断足，有人把它们从身上依次扯下，再丢弃到地上。她打了个激灵。

"你该走了。"她对巴拉特说。

他坐起身。"什么？"

"父亲再也没法自控了。"沙兰悄声说，"你得适时离开，我希望你带上玛丽瑟。"

巴拉特伸手摸摸杂乱的卷发。"玛丽瑟？父亲绝不会放她走，他会对我们穷追猛打。"

"反正他肯定会追你。"沙兰道,"他在找赫拉兰。今天早些时候,他命令一名手下寻觅大哥的行踪,再暗杀他。"

"什么!"巴拉特起立道,"那个没人性的家伙!我要……我……"他在黑暗中望着沙兰,脸颊映出星光。他随即跌坐下来,用两手撑着头部。"我太窝囊了,沙兰。"他小声怨道,"噢,飓风之父啊。我是个懦夫,无法和他面对面。我做不到。"

"快去见赫拉兰。"沙兰说,"如果有必要,你可以找到他吧?"

"他……可以的,他给我留了个中介的姓名,此人身在瓦拉瑟,能够帮我联系上他。"

"你要携着玛丽瑟和艾丽塔去投奔赫拉兰。"

"不可能,父亲的追兵一来,我不会有时间寻找赫拉兰。"

"那我们就设法和赫拉兰取得联系。"沙兰说,"我们得提前计划好,确保你能会上他一面,接着你要趁父亲不在之时择机开溜。目前他正打算前往魏德纳,旅行会持续好几个月,他一走你就跑,争取拔得头筹。"

巴拉特颔首道:"行……行,你真英明。"

"我得给赫拉兰写封信。"沙兰说,"我们需要让他获悉父亲的暗杀行动;此外,还可以求他收留你们三人。"

"你没必要大动干戈,小不点。"巴拉特垂头丧气地说,"在赫拉兰之下,我就是老大,我本该想点办法来阻止父亲的闹剧。"

"带走玛丽瑟,"沙兰说,"你就立了大功。"

他点点头。

沙兰回到宅子里,路过了父亲,他正为不听话的家人大伤脑筋。她到厨房拿了点东西,随后返回楼梯口向上观望。她深吸几口气,复习着说辞。要是护卫拦住她,她就借此应答。接着她跑上楼,打开了通往父亲起居室的门。

"站住。"走廊里的卫兵说,"老爷明令禁止任何人出入这间屋子。"

沙兰的喉头一紧,尽管事先练过,她还是支支吾吾。"我刚才和他打过招呼了,他同意我和她谈话。"

守卫细细地打量着她,若有所思。沙兰感到自己打起了退堂鼓,心脏一阵阵狂跳。眼下是对峙的时机。她的胆子和巴拉特一样小。

他向另一名护卫挥手致意,第二人便下楼询问。他回来后点着头,第一人于是勉为其难地摆摆手,叫她往里走。沙兰进了屋。

她要扮演好自己的角色。

她已经多年未曾涉足这个房间了。自从……

自从……

她抬手遮蔽双眼,想要挡住从油画背后放射出的光线。在这样的环境下,父亲怎能入眠?没人留意到墙上的异常吗?这是怎么回事?**那片光太刺眼了。**

玛丽瑟蜷在一张安乐椅上,正对着那堵墙壁。沙兰宽下心来,她大可靠墙来回避亮光。她举起一只手,搭在继母的臂弯。

纵使两人共同居住了好几年,她仍然觉得自己不了解玛丽瑟。这个女人竟肯嫁给遭到众人非议的杀妻之徒,她究竟是何人?玛丽瑟监督沙兰的学业,每次都会在前任导师偷跑之后聘请新人,然而她自己却无力教育沙兰。一个人不能传授未曾涉猎的知识。

"母亲?"沙兰呼出了那个称谓。

玛丽瑟抬抬眼。尽管目遇强光,沙兰还是瞧见了女人开裂淌血的嘴唇。玛丽瑟抱着断掉的左臂。

沙兰掏出取自厨房的纱布,为女人的伤口做擦拭。她得找些东西来代替夹板,从而固定住断臂。

"为什么他不恨你?"玛丽瑟无情地说,"他恨所有人,却对你格外开恩。"

沙兰迅速地擦了擦女人的嘴巴。

"飓风之父啊,我凭什么要嫁入这个该死的家族?"玛丽瑟浑身战栗,"他会把我们宰杀殆尽。他会把我们接连折磨致死。我早看出来了,他心里的阴暗面藏在眼角,他身体里住着恶魔……"

"您得走。"沙兰小声说。

玛丽瑟放声大笑。"他死都不会让我走的。他什么东西都不肯放手。"

"您不必多问。"沙兰压低嗓音,"巴拉特准备投靠赫拉兰,后者拥有神通广大的友人。他背负碎瑛武士之名,必会保护你们二位。"

"我们永远也碰不上他。"玛丽瑟说,"假如出逃成功,赫拉兰又有哪些理由袒护我们?我们两手空空。"

"赫拉兰是个好人。"

沙兰仍在帮玛丽瑟清理伤口,后者在椅子上动了动,移开了视线。沙兰为女人包扎手臂时,她痛得呜咽起来,却不肯回答问题。弄完后,沙兰收起带血的纱布,准备扔掉。

"要是我和巴拉特双双消失,"玛丽瑟哑声问,"他会找谁来泄愤?接下来换谁挨打?也许最终会落到你头上吧?这实在是活该。"

"也许吧。"沙兰沉吟道,说罢便离去了。

66 飓风恩护

> 我们造下的孽还不够多吗？你当前涉足的众多世界承载着阿多拿西的规划大计。我们出面干涉，迄今为止毫无成效，带来的唯有痛苦。

卡拉丁的牢房外传来鞋底刮擦石地的声响，又有狱卒前来巡视了。卡拉丁仍然一动不动地躺着，双目紧闭，不想多看一眼。

为了赶走黑暗，他开始盘算起来。出狱后他要干点什么？**必须等到出狱后**，他极力奉劝自己。他并不怀疑达力拿，只是他的内心……他的内心出卖了他，始终在嘀咕些不切实际的话。

事实惨遭歪曲。身处这般境遇，他有理由相信达力拿撒了谎、有理由相信轩亲王暗地里巴不得卡拉丁入狱。毕竟卡拉丁是个差劲的护卫，面对被人刻在墙上的神秘倒计时，他拿不出任何办法；面对白衣刺客，他也无能为力。

自欺欺人的念头一个劲地往上冒，卡拉丁有理由相信第四冲桥队乐于摆脱他的控制——为了讨他的欢心，他们只是装装样子，实际上没有人想当护卫。他们暗地里巴不得回归先前的人生、巴不得把卡拉丁踢出去，不让他搅坏他们享受生活的兴致。

这些假象本该荒诞不经。然而他并不这么看。

咔嚓。

卡拉丁用力睁开眼，加强了戒备。他们是不是要押走他？他们是不是受了国王之命，要将他处决？他一跃而起，摆出战斗姿态，手举饭碗，随时准备扔出。

站在牢房门外的狱卒后退几步，瞪大了双眼。"风操的，伙计，"他说，"我还以为你在睡觉。该出狱了，国王今天下放了赦令，他们竟然没有剥夺你的职权。"他摸摸下巴，打开牢房的门，"我猜是你命好。"

命好。人们总是如此评价卡拉丁。不过，重获自由的消息还是驱走了他心中的阴暗面。卡拉丁走向牢门。别放松警惕。他走了出去，卫兵往后挪了挪。

"你平时肯定什么都放不下，对不对？大概这样才能当个好护卫。"那名低等光眼种狱卒挥挥手，示意卡拉丁先从囚室里出来。

卡拉丁候在原地。

卫兵终于叹了口气。"那好吧。"他走出去，前往远处的过道。

卡拉丁跟在后面，每走一步，就感到自己在逐渐回归从前。他得压制住灰色情绪。他不再为奴。他是士兵。他是卡拉丁军尉。他挺了过来……过了多久？才刚过两三个礼拜吧？他又在牢笼里待了一小阵子。

他现在自由了，得以重返护卫生涯。可是有一件事……有一件事已经改观了。

今后再也不会有人这么对我了。国王或将军不行、光明贵人或光明女士也不行。

他会先死上一回。

他们路过一扇开在背风面的窗户，卡拉丁停了下来，吸进一口凉爽的空气。窗外是一派平淡无奇的军中常态,在他看来却是灿烂辉煌的景象。一缕微风拨动着他的发丝,他用手碰了碰下巴,弯起嘴角微微一笑。几周以来,他长出不少胡须,稍后得请石头剃个干净。

"瞧,"狱卒说,"他出来了。这场戏总该消停了吧,殿下?"

"殿下?"卡拉丁转入一条走廊,发现卫兵已经站到了另一间牢房的外面。这间屋子直接在走廊上开凿而出,占地面积较大。卡拉丁之前被人锁在最幽深的牢房里,那里见不到窗户。

狱卒把钥匙插进木门上的锁孔,稍微转了转,然后拉开门。阿多林·寇林走了出来,一袭贴身制服相当朴素。他脸上的胡子看上去也有几个星期没刮了,但是那些胡须呈现金中带黑的色泽。大公子深吸一口气,朝卡拉丁扭过身,点了点头。

"他居然把你关起来了?"卡拉丁大惑不解,"什么情况?怎么会?"

阿多林回头对狱卒说:"那些人有没有听我的命令?"

"他们就在前边的屋里等着,光明贵人。"狱卒紧张地说。

阿多林点点头,朝那个方向走去。

卡拉丁追上狱卒,抓住他的胳膊。"发生什么事了?国王把达力拿的继承人丢进了大牢?"

"国王没有参与,"狱卒道,"是光明贵人阿多林的倔脾气使然。只要你还在牢里,他就不肯走。我们原先不许,可他是王子,我们风操的无法指使他办任何事,就连叫他离开也不行。他自投监狱,我们只好见怪不怪。"

不可能。阿多林慢慢走向走廊的另一头,卡拉丁看了看他。王子的状态比卡拉丁好上太多——阿多林显然洗过几次澡,他的牢房更大,而且更为私密。

不过,那终究是间牢房。

原来我听到的那阵动静是这么产生的,卡拉丁想,那天我才刚刚

入狱，没过多久，阿多林就走进地牢，把自己关了起来。

卡拉丁快步跟上他。"为什么？"

"你关在这儿，似乎没道理。"阿多林平视前方。

"由于我，你错失了和撒迪亚斯对决的良机。"

"如果没有你，我的下场不是死就是落得残疾，"阿多林说，"再怎么样都无法择机与撒迪亚斯过招。"王子站在走道上，望向卡拉丁，"况且你救了雷纳林。"

"这是我应该做的。"卡拉丁说。

"那么我们一定要重重地犒赏你，扛桥的小子。"阿多林说，"因为我从没见过哪个人会在不穿盔甲的情况下冲进决斗现场，直面六名碎瑛武士。"

卡拉丁皱皱眉。"慢着，你在牢里还洒古龙水？"

"嗯，就算是蹲监狱，也得注意形象。"

"风操的，你太娇贵了。"卡拉丁连说带笑。

"这叫优雅，乡巴佬，不得无礼。"阿多林说罢，龇牙一笑，"我还要告诉你，在这边我只能洗冷水澡。"

"可怜。"

"我知道。"阿多林寻思片刻，接着伸出一只手。

卡拉丁紧紧握住了他的手。"对不起，"他说，"我坏了事。"

"没关系，错不在你，"阿多林说，"那是艾尔霍卡多此一举。你以为他能无视你的请求，反而容我向撒迪亚斯下战书？他既没有安抚观众的情绪，也没有顾全大局，反而任性地大闹一场，风杀的家伙。"

这话透着放肆，卡拉丁不禁眨了眨眼。他一瞥狱卒，只见后者与他们保持距离，明显不想惹人注意。

"你对亚马兰的评价，"阿多林说，"全是实话？"

"绝无掺假。"

阿多林点点头。"我总想搞明白那个人藏着哪些底细。"他继续前行。

"等等,"卡拉丁一路小跑赶上他,"你相信我?"

"我父亲是我眼中的至尊,"阿多林说,"他兴许是世间最好的人,可他也会发脾气、也会耍性子,他的过去劣迹斑斑。反观亚马兰,他似乎从不犯错。你去听听他的事迹,大家好像一律对他寄予厚望——身处黑暗,周身发光;解个手,尿出的都是琼浆玉液。依我之见,亚马兰就是那种为了维护名誉,不惜使出各种手段的人。"

"你父亲说我不该提出与他决斗。"

"对啊。"阿多林走到了位于过道尽头的门边,"我想你可能不太清楚决斗的规程,像亚马兰那类人,不是暗眼种攀得上的。你之前的做法很不应该,国王对此深感难堪,这种境遇就像他以礼相送,你却往上直吐唾沫。"阿多林喘了口气,"当然,从今往后你无须多虑了。"

阿多林推开门,里面显然是一间专供狱卒打发闲暇的小房间。第四冲桥队的多数队员业已到场,他们把一张桌子和几把椅子搬到墙角,在屋内挤作一团。门一开,二十来个人就齐刷刷地向卡拉丁敬礼。礼毕,他们爆发出一阵欢呼。

欢呼声声……粉碎了人心的阴霾,直至云雾散尽。卡拉丁情不自禁地绽出笑容,走上前去和他们相会。他逢人便握手,聆听石头半开玩笑地评论他的胡须。身穿第四冲桥队制服的雷纳林也来了,他忽然和兄长站到一起,默默地说着话,心情愉悦,但是手中仍未放下那只他时常摆弄的小盒子。

卡拉丁侧头扫了一眼。那几个靠墙而立的人是谁?应当是阿多林的随从。其中一人是不是阿多林的持甲侍卫?他们怀抱着一些用布包裹的物品。阿多林走进房间用力一击掌,第四冲桥队立刻安静下来。

"看样子,"阿多林说,"我赢得的碎瑛刃不止一把,**而是两把,此外还有三套碎瑛甲**。在全阿勒斯卡的碎瑛武器中,寇林公国如今已占有四分之一。瑞里斯在决斗中完败,为了遮丑,他父亲当晚就送他搭车返回阿勒斯卡。这样一来,决斗冠军的头衔被我收入囊中也是合情合理的。

"考尔将军将获得一整套装备,三套瑛甲中的两套则归我父亲麾下的高阶光眼种所有,我已下令将其授予合适的人选。"阿多林朝着盖有布面的武器努努嘴,"那么目前还剩下一套甲刃。我个人非常好奇,想知道传闻是否属实。如果暗眼种与碎瑛刃立下契约,他的瞳孔会否变色?"

少顷,卡拉丁感到极度惊骇。历史重现了。

持甲侍卫移去遮布,底下是一把银光闪闪的瑛刃。这把剑两面开刃,中央镌刻着一条蜷曲的藤条纹饰。持甲侍卫打开脚边的布包,一套漆成橙色的瑛甲露了出来。这套盔甲取自一名卡拉丁协助击败的决斗选手。

接过碎瑛武器,凡事均会改观。卡拉丁瞬时浑身难受,近乎崩溃。他回头对阿多林说:"我可以照着自己的想法来吗?"

"收下吧,"阿多林颔首道,"它们都是你的。"

"不行,"卡拉丁指了指第四冲桥队的一员,"莫阿什,收下装备,你现在是碎瑛武士了。"

莫阿什的脸霎时没了血色。卡拉丁已经做好了心理建设。上一回……阿多林一把捏住他的肩,卡拉丁畏缩不前,然而亚马兰军中的悲剧没有重演。阿多林把卡拉丁拽到走廊上,抬起一只手示意冲桥手噤声。

"稍等,"阿多林说,"各位切勿乱动。"他愤恨地对卡拉丁低语,"我给你的可是碎瑛刃和碎瑛甲。"

"谢了,"卡拉丁说,"莫阿什会利用好的,他正在跟扎赫尔训练。"

"我指名的人是你,不是他。"

"如果它们真的归我,我就可以为所欲为。难道它们其实不归我？"

"你在说什么胡话？"阿多林道,"这是全军梦寐以求的荣誉,光眼种士兵和暗眼种士兵无一例外。你在赌气？还是……"阿多林露出了不知所以的神情。

"我没在赌气。"卡拉丁柔声说,"阿多林,许多我关爱的人死在了瑛刃之下。一看见瑛刃、一触碰瑛刃,我的眼前就是血淋淋的一片。"

"你会成为光眼种。"阿多林耳语道,"即使瞳仁不改色,你的身份依旧摆在那里。变身碎瑛武士后,你将直接升为四等光民。你有权挑战亚马兰,连人生都会翻页。"

"我不希望我的人生会随着眼睛颜色的改变而翻页。"卡拉丁说,"我希望那些和我一样的人……那些和现在的我处境相似的人……他们的人生可以翻页。这件赠礼我不能要,阿多林。我不是在践踏你的好心,或是跟别人过不去,我只是不想拿起碎瑛刃。"

"那个刺客会杀回来的,"阿多林说,"这件事你知我知。我宁可让你配备碎瑛武器,届时我就不缺后援了。"

"没有这些累赘,我才会派上更大用场。"

阿多林皱紧了眉头。

"请允许我把碎瑛武器交给莫阿什。"卡拉丁说,"你也看到了,在决斗场上,即便轻装上阵,我还是能自如地行动。要是我们将这些装备送予我的一大得力部下,到时候就会有三人出战,而不单是两人。"

阿多林望了望房间,随后转过头疑惑地看着卡拉丁。"你脑子不太正常,知道吗？"

"我没意见。"

"好吧。"阿多林迈步走回房间,"你叫莫阿什,对吗？眼下这些装备归你所有了。恭喜,你的地位已经高过了九成的阿勒斯卡人。请挑选一个姓氏,垂询达力拿帐下的各大家族,择一加入。如果你有意自立门户,也未尝不可。"

莫阿什瞥了一眼卡拉丁,想要获得准许。卡拉丁点点头。

这名高挑的冲桥手走到房间的一侧,张开十指放在碎瑛刃上,从剑尖一直摸到剑柄。他握住瑛刃,心存敬畏地将其举起。和大部分瑛刃一样,这把剑尺寸巨大,不过莫阿什仅用单手便能握持。镶在剑柄的金绿柱石倏地闪过一道光芒。

莫阿什看了看第四冲桥队的众人,他们全都睁大了眼睛,一语不发。起码有二十多只傲灵在他周身涌现,化为一大片旋转的光球。

"他的眼珠子不是会变色吗?"偻朋问。

"如果真有这种事,"阿多林道,"也得等到人与剑的磨合完成之后,这需要一周。"

"替我穿瑛甲吧。"莫阿什兴冲冲地对持甲侍卫发话,仿佛生怕到手的宝物会飞走。

持甲侍卫开始为莫阿什穿戴盔甲。"得了!"石头的话音仿如一声闷雷,镇住了全场,"我们要庆祝庆祝!伟大的卡拉丁队长,无敌的'飓风恩护者',在牢里待了那么久,还不快来吃我的炖菜。哈!自打你被押走,我就煮个不停。"

冲桥手们把卡拉丁领出门,头顶上艳阳高照,一大批士兵正在外面等候,其中还有许多来自其他队伍的冲桥手。人群一片欢腾,卡拉丁看到达力拿站在一旁,阿多林走到他父亲身边,可是达力拿盯着卡拉丁不放。他的眼神在诉说什么?如此忧戚。卡拉丁望向别处,和冲桥手们问好,他们握着他的手,还不忘在他背上拍几下。

"你刚才说什么,石头?"卡拉丁问,"在我坐牢后,你每天都在烧炖菜?"

"哪有。"泰夫特抓抓胡子,"那个欠风操的吃角族人就做了一锅,用文火炖了好几个礼拜。他不肯让我们尝,夜里还坚持爬起来看看。"

"这是喜庆菜,"石头环抱双臂道,"煮的时间可长了。"

"那么我们就开吃吧。"卡拉丁说,"我肯定得好好撮一顿,监牢里的饭菜可不太像话。"

众人欢欣鼓舞,成群结队地往营房走去。卡拉丁趁机抓住泰夫特的手臂,问:"我进去后,大伙有什么反应?"

"有人说要劫狱,"泰夫特小声坦白道,"我给他们讲了点道理。要当个好兵,总免不了被关上个几天,少了这种经历讲不过去。他们没敢降你的职,说明他们只想稍微罚罚你。大伙都看出来了。"

卡拉丁点点头。

泰夫特瞅了瞅旁人。"他们对那个叫亚马兰的气不打一处来,却掩不住好奇。要知道,你的过往一向是他们口中的话题。"

"把他们领回营房。"卡拉丁说,"我过会儿就跟上。"

"别拖太久。"泰夫特说,"那几个小伙子守了三个礼拜的大门,你可得和他们庆祝一番。"

"我想先和莫阿什聊几句,"卡拉丁说,"马上就来。"

泰夫特点点头,跑去向他人解释了。卡拉丁走回监狱的前厅,室内空荡荡的,只有莫阿什和持甲侍卫还未离去。卡拉丁来到他们身旁,发现莫阿什已经戴上了护手甲,正在握拳。

持甲侍卫替莫阿什套上胸甲。"我还是不敢相信,卡尔。"莫阿什说,"恶风啊……我现在的身价比有些王国还高。"

"我劝你不要卖掉碎瑛武器,至少不能让它们落到外人手里,"卡拉丁说,"不然就是叛国。"

"卖掉?"莫阿什一下子抬起头,又握了握拳,"怎么会呢。"待胸甲固定到位后,他展颜一笑,表情洋溢着纯真的喜悦。

"接下来换我上吧。"卡拉丁对持甲侍卫说。他们不甘不愿地退下,屋内只剩卡拉丁和莫阿什两人。

他帮莫阿什戴上肩甲。"牢里闲时间一大把,我考虑了很多。"卡拉丁说。

"我想到了。"

"我在那里理顺了几件事。"卡拉丁将肩甲固定到位,"其一就是,你的朋友说得没错。"

莫阿什突然转过身来。"那么……"

"请你转告他们,我同意入伙。"卡拉丁说,"我会按指示行动,帮助他们……完成任务。"

屋内腾起一片诡异的寂静。

莫阿什挽住他的胳膊。"我和他们说过你很有远见。"他指了指身上的瑛甲,"这套神兵也能起作用。此事不容推辞,在我们得手后,我想某个你挑战过的人也要落得这个下场。"

"我接应下来,只为顾及大众的利益。"卡拉丁说,"可你啊,莫阿什,你是一心要报一箭之仇,休想对我抵赖。*我真心觉得我们要迎合阿勒斯卡的需求,这或许也是为全世界着想。*"

"哦,我明白。"莫阿什戴上头盔,打开面甲。他深吸一口气,往前迈了一步,一个趔趄,差点摔倒在地。他抓紧桌面,这才稳住下盘。他的手指捏碎了木料,吱嘎声不绝于耳。

他盯着自己搞出的破坏,大笑起来。"这……*这会改变一切*。谢谢你,卡拉丁,太感谢了。"

"让我们叫侍卫帮你脱掉瑛甲吧。"卡拉丁说。

"千万别,石头烧了风操的大餐,你何不凑个热闹,我要去比武场训练!什么时候腿脚灵光了,我才会卸下这身盔甲。"

为了学会适应瑛甲,雷纳林下了苦功,正因卡拉丁都看在眼里,他才觉得莫阿什可能会花上点时间,这件事不会比预想的要容易。他什么话也没说,而是走到室外,沐浴在阳光下。他闭眼仰天,享受了片刻。

然后他加快步伐,准备追上第四冲桥队。

67 披肝沥胆

> 经过一番深思熟虑，我才定下了行事路线。不错，我完全认同你对雷瑟的说法。他确实非常危险。

达力拿在通往巅宫的蜿蜒山道上停步，身边是纳瓦妮。他们借着弱光观望从破碎平原回营的人流。贝特哈夫和萨纳达尔的部队息战归来，赶在或已提早返回的轩亲王之后。

山下，一名骑兵向巅宫骑来，可能有战况要报给国王。达力拿望向一名护卫——今晚四人当值，他和纳瓦妮各由两人守卫——抬手一挥。

"光明贵人，要取详报吗？"冲桥手问。

"烦劳。"

冲桥手沿着步道慢跑而下。达力拿一边看，一边想。这些士兵并非职业军人，然而考虑到出身，他们格外遵守军纪。之前他把他们的队长关进了监狱，没有赢得他们的认同。

他认为他们不会怀恨在心。卡拉丁军尉起到了良好的带头作用，正是达力拿想找的那种军官。他遇事积极，不因渴求晋升，只因乐于完成任务。这类士兵通常有着坎坷的过往，后来才学会如何保持清醒的头脑。风杀千刀的，达力拿也得时不时地吸取类似的教训。

他继续和纳瓦妮在步道上慢行。今晚她容光焕发，秀发中点缀着在光耀下微微发亮的蓝宝石。纳瓦妮很喜欢和他散步，而且他们不急于赴宴。

"我老是在想，"纳瓦妮接上前言，"应该有方法把法器用作水泵。你也看到了，有些内置的宝石可以吸引特定物质，却对其余物质无效——比如拿来吸引焚烧时产生的烟气，就会非常有用。同样的原理能否运用在引水上？"

达力拿点点头，应诺了一声。

"军中敷设过水管的房屋越来越多了，"她接着说，"我们仿照的是卡哈巴兰斯的技术——不过该地的管道是靠重力来引流的。我的设想是真运动模式，位于管段终端的宝石可以把水流抽上来，从而战胜地心引力……"

他又敷衍了一句。

"前几天，新碎瑛刃的设计有了突破性进展。"

"什么，真的？"他问，"有什么进展？过多久能完成？"

她笑了笑，挽住他的手臂。

"干什么？"

"就想看看你有没有走神。"她说，"我们的进展便是得知瑛刃上用于形成契约的宝石不一定是剑身原有的一部分。"

他皱皱眉。"这要紧吗？"

"要紧。如果这一发现属实，就意味着瑛刃不是由宝石驱动的。我们的功臣是茹舒。她针对碎瑛刃在宝石褪光后还能被召遣的情况提出了疑问，可我们无法解答。她花了几周通过一座新造的情报站与卡哈巴兰斯联系，取得了一纸残篇，其成文时期要晚于光辉变节，之间差了几十年。据记载，古人在学习召遣瑛刃的时候就把宝石装了上去，似乎是出于偶然的装饰心理。"

他蹙起眉头，途经一株页岩皮木。一名劳动到很晚的园丁哼着歌，小心地用锉刀锉平植物的表面。这时，太阳已经落山，萨拉斯刚刚从东方升起。

"如果记载属实，"纳瓦妮以振奋的口吻说，"那么对于碎瑛刃的打造方式，我们的理解又会回到一片空白的状态。"

"这何谓突破？我完全没看出来。"

她笑了笑，拍拍他的胳膊。"试想这种情形：你在前五年始终相信敌军的战术制定是以岱阿莱克托的《战论》为基准，但后来耳闻他们从未听说过该专著。"

"啊……"

"截至目前，我们认为瑛刃之所以有力、之所以轻巧，是因为其中安有由宝石驱动的法器装置。"纳瓦妮说，"然而实情不一定如此。**那些宝石似乎仅仅受用于契约的形成，但光辉骑士无须经历这一过程。**"

"等等，他们不用吗？"

"对，如果残篇的叙述无误的话。也就是说，光辉骑士始终能够对瑛刃实行召唤和遣回，可是这种本领一度失传。后人在瑛刃上加装了宝石，这才复活了古法。残篇写道，这些兵器为适应新增的宝石，**能改变自身的形状**，可我没什么把握。

"总之，在光辉骑士团堕落之后，人们过了一阵子才学着把宝石安到瑛刃上，以完成立契的程序。在这段空窗期内，那些兵器显然还是异常锋利、异常轻盈，不过人们无法和瑛刃形成契约关系。我读过另一些残缺的记载，觉得有疑点，这下可找到解释了……"

她继续发言。他觉得她的嗓音很悦耳，可对他来说，法器的详细构造并不是当务之急。要说在不在乎，他确实在乎。他必须如此，既为了她，又为了王国之需。

但他目前就是在乎不了。他默默地理了一遍远征破碎平原的筹备工作。塑魂者偏好避人耳目，他该如何施予保障？卫生条件应该不成问题，到时水源会很充足。他要带上多少文书随行？马匹呢？距离出征只剩一周了，大部分筹备工作业已完成，诸如移动桥梁的建造和补给品的评估。不过计划总是赶不上变化。

遗憾的是，最大的变化恰恰由不得他专门计划。他不知道自己将握有多少支军队，这取决于赞成与他联手的轩亲王，之前还得看看是否真有人愿意加入。距离出发连一周都不到了，可他心里仍然没有定数。

哈萨姆最值得一用，达力拿想，他的部队军纪甚严。假如亚拉达没有那么大力地支持撒迪亚斯就好了；我搞不懂那个人。至于萨纳达尔和贝特哈夫……风操的，如果这两人中有谁答应了，我会不会带上他们派出的佣兵？我真想要这种质量的军力吗？我胆敢拒绝任何前来作战的士兵吗？

"我今晚是没法把你领进话题了，对不对？"纳瓦妮问。

"对。"他坦言。他们走到巅宫脚下，再转向南边。"抱歉。"

她点点头，他看得出她的伪装粉碎了。她谈论自己的研究，是想找话题。他在她身边停步。"我理解你的痛苦。"他轻声说，"可是一切都会好起来的。"

"她不让我当母亲，达力拿。"纳瓦妮眺望远方，"你知道吗？这就好比……好比迦熙娜在进入青春期后就不需要母亲了。我想方设法地跟她亲近，她却以冷漠回应，仿佛我的到来会让她有种幼稚的感觉。我那个爱动脑、爱提问的小女儿究竟是怎么了？"

达力拿紧紧搂住她。礼数可以下诅咒之地了。近旁的三名护卫移开视线，站远了些。

"他们也会带走吾儿。"纳瓦妮喃喃道，"他们图谋不轨。"

"我会保护他。"达力拿允诺道。

"那么谁来保护你?"

他无法作答,说是护卫就太老套了。她的本意并非如此。她想问的是:当刺客回归时,谁来保护你?

"你要是落败,那才好呢。"她说,"在力保王国稳定的同时,你成了众矢之的。假若立国的根基瓦解,王国分裂为十座公国,他也许就会放我们一个清静。"

"那么风雨即将袭来。"达力拿悄声回答。只有十一天了。

纳瓦妮终于抽开身,点点头,让自己平静下来。"你的话自然没错。我只是……我还是头一次面对这种事。在□□□□过世时,你是怎么挺过来的?达力拿,我知道你爱她。你不必为了顾及我的感受而矢口否认。"

他一时无话可说。头一次。弦外之音就是,在迦维拉尔走后,她没有因为他的死而心碎。她从未如此坦率地表达过……他们两人的关系走入了困境。

"不好意思。"她说,"这个问题就这么难回答?是因为问题的矛头所指?"她收好用来拭泪的手巾,"我明白你不愿意谈起她。刚才冒昧一问,我道歉。"

这个问题不难回答,只是达力拿已经想不起自己的妻子了。事情怪就怪在,他的记忆留下了空洞,他的一部分意识已被剥离出去,他只好再修补遮瑕。对此,他甚至可以一连几星期都浑然不觉。每当有人提起她的名字,他不仅听不到,甚至体会不到感情冲动。

最好转换话题。"纳瓦妮,我不禁认为,刺客参与了这一切——即临的风暴、破碎平原的秘密,乃至迦维拉尔的死。我兄长掌握着某些他未曾披露的知识。"你一定要找到人世间最重要的真言。"我会不顾一切地去了解。"

"这样吧,"纳瓦妮说,"我回去翻翻当时的日记。他的某些言论或许可以提供线索。不过话说在前头,那些记录我已经研究过几十次了。"

达力拿点点头。"不管怎样,今日我们无须多加操心,因为他们才是我们的目标。"

他们转身观望。车驾辘辘地驶过,开往附近的宴会区。在那片谷地上,柔和的紫光在夜色中晕染开来。他觑着眼睛,发现鲁特哈的马车越驶越近。这位轩亲王名下的碎瑛武器已被剥夺,只剩属于他自己的瑛刃。他们已经在混乱中"砍断"了撒迪亚斯的右手,可是其头脑犹在——这才是最毒的部分。

其余轩亲王也很成问题,几乎和撒迪亚斯一样棘手。他们希望世道能像过往那样简单,所以才一味地不从。他们纵情于财富与玩乐,在宴会上的表现尤为突出,总是缺不了异国的美食和昂贵的华服。

"你不能轻视他们。"纳瓦妮说。

达力拿的眉头锁得更紧了。她可以一眼将他看穿。

"听我一言,达力拿。"她把他的身子拨转过来,两人的目光相遇了,"憎恨亲生骨肉的人父会有什么下场?"

"我并不讨厌他们。"

"你痛恨他们的铺张无度。"她说,"你快要把这种情绪转移到他们身上了。他们过着自己习惯的生活,在社会的大环境下,认为这种生活才是体面的。你光是看不起他们,这是无法改变他们的。你不是知策,他们用不着你来侮弄。你的职责是包容他们、激励他们。达力拿,你要领导他们。"

他深吸一口气,点了点头。

"我要去女士的餐岛了。"她注意到那名携高地战战报返回的冲桥手护卫,"在他们心目中,我就是个异类,属于旧朝的残余,最好被历史所遗忘。可我认为,他们有时还是会把我的话当一回事。我会尽力的。"

他们互相作别,纳瓦妮快步赴宴,达力拿则无所事事地聆听冲桥手通报战况。高地战大获全胜,琼心石到手,目的地位于平原纵深处——几乎处于可考区域的边缘——行军历时长久。仆族智者并未现身抢夺琼心石,只留斥候在远处观察。

他们又不打算战斗了,达力拿想道,走上通往宴会区的最后一段路,这一改变意味着什么?他们在盘算什么?

举办宴会的低地靠近巅宫,由几座出自塑魂者之手的小岛组成,已经像通常那样灌了水,形成小河,由塑魂术变出的石丘露出水面,显得起伏有致。水面泛出光泽,许多润石必然已被倾倒入河,投射出超凡雅致的紫色调,与地平线上初升的紫色淡月相得益彰。

灯盏被摆放在多处,时有可见,不过内置的润石散发着微光,也许是为了防止明灿的水波黯然失色。达力拿连连过桥,来到最远的餐岛,即国王所在之地,这里不限男女,只有最具权势的人物才能受邀上岛。他知道自己能在此处找到诸位轩亲王。就连刚从高地上返回的贝特哈夫也已出席——不过,鉴于其偏爱以佣兵团为主的军队编制,快速返回不足为奇。在取得琼心石之后,他时常会带着战利品提前骑回,让佣兵自行解决回程问题。

达力拿从知策身前经过。此人以其特有的神秘方式回到了军营,正在揶揄每一位过客。达力拿不想在今日与他斗嘴,于是便去寻觅瓦马尔。这位轩亲王在最近一次餐会上好像听取了达力拿的呼吁。也许再听几次劝,他就会答应和达力拿一起对仆族智者发动总攻。

在众目睽睽之下,达力拿在餐岛上前行,议论声爆出,犹如皮疹突发。他早就料到自己会被围观,却还是被那些视线搅得心神不宁。今晚的观众是否增多了?他们是否久久不肯移开目光?最近,只要他在阿勒斯卡的社交圈中活动,总会在大批人的脸上捕捉到一丝笑意,仿佛他们都听过的大笑话只有他没听过。

他发现瓦马尔在和三名结伴而来的年长女子交谈。其中一人是熙薇,她是鲁特哈公国的轩贵女,却一反常规地亲自光临破碎平原,让丈夫留在祖国料理领地事务。她笑着看了看达力拿，目光如刀。从很大程度上讲，暗中打击撒迪亚斯的行动已经失败了——一方面是因为路线走偏，使鲁特哈和亚拉达代而蒙受了损失和羞辱，与阿多林决斗的碎瑛武士一律弄丢了称号。

也罢，这两人绝不可能站到达力拿的身边——他们是撒迪亚斯最有力的支持者。

四人见到达力拿走来，个个都闷声不响。轩亲王瓦马尔在朦胧中觑着眼睛细细打量达力拿。一名酒政站在长着圆脸的瓦马尔身后，托着一瓶产自异国的烈酒。瓦马尔经常自带酒水赴宴，从来不管设宴者是谁。在许多宾客看来，与善言之人相谈尽兴，最终赢得机会啜饮一口他带来的琼浆，就是一种政治上的胜利。

"瓦马尔。"达力拿说。

"达力拿。"

"有件事我想和你探讨。"达力拿说，"我很佩服你能派遣轻骑兵出击。不妨和我说说，你是如何决定的？何时率领骑兵发动全面袭击？战马的损失很可能会盖过从琼心石得来的收益，但你善用战略，最后还是取得了平衡。"

"我……"瓦马尔叹了口气，扭开头。近旁的一群年轻男子望向达力拿，个个都在窃笑。"那是有关……"

餐岛的正对面传来另一阵更为刺耳的嘈杂。瓦马尔又是一怔，却往那个方向瞅了一眼，一波破口而出的笑声越来越响亮。达力拿强迫自己转头去看，发现了一群捂嘴而笑的女子，还有一群把惊叹转化为咳嗽的男子。这种半心半意的做法纯粹是为了维持阿勒斯卡人的礼教。

达力拿回望瓦马尔。"发生了什么事？"

"很抱歉，达力拿。"

他身边的熙薇把一叠纸夹到腋下，强装淡定地迎上达力拿的目光。

"失陪了。"达力拿紧握拳头,穿过餐岛,走向吵嚷声的原发地。见到他走近,他们纷纷安静下来,三两成群地走开了。他们散得很快,似乎提前就说好了。至此,他只好单独面对并肩而立的撒迪亚斯和亚拉达。

"你们在干什么?"达力拿质问那两人。

"吃吃喝喝呗。"撒迪亚斯往嘴里送了一片水果,"这还不明显?"

达力拿深吸一口气,瞥了一眼亚拉达,此人顶着光头,脖颈很长,脸上留着八字胡和一撮山羊胡。"你应该感到羞耻。"达力拿对他吼道,"亡兄曾称你为友人。"

"我不是吗?"撒迪亚斯问。

"你都干了什么?"达力拿逼问,"人人都在捂着嘴说闲话,这到底是怎么回事?"

"你总以为是我干的。"撒迪亚斯说。

"那是因为每当我以为是别人干的,总会出错。"

撒迪亚斯皱起嘴巴嗤笑了几声,想要作答,却思索片刻,最终只是再往口中塞了一片水果,还边嚼边笑。

他只说了一句"味道不错"就转身离去。

亚拉达踯躅片刻,摇了摇头,跟了上去。

"亚拉达,我认识的你可不是只会舔主人脚后跟的犬崽。"达力拿追喊。

对方未回答。

达力拿低声咆哮,气愤地往回走,来到餐岛的另一端,寻找自己帐下的来宾,或许有人听说了这桩事。作为设宴者,艾尔霍卡似乎迟到了,不过达力拿确实看到尚在外围的他正朝宴会区走来。忒夏芙和考尔还未到场——他们无疑会现身,因为考尔已成碎瑛武士。

达力拿或许要去另一座聚集着较低等光眼种的餐岛看一看。他动身往那边走,却突然停下脚步。他听到了什么声音。

"唷,这不是光明贵人亚马兰嘛。"知策高呼,"我就盼着在今晚与您相会。我一辈子都在学习如何叫人难堪,能遇到像您这样天生就擅长此道的人士,是我莫大的荣幸。"

达力拿转过身,看见了刚到场的亚马兰。他披着光辉骑士团的斗篷,胳膊下夹着一沓文件。他走到知策的高凳边,附近的流水泛出淡紫色的光,映在他的皮肤上。

"你我可曾相识?"亚马兰问。

"不曾相识。"知策轻描淡写地说,"不过也好,您的无知牵涉甚广,这下又能拓展疆域了。"

"但是你我已经相遇,"亚马兰伸出手,"所以这片疆域缩小了一点。"

"请您别客套。"知策没有领情,"我不想让那东西蹭到我手上。"

"什么东西?"

"您用来洗手的东西,光明贵人亚马兰,效果准保强劲。"

达力拿匆匆赶至。

"达力拿。"知策颔首问候。

"你好,知策。亚马兰,你怀里的是什么文件?"

"你的文员强行收齐了这些材料,后来交给了我。"亚马兰说,"在你赴宴前,全场都在传阅。你的文员觉得光明女士纳瓦妮可能想瞅一眼,如果她还没看的话。她在哪儿?"

"明显在躲您。"知策插嘴道,"她可真走运。"

"知策,"达力拿厉声道,"别见怪。"

"很难不见怪。"

达力拿叹着气回望亚马兰,接过材料。"光明女士纳瓦妮在另一座餐岛上。你知道上面都说了什么吗?"

亚马兰的表情变得严肃起来。"要是不知道就好了。"

"我可以用大头锤砸您的脑袋,"知策兴高采烈地说,"一锤下来,包您忘却尘世烦恼、包您脸上开花。"

"知策。"达力拿硬邦邦地说。

"我只是闹着玩。"

"好吧。"

"有他那个石头脑袋,想敲都很难敲进去。"

亚马兰朝知策转身,露出不明所以的神情。

"您这表情摆得真好,"知策发言,"估计练了很久吧?"

"这家伙就是新上任的知策?"亚马兰问。

"我是说,"知策道,"我不想把亚马兰叫成迂拙之人……"

达力拿点点头。

"……因为我得给他解释那个词的意思,我们有没有这种时间还不确定呢。"

亚马兰嗟叹:"为什么还没有人杀了他?"

"傻人有傻福。"知策说,"你们都太傻了,傻得我都有福气了。"

"别说了,知策。"达力拿抓住亚马兰的胳膊,把他拖到一边。

"还差一次,达力拿!"知策说,"再让我损一次,我就放过他。"

他们没有停步。

"亚马兰大人,"知策起身鞠躬,话语庄重,"微臣向您致敬。您的级别是如此之高,像撒迪亚斯那样的低级蠢蛋只能心驰神往。"

"这些材料怎么说?"达力拿问亚马兰,刻意无视知策。

"上面记录的都是您的……体验,光明贵人。"亚马兰悄声说,"就是您在飓风期间的体验。文本由光明女士纳瓦妮亲笔撰写。"

达力拿接过文件。这事关他进入的幻境。他抬起头一看,只见众人三三两两地聚集在餐岛上,不仅有说有笑,还对他投以眼色。

"我明白了。"他轻声说。现在讲得通了。众人遮遮掩掩地窃笑,不是平白无故的。"能否替我找一下光明女士纳瓦妮?"

"遵命。"亚马兰说完就走，却忽然停步，扬手一指。纳瓦妮怒不可遏地穿过相邻的餐岛，气势汹汹地向他们走来。

"亚马兰，军中有一些关于我的传闻，"达力拿说，"你怎么看？"

亚马兰接上他的目光。"那些幻象显然来自全能之主，在我们极为需要的时候，他送来了天启。我希望自己可以提早了解内容，增强履行职责的底气。至于你做为全能之主选定的先知这件事，我也会深信不疑。"

"逝去的神没有先知。"

"逝去……错了，达力拿！你明显误解了天启中的表述。他说自己已经死在了人心中，还说他们不再听从他的命令。神不可能逝去。"

亚马兰似乎情真意切。*他为什么不来帮你儿子？* 卡拉丁的话在达力拿脑中回响。当天亚马兰自然前来道歉，以光辉骑士之职为由作了解释，说他不能在派别纷争之中协助任何一方，还说就算他感到痛苦，他也必须凌驾在轩亲王之间的倾轧之上。

"那个所谓的令使呢？"达力拿问，"我求你办的事进行得怎么样了？"

"我还在查。"

达力拿点点头。

"我觉得很意外，"亚马兰说，"你竟然让奴隶带领亲卫队。"他斜眼一瞥，把目光投向达力拿的夜间当值护卫。他们与餐岛离得不远，正在专属区域等候，与其同处一地的还有别的护卫和随员，包括许多轩贵女带来的学徒。

不久前，几乎没人觉得有必要带护卫赴宴，但现在，那边却挤满了人。卡拉丁军尉没有出席；他刚出狱，正在休整。

"他是个好兵，"达力拿柔声说，"只是有几处好不了的伤。"*维德蕾德芙作证*，达力拿想，*我身上也有*。

"我只是不太放心，怕他不能保护好你。"亚马兰说，"达力拿，你的性命是重中之重。**我们需要你的启示作指引，还需要你的领导。**如果你仍旧相信那个奴隶，那就相信吧。我倒真心不介意听他道一声歉。这不是为了我的面子，我就想确认他打消了自己的误解。"

达力拿没有回应。这时，纳瓦妮大步走过小桥，上了他们的餐岛。知策开口奚落，却被她用一沓文件砸了脸。她看也没怎么看就走向达力拿。知策揉揉脸颊，咧嘴笑笑，目送纳瓦妮。

她来到他们两人旁边，周围似乎处处可见嘲弄的眼神、时时可闻压低的笑声。她注意到了达力拿手中的文件。

"他们添了点料。"纳瓦妮愤愤道。

"什么？"达力拿追问。

她晃晃文件。"就是这些东西！你听说过里面的内容了吧？"

他点点头。

"我不是这么写的。"纳瓦妮说，"他们偷换基调，篡改了我的原话，暗示你的经历荒谬无度，仿佛我只是在安慰你。更严重的是，他们还让别人加了点调侃性的评论，取笑你的言行。"她深吸一口气，仿佛想让自己平静下来，"达力拿，他们想要诋毁你的名誉，把你贬得体无完肤。"

"我明白了。"

"他们是怎么拿到手的？"亚马兰问。

"无疑是偷来的。"达力拿突然醒悟，"纳瓦妮和我儿子始终配有护卫，可是等他们出了门，那些记录的安全就难以得到保障。在这方面，我们太疏忽了。我误会了他的企图。我原以为他会冲着我本人来。"

纳瓦妮遥望满场的光眼种。在柔和的紫光下，许多人在不同的轩亲王身边结成了小团体。她朝达力拿走了几步，眼神凶狠，可他很了解她，因而猜得出她的体会。她有种受到背叛和侵犯的感觉。他们之间的私事一经揭露，便受尽了旁人的冷嘲热讽，随后又被公布于世。

"达力拿,发生这种事,我很遗憾。"亚马兰说。

"他们没有篡改幻象的部分吧?"达力拿问,"全都一字不差地抄下来了?"

"据我所知,没错。"纳瓦妮说,"但是基调不一样了,他们还把你往死里挖苦。飓风在上,这种做法实在令人作呕。等到我揪出那个作怪的女人……"

"别激动,纳瓦妮。"达力拿把手搭到她肩上。

"我怎能不激动?"

"因为这种做法很幼稚。那些人以为我会为真相所窘。"

"但是他们写出了那种话!不仅如此,还偷换概念。他们使出浑身解数,就为中伤你的声望,就连由你提供的晨颂文译文也不放过,一个劲地拆墙脚,这——"

"'小儿有兵不掌,不足惧;人若不思,亦不足惧。'"

纳瓦妮冲他皱起眉。

"语出《王者之路》。"达力拿说,"我已经不是那个初涉饮宴就慌手慌脚的毛头小子了。撒迪亚斯犯了个错,以为我会如愿给出回应。不像宝剑自有锋芒,面对逸言,只有给它锋芒,它才会犀利起来。"

"你的元气确实被伤到了,"纳瓦妮凝望着他,"我看得出,达力拿。"

但愿别人对他没有那么了解,也看不透她的行为。不错,他的元气是被伤到了。他感到痛苦不堪,因为这些幻象是他亲身经历过的,也是全能之主托付给他的——这些幻象应当广为分享,为全人类造福,唯独不能沦为笑柄。痛苦的根源不是旁人的取笑,而是原初价值的流失。

他走开几步,穿过人群。在他看来,现在有些人的眼神不单单饱含戏谑,更蒙上了一层悲伤。这或许是他的臆想,但他觉得有些人与其说是藐视他，不如说是可怜他。

他不确定哪一种情感更伤他的心。

达力拿来到位于餐岛后方的餐桌边，抄起一口大锅递给一名不知所措的女侍，然后翻身跃上桌面，一手扶住桌边的灯杆，俯瞰小众。他们都是阿勒斯卡的至高权贵。

有些还没瞧见他的人纷纷转过身，震惊地看着他站在餐桌上。他留意到阿多林和光明女士沙兰正从远处跑上餐岛。他们可能才刚到，也听说了。

达力拿面向众人，朗声道："诸位已阅的记录确有其事。"

全场陷入沉默，如此丢人现眼的行为不符合阿勒斯卡人的礼数。**然而他早已成了今晚的围观焦点。**

"为了败坏我的名声，有人加上了评注。"达力拿说，"纳瓦妮的写作基调也被篡改。可我不想隐瞒自己的经历。我看得到来自全能之主的幻境。它们几乎次次都在飓风期间出现。这不值得奇怪。关于我的体验，流言满天飞，距今已有几周。我也许早该将其公布。日后，我接收的每一次天启都会得到公开，以便全世界的学者研究我的所见。"

他在人群中找到了撒迪亚斯，此人就站在亚拉达和鲁特哈身边。达力拿紧握灯柱，回望众多阿勒斯卡权贵。"你们一致认为我陷入了疯狂，我并不责怪你们。这很正常。然而，当夜晚到来之时，当雨水刷墙、狂风呼啸之时，你们会纳闷、会质疑，而我很快就会为你们提供证据。到时，你们会豁然开朗。这种妄图搞垮我的行径只会转而证明我是对的。"

他放眼望去，众人面色各异，或惊恐、或怜悯、或戏谑。

"诸位当中有人认为我会因为这种言论攻击而逃避，或是遭受摧折。"他说，"他们并没有他们想象的那样了解我。好了，请诸位继续饮酒啖食，我想和你们每一位都谈谈。你们或执风言风语，不过若要笑,也请看好我的眼睛再笑。"

他从餐桌上下来。

下一步,行动。

※

几小时后,达力拿终于在一张宴会桌边落座,疲灵围着他打转。在后半夜,他穿梭于人群中,强行介入谈话,竭力争取支持,鼓动有意者征战平原。

他刻意无视记录着幻象的材料,除非被人直接问起他的所见。他转而在众人面前呈现出强硬而自信的形象——"黑荆棘"已经转型为政客。就让他们去考虑吧,让他们比一比,一个是现在的他,另一个是被虚假记录所魔化的孱弱狂人。

此时,小河焕发出蓝光,河中的润石已被更换,以契合中月的辉泽。在河区之外,御驾辘辘而去,载着艾尔霍卡和纳瓦妮前往附近的巅宫,等候在此的轿夫会把他们抬至顶层。阿多林已经退席,护送沙兰返回塞巴里尔的军营,行程漫长。

比起最近交往过的女友,阿多林似乎更中意那名雅克维德姑娘。光凭这个理由,达力拿就愈发想鼓励两人发展关系,不过他先要从她在雅克维德的家族得到一些直接答复——有没有可能还很难说,因为该王国正处动乱之中。

大多数光眼种已经退场,他独自留在餐岛上,周围全是正在清理残羹的侍从和仆族。几位经过委任的侍从大师撒下长杆捞网,把润石捞出水面。达力拿麾下的冲桥手在他的建议下大嚼起宴会的剩菜,只有那些被意外的大餐砸中的士兵才会展现出如此旺盛的食欲。

一名侍从漫步走来,随后收住脚步,把手放到佩剑上。达力拿一惊,发觉自己把知策的黑军装误认成了侍从大师学徒的制服。

达力拿强装坚定,内心却在叫苦。要现在对付知策?达力拿觉得自己仿佛连打了十小时的仗。怪了,谈论了几小时的敏感话题,他居然会收获如此类似的感受。

"你今晚做得很绝,"知策说,"把人之攻击化为己之承诺。聪明人都知道,若想迎战非难、使之褪色,往往只须勇敢面对、诚心接纳。"

"多谢夸奖。"达力拿说。

知策略略点头,看着御驾消失在远方。"我发觉今晚无大戏可演,艾尔霍卡无须知策开嗓,因为没几个人找他说话,所有人都在围着你转。"

达力拿慨叹一声,身上的力气似乎快耗尽了。知策没有挑明,但这没有必要,达力拿听出了言外之意。

他们不找现任国王,而是找你,那是因为你才是实质上的国王。

"知策,"达力拿不自觉地问,"我是暴君吗?"

知策挑起一侧剑眉,像是在搜刮妙语。片刻后,他放弃了那种想法。"是的,达力拿·寇林。"他轻声抚慰道,仿佛在对眼泪汪汪的孩子说话,"你确实是暴君。"

"这不是我的本意。"

"光明贵人,恕我直言,这还不是事实的全部。你先夺权、再当权,若想撒手,实则艰难。"

达力拿埋下头。

"别忧伤。"知策说,"这个时代属于暴君。此地恐怕还未做好别的准备,而仁慈的专制总要好过薄弱的统治,后者会带来灾难。也许在另一种场合,我会披肝沥胆地谴责你,可是此时此刻,我褒你为人世所需。"

达力拿摇摇头。"我应该放弃先前的干预行为,让艾尔霍卡掌权。"

"为什么?"

"因为他才是国王。"

"王位是神圣不可侵犯的吗?"

"不是。"达力拿坦承,"全能之主——或者是那个自称全能之主的人——已经死了。就算他还活着,王权的归属也不是顺理成章的。我的家族夺取了王权,还强迫别的轩亲王臣服。"

"那又是为什么?"

"因为我们犯了错。"达力拿眯起双眼,"我、迦维拉尔和撒迪亚斯在多年前的行为是不对的。"

知策好像真心吃了一惊。"达力拿,一统王国的是你们。你们做的是善事,正是世人急需的。"

"这叫统一?"达力拿往后一挥手,指向陆续离席的稀落光眼种,"不,知策。我们败了。我们镇压,我们杀戮,我们一败涂地。"他抬起头,"在阿勒斯卡,我的政治果实都是靠实力得来的。我们以武力夺取王位,这就意味着——不,这充分强调了——谁有实力,谁就有统治权。倘若撒迪亚斯觉得他比我强大,那他就有责任从我手上夺走王位。知策,这些都是我年轻时的成果。所以,为了彻底改造这个王国,我们所需的不单是暴政,哪怕是仁君暴政也不行。诺哈东的教导就是如此,一直以来我都没有领会。"

知策若有所思地点点头。"看来我要再读一读你那本书。不过,我想对你提个醒,我快要告辞了。"

"告辞?"达力拿说,"你才刚到啊。"

"我知道。我得承认,这着实遗憾。我已经发现了一个非去不可的地方,但老实说,我不太清楚到那儿去是为了什么。这次的进展不怎么顺利,没有一直像我想的那样。"

达力拿冲他蹙起眉,知策回了一个和气的笑容。

"你是不是他们的人?"达力拿问。

"抱歉,你说什么?"

"你是不是令使?"

知策笑道:"不是。多谢你抬举我,可我不是。"

"那你是不是我在找的人?"达力拿问,"你是光辉骑士吗?"

知策笑道:"达力拿,我就是个普通得不能再普通的普通人,有时我都希望这不是真的。我不是光辉骑士。请你看清这一点:你我尽管交情不浅,各自的目标还是不尽相同,切莫对我推心置腹。为了达到目标,即便要亲眼见证这个世界的崩塌和焚毁,我也绝不会犹豫。诚然,我会为之哭泣,可我不会出手相阻。"

达力拿皱皱眉。

"我会尽量帮忙的。"知策说,"正因如此,我才要走。我不能太冒险,一旦被他逮到,我就什么都不是了,我的灵魂会碎得七零八落,无法重构。我在此地所做的事比你所能了解的更危险。"

他转身就走。

"知策。"达力拿叫道。

"还有什么事?"

"谁想逮住你?"

"那个你们正在抗争的对象,也就是憎恶之父,达力拿·寇林。"知策敬完礼便小跑而去。

68 桥

> 然而，在我看来，万事似乎是有目的而为的，如果我们像婴儿学步那般跛行于作坊间，无异于自寻风险，问题不会得到遏止，而是会恶化。

破碎平原。

卡拉丁并未像征服深渊那般将这片大地划为己有。他的部下只有在深渊里才能找到安宁。卡拉丁深深记得，在头一次出桥那天，他的脚被这片荒原磨得鲜血直流，还痛得很。这里几乎寸草不生，只分布着零星的石壳木丛和敢于从高地背风面荡入深渊的藤蔓。裂谷深处充满生机，而高地地表却贫瘠萧索。

在出桥时，与最后降临的屠杀相比，酸痛的双脚和灼痛的肩膀根本算不了什么。风操的……就算站到平原上，卡拉丁也会望而却步，耳中响起箭矢划空的嗖嗖声、冲桥手的哀号声和仆族智者的歌声。

我本该拯救更多第四冲桥队的人，卡拉丁想，*如果我能快点认可自己的本领，又会不会办到？*

为了定心，他吸入飓光，却不见反应。他惘然伫立，正遇士兵穿过一座达力拿军的巨型机械桥。他再做尝试,依旧无光可取。

他从口袋里摸出一颗润石。这颗火马克像平时那样放光,将他的手指映红。有些地方不对劲。**卡拉丁感受不到体内的飓光**,不复以往。

茜尔和一群风灵在高空中飞过深渊,银铃般的笑声荡漾在四周。"茜尔?"他悄声问。风操的,他不想扮傻,可他的内心惶恐得犹如被捉住尾巴的老鼠。"茜尔!"

几名正在过桥的士兵瞥了卡拉丁一眼,又往天上望了望。卡拉丁没有理他们。这时,茜尔化为光带,俯冲下来,环绕他飞舞,嘴里咯咯直笑。

飓光回归,感觉重现,他贪婪地吸了一口,却冷静地把润石紧握在胸前,以免做得太明显。一颗马克里的飓光不足以暴露他的行为,可他好受多了,因为体内又燃起了飓光。

"出了什么事?"卡拉丁小声问茜尔,"我们之间的羁绊出了什么问题?这是不是由于我没有及早找到真言?"

她落在他的手腕上,化为少女形态,注视着他的手,歪过头。"里面有什么?"她心照不宣地低问。

"茜尔,你明明知道。"卡拉丁感到浑身发冷,仿佛被一波雨水浇了个彻底,"我手里有一颗润石,你刚才不是看到了吗?"

她一脸无辜地看着他。"你选择不当,不听话。"她把脸变成他的样子,不一会儿便跃向前,像是要吓他。她笑了笑,打着弯飞走了。

选择不当。不听话。就因为他对莫阿什打了保证,说自己会帮着刺杀国王。卡拉丁叹了口气,继续往前走。

茜尔并不明白他的选择为什么正确。她是灵体,其道德观念过于朴素。面对令人反感的事物,人类总得作出取舍。生活不像她想的那样井井有条,而是混乱无序、布满飓砂。没人能够一尘不染地过完人生，就连达力拿也不行。

"你对我的要求太多了。"他来到深渊的另一侧，语带愠怒地对她嚷道，"我不是什么古时候的骑士，何谈荣耀。我这个人早毁了。你听到没有，茜尔？*我已经遍体鳞伤。*"

她窜到他身前，小声说："他们个个都是如此，你这个糊涂蛋。"说完她嗖的一声飞走了。

卡拉丁望着列队过桥的士兵。尽管今日不打高地战，达力拿还是派出了大批军力。上破碎平原就等于进入战区，而且仆族智者依然是一大威胁。

第四冲桥队扛着小战桥过了机械桥。*假如不带上旧桥，卡拉丁绝对不愿走出军营。*尽管达力拿采用的巨型机械桥——由红甲蟹牵拉，通过转动棘轮使桥就位——叫人惊叹，卡拉丁还是放心不下。他更信任扛在肩上的牢固战桥。

茜尔又轻快地飞了过去。*她真以为他会根据她的是非观念来生存吗？每当他冒险做了点得罪她的事，她是不是总要夺走他的能力？*

这就好比戴着绞索过活。

他不想让愁思破坏一整天的心情，于是前去查看第四冲桥队的状况。*仰望长天*，他告诫自己，*吸气，享受自由。他已被囚禁太久，如今，眼前的这一切都是如此引人入胜。*

他在战桥边找到了正处稍息站姿的第四冲桥队队员，惊奇地发现他们在新制服的外面套着加了垫肩的旧背心。这种装束把他们的新老身份融为一体，着实古怪。他们齐齐向他敬礼，他施以回礼。

"稍息。"他对他们说。他们解散队形，互相调笑，偻朋借机和帮手一起分发水袋。

"哈！"坐在桥边喝水的石头说，"我记得以前没这么容易。"

"那是因为我们放慢了速度。"卡拉丁指了指达力拿军的机械桥，"而且你记起来的是最初的日子，后来我们吃饱了，训练也跟了上来，扛桥当然变得容易了。"

"不,"石头说,"我们战胜了撒迪亚斯,所以桥才变轻了。是这个道理。"

"这没道理。"

"哈!这是大道理。"他啜了口水,"吸多空气的低地人。"

卡拉丁摇摇头,可当他听到石头那熟悉的声音,便尽情地绽放出笑意。他解了渴,在高地上小跑,去往达力拿刚刚穿过的地方。不远处的高地上耸立着一块岩石,上面盖着一间类似小型堡垒的木屋。安装在屋顶的一架望远镜在白日的照耀下闪闪发光。

这座高地正好位于距离军营最近的安全区域之外,无法通过固定式桥梁到达。驻扎在此的斥候均是运用长杆越过狭渊的撑杆手,执行这项任务的士兵需要具备一种别样的疯狂,因此,卡拉丁一直对他们抱有敬意。

达力拿正在和一名撑杆手交谈。卡拉丁原以为此人的身材会是高挑柔韧的类型,但他长得又矮又壮,前臂很粗,身穿镶着白边的寇林军制服。

"我们确实在这里目睹了异状,光明贵人。"撑杆手对达力拿说,"有个通体发光的人在平原上空飞来飞去,我把时间和地点都用铭文记在账上了,都是亲眼所见。"

达力拿闷哼一声。

"我没疯,长官。"撑杆手不停地倒换双脚,"还有些小伙也看到了,等到我——"

"我相信你,士兵。"达力拿说,"那是白衣刺客,他冲国王来的时候就是这个样子。"

撑杆手舒坦下来。"光明贵人,我也是这么想的。军营里头有人告诉我,说我见到的东西就是我想见到的东西。"

"谁都不想见到他。"达力拿说,"可他为什么要花时间来这儿?

既然他离得如此近，为什么不发动回击？"

卡拉丁不安地清清嗓子，指向岗哨。"那边的岗亭是木质结构？"

"是的。"撑杆手回答完，注意到卡拉丁肩上的绳结，便说，"唔，长官。"

"飓风一来，这样根本挡不住。"卡拉丁说。

"到时我们会拆掉岗亭。"

"然后带着那些家伙回营？"卡拉丁蹙起眉头，"还是就地放着，人走开？"

"人走开？"那名矮墩墩的撑杆手说，"我们就和它待在一起。"他指向一个不是用锤子就是用碎瑛刃破开的石窟，就在那块凸岩的底部，看上去不是很大，其实只是一个小洞。撑杆手似乎会把上方平台的木质底板拆下来，用洞口两侧的搭扣扣住，从而形成像门一样的挡板。

确实有种别样的疯狂。

"光明贵人，"撑杆手对达力拿说，"白衣刺客可能就在周边埋伏着。"

"感谢汇报，士兵。"达力拿点点头，示意撑杆手退下，"在行进时保持警惕。最近有人报告，军营附近有一头深渊恶魔出没。"

"遵命，长官。"撑杆手敬了个礼，跑回通向岗哨的绳梯。

"万一刺客真的冲着您来了呢？"卡拉丁低声问。

"我看这里面没什么差别。"达力拿说，"他总会复返。不论在平原上还是在行宫内，我们都得和他作战。"

卡拉丁嘟哝道："长官，我希望您收下一把阿多林赢来的碎瑛刃。要是您能够自卫，我会更有安全感。"

"我想结果会让你吃惊的。"达力拿用手挡住刺目的光线，转身面朝军营所在的方向，"不过，我还是觉得不该把艾尔霍卡留在后方。"

"长官,刺客说他想取您的命。"卡拉丁道,"和国王兵分两路只会起到保护作用。"

"应该吧。"达力拿道,"除非刺客出言误导。"他摇摇头,"下次我或许得命令你守在他身边。我不禁感到自己没看清眼前的一些正经的重点。"

卡拉丁咬咬牙,试图无视袭上身的寒意。下次命令你守在他身边……照这么看,命运似乎要把卡拉丁推往背叛国王的境地。

"至于蹲监狱的事,你怎么想?"轩亲王问。

"长官,我已经不放在心上了。"卡拉丁说。最起码他没有再介怀达力拿的责任。"您没有降我的级,属下着实感激。"

"你是个好兵,"达力拿说,"大部分时候都是。"他瞥了一眼正在起桥的第四冲桥队。站在边上的一人尤其吸引他的注意:穿着第四冲桥队制服的雷纳林想把桥抬到位,近旁的雷滕笑着向他指点手法。

"其实他正在渐渐地融入集体,长官。"卡拉丁说,"大伙挺喜欢他的,我没想到能等到这一天。"

达力拿点点头。

"在那场决斗之后,"卡拉丁悄声问,"他近况如何?"

"他不愿跟着扎赫尔训练。"达力拿说,"就我所知,他已经连着几周没有召唤碎瑛刃了。"他又看了一会儿,"他加入到你们的队伍中,难说是好事。这种经历能不能帮他养成军人的思维、会不会怂恿他逃避更大的责任,我不确定。"

"长官,"卡拉丁说,"恕我妄言,您儿子似乎不太合群。他不得其所,和旁人格格不入,总是独来独往。"

达力拿点点头。

"那么,我敢打包票,假如他想找回自我,第四冲桥队兴许是最好的大熔炉。"这样评述一位光眼种感觉很奇怪,但实情就是如此。

达力拿嘟哝道:"我相信你的评判。去吧,把好关,让你的部下密切注意刺客的活动,以防他今日前来。"

卡拉丁点点头,把轩亲王甩在后头。他早就听说过达力拿的幻象,也知道一点内情。纵使立场不定,他还是想索取一份完整的记录,叫阿卡念给他听。

这些幻象也许能解释茜尔为何如此坚信达力拿。

在接下来的一天内,军队在平原上不断行进,就像从缓坡上淌下的泥水。如此浩大的声势,只是为了让沙兰观察深渊恶魔的石蛹。卡拉丁晃晃头,穿过一座高地。阿多林肯定坠入了爱河,不然他不会派出一整支突击部队。他就想满足那个小姑娘的任性冲动,他父亲也一样。

"卡拉丁,你怎么用走的?"阿多林骑着马踱步而来。王子胯下的马儿就是那头皮毛雪白、马蹄如锤的异兽。阿多林穿着全套蓝甲,头盔系在鞍桥上。"我想你完全可以向我父亲的马厩征用马匹。"

"我还完全可以向军需官征用物资呢,"卡拉丁说,"可你没见着我背着口锅上平原。我是能这么做,但我不能把它当作理由。"

阿多林抽笑不止。"你该试着多骑骑马。策马奔驰速度快,在马背上作战又有高度优势,这两点你总得承认。"他拍拍马脖子。

"我想我只是太习惯用脚走路了。"

阿多林点点头,仿佛那是世上最绝的妙语。他骑了回去,问候坐在轿中的沙兰。卡拉丁感到有点疲乏,于是从口袋里掏出另一颗润石。他把那颗不起眼的钻石齐普举到胸前,吸了一口气。

照样没反应。欠风操的!他扭头搜寻茜尔,却找不到她。她最近太贪玩了,他心生疑惑,她是不是在耍他?但愿如此,千万别多事。尽管牢骚满腹,他还是渴求这种能力。他已经征服了天与风,舍弃这两者就好比舍弃自己的双手。

他终于来到高地的边缘,达力拿的机械桥已经架在那里。所幸他在此处发现了茜尔。她正在观察一只飓虫,后者爬过石地,正想去附近的石罅躲避。

卡拉丁走到她身边,在一块岩石上落座。"看来你在惩罚我,"他说,"因为我同意帮莫阿什的忙。这就是我用不了飓光的缘由。"

茜尔一路都跟着那只长着彩色圆壳、像是某种甲虫的飓虫。

"茜尔?"卡拉丁问,"你还好吧?你看上去……"

*就像曾经的你。那时我们才刚刚相遇。*他一承认,恐惧感就涌了上来。他丧失法力的原因是不是那根连接他和茜尔的纽带变脆弱了?

她抬头看着他,眼神变得更为专注,表情还是一如既往。"卡拉丁,你必须决定你想要什么。"她说。

"你看不惯莫阿什的如意算盘。"卡拉丁说,"你想逼我改变主意?"

她蹙额道:"我不想处处都逼你。你必须做你认为正确的事。"

"我就想这么干!"

"不,我不这么觉得。"

"好吧,我会和莫阿什那些人说清楚。我退出,不会再帮他们了。"

"可是你对莫阿什保证过!"

"我也对达力拿保证过……"

她噘起嘴,迎上他的视线。

"问题就出在这里,对不对?"卡拉丁喃喃道,"我打过两次保证,却无法同时守信。"噢,风杀的。光辉骑士团的覆灭是否祸起于此?

要是你在左右为难时让你的荣灵替你选择,它又该作何反应?反正总要背弃一方的信任。

*傻瓜,*卡拉丁暗想。近来,他好像做不出任何正确的选择。

"我该怎么办,茜尔?"他小声问。

她飞升而起,站到他面前,紧盯着他。"你必须念出真言。"

"我不知道内容。"

"那就去找。"她望天道,"花点时间觅出真言,卡拉丁。你不能和莫阿什说你帮不上忙,光是摊牌行不通。我们已经蹚进了深水区,你要忠于自己的心意,照此行事。"

"别离开我,茜尔。"他站起来,冲着她的背影低语,"我会把这一切都搞明白的。只是……求你不要消失,我需要你。"

不远处,士兵扳动操纵杆,齿轮转动起来,达力拿军的机械桥完全展开了。

"停!停!快停下!"红发翩翩、身裹蓝绸的沙兰·达瓦跑上前,头戴一顶遮阳大软帽。两名护卫跟在后方,但盖兹不在其中。

为她的语调所震,卡拉丁左看右看,找寻白衣刺客的影踪。

沙兰把禁手护至胸前,气喘吁吁地说:"风杀的,轿夫是怎么搞的?他们的腿脚根本勤快不起来,还说:'这样不雅观'。好吧,雅不雅观我才无所谓。行了,大家先歇一会儿,稍后再抬轿子。"

她在桥边找了一块石头坐下,掏出素描本画了起来。士兵们迷惑不解,纷纷打量她。"好,"她说,"你们继续。我花了一整天的时间,就是为了等到那座桥伸展开来,再打出一张素描稿子。这帮欠风吹的轿夫真不会体谅人。"

这女人是朵奇葩。

士兵迟疑不决地把桥体继续展开,使其就位。三名达力拿手下的工程师——战死军官的遗孀——在一旁监督。几名木匠也在待命,以防桥梁卡住或部件绷断。

卡拉丁抓紧了矛,想要理一理思绪,这既关乎茜尔,又关乎他许下的承诺。他一定能想通,对不对?

看到这座桥,他突然想起了自己出桥时的情景,却不觉得讨厌,因为他的注意力被分散了。他明白撒迪亚斯偏爱使用冲桥手的理由。此举虽然残忍,却是一条捷径。那些战桥成本低,到位快,出状况的概率较小,而这些庞然大物则笨重迟缓,就像试图在海湾内行驶的巨轮。

经过武装的冲桥手才是理所应当的解决对策,卡拉丁想,持盾的冲桥手可以在军队的全力支援下就位。这样一来,行速较快的移动式战桥就可投入使用,冲桥手也不会遭到屠杀。

当然,撒迪亚斯不希望冲桥手存活。他把他们当作诱饵,以期本军的士兵不会被箭射中。

卡拉丁觉得一名帮忙架设桥梁的木匠很眼熟。那人体型敦实,额前有一道被木匠帽所遮挡的胎记。他正在检查一根固定销,并说起要做一根新的。

卡拉丁认出了那张脸。此人不是达力拿军的士兵吗?许多人在塔地大屠杀后丧失了斗志,被调到了别的岗位上,他也在其中。

卡拉丁有点心烦意乱。就在这时,莫阿什走了过来,对第四冲桥队挥起手,队员们纷纷向他欢呼。那套闪亮的碎瑛甲穿在莫阿什身上显得很自然,他已经把好几处部位都涂成了红蓝两色。距离莫阿什收获碎瑛甲还不过一个星期,可他已经能在穿着盔甲的情况下自如地行走了。

伴随着甲片撞击的铮铮声,他走到卡拉丁身前,单膝跪地,把手臂横放在胸前,以表敬意。

他的瞳色……确实变浅了,原先的深棕色褪成了黄褐色。他把入鞘的碎瑛刃绑在背上,再过一天就能达成磨合。

"莫阿什,你无须向我敬礼。"卡拉丁说,"你现在是光眼种了,在身份上,你比我高贵多了。"

"我的身份绝不会比你高贵,卡尔。"莫阿什并没有合上面罩,"你是我的队长,直到永远。"他咧嘴笑笑,"但是看着那些光眼种不知该拿我怎么办,风操的,别提有多带劲了。"

"你的眼珠果然在变色。"

"没错。"莫阿什说,"可我不是他们那路人,听到了吗?我是第四冲桥队的一员,属于大家伙。我是我们的……秘密武器。"

"还秘密?"卡拉丁一挑眉,"莫阿什啊莫阿什,眼下你的事迹已经传遍大陆,就连远在伊里的人也听说了。你是史上首位被授予甲刃的暗眼种。"

达力拿甚至给了莫阿什封地和丰厚的俸禄,就算不拿冲桥手的水准去比,也算多了。莫阿什有时还会路过吃点炖菜,却不是天天都来。他正忙着布置自己的新居。

这很自然,没什么不好。卡拉丁拒收瑛刃的部分原因也在于此。况且,他总是不放心把自己的能力展露在光眼种面前,这或许是另一个原因。就算他们没法把这些本事从他身上夺走——他明白这只是瞎操心,却觉得没区别——他们大概还是会设法夺走他身边的第四冲桥队。他唯恐失去部下……也唯恐失去自我。

掠夺者不一定是他们,卡拉丁想,*你可能在自作自受,没有哪个光眼种能做到这个地步。*

他想了又想,胃里一阵不舒服。

"快了。"莫阿什在卡拉丁取出水袋时低声道。

"快了?"卡拉丁放低水袋,扭头扫了一眼高地,"我以为我们还得走上几个小时才能抵达死石蛹所在的区域。"

石蛹还离得很远,比得上军队携桥出征的距离。贝特哈夫和萨纳达尔已于昨日收获了琼心石。

"我指的不是那个,"莫阿什往边上看了看,"而是别的。"

"哦。莫阿什,你是不是……我是说……"

"卡尔,"莫阿什说,"你和我们是一路的,对不对?你承诺过的。"

两句承诺。茜尔告诫他要忠于真心。

"卡拉丁,"莫阿什的神情愈发严肃,"我之前没有听你的命令,就算你在生我的气，这套装备还是你给我的。我办那件事有理由。你心里一定明白我在做正确的事。这是唯一的解决之道。"

卡拉丁点点头。

莫阿什向四处望了望，然后站起身，瑛甲锵锵作响。他凑近卡拉丁，讲起悄悄话："别担心，格雷夫斯说你无须动手动脚。我们要的只是时机。"

卡拉丁直犯恶心。"只要达力拿在军营里，我们就办不成。"他耳语道，"他要是受了伤，我可负担不起。"

"没问题的，我们深有同感。"莫阿什说，"我们会等待恰当的机遇。最新方案是用暗箭射死国王，这样的话就不会连累到你和别人。你只要把他引到指定地点即可。到时格雷夫斯会用自己的弓射杀国王，他是个神箭手。"

一箭穿心感觉是懦夫的行为。

可是他们必须这么做，**不得有闪失**。

莫阿什拍拍他的肩膀，走开了，碎瑛甲铮铮有声。风操的，卡拉丁只须把国王引到某个特定的地点……然后背叛达力拿对他的信任。

如果不参与弑君密谋，我不也会背叛正义和荣誉吗？国王杀了太多良民——其行为就和谋杀差不多——有时是出于漠视，有时是出于无能。风操的，达力拿也不清白。假如他真的像表面上那样高尚，就不能把荣寿关进大牢？反之，他却把荣寿流放到了某个"他无法作威作福"的地方。

卡拉丁向桥头走去，看着士兵过桥。沙兰·达瓦大方地坐在一块石头上，还在描绘桥梁的机械结构。阿多林下了马，把马牵给几名取水的马夫，还招呼卡拉丁过去。

"有事吗，公子哥？"卡拉丁上前问道。

"大半夜的，"阿多林说，"那个刺客竟在平原上现身了。"

"此言属实，斥候向你父亲通报过，我听到了。"

"我们要想想措施，万一他杀到此处了呢？"

"我倒希望他杀过来。"

阿多林冲他蹙起眉头。

"我亲眼见过这名刺客，也对他当初刺杀先王的情况有所了解。"卡拉丁说，"我发现，他靠的是混淆视听。他可以飞檐走壁，中招者的下落方向全是反的。不过，这里既没有檐，也没有壁。"

"那他就能一飞到底了。"阿多林苦着脸说。

"没错。"卡拉丁笑着扬手一指，"我们有多少号人？三百弓箭手？"

卡拉丁能够以一己之力有效对付仆族智者弓箭手，所以弓箭手可能射不死刺客。不过他觉得此人要是被一拨拨飞来的箭矢袭击，肯定不会轻松。

阿多林徐徐颔首。"我会叫他们做好准备，以防万一。"他动身前往桥头，卡拉丁跟了上去。走到半路，他们碰见了沙兰，她还在潜心作画，甚至没有留意对她招手的阿多林。卡拉丁摇摇头，这无非是光眼种女人的玩乐。

他们俩过了桥，阿多林扭头望望沙兰，问卡拉丁道："扛桥的小弟，你懂不懂女人？"

"光眼种女人？"卡拉丁问，"谢天谢地，在下对此一窍不通。"

"大家总以为我很懂女人。"阿多林说，"我是会追女人，只要博笑燃情即可，但我留不住女人。"他顿了顿，"我真想和她走下去。"

"那么……何不向她倾诉？"卡拉丁回想起苔拉，以及他犯下的过错。

"这么做哄得了暗眼种女人吗？"

"你问错人了。"卡拉丁说，"我最近忙着保命，没多少时间去烦恼异性。"

阿多林似乎没怎么听进去。"也许我可以跟她说说类似的话……

好像太直白了,她可不是个单线条的女孩子……"他回头看着卡拉丁,"说起白衣刺客,我们得加强防范,只叫弓箭手待命是不行的。"

"你有何灼见?"卡拉丁问。

"你不想要碎瑛刃,不过你不需要,因为……你懂的。"

"我懂的?"卡拉丁感到一阵紧张。

"对啊……你懂的。"阿多林晃晃肩膀,将视线扫向别处,似乎在强装镇定,"你能那个。"

"哪个那个?"

"就是那个……嗯……用那个东西?"

他并不知情,卡拉丁意识到,他仅在旁敲侧击地试探我为何如此善战。

而他的水平实在是差到家了。

卡拉丁大松一口气,阿多林的笨嘴拙舌甚至让他喜不自禁。他不再感到恐惧与忧虑,这是好事。"我想你根本不知道自己在表达什么。"

阿多林眉头一紧。"扛桥的小子,你身上有些地方可不对劲了,认了吧。"

"我不认。"

"你和刺客一同坠楼却没死,"阿多林说,"一开始我怕你们朋比为奸,而现在……"

"现在怎么了?"

"算了,我想通了,不论你有何本事,都不会倒向别的阵营。"阿多林叹道,"我们还是谈谈刺客吧。我总觉得我们在决斗时的合力出击是正面教材,最值一试。先由你引开对手的注意力,再由我取其性命。"

"那样可行,不过他恐怕不会任由自己的注意力被别人引开。"

"瑞里斯不也是这样吗?"阿多林道,"我们做得到,扛桥仔。只要你我强强联手,一定可以放倒那头妖怪。"

"我们的动作得快。"卡拉丁说,"要是拖久了,他就会赢。阿多林,你得直捣他的脊梁骨或脑袋,不要一上来就削弱他的战力,争取一击致命。"

阿多林对他皱皱眉。"为什么?"

"在我们俩坠楼的当口,我见到了怪事。"卡拉丁说,"我砍伤了他,他的伤口却不知怎么的就愈合了。"

"我有瑛刃呢。要是被劈到,他便不能自愈……对吗?"

"最好别去追究,要打就一打致死。相信我。"

阿多林遇上他的目光。"奇了怪了,我愿意。我是说,我相信你。这感觉非比寻常。"

"好啊,我快乐晕了,简直得忍住在高地上活蹦乱跳的欲望。"

阿多林笑容可掬地说:"为了观赏这一美景,我会砸钱的。"

"你想看我活蹦乱跳的样子?"

"我想看你开开心心的样子。"阿多林含笑道,"你成天摆着张风劈的臭脸!我差点以为你能吓走劲吹的恶风。"

卡拉丁哼了一声。

阿多林又笑起来,拍拍卡拉丁的肩膀,转过身去。沙兰终于过了桥,显然已经画完了素描。阿多林伸手扶她起立,她含情脉脉地看着他,吻了他的脸颊。阿多林惊得往后一缩。阿勒斯卡人在公众场合可没有这么开放。

沙兰对他粲然一笑,转过身,忽然倒吸一口气,用手捂住嘴。卡拉丁又是一怔,四处找寻危险,然而沙兰只是跑向了附近的一堆石头。

阿多林摸了摸脸颊,笑着望向卡拉丁。"她大概发现了一只有趣的虫子。"

"不,是苔藓!"沙兰回喊。

"啊,当然了。"阿多林漫步而去,卡拉丁也跟在后面,"苔藓这东西真是激动人心。"

"你给我闭嘴。"沙兰俯身观察岩石,冲他挥挥炭笔,"这里的苔藓长势很奇特,究竟是什么原因?"

"酒。"阿多林说。

她瞥了他一眼。

阿多林耸耸肩。"我会发酒疯的。"他瞄瞄卡拉丁,卡拉丁摇摇头,"瞧,多好玩啊,我在讲笑话呢!算是吧。"

"唉,省省吧。"沙兰说,"这里的图案看上去基本和开花的石壳木一样,那种植物在平原上很常见……"她画了起来。

卡拉丁抄起双臂,叹了口气。

"你叹什么气呢?"阿多林问他。

"我好无聊。"卡拉丁回头瞥了一眼仍在过桥的军队。三千兵力移动得很慢——在大规模征兵后,这是达力拿现有兵力的一半——而在卡拉丁出桥的时候,他感觉军队的过桥速度很快。那时,他总是精疲力竭,也十分珍惜歇脚的机会。"我看这里太荒凉了,大概没什么值得兴奋的东西,除了苔藓。"

"你也给我闭嘴。"沙兰对他说,"把桥擦擦亮,或者去忙点别的。"她弯下身,用笔尖戳了戳一只在苔藓上爬过的虫子,"啊……"她匆匆记下几笔,"反正你说得不对,只要找对地方,这里可有很多值得兴奋的东西。据士兵那边的消息,军营外围蹦出了一头深渊恶魔。你们觉得它会不会袭击我们?"

"沙兰,听这口气,你好像满怀期望。"阿多林说。

"对啊,我还是得好好地画一次。"

"我们会带你参观石蛹的,那样就足够了。"

沙兰的学术工作只是个幌子,卡拉丁已经看得很明白了。今天达力拿率大批斥候而来,卡拉丁怀疑,只要他们走上那片未经开拓的荒地，来到位于边陲的石蛹附近，这些斥候就会去前方搜集情报。此举完全就是在为达力拿的远征踩点。

"我不明白我们为什么要大规模出兵。"沙兰发现卡拉丁在观望军队，于是说，"你不是说仆族智者最近都没来抢夺琼心石吗？"

"他们的确没来。"阿多林说，"这正是我们所放心不下的。"

卡拉丁点点头。"敌方一旦改变既定战术，我方就得提防后患。此举或为殊死一搏的先兆，局面极其险恶。"

"小子，作为冲桥手，你很有军事头脑。"阿多林说。

"无巧不成书，"卡拉丁说，"作为王子，你功力高超，很难做到不遭人鄙弃。"

"感谢夸奖。"阿多林说。

"他在贬你呢，亲爱的。"沙兰说。

"什么？"阿多林问，"是吗？"

她点点头，没有停笔，却抬头瞪了卡拉丁一眼。他迎上她的目光，面不改色。

"阿多林，"沙兰转头看着面前的小石堆，"请你替我宰了这些苔藓，好吗？"

"宰……苔藓？"他看看卡拉丁，卡拉丁只是耸耸肩。他怎么知道光眼种女人的想法？她们都是怪人。

"没错，"沙兰起身道，"帮你的未婚妻斩断这块长着苔藓的岩石。"

阿多林面露困惑，却照做了。他唤来碎瑛刃，轻松地砍了过去，那一小堆岩石的顶部被削掉了，"砰"的一声掉落在地。

沙兰急忙上前蹲下，紧挨那块被切得平滑无比的岩石。"嗯。"她点点头，画了起来。

阿多林遣走瑛刃，对卡拉丁耸耸肩，感叹道："女人啊！"他没有叫沙兰解释，反而跑去喝水了。

卡拉丁迈了一步，想跟上他，但犹豫了。沙兰到底发现了什么新奇的玩意儿？这女人是个谜，如果不去理解她，他无法完全舒心。她与阿多林交往甚密，也时常接触达力拿，不能放着她不管。

他走近了些，站在她背后看她画画。"那是一层层的飓砂吧。"他说，"你在计算石头的年龄。"

"猜得对。"她说，"不过这里的地理环境不适于岩轮的断代。高地上的风力太强，飓砂沉积得不均匀，所以会形成不规则的岩轮，计算起来不准确。"

卡拉丁皱皱眉，眯起了眼睛。从剖面的外观来看，这块岩石就是普通的飓砂岩，一些可见的岩层呈不同深浅的棕色，但中心部分呈白色。像这样的白色石头不太常见，肯定是被开采出来的。也就是说，他们见到的要么是偶发的特例，要么是……

"在很久以前，这里曾有建筑。"卡拉丁说，"那块从地上突出来的石头覆盖着如此厚的飓砂，一定要花上几百年的时间。"

她瞟了他一眼。"你比你看起来要聪明。"说罢她转而埋头画素描，还加了一句："这不挺好……"

他嘟哝道："你为什么一张口就要搬弄文字？你就那么急于证明自己智商高？"

"或许我只是讨厌你利用阿多林的短处。"

"利用他的短处？"卡拉丁问，"因为我说他'遭人鄙弃'？"

"正因他听不懂，你才故意那么说，好让他出丑。为了向你示好，他可费了大力气。"

"是啊。"卡拉丁说，"面对暗眼种，他总是慷慨大方，那帮小字辈围着他转，对他顶礼膜拜。"

沙兰气得把笔戳进纸面。"你这人太可恶了！我没说错吧？一旦挪去那张百无聊赖的假面孔，便会目露凶光，连讲话的口气都恶狠狠的。你就是不会好心待人，对不对？"

"什么？不，我——"

"阿多林尽力了。你遭了罪，他心里不好受，总想做点力所能及的事来弥补。他人很好，别老是激他。你连这点都做不到吗？"

"他叫我'扛桥的小子'，"卡拉丁的倔脾气上来了，"还乐此不疲地激我。"

"不假，因为他给不了别人好眼色，还会诋毁别人。"沙兰说，"阿多林·寇林，破碎平原上最难套近乎的人。我是说，*瞧瞧他的样子！多惹人厌啊！*"

她用笔指了指正和暗眼种汲水工笑作一团的阿多林。马夫牵来了阿多林的马，阿多林把系在马鞍上的头盔取下来，递了出去，让一名汲水工试戴。对这个小伙子来说，阿多林的头盔实在是大得离谱。

汲水工摆出碎瑛武士的姿势，所有人又哄笑起来。卡拉丁满脸惭愧地回望沙兰，她抱着双臂，笑嘻嘻地看着他，素描本还放在身前那块被切平的石头上。

死女人，哼！

卡拉丁从她身边走开，穿过崎岖不平的高地，与第四冲桥队会合。他坚持要和队友轮换着拖桥，也不管泰夫特的抗议。泰夫特说他现在"已经不用放低姿态来干那种事了"。然而，他才不是什么欠风操的光眼种。他绝不会自视甚高。他会脚踏实地地完成当日的工作。

大伙扛起桥，那种熟悉的重量又落在了他肩上。石头说得没错，跟以前相比，*桥确实变轻了*。偻朋的亲戚们咒骂了几句，他们和雷纳林一样，都是初次出桥。卡拉丁一听，笑了起来。

他们扛着桥，穿过达力拿军的机械桥——此桥更具规模，移动性更弱——越过一道深渊，踏上高地，往尽头走去。一时间，处在第四冲桥队排头的卡拉丁可以把自己的生活想得很纯粹。没有高地突袭、没有飞来的箭矢、没有刺客或安保任务。只有他、他带领的队伍和一座桥。

不幸的是，当他们快走到这座大高地的边缘时，他开始感到疲惫，还下意识地想要吸取少许飓光来提神，只是没有反应。

过日子不容易，这一点一直未变，在出桥时更是如此，如果他装作不认同，那就是在粉饰过去。

他帮着放下桥，和冲桥手一起把桥推到深渊的另一头。与此同时，他看到一名先头兵从军队排头出列，欣然接受先行一步的机会。他过了桥，确保下一座高地无险情。

卡拉丁一行人跟在他后面。半小时后，他们让先头兵上到下一座高地。在穿越深渊之前，他们暂时维持这一做法，直到达力拿军的桥梁就位。之后，他们领着先头兵上到再下一座高地。几小时过后，卡拉丁用尽了力气，身上全是汗。这是一段美好的时光。他没有冒出半点有关国王，或是自己在弑君预谋中有何作用的想法。此时此刻，他扛着桥，享受着军队在阔天下前往目的地的过程。

许久后，他们来到目的地附近，被捅破的石蛹正等着沙兰去研究。卡拉丁和第四冲桥队还是像之前那样让先头兵通过，随后在原地等候。大部队终于快到了，达力拿军的桥梁缓缓地就位，吱嘎吱嘎地横跨在深渊之上。

卡拉丁一边观望，一边大口大口地喝温水。他用水洗了脸，还拭了拭额头。他们越靠越近了。这座高地处在平原上的偏僻方位，就和塔地差不多。如果他们以来时的慢速踏上回程，就要花上数小时，返回军营后，天很可能已经黑了。

假如达力拿真想对破碎平原的腹地发动袭击，卡拉丁想，就得花上几天的时间来行军，期间在高地上无遮无拦，可能会遭到包围，从而与军营隔断联系。

要出征，泣雨季是一个绝好的机会。到时会有四周的连续降雨，但飓风不会刮起。今年是无风年，就算在季节过半时也不会起风，那天是出光日，也即为时两年、共计千日的飓风周期的一部分。不过，他知道许多阿勒斯卡军的巡逻兵曾经试过探索东部区域。他们最后不是死于飓风，就是被深渊恶魔吞食，又或者被仆族智者军的突击队消灭。

若想取得成功，达力拿必须毫无保留地投入资源、全力以赴地向腹地出征，任何疏忽都是不可取的。遭遇突袭后，达力拿军及其盟军必将陷入孤立。

达力拿军的桥梁轰然落地，架设到位。卡拉丁的部下过了自己的桥，准备把它拉过深渊，让先头兵通行。卡拉丁过了桥，招呼他们先走。他来到大型桥梁的架设点。

达力拿正在过桥，与他同行的斥候全是撑杆手，后面跟着握着长杆的侍从。"分头行动。"轩亲王对他们说，"在返程之前，我们没有多少时间。从这里出发，把你们所见的高地逐一进行勘察。现在可计划的路线越多，我们在实战中所耗费的时间就越少。"

他解散了斥候，他们颔首致敬。他走下桥，向卡拉丁点点头。在他们背后，达力拿手下的将军、文书和工程师过了桥，后面跟着大部队，最后是后卫部队。

"长官，据传您在指挥移动桥梁的建造。"卡拉丁说，"我想您应该知道，这种利用机械装置驱动的桥梁行速过慢，对作战很不利。"

达力拿颔首道："不过我会派兵扛桥，你的部下无须加入。"

"长官，承蒙体贴，可我觉得您不必担心。如果您有令，冲桥手怎会不从。许多人可能想重操旧业。"

"士兵，我以为你和你的部下一直把桥务看作死刑。"达力拿说。

"那适用于撒迪亚斯军。您可以更上一层楼，训练武装士兵结阵冲桥，让前排士兵持盾推进，弓箭手则可待命保卫冲桥手。再说，只有突击战才会生发险情。"

达力拿颔首道："那么，请你让冲桥手做好准备。如果由你的部下扛桥，其余士兵就能空出来，以防我们遭到攻击。"他迈步横穿高地，但一名站在深渊另一头的木匠对他喊了一声。达力拿转过身，又上了桥。

他从正在过桥的军官和文书身旁走过，途经并肩而行的阿多林和沙兰——前者已下马、后者已下轿。沙兰似乎在向阿多林详说她在之前那块岩石里发现的构造。

刚才那名在深渊另一端叫达力拿往回过桥的工匠就立于他们身后。

*就是同一个木匠，*卡拉丁想。*此人体格壮实，戴着帽子，额前有胎记。我在哪儿见过他来着？*

他恍然大悟。该木匠就在撒迪亚斯军的堆木场里干活，主管造桥。

卡拉丁开步飞驰。

他冲向桥头，刚刚把那两人完全联想到一起。眼见卡拉丁发现危险，前面的阿多林一个急转，也跑起来搜寻目标。不知所措的沙兰独自站在桥上，正处当中的位置，卡拉丁匆忙赶到她身边。

那个木匠握住了桥侧的操纵杆。

"阿多林，注意那个木匠！"卡拉丁大吼，"快阻止他！"

心神分散的达力拿还站在桥上。*轩亲王怎么了？*卡拉丁发觉自己也有所耳闻。号声传来，斥候已察敌情。

达力拿朝声源方向转过头，阿多林直奔他而去，碎瑛甲璀璨闪耀。

就在那一瞬，木匠扳动操纵杆。

桥身一斜，随后坍塌。

69

无

雷瑟身陷囹圄，无法离开当前所处的星系。因此，他潜在的破坏力得到了压制。

脚下的桥坍塌坠落，卡拉丁设法汲取飓光。

他毫无所获。

一阵恐惧涌来，他心一沉，跌入空中。

他坠向幽暗的深渊，这一瞬很短暂，却堪比永恒。他瞥见沙兰和几名穿蓝制服的士兵落了下来，骇得拼命挣扎。

卡拉丁使劲扑腾，想要摄入飓光，一如奋力游向海面的溺水者。他不能就这么死了！天空属于他！风儿属于他。深渊属于他。

他绝不能死！

茜尔惊声惨叫，卡拉丁的骨髓为之震颤。在那一刻，他吸进一缕救命的飓光。

他摔到崖底，眼前一抹黑。

他在苦海中游弋。

痛楚冲刷着他，却未渗入体内，反倒被皮肤阻挡。

你都干了什么？ 远方传来一个声音，仿如隆隆响雷。

卡拉丁倒抽一口气，睁开眼，心如刀绞，突然浑身都疼。

他躺在地上，仰望着空中的一道光。那是茜尔吗？不……不，那是阳光，两崖间的裂缝就在高处。这里的裂谷深达几百尺，破碎平原的地表与谷底相距甚远。

卡拉丁呻吟着坐起，那道光似乎遥远得超乎想象。他已被黑暗吞噬，附近的深渊被阴影笼罩。他摸了摸头。

我在最后关头才吸进飓光，他想，*我活了下来。可是那声惨叫！* 那声挥之不去的惨叫总是在他脑中回荡，像极了他在竞技场上听到的惨叫声，当时他正好碰到了决斗对手的碎瑛刃。

验伤，他隐约闻得父亲的教导。一旦遭受严重骨折或创伤，机体或会进入休克状态，伤者会丧失对既有伤害的意识。他检查了一下自己的四肢有未骨折，没有把手伸进口袋取润石。他不想照亮这片黑暗，周围也许有很多死人。

达力拿是否身在其中？在桥垮塌前，阿多林正向他父亲奔去，王子有没有及时赶到达力拿身边？那时他穿着瑛甲，最后鱼跃而过。

卡拉丁摸了摸自己的腿部和肋部，觉得很痛，还找到了几处擦伤，但是他没有骨折，皮肉也没有撕裂。他最后汲得的飓光……保护了他，甚至有可能在耗尽前就治好了他的伤。他终于把手伸进口袋，摸出几颗润石，却发现它们一律褪了光。他动手摸向衣兜，随即浑身一僵，听到了从附近传来的嚓嚓声。

他跳起转身，希望握有武器。**崖底变亮，一道稳稳的光打过来**，照亮了崖上的扇形褶花和垂蔓，还有聚拢的枝条和遍地成丛的苔藓。他一时恍惚，大感困惑，身前的崖壁上现出几片婆娑黑影。

有人绕过了拐角，原来是穿着丝裙、背着单肩包的沙兰·达瓦。

一见到他，她放声尖叫，把包甩到地上，又惊惶退后，两手紧贴身侧，甚至弄掉了润石。

卡拉丁揉着肩膀，走近了点，踏入明处。"冷静。"他说，"是我。"

"飓风之父！"沙兰匆忙捡起滚落在地的润石。她上前几步，猛地将光源打在他身上。"果然是你……冲桥手。怎么会？"

"不知道。"他抬起头，撒了个谎，"我脖子上的筋抽得厉害，手肘像中了雷劈般刺痛。发生什么事了？"

"有人扳下了桥上的应急闩。"

"什么应急闩？"

"只要动动这个闩，桥就会翻进深渊。"

"听着像是某种风杀的蠢机关。"卡拉丁说着，在衣袋里摸索其余的润石。他偷瞄了一眼，发现它们也一律失去了光芒。风操的，他把飓光全耗尽了？

"要看情况。"沙兰说，"万一你的手下已经过桥撤离，而敌军正向你方大肆涌来呢？应急闩上有一类安全锁，所以桥不会突然掉入深渊，但是如果有需要，可以在紧要关头将闩扳下。"

他哼了哼。这时，沙兰举着发光的润石与他擦身而过，向落地后断成两截的桥走去。如他所想，崖底躺着不少尸体。

他不得不把目光撇过去，未见达力拿，只见许多曾在桥上经过的军官和光眼种女子。他们的残肢在地上堆积成山，面目全非。从崖顶下坠估摸两百尺的距离，论谁也活不成。

而沙兰是个例外。卡拉丁不记得自己在坠落时拉住了她，可是他想不起大部分经历，除了茜尔的惨叫。*那声音……*

看来他一定是出于本能才拉住了沙兰，将飓光注入她体内以减缓落速。她衣冠凌乱，蓝裙褴褛，发丝缠杂纠结，不过显然未受伤。

"我醒来时发现这下面一片漆黑。"沙兰说，"我们跌下来已经有一阵子了。"

"你是怎么看出来的？"

"上方天色已暗，"沙兰说，"就快入夜了。我一醒来就听见远处传来战吼声，还望见几团光从那个拐角飘来，后来发现是个坠崖的士兵，他的润石袋裂了个口子。"她瑟瑟发抖，"他先是被人杀了，才摔下来的。"

"是仆族智者干的。"卡拉丁说，"就在桥身崩塌之前，我听到了先头兵的号角声，我们遭袭了。"该下诅咒之地的。那可能意味着达力拿早已撤退，前提是他还活着。此地不值得大耗军力。

"给我一颗润石。"卡拉丁说。

她递过一颗，好让卡拉丁前去查看坠崖者。他装作在找寻尚存一息的人，实际上却在搜刮装备或润石。

"你觉得这些人当中还有活口？"深渊里万分寂寥，只有沙兰的小声问话响起。

"反正我们没死，不知为何。"

"你说这是怎么回事？"沙兰仰望着高悬在上的豁口。

"就在我们坠崖前，我看到了几只风灵。"卡拉丁道，"我听过一些民间故事，里面说它们会保护从高处跌落的人。也许就是这么一回事。"

沙兰在他检查尸体时一语不发。"对，"她终于说，"听来很有道理。"

很好，她似乎相信了。只要她不问起"飓风恩护者卡拉丁"的传闻，就不成问题。

坠崖者无人存活，可他确信达力拿和阿多林不在其中。

我真是昏了头，竟然没有察觉到暗杀企图，卡拉丁想。在几天前的宴会上，撒迪亚斯揭发了幻象一事，千方百计地打压达力拿。那是一种百用不爽的套路，先给敌手抹黑，再杀之灭之，确保他成不了烈士。

死者的随身品并无多少价值。他们找到了几颗润石，沙兰还急不可待地将若干套文具顺进小包。无人携带地图，卡拉丁并不清楚他们的位置，况且夜幕将临……

"我们怎么办啊？"沙兰盯着暗沉沉的深渊，小声问道。崖底的光线黯淡得出奇，崖壁上的褶花和藤蔓轻舞摇荡，宛如果荚的断音木伸出卷须，迎风招展。

卡拉丁还记得最初几次下沟的经历，当时他总感觉深渊里太过葱郁、太过潮湿，完全是个异世界。近旁，两只头骨从苔藓之下探出，打量着四周。一串水花飞溅声从远处的水塘传来，沙兰一惊，蓦地转过身。虽然卡拉丁已对深渊了若指掌，但他并不否认这里时常会叫人胆寒。

"待在崖底比想象中安全。"卡拉丁说，"当我在撒迪亚斯军中扛桥时，曾经日复一日地下沟回收坠崖士兵的财物。你只须对腐灵长个心眼。"

"深渊恶魔呢？"沙兰扭头看向另一侧崖壁，那里恰有一只飓虫爬过。

"我从没见过。"这是真心话，不过他倒见过一次巨兽的影子，当时它正要窸窸窣窣地爬过远处的深渊。光是回想起那一日，他就备感惧意。"它们不像传言中那么常见，飓风才是真正的威胁。想想看，要是天上下起雨来，就算离这儿很远——"

"是的，下面会发洪水，"沙兰道，"在狭窄的裂谷里尤为危险。我在书里读到过。"

"书本知识用场肯定很大。"卡拉丁道，"你刚才说附近有几个死掉的士兵？"

她举手指了指，他便大步走向该处。她跟在后面，紧随他的光源。他发现了几名被人推下高地的矛兵，他们已经死绝，伤口是新留下的；另一边则躺着一名刚断气没多久的仆族智者。

仆族智者士兵的胡须上挂着粗糙的宝石，卡拉丁怯怯地摸了摸其中的一颗，试着吸取飓光，却不见任何反应。他叹了口气，向死者低头致意，从一具尸首的背后抽出一根矛，这才站起。从崖顶漏下的光亮逐渐过渡到墨蓝色，表明已是夜晚了。

"那么，我们就等着？"沙兰问。

"等什么？"卡拉丁把矛架到肩头。

"等他们回来……"她渐渐没了声音，"他们不会回来找我们，对吗？"

"他们肯定以为我们死了。风操的，*我们怎么着都该没命了*。此地太偏僻，回收尸体的人恐怕到不了，再加上这里受过仆族智者的袭击，希望就更渺茫了。"他摸了摸下巴，"我们应当静待达力拿正式出征，他曾表示会朝这个方向寻觅腹地。没几天了，是不是？"

沙兰的脸毫无血色，*比先前还要苍白*。她的肤色浅得出奇，再搭配一头红发，使得她活像一个个子很矮的吃角族人。"达力拿计划在泣雨季前最后一场飓风平息后出兵。那场飓风就快来了，雨会下得很大，*大到离谱*。"

"看来干等不是个好主意。"

"可以这么说吧。"

他曾经试想过飓风吹进深渊的情景。在和第四冲桥队共同回收物品时，他见识过狂风过境后的疮痍，遍地都是残缺不全的尸体，成堆的污秽冲撞着崖壁，渗入石隙，一人高的巨石顺着急流穿过裂谷，直至被两崖卡住，有时会悬在距离崖底有五十尺的高空。

"还有多久？"他问，"那场飓风什么时候刮起？"

她对他凝望几眼，把闲手伸进包内，在好几叠纸里翻找，小包托在被袖子包住的禁手上。她已将自己的润石收起，因而只好招呼他过来。

他举起润石，她借光浏览纸上的一行行文字。"明晚起风，"她低声说，"就在初月落下之后。"

卡拉丁低哼几句，举起润石观察四周。*我们就在事发深渊的北面*，他想，*照此看来，回去的路应该是……那一边？*

"那好吧，"沙兰深吸一口气，扣上小包，"我们步行回去，马上出发。"

"你就不想再坐一会儿喘喘气？"

"我的气可通畅了。"沙兰说，"如果你觉得无所谓，我宁愿快点启程。在回营后，我们便能相聚小坐，喝着温酒，嗤笑我们干出的蠢事。既然时间如此充裕，一路上又何必那么着急。那样感觉傻透了，可我很乐意，你呢？"

"和你一样。"尽管他对深渊有好感，可这并不表示他想在崖底遭遇飓风。"你包里没放地图吧？"

"没放。"沙兰蹙额道，"我自己那份没带上。光明女士薇拉忒有地图，我之前一直在用她的，不过我没准能记起部分见过的地点。"

"那么我想我们应该走这边。"卡拉丁指点着方向，迈开了步。

✸

冲桥手往他所指的方向走了起来，甚至没给她表达看法的机会。沙兰生着闷气，抓起背包——她在士兵身上发现了几只水囊——和随身小包，匆匆地跟在后面，异物钩到了裙子，但愿是一根白生生的树枝。

那个高头大马的冲桥手敏捷地跨过岩屑、绕过杂物，眼神从不乱晃。*为什么活下来的偏偏是他？*不过老实说，能碰上人她就很开心了。在深渊里独行一定不好受。他至少很迷信命运的安排,以为自己是被灵体所救。至于她是如何自救的,她压根不知道,更别提他了。图腾一路都贴在她的裙子上,在找到冲桥手之前,他推测是飓光保住了她的命。

下落至少两百尺还能存活?这仅仅证明她对自己的本事有多么不了解。飓风之父啊!她确信自己救了这个人,在他们一头扎下来的时候,他就在她身旁。

然而她是如何做到的?她能否弄清如何再露一手?

她赶紧跟上他。阿勒斯卡人真可恨,他们的腿长得出奇。他踏着军步,丝毫不为她考虑。和他相比,她不得不更小心地走路。**她不想次次被路过的树枝钩到裙子。**

他们途经一汪淹没崖底的水塘,他跳上一根横跨水面的圆木,通过时脚步几乎没乱。她在圆木的一端止步。

他举起润石,回头看她。"你不会又要叫我贡献出靴子了吧?"

她抬起一只脚,裙摆之下露出一双军靴,他见状挑了挑眉。

"我可不会穿凉鞋上破碎平原。"她满脸绯红,"再说,这条裙子这么长,没人看得到鞋子。"她的眼神游移到了木头上。

"你想让我扶你过去?"他问。

"其实,我正好奇这根墩树干怎么会出现在这里。"她坦承,"这种树不可能扎根于破碎平原地带,因为这里气温太低。它大概是沿着海岸生长的,可是飓风真的把它卷到了那么远的地方?足足有四百里?"

"你想让我们就地停下,这样你就能画画了,对不对?"

"哦,拜托,"沙兰攀上木头,小心地越过,"你知道我画过多少张墩树的素描了吗?"

除此之外,崖底完全是另一番景色。他们继续上路,沙兰用润石照亮四周——为了兼顾挎在肩上的背包和拎在禁手里的小包,她只好把这颗润石握在闲手里——这里环境宜人,长着几十种形态各异的藤蔓,还有呈红、橙、紫三色的褶花,崖壁上生有小石壳木,零星成簇的哈斯帕贝张合外壳,仿佛在呼吸。

如扬尘般的生灵在一丛形似手指的多节页岩皮木周围飘荡,上方的构造几不可见。微小的绿色光点在深渊间飞舞,涌向一整片如拳头般大小的管状植物,顶上生出扭来扭去的细小触须。沙兰一走过,那些触须就攀缘而上,一波波地缩了回去。她低声赞叹,把此景印入脑海。

冲桥手在她身前作停,回首道:"喂?"

"你难道没发现这有多美吗?"

他抬头看看那片管状植物。她确定自己曾在哪里读过相关内容,却记不起名字。

冲桥手继续前行。

沙兰小跑着赶上他,背包拍打着她的背。途中,她险些绊到一堆缠结的枯藤和树枝。她咒骂几句,单脚跳起,这才稳住身子。

他伸出手,从她手中接过背包。

他总算长心眼了,她想。"多谢。"

他哼哼着把背包甩到肩上,不声不响地走开了。他们来到一个岔口,左右各有一条路。他们必须绕过下一座高地,然后才能向西走。卡拉丁选了一条道,沙兰抬头望望远在天边的狭缝,牢牢记住高地这边的样子。

"这要花上一阵子,直接出去还快一点。"他说,"我们必须等来大军,但也能穿过那些中心高地。我们得一一绕行,因此会走很多路。"

"不过至少有个好旅伴。"

他看着她。

"我是说,你身边有个好旅伴。"她补充道。

"莫非我得在这趟回程中处处听你东拉西扯?"

"当然不会,"她说,"我还想发表一些长篇大论,再嘀咕少许有的没的,另外不时地讲点莫名其妙的东西给你听。不过我怕把好话说过头了,因此量不会太多。"

"棒极了。"

"我一直在精进自己的胡话水准。"她又加了一句。

"我都等不及了,说来听听。"

"其实吧,刚才那句话就是胡话。"

他端详着她,用那双锐利的眼睛和她对视,她背过身去。他明显信不过她,作为护卫,他恐怕信不过多少人。

他们来到另一个岔口,卡拉丁多花了点时间做决定。她明白为什么在崖底择路十分艰难。高地地貌变化无常,或长、或窄、或呈正圆形,由于边上有山包和半岛形山体,高地间的通道错综复杂,要穿过很容易——毕竟那里罕有死路——所以他们干脆一直往西走。

可哪边才是西面?在崖底极易迷路。

"你没有在凭心情决定路线吧?"她问。

"怎么会。"

"你好像对深渊很熟悉。"

"熟得很。"

"八成是因为这种阴沉沉的环境和你的性格很相配。"

他默默地走着,没有搭话,两眼始终平视前方。

"风杀的,"她急忙赶上他,"我是说着玩的。到底怎样才能让你撤下防线,扛桥的小子?"

"我想我这人只是……什么来着?'太可恶了'?"

"我看这点无可证伪。"

"那是由于你没用心去看,光眼种。在你之下的人无非是玩物。"

"什么?"她脸上仿如被扇了一巴掌,"你怎么会有这种想法?"

"这再明显不过了。"

"对谁？就对你吗？将低阶民众视作玩物？你什么时候见过我这么待人了？举个例子来。"

"有些事，只要光眼种一干，就会备受称道。"他立刻接上，"而换作我，下场就是坐牢。"

"那是我的错吗？"她质问。

"那是你们那种人共同造出来的孽。只要我们之中有一人受骗、为奴、挨打或遇害，罪责就得加到你们之中的好事者头上，一个都别想逃，就算没有直接参与，也不能置身事外。"

"少和我来这一套。"她说，"世间存有不公？好一个大道理！权威者对平民滥用权威？真行啊！这都是什么时候发生的事？"

他无言以对，用一条从文书身上找来的白手帕包住润石，系在矛头上。他把矛举高，润石袋照亮了深渊，为他们开出明路。

"我认为你只是在找借口。"她顺便收走了自己的润石，"你们确实遭到了欺压，这点我认同，可我觉得你才是那个对瞳色耿耿于怀的人。这样一来简单多了，每当光眼种在你头顶兴风作浪，你就能一口咬定所有人都在用等级说话。至于这种局面为何会产生，有没有更直白的解释？你是否扪心自问过？大家不喜欢你，并非因为你是暗眼种，而是因为你太惹人厌。你说这种可能性存不存在？"

他嗤之以鼻，加快了脚步。

"休想逃，别给我蒙混过关。"沙兰完全得靠跑才能跟上他的流星大步，"你还没说到我仗势欺人的方面，不仅一句不应，还一走了之。你先前对阿多林耍过脾气，现在又这样对我，你究竟有什么毛病？"

"说到玩弄下层民众，你想要个更好的例子？"卡拉丁绕开她的盘问，反击道，"那我就不客气了。你偷了我的靴子，还装成别人欺负了一个刚碰面的暗眼种护卫。这例子够有说服力吧？"

她收住脚步。在这一点上,他说得有理。都怪缇恩影响了她,然而他的话驳倒了她的观点。

他在前方停步,扭头回望。最后他叹了口气。"听着,"他说,"我不是在为靴子赌气。我最近才发现,你不像其他人那么败坏,所以我们别再纠缠了。"

"不像其他人那么败坏?"沙兰走上前,"十足的溢美之词。好吧,算你说到了点子上,或许我就是个麻木不仁的富家小姐。可你有时仍是个彻头彻尾的卑鄙家伙,这个事实不会变,'飓风恩护者'卡拉丁。"

他耸耸肩。

"就这样?"她问,"我道了歉,你却用耸肩来搪塞?"

"是光眼种逼我走到了这一步。"

"因此你无论如何行事,"她冷冷地说,"都完全在理。"

"是。"

"飓风之父啊,我就不能说上几句,好让你改变对我的态度,是不是?你只想继续当个心胸狭隘的讨厌鬼,不但满腔怒气,还无法和旁人好好相处。你的人生注定很孤独。"

这句话似乎激怒了他,他的脸在润石的映照下越涨越红。"我要收回之前的想法了,"他说,"你和其他人一样败坏。"

"别讲违心话,"她说,"你根本不喜欢我,这种态度从一而终,不仅仅是靴子惹的祸。你怎么看我,我很清楚。"

"那是因为,"他说,"我知道你逢人便笑脸相迎,实质上却在撒谎。你只有在对人犯冲的时候才会变得坦诚起来!"

"要对你坦诚,我只能说点犯冲的话。"

"得了!"他说,"我只是……唉!为什么一和你在一起我就想把脸给扒下来,大小姐?"

"我专门学过这方面的技巧,"她侧头一望,"而且我收集人脸。"

那是什么?

"你不能就这么——"

他咽下了后话。一阵愈发响亮的嚓嚓声从某道深渊里传来。

卡拉丁立刻捂住简易的润石灯,两人陷入黑暗。在沙兰看来,这样于事无补。她摸着黑向他走去,用闲手抓住他的胳膊。虽然他生着气,人却还在。

嚓嚓声久久回荡,像岩石相互摩擦的声音,或是……甲壳摩擦岩石的声音。

"我想,"她慌张地低语,"深渊里回声效果俱佳,吵架不太明智。"

"对啊。"

"它越靠越近了,是不是?"她小声道。

"对啊。"

"那么……逃吧?"

嚓嚓声的来源似乎就在下一个转角。

"好的。"卡拉丁把手拿开,露出润石袋,朝远离声源的方向冲去。

这是一种我没见过
的藤木。

它紧紧扎根于石缝中，
生长的地点越过了水位线，
因而很难观察到。
盛放的巨大花叶
色彩明丽，荡下的藤条
长达几十尺！

这些藤条似乎不单在
找寻水源，还和同类
相互缠结，织成了深渊上
方时有出现的藤网。

它们看上去极富弹性！
一旦收缩回去，藤条
会迅速变短、变细，
反应比我见过的
品种都快。

这里长有一种
普通的大型藓花。

沙兰的素描·深渊生态

70

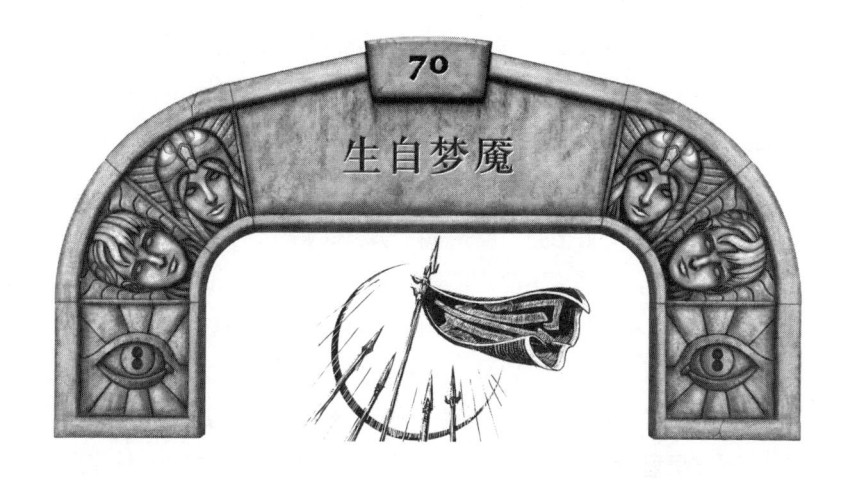

生自梦魇

　　不论此举是否出自塔那万斯特之手，千年业已流逝，雷瑟并未夺去十六人中其余人的性命。虽然我的哀恸源于雷瑟播下的深重灾难，但是我想我们企盼不到更好的结果了。

　　卡拉丁在崖底匆匆前行，跳过树枝和废弃物，踩过水塘，扬起片片水花。那个女孩跟得很紧，超出了他的预期，怎奈被裙子妨碍，她的腿脚远不如他矫健。

　　他徘徊不前，配合她的步伐。虽然她可能挺烦人，但他不想把阿多林的未婚妻丢下，免得她被深渊恶魔吞掉。

　　他们来到一个岔口，随便选了一条路。在下一个岔口，他停留片刻，只为查看他们是否遭到跟踪。

　　他的担心成真了。一阵巨响从他们身后传来，那是爪子刮擦岩石的声音。他们跑向另一条路，他抓紧那个女孩的小包，肩上还有她的背包。他们来到下一个岔口，沙兰好像连气都没喘，所以她要么体力上佳，要么是被吓的。

　　没时间彷徨。他在一条路上飞奔，耳中满是甲壳碾磨岩石的声音。突然,一声仿佛出自四个嗓子的嗥叫回荡在深渊里,轰响震天,仿如千只号角齐吹。沙兰扯嗓大喊,但是那声可怖的咆哮盖过了她的惊叫,卡拉丁几乎听不到。

深渊里的大片植物纷纷退避,转眼间,原本富饶葱郁的深渊完全变成了不毛之地,好像整个世界都在为飓风的来临做准备。他们来到另一个岔口,沙兰犹豫不前,回望声源所在地。她伸出双手,像是准备拥抱那头怪物。欠风操的女人!他抓住她的手臂连拖带拉,一步不停地跑过了两道深渊。

巨兽追逐不放,但他只能闻得响动。他根本不知道它离得有多近,可它嗅到了他们的气味,抑或是听到了他们发出的声音?他完全不了解这类动物的捕食方式。

得想办法!不能就这么——

在下一个岔口,他选了一个方向,可沙兰拐往了反方向。卡拉丁怒骂着,脚下一踩,急忙停步,转而追赶她。

"没时间了。"他气喘吁吁地说,"别争——"

"闭嘴。"她说,"跟上。"

她领着路,去往一个又一个岔口,卡拉丁感到有点喘,他的肺在抗议。沙兰停步一指,跑入一道深渊。他紧随其后,扭头一望。

只见一团漆黑,迷离的月色无法照亮道路。他们不会知道巨兽有没有追上来,除非它进入润石光照的范围。**可是飓风之父啊,从响声判断,它好像就在不远处。**

卡拉丁掉转注意力,专心奔走,险些被地上的障碍绊倒。那是尸体吗?他跳了过去,赶上沙兰。因为一直在跑步,她满脸通红、秀发缠结、裙摆褴褛。她领着他来到下一道深渊,慢慢停下脚步,把手摁在崖壁上,嘴里喘个不停。

卡拉丁闭眼呼吸。**不能久等,它快来了。**他感到自己快散架了。

"把光遮掉。"沙兰悄声道。

他冲她皱眉，但照做了。"我们不能久等。"他悄声回应。

"别出声。"

周围黑成一团，从他指间透出的微亮是唯一的光源。刮擦声越来越响，巨兽似乎快临头了。风操的！在缺乏飓光的条件下，他打得过这种怪物吗？他感到万分绝望，试图从手里的润石吸取飓光。

飓光没有流出，而且自从坠崖后，他就没见过茜尔。刮擦声一刻不停，他预备起跑，但是……

那些声响似乎没有再逼近。卡拉丁皱起了眉头。那个把他绊了一跤的死人是一名参与过先前那场战役的坠崖者。沙兰把路领了回来，他们来到了出发点。

而且……即将成为巨兽的美餐。

他紧张地等待，听着怦怦的心跳声。刮擦声在深渊里回荡，几道光在后方一闪而过，很是离奇。那是什么光？

"待在这儿。"沙兰低语。

难以置信的是，她居然在往声源所在的方向移动。他仍用一只手别扭地拿着润石，又伸出另一只手，一把抓住了她。

她朝他转过脸，往下一望。他一不小心抓住了她的禁手。眼见不对头，他立马放开了。

"我得看一眼。"沙兰对他低语，"我们离它很近。"

"你疯了吗？"

"大概吧。"她还在接近巨兽。

卡拉丁寻思着，暗暗诅咒她。终于，他放下矛，把她的背包和小拎包抛到润石袋上遮光，随后跟了过去。不然还能怎样？难道要向阿多林解释？大公子，实话相告，我纵容你的未婚妻在暗中独自徜徉，还不管她的死活，任由她被深渊恶魔吞食。哪里，我没跟她去。没错，我就是胆小。

前方有光，沙兰的身影——至少是她的轮廓——显了出来。她蹲在深渊的拐弯处，四处张望。卡拉丁走到她身边，蹲下来看了看。

它就在那里。

巨兽填满了深渊的空隙，其体型蜿蜒瘦长，不像某些小飓虫那样肥硕。它生着一张尖脸，两颚长满锋利的颚齿，体表光滑。

它还给人一种难以描述的不实之感。大型生物应该像红甲蟹那样性情温顺、行动迟缓，然而这头巨兽活动自如，腿足扒着两侧的崖壁，用以支撑，躯体几乎没有触地。它吃起了一名坠崖士兵的尸首，先用生在颚部的小螯夹牢，再凶狠地咬上一口，把人体撕成两半。

那张脸仿如生自梦魇，邪恶、强大，**近乎有灵性**。

"那些灵体，"沙兰低声呢喃，他勉强听得见，"我见过……"

他们蹑手蹑脚地在深渊恶魔周围活动，那些光源也在轻轻地跃动。它们看上去仿如发光的细小箭矢，成群成群地将巨兽环绕，但有时某一道光会飘走，继而消失不见，就像一小缕升入空中的青烟。

"飞鳗。"沙兰小声说，"它们也会跟随飞鳗。深渊恶魔性喜死尸。这一品种是否生来就是食腐动物？不对，那些螯似乎是用来扎破外壳的。我想我们会在这类生物的天然栖息地附近找到野生红甲蟹的群落。可它们来到破碎平原是为了化蛹，而这里的食物很少，所以它们才会攻击人类。这一头在破蛹之后为什么还没走？"

深渊恶魔的进食过程快结束了。卡拉丁按住她的肩膀，她显然恋恋不舍，却任由他把她拉走。

他们回到随身品所在的地点，把东西收拾好，然后尽量放轻脚步，退回到黑暗中。

※

他们连走几小时，循着与先前截然不同的路线。沙兰允许卡拉丁再次领头，却极力记住了各道深渊的位置。她需要以画图的形式来定位。

她的脑海中突然浮现出深渊恶魔的形象。好一头威风凛凛的异兽！她急于把记忆中的画面描绘下来，**连手都痒了**。那些腿比她想象的要长；不像多足虾，它们的小腿又细又长，形如棘刺，支撑起的是粗壮的躯体。这头巨兽就如白脊那般威力四溢，只是长得更庞大、更奇异。

他们现在已经离它远远的了。但愿他们就此脱离了危险。在她起早出征后，夜晚姗姗来迟。

她偷偷摸摸地查了查口袋里的润石。在坠崖过程中，她耗尽了里面的飓光，使得润石全部暗了下去。全能之主保佑，飓光救了她。她要画一道铭守符，以表谢意。要不是飓光赋予了她体力和耐力，她绝对跟不上"长腿"卡拉丁的步伐。

但是当前她太风杀的累了，好像飓光先是提升了她的能力，可现在的她缺了飓光，不免锐气受挫，还感到疲惫不堪。

在下一个岔口，卡拉丁停下脚步，打量着她。

她对他挤出一丝淡淡的笑容。

"我们得留下过夜。"他说。

"不好意思。"

"我不单在为你着想。"他仰头望天，"老实说，我压根不知道我们有没有走对方向。我完全迷路了。如果我们能在明天早上辨清日出的位置，就会知道该走哪个方向了。"

她点点头。

"时间绰绰有余，我们应该回得去。"他补充道，"别担心啦，没这个必要。"

听他这么一说，她忽然担心起来。但她还是帮他找了一处比较干燥的地方，他们坐下来，把润石摆在中央，仿佛生起了一小团假篝火。卡拉丁把手伸进那只她搜刮来的背包——取自一名死去的士兵——摸索了一通,拿出一些用作口粮的大饼和蟹肉干。无论如何,这些食物并不是美味佳肴,但总比没有好。

她往崖壁上一靠,一边进食,一边抬头望去。这块米面大饼是塑魂术的产物,带有浓重的怪味。天空被云层遮挡,她看不见星星,但是一些星灵在云层之外运动,构成迷离的图案。

"真奇怪,"她趁着卡拉丁吃东西时小声说,"我落到崖底才不过半个晚上,却感觉好漫长。崖顶看着是如此遥远,可不是吗?"

他敷衍地哼了一声。

"对哦,"她说,"冲桥手就会瞎哼哼,都快成一门语言了。我讲得还不溜,所以要和你们一道复习词头和声调。"

"你当冲桥手很不像话。"

"因为长得太矮?"

"嗯,对。而且你太婀娜了,要是穿上经典的开襟马甲和短裤,恐怕不会好看;又或者,**可能会好看得不行**,别的冲桥手也许会心旌荡漾。"

她一笑置之,把手伸进小包,取出素描本和炭笔。起码她是和这些画具一起掉下来的。借着一颗润石的光,她提笔作画,暗自哼唱。图腾贴在她的裙子上,没有在卡拉丁面前发话;对此,他并无怨言。

"风操的,"卡拉丁说,"你不会在画你换上那套衣服的模样吧……"

"当然了,这还用问?"她说,"我们在深渊里还没相处几小时,我就为你画起了淫秽自画像。"她勾出一条线,"你想象力也太丰富了,扛桥的小子。"

"好吧,反正说都说了。"他嘟哝着起身,走过去看她在干什么,"我以为你累了。"

"我累死了。"她说,"因此我要休息。"很显然,第一张图不是深渊恶魔的素描,她需要先练练手。

所以她画出了深渊的通行路线，成品有点像地图，但更像深渊的俯瞰图。这张图很有独创性，因此富于趣味，但她肯定画错了少量隆起和弯角。

"那到底是什么玩意儿？"卡拉丁问，"一张画着平原的图？"

"算是地图吧。"她虽是这么说，却皱了皱眉。她就是不能像普通人那样随便勾几条线，这说明了什么？她必须好好地画出一张图。"上面的路线只标出了我们走过的几道深渊，至于我们绕过的高地，我不清楚它们的完整形状。"

"你记得这么牢？"

恶风啊，她不是想把这种过目不忘的能力隐藏起来的吗？"唔……不，不完全是，里面有大量臆测成分。"

眼见自己不小心露了一手，她感到很难为情。浣纱会气得跟她拌嘴的。坠崖者不是浣纱实在不妙。面对这种野外生存的考验，她才更擅长。

卡拉丁站起来，从她手中接过地图，并用润石打光。"没关系，如果你画的地图很准，那我们就在往南走，而不是往西走。等天亮起来，找方向就更容易了。"

"也许吧。"她取出另一张纸，画起了深渊恶魔的素描。

"我们要等到明天的日出时分。"他说，"到时我就知道该怎么走了。"

她点点头，画起素描。他把长大衣叠成枕头的形状，找了个位置躺下。她也想睡觉，*可这张图等不起*。她至少得下笔。

她只撑了大概半小时，画了约摸四分之一，之后她不得不把画具收起，往硬邦邦的地上蜷身一躺，把背包当作枕头，睡了过去。

✺

天还没亮，卡拉丁就用矛尾戳她，催她醒来。还没睡够的沙兰唉声叹气地在谷底翻了个身，试图用枕头蒙住脑袋。

她自然被蟹肉干撒了一身。卡拉丁嘿嘿偷笑。

错不了，看到那种事他才会笑。欠风劈的家伙。她睡了多久？她眨了眨惺忪的双眼，注视着高悬在上空的豁口。

天上一点光都没有。那么她大概睡了三个小时？不，这不叫"睡"。她刚做完的那件事究竟要如何定义还存在争议。她可以称之为"在石地上翻来覆去，偶然惊醒后，发现自己流下了一小摊口水"。不过这种话说"出来"可真不容易，不像后面提到的口水。

她坐起来，伸展酸痛的四肢，查了查袖子，确保两件事：一是纽扣没有在夜里松开，二是没有发生同等尴尬的情况。"我得洗个澡。"她抱怨道。

"洗澡？"卡拉丁问，"你才与世隔绝了一天。"

她嗅了嗅，嗤之以鼻。"脏兮兮的冲桥手会散发异味，你是很习惯，可这并不代表我也要学你们。"

他满脸堆笑，从她肩上拈起一条蟹肉干送进嘴里。"我自小一个礼拜只洗一次澡，而这边的人——甚至包括普通的士兵——个个都洗得更勤快，就连我老家的光眼种也会感到奇怪吧。"

这大清早的，他怎么敢这么活跃？不，现在还没到"大清早"。趁他不注意，她又往他身上扔了一条蟹肉干，那个欠风操的家伙居然接住了。

我恨死他了。

"我们没有在睡梦中被深渊恶魔吃掉。"他又把背包装满，只留下一口水囊，"这是好事。看看目前的局势，我们只能奢望这么多。快起来吧。看了你的地图，我想出该走哪条路了。我们可以根据日头的位置来判断有没有走上正道。我们不是要打败那场飓风吗？"

"你才是我想打的人。"她叽咕道，"我想用棍子揍你。"

"你说什么？"

"没什么。"她站起来，想理一理乱发。风杀的，她现在的样子肯定像极了遭过雷劈的红墨水罐。她叹了口气。她没带头梳，而他似乎无意给她时间绑辫子，所以她穿上军靴——连着两天不换袜子已经不算丢脸了——捡起小包。卡拉丁背上了背包。

他在前面领路，她没精打采地跟在后面，胃里咕咕直叫，埋怨昨晚吃得太少。反正也没什么好吃的，随它去吧，*活该*，她想。不管了。

天总算蒙蒙亮了，日出的方向表明他们没有走错路。卡拉丁回到常态，变得闷声不响，早前那种爽朗的样子不见了。相反地，他似乎陷入了苦思。

她打了个哈欠，走到他旁边。"你在想什么呢？"

"我在想，要是周围能安静点，该多好啊。"他说，"无人扰，一身轻。"

"睁眼说瞎话，你为什么这么急着扫别人的兴？"

"我大概只是不想再和你争了。"

"没这种事。"她又打了个哈欠，"要争还太早。来，骂我一句。"

"我不——"

"快骂！"

"和我同走深渊的人与其是你，毋宁是连环杀手。届时，一旦两人谈不来，我至少能侥幸脱身。"

"你的'脚'是很臭。"她说，"你瞧？现在还太'早'。在这种时候，我没法打趣。"她顿了顿，又轻声道，"再说，不会有杀手同意陪你，**毕竟人人都要有点'立'场。**"

卡拉丁嗤之以鼻，嘴角上扬。

"注意，"她跳过一根掉落在地的圆木，"你都快笑出来了——我敢发誓，今天一大早你就很欢乐，或者说，有点沾沾自喜。总之，如果你的心情变好了，就会完全破坏此行的多样性。"

"多样性?"他问。

"是啊,假如我们两个都很开心,就没有那种意境了。要知道,艺术的伟大之处在于反差、在于明暗对比。一位喜气洋洋、笑意嫣然的女士总要搭配一位郁郁寡欢、臭气熏天的冲桥手。"

"那个——"他停下脚步,一时无语,"臭气熏天?"

"一幅人物画之所以能成为杰作,"她说,"是因为它表现了人物固有的反差。画家在描绘人物刚强的一面时,又用隐晦的笔触点出人物脆弱的一面,这样看画的人可以切身体会。你这小毛病一犯,便会形成强烈的反差。"

"你怎么能在画中传达那种元素?"卡拉丁蹙眉道,"再说,我一点也不臭。"

"哦,原来你不臭了?太好了!"

他怔怔地看着她。

"瞧你这一头雾水的。"她说,"我就大方地把你的反应认作一大信号——看在我一起早就如此诙谐的分上,你惊呆了。"她狡黠地凑了上来,悄声道,"其实我不太机智,而你碰巧很傻,所以看起来才是那样。还记得吗?这叫反差。"

她对他一笑,继续前行,自个儿哼着小调。实际上,今天似乎越过越好了,她先前为何要发脾气?

卡拉丁连走带跑地赶上她。"风操的,大小姐。"他说,"我看不懂你。"

"最好别把我看成尸体。"

"奇了,怎么到现在还没人这么看。"他摇摇头,"老实回答我,你为什么来这儿?"

"哦,那座桥塌了,我不就掉了下来……"

他叹了口气。

"对不起。"沙兰说,"扛桥仔,就算在大清早,你也会激发我的幽默感。要说我为什么来这儿?你刚才指的是破碎平原?"

他点点头。这家伙身上是有种粗犷的英气,美若浑然天成的岩石,而非精致玲珑的雕塑,与阿多林的类型正相反。

但卡拉丁的炽烈之情让她害怕。他似乎是那种始终紧咬牙关的人,不会轻易允许自己或别人坐享安乐。

"我来这儿的原因在于迦熙娜·寇林的研究。"沙兰说,"她留下的学术工作不能被冷落。"

"阿多林呢?"

"阿多林是意外之喜。"

他们途经一面崖壁,上面覆盖着垂荡的藤条,后者扎根于上方的裂岩,沙兰一走过,它们便一扭一扭地缩了上去。灵敏度很高,她转念一想,移动得比多数藤蔓要快。相比之下,家中花园里的植物养尊处优,因而处在另一极。她本想抓住一根藤条割下来,可它收得太迅速了。

真麻烦,她需要取一点样本,以便在回营后做种植试验。佯装在此探寻,并记录下新物种有助于把忧愁挡回去,她想转移自己的注意力,把自己从困境和危难中解放出来。她听到裙子上传来图腾的低哼,他好像意识到了她的行为。她打了他一下。要是那个冲桥手听到她的裙子在嗡嗡作响,他会怎么想?

"稍等。"她总算抓住了一根藤条。卡拉丁倚在矛上,看着她从小包里取出小刀,割下藤条的一端。

"迦熙娜的研究,"他说,"是不是和平原上那些被飓砂掩埋的建筑有关系?"

"为什么这么说?"她把那段藤条塞进一只用来装标本的空墨水罐。

"为了上平原,你费尽了心力,"他说,"显然只是为了观察深渊恶魔的蛹,而研究对象甚至是死的。事情不可能这么简单。"

"我明白了,你不懂学者生来都有强迫症。"她晃了晃墨水罐。

他嗤之以鼻。"要是你真想观察石蛹,直接叫他们拖一个回来不就得了?他们有那种运伤员的木橇,弄一个过去就行,根本用不着你亲自跑个大老远过来。"

可恶,他的理由真够充分,还好阿多林没想到。王子确实是人中翘楚,而且绝对不笨,但是他的心思……太直了。

从表现上考量,这个冲桥手真的不太一样,不论是看人,还是思考,他的方式都有别于他的同类。她还发现,就连他讲话的方式也很特别。他谈吐有方,好似一位知书达理的光眼种。**可他额前的奴隶烙印是怎么回事?** 虽然他的刘海遮住了疤痕,但她认为有一个烙印代表"危险"。

既然他似乎在为她的初衷操心,那么她或许也该花上同等的时间来怀疑这家伙的初衷。

他们继续赶路。"至于财富,"他一边说,一边拨开几根从石缝里探出的枯枝,好让她通过,"这边像是有什么宝物,你就想找那个?可是……不对,光靠这门婚事你就能轻松地获得财富了。"

她一语不发地走过他为她开辟的空间。

"以前没人听说过你。"他接着说,"达瓦家族确实有个和你一样大的小姐,而且你的特征也与描述相匹配。你是骗子的可能性不能说没有,不过你是光眼种,况且那个雅克维德家族不是什么大户人家。假如你想费点事乔装改扮,就不能挑个更有地位的人?"

"在这方面,你好像大有考虑。"

"我有这个责任。"

"那我就跟你坦白吧。我来到破碎平原,就是为了接手迦熙娜的研究。在我看来,这个世界或将陷入风雨飘摇的境地。"

"所以你才和阿多林讲起了仆族的事。"

"慢着,你怎么……你们那些护卫当时就和我们同处一座露台。

他们告诉你了？我不记得有谁靠过来听了。"

"我特意叫他们跟紧点的。"卡拉丁说，"那时，我差点就信了。以前我就怀疑你想暗杀阿多林。"

这下好，他倒是坦白。

"我从部下那里得知，"卡拉丁接着说，"你似乎想把仆族杀掉。"

"我从没讲过这种话。"她说，"不过他们恐怕会背叛我们，我的心定不下来。此事悬而未决，如果没有更多证据，我估计难以说动诸位轩亲王。"

"但是，万一你得偿所愿，"卡拉丁以好奇的口吻说，"你会怎样对待仆族？"

"把他们逐出去。"沙兰说。

"那么谁来顶替他们？"卡拉丁问，"暗眼种吗？"

"这桩事办起来不会顺手的。"沙兰说。

"他们对奴隶的需求量会变大。"卡拉丁沉吟道，"说不准好多实诚人都会被打上烙印。"

"看来你还在为自己受的罪而生气。"

"如果换作你，你难道不会生气？"

"不，我想我会生气。眼见你被这样对待，我感到很难过。然而后果可能会更糟，你搞不定会被吊死。"

"我可不想成为干那种勾当的处刑人。"他轻声说着，有点激动。

"我也不想。"沙兰说，"我觉得给犯人上绞索的处刑人算是入错行了，当个耍斧子的更好。"

他冲她皱皱眉。

"你看，"她说，"耍斧子的更容易出'人头'地……"

他愣了一会儿，接着敛额道："噢，风操的，这也太牵强了。"

"不，这多有趣啊。你好像经常混淆这两个概念。不要紧，我来帮你。"

他摇摇头。"沙兰,我不是说你不聪明,我只是觉得你做得太过了。这个世界不是什么阳光的地方,把一切都当作笑柄也无济于事,你再拼命也没用。"

"理论而言,"她说,"在半天时间里,*世界都是阳光的*。"

"这大概适用于你们那些人。"卡拉丁说。

"你什么意思?"

他苦笑道:"听着,我不想再和你斗了。消停点,好不好?我只是……求你了,我们到此为止吧。"

"如果我保证不发火呢?"

"你做得到吗?"

"当然了。我大部分时候都不发火,自控力那是相当的好。所幸多数情况下你都不在,不过没关系。"

"你瞧,又来了。"他说。

"对不起。"

他们默默地走了一会儿,途经一丛开花植物。一具保存完好的骇人尸骨就在花叶的下面,几乎未被深渊里的水流所破坏,不知为何。

"好吧,"卡拉丁说,"我告诉你,我想象得出你们这类人眼中的世界。你们哪,从小娇生惯养,还任性妄为。对你们来说,生活既美好又明媚,值得一笑而过。那不是你的错,我怪不了你。我受苦受难、历经生死,而这些事根本轮不到你操心,与你如影随形的绝非痛苦。"

沙兰一时缄默,没有回答。*她怎么还得了口?*

"怎么没声了?"卡拉丁终于发问。

"我在想答话。"沙兰说,"你也知道,你刚刚提到了点非常非常带劲的东西。"

"那你怎么不笑?"

"因为那种带劲不好笑。"她把小包递给他,踏上一小块干燥的凸岩,后者贯穿崖底,位于一汪深潭的中心区域。由于飓砂沉积,崖底的地面通常很平坦,但这个水塘似乎深达两至三尺。

她从岩石上走过,两臂张开,以保持平衡。"那我想想看。"她一边说,一边小心地迈步,"你以为我的人生简单快乐,充满阳光和喜悦,可你又说我藏着不可告人的邪恶秘密,因此你才怀疑我,甚至对我抱有敌意。你说我目空一切,还认定我把暗眼种视作玩物,可当我告诉你我正想保护他们和所有人时,你又说我爱管闲事,叫我不要多此一举。"

她来到岩石的另一端,转身道:"'飓风恩护者'卡拉丁,我们都谈到现在了,你说这是不是精准的总结?"

他皱着眉说:"我想是的。"

"哇,"她说,"原来你真的很懂我,尤其看在你一开始还说你看不懂我的分上。我认为你这句话讲得离奇,因为你好像已经全搞明白了。既然你似乎比我自己更懂我,那么等我下次做决定的时候,就干脆问你好了。"

她眼巴巴地看着他在同一块凸岩上走过,因为他手里拿着她的小包。但在过水塘时,比起自己,她更想把包托付给他。他来到凸岩的另一端,她伸手去要,却不自觉地抓住他的手臂,想要引起他的注意。

"这样如何?"她与他对视,"我以全能之主的第十个名字庄严承诺,我无意加害阿多林和他的家族。我想阻止一场灾难。我不一定是对的,也不一定找对了方向,但我对你发誓,我是真心的。"

他凝视着她的双眼,**那目光炽烈如火**,她迎了上去,竟浑身发颤。

"我相信你。"他说,"我想这样就好了。"他往上一看,骂了一句。

"怎么了?"她抬头遥望一线天光。太阳正从悬崖口探出头来。他们根本没在往西走,而是又一次走上歧途,跑到了东边。

"该死的。"沙兰说,"把包给我,我要画下来。"

71 守候

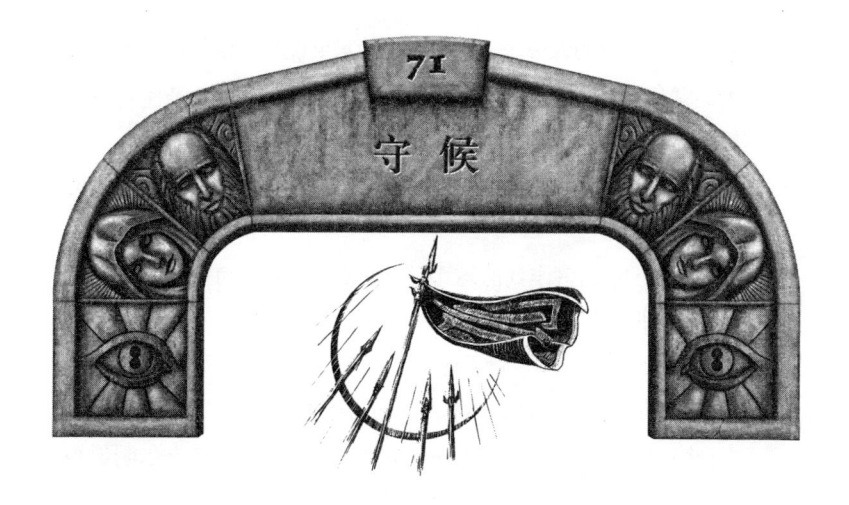

他拥有神的仇恨,与其余神性相离。他变成那样,是我们一手造成的,老朋友。事不凑巧,这恰是他梦寐以求的状态。

"那时候我年纪还小,听到的东西不多。"泰夫特说,"克勒克,我根本不想多听。我家里搞的那一套,绝不是你希望自己的爹娘捣鼓的东西,好不好?我不想了解,所以你别见怪,我就是记不清了。"

西格吉尔以他特有的方式点点头,虽然文雅,却叫人恼火。这个亚泽尔人就是明事理,还会叫你跟他侃几句,着实不公平。到头来,泰夫特为什么非得和他一起做看守?

两人坐在石头上,离一道深渊不远,再往西走就是达力拿的军营。冷风拂过,预示今晚将有飓风来袭。

在此之前,他会回来的。肯定不会出事。

一只飓虫窜过地面,泰夫特朝它扔了颗石子,惊得它爬往附近的石缝。"我不晓得你干吗要听这些破事,它们又没什么用。"

西格吉尔连连点头。欠风操的老外。

"好吧,我讲。"泰夫特说,"要知道,那是一个名为'预见者'

的邪教团体。里面的人……嗯，他们认为只要能想办法复活虚渡，光辉骑士团就会跟着回归。傻不傻啊？只不过他们掌握着一些不该被他们掌握的知识，比如卡拉丁的本事。"

"我懂，这于你而言是道坎。"西格吉尔说，"想不想再来一手谜石赌打发时间？"

"风操的，你就想诈我的球币。"泰夫特斥道，向亚泽尔人挥舞手指，"别用那个名字称呼它。"

"这游戏的名字就叫'谜石赌'。"

"'谜石赌'是圣词①，哪有游戏的名字是这样的。"

"这个词发源于别国。在那里，它并不神圣。"西格吉尔明显被气到了。

"我们现在不在那边，听到没有？换个字眼。"

"我以为你习惯这样叫。"西格吉尔拾起在游戏里所用的彩色石头。玩谜石赌时，你要押上一摞石头，同时试着猜测对手藏起来的组合。"玩这个要靠手段，不靠手气，所以不会触动沃林教会的敏感神经。"

泰夫特看着西格吉尔捡石头。如果他就在这个欠风操的游戏里输光了所有球币，说不定还好一些。如今，他的钱袋又鼓起来了，这不是什么好事。别人不能把钱财托付给他。

"他们相信，"泰夫特说，"只要身陷绝境，人们开发出异能的可能性就越大。所以……他们就把人逼入绝境。托天风的福，干那些事的都是团体里的成员，无辜的外人没有一个受害。可是，那已经够糟了。有人被推下悬崖时是心甘情愿的；还有人把自己绑起来，拿蜡烛慢慢烧断头上的绳子，让挂在下面的石头砸到自己身上。西格吉尔，这么做太残忍了，简直叫人毛骨悚然，谁都不该在旁边看，尤其是才

---

①Michim 是对称的。

满六岁的男娃。"

"那你怎么办?"西格吉尔轻声问道,扎紧绳子,绑牢那只装着石头的小口袋。

"不关你的事。"泰夫特道,"我不明白自己干吗要和你瞎聊。"

"没关系,"西格吉尔说,"我知道——"

"后来,我向城主告发了他们。"泰夫特脱口而出,"他兴师动众地审了他们一回,最后把他们全给处决了。我一直没理解,他们只是自己害自己罢了。咳,全是废话。我本该想法子救他们……"

"你父母怎么样了?"

"我娘被石头砸死了,用的就是那个系着绳子的破装置。"泰夫特说,"她可信了,西格。我跟你说,她真以为自己有能耐,死前会逼出来,这样她就得救了……"

"你目睹了那一幕?"

"风操的,怎么可能!你觉得他们会让她儿子看见?你傻了吗?"

"但——"

"不过我是看着我爹死的。"泰夫特眺望平原,"他上吊了。"他摇摇头,在衣兜里摸索了一通。他把那瓶酒放哪儿去了?他一转身,却看到另一个小伙子坐在后面。那是雷纳林,他还在摆弄他的小盒子,和平时一样。

泰夫特并不认同莫阿什的那些胡说八道,也无意推翻光眼种的统治。在全能之主的安排下,他们各得其所,谁又有权怀疑神的决定?反正矛兵肯定不能。但是雷纳林王子或多或少和莫阿什一样,他们的想法都有问题,没人找对自己的位置。前者作为光眼种,却想加入第四冲桥队;后者作为暗眼种,却用倨傲不屑的态度和国王说傻话。两种情况一律不成体统,哪怕那个小伙子似乎挺招其余冲桥手的喜欢。

而现在,莫阿什也毫无悬念地加入了他们的行列。风操的,他是不是把那瓶酒落在营房里了?

"注意点，泰夫特。"西格吉尔起身道。

泰夫特转过身，看到一队穿制服的士兵走了过来。他赶忙站起，握好矛。来人是达力拿·寇林，几名光眼种幕僚与其相伴，后面还跟着第四冲桥队的当值护卫德雷赫和斯卡。莫阿什升了职，而卡拉丁……算了，他人不在……因此，泰夫特接过了日常出勤的指挥棒。这种欠风操的活没人愿意干。他们都说现在他是头儿了，一群不知情的笨蛋。

"光明贵人。"泰夫特拍了拍胸脯，以示敬意。

"据阿多林说，你们过来了。"轩亲王道。他瞥了一眼雷纳林王子，那个年轻人也起立敬礼，好像眼前的人不是他亲爹似的。"轮值？"

"是的，长官。"泰夫特望向西格吉尔。*没错。*

泰夫特几乎班班当值。

"你真以为他还活着，士兵？"达力拿问。

"是的，长官。"泰夫特说，"这不受我和他人的左右。"

"他掉进了深达数百尺的深渊。"达力拿说。

泰夫特站好没动。轩亲王未提问，所以泰夫特不回答。

可他是得赶走一些凄惨的想象。卡拉丁会不会在坠崖时磕破脑袋？会不会被坍掉的桥砸到？会不会拖着一条断腿，找不到润石来疗伤？有时候，那个傻小子以为自己死不了。

克勒克在上，他们都有这种想法。

"他肯定回得来，长官。"西格吉尔对达力拿说，"他会从那道深渊里爬上来。我们还是过去为好，穿上制服，把矛擦亮，等着接他。"

"我们会在闲暇时等，长官。"泰夫特说，"目前我们仨哪儿也不能去。"话音刚落，他面露惭色。*刚才他还在思量莫阿什与上级对话的方式。*

"我过来不是为了命令你们离开岗位，士兵。"达力拿说，"我过来是为了确认你们没有亏待自己。谁都不能不吃饭就来这里守着。你们不能在飓风期间等人，我不许你们有这种念头。"

"呃，遵命，长官。"泰夫特说。他占用了早饭后的休息时间来此执勤。达力拿怎么会知道？

"祝你好运，士兵。"说罢，达力拿在随员的左右陪同下继续前行。他们显然要去视察最靠近军营东端的大队驻地。那边的士兵行色匆匆，仿如在飓风后出动的飓虫。他们扛着一袋袋补给，将其堆放进营房。达力拿很快就要全面远征破碎平原了。

"长官。"泰夫特追喊。

达力拿回头看他，随员中途作停。

"您不相信我们。"泰夫特道，"我是说，您不相信他会回来。"

"他已经死了，士兵。然而我能理解，你们总归要留守在此地。"轩亲王用手碰了碰肩膀，向死者致意，又往前走去。

唉，达力拿果然不相信，但是泰夫特觉得不要紧。等到卡拉丁回来的那一天，他必然会大吃一惊。

今晚会起风，泰夫特想道，坐回到石头上，孩子，你在那儿干啥呢？快回来吧。

✺

卡拉丁感到自己成了十蠢之一。

事实上，他感到自己被那十个愚人附体了，他的蠢已经翻了十倍。他觉得自己尤其像那个喜欢当着行家的面卖弄学识的哑术。

在深渊深处定位很艰难，但他通常可以从杂物沉积的方式来辨别方向。在风力的作用下，水自东向西流入，之后却往反方向流出，所以卡在崖缝里的杂物通常指向西面，而那些天然沉积物在水流退去后，往往会指向东面。

他一直靠直觉认路。他们先前走错了。他不该那么自信满满。这里远离军营，水的流向肯定不同。

他从正在画画的沙兰身旁走开，自怨自艾地走上一条路，问："茜尔？"

没有应答。

"茜芙蕊娜！"他扯开嗓门喊道。

他叹了口气，走回到沙兰身边。她捧着素描本作画，跪在长满苔藓的地上，显然不想再护着自己的裙子。这条裙子是名贵货，现已弄脏、划破。她的存在是他觉得自己像个傻瓜的另一个理由。他不该让她这么挑拨。面对其他更讨厌的光眼种，他都能忍住不回嘴，可他为什么一和她讲话就会失控？

我早该吸取教训了，他想，*到目前为止，她次次都把我驳倒，连我自己都不能否认*。

他靠在崖壁上，臂弯里夹着矛，紧紧系在矛头的润石袋发出亮光。他对她的认识是毫无根据的，她已经极为尖刻地指了出来。他总是一而再、再而三地这样看待她，*他的一部分意识仿佛想要讨厌她*。

假如他找到茜尔就好了。他要是能和她重逢，并知悉她平安无事，一切都会好起来。那声惨叫……

为了使自己分神，他走到沙兰身边，俯下身看她画图。她笔下的地图更像一幅画作，看上去就和卡拉丁见过的场面出奇的像。几天前，他曾在夜间飞越破碎平原。

眼见她在高地的边缘打着阴影，他不禁发问："这有必要吗？"

"有。"

"可——"

"就是有必要。"

时间过得比想象中慢，太阳越过头顶上的一线天，遁出了视线。现在已经过了中午。假如计时无误，他们还有七个小时就要迎来飓风,然而就连最精明的读风者有时也会算错。

七个小时。我们光是走到这里就花掉了这么长时间,他想。但是,他们已经走了一个上午,肯定离军营近了点。

催沙兰是没用的。他随她去,沿着深渊走了回来,抬头看着上方的裂口,把它的形状和她画的图作比对。就他看来,她画得完全正确。她在凭记忆作画,他们走过的路线均以俯视图的形式得以呈现,她面面俱到,没有遗漏任何微小的隆起。

"飓风之父啊。"他低声感叹,快步走回。他知道她擅长绘画,可这完全是另一码事。

这女人到底是什么人物?

当他走过来后,她还在作画。"你的图准得惊人。"他说。

"昨晚……我的发挥可能有点失常。"沙兰说,"我记性很好,不过老实说,在画图之前,我不知道我们走了多远。许多高地的形状是陌生的,我们或许进入了仍未得到勘察的区域。"

他看了看她。"你记下了地图上所有高地的形状?"

"唔……是的?"

"真了不起。"

她跪在地上,往后一仰,举起素描,把一根不听话的红发拨到一边。"不一定,上面有几个很奇怪的地方。"

"你说什么?"

"我觉得这幅画肯定不准。"她站起来,看上去很困惑,"我需要更多信息。我想绕着这里的一座高地走一走。"

"好吧……"

她走了起来,目光仍旧停留在素描上,几乎没有注意自己的去向,还被石头和树枝绊住了脚。他毫不费力地跟了上去,却没有打搅她,这时她抬眼仰望前方的裂口。她一直在绕着右边那座高地的底部领路。

就算他们快步前行，这样走还是相当耗时。时间在一分一秒地溜走。她知不知道他们在哪里？

"现在去那座高地。"她指了指下一面崖壁，迈开步子，朝那座高地的底部走去，准备绕圈。

"沙兰，"卡拉丁说，"我们没——"

"这很重要。"

"躲飓风也很重要。"

"如果无法定位，我们是躲不过去的。"她把画纸递给他，"在这里等着，我过一会儿就回来。"她跑开了，裙裾簌簌而动。

卡拉丁盯着那张纸，细看她画出的路线。尽管他们早上出发时的路线还是对的，可在他们重新向南前行时，卡拉丁唯恐自己领着她兜圈子，而他的确带错了路，甚至往东折回了一段距离，还走了好一阵子！

因此，他们与达力拿的军营渐行渐远。在前一天晚上启程时，他们离那里还近一点。

拜托了，让她出错吧，他想道，从反方向绕过高地，在半途和她相遇。

但是，如果她确实出了错，他们就完全不知道自己在何处了。哪一种可能性更糟糕？

他在深渊里走了几步，随后浑身一僵。四周，崖壁上的苔藓都被刮走，地上的碎石残枝被捣得乱七八糟，表面上有划痕。风操的，这片狼藉是最近才形成的，至少是在上次飓风之后。深渊恶魔曾从这里经过。

也许……它已经去往深渊深处了。

沙兰出现在高地的另一端，心神不定，口中念念有词。她还在仰望天空，一边走，一边自言自语："……我知道，我说过自己见过这些地貌，可面积太大了，我无法凭直觉判断。你该说点什么的,我——"

一见卡拉丁,她惊得跳起,突然咽下后话。他不由自主地眯起眼睛。她在讲话时,听上去好像……

别傻了,她又不善战。古代的光辉骑士团不就是一支军队吗?关于他们,他着实不太了解。

不过,茜尔还是见过几只异常的灵体。

沙兰瞥了一眼崖壁上的刮痕。"我想的没错吧?难道是那个?"

"嗯。"他说。

"太好了。来,给我那张纸。"

他把画纸递还给她,她从衣袖里抽出一支炭笔,接过他送来的小包,把它放到地上,用硬的一边作为垫板,画起了图。她把离他们最近的两座高地补了进去,她已经绕了一圈,看到了全貌。

"那么你画得对不对?"卡拉丁问。

"图很准,"沙兰边画边说,"就是有些怪。我还记得,这片离我们最近的高地在地图上的位置应该更偏北。**那边的另外几座高地具备完全相同的形状,只是和这边的高地互成镜像。**"

"你能把地图记得那么牢?"

"当然。"

他没有多问。他发现她或许做得到。

她摇摇头。"平原上两大片高地形状完全相同的概率有多少?不仅仅是一座高地,而是一整片高地……"

"平原的形状是对称的。"卡拉丁说。

她愣住了。"你怎么知道?"

"我……我梦到过。在梦里,我看到了高地的排布方式。那是一种对称结构,非常宽。"

她又看了看地图,惊得倒吸一口气,随手就在边上作了笔记。"音形。"

"什么?"

"我知道仆族智者在何处。"她瞪大了眼睛,"他们驻扎于破碎平原的腹地,誓约之门也在那里。我全明白了,画出全图几乎不在话下。"

他浑身一颤。"你……你说什么?"

她猛地一抬头,接上他的目光。"我们得往回走。"

"我知道,飓风快来了。"

"不止如此。"她站了起来,"我所知甚多,不能死在这里。**破碎平原的地貌有既定的规律,不是天然形成的。**"她的眼睛越瞪越大,"平原中部有一座城市,出于某种原因,它变得四分五裂。这是不是武器造成的?就像在盘子上震动的沙粒?地震时石崩地裂的……岩石化为齑粉,飓风吹过,那些落满石砾的裂缝就变空了。"

她的眼神似乎极为迷离,而她说的话,卡拉丁连一半都没听懂。

"我们必须到腹地上去。"沙兰说,"我可以深入平原中部,循着地貌寻找。在目的地,有……"

"那里有你在找寻的秘密。"卡拉丁说。她刚才是怎么讲的?"誓约之门吗?"

她满脸通红。"我们继续走吧。你不是说过我们没多少时间了吗?坦白而言,我们之中如果有一人没有叽里呱啦地说个不停,大家就不会分心,现在差不多都能回去了。"

他冲她抬抬眉毛,她开口一笑,指了指前进方向。"对了,现在由我领路。"

"也许这样才是最好的。"

"不过,"她说,"我觉得最好让你来领路。这样一来,我们没准一不小心就跑上腹地了,要不然也得是亚泽尔。"

他听罢对她抽笑几声,因为这么做似乎没错。然而,在笑容背后,他的内心却在承受煎熬。他失败了。

接下来的几小时令人不堪忍受。在走过两座高地后，沙兰不得不停下脚步，为地图添上新细节。这么做是正确的，他们不能再冒险迷路。

可她的做法太费时。在沙兰绘制地图的间歇，就算他们走得再快，简直就是跑过来的，前进的速度还是过慢。

卡拉丁望着天，焦急地倒换双脚，这时沙兰又在地图上画了点东西，又是咒骂又是抱怨。他注意到，一颗汗珠从她额头上滴下，落到越来越皱的画纸上，她见状赶紧把汗水抹去。

离飓风刮起可能还有四小时，卡拉丁想，**我们没希望了。**

"我再去把把风。"他说。

沙兰点点头。他们来到了另一个区域，这里是达力拿军的斥候用撑杆越过深渊、探查新石蛹的地方。向他们呼救，希望很渺茫。就算他们走了运，找到一支斥候队，对方恐怕也没有足够长的绳子放到崖底。

但机会还是有的。他走到一旁，不打扰她作画，用双手拢住嘴，喊了起来："喂！请回答！我们被困在深渊里了！请回答！"

他来回走了一会儿，张嘴大吼，然后停下脚步，竖起耳朵听。没有任何回音。崖顶上毫无人烟，并未传来问话。

截至目前，他们可能全都躲进了石窟，卡拉丁想，**他们已经拆掉哨亭，就等飓风来袭。**

他抬头望着一线天，意气消沉。那里是多么遥远。他还记得这种感受，和泰夫特等人待在崖底，渴望爬出去，逃离痛苦的冲桥手生活。

他试着吸入润石里的飓光，这已经是第一百次了。他紧紧攥着润石，直到两手冒汗，浸湿了玻璃，但飓光并未向他流动，那可是内在的力量啊。他再也感受不到飓光了。

"茜尔！"他收起润石，把双手拢在嘴边，喊道，"茜尔！求你了,回答我!你在吗?不然你到底在哪里?"他渐渐闭口,"我还是不明白。"他把声音压得更低了,"这就是惩罚?或者还不止?到底出了什么错?"

他没有收到回复。只要她一直在看着他,并能思考,一旦注意到了,就绝对不会让他死在这里。他想象出一幅恐怖的画面:她乘着风,混迹于风灵之间,忘却了自己,也忘却了他,变得相当天真无知,不知道自己究竟是谁,活得很是惬意。

她就怕这样。她怕极了。

沙兰走了过来,靴底刮擦着地面。"没人应?"

他摇摇头。

"那就往前走吧。"她深吸一口气,"这一路下来腿脚又酸又累,你又不愿意背背我……"

他瞪了她一眼。

她笑着耸耸肩。"想想看,这场面该有多棒!我甚至能找根芦秆来抽你。回去后,你可以跟别的护卫说说我的人品有多差。要演一出扣人心弦的大戏,这是绝好的机会。你不想玩?那行,我们走。"

"你是个怪女人。"

"谢谢。"

他与她并排而行,两人步伐一致。

"哎哟,"她说,"我看出来了,你头上又生出了另一场飓风。"

"我把我们害惨了。"他低声说,"我先领了头,结果迷了路。"

"好啦,我也没注意到我们走错了路。换作我,也好不到哪里去。"

"在今天启程时,我本该想到让你画下我们的路线。当时我太自信了。"

"没关系,都已经过去了。"她说,"我可以精准地把这些高地画下来,要是当时更明确地告诉你就好了。这样的话,你或许就能妥善利用我画的地图。但我没有这么做，你也不知情，所以我们就不追究了。你总不能什么事都怪自己，对不对？"

他走着走着，一言不发。

"唔，对不对啊？"

"这是我的错。"

她把眼睛睁得老大，翻了个白眼。"你就是喜欢一味地自责，是不是？"

他父亲反复强调过相同的东西。卡拉丁就是这样的人。他们难道希望他做出改变？

"我们不会有事的。"沙兰说，"走着瞧。"

一听这话，他的心情又变差了。

"你不会还以为我的心态很好吧？"沙兰问。

"这不是你的错。"卡拉丁说，"我宁愿像你那样。现在的人生不是我想要的，我希望满世界的人都能和你类似，沙兰·达瓦。"

"那些人不懂什么是痛苦。"

"哦，有谁不懂痛苦？"卡拉丁说，"我指的不是这个，而是……"

"有一种悲伤，"沙兰轻声道，"那是看着生命灰飞烟灭、一切崩溃离散，同时拼命想要咬牙坚持，却发觉只有一线希望，手下是一片血腥。你说对不对？"

"对。"

"那种感受叫沉沦，不是悲伤，而是某种更深层次的东西。你时常经受打压，心中满是愤恨，**那种情绪就成了你唯一的寄托**。要是哭得出来，那才好呢，**因为你会有点感觉**。而事实正相反，你什么感觉都不会有，你的内在……混沌而迷茫，这就好比你已经死了。"

他在深渊中止步。

她回头看着他。"有一种深深的内疚，"她说，"那是无能为力。**你希望别人伤害你**，而不是你周围的人。那些你爱的人被糟蹋了，你对此切齿痛恨,又是摸爬又是号叫,你的念头就像快鼓出来的疖子,一发而不可收。你眼看着他们的欢乐逐渐流失,*却毫无办法*。别人打垮了你爱的人,却没有打垮你。你苦苦哀求:'既然要打,何不转而打我?'"

"说得好。"他低语。

沙兰点点头,与他对视。"没错吧?'飓风恩护者'卡拉丁,世上要是没人知道那些东西就好了。我全心全意地表示认同。"

他在她的眼神中捕捉到了苦闷和沮丧,强烈的虚无感笼罩在她的心头,令她透不过气。她都明白。她的内心已经伤痕累累。

可她还是笑了。噢,飓风在上!*尽管如此,她还是绽出了笑颜。*

在一生中,这是他见过的最美的画面。

"你怎么笑了?"他问。

她耸耸肩。"你要是变疯了,会理解得更快。来吧,我认为我们的时间确实有点紧……"

她向深渊深处走去。他站在后面,感到相当疲惫。奇怪的是,他心情变好了。

他真该觉得自己是个傻瓜。他又犯了老毛病,当着她的面说她生活安逸,而她心里一直藏着那些秘密。不过这次他觉得自己没有犯傻,反倒理解了她。至于到底理解了什么方面,他并不清楚。这道深渊似乎变得明亮了一点。

就算天气再阴沉,他想,*提安也总是那么对我……*

他默默伫立良久,褶花在他身旁绽放,宽大的扇形花叶上有着呈橙、红、紫三色的叶脉。他终于小跑着跟上沙兰,花草受了惊,纷纷闭合。

"我想,"她说,"*身在这道可怕的深渊,我们要专注于积极的一面。*"

她看了看他。他什么也没说。

"来吧。"她说。

"我……我感觉,最好不要鼓励你。"

"这有什么意思?"

"嗯,我们快要碰上飓风带来的大水了。"

"那么我们的衣服会被冲干净。"她含笑道,"瞧!还是有积极的一面的。"

他嗤之以鼻。

"啊,又来了。你们冲桥手的哼声已经成行话了。"她指出。

"我那声哼是有含义的。"他说,"我想表达的是:如果发了大水,你身上的一些臭味至少会被洗掉。"

"哈!有点意思,不过不妙。我已经很明确地表示过你才是臭气熏天的人。严禁重复利用笑点,谁破坏规矩,谁就要往大水里浸一浸。"

"那好吧。"他说,"为什么我们掉下来不是坏事?因为今晚我本来要执勤,现在却不能去了,这等于是放了一天假。"

"而且还是去游泳!"

他笑了。

"我们掉下来,我高兴还来不及。"她发言,"因为天上的太阳太亮了,我要是不戴帽子,八成会被晒黑。深渊底下就好多了,那里阴暗潮湿,弥漫着难闻的味道,好多东西都腐烂了,人们可能会有生命危险,而且这下边阳光照不到,只有怪物出没。"

"我很庆幸我们摔了下来,"他说,"因为遭罪的人至少是我,而不是我的部下。"

她跳过一个水塘,看着他说:"你不太会玩这个啊。"

"对不住。我其实想说,那是因为在我们出去后,人人都会为我喝彩,因为我救了你,成了英雄。"

"好多了。"沙兰说,"不过有一点不对,*我认为救你的人应该*

是我。"

他瞥了一眼她的地图。"妙。"

"我很庆幸我们摔了下来,"她说,"因为我总是在纳闷,一大块肉究竟是怎样通过消化系统的?这里的深渊让我想起了肠子。"

"我希望你不要来真的。"

"什么?"她一脸错愕,"谁要来真的,好恶心。"

"你做得实在太过了。"

"我就是这样疯疯癫癫的啊。"

他爬到一大堆碎石上面,伸出一只手拉她上来。"我来这儿很开心,"他说,"因为我突然想起,离开撒迪亚斯军的自己是多么幸福。"

"啊。"她来到石堆顶上,和他站在一起。

"他手下的光眼种派我们下来回收物资。"卡拉丁顺着石堆的另一边溜到地上,"我们照着办了,可他们没给我们多少钱。"

"好惨。"

"可以这么说,"他对她说,这时她从石堆上下来了,"他们'坑'了我们,每次只给一点点。"

他对她笑了笑。

她把头歪到一边,表示不解。

"你也听到了,刚才那句话里有个'坑'字。"他指了指他们身处的深渊,"我们就在一个坑里……"

"噢,风操的!"她说,"你不会真以为这种也算双关吧?级别太低了!"

"我明白。对不起。我妈会失望的。"

"她不喜欢玩文字游戏?"

"不,她很喜欢。在我想玩的时候,她万一不在,就没法嘲笑我。事后她会生气的。"

"我很庆幸我们掉到了这里,"她说,"因为阿多林会担心死的,他现在肯定在想我,所以一等我们回去,他会开心死的,甚至有可能会让我当众亲他。"

阿多林。好吧,这名字真扫兴。

"我们大概得停一停,好让我画地图。"沙兰皱眉望天,"你也可以借机多喊一喊,向人求救。"

"行啊。"他说。她坐下取出地图,他趁机用双手拢着嘴,嚷道:"喂,顶上有人吗?我们在下面讲冷笑话呢!救救我们!好冷啊!"

沙兰一阵窃笑。

卡拉丁也笑了,不料一阵回音传来,把他吓了一大跳。那是声音吗?还是……等等……

一连串愈发响亮的嘶叫袭来,如号角一般,却声声相叠。

一头巨型甲壳生物迅速绕过弯角,挥了挥庞大的螯钳,崖壁上传出裂响。

深渊恶魔。

卡拉丁慌了神,身体却不由自主地动了起来。他抓住沙兰的胳膊,把她拉起来,带着她一路飞跑。她大喊一声,丢下了小包。

卡拉丁拉着她狂奔,没有回头。那头巨兽离得太近了,他感受得到它的存在。深渊恶魔奋起直追,两侧的崖壁摇晃不止,草木摧折、骨壳破裂。

怪兽再次发出震耳欲聋的嗥叫。

它就要赶上他们了。风操的,它可以自如地活动。这种庞然大物的速度居然如此之快,他从未想到过。这次他们没办法引开它了,巨兽没一会儿就会追上来,他感到它就在身后……

去那里。

他猛地把沙兰拉到身前,用力一推,她顺势躲进一道崖缝。一片阴影将他笼罩,他挺身跃入崖缝,又把沙兰往里推了推。她被压得闷哼几声,整个人都贴在被洪水卷进崖缝的残枝败叶上。

深渊陷入沉寂。卡拉丁只能听到沙兰的喘气声和自己的心跳声。他们把大多数润石都忘在了地上,当时沙兰刚准备在那里画图。他还提着矛,矛头上系着临时的润石灯。

卡拉丁缓缓转身,背对沙兰。她从后面抱住他,他感到她在发抖,而他自己也是如此。他转了转矛,借着光向外窥视深渊。这道崖缝很浅,他与口子的距离仅有几尺。

钻石润石放出微弱的苍白光芒,一闪一闪地打在潮湿的地面上,照亮了崖壁上那些破败的褶花和地上那几根扭到一起的藤条。这些藤条已被扯断,原先的植物互相缠结,凌乱地垂下,就像弓着背的人。深渊恶魔……在哪里?

沙兰倒吸一口气,紧紧搂住他的腰。他抬头望去,只见崖缝的上方现出了一只恐怖的巨眼。深渊恶魔正盯着他们。他看不到它那庞大的脑袋,仅能瞅见一部分面颊和下颚,还有那粒叫人毛骨悚然的莹绿色眼珠。深渊恶魔用一只巨爪敲击崖缝的边缘,想要逼入,可缝隙太窄。

它用爪子在缝里挠了挠,随后移走了脑袋。深渊里响起甲壳刮擦岩石的声音,可巨兽还未走远就停下了脚步。

之后是一片寂静,只有滴水稳稳落进池塘的声音。

"它在死守着。"沙兰把头凑到他肩上,低声说。

"你怎么说得这么得意!"卡拉丁斥道。

"有点。"她顿了顿,"你觉得要过多久……"

他抬头一望,却看不见天空。这道崖缝刚好有十或十五尺高,并未延伸到崖顶。他往前凑了凑,远望上方的裂隙,没有把身子探出崖缝,只是稍微往口子靠近了点,以便观察天空。天色渐暗,还未到日落时分,不过快了。

"大概要两小时。"他说,"我——"

一阵暴风雨般的甲壳撞击声传遍深渊,卡拉丁往后一跳,又推了一把沙兰,让她贴着残枝败叶。深渊恶魔想要把一条腿塞进裂缝,但没有成功。这条腿还是太粗了,尽管深渊恶魔可以把足尖伸向他们,擦到卡拉丁也是绰绰有余,却不足以伤害他们。

那只眼睛又回来了,反射出卡拉丁和沙兰的形象:衣衫褴褛、满身污秽。他们待在深渊里已有一阵子了。卡拉丁感到很害怕,可他表现得并不明显。他紧盯那头怪物的眼睛,把矛举高。沙兰显得一点也不害怕,反倒入了迷。

疯女人。

深渊恶魔又退了回去,虎视眈眈地趴在深渊里,他听得到声响。

"那么……"沙兰说,"我们就等着?"

汗水顺着卡拉丁的侧脸流下来。慢着,要等多久?在他的想象中,他们成了受惊的石壳木,在山洪暴发前,始终紧闭外壳。

他曾在一场飓风中勉强存活,而且唯有飓光相助。这里的情况大为不同。深渊里一旦发大水,他们会被洪流卷走,继而撞上崖壁和巨石,还会和死人一起在水中翻滚,最后落得溺亡或肢残的下场……

这种死法惨绝人寰。

他紧了紧握矛的手,等得焦急,汗流不止。几分钟后,深渊恶魔还未离开。

终于,卡拉丁作出决断,迈步向前。

"你在干什么呀!"沙兰惊恐地低唤,想要把他拉回来。

"我一出去,"他说,"你就往相反方向跑。"

"别傻了!"

"我会分散它的注意力。"他说,"等你脱险后,我会引开它,然后逃走。我们可以再碰头。"

"骗子。"她低语。

他扭身凝望她的双眼。"你能靠自己回营,而我不能;你有消息要呈给达力拿，而我没有。我受过作战训练。它的视线一经转移，我也许能溜掉，而你不能。我们在这儿就是等死。我已经得出了这么富有逻辑的结论，你还求什么？"

"我讨厌逻辑，"她低声道，"向来讨厌。"

"我们没空讨论这个话题。"卡拉丁转身背对着她。

"你不能这么做。"

"我能。"他深吸一口气，"谁知道呢？"他压低嗓音，"没准我就会撞大运。"他伸手解下系在矛头上的润石袋，把它抛到深渊里。他需要更稳定的光源。"准备好。"

"求求你，"她愈发狂乱地低语，"别丢下我一个人在深渊里。"

他苦笑道："你就真的这么不愿意让我讲一次理？"

"对啊！"她说，"不，我是说……风操的！卡拉丁，*它会杀了你的*。"

他握紧了矛。最近诸事不顺，得到那种结果或许是他活该。"替我和阿多林道个歉。我其实挺喜欢他的。他是个好人。不仅是光眼种中的好人，他……他就是个很好的人。我从没承认过他的好。"

"卡拉丁……"

"我必须一搏，沙兰。"

"至少，"她把手伸到他面前，"拿上这个。"

"拿上什么？"

"*这个*。"沙兰说。

她召唤出了一把碎瑛刃。

72 出于私心

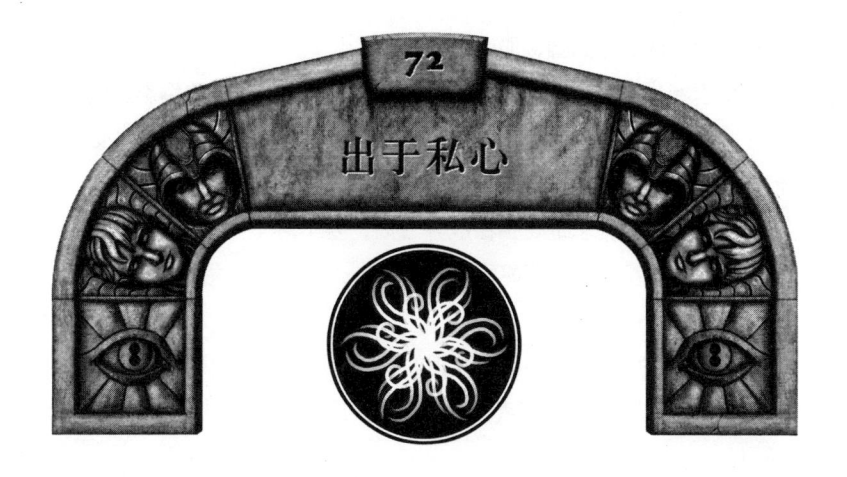

我想他已然演变成了一种势力，不再单纯为个体。纵使你固执己见，我的看法依旧与你相悖。他的力量得不到发挥，滞于波澜不惊的平衡状态。

卡拉丁盯着流光溢彩的金属剑身，经过召唤，上面挂着露滴，泛出几道自上而下的石榴红色微光。

沙兰有一把碎瑛刃。

他朝她转过头，脸颊擦到剑面，却未闻惨叫。他浑身一僵，慎重地抬起一根手指，摸了摸冰冷的金属剑身。

毫无反应。他在和阿多林并肩作战时所听到的尖叫没有出现在他脑中。对他来说，这似乎是极恶之兆。虽然他不明白那个可怕的叫声意味着什么，但这肯定与他和茜尔之间的羁绊有关。

"你是怎么弄来的？"他问。

"这不重要。"

"我觉得这相当重要。"

"现在不是时候！你拿还是不拿？这么举着很难受，万一我不小心松了手,砍到你的脚,那就得怪你。"

他迟疑片刻,打量着自己的脸在金属剑面上所形成的倒影。他看到了一具具尸首,还有眼窝焦枯的伙伴。每当有人把这种武器交给他,他总是不收。

然而那些情况总是发生在战斗之后,要不然至少是在训练场上。这次不一样。况且,他不愿成为碎瑛武士;他只想用这件武器来保护他人的生命。

他下了决心,伸手握住碎瑛刃的剑柄。至此,他起码明确了一件事——沙兰不可能是飓能者。否则,她估计也会像他那样憎恨这把瑛刃。

"你不能让别人用你的瑛刃。"卡拉丁说,"依照传统,只有国王和轩亲王会这么做。"

"好吧,"她说,"你以后可以向光明女士纳瓦妮举报我,说我不懂规定、行为不检。在眼前这种关头,我们能不能先保命?拜托了。"

"行。"他举起剑,"说得好。"他几乎不会使这种剑。以练习剑训练的人不一定会熟练运用真剑。可惜的是,遇上如此庞大、如此刚硬难摧的生物,区区一根矛根本派不上多大用场。

"另外……"沙兰说,"你能不能不要做我说起的'举报'一事?那是开玩笑的。我想我不该拥有这把瑛刃。"

"反正没人会信。"卡拉丁说,"照我说的做,*给我跑起来*,好不好?"

"好的。假如有可能,请你把怪兽引到左边。"

"那边是回营的方向。"卡拉丁皱着眉说,"我正打算把它引到深渊里头,这样你——"

"我得回去取我的包。"沙兰说。

疯女人。"沙兰,这一战攸关生死,丢一个包不要紧。"

"不,这太要紧了。"她说,"我得用它……嗯,包里的素描画着破碎平原的地貌,我得用来协助达力拿。求你了,就那样吧。"

"服了你了。我尽量。"

"好的。那个,求你别死,好吗?"

他忽然察觉她正抱着他,上身紧贴他的脊背,温热的鼻息喷到他的脖颈上。面对他们所处的境遇,她浑身颤抖,语调中交织着恐惧与着迷,他认为自己听得出来。

"我会全力以赴。"他说,"准备好。"

她点点头,放开了他。

一。

二。

三。

他纵身跃入深渊,往左一拐,**冲向深渊恶魔**。欠风操的女人。巨兽就藏匿于阴影中。不,**它身似阴影**,体型庞大细长,形同鳗鱼。深渊恶魔森然逼临,用腿足扒住崖壁,悬于崖底之上。

它嗥叫一声,以奔涌之势向前爬来,甲壳刮擦着岩石。卡拉丁紧握碎瑛刃,屈身伏地,躲在怪物身下。这时,**地面一阵起伏**,巨兽的爪子朝他砸来,可卡拉丁毫发未损。他拼命挥舞碎瑛刃,在身边的石壁上砍出一条缝,却未刺中深渊恶魔。

它在深渊中蜷着身子,底下的腿足一扭,掉转了方向。这头怪物活动自如,远超卡拉丁的想象。

我怎么能杀掉这等怪物?卡拉丁寻思着,后退几步。深渊恶魔在崖底停下,细细地打量他。往这头巨兽身上乱砍一气不可能很快杀死它。它有无心脏?不是琼心石,而是真正的心脏?他必须再次躲到它身下。

卡拉丁在深渊内穿行,继续往后退,试图把巨兽从沙兰所在的位置引开。它落脚谨慎,这是卡拉丁没有想到的。他瞥见沙兰逃出石缝,匆忙赶往深渊深处,不由得放下心来。

"来啊。"卡拉丁冲深渊恶魔挥动碎瑛刃。它挺身而起,却没有挥爪袭击,反倒看着他,那双眼睛嵌于暗乎乎的面部。周围仅存的光亮来自远在上方的裂口,以及被他丢进深渊、现已被巨兽甩在身后的润石。

沙兰的瑛刃也在微微发光,光芒源自蚀满剑身的奇异花纹。这是卡拉丁前所未见的,不过他从未在黑暗中见过碎瑛刃。

后仰的深渊恶魔在他面前形成了一片可怕的剪影。它长着太多条腿,脸部扭曲,甲壳分节。卡拉丁抬头一看,觉得自己肯定知道虚渡长什么样。世上绝对不存在比这更恐怖的东西。

卡拉丁往后退去,被一株从地上探出的页岩皮木绊住了脚。

这时深渊恶魔发起了攻击。

卡拉丁轻易地恢复了平衡,却只得倒身一滚。为此,他需要松开碎瑛刃,以免划伤自己。幽暗的爪子在他周围挥击,他蹶然而起,左右飞跑,最后靠上黏滑的崖壁,就在怪兽跟前。他离得太近了,爪子也许会拍中他,而——

巨兽猛然低头,张开长满尖牙的两颚。卡拉丁骂个不停,又扑向一侧。他闷哼一声,翻身站起,一把握住被他丢下的瑛刃。它并未消失。他具备足够的知识,可以理解其中的原理。只要沙兰向瑛刃输送定型指令,它就不会归于雾气,除非受到召回。

卡拉丁一转身,恰逢一只爪子挥了下来,正中他刚才所在的地方,捣碎了岩石。他横扫一通,劈穿了爪尖。

这一剑似乎没有太大杀伤力。瑛刃刺入甲壳,导致底下的血肉坏死,引得巨兽发出一声怒号,但它的爪子太大。他这样就等同于割去了敌兵的大脚趾尖。他不是在和巨兽搏斗,仅是在激怒它。

它来势更为凶猛,冲着他一扫利爪,幸好巨兽在深渊里活动受限,很难实现挥击;那些胳膊摩挲着崖壁,使它不能全面伸展肢体。这便是卡拉丁还活着的大致原因。他勉强离开兽爪的攻击范围,却又在黑暗中绊了一跤。他几乎什么都看不见。

另一只爪子朝他砸来,卡拉丁一下子站起,撒腿跑开,奔向深渊深处,远离光亮,途经草木和杂物。深渊恶魔嗥叫起来,对他穷追不舍,甲壳噼啪作响,同时喀拉喀拉地刮擦岩石。

体内少了飓光,**卡拉丁有种迟缓无力的感觉**。他行动笨拙,手脚很不利索。

深渊恶魔就在不远处。他凭直觉决定下一步动作。**趁现在!**他一个急停,全力冲向巨兽。它极为费力地慢下脚步,甲壳碾压着崖壁,卡拉丁俯身从底下跑过,把碎瑛刃往上一抬,深深刺入巨兽的下腹。

巨兽猛烈嘶叫,拱起身子,好让剑掉出来,看来他真的伤到它了。在接下来的一瞬,它转身伏下,卡拉丁发现那些可怖的颚齿正冲他而来。他飞身前冲,可巨兽一张嘴,咬住了他的腿。

一阵钻心的疼痛袭过,但他还是在巨兽咬着他乱甩时击出瑛刃,似乎刺中了它的脸。

世界天旋地转。

他摔到地上,来回滚动。

没时间迷糊。他翻了个身,连连呻吟,头晕不已。他弄丢了碎瑛刃,而且不知道它落在哪里。他的腿没了知觉。

他低头一看,以为整条腿只剩下一团模糊的血肉。但其实他伤得不算重,虽然裤子被撕破,腿上鲜血直流,却看不到骨头。那种麻木感是被吓出来的。

他集中注意,在脑中分析伤情。目前他需要以军人的身份战斗,不能采用手术师的思维。深渊恶魔在深渊中稳住身子,一大块生在面部的甲壳不见了。

快逃。

卡拉丁翻身跪起,用两手扶地,随后跟跟跄跄地站直身子。那条伤腿还能稍微动一动。他迈开步,靴底下踩,吱嘎有声。

碎瑛刃在哪里？就在前面。它飞得很远，插进了石地，旁边躺着被他从崖缝里扔出来的润石。卡拉丁一瘸一拐地向碎瑛刃走去，但行动极为艰难，更别提跑步了。刚走了一半的路，他的伤腿就没了力气。他重重地跌倒在地，胳膊擦到了页岩皮木。

深渊恶魔嘶叫起来——

"喂！喂！"

卡拉丁扭身四顾。沙兰？那个笨女人站在深渊里，像个疯子似的挥手，到底在干什么？她究竟是怎么从他身边经过的？

她又叫了一声，引来了深渊恶魔的注意。四周回音飘荡，甚为古怪。

深渊恶魔掉回头，挥爪砸向沙兰。

"不！"卡拉丁吼道。然而光是喊有什么用？他需要武器。他咬着牙扭动身子，尽量往碎瑛刃那边爬。风操的，沙兰……

他把剑拔出岩石，却再度瘫倒，那条伤腿支撑不住了。他扭身后移，剑尖外指，两眼在四下里搜寻着。巨兽还在到处挥击，发出阵阵嗥叫，那声音回荡在狭窄的深渊里，令人心悸。卡拉丁没见着尸体。沙兰逃走了吗？

刺穿这头恶兽的前胸似乎只会更加激怒它。他应该直取头部，这是唯一的机会。

卡拉丁挣扎着站起。怪兽不再用爪子猛砸地面，反而恸叫一声，气势汹汹地朝他压来。卡拉丁双手握剑，身子摇晃，伤腿一阵阵发软。他试着单膝跪地，可伤腿完全失灵了，他颓然倒向一侧，差点就被碎瑛刃劈成两半。

他蹚进一口水塘，前面有一颗散发着白色亮光的润石，是他先前丢下的。

他把手伸进水里，抓起那颗冰凉的润石。他需要飓光。风操的，他的性命就搭在这上面了。

拜托了。

深渊恶魔赫然出现在上方。

卡拉丁竭力吸气,仿佛快喘不过来了。他听到……远处似乎……有人在哭。

没有力量流入他体内。

深渊恶魔挥起爪子,卡拉丁转过身,发现了另一个自己,很是奇怪。他的分身举起剑,站在他头顶上,比真人大出一半,显得很夸张。

全能之主开眼,这是什么东西?卡拉丁迷惑不解。深渊恶魔往下一挥爪子,砸向卡拉丁身旁的假人,后者立即消解为一团飓光。

他干了什么?又是怎样办到的?

不打紧。他还活着。伴随着一声凌厉的呼号,他一跃而起,跌跌撞撞地向深渊恶魔冲过去。他需要像以前那样靠近一些,近到爪子没有空间活动。

近到……

深渊恶魔仰起身子,之后突然趴下,张口欲咬,颚齿外露,双眼迫近。

卡拉丁往上一刺。

✳

深渊恶魔轰然倒地,甲壳绷裂、腿足抽搐。沙兰惊叫一声,用闲手捂住嘴。她躲在巨石后,皮肤和衣裙已化为一团墨黑。

深渊恶魔压到了卡拉丁身上。

沙兰扔下画纸——上面绘有她和另一个卡拉丁——手忙脚乱地爬过乱石堆,驱散将她裹住的黑幕。在卡拉丁迎战深渊恶魔时,她需要靠近点才能让幻象起作用。要是她能让幻象附着到图腾身上就好了,可这样有点问题,因为——

她在扭动不止的巨兽跟前停步,眼前是一坨宛如山崩落石的血肉和甲壳。她倒换着双脚,不知如何是好。"卡拉丁?"她在暗中高喊,声线柔弱。

别怕,她告诫自己,*大胆一点,你已经克服了*。她深吸一口气,小心翼翼地走上前,跨过披甲的巨足。她想推开一只爪子,可爪子太沉,她推不动。所以她只好爬了过去,滑落到地上。

周围有动静,她浑身一僵。深渊恶魔的头部就位于不远处,那双巨眼浑浊无神,形如缕缕黑烟的灵体从巨兽体内升腾而出。它们和之前出现过的灵体是同一类,只是……正在飘走?她把光源举得更近了。

卡拉丁的下半身从巨兽口中伸了出来。全能之主在上!沙兰倒抽一口气,连忙上前。巨兽两颚紧闭,她费了好大力气,试图把卡拉丁拉出来。眼看行不通,她才召唤出碎瑛刃,砍去了几颗颚齿。

"卡拉丁?"她来到边上——那里的一颗颚齿已被砍去——朝巨兽嘴里望了望。

"哎哟。"一个虚弱的声音传了回来。

没死!"坚持住!"她对着巨兽的脑袋大劈大砍,处处留神,避免太靠近卡拉丁。紫色的浆液喷涌而出,散发出潮湿的霉味,她的胳膊被溅得到处都是。

"这样有点不舒服……"卡拉丁说。

"你还活得好好的,"沙兰说,"别抱怨了。"

他还活着。噢,飓风之父啊,他还活着。等他们回去后,*她要烧上一大堆祈祷符*。

"这里面太难闻了,"卡拉丁有气无力地说,"快赶上你的味道了。"

"你就庆幸吧。"沙兰边砍边说,"这是一件相当完美的深渊恶魔标本——只可惜是死体——而我却放弃了研究良机,替你把它大卸八块。"

"鄙人的感激之情亘古不变。"

"你到底是怎么进到它嘴里的?"伴随着一阵令人头皮发麻的怪声,沙兰撬开一层甲壳,把它丢到一边。

"我一剑就刺穿上颚,还捅进了脑髓。"卡拉丁说,"我只能想出这种办法,不然杀不了这头该死的怪物。"

她弯下腰,把手伸进刚刚切开的大洞,费了点劲——顺便砍掉了几颗前颚齿——终于把卡拉丁连拖带扭地救出了兽口。他看上去如同死神,浑身沾满浆液和污血,脸色苍白,显然失了很多血。

"飓风在上。"她低语。这时,他躺倒在石地上。

"给我的腿做包扎。"卡拉丁软弱无力地说,"别的地方应该没事,马上就会长好……"

她看着那条血肉模糊的腿,浑身颤抖。看上去就像……就像……巴拉特……

卡拉丁无法立即用伤腿走路。*噢,飓风之父啊*。她割下膝盖处的裙摆,依照卡拉丁的指导,把他的腿紧紧缠好。他似乎觉得自己用不着绑止血带。她听从了。他做过的包扎可能远比她多。

她割下右边的袖子,为他体侧的第二个伤口做包扎,这里已被深渊恶魔咬了几口,他的身子差点被撕成两半。之后,她坐到他身边,感到又冷又累,右臂和两腿都露在外面,蒙受着崖底的寒气。

卡拉丁深吸一口气,闭着眼躺在石地上。"还有两小时就起风了。"他细声道。

沙兰望了望天色,上面已经黑得差不多了。"只有这么点时间了。"她低语,"我们打败了它,却终究要完蛋,是不是?"

"好像不太公平。"他呻吟着坐起。

"你不能——"

"这算什么,我受过几次还要重得多的伤。"

她冲他抬抬眉毛。他睁开眼,似乎在犯晕。

"真的。"他毫不改口,"我可没有逞能。"

"这么不幸?"她问,"有几次?"

"两次。"他如实言述,望了望身形庞大的深渊恶魔,"我们居然杀了它。"

"遗憾啊。"她感到一阵失落,"它很美。"

"如果它没有设法吃了我,就会更美。"

"在我看来,"沙兰指出,"它没有'设法',因为它办到了。"

"哪儿有。"卡拉丁说,"它没有吞掉我,所以不算。"他向她伸出手,像是要请她搀扶着起立。

"你想试着走路?"

"你以为我会躺在深渊里等着发大水?"

"不,可是……"她往上一看。深渊恶魔的体型甚是巨大,侧卧时可能有二十尺高。"我们可以爬到它身上,然后试着翻过悬崖,上到高地。你觉得呢?"他们越往西走,深渊就变得越浅。

卡拉丁抬起头。"沙兰,我们还得爬上足足八十尺。就算上到高地,我们又能怎么样?飓风会把我们卷走的。"

"我们至少可以试着找找避风的地方……"她说,"风操的,真的没希望了,是不是?"

奇了,他歪了歪脑袋。"大概吧。"

"就一个'大概'?"

"避风的地方……你有碎瑛刃啊。"

"然后呢?"她问,"我又切不掉洪水。"

"可你总能切石头吧?"他抬头看看岩壁。

沙兰一怔,一时气短。"我们可以模仿斥候,凿一个小洞!"

"你得往高处凿。"他说,"看到没?那里有一根水线。我们要是能到上面去……"

也就是说,他们还得往上爬。她无须一路跋涉到崖顶缝隙变窄的地方,可不管怎样,这么爬还是很不容易,而她快没时间了。

但他们仍有一线生机。

"你必须靠自己了。"卡拉丁说,"如果有人扶,我大概能站起来,可是爬的时候还要用碎瑛刃……"

"好的。"沙兰站起来,深吸一口气,"让我来吧。"

她首先要往深渊恶魔背上爬。光滑的甲壳容易打滑,可她在甲片之间找到了落脚点。爬上去后,她抬头望向水线。从这里看,它好像变高了,在下面看的时候还不至于如此。

"凿几个抓手。"卡拉丁喊道。

没错,她总是忘记自己有碎瑛刃。她不愿去想……

不。现在不是时候。她召唤出瑛刃,在石面上割出许多个长条形的凹槽,大块大块的岩石随之弹落在甲壳上。她把头发掖到耳后,借着昏暗的光线,在崖壁上凿出一排形似阶梯的抓手。

她一脚踩上去,用手搭住最上面的凹槽,再次召唤出瑛刃,想要再往上凿一道,但这把剑实在是长得要命。

这时,瑛刃在她手中自动收缩,化为一把尺寸小得多的短剑,实则为一把大刀。

多谢,她想道,切掉下一条石块。

她步步向上,凿出一个个抓手,累得满头大汗,每过一阵子还得爬下来歇一歇抓痛的双手。按照预想,她终于尽可能地来到高处,刚好过了水线。她别扭地挂在那儿,用刀砍来砍去,剜出大块岩石,尽量不让它们翻落到她头上。

坠下的石块砸在深渊恶魔死体的甲壳上,传出击打声。"很好!"卡拉丁对她喊道,"加油!"

"你什么时候变得这么活泼了?"她大声问。

"我原以为自己死了,后来乍一看,发现自己还活着。要从这时算起。"

"那么请你偶尔提醒我,让我想办法杀了你。"她咄咄逼人地说,"事成之后,我心情会好;反之,你心情会好,这样不是双赢吗!"

她把岩石往深里凿,听到他在偷笑。这比她想象的要难多了。瑛刃确实削石如泥,但她只能在一部分不会脱落的地方切割,把岩石砍成小块,然后遣走瑛刃,用手抓着石块,把它们扯出来。

不过,她奋力赶工了一个多小时,终于凿出了一个口子,看上去可以避风。她没有像想象的那般把洞窟掏空,但眼下也只能这样了。她十分疲劳顺着匆匆而就的阶梯往回爬,最后一次跳到深渊恶魔背上,四周都是碎石。她感觉自己好像举过了重物,手臂极其酸痛。按理来说,她可能真的这么做了,因为攀爬就意味着把自己往上举。

"好了吗?"卡拉丁的喊声从崖底传来。

"还没好,"沙兰说,"不过快了。我想我们应该挤得下。"

卡拉丁沉默不语。

"你得上来进我刚凿好的洞,扛桥的卡拉丁小子,深渊恶魔杀手暨黑暗使者。"她把身子探出深渊恶魔的体侧,看着他,"我们不能再说傻话了,明白吗?什么让我毅然独行,留你死在深渊,没有的事。"

"沙兰,我连自己能不能走路都吃不准,"卡拉丁叹道,"更别提爬上去。"

"上来。"沙兰说,"实在不行,我背你好了。"

他抬头一笑,脸上满是干掉的紫色浆液,他刚才已经尽力抹去了一些。"我想看你背我。"

"来吧。"沙兰有些费力地站起。风操的,她累极了。崖壁上荡着一根藤条,她用瑛刃去砍,挥了两次才劈断,煞是有趣。第一剑破坏灵魂,藤条随之死亡,因而能被第二剑斩断。

上方的藤条往上收缩，蜷成一团，呈螺旋状。她丢下自己切断的一截，卡拉丁用单手接住，小心地往深渊恶魔背上爬，尽量不去用伤腿。上到最高处后，他"咚"的一声瘫倒到地上，正好在她身边，汗水淌过沾满血污的脸颊，留下了一道道痕迹。他抬头望着凿在石壁里的阶梯。"你真想让我爬上去？"

"对，"她说，"这完全出于私心。"

他朝她看去。

"你瞧，现在我站在这里，穿着不干不净、沾满紫色血迹的裙子，就连头发也乱成了一团，实在难称雅观，我不想让你在死前看到这样的我。站起来，扛桥的小子。"

远方传来隆隆响声。*不好了……*

"爬上去。"他说。

"我不——"

"我叫你爬上去。"他的语气更为坚决，"先在洞里躺下，再把手伸到外面。等我快到顶的时候，拉住我，帮我爬过最后几尺。"

她很是烦恼，片刻后走去拿来小包，开始往上爬。风杀的，这些抓手太滑了。她爬进浅洞，晃晃悠悠地趴在洞口，往下伸出一只手，用另一只手撑住岩石。他仰望着她，咬咬牙，开始攀崖。

他主要靠双手往上爬，悬着伤腿，用另一条腿稳住身子。他拧紧抓手，一级级地攀登，那两条膀子肌肉发达，是军人所特有的。

下方的水流淌入深渊，渐渐涌起。

"快点！"她说。

怒号的狂风刮过深渊、穿过岩缝，风声萦绕不绝，刺耳之处和着隆隆低吼，犹如早逝魂灵的哀号，令人寒毛直竖。

目视四周，草木缩回洞坑，藤蔓缠结收紧，石壳木闭上外壳，褶花合上花瓣，深渊里的一切都藏了起来。

卡拉丁大口喘气，浑身汗湿。他用足了力气，痛得绷起了脸，手指还在不停颤抖。他又往上爬了一级，随后举起手，朝她的手送过去。

这时，飓幕袭来。

73 千兽横行

一年前

沙兰悄悄溜进巴拉特的卧室,指间夹着一封短函。

巴拉特扭身站起。一见是妹妹,他放松下来。"沙兰!你快吓死我了。"

这件小卧室的窗户钉着简陋的芦苇板条,和宅子里的其他房间别无二致。通常窗子都会敞开,不过由于今天的飓风将近,它们全都被关了起来,还上了闩。泣雨季前最后一场飓风就要来袭,仆人们正在室外加固芦苇窗板,为之覆上坚实的防风条,墙上传来阵阵敲击声。

沙兰穿着一件崭新的沃林裙,那是父亲买给她的华服,式样为中段收腰的长直筒,衣袖上缝着一只口袋,散发出女性气息。她还佩戴着父亲送给她的项链,这样的打扮颇受他的喜爱。

尤术懒洋洋地靠在附近的一把椅子上,用手指摩挲着某种植物,面露恍惚之色。距离债主将其从大宅拖走的事件已经过去两年,他消瘦不少,可是依然长着一对深陷的眼窝,手腕上伤痕累累,和他的双胞胎哥哥并不相像。

沙兰瞅了瞅巴拉特正在打点的行囊。"巴拉特,还好父亲从不查房。这些包裹好'水',都能拿来'煮'菜了。"

尤术咯咯直笑,用一只手揉搓着另一只手的手腕,那里有几道伤疤。"父亲不来视察也没差,只要走廊外一来仆人,他们只须打个喷嚏就能吓他一跳。"

"你们两个给我消停点。"巴拉特望向窗户,看着工人在窗板外钉上防风条,"现在不是嘻嘻哈哈的时候。诅咒之地啊,要是我计划出走的事情被他发现……"

"他不会的。"沙兰展开信纸,"他正忙得不可开交,准备在轩亲王面前招摇过市。"

"你们觉不觉得事有蹊跷?"尤术说,"他居然能富成这样?我们的领地上到底开采出了多少金贵的矿石?"

巴拉特回过神,继续打包。"只要父亲心满意足,我就管不着。"

问题在于,父亲并未因此而喜笑颜开。达瓦家族现在确实富裕了,新辟的矿产带来了滚滚财源。然而,他们的日子过得越滋润,父亲便愈加阴沉。他在走廊间大发牢骚,还会痛打仆人。

沙兰扫了一眼信中的文字。

"你看上去闷闷不乐的。"巴拉特说,"他们还没找到他吗?"

沙兰摇摇头。赫拉兰失踪了,这不是开玩笑。他音讯全无,和友眷断绝了书信往来,就连早前的联系人也表示对他的去向不明。

巴拉特一屁股坐在他的行李上。"那我们怎么办?"

"由你做决定。"沙兰说。

"我必须逃出去,**没得商量**。"他捋了捋头发,"艾丽塔已经做好了私奔的准备,她双亲去阿勒斯卡了,一走就是一个月。天赐良机不可失。"

"但是寻不到赫拉兰,你又能投奔谁?"

"我想求见轩亲王。他的私生子说过,只要有人指控父亲,他便会洗耳恭听。"

"那都是过去的事了，"尤术后仰道，"父亲现在广受拥护，而且人人都知道轩亲王快要咽气了。"

"我们唯一的机会已至。"巴拉特起身道，"待今晚的飓风平息后，我就走人。"

"可父亲——"沙兰开口道。

"父亲命我驾车外出，视察东麓下的村庄。我表面上是答应了，但我到时会接走艾丽塔，两人同赴魏德纳，直接去觐见轩亲王。在父亲抵京前一周，我就会抢得先机，成事足矣。"

"玛丽瑟呢？"沙兰问。按照原计划，他要保证继母的平安。

"不知道。"巴拉特说，"他不会给她机会出走。也许在他拜访轩亲王期间，你可以将她送到某个安全的地方？我出不了主意。不管怎么说，*今晚我就得动身。*"

沙兰走上前，把手搭在他胳膊上。

"我已经看腻了恐惧。"巴拉特对她说，"我不想再懦弱下去。如果赫拉兰没了消息，那我真的就是长子了。老大该有老大的样子，我不会落荒而逃，父亲的喽啰即使展开追杀，我也不会穷尽一生来发愁。这样的话……万事就能做一个了结。就这么定了。"

大门轰的一声洞开。

沙兰先前还在埋怨巴拉特的疑心病，可她自己也像他一样狂蹦起来，发出一声惊叫。进屋的只是维吉姆罢了。

"恶风啊，维吉姆！"巴拉特说，"你就不能先敲敲门——"

"艾丽塔来了。"维吉姆道。

"什么？"巴拉特一跃上前抓住他的兄弟，"她不该来的！我正要去接她。"

"是父亲召她上门的。"维吉姆说，"她和侍女才刚到，他正在宴会厅里和她攀谈。"

"噢，不好了。"巴拉特把维吉姆推到一边，忙不迭地冲向大门。

沙兰紧随其后，却在门口缓下脚步。"别做任何蠢事！"她对着他的背影喊道，"巴拉特，务必按照计划行动！"

他似乎没听见她的话。

"情势不乐观啊。"维吉姆发言。

"说不定是好现象呢。"依旧无所事事的尤术在他们身后说，"万一父亲把巴拉特给逼急了，没准他就会少说话多办事。"

沙兰来到走廊，感到浑身冰冷。那股寒意……是恐惧吗？排山倒海的恐惧向她袭来，滂沱的气势将万物洗刷一空。

试炼已临。该来的总会来的，她心中早就有数。他们试过躲藏，试过逃离。理所当然，这些方法毫不见效。

他们也没能留住母亲。

维吉姆一阵狂奔，与她擦身而过。她慢慢下楼，只因备感强迫，可她的心情仍未平复。她放缓步伐，不想面对难以避免的危机。

她没有下到宴会厅，反而扭身上楼。她得取个东西。

没一会儿，她便返回，把维吉姆多年前交给她的小口袋塞进了袖管的禁袋中。她下了楼梯，走到宴会厅的门口。尤术和维吉姆在外头看热闹，神情慌乱。

他们为她空出一条道来。

宴会厅内自然充斥着大呼小叫。

"您不该自说自话地就把她叫来！"巴拉特站在主桌边，身旁的艾丽塔挽住了他的手臂。

父亲在主桌的另一侧起立，吃了一半的餐点摆在他面前。"和你交涉一点用都没有，巴拉特。你根本不长耳朵。"

"我爱她！"

"小孩子不要爱来爱去的。"父亲说，"你这个乳臭未干的傻小子，都不为家族好好想想。"

糟糕，山穷水尽了，沙兰想道。父亲的话语一旦平和下来，就到了十万火急之时。

父亲将两手贴于桌面，俯身续上前言："你以为我不谙你的逃跑大计？"

巴拉特颓唐地后退几步。"怎么会？"

沙兰跨进房间。*地上那是什么？*她一边思虑，一边沿墙壁走向通往厨房的门。道口被堵住了，房门虚掩着。

室外，倾盆的大雨打在屋檐上。飓风已然刮起。守卫齐聚岗亭，仆人则躲在房内静候飓风过境。达瓦一家无人作陪。

大厅里门窗紧闭，唯一的照明来自润石发出的冷光。父亲没有为壁炉生火。

"赫拉兰死了。"父亲说，"你晓得吗？你找不到他，因为他被人杀了。我都没必要脏了自己的手。他跑到阿勒斯卡，在战场上自寻死路，简直愚不可耐。"

这番话挑拨着沙兰的理智。

"您是如何发现我要出走的？"巴拉特质问。他迈步向前，却被艾丽塔拦了下来。"是谁漏了口风？"

雷声轰鸣，整栋宅子被震得微微摇晃。沙兰在厨房门口跪下来，倚着那个挡住门的不明物体。那是一具尸首。

死者是玛丽瑟。她已经殒命，头部遭到数次猛击，伤口鲜血直流，尸骨未寒。他不久前刚要了她的命。飓风在上。他嗅出了逃跑计划的始末，邀请艾丽塔，等她送上门，*接着干掉了自己的妻子*。

这不是心血来潮，他本想通过谋杀来教训她。

*看来事已至此，*沙兰暗想道，心头涌来一阵怪异而超然的平静，*谎言成真了。*

犯错的人乃是沙兰。她站起身，绕着房间来到一处地方，仆人在那儿为父亲留下了一壶酒，还有几只杯子。

"想来是玛丽瑟告的密。"巴拉特仅在臆测，没有扭头看沙兰，

"她受不了了才跟你讲的吧？该下诅咒之地的，我们真不该对她敞开心扉。"

"没错。"父亲道，"她费了好大劲才说出口。"

在一片刮擦声中，巴拉特将他的剑拔出皮鞘。父亲随后也亮剑出招。

"你终于显出了点骨气。"父亲说。

"巴拉特，别冲动。"艾丽塔依偎着他。

"我不会再怕他了，艾丽塔！**绝不！**"

沙兰倾酒而出。

冲突一触即发，父亲跃过主桌，双手持剑大肆劈砍。艾丽塔惊声尖叫，摸索着避让上前迎战的巴拉特。

沙兰不通剑术，她见过巴拉特和人切磋技艺，可集市上的决斗才是她经历过的唯一实战。

这场对抗是蛮力的角逐，性质截然不同。父亲对着巴拉特愣是一串猛刺，后者极力挥剑挡下攻势。飓风呼啸之中，短兵相接，**铮铮有声**。每一次击打似乎都会让大厅抖上三抖。抑或是雷声作怪？

巴拉特碍于强攻，下盘不稳，只得单膝跪地。父亲顺势击开了巴拉特手里的剑。

真的匆匆告结了？只是眨眼间的工夫，完全不像决斗。

父亲赫然逼近其子。"我一直看不起你，"父亲说，"你是个草包。赫拉兰才称得上铁骨男儿，尽管和我作对，**却热血满腔**。而你呢……你只会满地找牙、叫苦连天。"

沙兰迎上他。"父亲？"她递过酒，"他甘拜下风，您赢了。"

"我总是想要男孩。"父亲道，"我育有四子，谁知养出来的全是废物！一个胆小如鼠，一个酗酒贪杯，还有一个弱不禁风，没有一个是可造之材。"他眨眨眼，"只有赫拉兰……只有赫拉兰……"

"父亲？"沙兰说，"请。"

他接过酒水一饮而尽。

巴拉特依旧半跪在地,他抓起自己的剑,瞬间使出突刺。沙兰吓得大叫,**巴拉特的剑发出一阵怪响**,擦过父亲的身体,捅穿了他的外套,剑尖与某种金属物相连。

父亲的空酒杯从手中滑落在地,摔得粉碎。他不住地呻吟,伸手摸向肋部。巴拉特将剑抽回,惊恐地仰望其父。

父亲收回沾血的手,上面只有少许殷红。"这就是你的看家本领?"父亲喝问,"十五年的剑术训练只教给你区区此招?上啊!来捅我啊!"他把剑举到一边,同时扬起另一只手。

巴拉特放声痛哭,他的剑脱了手。

"够了!"父亲说,"你这个没用的。"他把自己的剑扔到主桌上,来到壁炉边,握住一根铁制火钳,走了回来,"太差劲了。"

他挥起火钳,狠命地砸在巴拉特的大腿上。

"父亲!"沙兰一声惊呼,想要抓住他的胳膊,却被撞到一边。他再度动手,对着巴拉特的腿就是一顿怒揍。

巴拉特惨叫连连。

沙兰一栽跟头,重重跌倒在地,后续的发展只能刺进她的耳膜。声浪汹涌,火钳的敲击传出闷响,天上的飓风肆虐无度。

"你——"嘭,"怎么——"嘭,"就——"嘭,"不能——"嘭,"干点——"嘭,"正事?"

沙兰的视野清晰了。父亲喘着粗气,脸上溅满血迹。巴拉特在地上呜咽,大腿血肉模糊,艾丽塔搂着他,把脸埋进他的头发。

维吉姆和尤术依然呆立在门口,看上去吓得不轻。

父亲瞥向艾丽塔,目露凶光。他擎起火钳,准备施暴。可是他的利器很快便从指间脱离,当啷一声落在地面。他看着自己的手掌,似乎吃了一惊。之后他身体一软,虽然扶住了餐桌,却还是瘫了下来,倒向一边。

瓢泼大雨捶打着屋顶，听起来仿如急于趁虚而入的横行千兽。

沙兰硬逼自己起身。寒意袭来。没错，她熟悉体内的那股寒意。她以前有过这种感受，可以追溯到丧母的当天。

"快给巴拉特的伤口做包扎，"她走近泣不成声的艾丽塔，"用他的衬衫。"

姑娘泪眼蒙眬地点点头，开始处理伤口，两手不停发颤。

沙兰在父亲身旁跪下。他躺着一动不动，圆睁的双目死气沉沉地盯着天花板。

"怎么……发生什么事了？"维吉姆发问。她并未注意到他已和尤术小心翼翼地登堂入室，他们绕过桌子，来到她身边。维吉姆在她身后探头张望。"难道说巴拉特给他身侧的一击……"

沙兰触到父亲的衣衫，发现他的腰间在流血，不过这样的伤势并不致命。她晃晃头。

"几年前你给了我一样东西，"她说，"我一直留着那只小口袋。你说药的毒性会随着时间的积淀而加强。"

"噢，飓风之父啊。"维吉姆边说边用手捂住嘴，"是黑毒？你……"

"我给他的酒下了药。"沙兰道，"玛丽瑟命丧灶间，他下手太重了。"

"你杀了他，"维吉姆呆望着父亲的尸体，"你居然杀了他！"

"是。"沙兰说着，感到精疲力竭。她磕磕绊绊地挪到巴拉特身前，帮着艾丽塔上绷带。巴拉特清醒过来，痛得直叫唤。沙兰对艾丽塔顿顿额，后者便为他取来一些酒，里面当然没有下毒。

父亲死了。她杀了他。

"这是什么？"尤术问。

"别乱动！"维吉姆说，"风操的！你这么快就要碰他的腰包了吗？"

沙兰一斜眼，瞅见尤术正把某种银器扯出父亲的衣兜。它裹在一只小黑袋里，仅露方寸，已被巴拉特的剑刺穿，上面沾有些许湿漉漉的血迹。

"啧啧，飓风之父在上。"尤术把那枚器物掏了出来。它由几根银色的金属链条构成，连接着三颗巨大的宝石，其中一颗的表面已经出现裂痕，并且不再发光。"我看这东西就是那啥吧？"

"对，就是魂器。"沙兰说。

"劳驾，"巴拉特对着取酒而归的艾丽塔说，"扶我起来。"

那姑娘极为勉强地助他坐起。他的腿……他的腿折了。他们必须找手术师来医治。

沙兰站起来，在裙子上抹了抹血淋淋的双手，随后从尤术手中接过魂器。金属链条非常纤细，吃过巴拉特一剑的地方已经断裂。

"我倒不懂了，"尤术说，"他这样不就是顶风作案？此等御用器物不是唯有虔诚者才可操持吗？"

沙兰用拇指抚过金属表面，无法思考……她愣在原地，为惊愕所震。她的心情确是如此。

我杀了父亲。

维吉姆突然往后一蹦，失声大叫："他的腿在动。"

沙兰回身打量父亲。他的手指抽了几下。

"虚渡来了！"尤术抬眼朝天花板看去，目视狂风暴雨的方向，"它们就在屋里，把他附身了。这——"

沙兰跪在父亲的体侧。他的眼神迷离了一会儿，接着落在她身上。"剂量不够。"她低语，"毒性还不够强。"

"噢，这吹的是什么邪风！"维吉姆在她身边跪下，"他仍未气绝。黑毒没有搞垮他，只让他一时失去了意识。"他睁大眼睛，"他快醒了。"

"那么我们就得一了百了。"沙兰说罢瞧了瞧她的兄长。

尤术和维吉姆摇着头，颓然后退。巴拉特已被打晕，几乎不省人事。

她转过身,父亲正望着她,双眼活动得十分自如。他的腿一阵痉挛。

"对不起,"她喃喃道,解下自己的项链,"感谢您长久以来的照顾。"她用项链围住了他的脖颈。

然后她开始绕圈。

这时,父亲正试图提振精神。她捡起一把从桌上掉落的餐叉,将项链的一端缠在叉柄上。她关好链子的搭扣,之后又绕了几圈,将其紧紧地卡在父亲的咽喉。

"深渊深,伴你睡;"她柔声道,"黑夜黑,把你围……"

沙兰流着泪,哼出那首摇篮曲——回想童年,每当她担惊受怕之时,他总会为她唱起这支歌。他脸上血迹斑斑,她的双手布满猩红。

"石头床,恐惧藏;不要管,不要慌。快快安睡,我亲爱的宝贝。"

她感到他在瞪着她。她将项链收紧,皮肤一阵发麻。

"风暴来,"她沉吟道,"送温暖;风儿吹,摇篮转……"

他的瞳孔逐渐放大,脸上没了血色。沙兰不得不亲历这一幕。他极力扭动四肢,想要挪移躯体,浑身抖如筛糠。他朝她看去,目中闪烁着苛责。*他尝到了众叛亲离的滋味。*

沙兰几乎能把飓风的怒号想象为梦魇的一部分了。不久之后,她便会惊醒,而父亲将为她歌唱。一切恍如儿时……

"水晶矿,放光芒……美又亮,多辉煌……"

父亲已然纹丝不动。

"一起来,跟我唱……快快安睡……我亲爱的宝贝。"

74

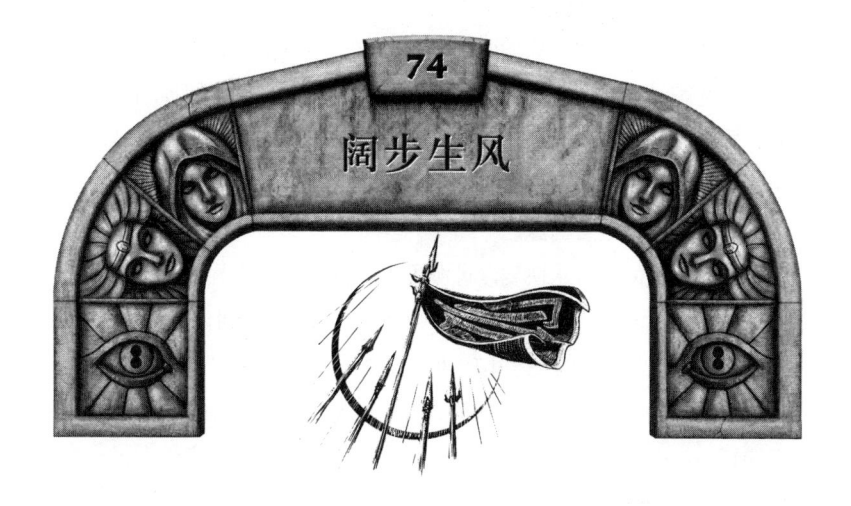

阔步生风

然而，你向来不是波澜不惊的势力。你背负着混沌前行，就像拖着死人的一条腿穿过雪地。求你听从我的恳求，离开那个地方，加入我的阵营，践行我发誓遵守的不干涉原则。

卡拉丁抓住了沙兰的手。

上方巨石碎裂，滚落的石块在他身边坠下。怒风呼啸，下方涨起大水，向他涌来。他紧握沙兰的手，可他们的手都很湿，眼看就要滑开。

之后，她的手忽然捏紧，力气之大，与她的纤瘦体型不很相称。洪水冲刷着卡拉丁那条没受伤的腿，他用力往上一蹬，硬逼自己爬过剩余的距离，好和她一起钻进石窟。

这个小洞只有三至四尺深，比他们躲过的石鳞还浅，还好是朝西的。凛冽的寒风横扫回荡，他们被雨水溅了一身，不过飓风的锐气已被高地阻隔横断。

卡拉丁大口喘气，靠到洞窟的石壁上，伤腿痛得钻心彻骨。沙兰紧挨着他，他把她搂到怀里，感受着她的体温，她也抱着他，两人紧贴岩石蜷身而坐,他的头擦到了洞顶。

高地震动,如同受惊之人那般颤抖。他眼前不太明晰,除了电光,周围只有一片浓黑,还伴着各种声响。轰雷似乎与电闪分离,水声隆隆,宛如野兽的怒吼,空中的道道闪光照亮了在深渊中奔腾的山洪,水流翻滚,泛着白沫。

诅咒之地的……水快要漫进洞里了,没一会儿就上涨了五十好几尺。浑浊的湍流裹挟着大量残枝、败木,以及被连根扯断的藤蔓。

"润石呢?"卡拉丁在黑暗中问道,"你有一颗用来照明的润石。"

"不见了!"她顶着风号喊道,"刚才我抓牢了你,肯定是那时弄丢的!"

"我没有——"

闪电耀目,雷声轰隆,他一时结巴,眼中留下残像。沙兰越抱越紧,手指嵌进了他的胳膊。

风操的,他敢发誓那道残像是一张狰狞扭曲、血口大张的脸庞。又一道闪电劈过,洞外的洪水被照亮,显出一些随着波涛上下起伏的尸首。当前,水流带来了几十具遗体,死者瞪着黑天,双眼毫无活气,很多人只剩空空的眼窝,此中既有人类,又有仆族智者。

山洪涌了上来,石窟里进了几寸深的水,沾着亡灵的气息。在风暴之中,四周又成了黑魆魆的一团,恍如地洞。世间只剩卡拉丁、沙兰和那些尸体。

"我从没见过比这更离奇的场景。"沙兰把头凑到他脑边。

"飓风有悖常理。"

"你在拿亲身体验说话?"

"撒迪亚斯曾把我倒挂在室外受风刑。"他说,"我本来死定了。"

那场风暴试图将他的皮肉扯离骨骼。一时间,疾雨如刀,电闪如烙铁。

一个通体净白的细小人影站在他身前,两臂前伸,仿佛要为他劈风斩流。其身形虽纤弱,力量却强如狂风。

茜尔……我对你干了什么?

"我要听听你的遭遇。"沙兰说。

"我会找时间告诉你的。"

洪水再次上溢,他们瞬间被一股猝然浇来的水流所淹没,漂浮在水中,身子变得轻飘飘的。洪水似乎急于把他们冲向洞外的河中,水势凶猛得出乎意料。沙兰惊声尖叫,卡拉丁惶恐地抓紧两边的岩石。河水退了下去,可他依然听得见汹汹的水声。他们靠回到石壁上。

上方射来稳稳的光芒,不可能是闪电。**高地上有某种会动的发光体**,很难看见,因为从高地地表淌下来的雨水挂在崖壁上,在他们的避风洞前形成了一道水帘。他敢发誓自己看到了一个通体泛光、不成人形的巨型身影,其后跟着另一个体表润泽、样貌奇异的形体。它们阔步生风,光亮渐行渐远。

"拜托了。"沙兰说,"外面这么吵,**我得听点别的。告诉我吧。**"

他打了一个激灵,但点点头。说点话,说点话会好一些。"一开始,亚马兰背叛了我。"他轻声道,只让紧靠过来的她听见,"出于对碎瑛刃的饥渴,他杀光了我的部下,还把我贬为奴隶,就因为我是知情人。对他来说,碎瑛刃比他麾下的士兵还重要、比荣誉感还重要……"

他续上前言,讲述他的奴隶时期、讲述他的逃跑企图、讲述那些因为信任他而死的人。话语从他口中倾泻而出,他从未把这些经历告诉任何人。他还能告诉谁?第四冲桥队与他共渡了大部分难关。

他说起了运奴隶的笼车和图拉科夫——听到这个名字,她吸了口气,显然认识那个人。他谈到了那种麻木感、那种……*虚无感*,还有那种自杀的念头。他又表示自己碰到过困惑,时常怀疑自杀是否值得。

接下来他引出了第四冲桥队的故事,却没有提到茜尔,现在要说她太痛苦了。他论及出桥时的艰辛，道出恐惧、死亡和抉择的真意。

雨水被风吹得直打旋，密密麻麻地灌进来，他确信自己听到了从某处传来的吟唱声。某种怪异的灵体飞速掠过洞口，体表呈红紫两色，让人想起闪电。这就是茜尔看见的灵体？

沙兰沉心倾听。他本以为她会提问，可她一声不响，既没有围绕细节纠缠不休，也没有唧唧喳喳地说闲话。**看来她确实知道该怎样闭牢嘴巴。**

他竟然把自己的过去和盘托出。线索推进到了最后一次出桥和营救达力拿的行动。他想一吐为快，又说到了他与仆族智者碎瑛武士的正面遭遇，还有他是如何招惹到阿多林的，以及他是如何独自守住桥头的……

等他讲完后，他们互相取暖，自发地陷入沉默，齐齐望向那道近在咫尺、被闪电照亮的奔流。

"我杀了我父亲。"沙兰低语。

卡拉丁看着她。一道电光闪过，原先靠在他胸口的她抬起头，睫毛上挂着水珠。他搂着她的腰，与她四目相对。她也搂着他，两人紧紧相拥。在苔拉之后，他还没有这样抱过女人。

"我父亲不仅是一个暴戾易怒的人，还犯下了谋杀之罪。"沙兰说，"我爱他。在我勒死他的时候，他躺在地板上看着我，一动不动。我杀了我的亲生父亲……"

他没有多问，但他想知道。**他必须知道。**

还好她讲了下去，谈起了她的少女时代和她经历过的恐惧。卡拉丁以为自己的人生已经很惨淡了，然而他拥有一个慰藉，那就是疼爱他的父母。对此，他或许还不够珍惜。虽然荣寿把赫斯通打进了诅咒之地，但是卡拉丁至少可以依靠自己的父亲和母亲，他们总会在家中守候。

假如他父亲变成沙兰口中那位暴虐可憎的人、假如他母亲在他眼前死去,他该如何成活?假如他要为家庭带来光明,却不能仰赖提安的人性光芒,他又该如何成活?

他洗耳恭听,感到万分讶异。风操的,这个女人怎么就没崩溃?她的灵魂为什么没有变得支离破碎?纵使她如此描述,可她并不比一杆矛叶磨损的矛脆弱,这种矛就和其余兵器一样锋利。他偏爱使用手感陈旧、矛叶上有若干划痕的矛。沾染过血腥的矛头……就是比崭新的矛头要好。你能借以了解,曾有人用这根百折不摧的矛奋战求生,类似的痕迹就是力量的标志。

她语带愤慨地提及了长兄赫拉兰之死,他不禁打了个冷战。

赫拉兰卒于阿勒斯卡,死在亚马兰之手。

风操的……是我杀了他,对不对?卡拉丁想,我杀了她敬爱的兄长。他刚才有没有跟她说过?

不,他没有。他没说杀死碎瑛武士的人就是他,只说了亚马兰是为了掩盖对武器的渴望才屠尽卡拉丁的部下。多年来,他已经习惯回避自己杀死碎瑛武士的真相。在奴隶生涯的头几个月,他曾谈起过那般经历,却招来危险。现在,他下意识地重拾了那种回避的习惯。

她知道了吗?事实上,杀死那名碎瑛武士的人是卡拉丁,而非亚马兰。她有没有听出来?她好像并未联想到这一点。她继续讲述,说起了一个同样肆虐着暴风的夜晚。那时候,她毒死了她父亲。

全能之主在上,这个女人比他还坚强。

"因此,"她接上前言,又把头靠到他胸口,"我们决定由我去找迦熙娜。要知道,她……她有一枚魂器。"

"你们想看看她能不能修好你们的魂器?"

"那样太想当然了。"虽然看不到,但他听到了她皱眉头的声音,不知为何。"当时我又傻又天真,想用调包计换一枚完好的魂器回来,以便为家族生财。"

"你以前没有出过家族领地。"

"对。"

"而你要行窃？对象还是世上最聪明的女人之一？"

"嗯……对。还记得那句'又傻又天真'吧？总之，迦熙娜还是发现了。幸好她发现了我的价值，并收我为徒。与阿多林成婚是她的主意。在求学期间，我可以借此保护我的家族。"

"哦。"他说。洞外电光忽闪，风力似乎越来越猛，就算沙兰在他身边，他也得拔高音量。"此人真是大度。你之前还想偷她的东西。"

"我觉得她在我身上看到了——"

寂静降临。

卡拉丁眨眨眼。沙兰不见了。他一时惊惶，在身上四处摸索，发现自己的腿没有受伤，先前由失血、休克和疑似体温过低引起的头晕症状也消失了。

啊，他想，又来了。

他起身深吸一口气，走出昏黑，来到洞口。下方的大水不再流动，仿佛冻结。沙兰把洞口开得太低，容不下他的身高，可他现在能站直了。

他向外看去，正对那张广博无垠的脸庞。

卡拉丁迎上那张脸的目光，道："飓风之父。"有人称其为令使杰泽雷泽，可这不符卡拉丁对令使的印象。飓风之父也许是灵体？或是神？那张似乎无限延展，但卡拉丁还是能在其中看清脸的轮廓。

风已停，心跳声可闻。

荣誉之子。这次，飓风之父发话了。而上次，就在风暴的中心，他却一语不发——不过在梦中正相反。

卡拉丁侧过头，又想看看沙兰在不在，却不见她的身影。不论如何，她没有进入幻象。

"她是其中之一，对不对？"他问，"她是光辉骑士，不然至少是飓能者。只有这样,她才能在我们迎战深渊恶魔时做出那种事;只有这样,她才没有摔死。两次都跟我无关,这是她的本事。"

飓风之父发出隆隆闷响。

"茜尔呢?"卡拉丁回望那张脸,面前的高地已经消失,世间只有他和飓风之父的巨脸。他必须问一问,虽然痛从中来,但他非问不可:"我对她做了什么?"

你杀了她。那声音震颤万物,仿佛……仿佛生自高地和他自身。

"不,"卡拉丁喃喃道,"我没有!"

旧景重现。飓风之父大怒道,话中可辨人情。**人皆无信,塔那万斯特之子。你夺走了她。我痛失爱女。**

巨脸渐退渐隐。

"拜托了!"卡拉丁高喊,"这要如何挽回?我该怎么办?"

此事无可挽回。她已崩溃。你与昔日的来者无二。我的众多挚爱已被其杀害。永别了,荣誉之子。你不可再御风。

"不,我——"

风雨回归。卡拉丁往后一倒,跌进了洞里。伤痛和寒冷重又袭来,他倒抽一口气。

"克勒克的臭嘴!"沙兰说,"刚才那是什么?"

"你也看到那张脸了?"卡拉丁问。

"是的。那张脸是如此浩瀚……我看得到星辰,繁星层层叠叠、无穷无尽……"

"是飓风之父。"卡拉丁疲惫地说。他俯身摸索,抓起一颗突然发光的润石。这就是沙兰先前弄丢的无光润石,现在又充满了光。

"太惊人了。"她低声道,"我要画下来。"

"祝你好运。"卡拉丁说,"外面的雨下得可大了。"这时,又一拨骤雨袭来,似乎进一步印证了他的话。风暴席卷深渊,四处打转,有时还会刮回来。他们坐在几寸深的积水中,却没有被水流再次卷走的危险。

"我可怜的画稿啊。"沙兰用禁手把小包护在胸前,再用闲手紧紧地抓着他,不然就没东西可抓了。"这个包是防水的,可是……我不知道它能不能防飓风。"

卡拉丁哼了一声,望着洞外的急流。河中水纹迷人,汹涌的水波上漂浮着断音木残叶,却始终不见任何尸体。在他们眼前,流水轰的一声腾起,仿佛冲过了水下的巨物。他意识到,那是深渊恶魔的尸体,它仍旧躺在原地,夹在两面崖壁之间。它的躯体沉重异常,就连洪水也冲不走。

他们陷入沉默。有了光,就没必要再交谈。鉴于他对她的真实身份有了愈加肯定的猜测,他还想问问她这方面的事,可他什么也没说。一旦从此处脱身,他们有的是时间。

目前他只想静下心来思考,却还是很高兴有她在身边。她紧紧依偎着他,他不仅感受得到她的娇躯,还能看到那条愈发褴褛的裙子逐渐湿透。

不过飓风之父对他说的那番话引开了他的注意力,他便不再抱有别样的念头。

茜尔。他真的……杀了她?之前他听到她在哭,是不是?

他试着吸入飓光,却知道这是徒劳。他有点想让沙兰看到、有点想揣测她的反应。当然,他没有成功。

飓风徐徐过境,大水渐渐退去。雨势减弱,恢复到常态,洪水流往了另一个方向。这一幕总是出现在他脑中,可他从未亲眼见过。现在,平原以西地区的降雨量要比平原地区大,因此水流的方向全是朝东的。河川仍在翻涌——却远不如早前湍急——流回了来时的方向。

深渊恶魔的尸体露出了水面,终于退去的大水变成了涓涓细流。天上飘着蒙蒙细雨,还不比从高地上滴下来的水珠更大、更沉。

他挪了挪腿脚,想要爬下去,却发现沙兰紧挨着他,已经蜷身入梦，还打着轻鼾。

"外面刮飓风你也睡得着，"他悄悄地说，"这世上肯定找不出第二个人了。"

尽管洞里很不舒服，他还是不想拖着伤腿爬下去。他筋疲力尽，方才听闻飓风之父说起茜尔，又有极度沉郁之感涌来，于是他自甘陷入麻木，昏昏地睡了过去。

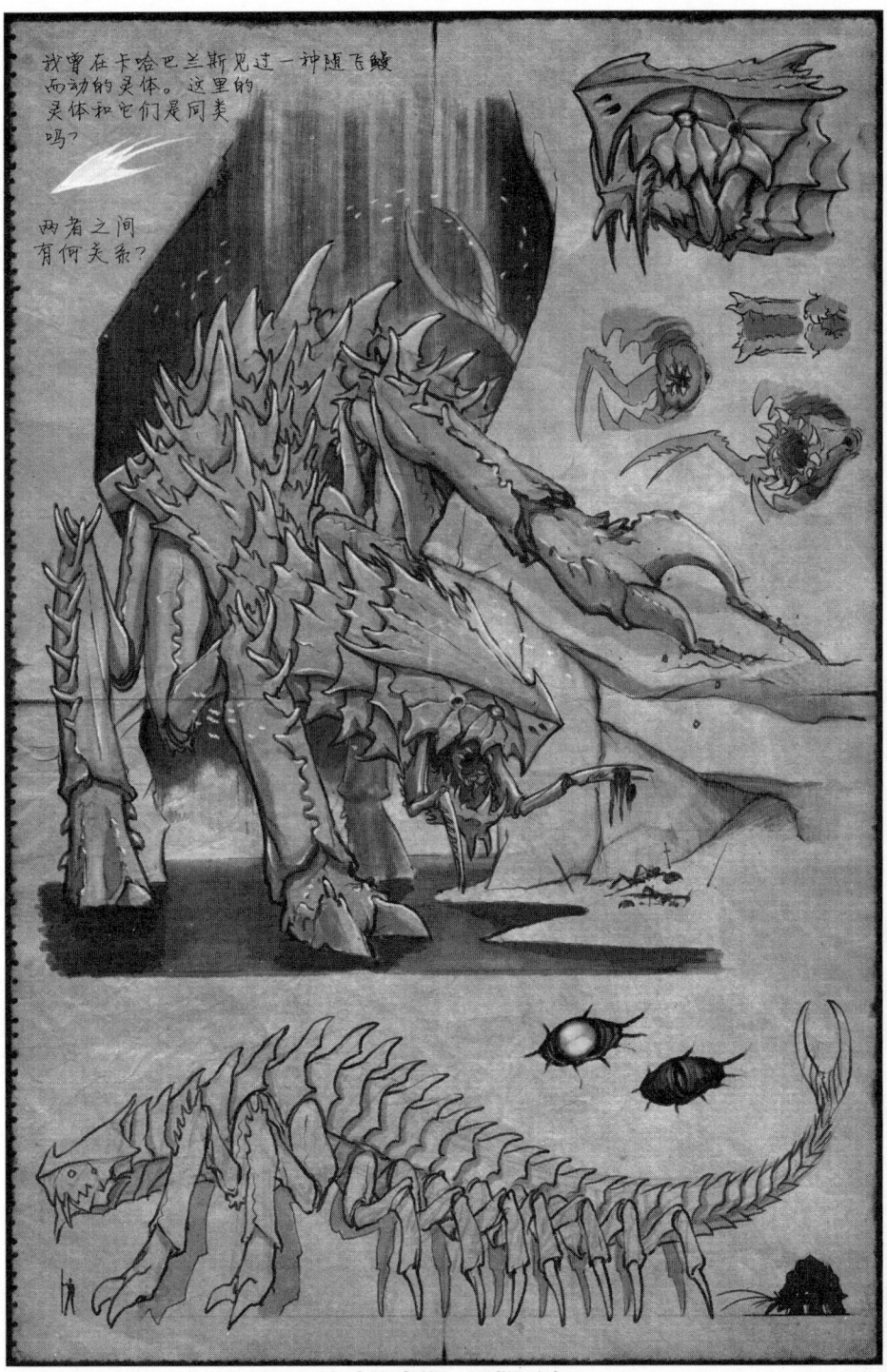

我曾在卡哈巴兰斯见过一种随飞鲸而动的灵体。这里的灵体和它们是同类吗？

两者之间有何关系？

沙兰的素描・深渊恶魔

75

真正的荣耀

三界宙的安危大抵就指望我们的克制力了。

"至少跟他谈谈，达力拿。"亚马兰说。他快步上前，与达力拿步调一致，象征光辉骑士团的斗篷在他身后簌簌飘扬。他们正在检阅为征战破碎平原的车辆装载物资的军队。"在出征前，恳请你和撒迪亚斯达成谅解。"

达力拿、纳瓦妮和亚马兰途经一支跑步赶去和所属大队集合的矛兵队，后者正在列队清点人数。就在他们之后，军营里的男男女女都表现得振奋有加。飓风留下了一个个水塘，飓虫在里面爬来爬去。

昨晚的飓风是本年度的绝唱，泣雨季将在明日择时发轫。尽管有雨，这种气候还是提供了一线机会。他们不会受到飓风的侵扰，此时出击正是最好。他计划在晌午出发。

"达力拿？"亚马兰问，"你愿意跟他谈吗？"

慎重，达力拿想，现在还不能做出任何决定。他必须讲究准确性。走在他身边的纳瓦妮瞧了他一眼。他已经把自己对亚马兰的处理意见告诉了她。

"我——"达力拿开口欲言。

一阵阵响彻军营的号角声传来,似乎比以往更紧急。他把话咽了回去。石蛹已被发现。达力拿数着拍子,判断高地位置。

"太远了。"他指向一名高挑纤瘦的女文书,此人时常担任纳瓦妮的试验助手,"按规定,今天谁打高地战?"

"轩亲王塞巴里尔和罗伊翁,长官。"文书一边说,一边翻阅账册。

达力拿皱皱眉。就算收到命令,塞巴里尔也从不出兵;罗伊翁则行动缓慢。"扬起号旗,向双军示意琼心石地处偏远,不值得采集。我们稍后就将向着仆族智者的大本营进军,不能让几支部队从主力中分离出去,只为夺取琼心石。"

他下达了命令,仿佛两人会调兵出征。他曾对罗伊翁抱有希望。全能之主保佑此人不要临阵恐慌,从而拒绝出征。

随员连忙跑去传达取消高地战的命令。纳瓦妮指向一队正在制定补给清单的文书,他点点头,停下脚步。她走过去和文书交谈,获得了备战状态的评估。

"撒迪亚斯不乐意见到无人认领的琼心石。"亚马兰趁着他们两人等候时说,"当他听说你取消高地战后,便会派兵夺取。"

"不管我干不干涉,撒迪亚斯总会恣意妄为。"

"每当你纵容他公然违反命令,"亚马兰说,"就会离间他和王室的关系。"亚马兰拉住达力拿的胳膊,"我的朋友,比起你和撒迪亚斯的纷争,我们还有更重大的问题要处理。不错,他背叛了你;不错,他可能还会重来。但我们万万不可听任你们双方开战。*虚渡将至*。"

"亚马兰,你怎么能确定?"达力拿问。

"直觉。达力拿,这个称号和这个职位都是你给我的。飓风之父在上,我有所察觉。灾难不远了。阿勒斯卡必须成为强国,这就意味着你和撒迪亚斯要齐心协力。"

达力拿缓缓摇头。"不。与撒迪亚斯同心协力的机会老早就没了。阿勒斯卡的统一之道不在谈判桌上,而在那里。"

横穿众多高地,直取仆族智者的军营。不论其位于何处,终结这场战争。给他自己和他兄长一个交代。

把他们团结起来。

"撒迪亚斯就想让你出征。"亚马兰说,"他确定你会失败。"

"而我一旦得胜,"达力拿说,"他就会丧失全部公信力。"

"你连去哪儿找仆族智者都不知道!"亚马兰两手一摊,朝天挥舞,"你有什么打算?难道就是上那儿逛逛等着和他们碰个正着?"

"没错。"

"愚昧。达力拿,是你指派我担任这个职位的——简直叫人左右为难,我告诉你——我有责任成为诸国的光荣榜样、为诸国指引前路。我发觉现在就连你也很难被说动了。既然你不愿听我谏言,别人又为什么要听?"

达力拿摇摇头,放眼开裂的平原,眺望东方。"亚马兰,我必须去。答案在那里,不在这里。这就好比我们一路来到岸边,在原地等候多年,抱团遥望远水,却唯恐弄湿自己。"

"可是——"

"够了。"

"达力拿,你总归要移交权力,*一点都留恋不得。*"亚马兰轻声道,"你不能持有一切权力,还假装不管事,结果却无视命令和诤言,仿佛还在管事。"

成问题的是,亚马兰的话字字是真,使他大受打击。他未作反应,面色不改。

"我布置给你的那件事完成得怎么样了?"达力拿问他。

"伯丁吗?"亚马兰道,"据我所知,他的陈述无误。我真心觉得那个疯人只是在胡言乱语,说他曾有一把碎瑛刃。倘若实情真是如此,显然荒唐透顶。我——"

"启禀光明贵人!"一名身着传令员制服——内搭丝质绑腿的开衩窄裙——的年轻女子匆匆奔来,上气不接下气地说,"高地上有动态!"

"明白。"达力拿叹道,"撒迪亚斯派兵了?"

"不是,长官。"传令员说道,因奔跑而脸色潮红,"不……我是说……他从深渊里出来了。"

达力拿皱皱眉,突然朝她看去。"谁?"

"'飓风恩护者'。"

※

达力拿一路跑来。

他逐渐靠近搭在军营边界,用来料理高地战伤员的医疗帐,却看不清前方,因为一群身穿深蓝色制服的士兵挡了道。一名手术师正在吆喝,示意他们退后,为他腾出空间。

一些士兵看到达力拿,立即敬礼,迅速让开了道。蓝衣的海洋往两边退去,仿佛被飓风吹拂。

他就在帐中,头发蓬乱缠结,满脸擦伤,腿上缠着临时绷带。他坐在医疗桌上,制服外套已脱下,正挨着他摆在桌面上,被他叠成了圆圆的一捆,上面裹着类似藤条的东西。

见达力拿上前,卡拉丁一抬头,马上动身起立。

"士兵,别——"达力拿开口道,可卡拉丁不听。他硬是站直,用矛支撑伤腿,还把手放到胸前,动作迟缓,手臂仿如灌铅。达力拿觉得这是他见过的最疲惫的军礼。

"长官。"卡拉丁说。形如一股股沙尘的疲灵涌现在他周围。

"你是怎么……"达力拿说,"你掉进了深渊!"

"长官,当时我脸朝下。"卡拉丁说,"还好有铁头功挡着。"

"但是……"

卡拉丁倚矛叹道:"抱歉,长官。我真不知道自己是怎么活下来的,想必和灵体有关系。不管怎样,我还是穿过深渊,赶了回来。有一项任务我得完成。"他朝一边点点头。

达力拿往远处一望,发现红发缠乱、裙裾褴褛的沙兰·达瓦正坐在医疗帐内,被一群手术师簇拥。他原先未见这一幕。

"您未来的儿媳已经安全送达,"卡拉丁说,"只是面容有些狼狈,请见谅。"

"可那时起飓风了!"达力拿说。

"我们是想提前回来,"卡拉丁说,"途中恐怕遇到了麻烦。"他萎靡不振地拔出匕首,割断了身边那只包裹上的藤条,"您想必知道,最近传得厉害,附近的深渊里有一头深渊恶魔出没。"

"确实……"

卡拉丁揭开制服外套的边角余料,一颗巨大的绿色宝石露了出来,呈球状,未经切割,但其内部散发出强光。

"您瞧,"卡拉丁用单手拿起琼心石,往达力拿身前一抛,"我们替您收拾了它,长官。"眨眼之间,傲灵浮现,疲灵消失。

达力拿默默无言地盯着琼心石,宝石滚落在地,碰到了他的靴尖,光芒近乎刺目。

"喂,冲桥手,别搞得这么煞有介事。"沙兰喊道,"光明贵人达力拿,我们找到的那头深渊恶魔是死的,而且都烂了。我们爬到它背上,然后钻进崖缝里避雨,这才躲过了飓风。多亏那头巨兽已经烂得差不多了,不然我们取不出琼心石。"

卡拉丁皱着眉看了看她,随即回头对达力拿说:"没错,事情就是这样。"

比起沙兰,他的撒谎功力还差得远。

亚马兰和纳瓦妮终于赶到，前者仍然陪同后者。纳瓦妮看到沙兰，抽了口气，赶紧跑到她身边，对手术师恶语相向。她手忙脚乱地围着沙兰忙个不停，后者的模样似乎远没有卡拉丁那么疲乏潦倒，不过裙子和头发都是一团糟。不出一会儿，纳瓦妮为沙兰裹上一条毯子，盖住了裸露的肌肤，又遣人回达力拿的营堡准备热水浴和餐点，享用顺序随沙兰的意。

达力拿不禁展颜一笑。沙兰表示这些招待没有必要，可纳瓦妮直接无视了她的申辩。那只充满母性的斧狐犬终于抬头了。沙兰显然不再是外人，纳瓦妮已经把她护到了身下——恰娜保佑任何胆敢站在当中，阻拦纳瓦妮及其心肝相见的男女。

"长官，"卡拉丁终于躺回到医疗桌上，没有反对手术师的料理，"士兵在集结物资，大队在整队。您出征在即？"

"你无须操心，士兵。"达力拿说，"你伤成这样，怎能保护我？我不会这么想。"

"长官，"卡拉丁把声音压得更低了，"光明女士沙兰在那里有所发现，您必须作一了解。在出发前，请您和她交流一下。"

"行。"达力拿说。他逗留片刻，招呼手术师退到一旁。卡拉丁的伤情似乎没有危险。达力拿凑上前，道："'飓风恩护者'，你的部下在等你，他们坚持三班倒，都没顾上吃饭。我都觉得要不是我出面干涉，他们肯定会坐在深渊的前头接受飓风的洗礼。"

"他们都是好汉。"卡拉丁说。

"不只如此。他们就知道你会回来。有些事，好像只有他们明白，而我却不明白。你能说说是什么事吗？"

卡拉丁迎上他的目光。

"你就是我在找的人，对不对？"达力拿道，"我寻觅了这么久，却未明眼辨人。"

卡拉丁别开脸。"不，长官。以前也许如此，可……我就是一个表里如一的人,并不符合您的期望。抱歉。"

达力拿咕哝了一声,审视着卡拉丁的脸庞。他差点以为……也许不是那样。

"他有什么需求,一律满足。"达力拿对手术师说道,允许他们上前,"这个小伙又成了英雄。"

他走出医疗帐,冲桥手趁机一拥而上,手术师见状自然又是一阵怒骂。*亚马兰到底去哪儿了?* 此人几分钟前还在。一顶接送沙兰的轿子到了,达力拿想起卡拉丁的话,决定跟上去问问那姑娘有何见解。

※

一小时后,沙兰蜷缩在层层叠叠的毯子里取暖,湿漉漉的头发贴在脖颈上,浑身散发出花香。她套上了纳瓦妮的裙子。这条裙子对她来说太大了,她感到自己就像一个穿着母亲衣服的孩子——这也许就是她目前的身份。纳瓦妮的关爱来得突然、来得意外,但沙兰当然愿意接受。

沐浴的时光太美好了。沙兰真想在这把长榻上蜷身一躺,睡上十天十夜。可她暂时任由自己沉浸在那种无与伦比的体验之中。在漫长的艰险过后,她头一次感到清洁、温暖和安全。

"达力拿,你不能带上她。"图腾发出了纳瓦妮的声音。躺椅边上放着一张桌子,他就待在上面。在沐浴期间,她派他去偷听他们俩的谈话,对此她丝毫没有愧疚感,毕竟他们说到了她。

"这张地图……"达力拿说。

"她可以画一张好点的地图给你用。"

"纳瓦妮,她不能凭空作画。她必须和我们一起去,只要我们往那个方向推进,她就能画出平原腹地的地貌。"

"别人——"

"没人做得到。"达力拿语带敬畏地说,"四年以来,斥候和绘图师都没有见过完整的地貌。在寻找仆族智者时,我必须带上她。很抱歉。"

沙兰一脸苦恼。她没有把自己绘画才能好好地隐藏起来。

"她才刚从那个可怕的地方回来。"纳瓦妮说。

"我不会让类似的意外发生。她不会有危险。"

"除非你们全死光。"纳瓦妮不留情面地说,"除非远征完全演化为灾难。这样一来,我所拥有的一切又会被夺走。"图腾顿了顿,随后用他自己的声音说,"这时,他抱住她,对她柔声呢喃,究竟讲了什么,我没听到。之后,他们靠得很近,发出了一些有趣的声音。我可以模仿一下——"

"不用了。"沙兰羞红了脸,"那是他们的私事。"

"好吧。"

"我要和他们同行,"沙兰说,"还要画完破碎平原的地图,想办法把它和古代版飓座地图联系起来。"

这是寻找誓约之门的唯一途径。前提是其未在破碎平原形成之时遭到毁坏,沙兰想,况且,如果我真的找到了,我打得开那扇门吗?据说只有光辉骑士能开启通道。

"图腾,"她端着一杯温酒,悄声道,"我还不是光辉骑士,对吗?"

"我想你还不是,时候未到。"他说,"虽然我没什么把握,但我觉得你还差几步。"

"你怎么就没把握?"

"在光辉骑士团还健在的时代,我不是我自己。解释起来很复杂。我始终存在。人类是'生'出来的,但我们不是。此外,我们不能像人类那样死去。图腾们永恒不朽,如火如风。所有灵体皆是如此。可是我曾经不在状态,而且……无知无觉。"

"那时你还不能思考,"沙兰说,"就像那些在我画画时围过来的灵体，对不对？"

"我不及它们。"图腾说，"我是……我是一切，存于万物中。我无法解释。言语道不尽。我需要数字。"

"但你们之中肯定有别的同类。"沙兰说，"比如年长的秘灵？它们那时候还活着吧？"

"没有。"图腾轻声道，"经受过羁绊的灵体都没有活下来。"

"一个也没有？"

"全死了。"图腾说，"对我们而言，无法思考就是死，因为我们是自然力的化身，无法被真正摧毁。如今，过来者已成自然图腾，就如未出世的秘灵。我们曾试着复活它们，却没有成功。嗯。假如它们的骑士还活着，事情也许能有所挽回……"

飓风之父啊。沙兰把毯子裹得更紧了。"一整个族类，全部消亡了？"

"不止一个。"图腾严肃地说，"有很多个。那时候，会思考的灵体比较少，在好几个族类中，多数灵体已受到纽带的羁系。最后的幸存者相当少。人称飓风之父的灵体活了下来，此外还有几个。剩下的灵体数以千计，我们都死在了那次事件中。你们称之为光辉变节。"

"怪不得你坚信我会杀了你。"

"这无可避免。"图腾说，"你终究会背弃誓言，摧残我的思维，置我于死地，然而契机来临，总是值得的。我的族类具备极其稳定的状态。不错，我们总是在变，可方式相同，一而再、再而三，很难解释。不过，你们呢，你们很活跃。来到此地，也就是你们的世界，我不得不做出重大的取舍。转变过程……很痛苦。我的记忆恢复得很慢，但有了这个机会，我很高兴。是的。嗯。"

"只有光辉骑士才打得开通道。"沙兰啜了一口酒，享受着温热琼浆在体内化开的感觉，"但我们不清楚原因和方式。我大概算得上光辉骑士，所以做得到。"

"也许吧。"图腾说,"你还能进阶。想要更进一步。**你仍有事要做。**"

"真言?"沙兰问。

"你念过真言。"图腾说,"那是很久以前的事了。不……你缺的不是真言,而是真相。"

"可你喜欢谎言。"

"嗯。没错,你就是谎言的化身,强而有力。不过,**你不仅仅在编织谎言**,其中亦真亦假。你必须理解这两者的性质。"

沙兰默默而坐,把酒喝完,思绪万千。之后,起居室的门咣当一声打开,阿多林冲了进来,没走几步就停下,睁大了眼睛打量她。

沙兰起身笑道:"看来我没有好好地——"

他一把抱住她,使得她断了后话。讨厌,她还准备了一句绝顶聪明的妙语呢。在洗澡的时候,她可是从头想到尾,费尽了心思。

不过被他拥抱还是很幸福,在肢体接触上,他以前可没有这么主动过。在一场多舛之旅中幸存,果然好处多多。她尽情地环抱他的身躯,嗅闻古龙水的香氛,抚摸制服的衣料,感受着背部的肌肉线条。在几下心跳间,他将她搂紧,而她感到不够尽兴,于是扭头强吻。在他怀中,两人嘴唇紧贴,吻得如胶似漆。

阿多林陶醉其中,没有脱开身。然而绵长的一吻过后,完美时刻还是终结了。阿多林用手托着她的脸,望向她的明眸,莞尔一笑,又把她抱紧,以他特有的方式纵情大笑,笑得热忱、**笑得真切**,让她心动不已。

"你去哪儿了?"她问。

"见别的轩亲王,"阿多林说,"依次发出父亲的最后通牒——要么和我们发动联合攻击,要么作为拒绝践行复仇誓约的一分子遗臭万年。父亲认为分给我一些任务会有助于缓解我……嗯,对你的思念。"

他搂着她往后一仰,对她傻笑。

"我为你们画了点图。"沙兰也对他一笑,"我见到了一头深渊恶魔。"

"是死的,对吗?"

"好可怜的。"

"可怜?"阿多林笑道,"沙兰,你要是看到一头活的,肯定会没命的!"

"差不多吧。"

"我还是不敢相信……我是说,你掉下去了。我本该来救你的。沙兰,抱歉啊,我先跑去了父亲那边——"

"这是应该的。"沙兰说,"那座桥上不会有人叫你不顾父亲、转而来救我们。"

他又抱紧她。"好吧,我再也不会让这种事重演了。休想有第二次。沙兰,我会用心呵护你。"

她不自在地绷起了脸。

"我会确保你不再受到伤害。" 阿多林措辞激烈地说,"我本该察觉,万一有人蓄意暗杀父亲,你可能会受到牵连。以后我们会把好关,绝不让你再度身处那种险境。"

她从他怀里挣脱。

"沙兰?"阿多林道,"别怕,他们不会找上你。有我保护你呢,我——"

"别抛出这种话。"她嘶声道。

"什么?"他捋了捋头发。

"别说了,求求你。"沙兰浑身颤抖。

"那个扳杆子的肇事者已经死了。"阿多林说,"你就在担心这个?我们还没来得及拷问,他就被毒死了,不过他肯定是撒迪亚斯的人。话说回来,你不用发愁。"

"我想怎么发愁就怎么发愁。"沙兰说,"我不需要被人保护。"

"可是——"

"我就是不需要!"沙兰先吸气、再吐气,让自己平静下来。她伸手牵住他的手。"阿多林,不能有下一次了。我不想受到禁锢。"

"你以前经历过?"

"那个不要紧。"沙兰拉起他的手,与他十指相扣,"谢谢你这么关心我。这才是最重要的。"

但我不会容许你和别人这样对待我。我不是什么宝物,没必要把我藏起来。绝对不会有下一次。绝对。

达力拿打开书房的门,让纳瓦妮先进来,之后跟随她入室。纳瓦妮神情安详,强撑颜面。

"孩子,"达力拿对沙兰说,"我想对你提一个有点困难的要求。"

"请便,光明贵人。"沙兰躬身行礼,"不过作为交换,我也想对您提一个要求。"

"什么要求?"

"我要陪同您出征。"

达力拿笑了笑,瞥了一眼纳瓦妮。那名年长女子不露声色。她能把情绪控制得这么自然,沙兰想,我甚至读不懂她在想什么。此招有用,值得一学。

"我相信,"沙兰回望达力拿,"破碎平原上隐藏着一座古城的遗迹。这是迦熙娜的搜寻目标,因而也是我的要务。"

"征途中危机四伏。"纳瓦妮说,"孩子,你明白其中的风险吗?"

"明白。"

"考虑到你最近受的苦,"纳瓦妮接着说,"一般人都会以为你想暂时避避风头。"

"唔,伯母,最好不要对她说这种话。"阿多林挠挠脑袋,"她的反应挺奇怪的。"

"无所谓。"沙兰高高昂起头,"我有使命。"

"那么我允许你执行使命。"达力拿说。他喜欢一切与使命搭边的东西。

"敢问您对我有什么要求?"沙兰问他。

"就是这张地图。"达力拿走到房间的另一头,举起那张皱巴巴的地图,上面详细地描绘了她从深渊走回的路线。"纳瓦妮身边的学者表示,此图具备现有地图的精确度。你有能力扩展这上面的规模,把破碎平原的全图画出来吗?"

"没问题。"她对亚马兰的地图有印象,如果能用上里面的画法来补充一些细节,就更好了。"但是,光明贵人,我可否提一个建议?"

"请讲。"

"请您不要带上仆族,把他们留在军营里。"她说。

他拧起了眉头。

"究竟为何,我解释不清。"沙兰说,"可是迦熙娜觉得他们很危险,上了平原尤其不安全。如果您希望我来帮忙、如果您相信我能为您画出这张地图,那么请听我一言:不要带上仆族,务必在没有仆族同行的条件下出征。"

达力拿看看纳瓦妮,后者耸耸肩。"一旦整装完毕,他们就用不上了。会为难的只有那些必须亲手搭营帐的军官。"

达力拿反复考虑着她的请求,又问:"这是从迦熙娜的笔记里来的?"

沙兰点点头,所幸一旁的阿多林插话道:"父亲,她和我谈过,您应该听她的。"

沙兰感激地对他一笑。

"那么就定下来了。"达力拿说,"光明女士,请你打点行装,并转告你伯伯塞巴里尔。我们一小时内出发,没有仆族作陪。"

(第四部分·完)

插曲

安吉梵拉塔 伊舒娜 拉罕

I-12 拉罕

"恭喜恭喜。"拉罕兄弟说,"你已经搞到了世上最简单的工作。"

那位年轻的虔诚者噘起了嘴,把他从头到脚都看了个遍。她显然没有料到自己的新导师竟是个圆滚滚的胖子,不仅有点醉醺醺的,还不住地打哈欠。

"您就是……那位我分到的虔诚者前辈?"

"最好说成'那位分配给我的虔诚者前辈。'"拉罕兄弟纠正道,搂住年轻女子的肩膀,"你得学学怎样斟词酌句。想讨颐淑丹王后的欢心,跟在她身边的人就要举止得体。只有结交对象上得了台面,她脸上才有光。我的职责就是在这方面指导你。"

"我在塔冠城任虔诚者已经一年有余,"女子说,"我认为自己不太需要人指导——"

"行,行。"拉罕兄弟一边说,一边带着她走出虔诚院的大门,"只不过,你的教长说你可能需要点额外的提携。分配进王后的随从队伍就意味着非凡的特权!我能理解,你为了挣得一个名额,那是相当的……啊……执着啊。"

她与他同行,迈出的每一步都透出不情不愿;又或可能是疑惑作怪。他们走进呈圆形的追忆堂,只见墙壁上悬着十座灯盏,每座均代表一个古纪元王国。第十一盏灯象征着宁静园,墙中用于仪式的巨型锁眼则提醒虔诚者跨越界限、只窥人心……或是诸如此类的劝诫。说实话,他并不确定。

出了追忆堂之后,他们登上了一条连接着虔诚院众多楼宇的遮阳通道,细雨正拍打在屋顶上。日光廊位于通道的尽头,塔冠城的美景在此一览无余——前提至少是天气晴朗。就算是今日,拉罕也能将大半的城市收入眼底,因为庙宇和主殿都建在平顶山坡上。

有人说,用岩石打造的塔冠城是全能之主的鬼斧神工,他将灵动的手指嵌入石体,剜出成片的地面。拉罕怀疑他那时是不是喝得酩酊大醉。呵,城市确实美丽,而这种美的创造者,竟是一位神志不清的艺匠。城内的岩石结构形如绵延的崇山峻岭,五彩斑斓的断面上层次分明,呈现或红、或白、或黄、或橙的色调。

最为壮观的地貌莫过于风刃山,一道道巨大弧形石脊贯穿全城。崖壁上显出排列巧妙的彩色岩层,山峦蜿蜒起伏,奇峰兀立,好似鱼跃海面。据说,它们的形成与过境的风势息息相关。**他原本就打算抽时间来研究此课题,过几天再说吧。**

在淅沥的雨声中,拉罕脚趿凉鞋,陪着女孩轻轻踏上光滑的大理石地。对了,她叫什么名字?"瞧瞧那座城市,"他说,"城里人都得工作,就连光眼种也不例外。有人烤面包,有人管领地,还有人……啊……修路?不对,路上的小石子没法'修',人们只能'修'鞋。诅咒之地啊,**工人明明没在'修'路,可你们为什么会叫他们'修路的'?**"

"不知道。"年轻女子小声说。

"好吧,这没大碍。你要明白,我们只有一份工作,那就是为王后效劳,很简单吧?"

"这活不简单。"

"哪里,它就是简单!"拉罕说,"只要我们都以一种……啊……非常小心的方式来侍奉王后,不就好了?"

"我们和马屁精无二。"年轻女子环顾城市道,"王后名下的虔诚者只会说些她听得进的好话。"

"嘀,正中要害。"拉罕拍拍她的胳膊。**她叫什么来着?**他们跟他讲过……

她叫佩。这不太像阿勒斯卡人的名字,大概是她成为虔诚者后才取的。此情时有发生——展开一段新生活,再换上一个好记的新称谓。

"要知道,佩。"他集中目光,试探她的反应。成功,看样子他果然弄对了名字,他的记忆力准保在好转。"是你的教长派我和你谈话的。他们唯恐你受不到周全的教育,最后在塔冠城里闹出些风雨,违背众心所向。"

他和佩沿着日光廊漫步,路遇不少虔诚者,拉罕向他们点点头。王后拥有大批虔诚者,**他们人多势众**。

"我就直说吧,"拉罕道,"王后……她有时担心全能之主可能并不青睐她。"

"正是如此,"佩说,"她——"

"小声点,"拉罕蹙额道,"只是……别再说了。听好,可以这么讲,王后觉得她要是优待手下的虔诚者,就能打动降下飓风的圣人。我们吃得好,这身袍子也不赖,而且居住条件上佳。我们的自由时间多得很,可以随心所欲地打发。只要她认为自己迈上了正道,我们便应有尽有。"

"我们的职责是向她吐真。"

"没错啊!"拉罕说,"她可是被全能之主选中的,对不对?艾尔霍卡王正于破碎平原之上统领圣战,对抗弑君者,向其施以恶报。作为一国之母,王后在丈夫缺位之时执掌国事,一定过得相当不易。"

"她夜夜大摆筵席，"佩低声数落，"而且纵情声色、骄奢无度。时逢阿勒斯卡每况愈下，她却在恣意挥霍。居住在外围城镇的民众都吃不饱饭，还认为上交的粮食是要转运给嗷嗷待哺的士兵。食物变质的原因在于王后的不作为。"

"破碎平原的粮饷供应非常充足，"拉罕说，"军队的润石多得不得了，这里也没人挨饿。你言过其实了，日子好着呢。"

"这话只有王后或是她的应声虫才说得出口。她甚至取消了乞丐宴，简直惨无人道。"

拉罕暗暗叫苦。这孩子……这孩子实在太难对付了。该怎样劝她？他不愿看到这孩子做出任何对她不利的事情；又或者，他打心底不希望自己遭罪。他想得最多的是自己。

他们迈入王官的大东殿。这里的雕花柱被视为空前的艺术杰作，其历史可追溯至影时代之前。脚下镀金地面的设计别具匠心——由塑魂术变出的水晶条纹之下，明灿的黄金穿行在拼花地砖间，宛如涓涓细流。宫殿的天顶绘有生自东方的呼啸飓风，出自伟大的虔诚者画家奥勒留之手。

也许在佩看来，宫中富丽堂皇的表象就像臭水沟里的飓砂，根本不值一哂。她关心的只有殿内的虔诚者。他们四处闲逛，趁机欣赏美景，还不忘进食。他们也为王后陛下作新诗——不过拉罕承认，他从不参与这类麻烦的活计。

佩的态度可能源起内心残存的妒意。一些虔诚者总对王后钦点的人选怀恨在心。既然眼下她已然享有特权，他便试图向她介绍几项：热水浴、骑驾御用马匹、赏音作画……

拉罕将上述条件娓娓道来，可佩的脸色却愈加难看。真麻烦，这不管用，得换个办法。

"来，"拉罕领着她走向楼梯，"我想带你看点东西。"

层层阶梯穿过宫殿曲折而下。他热爱宫中的一草一木。白色的石墙上挂着金色的润石灯盏,远古气息扑面而来。神权统治垮台之后,世间陷入混乱,家国遭洗,仅有几座城市幸免于难,塔冠城是其中之一。宫殿曾经着过一次火,不过火势在吞噬东宫后便得到遏制,人称"睿涅奇迹"。一场飓风的来袭扑灭了火舌。三百年过后,拉罕确信事发地依然飘着股烟味,而且……

哦,对了,别忘了那个小姑娘。他们继续下楼,最后走进宫中的厨房。午餐已经结束,但是拉罕并未因此作罢,他在经过灶台时顺了只赫达孜式油饼。这些小吃专为王后的心腹准备,以防他们不时饿肚子。一位称职的佞臣不免会食指大动。

"您打算利用外国菜来诱惑我?"佩问,"过去五年来,我每餐只喝一碗漯娄米粥,遇到重大的节目才会吃上点水果。我不会动摇的。"

拉罕停在原地。"你说的是真心话,对吗?"

她点点头。

"你到底缺了哪根筋?"

她涨红了脸。"我是屏绝会的一员,希望通过规避肉体需求来体验隔绝——"

"你的情况比我想象的还糟。"拉罕牵起她的手,拉着她来到厨房的另一侧。后门直通杂院,那里是分送补给、处理垃圾的地方。在一顶雨棚的遮挡下,好几摞粮食映入他们的眼帘,统统未曾被人食用。

佩倒抽一口冷气。"太浪费了!您带我来这儿,就是为了说服我不要闹得满城风雨?您的做法适得其反!"

"曾经有位虔诚者把这些粮食全部分发给了穷人,"拉罕道,"她几年前就死了。自此之后,这份工作由别人代办,他们是做了番努力,不过没下苦功。粮食日渐稀少,它们通常被人拿去丢在广场上,供乞丐挑拣。那时,它们已经坏得差不多了。"

飓风在上,他几乎能够感受到她的灼热怒火。

"听着,"拉罕说,"设想一下,要是我们虔诚者中能有人把行善当作唯一的渴求,她会立下多大的功劳?这还用说,她单靠残羹弃食便可以喂饱几百人。"

佩瞅了瞅堆成山的腐烂水果,随后望向开封的米袋,里面的粮食已经被雨淋湿。

"算了,"拉罕道,"让我们从反面来看问题。要是某位虔诚者意图夺走我们现有的一切……你说,她可能会落得哪种下场?"

"您在威胁我吗?"她悄声问,"我不怕肉体上的折磨。"

"飓风在上,"拉罕道,"你以为我们会——姑娘,我每天起早,**连穿双鞋都要叫人服侍**——别昏头,我们不会伤害你,那样太多事了。"他一阵胆寒,"要不了多久,上面就会把你悄无声息地开除。"

"那我也不怕。"

"我觉得你天不怕地不怕,"拉罕说,"没准就是怕享乐。话说回来,假使你被逐出虔诚会,又能换来什么好处?我们的生活不会有变,王后还是同一人,堆在那边的食物照样会坏掉。但你一旦留下,便可以行善。谁知道呢,由你带头,没准就能协助我们改造自身,你说是不是?"

他拍拍她的肩膀。"你好好考虑一会儿,我要去吃油饼了。"他悠闲地抽身离开,还时不时回头探探情况。佩倚着腐败的粮堆而坐,盯着它们出神。她似乎不介意浓烈的异味。

拉罕盯了她好一会儿,直到不耐烦为止。等他做完午后的按摩回来,她依然待在原地。他去厨房吃了顿晚饭,桌上的菜色不算丰盛。那个女孩完完全全地沉浸在垃圾山里了。

待夜色渐沉,他才缓缓溜达回她身边。

"您怎么就不纳闷呢?"她一边问,一边瞪着被雨打得啪嗒作响的垃圾山,"您在大吃大喝的时候有没有停下来想过其中的代价?"

"代价?"他问,"我说过,不会有人因为我们而挨饿的——"

"我指的不是金钱上的代价,"她嘟哝道,"而是精神上的代价。无论是您,还是您身边的人,都得反思。没一件事讲得过去。"

"哦,其实没那么不堪。"他坐了下来。

"就是很不堪。拉罕,这个问题比王后和她的奢靡排场要严重得多。在此之前,风气也不见得很好。迦维拉尔王在位时喜好狩猎和打仗,公国之间纷争不断。人民听说破碎平原上的战役揽来了荣华富贵,但是那些胜利果实没有一丝一毫在这里兑现。"

"在阿勒斯卡的权贵当中,究竟还有没有人关心全能之主?确实,他们以他的名义泄愤。确实,他们谈论令使、焚烧铭守符。然而他们都做了什么?他们有未改变自己的人生?他们会否聆听《论辩集》的劝导?他们是否改过自新,将灵魂重新奉献给更为宏伟的事业?"

"他们心怀感召。"拉罕说着,不停地绞弄手指。他在比画吗?"虔诚会将伸出援手。"

她摇摇头。"我们为何听不到我主的告诫,拉罕?令使总言我们业已击退虚渡,亚哈里提安乃人类之大捷。可是我主难道就不该召他们下凡与我们对话、为我们出谋划策?在神权统治时期,他们为何不来谴责我们?如果教会的举动真是如此邪恶,那么全能之主的训话又在何处?"

"我……你该不会是在建议我们要复辟那种体制?"他掏出手帕,飞快地擦了擦头颈。话题越变越棘手了。

"我不知道自己有何要进言的。"她喃喃道,"我只是觉得某些地方不太对劲。国内一整套体系都大有问题。"她看看他,随后站了起来,"我接受你的提议。"

"真的吗?"

"我不会离开塔冠城。"她说,"我想留在这里,尽己所能、为民造福。"

"你不会把其他虔诚者拉下水?"

"我与那些虔诚者无冤无仇。"她伸手搀扶他起立,"我只会身体力行,好让大家效法。"

"这样就好,似乎是个明智的选择。"

在她走后,他擦了擦脑袋。她那句承诺不够掷地有声。他说不清自己究竟有多担心。

事实证明,他真该狠狠地为她捏一把汗。

第二天清早,他风风火火地拐进人民会堂——这是一座大型的开放式建筑,立于宫殿的背阴处,专供国王或王后听政议事。大量惊魂未定的虔诚者站在外围,挤作一团小声议论。

拉罕已经听说了,可是他必须亲眼见证一下。他在人群中杀出一条路,来到前方。佩低着头,跪倒在地。她之前显然忙了一晚,借着润石的光,在地上书写铭文,而且没被发现。如果不加使用,这里通常大门紧锁。在众人入睡或喝醉之后,她才开工。

佩将十幅巨型铭文直接写在石地上,它们排成一字,直抵紧挨王座的讲台。铭文列举了十蠢犯下的十种愚行,旁边分别附有一段女性书写体文字,解释十蠢的罪孽如何体现在王后的行为当中。

拉罕惶恐不已地读着铭文。这……这不只是控诉。这是对整套执政系统、光眼种一族,乃至王室的极端不敬!

佩于次日凌晨遭到处决。

当晚骚乱骤起。

I-13 参与

就算伊舒娜不再调谐至旧日的和韵，那声尖叫仍然响彻她心底。她走上毗邻纳拉克外缘的正圆形高地，老是在平复这种感受。此地是士兵常用的训练场。

她的族人秉承遗风，却也获得新生，化为了强力形态。他们在高地上站成几排，哼出怒韵。她按照战斗经验把他们作了划分。进入新态的听者并不都是当兵的料，他们之中的许多人曾经一辈子都处在劳动态。

他们要参与进来，做出巨大的贡献。

"阿勒斯卡人即将攻来。"温丽信步走到伊舒娜身边，心不在焉地使能量流到手指，让红色闪电在两指间闪烁变幻。温丽在换上新态后经常露出笑容。除此之外，她身上似乎没有起任何变化。

伊舒娜明白自己变了，但温丽……温丽的表现还是和从前一样。

这种感觉有点不对劲。

"发送报告的密探深信不疑。"温丽接着说，"你和'黑荆棘'的会面似乎成了助推剂，人类采取了行动，想要大举进攻纳拉克。当然，这还是有可能会演变成灾难。"

"不。"伊舒娜说，"不，计划非常完美。"

温丽看着她，在石地上停步。"我们不必再训练，行动刻不容缓。我们现在就该引来飓风。"

"不妨等到人类靠近时。"伊舒娜说。

"为什么？就今晚吧。"

"别讲傻话。"伊舒娜说，"这是作战的工具。即便现在来个出其不意，阿勒斯卡人也不会打过来。我们这样赢不了战争，**必须耐心等待**。"

温丽听罢若有所思。最后，她笑了笑，然后点点头。

"有些话，你没有告诉我。你还知道些什么？"伊舒娜发出诘问，按住姐姐的肩膀。

温丽笑得更灿烂了。"我不过是被你说服了。我们必须等一等，毕竟这场风暴是往反方向吹的。要不然其他风暴才是反的，而这场风暴破天荒地刮对了方向。"

反方向？"你怎么就知道风向是反的？"

"歌中唱过。"

歌中唱过。可……歌中并未涉及……

伊舒娜在内心深处敦促自己别再跟温丽较劲。"如果事情当真，"她说，"我们就得等到人类逼近的时候再行动，让他们被风暴吞噬。"

"那就这么办吧。"温丽说，"我会着手训练事宜。我们的武器马上就能备好。"

她道出冀韵，这种韵律与旧日的期韵很相似，却更激烈。

温丽走开了，她曾经的配偶和许多学者与她同行。换上新态后，他们似乎很适应，而且适应得过了头。以前，他们可没有换上过这种形态……是不是？

伊舒娜把尖叫往下压，去为另一支新军做准备。她一向不喜欢做将军，而她即将被载入歌谣，成为最终消灭阿勒斯卡人的战争领袖，这又是多么讽刺。

I-14 塔拉梵吉安

  卡哈巴兰斯之王塔拉梵吉安一觉醒来,顿觉四肢难于伸展,背部隐隐作痛。他并不感到愚钝,这是个好兆头。

  他坐起来,"哎哟"了一声。现在他身上的病痛发作得愈发频繁了,就连手艺最高明的医师也只能连连摇头,并向他保证,都这把年纪了,他的体况还算安好。安好?果真如此吗?他的关节就像燃烧的木柴那般吱嘎作响,他无法迅速地站起,否则就会失去平衡跌倒在地。人一老,就得承受最无情的背叛,那就是不听使唤的身体。

  他在床上坐起来。海水拍打着船舱的外壳,空气中弥漫着咸味,不过他听到了不远处的喧闹声。很好,船只按时靠岸了。

  他刚刚坐稳,一名侍从就搬来了桌子,另一人则送上浸湿的热毛巾为他擦眼净手。御前测试官在后排候场。塔拉梵吉安上一次完全独处是什么时候?那得算到这些病痛找上他之前了。

  梅本叩了叩敞开的舱门,手上端着一盘早膳,内盛调过味的米糊,据说对他的身体有好处。这东西尝上去就像寡淡的刷锅水。梅本上前递过餐点,却被穆拉尔一手拦了下来。后者是一名泰勒拿人,身穿黑色皮质胸甲,头发和眉毛统统剃了个精光。

"测试优先。"穆拉尔说。

塔拉梵吉安扬起头,遇上壮汉的目光。穆拉尔的身躯如山一般伟岸,就连风儿都会退避。在众人口中,他是塔拉梵吉安的头号保镖,实际上他还有个更加令人心悸的任务。

穆拉尔掌管着塔拉梵吉安的日常活动,决定他究竟为王还是为囚。

"你明明可以让他先用膳!"梅本道。

"今日至关重要。"穆拉尔低声说,"我希望得知测试的结果。"

"可——"

"梅本,他有权这么做。"塔拉梵吉安说,"让我们继续吧。"

穆拉尔后退几步,测试官借机靠上前来。该团体由三名读风者组成,成员一律着袍戴帽,模样高深玄奥。他们呈上一叠写满数字和铭文的纸卷,其中记录着一组难度渐升的数学题。这些题目由塔拉梵吉安于高智商之日亲手编写,适用于眼下的测试。

他勉强握起笔。**他并不感到愚钝**,但是这种情况极为少见,只有在低智商之日他才会顿悟此间的差别。那时,他的头脑仿如浓稠的沥青,僵滞的思维好比一座牢笼,他困于其中,觉察到某些地方出了严重的问题。

所幸当天是个例外,他没有沦为彻底的白痴。即使再不济,也不过是很笨而已。

他进入程序,开始作答力所能及的数学题。测试花了大半个小时,其间他对自身的能力进行了一番评估,正如他所料,自己既不明智也不蒙昧。今日……他的智商平平。

这样足以成事。

读风者接过他交上的数学题,小声商议着。他们转向穆拉尔道:"他的智商过关,允许出面。"一人宣布道,"他或许无法为《谶记》提供具有约束力的评判,不过应当可以在无人陪护之时展开对外交流。他可以更改国家政策,前提是改制生效前必须有三日的缓冲期。此外,他也能胜任审判时的裁决工作。"

穆拉尔作一颔首,望向塔拉梵吉安。"您是否接受评判结果和活动限制,陛下?"

"我接受。"

穆拉尔点点头,随即抽身后退,好让梅本送上塔拉梵吉安的早膳。

三名读风者将他刚填完的纸卷收好,返回他们的船舱。该项测试拉得很长,每天都会耗去大量宝贵的晨间时光。然而,他依旧认为想要对付身上的异状,此法是绝佳之选。

如果某人在早晨醒来,发现自己的智商每天都会变化,那么他的人生之路会有多少步履维艰。更何况全世界的命运都有可能受他影响,或是依仗其非凡天资,或是因其冥顽不灵而走向毁灭。

"外头的境况如何?"塔拉梵吉安轻声问道,小口地吃着早餐。测试过后,食物已经凉透。

"触目惊心,"穆拉尔冷笑道,"正如我们所想。"

"即使那些混乱出自我们之手,"塔拉梵吉安作出回应,"你也不可幸灾乐祸。"他咽下一小口米糊,"而当那些混乱恰好出自我们之手的时候,你尤其需要注意。"

"如您所愿,我不会再犯。"

"你真的能够那么轻易地转性?"塔拉梵吉安问,"随随便便就把情绪浇灭?"

"当然。"穆拉尔说。

穆拉尔的话语勾起了塔拉梵吉安的兴趣。如果他处于更为机智的状态,大概就能领会其中的含义——可是今天,他感到思想贫乏,仿佛一捧从指缝间流走的水。他错失过不少良机,尽管倍加埋怨,最后还是摆正了心态。他渐渐意识到,卓绝之日也会催生问题。

"我想一阅《谶记》。"他说。他们执意送上这种蹩脚的食品，让他只想找东西转移注意力，随便什么都行。

穆拉尔走到一边，为阿德罗塔吉娅让开道。该女子是塔拉梵吉安名下的首席学者，她将怀中那本厚重的皮封书卷置于塔拉梵吉安身前的桌面上，随后鞠了一躬。

塔拉梵吉安把手指搁在皮面上，心中掠过某种……虔敬之感？是不是出错了？他还会对事物产生敬仰吗？神明毕竟已经逝去，沃林教只是在撒谎。

然而，本书堪称神圣。他翻到夹着芦笔的页面，里面布满了潦草的手迹。

这些狂乱、夸张而宏伟的手迹最先出现在他的卧房，那里的墙上充斥着层层叠叠的草图、一连串匪夷所思的数字，还有一行行仅出自一人之手的文字，后来均被煞费苦心地抄录下来。

无愧为无比疯癫的旷世杰作。

塔拉梵吉安有时可以辨认出自己的笔迹。当一张纸快用到末尾时，他会在页边上书写，这种方式颇像他在墙上狂草的架势，无论是勾线，抑或是沿着角落写字。他无法记起当时的经过。这些手稿是他的巅峰之作，由一颗既清醒又混沌的头脑造就，历时二十个钟头。

"阿德罗，你是否觉得奇怪？"塔拉梵吉安向学者提出问题，"天才与白痴果真仅有一线之差？"

"一线之差？"阿德罗塔吉娅问，"瓦尔格，我觉得它们大相径庭。"阿德罗塔吉娅自幼和他一道长大，至今还使用塔拉梵吉安儿时的小名来称呼他。他对此并无微词，这个名号引他怀旧，那时候一切还未发生。

"无论大智还是大愚，"塔拉梵吉安说，"我都不能与旁人好好交流，就像……就像一只齿轮无法契合其他的零件。不管它的尺寸是大是小，钟表还是运转不了。"

"我没有考虑到这一点。"阿德罗塔吉娅道。

塔拉梵吉安的智商一旦降至最低,就会躲到墙角直淌口水,他只被允许待在卧房内。当他的思维稍显愚钝之时,则会由他人监督陪同外出。在那些夜晚,他为自己犯下的暴行而哭泣,明知道其重要性,却理解不了其中的缘由。

在思维迟缓之日,他不能改易国事;耐人寻味的是,他也为脑力过人之日下达了同样的禁令。他的决定成形于某个天才之日之后。那天他想要通过颁布一系列法规来解决卡哈巴兰斯的全部困境,例如要求人民在获准生育之前必须参与由他亲手设计的智商测试。

他是如此才高过人,反观起来又是如此愚不可耐。夜妖啊夜妖,你在捉弄人吗?他想,这就是我应得的教训?你究竟还在不在意?又或者你这么做仅供自己享乐?

他把注意力拉回到《谶记》上,该典籍是他的鸿篇巨制,凝聚着无与伦比的智慧结晶,成书仅用一日。当时,他面壁呆望了一整天,最后将全文手写其上。在创作过程中,他一直喃喃自语,拼接着前人从未关注过的意象,同时对着墙面和地板奋笔疾书,就连处于可及范围内的天花板都未放过。房内大量手迹均由某种奇异的字体写就——他发明了这门语言,因为所有已知的文字都无法精确传递出他的洞见。幸而他没有忘记在床头柜上刻下破译方式,否则其他人就无从理解他的大作。

就算如此,他们依旧难以入手。他随意翻过几页,内附的抄本与他房内的原文一字不差。阿德罗塔吉娅和她手下的学者到处作注,为了弄清不同的图案和数列实为何意,她们给出了不少解读。这些文字以女性书写体呈现,塔拉梵吉安多年前就已学会阅读。

阿德罗塔吉娅在某一页记录道,这幅素描似乎表现的是雅克维德王宫中的拼花地砖纹样。他停在了这一页,此图兴许与今日的行动有关,可惜他不够聪明,无法看破书中暗藏的玄机。对于天资冲顶的自己所写下的内容,他只得相信天资较高的自己做出了正确的诠释。

他合上书,放下汤匙。"我们出发吧。"他起身离开船舱,穆拉尔和阿德罗塔吉娅分别陪同在两侧。他来到日光之下,眼前的海滨城市余火未尽,岸边巨大的露台式地貌有如盘碟或层层页岩皮木,现已被废墟盖住,几近倾覆。这个城市曾经美不胜收,如今已是一片焦黑,屋舍垮塌,宫殿付之一炬。

魏德纳一度位列世界级大都市之林,现在却已燃烧殆尽,化为齑粉。

塔拉梵吉安倚靠着护栏。他的船于昨晚驶入魏德纳港,当时城内的房屋就已着火,透出星星点点的红光。比起当下的荒芜景象,跳动的烈焰似乎更有活气。海风拂过,捶打着他的背部,驱走了从岸上飘来的黑烟,因此塔拉梵吉安几乎闻不到那股味道。整座城市就在他的指尖之下焚烧不止,然而呛人的气息却已消散在风中。

泣雨季即将来临,降水也许会洗刷掉些许萧然。

"快点,瓦尔格。"阿德罗塔吉娅说,"他们都在等着。"

他点着头,与她一起登上小船,向岸边进发。这座城市原本拥有宏伟的码头,这座码头在一场攻防战中被摧毁,如今已不复存在。

"惊人哪。"穆拉尔上了船,在他身边坐下。

"我以为你说过不会再度幸灾乐祸。"城市沿岸尸体成堆,塔拉梵吉安看罢胃里一阵痉挛。

"我不是幸灾乐祸,"穆拉尔说,"而是真心佩服。您知不知道,埃穆尔和图卡之间的'八十夺城战'打了六年,也没有留下如此可怕的荒遗?短短数月,雅克维德就把自己给搞垮了!"

"塑魂者加剧了战争的残酷性。"阿德罗塔吉娅呢喃道。

不止如此,还有更深层次的原因。就算塔拉梵吉安智商平平,他也能看出来。有塑魂者提供粮食和饮用水,军队的确可以快速行进——不会被辎重车或补给线拖后腿——几乎瞬间就能展开杀戮。可是埃穆尔和图卡同样配有各自的塑魂者团体。

水手动手将小船划向堤岸。

"事情还没完,"穆拉尔说,"各路轩亲王都力图攻占王都。他们就像北方野蛮人那般打仗,选好时间地点,一再地互相威胁,然后矛枪相见。不过在这里,受害的是一整个王国,战争造成了人口的锐减。"

"穆拉尔,但愿此言甚过现实。"塔拉梵吉安道,"我们终究需要这个王国的子民。"他扭过身,将一时的情感冲动强压下去。岸边的礁石上躺着一具具尸体,这些死者被人推下附近的悬崖,掉入了海中。那片耸立的石脊通常是码头的防风要道;在战争中,它成了夺命的工具,军队总会借之将对手逼到绝路。

阿德罗塔吉娅看见了他的泪花,不过她一声都没吭。她抿起嘴,表达着抗议。她并不认可他在低智商时期过度用情;然而他熟知她的习惯,这位老妇至今还在每天早晨焚烧铭守符,为亡夫祈祷。她用心虔诚,这种行为与他们罪大恶极的身份很是不符。

"今日故地可有消息?"塔拉梵吉安拭去泪水,借助问话转移阿德罗塔吉娅的注意力。

"多瓦来报,死前遗言的数量持续下滑,她昨天没有收集到任何信息,前天也只有两例。"

"那么就是摩拉诃的活动所致,"塔拉梵吉安说,"此生灵为外物吸引,移向了西部。"现在该怎么办?塔拉梵吉安要不要暂缓杀戮?他心中满是渴望——不过假如他们能够更进一步,探明事关未来的吉光片羽,找寻到足以拯救万千苍生的真相,那么眼下少数人的牺牲也就无关紧要了,难道不是吗?

"通知多瓦继续工作。"他万万没有料到他们的盟约会吸引一名虔诚者入伙。《谶记》是一本野心勃勃的集子,为了达到目的,其信徒往往不择手段。多瓦亲眼看破了他们的计划,他们要么得诱她共事，要么得杀人灭口。

"恭从吩咐。"阿德罗塔吉娅道。

船夫将船划到港口边缘，在更为平滑的礁石旁靠泊，接着跳入了水中。这些人既是他的仆从，又是《谶记》结社旗下的一分子。他信任他们，因为他有必要对一些人放下戒备。

"关于我说的那个问题，你有没有去研究？"塔拉梵吉安问。

"要出成果难度太大。"阿德罗塔吉娅说，"我们不可能量出个人智商的定值，就算是你的测试，也不过给出了一个大概。**你答题的速度和方法**……好吧，我们可以从中做出评判，但是结论非常粗陋。"

船夫用绳子把他们拉上了石滩，木制船体刮擦着石面，发出可怕的怪声。这番响动至少能盖过附近的哀号。

阿德罗塔吉娅从衣袋中取出一张纸，并将其展开。上面画着一张图表，一个个小点组成山一般的曲线，从左侧一路上升，在中段达到峰值，随后以相似的弧度逐渐下降至右侧。

"我调出了你前五百天的测试结果，为每一天赋上一个介于零与十之间的数值。"阿德罗塔吉娅说，"这个数值表示当日智商的多寡，然而就像我刚才说的，它并不确切。"

"靠近中间的曲线？"塔拉梵吉安问道，用手一指。

"代表普通智商期。"阿德罗塔吉娅说，"请看，你大多数时候都处在这个状态。纯粹的高智商期和绝对的低智商期都很罕见。我只能使用现有数据进行推测，不过我觉得这张表还是挺准的。"

塔拉梵吉安连连点头，允许一名船夫扶他下船。他早就知道自己的智商时常处于普通期，不过他请求她解决的问题其实是：他何时才能等到下一个堪比《谶记》诞辰的日子？那一天他挥下了精绝的笔触，时至今日，多年已逝。

阿德罗塔吉娅下了船，身后跟着穆拉尔。她带着图表走到塔拉梵吉安旁边。

"那么我的智商在这里冲顶。"塔拉梵吉安指向曲线的终点,这个位置十分靠右,几乎触底,表示他的高智商出现频次很低。"这一天就是完美之日。"

"不对。"阿德罗塔吉娅道。

"什么?"

"那是你五百天来最为聪慧的日子。"阿德罗塔吉娅解释道,"当时你完成了最为高深的自编难题,还为今后的测试撰写了新条目。"

"我仍记得。"他说,"那天我解开了'法布里森谜题'。"

"是啊。"她说,"如果世人逃过劫难,他们没准哪天会感谢你。"

"那天我的确很聪明。"他说。穆拉尔对他当时的高智商感到害怕,因而决定将他关在宫内,以防露馅。他始终坚信如果自己的体况得以公开,大众肯定会听他解释原因,也会允许他将民生治理到最佳状态。他曾经草拟过一条律法,要求所有智商低于平均线的民众为城市着想,自取其命。这么做似乎不无道理,他已经预想到相关人员可能会造反,但是该项规定底气十足,他们总会心悦诚服。

那天他确实聪明过人,可是与写下《谶记》的一日相比,仍旧逊色不少。他拧紧眉头,将纸上的数据细读了一番。

"这便是我无法作答的原因,瓦尔格。"阿德罗塔吉娅道,"那张图表运用了所谓的对数尺度,每一个数值至中心点的距离并不相等——它们随着线条的延伸而相互叠加。在《谶记》问世的那天,你的智商究竟有多高?比第二聪明的时候强十倍?"

"一百倍,"塔拉梵吉安看着图表道,"或许更多。让我算算……"

"你今天不是处于愚钝期吗?"

"不,我处于普通期。我算得出,边上一段段的数值是……"

"智商变化的测量值。"她说,"可以说每往一侧进一段,你的智商就会翻倍,然而具体的数值很难量化。趋势一旦往上走,就好分析,表示相应智商出现的频次。请你从曲线的中心顶点看起,你有一天智商略低、一天智商略高，其中相隔长达五天的平庸期；接下来，你有一天智商较低、一天智商较高，其中相隔五个前面提到的完整周期，依次类推……"

塔拉梵吉安立于礁石之上，拿着图表计数，他手下的士兵在上方等待。他的指尖顺着曲线滑到图表外的某一点，他估计在这一天自己才能创造近似《谶记》出世的辉煌。就算如此，他还是觉得结果有些不乐观。

"全能之主在上……"他低叹。想要重回巅峰状态，还需要数千日，乃至数万日。"这根本不可能。"

"这当然有可能。"她说。

"怎么看都绝不可能！"

"怎么看都极有可能，"她说，"这种情况已经发生过一次，不是天方夜谭。塔拉梵吉安，这就是异常值和概率的神奇之处。或许明天你的智商就会冲顶，该来的总会来，谁也挡不住。依我之见，一切纯粹靠机会。然而你若想获悉该日再现的可能性……"

他点点头。

"瓦尔格，如果你还能活上两千年，"她说，"也许就能等到那一天，我只能说也许，可能性对半开。"

穆拉尔不屑道："那得看运气了。"

"不，全看概率。"

"无论如何，"塔拉梵吉安折起纸张，"这不是我要的答案。"

"答案什么时候重要过了？"

"我们从未重视过这些东西。"他说，"以后也不会。"他将图表塞进了衣服的内袋。

他们沿着礁石向上走去，路过了大量被日光炙烤到发胀的尸体，随后在石滩的顶部遇上了一小队士兵。他们的衣装上绘有代表卡哈巴兰斯的焦橙色纹章。他名下的士兵少之又少，《谶记》要求本国不能对他国形成威胁。

然而《谶记》并不完美,他们有时会在字里行间发现谬误。抑或是……《谶记》没有真正出错,有失偏颇的只是其中的预测。塔拉梵吉安在成书之日已是颖悟绝伦,*却无法看透未来*。他的猜度相当可靠,很多时候都准得出奇,可是随着时日的流逝,要使《谶记》永远保持高度的指导意义,就得加强审读和维护。

因此他欲求另一日来修订《谶记》,而这一期望很可能会化为泡影。他们必须顺着这条路走下去,相信曾经的那个他、相信他的远见卓识。

怀有这份决心总好过和纷繁的尘世打交道。他们对神明和宗教失去了执念;王公贵族一律是自私卑鄙的人物。倘若让他找寻一大信仰,他会选择自己,还有那个恣意驰骋在思维国度的绝世奇才。

不过,**想要坚持到底绝不容易**。他有时会心生退意,每当他目睹自己一手酿成的后果,心境就尤为沉重。

他们进入了战场。

兵燹一起,战事的主场显然移到了城外。在王都惨遭烈火吞噬之时,士卒仍旧不愿放下武器。七大阵营内斗不止,而《谶记》指出参战的势力共有六股。这重要吗?

在他们走过死伤者时,一名士兵递给他一条洒过香剂的捂脸方巾。此地烟雾弥漫、血流成河,充溢在四周的气味,他今后将非常熟悉,直到这一切的终结。

一群男男女女身着卡哈巴兰斯王室特有的焦橙色制服,穿梭于死伤者之间。在东部柔刹,这一色调业已成为救死扶伤的代名词。确实,战地上飘扬着他的旗帜——象征手术师,其下是分布于各处的帐篷。塔拉梵吉安手下的医者在战前就已抵达,伤患刚被运来,他们就能展开诊疗。

他正要离开遍地的尸首,这时雅克维德士兵纷纷站起,开口为他喝彩。他们方才还坐在战场的边缘,眼中满是呆滞。

"帕里的妄想啊,"阿德罗塔吉娅看着他们起立,"难以置信。"

士兵分别坐在各色旗帜下,受塔拉梵吉安指派的手术师、汲水工和医护人员正为他们提供服务。卡哈巴兰斯之王一出现,无论受伤与否,所有腿脚灵便的人齐刷刷地起身欢呼。

"《谶记》提到过这种可能性。"塔拉梵吉安说。

"我之前还确信那里出了错。"她答道,摇了摇头。

"他们全都看在眼里。"穆拉尔说,"今天,我们是唯一的胜者。特派医师获得了各方的尊敬,那些陪伴重伤员走过生命最后一程的也是我们的人。雅克维德的领主高官只会贻害大众,而你为他们带来了生命与希望。"

"我为他们带来了死亡。"塔拉梵吉安小声道。

他派人杀死了他们的国王,以及《谶记》中提到的若干轩亲王。这一做法把各大阵营推到了开打内战的风口浪尖,他已然迫使这座王国臣服在他脚下。

现在他们却为此而欢欣鼓舞。他硬逼自己止步慰问一队士兵,询问他们的健康状况,希望能为他们做点什么。他必须在大众眼中化身悲天悯人的角色,《谶记》对此仅是随意带过,仿佛同情心就是类似一品脱血的东西,可以用杯子来掂量。

他一而再、再而三地视察各路军队。许多人迎上来抚摸他的手臂、轻触他的长袍,流下了感激与喜悦的泪水。可是多数雅克维德士兵依然坐在帐中,遥望着满目疮痍的大地,脑中一片麻木。

"激越感?"他小声对阿德罗塔吉娅说道,这时他们告别了一队士兵,"在火烧王都的那天,他们彻夜鏖战,激越感一定十分强烈。"

"我同意。"她说,"由此参考的基准又多了一个。风行于此地的激越感具备阿勒斯卡当地的强度,或许较之更甚。我得向诸位学者言明。说不准涅戈耳的行踪就能得以定位。"

"莫要为之付出太多心血。"塔拉梵吉安走向了另一支雅克维德军队,"即便觅到了它的影子,我也不确定我们能怎么利用。"他没有实力对付这类上古恶灵,至少现在还不行,"我更想知道摩拉诃的去向。"

但愿摩拉诃还未决意再度蛰伏。迄今为止,他们发觉死前遗言乃《谶记》最为有力的补充。

只是仍有一大问题的答案令他无从入手。他几乎愿意为之付出一切。

他所做的全盘努力究竟够不够?

在慰问途中,即便不太矍铄,他依然秉持着慈眉善目的老者气度,充满爱心、乐于助人。今天的他表现得非常到位。他想要模仿自己略为笨拙时的模样。人们拥护那样的自己,在智商允许的情况下,他无须太过假装善人;而当他变得更为精明时,就得费尽心力戴上面具。

智慧是他的福佑;祸端随之而来,心怀悲悯的他对自己的行径感到痛苦。两者从不同时出现,为什么他就不能一次性拥有?他没有想到在他人身上,智慧与悲悯间的关系竟是如此紧密。夜妖给出恩惠与诅咒的动机高深莫测。

塔拉梵吉安在人群中前行,聆听众人的乞求和谢意。他们渴望解脱,急需药剂来缓解伤痛。这些士兵似乎打了一场无冕之战——就算到现在,结果仍是未知数。他们想要找寻依靠,而塔拉梵吉安正好在表面上保持中立。他们这么轻易就向他敞开了心扉,着实叫人震惊。

他沿着队列行进,来到下一个士兵身前。他身披斗篷,一手抓着一只伤得很重的断臂。塔拉梵吉安瞅了瞅那人藏在兜帽之下的双眼。

他是瓦拉诺之孙泽斯。

塔拉梵吉安的心头闪过一丝恐惧。

"我们得谈谈。"深族人说。

塔拉梵吉安拽起刺客的胳膊，将后者从雅克维德大军中拖走。他空出另一只手，在衣袋里摸索从不离身的誓约石。他掏出石头加以确认，果然不是赝品。诅咒之地的，在这里碰上泽斯，害得他以为自己已被人下手——誓约石被盗，泽斯奉命前来把他赶尽杀绝。

泽斯没有反抗。他刚才说什么来着？他需要和你谈谈，蠢货，塔拉梵吉安暗想，如果他是来杀你的，你肯定早就一命呜呼了。

有没有人发现泽斯？要是人们瞧见塔拉梵吉安正和一名光头深族人交谈，他们会作何评论？流言会由小生大。**要是谁看出来塔拉梵吉安与臭名昭著的白衣刺客有染，哪怕只有一丝一毫……**

穆拉尔忽然察觉到事有蹊跷，便向护卫高声下令，将塔拉梵吉安带离雅克维德士兵。阿德罗塔吉娅方才还在附近抱臂而坐，察言观色的同时不忘活动双脚，她见状立即跳起，大步走了过来。她瞥了一眼戴兜帽的人影，惊得倒抽一口气，脸上霎时没了血色。

"你竟敢现身此地？"塔拉梵吉安对泽斯说。他把声线压得很低，对外的姿态依旧欢愉。他今日才智平庸，可身为一国之主，他从小就处在宫廷法则的耳濡目染之下，临危不乱是他的强项。

"出问题了。"泽斯无情地说道，他的面部已被兜帽遮住。与该人交谈就如同与死者对话。

"你为何没有结果达力拿·寇林？"阿德罗塔吉娅质问，平静的语调透着急迫，"我们知道你临阵脱逃了，还不赶快回去完成任务！"

泽斯甩了她一眼，并未作答。她手中没有他的誓约石。不过，他似乎留意到了她的存在，眼中满是漠然。

该下诅咒之地的。他们原计划妨碍泽斯与阿德罗塔吉娅相见、或是与其结识，以防他决定改换阵营，威胁塔拉梵吉安的生命。《谶记》中出现过此般假设。

"寇林身边有一名飓能者。"泽斯说。

看来泽斯见识过迦熙娜的事了。他早就怀疑她没有丧命，难道她真的诈死？诅咒之地啊。

战场似乎安静了下来，伤患的呻吟在塔拉梵吉安的耳中逐渐远去，世界骤然塌缩，只剩他与泽斯。此人的双眼以及危险的语调，到底——

塔拉梵吉安发现：泽斯的言辞很热烈，刚才那句话用情至深。他的嗓音似乎从两边被人挤扁，听来仿如恳求。

此人的神志并不清醒。瓦拉诺之孙泽斯是全柔刹最致命的武器，而且身心俱伤。

飓风啊，为什么塔拉梵吉安就不能在聪慧过人的日子和泽斯相持？

"此话怎讲？"塔拉梵吉安尽量为自己争取时间，他的思维缓缓运转，估摸着事态的走向。他将泽斯的誓约石紧紧护在身前，这件物品好比迷信女子的铭守符，似乎能解决问题。

"那小子是寇林的护卫，"泽斯说，"我只得和他交手。"

"啊，也是。"塔拉梵吉安说着，左思右想。泽斯由于某些事关虚渡回归的言论而被逐出深国，沦为无真奴。如果他发现自己的话并没有错，那样一来——

那小子？

"你对付过飓能者？"阿德罗塔吉娅望了一眼塔拉梵吉安。

"是。"泽斯说，"那家伙是阿勒斯卡人可以吸取飓光。他的手臂被瑛刃割伤后，竟能自愈。他是……光辉骑士……"他的话语受尽压迫，听来不太安分。塔拉梵吉安看了看泽斯的双手，只见他两手屡次握拳，好比跳动的心脏。

"不，不对。"塔拉梵吉安说，"有件事我最近才听说。好，现在一切都讲得通了。一把荣刃不见了踪影。"

泽斯眨眨眼，注视着塔拉梵吉安，眼神仿如刚从远处收回。"是七把之一？"

"没错,"塔拉梵吉安说,"我只听到了点风声。你的族人一向秘而不宣,不过……我想起来了,有两把荣刃可以唤起重生术,其中一把正好失踪了,想必是落进了寇林手里。"

泽斯的身子来回摇摆,但他似乎没有这方面的意识。事到如今,他的动作依然不缺战士的优雅。*风打雷劈的。*

"和我交手的人,"泽斯说,"他没有唤来瑛刃。"

"可他运用了飓光。"塔拉梵吉安说。

"对。"

"那么他准保持有荣刃。"

"我……"

"这是唯一的解释。"

"这……"泽斯的语气愈发冷酷,"对,唯一的解释。我会杀了他,将荣刃带回。"

"不行,"塔拉梵吉安斩钉截铁地说,"你必须重新接近达力拿·寇林,不辱使命。切不可与那个人作战,待他离岗,俟机行事。"

"但——"

"你的誓约石可在我手?"塔拉梵吉安喝问,"怎能质询我的话?"

泽斯不再晃动身子。他紧盯着塔拉梵吉安道:"我是无真奴,主人如此要求,我便不问缘由。"

"别惹那个持有荣刃的人,"塔拉梵吉安一再重复,"除掉达力拿。"

"遵命。"泽斯转身阔步离去。塔拉梵吉安本想继续高声下令:*不得被人发现!不得反复在公开场合见我!*

可是,他只能跌坐在地,之前的沉着冷静瞬间消失。他发着抖,不停地喘气,汗珠顺着额头淌下。

"飓风之父在上,"阿德罗塔吉娅坐到他身边,"我差点以为我们自身难保。"

侍从为塔拉梵吉安搬来一把椅子，穆拉尔趁机为他百般掩饰：国王眼见如此惨重的伤亡，痛不欲生。你们都知道，他已步入晚年，而且是那么怜悯众生……

塔拉梵吉安反复喘息，极力恢复常态。他看了看阿德罗塔吉娅，她坐在一圈侍从和士兵的中央，他们全都立誓追随《谶记》的伟论。"是谁？"他悄声问，"那位飓能者究竟是谁？"

"迦熙娜的学徒？"阿德罗塔吉娅问。

听闻那个女孩抵达破碎平原，他们都吓了一跳。他们先前就推测有人指导过她，如果不是迦熙娜，就是女孩的兄长，他一定在死前为她上过课。

"非也，"塔拉梵吉安说，"其人为男性。是达力拿的家族成员？"他略作思索，"我们须得求助《谶记》。"

她返身回船取物。现在，其余的事务——不论是慰问士兵，还是与雅克维德领导人的高级别会面——都不重要。《谶记》的启示有误，他们踏入了危险地带。

她携书归来，几位同行的读风者就地架起了一顶帐篷，把塔拉梵吉安安顿好。针对国王的开脱仍在继续：他见不得阳光，必须在此歇息，并向全能之主焚烧铭守符，祈求贵国后世安宁。当光眼种差遣你们开展屠杀，塔拉梵吉安却在忧国恤民……

借着润石的光，塔拉梵吉安一边翻阅书卷，一边研究自己的真迹。这门语言由他发明，之后又被他忘却，如今已被转译过来。答案。他需要答案。

"阿德罗，我是否向你透露过我对夜妖的请求？"他在阅读时悄声问。

"是。"

他几乎没在听。"我希望自己有能力阻止即临的灾祸，拯救人类。"他翻过一页，低语道。

他苦苦搜寻着。今日他并非天才，可他已经花费多天阅读这些纸卷，一遍又一遍地复习各个章节。他熟悉里面的内容。

书中自有答案。如今塔拉梵吉安只崇拜一个神，那就是仅存一日、聪明盖世的自己。

找到了。

答案就在这份抄本中。他曾在卧房的某个墙角写下了几段话，由于空间有限，他笔下的小字只好相互重叠。用上他有如天才的清醒头脑，断句似乎很容易，但是他身边的学者为了探明其中的含义，耗费多年才凑齐线索。

他们即将归来。你无力阻止其宣誓。寻觅不逢时的生者。此规律即线索。

"冲桥手。"塔拉梵吉安轻声念道。

"什么？"阿德罗塔吉娅发问。

塔拉梵吉安抬起头，眨了眨迷糊的双眼。"达力拿从撒迪亚斯那边换来的冲桥手。他们全都活着。你读过相关记录吗？"

"这无非是撒迪亚斯与达力拿之间竞逐权力的游戏罢了，我没有放在眼里。"

"不，此事仍有下文。"他们熬过了灾难。塔拉梵吉安起身道："提醒所有阿勒斯卡卧底，向破碎平原派遣密探，全员到位。必然会有人谈起这些冲桥手，其中就有一位奇迹般幸存、受到飓风眷顾的青年。他也许不清楚自己拥有何种能力，但是他已经与灵体建立纽带，并且说出了第一信条。"

"如果我们找到他，该如何处置？"阿德罗塔吉娅问。

"我们无论如何都不能让他挡泽斯的道。"塔拉梵吉安把《谶记》递给她，"我们的存亡取决于此。泽斯是头猛兽，为了摆脱枷锁，他会咬掉自己的腿。万一他挣脱了束缚……"

她点点头，依他的指令行动。她来到临时帐篷的垂帘处，没有立即离开。"我们可能要重新考虑测试智商的方法了。对于前一个小时的所见,我怀疑在今天,'平庸'二字是否可以套用到你身上。"

"测试的结果并不准确。"他说,"你只是低估了智商平庸的人。"

而且,他也许记不清自己在《谶记》中写了什么、又为何而写,**但他有时能回想起其中的点滴。**

她转身离去,为刚进帐篷的穆拉尔让开道。"陛下,"他说,"时日无多,轩亲王奄奄一息。"

"他已经苟延残喘了多年。"塔拉梵吉安还是尽可能地加快了脚步,继续前行。他不再慰问士兵,对于旁人献上的欢呼,也仅以简短的挥手礼来回应。

终于,穆拉尔领着他翻过一座山坡,摆脱了战场和余烬未熄的城市所散发出的臭气。这里驻扎着好几辆防风车,一面属于雅克维德国王的旗帜迎风飘扬,给人振奋之感。塔拉梵吉安通过了卫兵的关卡,迈向围成一圈的车队。他走近其中最大的一辆,这车像极了装在轮子上的移动房屋。

一行人发现轩亲王瓦拉姆——**国王瓦拉姆**——正在床上咳嗽。自从塔拉梵吉安上一次与其相见,他就开始猛掉头发。他的面颊极度凹陷,雨水都可以在此汇成池塘。国王的私生子雷丁低着头,站在床头边。三名卫兵也守在厢内,狭窄的空间由不得塔拉梵吉安进入,因此他便站在了车门口。

"塔拉梵吉安,"瓦拉姆说罢,对着手帕不停咳嗽。他撤开手,布面已沾有血迹。"你此行意在篡位,对不对?"

"我不懂您的意思,陛下。"塔拉梵吉安说。

"休得扭捏作态。"瓦拉姆厉声贬斥,"谁要是装成这样,我可无法忍受,管他是女人还是对手。飓风之父啊……我不知道那些人会对你使什么招。我差点以为他们会在本周末将你刺杀。"他动了动绑满绷带的病手,守卫见状为塔拉梵吉安腾出空间,方便他挤进狭小的卧厢。

"你的戏演得真不赖,"国王说,"派人送粮行医,我还听说军士拥戴你。要是一方取得决定性胜利,你会作何反应?"

"我将与之结盟,"塔拉梵吉安说,"这一方会感谢我的支援。"

"你的支援面向各方。"

"然而对赢家的支援更为丰厚,陛下。"塔拉梵吉安说,"我们扶助的对象是幸存者,而非死人。"

瓦拉姆又是一阵猛烈的干咳,他的私生子忧心忡忡地走上前来,国王却摆摆手,示意他退下。"我早该料到,"他喘着气,对私生子道,"你会是我膝下唯一剩下的孩子,杂种。"他转向塔拉梵吉安道:"原来你可以合法登基,塔拉梵吉安。我看是你母亲的家系在三代以前曾和雅克维德王女有过联姻吧?"

"我并不知情。"塔拉梵吉安说。

"你没听见吗?别给我装样子。"

"你我都插手过这件事,陛下。"塔拉梵吉安道,"我只是在依照白纸黑字的条文说话。"

"你的腔调太女子气。"瓦拉姆说着,往一旁啐了口血,"我看透了你的心计。大概一周后,待你照顾完我的子民,你名下的文书就会'发现'你有权亲临御座。为了救国,你将勉为其难地上台,在那帮风杀的愚民眼里,实属众望所归。"

"看来已经有人把这场戏的剧本朗读给您了。"塔拉梵吉安小声道。

"刺客会给你好看。"

"十有八九。"他说的是实话。

"真搞不懂我风操地爬上这个王位到底是为了什么。"瓦拉姆说,"至少我会死得像个国王。"他深吁一口气,抬起手,烦躁地冲挤在门外的文书挥了挥。众女子精神一振,探头张望塔拉梵吉安。

"我决定将这名傻瓜指定为我的继承人。"瓦拉姆朝塔拉梵吉安打了个手势,"哈!让别的轩亲王去自寻烦恼吧。"

"他们都死了,陛下。"塔拉梵吉安道。

"什么?所有人?"

"正是。"

"就连玻莱尔也?"

"正是。"

"哼。"瓦拉姆道,"杂种。"

起初,塔拉梵吉安以为瓦拉姆在咒骂某一位死去的轩亲王。然而,他稍后才发现国王正朝自己的私生子招手。雷丁走上前,在床边单膝跪地,塔拉梵吉安只得退开。

瓦拉姆在毯子底下努力摸索匕首,雷丁帮他取出,将刀握在手心,姿势别扭。

塔拉梵吉安好奇地打量着雷丁。听说此人就是国王身后的刽子手,以心狠手辣著称。此话当真?就凭这名充满关切、面露无助的男子?

"一刀穿心,让我解脱。"瓦拉姆道。

"父亲,不……"雷丁说。

"快刺啊!风操的!"瓦拉姆吼道,横飞的血沫染红了床单,"我绝不会躺在这里,干等着塔拉梵吉安唆使家仆对我下毒。快动手,小子!你就不能做件痛快的——"

雷丁狠命将匕首扎进父亲的胸膛,塔拉梵吉安为他的蛮力所震惊。事毕,雷丁起身致意,随后挤开众人,逃出车厢。

国王喘出最后一口气,眼神逐渐黯淡。"荣誉为先,生存之道,黑夜因而成为主宰……"

塔拉梵吉安扬了扬眉毛。死前遗言?此地?此刻?真要命,他目前无法将句子准确地记录下来,必须先装在脑子里。

瓦拉姆生气渐殒,最后只剩躯壳。一把碎瑛刃从雾气中显形,掉落在床边的木地板上,无人伸手去取,厢内的士兵与厢外的文书看向塔拉梵吉安,然后纷纷下跪。

"瓦拉姆的要求对那孩子来说太残酷了。"穆拉尔朝私生子点点头,后者刚刚挤出防风车,来到室外。

"比你所想的更残酷。"塔拉梵吉安几欲触碰刺穿毯子和先王胸脯的匕首,却稍作犹豫,不敢握住凸出的刀柄,"他的私生子将被公认为弑父凶手,假如他有意登基,一定会……备受阻挠,就连他的出身也不会引起如此大的争议。"塔拉梵吉安收回手,不再觊觎匕首,"可否容我和驾崩的国王相处片刻?我想为他念上一段祷文。"

包括穆拉尔在内的其余人士一律退下了。他们关上小门,塔拉梵吉安则在那把靠近尸首的椅子上落座。他无心吟诵任何祷文,但他着实想要独处一会儿,好好思考。

如《谶记》所指,塔拉梵吉安成功地登上了雅克维德的王位。在一统天下的道路上,他已经迈出了坚实的第一步。迦维拉尔说到了点子上,要是他们想谋求生路,就得大干一场。

退一步来说,这是幻象的指引。六年前,阿勒斯卡国王遇刺身亡。在那一晚,迦维拉尔向塔拉梵吉安透露了幻象之事。已经逝去的全能之主送来了这些天启,迦维拉尔从中见到了一场即临的风暴。

把他们团结起来。

"我正在竭尽所能,迦维拉尔。"塔拉梵吉安低语道,"*很抱歉,我必须杀掉你的弟弟。*"

计划生效后,不管是凭飓风还是微风的名义,这都不会是他背负的唯一罪孽。

他又一次希望当下的自己能拥有过人的才智,那样他的愧疚感就不会如此深重。

第五部分
风之光华

卡拉丁 沙兰 达力纳 阿多林 知策

76 隐刃

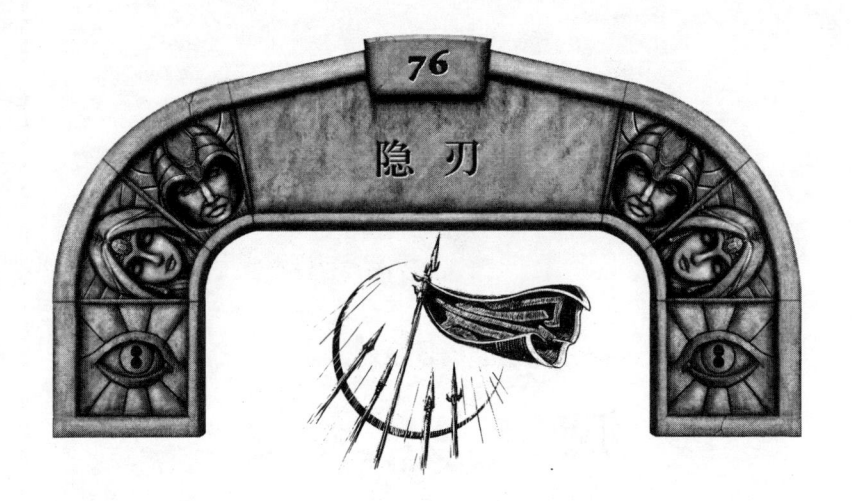

他们即将归来你无力阻止其宣誓寻觅不逢时的生者此规律即线索。

——摘自《谶记·西北下角末注》第三节

你杀了她……

卡拉丁无法入眠。

他知道自己该睡上一觉。他躺在昏暗的营房里,四面是再熟悉不过的石墙,这些天来他头一次有了舒舒服服的感受,而且枕头是软的,床垫就和老家赫斯通的一样。

他觉得疲惫不堪,浑身就像拧干水的抹布。他活着走出了深渊,又把沙兰安全送回,现在他需要补充睡眠、好好养伤。

你杀了她……

他在床上坐起,感到一阵眩晕。他咬着牙,忍了过去。他的腿缠着绷带,突突作痛。在军医的精心治疗下,他恢复得不错,他父亲肯定会备感欣慰。

外头的军营万籁无声。第四冲桥队的热情和赞扬曾淹没了他,之后,队员们和部队一同踏上远征,其余冲桥队也一并出动,为联军扛战桥。第四队中只有一小部分队员留下来保护国王。

卡拉丁在黑暗中伸出手,贴着墙壁摸索,终于找到了他的矛。他一手握住,撑起身子,伤腿顿时传来一阵火辣辣的刺痛。他咬紧牙关,可这种伤不算太严重。他抓了点深树皮镇痛,药效不错。手术师想给他开火藓,但他婉拒了。他父亲不喜欢使用致瘾性药材。

卡拉丁强迫自己走到小屋的门口,推开门,来到日光下。他用手护着眼睛,注视天空。乌云还未飘来。明天,泣雨季——一年之中最难熬的时节——会降临,带来连续四周的降雨,以及阴沉郁结的气氛。今年是出光年,所以在泣雨季过半时甚至不会起飓风,他的痛苦将无法得到缓解。

卡拉丁渴求体内的风暴。那场风暴会唤起他的意志,使他重获行动的欲望。

"嘿,黑发哥?"原先坐在火堆边的偻朋突然跳起,"有什么需要吗?"

"我们去送送临行的部队吧。"

"你还不能走路……"

"我没事的。"卡拉丁费劲地瘸着腿前行。

偻朋冲过来扶他,把卡拉丁的胳膊绕过自己的脖颈,再站起来,以减轻伤腿的负担。"你就不能发点光,把那毛病治好?"偻朋悄声问。

他已经备好了托辞:由于伤口愈合得太快,他不想惊动手术师。可在第四队的伙伴面前,他实在说不出口。

"我丢掉了那个本事,偻朋。"他小声说,"茜尔离我而去了。"

精瘦的赫达孜人一反常态,突然沉默下来。"这样啊,"他终于说,"你也许该给她买点好东西。"

"好东西?买给灵体?"

"对啊,像是……我不知道什么算好,要不买个漂亮的盆景?或者送她顶新帽子?嗯,帽子不错,可能还便宜。她架子小,要是哪个裁缝做了这么小的帽子还想用原价卖给你,那就狠狠地揍扁他。"

"我从没听过比这更胡扯的建议。"

"你应该把咖喱抹到身上,然后哼着吃角族摇篮曲,神气活现地穿过军营。"

卡拉丁难以置信地看着偻朋。"你说什么?"

"瞧见没?那个关于帽子的建议只是第二胡扯,所以你应该试试。女的都喜欢帽子,我有个亲戚就是做这个的,我可以求求她。你甚至不一定要买实体的帽子,直接弄来帽子里的灵体就好,那样会更便宜的。"

"你是个怪上加怪的怪胎,偻朋。"

"当然喽,哥。我可是'独'一无二的。"

他们继续在空荡荡的军营里穿行。风操的,这里像是被掏空了。他们途经一座座营房,卡拉丁在走路时小心翼翼,庆幸有偻朋相助,然而就算如此,他的力气也耗得很快。他不该用伤腿走动。父亲的话语——手术师的话语——从他心底深处浮了上来:

肌肉撕裂。为腿部作包扎,以防感染,避免施以重压。撕裂度一旦加深,将导致永久性残疾,否则后果更严重。

"想找顶轿子吗?"偻朋问。

"轿子是给女人坐的。"

"做一趟女人又没啥关系,黑发哥。"偻朋说,"我的亲戚有不少是女的。"

"她们自然……"看着偻朋的笑容,他说不下去了。欠风操的赫达孜人。他的言论中到底有多少故意装傻的成分?卡拉丁是听人讲过一些笑话,他们把赫达孜人描述得很愚蠢,可偻朋比那些人更能讲。他讲过的笑话当然有一半都和赫达孜人有关。他好像觉得这么插科打诨很有意思。

他们即将上到高地,早前的死寂被数千人密集时的低吼所取代。卡拉丁和偻朋终于走离一排排营房,踏上一座天然石台,下方就是通入破碎平原的校场。上千名士兵集结于此,其中既有列成大方阵的矛兵,又有站成较小阵列的光眼种弓箭手,还有身着闪亮盔甲、骑马疾驰的军官。

卡拉丁一阵兴奋,轻轻地抽了一口气。

"咋了?"偻朋问。

"我总以为这才是我的追求。"

"什么?今天?"

"要回到我的少年时代。"卡拉丁没料到自己会这么激动,"我在阿勒斯卡长大,始终向往战争的荣耀。这就是我儿时的设想。"当时,他既未料到亚马兰在阿勒斯卡所训练的新兵和那些战力差强人意的士兵,也未料到撒迪亚斯军那种即便有效,却残忍野蛮的作战方式。此外,他连达力拿军在高地战时所用的快速突击队也没想到过。

他是如此设想的:全军列阵,准备浩荡行军。长矛高举,旗帜飘扬,鼓号手齐聚,传令兵整装待发,文书骑在马上,就连国王的塑魂者也站在专属的隔离方阵内,由挂在长杆上的布帐围起,淡出外人的视线。

卡拉丁现在明白了战争的真相。战争与荣耀无关,只会生发种种惨象:伤兵躺在地上挣扎号叫,和自己的肺腑搅成一团;冲桥手被推向密集的箭雨,要不然就是被高歌猛进的仆族智者所砍倒。

然而在这一刻,卡拉丁还是放飞了自己的梦想。他给予年少时的自我——依旧深埋在他心底——以他一贯所想的恢宏场面。他假装这些士兵正要追求美好的理想,而非再单纯地展开毫无意义的屠杀。

"嘿,还真有人过来了。"偻朋用手一指,"快看哪。"

从旗帜上判断,与达力拿联手的只有一位轩亲王——罗伊翁。不过,在偻朋所指的方向,另一支规模相对不大、部署相对不力的部队正在往北涌上位于十座军营以东的阔路。至少还有一位轩亲王响应了达力拿的号召。

"我们去找第四冲桥队的大伙吧。"卡拉丁说,"我想送送他们。"

✵

"塞巴里尔?"达力拿问,"塞巴里尔的部队也要并入联军?"

骑在马上的罗伊翁哼了哼,来回搓着两手,仿佛想把它们洗干净。"援军可遇不可求,我想我们该庆幸了。"

"居然是塞巴里尔。"达力拿傻了眼,"就算碰上近战、就算高地上没有仆族智者的威胁,他也不肯出力。现在他为什么派兵了?"

罗伊翁摇摇头,双肩一耸。

达力拿拨转马头,策马朝迎面而来的军队小跑,罗伊翁也依样画瓢。他们从阿多林身旁骑过,后者就在后面和沙兰并排骑行,两人的护卫紧随其后。雷纳林自然和冲桥手们在一起。

沙兰胯下的马归阿多林所有,那匹骟马体型较小,血伯兰比它高出许多。沙兰穿着女传令员偏爱的那种从腰部开始前后开衩的骑装,下面打了实为丝绸裤的绑腿,不过女人更喜欢用别的名称。

一支规模巨大的队伍骑行在后,骑手都是纳瓦妮身边的学者和绘图师,包括身兼王室绘图师之职的虔诚者伊萨斯克。他们正在传阅由沙兰所绘的地图,递出地图的女学者对沙兰的手法啧啧称赞,骑在一边的伊萨斯克则仰起下巴颏,仿佛故意不予理会。达力拿需要这些学者,可他宁愿让他们留下。他每带上一名文员,就又有一人的生命会受到威胁。更糟糕的是,纳瓦妮也亲自前来了。他无法驳回她的观点:*既然你觉得带上那个小姑娘不成问题,那么带上我也不会有事。*

达力拿朝塞巴里尔军骑行。穿着碎瑛甲的亚马兰跟了上来,金斗篷拖曳在身后。他的战马是良种马，体格高大，常在深国牵拉重车，可走在加兰特身旁，依旧像匹小马。

"那不是塞巴里尔吗？"亚马兰指向那支迎面而来的军队。

"没得说。"

"我们该不该把他打发走？"

"为什么要这么做？"

"他靠不住。"亚马兰说。

"据我所知，他很守信用。"达力拿说，"这已经把大多数人比下去了。"

"那是因为他从不答应任何事。"

达力拿、罗伊翁和亚马兰不紧不慢地策马至塞巴里尔身前，后者刚从驶在队列前方的马车上下来。他竟然弄来了一辆马车，后面可是浩浩大军。不过，考虑到全体文员的情况，行军速度不会因此而减慢多少。实际上，他或许应该备好更多马车。这样一来，当远征变得旷日持久时，纳瓦妮就能有条件舒舒服服地坐上一程。

"塞巴里尔？"达力拿问。

"达力拿！"那个发福的男人用手搭在眼睛上遮挡日光，"你看上去很意外。"

"我是很意外。"

"哈！这个理由足够我过来了，你说是不是，帕萝娜？"

达力拿堪堪能认出坐在马车里的女子，她头戴时髦的宽帽，一袭长服丝滑亮洁。

"你把你女人带来了？"达力拿问。

"是啊，何乐而不为？如果我们败了，我会没命，她会没男人。反正她偏要来，真是欠风操。"塞巴里尔径直走到加兰特的一侧，"老达力拿，我有种预感，贴着你准没错。平原上要出事，机遇就像曙光般冉冉升起。"

罗伊翁嗤之以鼻。

"罗伊翁，"塞巴里尔说，"你不该藏到桌子底下去吗？"

"大概吧，那也是为了躲你。"

塞巴里尔笑道："说得好，大老鳖！或许此行不会无聊透顶。那就冲呗！追寻荣耀，给我往里胡搅蛮缠。要是找到了财宝，记得分给我！我比亚拉达先到，肯定够意思。"

"你比……"达力拿猛地一颤，扭头回望营墙以北的营地。

一支军队从那里涌上了破碎平原，士兵制服为墨绿和纯白两色，代表亚拉达。

"现在这局面，"亚马兰说，"真是出乎意料。"

✷

"我们可以策划一场政变。"雅莱说。

坐在马背上的撒迪亚斯朝妻子转过身。他们的护卫四散在山坡上，与他们保持一定距离，不会听到交谈声。轩亲王夫妇似乎在享受"山间骑行"的惬意，而事实上，他们只想凑近察看塞巴里尔在军营西边开垦的地盘。在这片扩张地上，农田耕作正在如火如荼地展开。

雅莱目不斜视。"达力拿会离开军营，与之同行的是唯一的支持者罗伊翁。我们可以控制巅宫，处决国王，夺取王位。"

撒迪亚斯勒转马首，往东眺望军营。他只能勉强看到远在破碎平原上集结的达力拿军。

最后一步是发动政变，给老迦维拉尔一记耳光。他愿意这么做。风操的，他愿意。

不过，其实已经没有必要了。

"达力拿决心踏上这趟愚蠢的远征，"撒迪亚斯说，"他马上就会毙命。上了平原，军队会被围歼。政变大可不必。要是我早知道他干得出这种事，我们也没必要调用你那边的刺客。"

雅莱别过头去。她派出的刺客有辱使命，她觉得这是大失误，要怪自己。尽管刺杀行动开展得滴水不漏，但这类事的结果向来充满不确定性。不幸的是，既然此番尝试没有成功，他们就得小心地……

撒迪亚斯拨转马头，冲着一名策马而来的传令兵皱皱眉。这名青年获准通过护卫那一关，把一封信呈给了雅莱。

她展信阅读，神色阴沉下来。

"你不会喜欢的。"她抬起头说。

※

达力拿一夹马腹，催促加兰特赶路。马儿载着他在大地上狂奔，植物见状纷纷惊得缩进洞里。他奋力策马前行，没过几分钟，他的部队就从他身边闪过。他逐渐骑近那一队生力军。

骑马的亚拉达正在检阅自己的部队。他穿着时髦的黑制服，两袖上均有栗色纹饰，还打着同款的领巾。士兵簇拥在他身边。在平原上，他的部队是最具规模的之一。风操的，在达力拿军的兵力锐减后，亚拉达军也许就是最具规模的部队。

他也是撒迪亚斯最鼎力的支持者之一。

"达力拿，我们怎么走？"亚拉达趁着达力拿策马踱步而来的当口问，"是浩浩荡荡地结队行军，还是各管各地穿越不同的高地，然后会合？"

"为什么？"达力拿问，"你为什么过来？"

"你从头到尾都在热情洋溢地宣传自己的观点，现在有人听了，你倒表现得惊讶了？"

"不是'有人'，是你。"

亚拉达抿起嘴，终于回头直视达力拿的双眼。"罗伊翁和塞巴里尔是我们眼中的懦夫,可这两人都来参战了,我还坐得住吗?我会让他们在没有我加入的情况下践行复仇誓约吗?"

"其余轩亲王似乎甘愿如此。"

"我想他们只是比我更能欺骗自己。"

突然间,亚拉达所有的激烈言辞有了不一样的意味。作为反对派的先锋,他先前一直针对达力拿发表讹论。他正在说服自己,达力拿想,他怕我自始至终都是对的。

"撒迪亚斯不会高兴的。"达力拿说。

"撒迪亚斯好吃风去了,我又不欠他的,他管不了我。"有那么一小会儿,亚拉达摆弄着缰绳,"不过他是这么想的。我有感受,他时常逼我做交易,还会慢慢地把刀抵到所有人的喉口。照这样下去,我们终究会成为他的奴隶。"

"亚拉达,"达力拿示意他的马与亚拉达的马并排行走,以便两人直接面对面。他注视着亚拉达的双眼。"别告诉我是撒迪亚斯叫你来的,别告诉我这又是阴谋诡计,准备弃我于不顾,或是往我背上捅刀。"

亚拉达笑道:"要真是这样,你以为我会随便告诉你?"

"我想听你亲口下保证。"

"我的保证你会信?达力拿,想当初撒迪亚斯自称是你的朋友,你又信他多少?"

"给我一个保证,亚拉达。"

亚拉达与他对视。"我想你对阿勒斯卡的说法充其量只是天真之词,无疑不可能实现。撒迪亚斯希望我们认识到你的幻觉不是陷入疯狂的标志,而仅仅是急于信仰愚蠢之事的人所产生的白日梦。'荣誉'一词适用于描述古人的行动,他们的人生经历已经被历史学者清洗干净了。"他顿了顿,"然而……达力拿,你就骂我傻瓜吧,我希望那些东西是真实的。我过来是为了自己,而非撒迪亚斯。我绝不会背叛你。就算阿勒斯卡实在成不了你理想中的模样,**我们至少也能彻底击败仆族智者**,为老迦维拉尔报仇。只有这么做才是正确的。"

达力拿点点头。

"我讲不定在骗你。"亚拉达说。

"你没有。"

"你怎么知道?"

"说实话?我不知道。但是如果要成事,我得信任你们之中的几位。"他至少得在某种程度上信任别人。他再也不会让自己陷入类似于塔地的位置。

不论如何,亚拉达的参与意味着本次远征实有可能获得成功。由四支部队组成的联军可以在兵力上胜过仆族智者,可文书记录下来的敌军人数不一定可靠。

这还算不上达力拿所想的轩亲王大联盟,然而就算仆族智者占有地域优势,可以跳过深渊,这样也足够了。

"我们一道行进。"达力拿做着指示,"我不希望我们分散开。我们要尽可能同处一座高地,实在不行也要一直处在相邻的高地。此外,你要把仆族留下。"

"这要求不太寻常啊。"亚拉达眉头一皱。

"我们要进军的是他们的同类。"达力拿说,"最好不要冒着起内讧的风险。"

"但是他们从来不会……算了,无所谓,可以是可以。"

达力拿点点头,朝亚拉达伸出手。这时,落在后头的罗伊翁和亚马兰终于骑了上来,达力拿老早就驾着加兰特领跑了。

"多谢。"达力拿对亚拉达说。

"你当真什么都相信,是不是?"

"是。"

亚拉达伸出手,却迟疑片刻。"达力拿,你要了解,我这人败坏到骨髓里，这双手上沾满了鲜血。我不是什么品行高尚、无懈可击的武士，和你不同。你好像总想装成那样。"

"我知道你不是。"达力拿握住亚拉达的手，"我也不是。我们必须办到。"

他们相互点头，达力拿勒转马首，催促加兰特踟蹰回到本军所在地。罗伊翁唉声叹气地抱怨自己的大腿在马儿奔驰了一路后就作痛不已。骑上一天对他来说不会好过。

亚马兰赶了上来，与达力拿并辔而行。"先是塞巴里尔，再是亚拉达？看来你今天的信任掉价了，达力拿。"

"你想叫我赶他们走？"

"试想一下，如果我们单打独斗，得来的胜利会多滋味。"

"但愿我们没那么贪慕虚荣，老伙计。"达力拿说。他们骑了一段时间，又从阿多林和沙兰身旁经过。达力拿望了望自己的部队，发现一个穿着蓝制服的高个子正坐在一块石头上，四周都是第四冲桥队的护卫。

谈及傻瓜……

"跟我来。"达力拿对亚马兰说。

亚马兰骑行在后。"我想我该去看——"

"跟上。"达力拿直截了当地说，"我想让你和那个小伙子谈谈，然后辟辟谣，把他对你的评价清算干净。那些话对大家都不利。"

"好吧。"亚马兰赶了上来。

✸

卡拉丁不顾伤腿的疼痛，不知不觉地站在了冲桥手之间。他注意到策马而过的阿多林和沙兰，目送着两人。阿多林骑在那头厚蹄雷沙迪乌马上，沙兰则骑在一头体型适中的棕马上。

她看上去美极了。卡拉丁只敢对自己这么承认。那头红发明艳亮丽、那抹微笑时常挂在嘴角。她说起了连珠的妙语，卡拉丁几乎听得到。他满怀期待地等着她回眸一望，在不远处与他对视。

可她没有，反倒继续骑行。卡拉丁感到自己成了十足的笨蛋。他有点想讨厌阿多林，因为此人牢牢地勾住了她的注意力，但他发觉自己做不到。事实上，*他很喜欢阿多林。那两人对彼此很好，也很般配。*

卡拉丁或许可以怨恨他们俩。

他垂下头，坐回到石头上。冲桥手涌了过来，在他身边围成一圈。卡拉丁刚才一直在盯着沙兰看，还翘首企盼能听到她的声音，但愿他们没有发现。雷纳林站在队伍的最后，像一道影子。冲桥手开始接纳他了，可是在和他们相处的时候，他的举止依旧很别扭。当然，在和多数人相处的时候，他的举止似乎都很别扭。

*我要再和他谈谈他的情况，*卡拉丁想道。他身上有点不对劲，在解释自己患有癫痫时，某些说法也有疑点。

"长官，你怎么过来了？"比西格一发问，卡拉丁的注意力就回到了其余冲桥手身上。

"我想送你们。"卡拉丁叹道，"我还以为你们见到我会很开心。"

"你就跟孩子似的。"石头冲着卡拉丁晃晃粗手指，"我们那位受到飓风恩护的队长哟，*要是大伙之中有个人用伤腿走路，又被你发现，你会怎么办？你会揍他的！*这当然是后话，他要先把伤养好。"

"我还想着，"卡拉丁特意说起，"我才是你们的指挥官。"

"哪儿有，不可能。"泰夫特说，"因为我们的指挥官可聪明了，他会乖乖地躺在床上。"

"还会吃下好多炖菜。"石头说，"我走之前会给你留一点的。"

"你要出征？"卡拉丁抬头看着吃角族大汉，"我以为你只是来送人的。你不肯战斗，过去能作何用？"

"得有人给他们做菜。"石头说,"路长着呢,要跑很多天,我不会把自己人的伙食交给随军的厨子去弄。哈!他们只会用塑魂术变出来的肉和米烧东西,吃上去像飓砂!得有人带点好佐料去。"

卡拉丁仰望着一群直皱眉的队友。"好吧,"他说,"我这就回去。风操的,我……"

冲桥手们为什么散开了?石头回头一看,笑着后退几步。"这下真麻烦来了。"

在他们身后,达力拿正在下马。卡拉丁叹了口气,招呼偻朋扶他起来,以便行军礼。他站直身子,被泰夫特狠狠地瞪了一眼,后来才注意到达力拿不是孤身一人。

亚马兰就在他身边。卡拉丁浑身一僵,极力摆出漠然的神情。

达力拿和亚马兰越走越近。卡拉丁的腿似乎不痛了,他眼中一时间只容得下那个人。亚马兰是衣冠禽兽,他穿着卡拉丁赢来的瑛甲,披着猎猎飘扬的金斗篷,上面带有光辉骑士团的标志。

克制,卡拉丁想着,按捺住发脾气的冲动。上次火气上涌,他没处理好,结果换来了几个礼拜的牢狱生涯。

"你该休息,士兵。"达力拿说。

"遵命,长官。"卡拉丁应道,"我的部下已经挑得很明白了。"

"那么是你教得好。这趟出征能有他们相随,我很骄傲。"

泰夫特敬礼道:"光明贵人,假如您有危险,那也是在平原上。要是我们留下干等,就不能保护您了。"

卡拉丁一蹙眉,有所领悟。"斯卡在……泰夫特也在……那么国王由谁守着?"

"我们已经办好了,长官。"泰夫特说,"光明贵人达力拿叫我们留下最能干的队员,让他亲自挑一队人,然后一起看护国王。"

最能干的队员……

卡拉丁浑身发冷。莫阿什。留下的人是莫阿什。他会负责国王的安保工作，还亲手组建了一支小队。

千风万刷的。

"亚马兰，"达力拿招呼轩领主上前，"我听说你在抵达破碎平原之前从未见过这个小伙子，此话当真？"

卡拉丁迎上杀人犯的目光。

"当真。"亚马兰说。

"他说是你夺走了他的甲刃，这又作何解释？"达力拿问。

"光明贵人，"亚马兰挽住达力拿的胳膊，"我不知道那孩子究竟是想出名想疯了，还是脑子进了水。他或许在我的部队里当过兵，就像他说的那样——他额头上的奴隶烙印绝对没错，可他对我的指控明显荒谬至极。"

达力拿自顾自地点头，事态好像全被他料到了。"我想道个歉总是应该的。"

卡拉丁拼命站直，伤腿提不起劲。这就是他的终极惩罚：向亚马兰公开致歉，蒙受前所未有的奇耻大辱。

"我——"卡拉丁开口道。

"该道歉的人不是你，孩子。"达力拿小声说。

亚马兰一个急转身，突然变得警觉起来，仿佛处在备战状态。"达力拿，谅你必不会听信这种指控！"

"几周前，"达力拿说，"我在军中接待了两位特别来客。其一是一名忠诚可靠的侍从，他从塔冠城秘密前来，带上了一件宝物。这件宝物就是那个提着碎瑛刃撞上塔冠城城门的疯人，即来客之二。"

亚马兰把手垂到身侧，面色煞白地后退几步。

"我指示那位侍从，"达力拿平心静气地说，"去和你的贴身护卫喝酒——他认识里面不少人——跟他们讲讲疯人提到的至宝，据说这件宝物已在营外藏匿多年。接着，依我之命，他把疯人的碎瑛刃放进了附近的洞穴，自此之后便是等待。"

他在召唤瑛刃,卡拉丁想道,看着亚马兰的手,连忙去取匕首,可是达力拿已经抬起了手。

达力拿的指间生出白雾,一把碎瑛刃凝聚成形,剑尖直抵亚马兰的咽喉。这把剑比普通的瑛刃要宽,造型似屠刀。

没一会儿,亚马兰的手中也现出瑛刃,只是太迟了。他盯着指向喉口的寒剑,双目圆睁。

达力拿有一把碎瑛刃。

"我认为,"达力拿说,"既然你以前愿意用人命来换取一把瑛刃,就肯定会愿意用谎言来换取第二把。因此,在我获悉你自说自话地溜进虔诚院会见疯人之后,我便叫你替我调查他都说了些什么。看在交情的分上,我给了你充裕的时间,就等你良心发现、老实交代。当你告诉我你一无所获,实际上却拿走了碎瑛刃的时候,我就明白了。"

"这是怎么回事?"亚马兰看着达力拿手中的瑛刃愤慨地说,"你是如何取回来的?我明明把它从洞中转移出去了,还让自己人保管着!"

"我不会拿它冒险,就为证明自己的想法。"达力拿冷冷地说,"我和瑛刃立下契约之后才把它藏了起来。"

"那一周你正好病了。"亚马兰说。

"对。"

"该死的。"

达力拿咬牙切齿地呼出一口气。"为什么,亚马兰?在众人当中,我以为你……咳!"达力拿把剑握得越来越紧,用力到指节发白。亚马兰扬起头,仿佛要把脖颈送向碎瑛刃的剑尖。

"事成一次便会欲罢不能。"亚马兰说,"虚渡即将回归,我们必须以强力的姿态来面对。也就是说,训练有素、打法纯熟的碎瑛武士才是首选。牺牲少量士兵不足为患,我打算借此拯救更多人。"

"胡扯淡!"卡拉丁摇摇晃晃地上前道,"你只想独占瑛刃!"

亚马兰注视着卡拉丁。"老早对你和你的部下做出那种事,我很抱歉。有时候,为了达成更为远大的目标,好人也免不了一死。"

卡拉丁体会到愈发强烈的寒意,内心的麻木渐渐扩散开来。

*他说的是实话,*卡拉丁想,*他……真心诚意地认为自己在做正确的事。*

亚马兰遣走瑛刃,回身问达力拿道:"现在怎么弄?"

"你以权谋私、戕害部下,以谋杀罪计。"

"那你呢,达力拿?"亚马兰问,"你送千万部下去死,只求夺取琼心石,这其中有差别吗?我们都明白,有时候,为了顾全大局,牺牲小我是必须的。"

"脱下那身斗篷。"达力拿咆哮道,"你不配当光辉骑士。"

亚马兰一把扯下斗篷扔在石地上,转身离去。

"不!"卡拉丁步履蹒跚地尾随在后。

"让他走吧,孩子。"达力拿叹道,"他已经身败名裂了。"

"可是刽子手的污名仍然不改。"

"我们会把账算清楚的,"达力拿道,"等我回来再说。我不能囚禁他——碎瑛武士地位崇高,可免于入狱,而且他总会想办法出来的。对待碎瑛武士,除了限制自由,那就得处死。"

卡拉丁感到精疲力竭、遍体瘫软,偻朋和泰夫特分别在两侧支起了他的身子。

有时候,为了顾全大局,牺牲小我是必须的……

"我要道一声谢,"卡拉丁对达力拿说,"因为您相信了我。"

"我有时是听得进的,士兵。"达力拿说,"现在,给我回营休息。"

卡拉丁点点头。"长官?身居在外,一路平安。"

一脸严肃的达力拿笑了。"那是最好。现在那刺客要是出现,我至少能有法子对付了。最近老是见到这些碎瑛刃挥来挥去的，给自己来上一把想来大有意义，我没法视而不见。"他眯起眼面朝东方，"哪怕拿着剑在感觉上是……错的。这很奇怪，为什么在感觉上就是不对劲？我大概只是在怀念以前的瑛刃。"

达力拿遣走瑛刃。"去吧。"他背过身走向战马，轩亲王罗伊翁目送着愤然离去的亚马兰，面色惊愕，五十位贴身护卫很快围到了他身边。

※

没错，那是亚拉达的旗帜，旁边飘扬着达力拿的旗帜。撒迪亚斯可以借着望远镜看清。

他放下望远镜，默默地坐上良久，久到他的护卫，乃至他的妻子都开始烦躁不安。然而这没道理。

他压下自己的恼怒。

"让他们受死吧，"他说，"四个人都一样。雅莱，给我作一个汇报，我想知道……雅莱？"

他的妻子一怔，随即向他看去。

"你还好吧？"

"我只是在想，"她恍惚地说，"关于今后的事。这到底能为我们带来什么？"

"在阿勒斯卡，新任轩亲王即将诞生。"撒迪亚斯说，"达力拿这一走会闹出人命，作一份报告，写明在宣誓效忠于我的轩领主中，有哪些合适的人选能够取代那些死鬼。"他把望远镜扔回传令兵手中，"在他们断气之前，我们按兵不动。达力拿总归会被仆族智者干掉，这样一切似乎就了结了。亚拉达可以跟他去，然后和那帮人一同下诅咒之地。"

他拨转马头继续骑行，刻意背朝破碎平原。

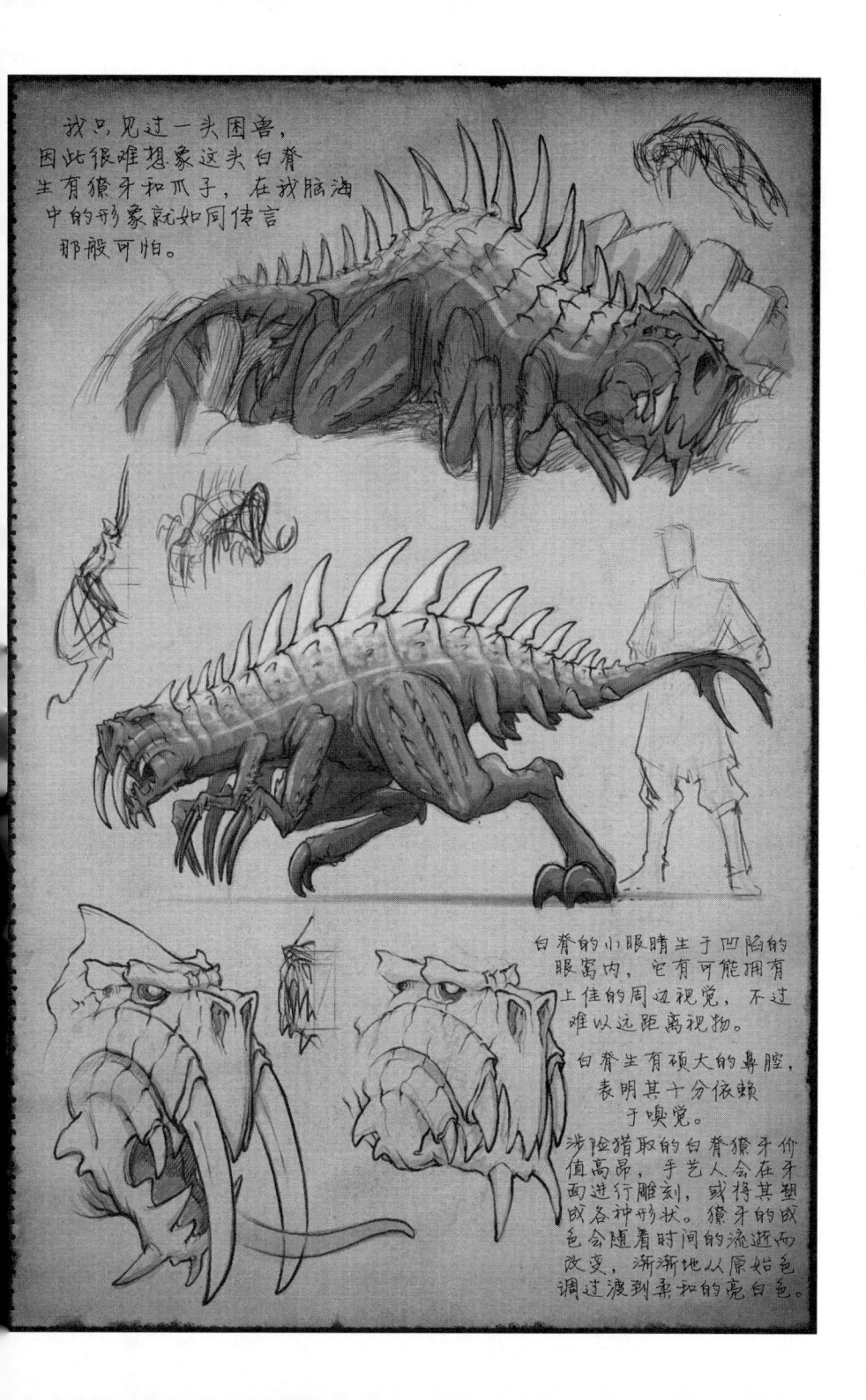

我只见过一头困兽，
因此很难想象这头白脊
生有獠牙和爪子，在我脑海
中的形象就如同传言
那般可怕。

白脊的小眼睛生于凹陷的
眼窝内，它有可能用有
上佳的周边视觉，不过
难以远距离视物。

白脊生有硕大的鼻腔，
表明其十分依赖
于嗅觉。

涉险猎取的白脊獠牙价
值高昂，手艺人会在牙
面进行雕刻，或将其塑
成各种形状。獠牙的成
色会随着时间的流逝而
改变，渐渐地从原始色
调过渡到柔和的亮白色。

77 信任

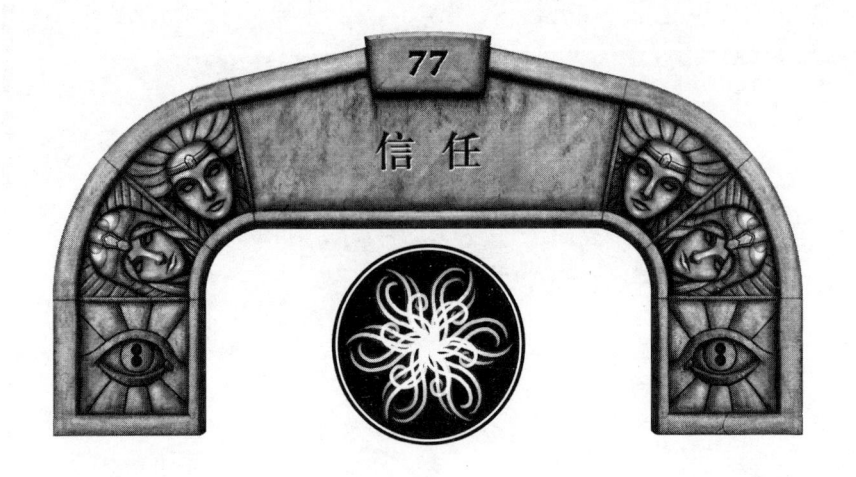

> 拿赫尔纽带已遭染指,调用此等强力武器存在煽风点火的风险。务必留心,不可将这些对象置于高压之下,以防其施行授能术,否则后果自负。
>
> ——摘自《谶记·地板书27》,第六节

四支军队涌上高地,犹如河水决堤。骑在马上的沙兰放眼观望,感到既兴奋又紧张。她带上了一支小型卫队,瓦沙尔和她的士兵均包括在内,同行的还有她的贴身侍女玛莉。盖兹显然还没到,瓦沙尔则口称其去向不明。她也许应该多关注一下他欠债的实情。她最近都在忙别的……风杀的,如果那家伙玩起了失踪,她要作何感想?

日后再处理。今天,她参与进了至关重要的大事件——始于多年前迦维拉尔和达力拿首次深入无主山岭的狩猎之行。现在故事终于迎来了最终章,他们的任务即将揭露真相、敲定破碎平原和仆族智者未来的命运,也许还会对阿勒斯卡的明天产生决定性的影响。

沙兰着急地踢了踢马腹,骝马走了起来,尽管她老是在催,它还是安安分分的。

风杀的牲口。

阿多林策马在她身旁踱步。血伯兰体态优美,皮毛雪白——的确白得无瑕,而非灰白,不像她见过的某些马。阿多林骑体型更大的马显然不公平。她比他矮上一截,更该骑高头大马。

"你故意牵给我一匹走得慢的马,是不是?"沙兰抱怨道。

"当然。"

"要是够得着的话,我真想扇你一巴掌。"

他嘿嘿直笑。"你说你没多少骑马经验,所以我才挑了一匹有很多载人经验的马。别不信,你会感激我的。"

"在出征伊始,我也想骑马冲锋,那样多威风啊!"

"你可以做到。"

"就是速度会慢下来。"

"严格而言,慢速也很威风。"

"严格而言,"她说,"一个人也不需要全部的脚趾头,那我们要不要在你脚上砍掉几根验真伪?"

他笑道:"只要不伤到我的脸就行。"

"别说傻话,我喜欢你的脸。"

他咧嘴一笑。为了不弄乱头发,他把碎瑛甲的头盔挂在了马鞍上。她等着他接上一句俏皮话,可他没有这么做。

不要紧,她就喜欢如此实在的阿多林。他对人体贴、品行高尚、态度真诚,聪不聪明无所谓,即便他不像……卡拉丁那样也没关系。对于卡拉丁的品质,她甚至无法下定义,那就这样描述:

他热情满怀,矢志不渝,坚毅之中不乏内敛,愤怒之时总会三思,因为他已将脾气控制于股掌间;他身上还散发着某种迷人的傲气,并非高官权贵式的飞扬跋扈,而是一种决心的体现,沉稳持重,予人以安全感,仿佛在诉说着,无论何人何事都无法伤害他、无法改变他。

他是风一般的男子，坚若磐石。

沙兰完全没听到阿多林的后话。她一脸惭色地问："你刚才说什么来着？"

"我刚才说，塞巴里尔有马车，你可以和他同行。"

"就因为我纤柔娇贵，不适合骑马？"沙兰说，"我可是冒着飓风穿过深渊，一路走回来的，你忘了吗？"

"嗯，怎么会呢。但走路和骑马不是一回事。我是说，会痛……"

"痛？"沙兰问，"为什么会痛？最辛苦的不是马吗？"

阿多林瞪大了眼睛望着她。

"嗯。"她说，"我问得很傻吧？"

"你说你以前骑过马。"

"都是小马。"她说，"我在父亲的领地上骑过，就是在绕圈……好吧，看你这表情，我觉得自己在犯傻。如果感觉痛了，我会去坐塞巴里尔的马车。"

"在此之前，"阿多林说，"再骑一小时吧。"

这一回她有点恼火，却否认不了他的高论。在迦熙娜的字典中，忽视与预期结果不符的信息是一种愚行。

她决定不受干扰，反而享受起骑马的乐趣。联军行动迟缓，然而任一环节的运作都是如此高效。矛兵结成方阵前进，文书骑在马上，斥候四散探察。达力拿拥有六座巨型机械桥，可他不满足，还带上了全体前冲桥手及其人力桥，这种桥更为简易，设计原型是他们留在撒迪亚斯军中的桥。由于塞巴里尔只备有几支冲桥队，现在的配置十分有利。

眼见远征终于成行，她允许自己沉浸在自我满足中。在思考的同时，她注意到身后有人沿着队列跑了过来。那是一名戴着眼罩的小矮个，招来了阿多林那些当值冲桥手护卫的瞪视。

"盖兹？"沙兰释然道。这时，他匆匆上前，腋下夹着一个包裹。

她的担心是多余的,先前她总怕他会在巷子里中刀身亡。

"实在是对不起。"他说,"光明女士,那个到了,您还欠着商人两颗蓝宝石布罗姆。"

"那个?"沙兰接过包裹。

"对啊,您叫我找一本给您,我风操的找到了。"他似乎很自豪。

她解开包着某种长方形物体的布,发现里面是一本书,封面标题为《光辉真言》。这本书的四边已经磨旧,纸页褪了色,最上面的一块地方甚至染上了老早以前被人洒出来的墨水。

收到破损成这样的东西,她很少如此高兴。"盖兹!"她说,"你太神了!"

他咧开嘴,朝瓦沙尔笑了笑,笑容中洋溢着成就感。那个高个子翻了翻眼皮,悄声嘀咕着沙兰听不见的话。

"谢谢你,"沙兰说,"真心的,盖兹。"

随着时间的推移,在日复一日的行军中,沙兰发现,阅读那本新书是一项极好的消遣,可以分散心神。联军行速迟缓,犹如一群犯困的红甲蟹。沿途的景色其实相当乏味,不过她从未向卡拉丁或阿多林承认过,因为她上次还跟他们说过反话。

不过她能看书。那本书妙趣横生,却让她有种挫败感。

触发光辉变节的"崇高之恶"究竟指什么? 她一边想,一边在笔记本上写下引文。他们出征平原已有两日,她已经同意独自坐进由阿多林提供的马车,可阿多林深感不解,还问她为什么不希望贴身侍女做伴。沙兰有自己的原因,她不想对侍女解释图腾的存在。

在那本书中,光辉骑士团的任一分支都享有一个独立的章节,其传统、法力和作派一律得到了探讨。著者坦承,书中内容多为谣传——此书的成书时间要比光辉变节晚两百年,当时实情、传说和迷信频繁交织,况且此书是以古阿勒斯卡方言写就,所用的太古书写体是当代女性书写体的前身。为了梳理此书的要旨,她费尽周折,偶尔还得请教部分纳瓦妮身边的学者,请她们作出定义和诠释。

尽管如此,她还是获益匪浅。譬如,各骑士团均奉行不同的信条,或称准则,以达成进阶,部分意义明确,部分留待灵体作解。此外,某些骑士团强调各自为政,而他者——如风行骑士团——强调团队协作,具备一定等级性。

她往后一靠,思考着书中所描述的法力。照此来看,其余骑士是否就要现身了?他们是否与她和迦熙娜相似?在这些骑士中,有男子能优雅地触地滑行,仿佛身无重量;有女子能用手掌瓦解顽石。图腾表达了少量深入的见解,不过在多数情况下,他只能告诉她哪些内容听上去是真的、书中哪些言论系以讹传讹。他的记性时好时坏,却在大幅恢复,聆听书籍所叙时常让他回忆起更多往事。

目前,他正在她身旁的座椅上震动,传达出乐滋滋的感受。道路崎岖不平,马车忽然一个颠簸,但她至少可以在车厢里阅读,同时找别的书作参考,这在骑马时几乎是不可能的。

不过,这辆马车还是会带给她受到禁锢的感觉。**那些想要关心你的人不会都用你父亲的方式**,她坚定地规劝自我。

阿多林曾提醒她骑马过后两腿会酸痛,不过这种症状当然没有出现。一开始,她坐在马背上,感到大腿处有点疼,但飓光驱走了这份痛楚。

"嗯。"图腾爬到了车门上,"来了。"

沙兰朝窗外一望,感到一滴雨打在了脸上。不久后,天上飘起了怡人的蒙蒙细雨。**在雨幕的笼罩下,岩石的色泽变暗了。**尽管周围变冷,她还是回想起了雅克维德的雨。在这片飓风之地上,这么微弱的降雨非常少见。

她拉好帘子，连忙坐回到座椅中央，以免淋到雨。她很快就发现，悦耳的雨声盖住了士兵的说话声和一成不变的脚步声，一直伴着她读书，效果很好。一段引文激起了她的兴趣，于是她翻出了破碎平原的素描和旧版飓座地图。

我要弄清这些地图间的关联性，她想，*最好能找出多个参考点*。如果她能在破碎平原上识别出两个与飓座地图的参考点相匹配的地方，就能判定飓座的占地面积——旧版地图没有绘出比例尺——随后就能将飓座地图与破碎平原地图相重叠，以便了解一部分背景。

事实上，她的注意力还是被誓约之门吸引住了。迦熙娜认为，飓座地图中的誓约之门呈圆盘状，如同祭台，位于城市的西南端。那座高台上是否有门？如果有，是否是通向乌有斯麓的魔法传送门？光辉骑士要如何操作？

"嗯。"图腾说。

沙兰的马车慢了下来。她皱皱眉，赶紧凑到车门前，想要一窥窗外。不过，车门一打开，她就发现轩贵女纳瓦妮站在车外，达力拿正为她打着伞。

"你介意有人陪吗？"纳瓦妮问。

"完全不介意，光明女士。"沙兰匆匆收起在座位上摊得到处都是的书卷。纳瓦妮深情地拍拍达力拿的胳膊，上了马车，用毛巾擦干腿脚。达力拿关上车门，她立马落座。

马车又驶了起来，沙兰不停地摆弄纸卷。她和纳瓦妮是什么关系？后者是阿多林的伯母，可她又与他父亲有恋爱关系。因此，她可以算作沙兰未来的婆婆，不过依照沃林教国家的传统，达力拿不得娶她为妻。

沙兰尝试了几个星期，就想让这名女子听取她的言论。先前她带来了迦熙娜的死讯，却没有收获纳瓦妮的宽恕。现在，她似乎得到了原谅。这是不是表示纳瓦妮……喜欢她？

"那么,"沙兰感到有点尴尬,"达力拿是不是为了不让你的腿发酸才把你打发进了这辆马车?阿多林也是这样对我的。"

"发酸?飓风之父啊,没有的事。要说谁该坐马车,那也是达力拿。后面要打仗,他得休息好、准备好。我上这辆车只是因为在雨中骑行时很难阅读。"

"哦。"沙兰在座位上动了动。

纳瓦妮端详着她,终于叹了口气。"我最近总是会忽视那些不容忽视的事情。"年长女子道,"因为它们带给了我很多痛苦。"

"抱歉。"

"你不用道歉。"纳瓦妮朝沙兰伸出手,"可否容我一阅?"

沙兰看了看成叠的笔记、图表和地图,犹豫不决。

"你显然觉得自己的研究很重要,所以才会全身心投入。"纳瓦妮轻声说,"研究主题是迦熙娜在寻找的那座城市吧?我看过你发给我的笔记了。我或许可以帮你解读我女儿的意图。"

这些纸面资料会不会揭露破绽,从而曝光她的能力?浣纱的活动会不会受到波及?

她并不这么认为。光辉骑士团只是研究的一部分,而她正在寻找该势力的中心,所以道理讲得通。她略作迟疑,递出稿纸。

纳瓦妮翻动纸页,借着润石的光阅读。"这些笔记的组织方式……很有意思。"

沙兰脸红了。她一向很重视笔记的组织。纳瓦妮继续翻看笔记,沙兰不由得紧张起来。她需要纳瓦妮的协助——她简直想求她帮忙。可她现在发觉这名女子正在侵占她的研究。这个项目是沙兰的使命,亟待她的探索。如今纳瓦妮显然克服了伤悲,她会不会执意包办研究?

"你拥有艺术家的思维,"纳瓦妮说,"从你记笔记的方式就看得出。嗯,我想我不能要求你把自己所做的事全部按照我的想法精确地记录下来。通向另一座城市的魔法传送门？迦熙娜真的相信了？"

"是的。"

"嗯，"纳瓦妮说，"那么可能是真的。在不该犯错的时候，**那孩子就不会犯错，她从不顾及颜面**。"

沙兰点点头，瞥了一眼笔记，感到很慌张。

"咳，别这么敏感。"纳瓦妮说，"我又不会盗取你的研究。"

"我就那么容易被看透？"沙兰说。

"这项研究明显对你很重要。我想是迦熙娜劝的吧？说什么全世界的命运就指望你们发现的答案了？"

"是的。"

"真要命，"纳瓦妮翻到下一页，"我不该无视你的，那样太小心眼了。"

"悲痛欲绝的人母总会如此表现。"

"学者根本没时间考虑这种毫无意义的事情。"纳瓦妮眨眨眼，沙兰发现年长女子的眼中噙着泪花。

"您还是人，不缺人性。"沙兰伸出手，放到纳瓦妮的膝盖上，"像迦熙娜那样的石头心肠，不是所有人的风格。"

纳瓦妮笑道："她有时会有死人的同情心，是不是？"

"因为她太聪明了。"沙兰说，"聪明人会逐渐习惯旁人的愚蠢，以为他们总要费点劲才能跟上自己的思维。"

"恰娜在上，我有时还纳闷呢，在不掐死那孩子的条件下，我是怎么把她养大的？她六岁时就指出了我在逻辑上的谬误，而我只是想叫她按时就寝。"

沙兰展颜一笑。"我总觉得她一生下来就上了三十岁。"

"噢，说得有理。她只花了三十多年的时间长身体。"纳瓦妮笑了笑，"我不会抢走你的研究，但我也不应让你独自承担这么关键的项目。我要与你合作，让我们一同解开那些叫她如痴如醉的谜题……

这就好比重新拥有了她。我的小迦熙娜,我那令人头疼的小可爱。"

被母亲抱在怀里的童年迦熙娜?想想就不真实。"光明女士纳瓦妮,有您相助,我备感荣幸。"

纳瓦妮把稿纸举高。"你试图将破碎平原和飓座相重叠,单单是这样办不到,除非找出一个参考点。"

"最好是两个。"沙兰说。

"距离那座城市倾圮,已有数百年。我想它是在亚哈里提安期间遭到了覆灭。我们将很难在这里找到证据,不过你列出的描述很有用。"她用手指掸了掸稿纸,"这不是我擅长的领域,可达力拿身边的文员中就有几名考古学者,我是她们的带头人,应该给她们看看这些资料。"

沙兰点点头。

"我们要抄下这里的每一份资料。"纳瓦妮说,"外面的雨下得太大,我不想损失原稿。今晚扎营后,我会吩咐文员办事。"

"随您的意。"

纳瓦妮抬头看看她,皱起了眉。"这个决定应该由你来做。"

"您当真?"沙兰问。

"绝对当真。我只是多出来的资源,你就这么想好了。"

那好吧。"行,请吩咐她们做好抄录。"沙兰把手伸进小包翻找资料,"把这份也带去。依据前人的描述,我尝试复原了飓座市内恰娜兰纳奇神庙外墙上的壁画。这堵墙处在背风面,应该是背阴的,我们也许能找到相关线索。

"此外,我需要一名勘测员来测量我们穿过的每一座新高地,等到我们纵深推进后,我就能画出地形,但是我的空间推理能力可能不太行。为了提高地图的准确性,高地尺寸的测量数据要精确到一厘一毫。我还需要与护卫和文书共同骑在阵前,便于探访与行军路线平行的高地。您若能说服达力拿批准此事,就帮上了大忙。

"我希望召集一个小组来研究地图下面那页纸上的引文。文中谈及了开启誓约之门的方法,这应当是光辉骑士的任务。但愿我们能发现别的方法。此外,提醒达力拿,我们只要找到了传送门就会尝试开启。我认为传送门的另一头没有任何危险,可他绝对会首先派遣士兵通过。"

纳瓦妮朝她抬抬眉毛。"我听出来了,你还是做过一点设想的。"

沙兰点点头,满脸通红。

"我会操办好的。"纳瓦妮说,"对于你提及的引文,我也会带领研究小组进行研究。"她顿了顿,"迦熙娜为什么认为这座名为乌有斯麓的城市具备如此重大的意义?你知道吗?"

"我知道,它是光辉骑士团的总部所在地,迦熙娜希望在那里找到与骑士团和虚渡有关的信息。"

"那么她就和达力拿差不多。"纳瓦妮说,"他们都想让某些力量重现于世,而那些力量或许不该为我们所理会。"

沙兰忽然感到一阵焦虑。*我要说出来。说点话。*"她没有停留在'想'的阶段。她做到了。"

"做到了?"

沙兰深吸一口气。"说起她的魂器从何而来,我没有听她讲过,然而那个东西其实是赝品。迦熙娜会塑魂术,无须使用任何法器。我亲眼见过她施法。她了解过去的秘密,我认为这些秘密无人知晓。光明女士纳瓦妮……*您女儿是一名光辉骑士。*"或者说,是一名重现于世的准光辉骑士。

纳瓦妮扬起眉毛,明显难以置信。

"这是真的。"沙兰说,"我以全能之主的第十个名字起誓。"

"你的话叫人不安。光辉骑士、令使和虚渡都已湮没在历史的长河中,我们赢得了那场战争。"

"我知道。"

"关于你说到的事,我会着手去办的。"纳瓦妮叩了叩厢壁,示意车夫停车。

✷

泣雨季拉开了帷幕。

室外霪雨如注,雨势羸弱,缺乏飓风的狂暴和激烈,令人万分难受。雨声传入营房,仿如背地里的细语。

卡拉丁躺在一片昏暗中,聆听着雨落时的啪嗒声,感到腿脚阵阵作痛。湿冷的空气灌进房间,他把军需官送来的几条多余的毯子拉紧,蜷起身子,想要睡觉,却发现自己已经完全清醒了。昨天是达力拿率军出征的日子,他睡了大半天。

他讨厌受伤。他不该久卧在床。这种事不可再有。

茜尔……

对他来说,泣雨季是难熬的时节。在此期间,他不得不日日困于室内。天上阴霾不散,他似乎比别人更容易受影响,还会变得没精打采、漠不关心。

有人在敲门。沦于暗中的卡拉丁抬起头,在宛如躺椅的床铺上坐好,并说:"请进。"

房门一开,雨声就飘了过来,仿如一千只小脚在乱踏。随之而来的光线十分微弱,泣雨季的天很阴,整座大陆都会陷入永久的黯然暮色。

莫阿什走了进来,像往常那样穿着碎瑛甲。"风操的,卡尔,你睡着了?对不起!"

"没有,我醒着呢。"

"这么黑咕隆咚的?"

卡拉丁耸耸肩。莫阿什咔的一声关上门,却脱下了护手甲,把它挂在腰间的钩子上。他从金属甲片的褶层里掏出一把润石,用来照亮前路。这等财富似乎是冲桥手想都不敢想的,现在却已成为了莫阿什的零钱。

"你不该守着国王吗?"卡拉丁问。

"那是偶尔才有的事。"莫阿什的语气很迫切,"他们把我们五个护卫派到他的住处,叫我们守在旁边,就在行宫内!卡拉丁,**时机已经完全成熟。**"

"什么时候动手?"卡拉丁悄声问。

"我们不想妨碍达力拿出征,"莫阿什说,"所以要等他跑得远一点,没准要等他和敌人交战。那样的话,他便会全身心投入,不会听到风声就回头。如果他能战胜仆族智者,就是对阿勒斯卡的未来好。待他凯旋之时,他会成为英雄……还会登基称王。"

卡拉丁点点头,觉得非常难受。

"计划已经制定周全。"莫阿什说,"我们会在宫中发出白衣刺客现身的警报,然后重复上次的做法,疏散所有侍从,让他们回屋躲避。谁也不会看到我们的行为,没有人会受伤,他们都会相信这是深族刺客干的。我们再也找不出比这更好的方案了!你什么都不用做,卡尔。格雷夫斯说我们终究还是不需要你来帮忙了。"

"那你为什么过来?"卡拉丁问。

"我只想来看看你。"莫阿什走上前,"偻朋说的都是真的?你的……本事不见了?"

风杀的赫达孜人。偻朋留了下来——与达彼得和胡勃一起——负责打理营房内务,同时照顾卡拉丁。看来他们和莫阿什聊过了。

"是的。"卡拉丁说。

"怎么搞的?"

"不太清楚。"他没有说实话,"我得罪了茜尔,好几天都没见着她了。只要她不在,我就吸不进飓光。"

"我们得想想解决的办法,"莫阿什说,"要不然就给你弄一套甲刃。"

卡拉丁抬头看着他的朋友。"莫阿什，我觉得她是因为弑君密谋才走的。我想光辉骑士不能参与这种事。"

"光辉骑士不是该在乎做正确的事吗？就算这意味着艰难的抉择，也不会变吧？"

"有时候，为了顾全大局，牺牲小我是必须的。"卡拉丁说。

"就是说啊！"

"那是亚马兰的原话。他是冲着我以前的战友说的。为了掩盖自己的秘密，他把他们全杀了。"

"嗯，这明显是另一回事。他可是光眼种。"

卡拉丁看了看莫阿什，他的瞳孔已经变成了光明贵人般的浅褐色，竟和亚马兰一模一样。"你不也是。"

"卡尔，"莫阿什说，"你这副样子，真叫我担心，别再这么说了。"

卡拉丁扭过头。

"国王让我传个话。"莫阿什说，"我就是找了这个理由才过来的。他希望你过去和他谈心。"

"什么？谈心？为什么？"

"不知道。达力拿一走，他就酗酒，而且那玩意儿还不是橙色的。我会转告他，说你伤得太重，去不了。"

卡拉丁点点头。

"卡尔，"莫阿什说，"我们可以信任你，对吗？你没有多虑吧？"

"话是你自己讲的。"卡拉丁说，"我什么都不用做，只须离得远远的。"身上有伤，灵体又一去不返，我到底还能做什么？

雪球越滚越大，他在这条路上走得太远，已经停不下来了。

"那就好。"莫阿什说，"你要安心养伤，听到了吗？"

莫阿什走了出去，卡拉丁重归黑暗。

78 矛盾

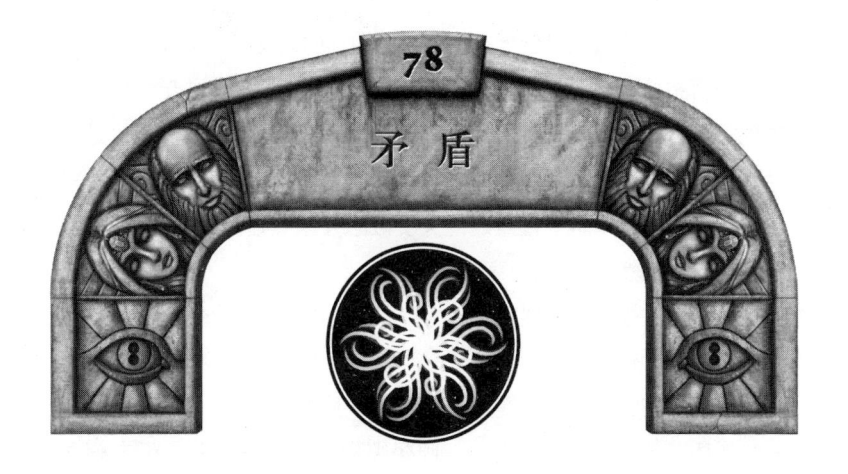

呵它们却流落世间纽带的本质将此言明可是何处寻何处寻何处寻何处寻动身顿然醒悟暖如冬阳它们掌握在深族之手我们必须觅得一把我们可否利用一名无真奴我们可否打造一尊武器

——摘自《谶记·地板书17》，第二节，译文以原文首字母开头，其后跟随单数位字母

黑暗中，沙兰的润石发出紫光，让雨天有了生气。如果没有润石，她就看不见雨滴，只能听到雨声。细雨拍打在岩石和帐布上。在光照下，点点落雨如星灵般一闪而过，为时短暂。

她坐在帐篷的一边，因为她喜欢在绘图间隙观察雨落。与此同时，其余学者坐在靠近中心的区域，瓦沙尔和他手下的几名士兵也坐在那里看着她，就像一群护着一只小飞鳗的成年飞鳗。他们已经变得这么有保护欲了，她觉得很有趣。能够成为她的士兵，他们似乎很自豪，平日也很积极。老实说，她原以为他们在求得宽大处理后就会逃走。

泣雨季已经进入了第四天，她依然很享受这种天气。聆听着淅沥的雨声，她为什么就感到更有创造力？四周的艺灵缓缓消失，多数化为营地百态，既有反复出鞘入鞘的剑，又有扎得不牢、被无形之风吹走的小帐篷。她画了一张图，表现了迦熙娜在那一晚的状态。这是沙兰最后一次见到她，距今只不过一个多月。画中的迦熙娜在昏暗的船舱里伏案而坐，平时一直盘好的头发散了开来。她把头发往后一捋，显得疲惫、茫然、恐惧。

这张图并未如实展现脑海中的印象，而沙兰通常会把这些印象画出来。这次，她仅仅绘出了自己记得的画面，诠释得不到位。沙兰为这张图而自豪，因为她捕捉到了迦熙娜身上的矛盾性。

矛盾。矛盾使人变得真实。迦熙娜操劳过度，然而出于未解之由，她还是很坚强——甚至更坚强，因为她展露出了脆弱的一面。迦熙娜的确恐惧，却也勇敢，因为前者允许后者的存在。迦熙娜虽茫然，却强大。

沙兰最近老是在做这种尝试——把自己的想象逐一描绘下来。如果她只是再现自己经历过的画面，幻象的质量就会下降。她必须学会创造，而不只是临摹。

最后一只艺灵渐渐变淡、消失，模仿的是被靴子踏过的水塘。图腾挪到她的画纸上，形成凹纹。

他语带轻蔑地说："没用的东西。"

"艺灵吗？"

"它们总是无所事事，只会飞来飞去，边看边称羡。多数灵体都是有追求的，可这些艺灵只会被他人的追求所吸引。"

沙兰往后一靠，遵循迦熙娜的教导，思考着问题。众多学者和虔诚者都在附近探讨飓座的面积。纳瓦妮做好了分内的事，超出了沙兰的期待。随军学者现在都听她指挥。

夜色中，无数或远或近的光芒洒满四处，军队的规模可见一斑。雨还在下，从润石里发出的紫光映照在细细的雨丝上，她选出的都是色彩统一的润石。

"画家艾勒塞丝做过一次尝试。"沙兰对图腾说,"当时,她摆出大量红宝石润石作为画室的唯一光源,想探究全红光环境会对她的创作产生什么影响。"

"嗯。"图腾说,"结果如何?"

"作画伊始,光线的颜色对她的作用最大。她只用了一点红颜料,因而花田的色调显得很暗。"

"不出意外。"

"不过,后面发生的事才有意思。"沙兰说,"如果她在那样的光线下继续画上几小时,原先的作用就会减弱。她的描绘变得愈发协调,花朵的色调也变得愈发鲜艳。最终,她得出结论,**她可以想象出看不见的颜色**。该结论得到了证实,如果她在作画时调换了光线颜色,也能连着画上一阵子,不受新光源的影响,仿佛画室内还是充满红光。"

"嗯……嗯……"图腾心满意足地说,"**人类看得见世界的反面,所以你们的谎言才如此有力。你们承认不了谎言就是谎言。**"

"我好害怕。"

"为什么?这很迷人。"

对他而言,她就是一个研究对象。有那么一会儿,她理解了卡拉丁的想法。在她谈起深渊恶魔时,他必然对她有这种印象:不顾面前的真正危险,转而欣赏起巨兽的美和形体构造。

"我害怕的原因是,"沙兰说,"我们都以某种个人眼光来看待世界,我们的感知也随之改变。我不是很明白,虽然我想弄明白,但我不知道自己行不行。"

终于,她的思绪被雨声打断,达力拿·寇林进了帐。他腰背挺直、头发花白,看上去更像将军,而非国王。她没有画过他的肖像,似乎犯下了重大的疏忽,所以她把他走进帐篷的形象印入脑海,还把为他撑伞的助理收了进去。

他大步走向沙兰。"啊,找到你了,那位在远征中握有生杀大权的人物。"

沙兰后知后觉地起立鞠躬。"轩亲王,有事吗?"

"你已经拉拢了我身边的文员和绘图师。"达力拿像是被逗乐了,"议论声滔滔不绝,他们谈到了乌有斯麓和飓座。你是如何办到的?"

"这不是我的功劳,要谢就谢光明女士纳瓦妮。"

"她说你劝服了她。"

"我……"沙兰面露羞赧,"我那时真的只是坐在那儿,然后她就改变了主意……"

达力拿向一旁点了一下头,他的助理便向那群激辩正酣的学者走去,和她们轻声交谈。待助理说完,她们纷纷起身,留下纸卷,走入雨中,一些人的动作很迅速,另一些人则不太情愿。助理跟在她们后面,瓦沙尔看了看沙兰。她点点头,准许他和其余护卫退下。

不久后,帐篷里只剩下沙兰和达力拿两人。

"你告诉纳瓦妮,迦熙娜已经发现了光辉骑士团的秘密。"达力拿说。

"是的。"

"你就这么相信迦熙娜没有骗你,"达力拿说,"或是纵容你掩耳盗铃?后者更像她的风格。"

"光明贵人,我……我不觉得那是……"她吸了一口气,"不,她没有骗我。"

"你怎么能肯定?"

"我看到了。"沙兰说,"我见证了她的能力,我们还谈了谈。迦熙娜·寇林没有用过魂器。她会塑魂术。"

达力拿抄起双臂,望着夜色,视线扫过了沙兰。"我想我有责任重组光辉骑士团。我选中了一名先驱,自以为他可靠、配得上这项任务,可到头来,他竟成了杀人犯和骗子。现在你又跟我说迦熙娜可能有真本事。假如此言不假,那我就成了傻瓜。"

"我不明白。"

"在任命亚马兰的时候,"达力拿说,"我认为自己在执行任务。后来我才怀疑自己是不是从头错到了尾,重组骑士团莫非不是我的使命?他们内部或许正在重组,而我成了多管闲事的人。你的到来生发出了许多值得考量的问题,谢谢你。"

他说话时面无笑意;事实上,他显得极为不安。他背起手,转身要走。

"光明贵人达力拿?"沙兰问,"假如您的使命不是重组光辉骑士团呢?"

"我刚刚说过这个。"达力拿应道。

"假如您的使命其实是召集各路骑士呢?"

他回头看看她,略作逗留。沙兰出了一把冷汗。她在干什么?

我必须找时间告诉别人,她想,我不能效仿迦熙娜的做法,把身份隐藏起来。这是重中之重。达力拿·寇林是不是合适的人选?

反正她也想不出更好的答案了。

沙兰摊开手掌,把润石中的飓光都吸入体内,再吐气,使微微发亮的光雾飘到她和达力拿之间。依据刚画完的图,将光雾塑造成迦熙娜的袖珍形象,托在手掌上。

"全能之主在上。"达力拿喃喃道。犹如蓝色烟圈的敬灵在他头上涌现,随即荡漾开去,就像石头落入池塘后激起的水波。沙兰这辈子只见过几次这种灵体。

达力拿走近了点,俯身端详沙兰的幻象,神情虔敬。"可以吗?"他伸出一只手。

"可以。"

他摸了上去,幻象顿时变糊,化为翻动的光芒。他一抽开手,幻象就复原了。

"只是幻象罢了。"沙兰说,"我无法创造实物。"

"可还是很惊人。"达力拿说得很轻,落雨啪嗒作响,她勉强听得见,"了不起。"他抬头看她,眼中含着泪花,令人惊异,"你是他们之中的一员。"

"可能算是吧。"沙兰备感尴尬。此人是如此威严、如此杰出,不该在她面前哭泣。

"我没有疯。"他的话更像是自言自语,"我早就断定自己没有疯,可这跟获悉实情不是一回事。一切都是真的。他们回归了。"他又拍了拍幻象,"迦熙娜教过你?"

"更准确地说,我是靠自己摸索出来的。"沙兰说,"我认为自己是被带到她身边的,这样她就能教我了。遗憾的是,我们没有太多时间。"她苦着脸撤走飓光,心脏跳得很快,还没从刚才的行为中缓过来。

"*我要把金斗篷授予你。*"达力拿挺胸站直,拭了拭眼睛,嗓音中又透出坚决,"我想让你领导他们,这样我们——"

"*我?*"沙兰惊叫一声,想到了这对她的二重身份意味着什么,"不敢当!光明贵人,我的意思是,我的本事只有在旁人不知情的时候才能发挥到极致。也就是说,如果人人都知道我会施幻术,我就糊弄不了他们了。"

"糊弄?"达力拿问。

在达力拿面前,这个词也许不当讲。

"光明贵人达力拿!"

沙兰警觉地转过身,突然惊慌起来,唯恐有人看到了她做的事。一名体态轻盈的传令员向营帐跑来,她浑身湿透,一缕缕从发辫中散开的湿发贴在脸上。"启禀光明贵人达力拿!发现仆族智者,长官!"

"哪里?"

"这座高地的东端。"传令员气喘吁吁地说,"估计是斥候队。"

达力拿先看看传令员,再看看沙兰,随后咒骂一声,冲进了雨中。

沙兰把素描本丢到椅子上,跟了过去。

"这样很危险。"达力拿说。

"感谢您的关心,光明贵人。"她轻声说,"但我觉得,有了这种本事后,我其实可以拿一根矛扎进自己的肚皮,而伤口没一会儿就会痊愈,不留一道疤。在整座营地里,我大概是最难被杀死的人。"

达力拿默默地行走片刻。"你掉进深渊时是这样吗?"他轻声问。

"对。我想卡拉丁军尉肯定也是我救的,但我不知道自己是如何做到的。"

他嘀咕了几句。他们迅速穿过雨幕,雨水打湿了沙兰的头发和衣裙。她简直得靠一路小跑才能跟上达力拿的步伐。风杀的阿勒斯卡人,他们的腿太长了。护卫飞奔着围拢过来,均是第四冲桥队的队员。

她听到远方传来了喊声。达力拿叫护卫结成更大的包围圈,以便他和沙兰享有一定的私人空间。

"你会塑魂术吗?"达力拿轻声问,"就像迦熙娜那样?"

"会,"沙兰说,"但不太熟练。"

"塑魂术很有用。"

"非但如此,还很危险。迦熙娜不希望我未经她的指导就练习塑魂术,不过既然她已经离世……好吧,我会多试试。长官,请您不要告诉任何人,至少现在不要。"

"所以迦熙娜才会收你为徒,"达力拿说,"所以她才希望你嫁给阿多林,是不是?她是为了让你和我们产生紧密的联系吧?"

"是的。"沙兰在黑暗中满面绯红。

"这样很多事就讲得通了。我会和纳瓦妮说说你的情况,但绝不会告诉他人,我担保她不会泄密。如果有必要,*她守得住口风*。"

她张开嘴,准备应答,却打住了。迦熙娜会怎么说?

"我们会送你回营,"达力拿目不斜视,轻声续上前言,"马上就派人护送你上路。我不管你有多难被杀死,你身价太高,不能冒险出征。"

"光明贵人,"沙兰踏过一个水塘,庆幸自己穿了靴子、在裙下套了绑腿,"您既不是我的国王,也不是我的轩亲王。您不能对我行使权力。我的使命是寻找乌有斯麓,*因此您不能送我回去*。我希望您以自己的名誉起誓,不要把我的本领告诉任何人,除非得到我的允许。我说的'任何人'也包括光明女士纳瓦妮。"

他在原地停步,惊讶地盯着她。之后,他哼了一声,神情难辨。"我在你身上见到了迦熙娜的影子。"

沙兰很少收到这样的褒奖。

雨中灯光摇曳,士兵举着润石提灯逐渐靠近。瓦沙尔和他的手下小跑上前,他们先前落在了后面,第四冲桥队暂时把他们拦下。

"那好吧,光明女士。"达力拿对沙兰说,"你的秘密姑且不会外传。*我们等到远征结束后再深入计议*。你读过那些文字了吧?里面涉及了我见到的幻境。"

她点点头。

"世界即将改变。"达力拿深吸一口气,"你带给了我希望。怀揣着这份真切的希望,我们可以用正确的方式改变世界。"

前行中的斥候纷纷敬礼,第四冲桥队向外散开,允许他们的领队接触达力拿。他是一名矮矮胖胖的男子,戴着一顶棕帽,让她想起浣纱戴过的一款帽子,不过后者是宽边的。这名斥候穿着军裤,却在外头罩了一件皮衣,显然不在战斗状态。

"巴辛。"达力拿说。

"相邻高地上发现仆族智者,长官。"巴辛用手指了指,"我有一支斥候队,他们跟那些仆族智者遭遇了。小伙们很快就发出了警报,但我们损失了全部三人。"

达力拿低声咒骂,转身面向泰莱布轩领主,后者从另一个方向而来,身穿涂成银色的碎瑛甲。"泰莱布,通知全军戒备,不得有遗漏。"

"遵命,光明贵人。"泰莱布说。

"光明贵人达力拿,"巴辛说,"小伙们抢在牺牲前干掉了一个铁头怪。长官……您必须一窥究竟,他们身上起了变化。"

沙兰冷得发抖,浑身湿透。她自然带来了耐雨的衣物,**可这并不意味着站在室外就很舒服**。尽管他们都穿了外套,但没有人显得很在意。他们可能想当然地认为,在泣雨季里,就该被浇个透心凉。她从小在温室里长大,又一次没有做好相关的思想准备。

沙兰走到达力拿身边,和他一起去往附近的一座桥,没有遭到反对。这座桥是卡拉丁的冲桥队所用的众多移动式桥梁之一。冲桥手披着雨衣,戴着帽檐在前面的帽子。一队站在另一侧桥头的士兵拖来了什么东西,推出小水波。那是一具仆族智者的尸体。

沙兰只见过她和卡拉丁在深渊里发现的仆族智者,她早就画过素描了,而此人看上去大不相同。他长着头发——应该说是某种毛发。她俯身一看,发现他的头发比人类的头发要厚,摸上去感觉……太光滑了。用这个词来形容究竟到不到位?与仆族类似,那张脸也生有大理石花纹,全黑的皮肤上点缀着显眼的红色条纹。这名仆族智者身型清瘦结实,**似乎有什么东西从裸露在外的手臂皮肤下长出**。沙兰用手碰了碰,发现那东西很硬,布满隆起,就像蟹壳。事实上,这名仆族智者的脸上长着某种凹凸不平的薄壳,甲片就在脸颊上方生出,往回包住了脑侧。

"这种仆族智者,是我们前所未见的,长官。"巴辛对达力拿说,"瞧瞧这些凸出来的东西。长官……几个战死的小伙身上有灼伤,还是在雨中留下的。我还没见过比这更让人胆战的画面……"

沙兰抬头看着他们。"巴辛,'这种'是什么意思?"

"有些仆族智者长着头发,"巴辛说。他是一名暗眼种,尽管没有佩戴显眼的军衔标志,却明显广受尊敬。"还有一些仆族智者生着甲壳。多年前我们与迦维拉尔王共同遇见的那些仆族智者……*在体型上与我们现在的敌人不同。*"

"他们有特殊的亚种吗?"沙兰问。有一些飓虫就是如此。它们在虫巢中活动,特征不同、形态各异。

"我们可能消耗了他们的兵力。"达力拿对巴辛说,"他们被逼无奈,只得派出地位等同于光眼种的战士。"

"那些灼伤怎么解释,达力拿?"巴辛挠了挠帽檐下的脑袋。

沙兰伸手检查仆族智者的瞳色。他们是不是也像人类那样具有光眼和暗眼的区分?她翻开眼皮。

底下的眼睛是一片血红。

她失声尖叫,往后一跳,把手捂到胸口。在场的士兵骂骂咧咧地四处张望。达力拿手中没一会儿就现出了碎瑛刃。

"红眼。"沙兰低声道,"这是真的。"

"长着红眼的虚渡只是个传说。"

"迦熙娜为此做了一整本笔记,光明贵人。"沙兰说,"虚渡已至,时间紧迫。"

"把尸体扔到深渊里。"达力拿对部下说,"我们恐怕没办法随便焚尸。提醒众人保持警觉,做好应对夜袭的准备。他们——"

"光明贵人!"

沙兰一转身,一个穿着盔甲的庞大身影走上前,雨水从银甲上淌下。"我们又找到了一个,长官。"泰莱布说。

"死的?"达力拿问。

"不,是活的,长官。"碎瑛武士用手一指,"他直接向我们走过来了，长官。瞧，他就坐在那边的石头上。"

达力拿看看沙兰，沙兰耸耸肩。他迈开步，往泰莱布所指的方向走去。

"长官？"泰莱布的说话声在头盔内回响，"您不该……"

达力拿对泰莱布的提醒不予理睬。沙兰连忙跟在后面，引来了瓦沙尔和他的两名护卫。

"您不该回去吗？"瓦沙尔对她悄声道。风杀的，就算他语带敬意，在黯淡的光线下，那张脸还是显得狰狞万分。她不禁还想把他视作那个差点在无主山岭间杀了她的男人。

"我不会有危险。"沙兰轻声回答。

"光明女士，你是有一把瑛刃，可你还是会被流箭射中后背，搞不好会死。"

"在雨中不太可能。"她说。

他落在她身后，没再反对。他想执行好她布置给他的任务。可惜的是，她发现自己不太喜欢被人保护。

经过一番雨中跋涉，他们找到了那名仆族智者。他坐在一块和人一样高的石头上，似乎没有携带武器。约有一百名阿勒斯卡士兵站在石头的周围，矛头上指。沙兰看不太清，因为他坐在深渊对面，一座通向他所在高地的移动式桥梁已经就位。

"他讲过话吗？"达力拿轻声询问走上前的泰莱布。

"据我所知，没讲过。"碎瑛武士说，"他就干坐在那里。"

沙兰望向对面高地上那名孤零零的仆族智者。他站起身，把手搭在眼睛上方挡雨。下面的士兵挪动脚步，把矛举到更具威胁性的位置。

"斯卡？"仆族智者发话了，"斯卡，是你吗？那是雷滕吧？"

一名达力拿的冲桥手护卫在不远处咒骂了一句。他跑过桥，还有几名冲桥手跟在后面。

他们没一会儿就回来了。沙兰挤到前面,靠近了点,想要听听他们的领头对达力拿说了什么悄悄话。

"是他,长官。"斯卡说,"他变了,可绝对错不了。要是错了,我就是欠风操的蠢蛋。*真的是他*——申。他和我们扛了几个月的桥,后来突然不见了。现在他回来了,还说想投降。"

79 直捣腹地

问：我们为何种要务而奋斗？答：保留生存火种，守护人类，为之提供避风港。问：我们必须背负何种代价？答：代价无关宏旨。人类必须生存。我们身兼救亡大任，其余想法较之皆为沧海一粟。

——摘自《谶记·后花木绘卷问答册》第一节

达力拿背着手站在指挥帐中，一边等候、一边聆听。雨点拍打帐布，发出啪嗒声。帐底很湿，这在泣雨季中不可避免。对此他很清楚，因为他有过惨痛的切身经历——在一年的这个时节，他带领过的军事远征不止一次。

距离他们发现平原上的仆族智者——既包括死者，又包括那个叫申或自称为瑞莱恩的冲桥手——已经过了一天。达力拿已经允许瑞莱恩携带武器了。

沙兰声称所有仆族都是虚渡的初期形态。考虑到她向他展示的证据，他有充分的理由相信她的话。可是他要怎么办？光辉骑士已经回归，仆族智者生出了赤瞳。达力拿有种感觉，他似乎想要堵住一座决堤的大坝，却始终不知道泄漏的真正来源。

帐帘被掀开，阿多林陪着纳瓦妮弯腰入帐。她把风衣挂在帐帘后的衣帽架上，阿多林抓起一条毛巾，开始擦干脸和头发。

阿多林的未婚妻是一名光辉骑士。*她说自己还未成为正式的骑士*，达力拿提醒自己。这讲得通。受过训练的矛手不一定是士兵。前者意味着技能，后者意味着职位。

"他们带来那名仆族智者了吗？"达力拿问。

"是的。"纳瓦妮坐到一把椅子上。阿多林没有落座，却找了一壶经过过滤的雨水，为自己倒了一杯。他一边喝，一边轻叩锡杯的侧边。

在发现赤瞳仆族智者后，他们个个都坐立不安。在那一晚，仆族智者没有发动袭击，于是达力拿命令四军纵深推进，再用一天行军。

他们逐渐靠近平原中部，至少沙兰是如此预估的。他们已经来到了一片未被斥候勘察过的区域。现在，他们必须依靠这名姑娘的地图了。

帐帘又被掀开，泰莱布带着俘虏进了帐。达力拿已派出这位轩领主及其贴身护卫来看管"瑞莱恩"，因为他看不惯冲桥手老是护着他。但他还是邀请了他们之中的副尉——斯卡和那名人称石头的吃角族厨师——来参与审问。这两人在泰莱布及其部下之后赶到。考尔将军和雷纳林身处另一顶营帐，正与亚拉达和罗伊翁共同探讨联军在逼近仆族智者军营时要采取的战术。

纳瓦妮一下子坐直，冲俘虏眯起眼。沙兰原本有意出席，可达力拿已经承诺会把审问全程的笔头记录交给她。飓风之父保佑，还好她没有坚持下去。让这么多人靠近这名间谍，达力拿感觉很危险。

他隐隐记得这名仆族护卫偶有加入第四冲桥队的任务。仆族完全不引人注目，可是当此人备上矛后，就立刻变得耀眼起来。这并不表示他身上还有别的与众不同之处——敦实体型、大理石般的皮肤和无神的双眼依旧如故。

可是现在他眼前的这名异族绝非如此。他完全是一名仆族智者战士,橙红相间的头盖甲,以及覆盖胸部、大腿和外臂的壳甲一应俱全。他与阿勒斯卡人同高,但体型更强健。

尽管他没有携带武器,护卫们还是将他视为这座高地上的终极威胁——也许他的本质就是这样。他走过来,把手置于胸前,向达力拿表示敬意,一如其余冲桥手。他额前刺有他们的文身,那图案往上延伸,没入了头盖甲。

"坐下。"达力拿命令道,朝着那把放在营帐中央的椅子点点头。

瑞莱恩从命坐下。

"我听说,"达力拿道,"你拒绝告诉我们任何仆族智者的打算。"

"我不知道他们的打算。"瑞莱恩说。他的语调富含仆族智者惯有的韵律感,可他讲得一口相当标准的阿勒斯卡语。在达力拿的印象中,其语言水平要胜过任何仆族。

"你是奸细。"达力拿背着手,想要在气势上压过仆族智者,却保持着一定距离,以免瑞莱恩在阿多林出手阻拦之前就抓住他。

"是的,长官。"

"你干了多久?"

"大概有三年。"瑞莱恩说,"其间我穿梭于各大军营。"

不远处,没有合上面甲的泰莱布转过身,对达力拿抬抬眉毛。

"我问你才答,"达力拿说,"别人问你就不答,这是为什么?"

"因为您是我的指挥官。"瑞莱恩说。

"你是仆族智者。"

"我……"瑞莱恩弓着背低头看地,用一只手摸摸脑袋,感受着头盖甲与皮肤交界处的突起,"长官,有些事很不对劲。伊舒娜的声音……那天,她在高地上会见阿多林王子……"

"伊舒娜?"达力拿鼓励瑞莱恩道,"也就是那个仆族智者碎瑛武士?"不远处,纳瓦妮把他所说的话一字不差地记录在纸笺上,笔速飞快。

"没错,她是我的长官,可是如今……"他抬起头。尽管他长着异于人类的皮肤,讲话的方式也很奇怪,达力拿还是从他脸上读到了伤感——此刻,瑞莱恩悲恸欲绝。"长官,我有理由相信,那些我认识的人……那些我爱的人……他们全都毁了,留于他们体内的,是怪物。听者一族,也就是仆族智者,可能就此绝迹。我什么都没有了……"

"不,"斯卡的声音从围成一圈的护卫之外传来,"你是第四冲桥队的一员。"

瑞莱恩看着他。"我是叛徒。"

"哈!"石头说,"小意思,能挽回。"

达力拿招呼冲桥手噤声,又瞥向纳瓦妮,后者点点头,示意他说下去。

"告诉我,"达力拿说,"你是怎么混进仆族的?"

"我……"

"士兵,"达力拿厉声道,"这是命令。"

瑞莱恩立马坐得笔直。令人讶异的是,他似乎想服从命令,仿佛需要有力的慰藉。"长官,"瑞莱恩说,"我的族人具备这种能力。我们基于需求挑选形态,这是我们的义务。在那些形态中,愚钝态极似仆族,混入其中非常容易。"

"军中的仆族都被精准地记录在案。"纳瓦妮说。

"确实。"瑞莱恩应道,"后来我们也暴露了,但是很少有人问起。要是在地上捡到一颗多余的润石,谁会问来问去?这纯粹是走运,没什么好怀疑的。"

话锋已转到危险区,达力拿想着,留意到瑞莱恩语中的变化——他说话的节奏更改了。此人并不满意仆族的待遇。

"你讲起过的仆族智者,"达力拿说,"他们的表现与红眼有关吗?"

瑞莱恩点点头。

"这意味着什么,士兵?"达力拿问。

"我们的诸神已经回归了。"瑞莱恩低语。

"你们的诸神是谁?"

"他们是远古的魂灵,是醉心于毁灭的存在。"这次他的语韵改换了,变得缓慢而虔敬。他抬头看着达力拿。"长官,他们憎恨你们一族。他们赋予我的族人以这种新形态……此态非常可怕,**会带来非常严重的后果。**"

"你能带领我们前往仆族智者的城市吗?"达力拿问。

瑞莱恩变换声律线,以不同的韵律道:"我的族人……"

"你说过他们消失了。"达力拿说。

"有这个可能。"瑞莱恩说,"当时我离得很近,看到了一支大军,有数万士兵。但是他们肯定抛下了一些处于别的形态的同胞。长者呢?青年呢?谁来照顾孩子?"

达力拿朝瑞莱恩走去,招呼紧张得抬起手的阿多林退后。他弯下腰,把手臂搭在仆族智者的肩膀上。

"士兵,"达力拿说,"如果你告诉我的话无误,那么你能做的最重要的事就是带领我们去见你的族人。我以人格担保,我会确保平民的人身安全。万一你的族人遇上了大难,你要协助我阻止坏事的发生。"

"我……"瑞莱恩深吸一口气,切换韵律道,"遵命,长官。"

"去见沙兰·达瓦。"达力拿说,"向她描述路线,让她给我们画一张地图。泰莱布,释放俘虏,将其移交给第四冲桥队看护。"

那个具备古代血统的碎瑛武士点点头。他们一行人离帐后,一股挟着雨腥的强风刮了进来。达力拿叹了口气,挨着纳瓦妮坐下。

"你相信他的话?"

"难说。"达力拿道,"可他确实很困扰,困扰得厉害,纳瓦妮。"

"他是仆族智者,"她说,"你也许误解了他的肢体语言。"

达力拿凑近了点,将两手交握于身前,问:"倒计时的最后一天是什么时候?"

"还有三天,"纳瓦妮说,"就是从出光日往前数三天。"

时间紧迫。"我们要加快步伐。"他说。

直捣腹地。

迈向命运。

前往腹地时所绘.

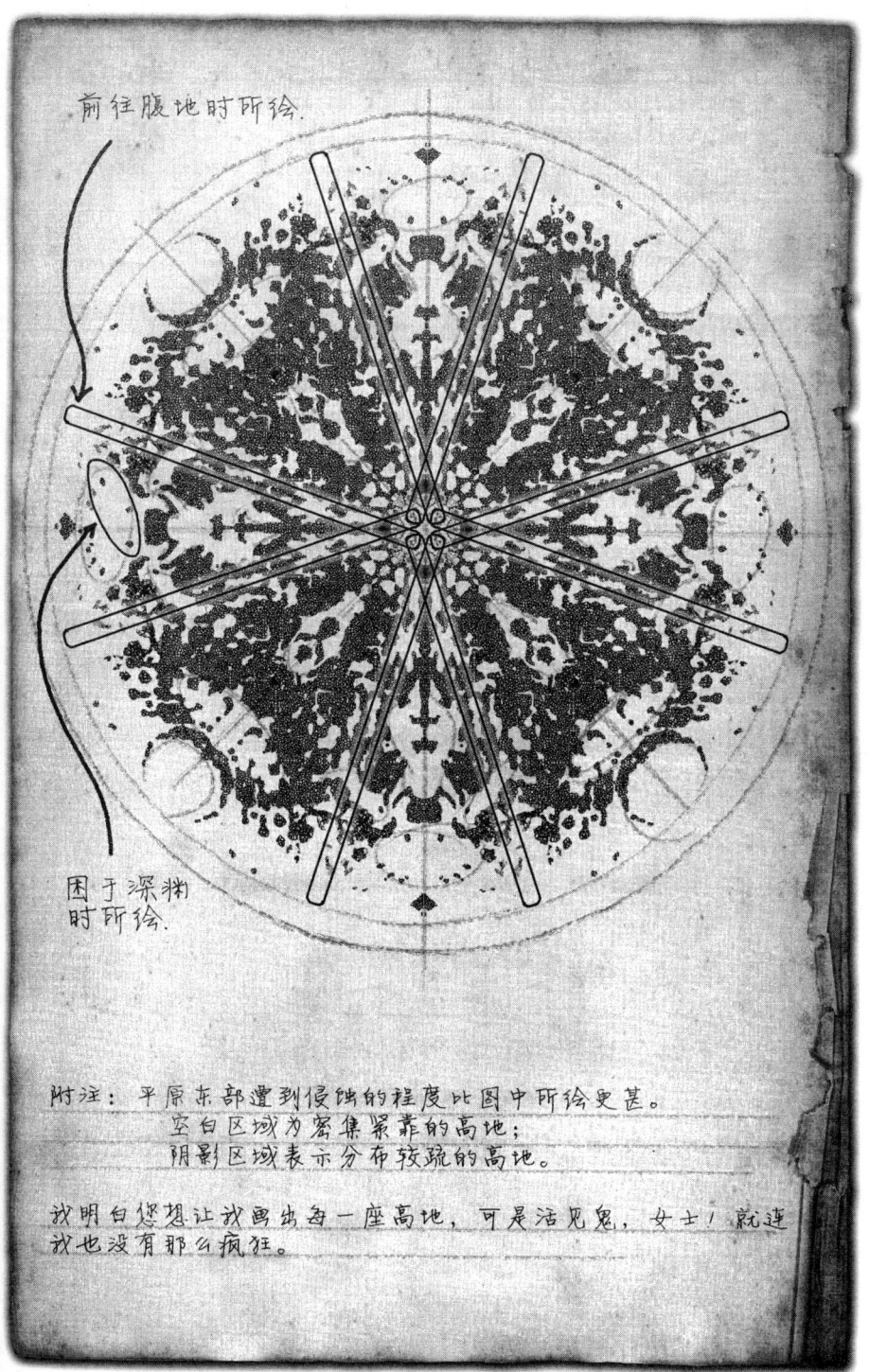

困于深渊时所绘.

附注：平原东部遭到侵蚀的程度比图中所绘更甚。
空白区域为密集紧靠的高地；
阴影区域表示分布较疏的高地。

我明白您想让我画出每一座高地，可是活见鬼，女士！就连我也没有那么疯狂。

破碎平原地形图

80

与雨相搏

> 汝须为王,一统众生。
> ——摘自《谶记·教旨集·后榻板书》第一节

沙兰裹紧那件从士兵身上扒来的风衣,顶着风爬上湿滑的石坡,动作很不利索。

"光明女士?"盖兹一边问一边抓着帽檐,以防帽子被风吹走,"您确定要这么做?"

"当然了。"沙兰说,"这么做究竟好不好……算了,那是另一码事。"

泣雨季期间起风很不寻常。这个时节本该带来平和的降雨,适合向全能之主静思,人们借此喘息,远离飓风。

或许这片飓风之地的环境很不一样。她攀上石坡。今天是远征的第八天,随着联军不断向内部推进,破碎平原的地形已是愈发崎岖。联军遵循的是出自沙兰之手的地图,此图的完成还少不了前冲桥手瑞莱恩的帮忙。

沙兰爬到坡顶,看到了斥候描述的景象。在她身后,瓦沙尔和盖兹噔噔地爬了上来,低声抱怨天气太冷。破碎平原的心脏地带在沙兰眼前铺开。先前还从未有人踏上过这里的高地。

"我们到了。"她说。

盖兹挠了挠眼罩下的眼窝。"就一堆石头?"

"是的,盖兹护卫。"沙兰说,"石头,都是美妙的石头。"

她极目远眺,看到几团被迷蒙的雨幕所笼罩的黑影,它们集中出现,应该错不了。这是一座城市,覆盖着沉积了数百年的飓砂,就像滴上了好几层蜡的儿童积木。在无知者的眼中,那里明明和破碎平原的其他地区非常相似,可是事实上远不止如此。

这就是证据。就连沙兰脚下的石坡也有可能曾是一幢楼房,其迎风面受尽磨砺,背风面沾满飓砂,形成了坑洼不平的浑圆斜坡,他们就是从这里爬上来的。

"光明女士!"

她没有理会从下面传来的声音,反而不耐烦地招呼护卫递上望远镜。盖兹照做了,她举起望远镜,观察着前方的高地。可惜的是,望远镜的一端已经变模糊了,她冒着泼过来的雨,试图把镜片擦干净,可那团模糊在里面。该死的仪器。

"光明女士?"盖兹问,"我们不该,呃,去听听下面的人在说什么吗?"

"更多变异的仆族智者进入了视野。"沙兰又举起了望远镜。发明这东西的人就不会从里面密封?这样就能防止水汽渗入了。

盖兹和瓦沙尔后退几步,几名第四冲桥队的队员爬到了坡顶。

"光明女士,"一个冲桥手说,"轩亲王达力拿撤下了先头部队,在我们背后的高地上围出了警戒线。"他是个英气的高个子,两条胳膊长得和体型不符。沙兰不甘心地望着中心高地。

"光明女士,"冲桥手无奈地续上前言,"他明确指出,要是您不去那儿,他就会派阿多林……嗯……把您扛回去。"

"我倒想见识一下。"沙兰说。这听上去确实有点浪漫,像是小说里才有的情节。"他就那么担心仆族智者?"

"申……呃,瑞莱恩……说我们快到他们的大本营了,光明女士。露面的巡逻兵太多了,拜托您。"

"我们要去那边。"沙兰伸手一指,"里面藏着秘密。"

"光明女士……"

"那好吧。"她转身溜下石坡,姿态难称优雅,不过瓦沙尔在她迎面摔下前还是抓住了她的手臂。

下坡后,他们迅速地穿越了这座规模较小的高地,走到一群斥候中间,他们正在往大部队的方向小跑。瑞莱恩声称自己对誓约之门一无所知,甚至对那座城市了解得也不多。他称其为"纳拉克",而非飓座,还说他的族人只是为了应对阿勒斯卡人的侵略才永久在此地驻扎。

在向腹地推进时,联军的士兵发现了越来越多的仆族智者,还和他们发生了小规模的冲突。考尔将军认为敌人的突袭意在使军队偏离原定路线,沙兰不知道他们是如何分析出来的——但她知道自己变得愈发厌烦湿气不散的感觉。至今,他们已经在平原上行进了两周,某些士兵早就开始议论,说联军马上就得返回军营,要不就是在飓风季开始前有无法回头的危险。

沙兰大步过桥,途经好几排正在结阵的矛兵,前方是如波浪般起伏有致的岩石,可能是古城墙的墙脚。她发现达力拿和其余轩亲王就在位于营地中心的帐篷里。那里共有六顶一模一样的帐篷,别人无法一眼看出四名轩亲王所在的帐篷究竟是哪一顶。她觉得这是某种安全措施。沙兰走进相应的帐篷躲雨,闯入了他们的会谈。

"现在这座高地的位置确实好,易守难攻。"亚拉达边说边比画,地形图就铺在众人面前的行军桌上,"我提议在此地对抗突袭,而不是向纵深行进。"

"如果向纵深行进，"达力拿嘟囔道，"就会冒着中途受阻的危险，敌方一旦攻来，全军会分隔两地，其间横着天堑。"

"可他们还需要进攻吗？"罗伊翁道，"如果换我指挥，我只会命令他们结成阵型，佯装欲攻，实则不攻。我会拖延时间，迫使敌方困守在外迎候袭击，耗着耗着飓风就刮回来了！"

"他的话有理。"亚拉达实话实说。

"听信窝囊废，"塞巴里尔说，"招架最不会。"他大啖水果，笑得开怀，和帕萝娜成双成对地坐于桌边。

"**谁是窝囊废。**"罗伊翁把垂在身侧的两手攥成了拳头。

"我无意贬低你，"塞巴里尔说，"贬低的话要精辟多了。**我刚才在表扬你呢**，如果我有本事，我会投钱请你总揽战局，罗伊翁。我想那样伤亡会大大减少，只要士兵得知是你做主，内衣裤的价格就会翻番，我会发大财的。"

沙兰把湿答答的风衣递给一名侍从，随后摘下帽子，用毛巾擦干头发。"我们要继续向平原中部推进。"她说，"罗伊翁所言极是，我反对联军风餐露宿。仆族智者只会待机而动。"

其余人朝她看去。

"光明女士沙兰，"达力拿说，"我怎么不知道战术由你来定？"

"这是我们自己的不对，达力拿。"塞巴里尔说，"她捡了太多便宜，我们没准几周前就该把她丢出巅宫了，而且在她进场时就不能手软。"

不等沙兰驳上一句，帐帘就被人掀起，阿多林吃力地进了帐，碎瑛甲上淌着水。他推起面甲，飓风在上……就算只露半张脸，他也帅得难以复加。她不禁笑了出来。

"他们明显很躁动。"阿多林见到她，轻快地一笑，随后吭哧吭哧地走向行军桌，"外头至少有一万变异的仆族智者在绕着高地结队行动。"

"就一万,"亚拉达语带不屑地说,"我们拿得下一万敌人。就算他们占据地形优势、就算我们被迫以攻代守,打败这么多也应该不在话下。全军的兵力超过了三万。"

"正因联军实力雄厚,我们才敢过来一战。"达力拿看看沙兰,她为先前的毫不讳言而羞愧,"你说传送门就在此地,那它究竟在哪儿?"

"靠近那座城。"沙兰说。

"那些红眼仆族智者又怎么说?"罗伊翁问道,神色很不安,"一旦打起来,他们会放出闪光,这该如何是好?风操的,我先前那么说,并不是在建议我们往深处推进。我只是担心仆族智者的下一步动作。我……要对付他们没那么容易,是不是?"

"根据瑞莱恩的讲法,"坐在营帐一端的纳瓦妮发话了,"唯有他们一方的士兵才能跳过深渊,但是我们不能断定变为新形态的士兵能不能办到这点。如果我们往前推进,他们应该是逃得掉的。"

达力拿摇摇头。"他们驻守平原,却没有像多年来那般溃散,那是因为他们知道现在是求生的最佳时机。在开阔平坦的飓风之地,我们可以一追到底,将他们全数消灭,但在这里他们占上风,目前舍不得抛弃好条件,而且他们自以为能与我们一较高下。"

"那么,倘要勒其开打,"亚拉达说,"就得逼入老窝。我看我们真该朝那座城推进。"

沙兰大舒一口气。只要他们往腹地更进一步——依照瑞莱恩的解释,他们只有半天的路程了——誓约之门就离她更进一步。

达力拿俯身向前,展臂敞胸,人影落在作战地图上。"很好。我走到这一步不是为了没出息地听命于仆族智者的心思。我们明天就朝腹地前进,逼入废城,强迫其应战。"

"我们凑得越近,"塞巴里尔强调说,"就越有可能被他们切断后路,从而无望撤退。"

达力拿不予回答，可沙兰明白他的想法。*好几天前我们就放弃撤退的希望了。*一旦决定撤退，全军需要日复一日地穿过一座座高地，假如仆族智者在此期间加以侵扰，后果不堪设想。既然阿勒斯卡军上了平原，就要赢下战争、夺取仆族智者的家园纳拉克。

那是唯一的选择。

达力拿解散了会议，另外三位轩亲王各自离去，身边簇拥着撑伞的副官。沙兰逗留片刻，和达力拿对上眼。不一会儿工夫，营帐里就只剩下她、达力拿、阿多林和纳瓦妮了。

纳瓦妮走到达力拿身旁，用双手挽住他的胳膊，姿势亲昵。

"关于你提出的传送门。"达力拿说。

"怎么了？"沙兰问。

达力拿抬眼与她对视。"它的真实度有几何？"

"迦熙娜坚信它百分之百存在。她从不犯错。"

"要是她犯了错，*就风操的太不及时了。*"他轻声说，"我之所以同意推进，有一部分是因为你的研究成果。"

"多谢。"

"我那样做不是为了学术。"达力拿说，"纳瓦妮告诉我，这个传送门会提供大好的撤退机会。我本希望能在危险袭来之前就击败仆族智者的——先不管那是什么危险——从目前的情势来看，危险提早出现了。"

沙兰点点头。

"明天是倒计时所指的末日。"达力拿说，"不管那些在飓风期间被人胡乱刻上墙的数字到底是什么，我们明天都要面对。它们曾经代表什么、现在代表什么，都不重要，而沙兰·达瓦，我的后备计划可否执行，就全看你的了。你要找到这条通道，还要加以启动。万一邪恶势力击败了我们，由你打开的通道将成为唯一的退路。你的行动可能会为联军——乃至阿勒斯卡——带来唯一的生机。"

✦

日复一日，卡拉丁不愿被愁雨浇垮。

他拄着偻朋拿来的拐杖，蹒跚地穿过营地。偻朋认为现在就下床走动未免太早了，可卡拉丁没有听从。

军营里还是空荡荡的，偶尔现身的只有仆族，有些人从营外的树林里拖来了木材，有些人背着一袋袋粮食。远征军还未传来任何消息，国王可能一直在用对芦接收战报，却没有对外公布。

风操的，这里给人的感觉太诡异了，卡拉丁一边想，一边一步一摇地走过空寂的营房，淅沥的雨点啪嗒啪嗒地拍打在连着拐杖的雨伞上，这东西还是偻朋绑上去的，算是有点用。他蹚过形如蓝色烛火的雨灵，它们一个接一个地钻出地面，顶心都长着独眼，叫人不寒而栗。卡拉丁向来不喜欢雨灵。

他冒雨而行，与雨相搏。这有意义吗？正因为雨水想把他堵在屋里，他才出了门；正因为雨水想催他向绝望低头，他才硬逼自己思考。年少时，提安总会帮他缓和抑郁；如今，他甚至一想起提安就会变得更加抑郁，但他躲不掉。泣雨季的到来让他想起了弟弟、让他想起了黑云压境时的欢笑、让他想起了愉悦之情和无忧无虑的乐观。

那些画面和提安战死的画面交织在一起，在他脑中做着斗争。卡拉丁紧紧闭上眼，试图赶走那种记忆。羸弱年少的提安还未经多少训练就被砍倒，与他同在一支小队的士兵愣是把他推到前排，意在造成干扰，以他的牺牲来延缓敌人的攻势。

卡拉丁咬咬牙，睁开眼。郁郁寡欢不可取。他不能抱怨、不能沉沦。他确实失去了茜尔，可在他的一生中，他失去过众多挚爱之人。他要像往昔那样挨过这次苦痛。

他瘸着腿，继续绕着营房区行走。他一天会做四次复健，偻朋有时会过来陪他,但今天卡拉丁是一个人。他蹚过一个个水塘,不禁一笑,因为他穿着被沙兰偷过的靴子。

我从来就没信过她是吃角族人,他想,我一定要让她知道。

他收住脚步,倚着拐杖,透过雨幕远眺破碎平原。由于蒙蒙烟雨阻挡了视线,他看不远。

你们要平安归来,他暗暗嘱咐那些踏上远途的人,一个都不能少。这一回,假如出了状况,我可救不了你们。

石头、泰夫特、达力拿、阿多林、沙兰,还有第四冲桥队的全体队员——大家都出发了。如果卡拉丁能做得更好,这个世界会起怎样的变化?如果他用上自己的本领,摄入满满的飓光,和沙兰一起返回军营呢?他差点就可以向世人展现自己的能力……

你已经想了好几个星期,他自忖,你太害怕,绝对做不到。

他不愿承认,可事实就是事实。

算了,假如他对沙兰的猜测确有其事,达力拿可能已经拥有一名光辉骑士了。但愿她能比卡拉丁更有本事。

他继续跛行,绕回到第四冲桥队的营房,继而停下脚步,看到一辆豪华马车停在前面,拉车的马匹身披国王的徽记。

卡拉丁咒骂着蹒跚向前。偻朋跑出来见他,没有撑伞。在泣雨季期间,很多人不介意淋淋雨。

"偻朋!"卡拉丁说,"怎么了?"

"他在等你,黑发哥。"偻朋连忙用手一指,"国王来了。"

卡拉丁加快脚步,一瘸一拐地朝他的营房走去。眼见门已经开了,卡拉丁往里探头张望,发现身处室内的艾尔霍卡王正在四下里打量小屋。莫阿什守在门口,曾经的国王亲卫塔卡则护驾在国王身旁。

"陛下有何吩咐?"卡拉丁问。

"啊,"国王说,"冲桥手。"艾尔霍卡满面红光,尽管喝了酒,却不显醉态。卡拉丁明白了。达力拿早已出征,那种不以为然的目光也远去了,因此对国王来说,喝上一瓶酒放松放松可能是不错的选择。

在卡拉丁初遇国王的那一刻,他就觉得艾尔霍卡少了一份君威。如今,他倒觉得艾尔霍卡是有点王者风范了。这不是因为国王变了——此人鼻梁过挺,面貌依旧凌厉专横,屈尊降贵的态度从一而终——而是因为卡拉丁变了。在他心目中,那些曾经与君主挂钩的特质——荣誉、权力和崇高——均已被艾尔霍卡那略逊一筹的习气所取代。

"达力拿果真就给军官分配这种住处?"艾尔霍卡对着营房的四壁指指点点,"那家伙哟。他希望大家都像他那样艰苦朴素,似乎完全忘了该如何享受。"

卡拉丁望向莫阿什,后者耸耸肩,碎瑛甲铿锵作响。

国王清清嗓子。"听闻你身体太虚,无法赶来见我。看来这不是真的。"

"深表歉意,陛下。"卡拉丁说,"我身体确实欠安,但我每天都会在军营里走走,好恢复体力。我伤成这样还四处出面,恐怕会让王室蒙羞。"

"我明白,你学会看场合说话了。"国王环抱双臂道,"事实上,我下的命令是没有意义的,就连暗眼种也不会听。在世人眼中,我已经失去威严了。"

好吧,又来了。

国王局促地挥挥手。"二位,回避。我想和他单独谈谈。"

莫阿什瞥了卡拉丁一眼,神情关切,但卡拉丁还是点点头。莫阿什和塔卡心不甘情不愿地走出去关上门,屋里仅剩的光线来自国王拿出的润石,它们已经变暗,要不了多久,就会完全褪光——飓风已经平息了很长一阵子。他们必须翻出蜡烛和油灯了。

"你怎么就知道,"国王问他,"怎样才能当个英雄?"

"您说什么,陛下?"卡拉丁问道,颓萎不振地拄着拐杖。

"英雄。"国王轻慢地摆摆手,"没有人不喜欢你,冲桥手。你救过达力拿、打过一队碎瑛武士,掉进风杀的深渊还能复返!你是如何做到的?你怎么就知道?"

"说句真心话,那只是凑巧,陛下。"

"不是,绝不是。"国王踱起步来,"这是定律,但我分析不出。我想变得强势,到头来却出尽洋相。我想放宽胸襟,而别人就是践踏我的好心。我试着听谏纳言,却发现用错了人!平日千头万绪,我想亲力而为,可达力拿偏要掌权,就怕王国毁于一旦。

"别人怎么就知道该做什么?为什么我就是不知道?我生而为王,受命于全能之主!为什么他赐了头衔,却吝啬才干?简直不可理喻。然而,我所不知之处似乎尽人皆知。先父善于统治,就连撒迪亚斯之流也得臣服。人民热爱迦维拉尔,个个怀揣敬畏,瞬间就拜倒在他脚下。而我呢,我居然连暗眼种都叫不动,下了诏令,他却不从!为什么我就是不行?*到底要怎么做才好?*"

卡拉丁后退几步,被国王的坦率震到了。"您为什么问我这些,陛下?"

"因为你了解其中的奥秘。"国王仍在踱步,"你的部下怎么看待你,我见过;人们怎么谈论,我听过。你是英雄,冲桥手。"他半路停下,走向卡拉丁,拉住他的手臂,"你能教教我吗?"

卡拉丁莫名地看着他。

"我想像先父那样称王。"艾尔霍卡说,"我想领导人民,也希望他们能尊敬我。"

"我不……"卡拉丁咽了一口口水,"我不清楚有没有这种可能,陛下。"

艾尔霍卡冲着卡拉丁眯起双眼。"你还是习惯有话直说,这一点没改,哪怕碰上了随之而来的麻烦。告诉我,冲桥手,你认为我是昏君吗?"

"是。"

国王猛吸一口气,抓着卡拉丁的手臂不放。

我可以就地解决,卡拉丁忽然醒悟,打倒国王,把达力拿推上王位。放弃软弱的暗杀行径,不再躲藏、不再隐瞒,堂堂正正地和他一对一较量。

这样做似乎更为光明正大。卡拉丁确实有可能遭到处决,但他不觉得有障碍。这样是为王国的存亡着想,他该不该出手?

他能够想见达力拿的怒气和失望。卡拉丁并不惧怕死亡,可是辜负达力拿……风打雷劈的。

国王松了手,愤然走开。"罢了,问都问了,"他喃喃自语,"我只是想赢得你的拥护。我一定会弄清楚的。我要成为名垂万古的君王。"

"或者您可以做一件对阿勒斯卡最为有利的事,"卡拉丁说,"那就是退位。"

国王愣在原地,随即扭身直面卡拉丁,满脸愠色地叱斥:"**休得僭越身份,冲桥手。这事结了,我原本就不该屈身前来。**"

"想想也是。"卡拉丁发现整场对话相当不真实。

正欲告辞的艾尔霍卡在门前止步,避开卡拉丁的视线。"你进来后,那些影子都散了。"

"那些……影子?"

"镜子里,眼角边,处处有影子。我敢发誓,它们甚至在讲悄悄话,我长着耳朵呢。可你吓走了它们,刚才我没瞅见。你身上有问题,别想赖掉。"国王向他看去,"对你做了那种事,我很抱歉。我看到你和阿多林并肩作战,又看到你保护雷纳林……看着看着,我就妒火攻心了,你站在场上勇猛无敌、备受爱戴,而所有人都恨我。我真该亲自下去战斗的。

"但我那时昏了头,一见你要挑战亚马兰,反应就过了火。你没有搅黄对付撒迪亚斯的时机,出错的是我。达力拿是对的,他又言明了真相。他次次有理,而我次次无理,看着都快烦了。有鉴于此,听你称我为昏君,我也不至于太惊讶。"

艾尔霍卡推门离去。

81

末日

> 灭者神奇无常、资质独到、疑团重重,也许不值得费心研究,可你仍会不由自主地想起。他们妙不可言,多数智力低下,就如人情灵,只是邪恶得多。然而,我确信某些品种会思考。
> ——摘自《谶记·次桌屉书》第十四节

达力拿在纳瓦妮和沙兰的陪同下阔步走出营帐,踏入细雨。营帐内外雨声有别,帐外更轻,帐内更响,因为雨滴都打在帐布上,啪嗒有声。

联军花了一上午,已行至纵深处,来到无数圮裂高地的中心。现在,他们已经相当接近目的地,处在仆族智者的全副关注下。

这一切真的发生了。

一名随员在分发雨伞,离帐人士人手一把,但达力拿摆摆手,没有收下。既然他的部下要站在雨中,他就得和他们同呼吸、共命运。过完一天,他总归会被淋个彻底。

他跟在穿着风衣、用蓝宝石提灯领路的冲桥手身后,大步走向阵列的前方。这时天还没黑,可厚厚的乌云为一切都蒙上了阴影。他以蓝光来表明自己的身份。罗伊翁和亚拉达一见达力拿没有打伞,都双双走到雨中,和他同行。塞巴里尔当然还站在伞下。

大批士兵向外列成巨型椭圆阵,他们来到阵型的一端。他非常了解本军士兵,因而感受得到他们的紧张。他们站姿僵挺,从不活动腿脚,还很肃静,无人为了分神而交头接耳——甚至无人发出怨言。他只可偶尔闻得军官在整顿阵列时喊出的号令声。不久后,达力拿发现了不安的来源。

毗邻的高地上聚集着大量发光的红眼。

以前,这些眼睛不会发光,虽然实为红色,但不会放射出离奇的光芒。在昏暗的光线下,仆族智者的身型并不明显,无非是一大团黑影。那一对对悬空的深红色瞳仁既似塔恩之疤,又似黑暗中的润石,红得发黑,深过任何红宝石的成色。仆族智者的胡须上时常挂着少许宝石作点缀,但今天这些宝石没有发亮。

不刮飓风的日子太漫长了,达力拿想。泣雨季迟迟不走,就连阿勒斯卡人带来的润石——经过多面切割,保存效果更持久——也近乎褪光,不过较大的宝石或许还能维持一周左右。

他们已经进入了一年中最昏暗的时节,此时飓光不再焯烁耀目。

"噢,全能之主啊!"罗伊翁看着那些红眼,喃喃道,"噢,以神的名义起誓,你把我们拖入了什么境地,达力拿?"

"你能帮上忙吗?"达力拿小声发问,望向站在他身边的沙兰,她撑着伞,贴身护卫就站在她背后。

她摇摇头,脸色苍白。"不好意思。"

"光辉骑士都是战士。"达力拿悄然道。

"如果真是这样,那我的路还很长……"

"那就去吧。"达力拿对这个女孩说,"如果连接乌有斯麓的通道真的存在,就请你在战时看准机会,把它找到。光明女士,你的行动是我唯一的应急预案。"

她点点头。

"达力拿,"亚拉达语带畏惧,看着赤瞳仆族智者在深渊的另一端按命令结阵,"实话告诉我,你率领我们前来,**事前有未想到会遇上这等恐怖?**"

"想到过。"这是大实话。他说不清自己会发现何等恐怖,可他明白会出事。

"那你还是来了?"亚拉达质问,"你把我们一路赶到这片风杀的平原,让我们被怪物包围、被怪物屠杀——"

达力拿揪住亚拉达的衣襟,把他拉到前方。亚拉达被打了个措手不及,只好静下来,瞪大了双眼。

"**那边的都是虚渡啊**。"达力拿压低嗓音厉声道,雨水从他脸上滴下,"他们回归了。这确实是真的。而我们呢,亚拉达,**我们还是有机会阻挠他们的**。我们能否遏止下一场灭世的到来?我心里没谱,可我会不惜一切代价——包括牺牲我自己和整支军队——来保护阿勒斯卡不受那些怪物的侵袭。你听明白了吗?"

亚拉达点点头,双目圆睁。

"我原本希望在这一切发生之前赶到这里,"达力拿说,"但我没有做到。所以我们得战斗,就趁现在。风操的,我们一定要消灭那些怪物、一定要阻拦他们,防止这种邪恶扩散到全世界的仆族身上,我侄女的担心不得成为现实。你若活得过今天,就会成为被我们这一代所铭记的伟人之一。"

他松开亚拉达,轩亲王踉跄后退。"到你的部下中去,亚拉达。领导他们,成为斗士。"

亚拉达盯着达力拿,张口结舌。之后,他挺直身子,用胳膊捶胸,这个军礼敬得干脆利落,不输于人。"遵命,光明贵人。"亚拉达说,"轩战王。"亚拉达向随员——包括经常依亚拉达之命穿戴其碎瑛甲的轩领主敏泰兹——大吼几声,把着佩剑,奔入雨中。

"嘿哟?"站在伞下的塞巴里尔说,"他还真信了。他以为自己要变成风杀的英雄了。"

"他现在知道我是对的了,统一阿勒斯卡确实有必要。他是一名出色的军人。多数轩亲王都是如此……或者说,曾经是如此。"

"可惜了,最后和你联手是我们两个,而不是他们。"塞巴里尔向罗伊翁点点头,后者还在凝望那些移来移去的红眼,现在共有数千只,随着更多仆族智者的就位,这个数字还在不断增长。斥候来报,在阿勒斯卡军占领的大高地周围,仆族智者正在三座毗邻的高地上集结。

"我打仗可不行。"塞巴里尔接着说,"雨下成这样,罗伊翁的弓箭手也没什么发挥余地。况且,他是个懦夫。"

"罗伊翁不是懦夫。"达力拿把手放到个子较矮的轩亲王肩上,"他只是比较慎重。在争夺琼心石时,这种秉性对他很不利,而撒迪亚斯之流为了求名,可以置生命于不顾。然而在这里,我会选择慎重,而不是鲁莽。"

罗伊翁回望达力拿,眨眨眼,挤去雨水。"这一切成真了?"

"是的。"达力拿说,"罗伊翁,我希望你能和部下站成一排。他们需要看到你在场。这一切会使他们恐惧,却不会对你产生同等影响。你总是克己慎行。"

"好吧。"罗伊翁说,"是这样没错。你……你会带领我们冲出重围,对吗?"

"不,不会。"达力拿说。

罗伊翁皱皱眉。

"我们要同心协力,*一起冲出重围*。"

罗伊翁点点头,没有反对。他学着亚拉达的样子敬了个礼,只是动作不够麻利。随后,他转向北翼,朝自己的部队进发,同时要求几名副官报给他预备兵的数量。

"诅咒之地的。"塞巴里尔看着罗伊翁离去,"都他妈下诅咒之地吧。我呢?怎么就没人给我来点激昂的宣讲?"

"你呢,"达力拿说,"给我回指挥帐,别碍事。"

塞巴里尔笑道:"好吧,我是没问题。"

"我想让泰莱布指挥你的部队,"达力拿说,"另派西卢迦底斯和罗斯特协力。如果有几位碎瑛武士打头阵,你部下的作战效率会大大提升。"在阿多林大肆决斗之后,这三人均被授予了碎瑛武器。

"我马上就命令士兵服从泰莱布的指挥。"

"塞巴里尔?"达力拿问。

"还有什么事?"

"如果你有闲心思,不如烧几道祈祷符。我不清楚天上还有没有人肯收,但不妨一试。"达力拿回望一大片红眼。他们为什么只是站在那儿看着阿勒斯卡军?

塞巴里尔犹豫片刻。"相比前两人,一旦碰上我,你的表现就没那么自信了,是不是?"他笑了笑,仿佛受到了安慰,之后便摇摇摆摆地走开了。真是个怪人。达力拿对一名助理点点头,后者立即去向三名寇林军的碎瑛武士下令,首先在阵列的指挥位找到了西卢迦底斯——这是一名又瘦又高的年轻人,阿多林曾追求过他的妹妹——然后跑去领泰莱布回来,并向他说明达力拿的命令。

眼见命令已传达,达力拿走到纳瓦妮身边。"我得确保你安安分分地待在指挥帐里,你和别人一样,都不能出事。"

"那就假装我在那里。"她说。

"可——"

"你不想让我操作法器了吗?"纳瓦妮说,"达力拿,我不能遥控那种设备。"

他担心得直咬牙,可他能说什么?他必须利用手边的一切优势。他又看了看红眼仆族智者。

"篝火怪谈成真了。"大块头吃角族冲桥手石头说。达力拿从未见过此人保护他或他的儿子，想必只是个军需官。"不该出这种事。他们为什么不动？"

"不知道。"达力拿说，"叫人把瑞莱恩领过来。我想问问他能否提供解释。"当两名冲桥手跑开后，达力拿回头对纳瓦妮说，"我要动员士兵，召集你身边的文书作好记录。"

她马上叫来了两名文书，她们站在伞下瑟瑟发抖，取出炭笔，准备记录他的言辞。他们已经派了一些女子走到战阵中，以便向所有士兵宣读他的话。

达力拿翻上马背，视野有所拔高。他转身面向近旁的阵列。"没错，"他顶着雨声高喊，"这群怪物就是虚渡。没错，我们要和它们战斗。它们有何能耐，又为何回归，目前尚不可知，但我们前来是为了制止它们。

"我知道你们很害怕，但你们也听说了，我在飓风期间收到过天启。军中的光眼种取笑我，将我的所见视为错觉。"他猛地伸出手，指向声势浩大的红眼仆族智者，"然而证据就在那里，你们都看到了，我经历的幻象确有其事！幻象向我传达的内容总会成真！"

达力拿用舌头润了润嘴唇。他这辈子在战场上做过多次动员，可现在他想到就说，发出了前所未有的宣言。"全能之主派我拯救这座大陆，"他大声道，"以防其进入下一场灭世。我见过那些怪物的能耐；我体验过被虚渡搅乱的生活。在我眼中，国破人亡、技术失传、文明几近崩溃，比比皆是。

"我们一定要加以制止！今日你们不为光眼种的财富而战，甚至不为国王的荣誉而战。今日，你们要为全人类的利益而战。你们绝不会孤身奋斗！你们要相信我的所见、相信我的承诺。即使那些怪物重现了，曾经击败它们的势力也必然会回归。弟兄们，在黎明之前，我们会见证奇迹！为了迎接奇迹，我们只须坚强面对。"

他望着一双双饱含希望的双眼。风操的，那些环绕在他脑边的灵体是不是傲灵？它们形似金色光珠，正在雨中盘旋打转。他请来的文员记下了简短的发言，随后匆匆地把内容抄录下来，制作成发给传令兵的副本。达力拿看着她们离开。宁静园在上，但愿他刚才没有对全军撒谎。

黑暗中，他的部队被敌人团团包围，显得势单力薄。不久后，他听到远处响起传令兵的朗读声，他的话正在广大士兵之中传播。达力拿仍然坐在马背上，沙兰就在旁边，纳瓦妮则去料理她的几组装置。

作战计划要求他们再候上几时。达力拿并无不满。面前的深渊难以逾越，防御总要好过进攻。分军结阵也许会促使仆族智者首先向他的部队开战，所幸弓箭在雨天没有用武之地。弓弦遇水会变软，仆族智者的反曲弓即便抹了动物油，也无法承受潮气。

仆族智者开口歌唱。

震天的歌声突然响起，盖过了雨声，惊到了他的部下，使得他们纷纷畏缩退避。达力拿在高地突击时从未听过这首歌，其旋律更为断续、更为狂野，从周围的三座高地上传来，荡漾在四方。仆族智者引吭高歌，把歌声当作利斧，抛向处在包围圈中央的阿勒斯卡军。

达力拿胆战心惊。阵阵大风吹到他身上，风势很猛，超出了泣雨季的常规。雨点打在他的侧脸上，寒气切肤彻骨。

"光明贵人！"

骑在马背上的达力拿转过身，注意到四名冲桥手正和瑞莱恩一同前来。他依然派人时时看守着瑞莱恩。他招呼护卫散开，准许仆族智者冲桥手赶到他的坐骑旁。

"那首歌！"瑞莱恩说，"是那首歌。"

"什么歌？"

"亡曲。"瑞莱恩低声说，"光明贵人，我从未听过此曲，可是曲中的旋律奏出了毁灭，也奏出了力量。"

在深渊的另一端，仆族智者身上冒出光芒，迸出一道道如同闪电的细小红线，缠绕着他们的手臂，炫动刺目。

"那是什么？"沙兰问。

达力拿眯起眼，又一阵狂风拂面而过。

"您必须出手相阻。"瑞莱恩说，"求您了，就算要杀他们，也绝不能让他们唱完那首歌。"

不知不觉中，今天已是墙上倒计时所指的末日。

达力拿听信直觉，做了决断。他招呼传令员上前，一个女孩小跑而来，她是忒夏芙的学徒，今年十五岁。"传令，"他对她作出指示，"通知身处指挥帐的考尔将军、各位军校、我儿子、泰莱布和其余轩亲王，我们要改变战略。"

"光明贵人？"传令员问，"改变什么？"

"立即发动进攻！"

※

卡拉丁在光眼种训练场的入口处停步，雨水顺着雨伞的蜡布淌下。眼前的景象让他吃惊。在飓风来临之前，忙着做准备的虔诚者通常会把沙子扫到场地的角落，再把它们铲到沟渠里，以防被风吹走。

在泣雨季期间，他本以为自己会见到类似的情况。可事实并非如此，他们没有动沙子，而是把一块短木板横在入口处，堵住比武场的前门，让雨水汇聚在场地上。一小股雨水漫过木板的上端，流到了路上。

卡拉丁打量着充盈场地的小湖，叹了口气，弯腰解开靴带，脱下靴子和袜子，踩入深及小腿的凉水中。

绵软的细沙在他的脚趾间摩挲。这有什么意义？他挂着拐杖穿过场地，肩上挂着用靴带系在一起的靴子。凉水冻麻了他的伤脚，感觉还挺舒服,但他的伤腿依旧一步一作痛。他花了两周时间来休养,可伤不见得好了多少。尽管走了这么多路,他依然固执地认为那样不会起效。

他已经被自己的本事惯坏了。受了这种伤的士兵一般会花上几个月的时间来恢复。在缺乏飓光的条件下,他只须放耐心点,像大家那样养伤。

他已经预想到训练场也会像军营里的大部分地方那样人去楼空,就连市场里也变得比较冷清,人们更喜欢在泣雨季期间足不出户。不过,他发现这里的虔诚者正在谈笑风生。他们坐在围绕着比武场的加高过道内,缝着训练用的皮坎肩,身边的桌上放着几杯红褐色的酒。那片区域距离地面有一定的高度,不会被淹。

卡拉丁沿着过道行走,在他们中间搜寻着,却没找到扎赫尔。他甚至探头往男厕里望了望,但那里空无一人。

"冲桥手,他在上面哪!"一名虔诚者喊道。这名光头女子指了指转角处的楼梯,卡拉丁通常趁着阿多林和雷纳林训练的时候在那里安插护卫,以保证屋顶的安全。

卡拉丁感激地挥挥手,一瘸一拐地走过去,艰难地上楼。为了挤进那里的空间,他只得收好伞。他爬到楼梯的最后一层,从屋顶的缺口探出头,淋到了雨。屋顶是由硬化飓砂砌的瓦片所构成,扎赫尔就躺在那里,身下是一张挂在两根杆子之间的吊床。卡拉丁认为那些杆子可能是避雷针,不由得感到很不安全。吊床之上悬着一张油布,躺在下面的扎赫尔几乎没被淋湿。

虔诚者闭着眼,轻轻摇晃身子,一手举着方瓶,里面装着由谷瓜酿成的烈性洪努酒。卡拉丁观察着屋顶,估摸着自己能不能跨过斜瓦,又不至于翻下去折断脖颈。

"去过淳湖没,冲桥手?"扎赫尔问。

"没有。"卡拉丁说,"不过我的部下谈起过。"

"他怎么讲的?"

"那是一片浅海,人可以蹚过去。"

"淳湖可浅了,"扎赫尔说,"整一个望不到尽头的海湾,只有一两尺深。那里水暖风轻,让我想家,不像这个天杀的臭地方,又冷又湿。"

"那你怎么不搬到湖上,而是待在这里?"

"因为我才不想触景生情,傻瓜。"

原来如此。"那我们干吗说这个?"

"因为你想知道我们为什么要在下面造出个小淳湖。"

"是吗?"

"当然了,死小子。我现在算是看透了,你想法太多,脑子一转,根本没有矛兵的模样。"

"矛兵就不能有点好奇心?"

"有了才坏事。到头来要么小命不保,要么就在管事的面前瞎逞能,然后被调到更用得着他们的地方。"

卡拉丁扬扬眉毛,期待下文。见对方迟迟不答,他叹了口气,问:"你们为什么把下面的场地封起来?"

"你说呢?"

"扎赫尔,你知道自己真的很招人烦吗?"

"知道得一清二楚。"他喝了口洪努酒。

"我想,"卡拉丁说,"你们之所以在训练场门口安上挡板,是因为这样一来沙子就不会被雨水冲走。"

"猜得很准,"扎赫尔说,"犹如蓝漆上墙。"

"我就不去揣摩那个成语的意思了。可问题在于,把场地里的沙子围起来又是何苦呢?为什么不干脆铲走它们?你们在起飓风前老是那么做。"

"到了泣雨季,天上不下飓砂。"扎赫尔说,"你知不知道?"

"我……"他知道吗？这要紧吗？

"这样也不坏。"扎赫尔说，"要不然呢，整座军营都会糊满那种东西。反正雨下成这样，洗洗刷刷什么的再方便不过了。"

"你不会在说，你们把决斗场整成了一个澡盆？"

"废话。"

"你们在里面洗？"

"废话，我们当然不洗身体。"

"那洗什么？"

"沙子。"

卡拉丁眉头一紧，探头望了望下面的水塘。

"每天都这样。"扎赫尔说，"我们会下去搅一搅。等到沙子沉下去的时候，脏东西全会漂走，被汇成小股的雨水冲出军营。沙子可能也要洗洗澡哩，你想到过没有？"

"没有，真没想过。"

"这是必要的。过了一整年，沙子被冲桥手的臭脚踢了又踢，还被光眼种的臭脚踩了又踩——臭是一样臭，但他们的脚文明多了——而且像我这种人还会往上面撒吃的，小动物又会找路过来解决生理需求，我们自然要把沙子清洗干净。"

"我们为什么聊起这个话题？"

"因为重要呗。"扎赫尔喝了口酒，"要么有别的理由，我不晓得。小子，来打扰我放假的是你，既然来了，就得听我瞎掰。"

"你应该讲点深刻的大道理。"

"我在度假呢，你没长耳朵？"

卡拉丁站在雨中。"你知道御前知策跑哪儿去了吗？"

"那个傻兮兮的尘子？老天保佑，他不在这儿。问起他干什么？"

先前，卡拉丁想要跟人聊天，还花了大半天时间搜寻知策。虽然他没有找到，却半途停下，在某个孤零零的街头小贩那里买了一份荞靼卷。

肉卷的味道很不错，但他的心情没有得到提振。

因此，他没有再找知策，反倒去了扎赫尔那边。此举似乎是个错误。卡拉丁叹了口气，转身下楼。

"你到底想问什么？"扎赫尔眯缝着一只眼，大声问卡拉丁。

"如果给你两个同等讨厌的选项，而你只能择其一，你会怎么选？你有过这种经历吗？"

"我每天都选呼吸下去。"

"有件坏事恐怕要发生了。"卡拉丁说，"我可以出手阻止，但那件坏事……要是真发生了，也许对大家都好。"

"哦。"扎赫尔说。

"不给个建议？"卡拉丁问。

"要选的话，"扎赫尔重新挪了挪枕头，"就选个能让你在晚上睡得踏实的。"老迈的虔诚者闭上眼，躺了回去，"我何尝不想这样。"

卡拉丁继续下楼。来到地面后，他没有撑伞，反正浑身都湿透了。他转而把手伸进放在训练场边上的搁架，摸到了一根真矛，而非练习用的矛。他把拐杖放到地上，蹒跚地踩进水里。

他在小湖中摆出矛兵的姿势，闭上双眼。雨点在他周围落下，泼进水塘里、洒到屋檐上、啪嗒啪嗒地拍打着场外的街道。卡拉丁感到精疲力竭，仿佛体内的血被吸走了。阴沉的天气让他只想坐着不动。

他没有屈服，反倒与雨做伴，用矛舞出套路，尽可能不把重心压到伤腿上，片片水花随之溅起。他在熟悉的动作中寻觅着平和与决心。

两者他都没有找到。

他难以维持平衡，伤腿尖声抱怨。落雨不是他的伙伴，他仅仅为此而苦恼。更糟糕的是，风未起，*空气有种污浊之感*。

卡拉丁绊到了自己的脚。他抡起矛四下乱挥，随后笨拙地一撒手，弹开的矛落进水塘，扬起了水花。他走去拾矛，注意到围观的虔诚者神情各异，既有迷惑不解的，又有被逗乐的。

他又试了一次，只练简单的套路，一步步刺出，丝毫未炫技。

矛杆的手感不对劲，重心有点不稳。风操的，他来此只为找寻慰藉，可一练起矛，他就越变越灰心。

他学成的矛术究竟有几成是源自他的法力？假如他没有那种本事，就什么也不会了？

在试过一组简单的旋和刺后，他的矛又掉了。他伸手去捡，发现水中有一只雨灵，它挨着矛而坐，抬起头，眼睛一眨不眨。

他怒吼一声，抓起矛，抬头望天，冲乌云咆哮："他活该！"

雨点打在他身上。

"不然给我个理由！"卡拉丁吼道，不管虔诚者能否听见，"他不一定有错，他或许在尝试，可他还是在失败。"

一片沉寂。

"患肢就该被截除。"卡拉丁低语，"这一步不可或缺。我们那么做，是为了……为了……"

为了生存。

这句话从何而来？

儿子，为了生存，你要竭尽所能，还要尽量把不利转化成优势。

提安之死。

就在那一刻、那可怕的一刻，他眼睁睁地看着弟弟死去，却无能为力。为了换取一时的优势，提安所属小队的队长牺牲了那些未经训练的少年兵。

事后，那名小队长还和卡拉丁说了话。为了生存，你要竭尽所能……

一切都讲得通了。道理扭曲而可怖。

提安没有错。他尽了力，却还是失败了。所以他们杀了他。

卡拉丁跪在水塘里。"全能之主啊全能之主。"

国王……

国王之于达力拿，就如提安之于卡拉丁。

※

"发动攻击？"阿多林问，"你确定这是我父亲的原话？"

那名前来传令的少女点了点被雨淋湿的头。她穿着开衩裙、束着传令兵的腰带，一副可怜相。"如果可能，请您阻止仆族智者的歌唱，光明贵人。尊父表示这很关键。"

阿多林望了望自己的大队，他们正控制着南翼。三座毗邻的高地将军队包围，站在一座高地上的仆族智者唱着可怕的歌谣。血伯兰受惊跳起，喷着鼻息。

"你不喜欢，我也不喜欢。"阿多林轻声道，拍拍马脖子。仆族智者的歌声令他不安。此外，那些环绕在手臂上、从手心放射而出的红色光线到底是什么？

"派瑞尔，"他对一名战地指挥官说，"通知士兵做好准备，等候指示。我们要过桥上到南边的高地。重步兵先通过，再是短矛兵，长矛兵随时待命，以防高地有异状发生。在确认仆族智者阵线的突破口之前，我希望士兵在另一侧准备结阵。恶风啊，如果能用弓箭手就好了。快去！"

眼见命令已经传达，阿多林催促血伯兰走到已经放好的桥边。他的当值冲桥手护卫跟了上来，共有两人，名为斯卡和德雷赫。

"二位是不是准备袖手旁观？"阿多林目不斜视地问冲桥手道，"你们的队长不想看到你们和仆族智者打仗。"

"让那种规定下诅咒之地吧！"德雷赫说，"我们要战斗，长官。反正那些怪物再也不是仆族智者了。"

"答得好。只要我们发起攻击，他们就会推进。我们必须守住桥头，以便其余士兵通过。尽量跟上。"他回头一看，等待着……

远处的指挥帐附近竖起一根长杆，一颗巨大的蓝宝石被举到空中。

"驾！"阿多林一踢马腹，血伯兰扬蹄飞奔，飞速过桥，蹚过对面的水塘，雨灵随之轻晃。两名冲桥手护卫跑步在后，紧接着涌上来一队身披重甲、手持战锤与战斧的重步兵，这种配置最宜击穿仆族智者的壳甲。

大多数仆族智者仍在吟唱。一支较小的队伍分离出来阻截阿多林，可能有两千人。他俯身低吼，碎瑛刃在手中显形。假如他们——

电光一闪。

世界猛地一斜，待阿多林回过神，他已滑倒在地，碎瑛甲刮擦着岩石。盔甲吸收了落马的冲击力，却无法缓解阿多林的震惊。他感到天旋地转，雨水泼进头盔的观察缝，浇到他脸上。

等那阵劲头过去后，他双手向后一撑，上身一挺，站了起来。他跟跄着四下扑打，以免任何仆族智者靠近。他眨眨眼，挤走溅到头盔里的雨水，转身面向一处与众不同的景象。周围呈现出棕灰相间的色调，只有一团雪白夹在其中。那是什么……

他不停眨眼，终于看清。那是一匹倒地的白马。

阿多林张口嘶吼，叫声在头盔里回荡。*一阵异样的爆响突然从他背后传来，雨声哗啦，战号四起*，他不管不顾，径直奔向躺在地上的血伯兰。

"不，不，不！"阿多林脚下一滑，跪倒在马儿身边。它的侧体有一道古怪的灼伤，又长又宽的创口横贯雪白的皮毛，带有分叉，极不平整。在雨中，血伯兰的黑眼未瞑，一眨不眨。

阿多林抬起手，突然犹豫，不敢触摸那匹神驹。

一瞬间，他仿佛回到了少年时代。那天，他站在一片陌生的战场上。

血伯兰一动不动。

现在的阿多林比靠决斗赢得碎瑛刃时更为心慌意乱。

一波接一波的呼号。空中骤然传来尖声炸响。

吾儿，它们会挑选骑手。我们关注的是碎瑛武器，但任何人——不论是勇士还是懦夫——都能与瑛刃立下契约。而在这片场地上，一切都将改观，只有值得托付者才可获得垂青……

快走。

先别伤悲。

走起来！

阿多林怒吼一声，跳了起来，在两名冲桥手身旁冲过，他们举着矛，紧张地站在原地，还想守护他。他跑向前方的战区，召唤起瑛刃。还没过一会儿，阿勒斯卡军的阵线就垮了。一些步兵簇拥着前进，其余人则畏缩退避，又惊又惑。

伴随着一阵气爆声，另一道光闪过。好几队仆族智者放射出转瞬即逝的红色闪电，电光留下明亮的之字形残像，暂时遮蔽了阿多林的视线。

披甲的士兵被雷击灼伤，纷纷在他面前倒下。阿多林高吼着冲了过去，喝令士兵把守阵线。

爆裂声接连炸响，但雷击似乎欠缺准头，有时劈到后方，有时则划出奇怪的轨迹，罕有直接打中阿勒斯卡军的。他一边跑，一边看着两名仆族智者送出一阵爆响，不料闪电划出一道弧线，立即劈向了地面。

仆族智者低头凝视，一片茫然。闪电似乎起效了……仿佛从天而降，没有任何预定路线。

"给我上啊，你们这群飓虫！"阿多林吼道，在战列中飞奔，"退回阵线！就像进逼弓箭手那样！保持士气，振作起来！阵型一破就完了！"

　　他们究竟听见了多少，他不确定，可他喊叫不止，又冲入仆族智者的阵线，做个榜样总还是有用的。军官高声发令，阵线重整。

　　一道电光径直朝阿多林射来。

　　雷声震耳，电闪耀眼，他呆立在原地，目不能视。电光消退后，他发现自己毫发无伤。他低头一看，只见盔甲微微颤动，震得他的皮肤嗡嗡作响，给人一种舒服得出奇的感觉。不远处，另一道炸响的闪电从一小群仆族智者那里劈来，却并不刺目。他的头盔——从里面看一直是半透明的——变暗了，一条犬牙交错的黑线正好盖住了电光。

　　阿多林咬牙笑笑，进逼仆族智者，挥起碎瑛刃划开他们的脖子，一种幸灾乐祸的快意涌上心头。传说他所穿的盔甲被创造出来，就是为了与这些怪物作战。

　　比起先前与他交手的同类，这些仆族智者长得更利落、更狰狞，可他们的眼睛还是会烧焦。他们倒地而亡，某种形似细小闪电的红色灵体从他们的胸口处爬出，一阵风似的射向半空，随即消失不见。

　　"他们能被杀死！"附近的一名士兵嚷道，"他们会死！"

　　其余人发出呼喊，把消息传到阵线后方。尽管这个结论似乎很明显，士卒还是受到了鼓舞。他们齐齐向前猛冲。

　　他们会死。

✺

　　沙兰奋笔狂涂。

　　她用墨水绘制地图，一笔一画都力求精确。地上摆着一张覆有大纸的宽版，这张纸还是她命令别人定做的。此图是她毕生以来最为宏大的作品；在来时的路上，她已经逐一把各部分画了进去。

　　她听着其余学者在营帐中交谈，没有太留意。她们着实令人分心，但其中的重要性不言而喻。

她画出另一条线，在两端加上起伏，一座狭窄的高地跃然纸上。这是她照着样稿临摹的，她曾在七个不同的地点画过素描。平原整体呈中心辐射状，分为四个相同的部分，所以她可以把一个部分里的地貌酌情画到另外三个部分中去。由于平原东部受到了侵蚀，地图上那片区域描绘得并不准确，不过为了衔接，她还是需要完成这些部分，以便一览平原的全貌。

"斥候来报。"一名女传令员冲进营帐，带进一股透着湿气的风，出人意料……感觉就像飓风的前兆。

"有何要报？"英娜达拉问。这名严厉的女子应该是一名大学者，她让沙兰想起了父亲名下的虔诚者。穿着碎瑛甲的雷纳林站在营帐的角落，两臂交叉。他奉命前来保护他们，以防仆族智者有意攻上指挥高地。

"中心大高地的情况和仆族告诉我们的一样，"斥候上气不接下气地说，"只须往东再过一座高地。"这名女子叫琳，她体型结实，留着黑色长发，目光敏锐，"那里明显有人居住，不过目前不见得有人烟。"

"周边的高地呢？"英娜达拉问。

"西姆和柔皮正在侦察。"琳说，"柔皮应该快回来了。我见过中心高地，可以粗略地画给你们看。"

"赶快画。"英娜达拉说，"我们要找到那座誓约之门。"

琳的外套淌着水，有一滴落到了地图上，沙兰伸手一抹，继续画图。她跟着联军从军营来到腹地，经过途中的推测，她画出了八排高地，它们两两相似，从平原的"四边"起始，一直延伸至中心点。

她就快画完八条指向中心的狭长地段了，还差最后几笔，再加上斥候刚送来的情报和沙兰自己的所见，中心地带的细节马上就能补充完整。瑞莱恩解释有方，但他没有注意过腹地的地貌，因而无法为她画出地图。沙兰需要的是准确的描绘。

所幸先前的情报几乎已经足够,不求更多。她快画完了。

"你有什么看法?"琳问。

"把它呈给光明女士沙兰。"英娜达拉语带不快,这好像是她的常态。

琳匆匆勾出地图,沙兰瞥了一眼,点了点头,转身继续绘图。假如她能亲眼看到中心高地就更好了,但是这名女子画出了边角地带,沙兰顿时有了主意。

"不发表点什么看法?"英娜达拉问。

"还没好。"沙兰用笔蘸了蘸墨水。

"我们受轩亲王之命,要找到誓约之门。"

"会找到的。"

帐外传来爆响,仿如轰隆远雷。

"嗯……"图腾说,"糟了,大事不好了。"

英娜达拉看了看图腾。他贴在地面上,形成涡纹,离沙兰很近。"我不喜欢这个东西。灵体不该说话。**它可能跟虚渡有关系。**"

"我不是虚灵。"图腾说。

"光明女士沙兰——"

"他不是。"沙兰心不在焉地说。

"我们应该研究它。"英娜达拉道,"你之前说它跟着你多长时间了?"

地上响起沉重的脚步声,雷纳林往前走了几步。沙兰更希望图腾能藏好,可风势起来了,他发出阵阵洪亮的鸣响,引来了学者们的注意力,这下想保密就不可能了。雷纳林俯下身,似乎对图腾深深着迷。

感兴趣的不止他一人。"它可能脱不开干系。"英娜达拉说,"你不该这么快就反驳我的观点。我依然认为它可能与虚渡有关。"

"老人，你难道不了解图腾？"图腾气鼓鼓地说。他什么时候学会用愤怒的语气讲话了？"虚渡没有花样。况且，我在你们的传说中读到过，它们长着瘦骨嶙峋的胳膊和恐怖的脸庞。我想，如果你希望找到一头虚渡，可以先照照镜子。"

英娜达拉瑟缩后退，觉得难以接受，继而跺着脚走开，去和光明女士薇拉式以及虔诚者伊萨斯克交谈，探讨对于沙兰所绘地图的理解。

沙兰边画边笑。"那段话妙极了。"

"我在努力学习，"图腾应道，"尤其是如何辱骂对方。这种话有真有假，相当有趣，对我的族类很有用。"

室外仍有炸响声传来。"那是什么？"她轻声问道，画完了另一座高地。

"是飓灵干的。"图腾说，"*它们是一种虚灵。这不是好事。我感觉特别大的危险要来了。快画。*"

"誓约之门肯定在中心高地上。"英娜达拉对她的学者小组说。

"我们没法及时找遍。"一名虔诚者说。他似乎经常把眼镜摘下来，用镜布擦干净后才会戴回去。"迄今为止，我们在平原上搜寻多时，那座高地是最大的。"

问题来了。如何找到誓约之门？任何地方都有可能。不，沙兰想道，一边精确下笔。旧版地图把迦熙娜眼中的誓约之门放到了市中心的西南部。可惜的是，她手头依然没有参考比例尺。这座城市太过古老，所有地图均是经过多次复制的摹本，或是依据文献描述而作的复原图。现在能确定的是，飓座的版图并未覆盖整片破碎平原——该市的面积远没有这么大。那些形如军营的建筑不是外屋，就是卫星城。

然而这只是一种猜测。她需要一些一目了然的实证。

帐帘再开，外面已变冷。雨是不是下大了？

"诅咒之地啊！"一个穿着斥候制服的瘦削男子走了进来，连声骂道,"你们看到外面的情况了吗?在高地上行进的时候,我们为什么要分成一拨一拨的?原计划不是打防御战吗?"

"有何要报?"英娜达拉问。

"给我弄条毛巾,再来几张纸。"斥候说,"我是从中心高地的南边绕过来的,我得把自己的所见画出来……该下诅咒之地的!他们在掷闪电,光明女士。您想想看,用掷的!简直是疯了。我们该如何迎战这等邪物?"

沙兰画好最后一座高地,向后一仰,放下笔。破碎平原的全图基本上完成了。可她到底在干什么?这样有意义吗?

"我们要上中心高地。"英娜达拉说,"光明贵人雷纳林,我们需要您的保护。在仆族智者的城市里,我们也许会发现长者或劳工,正如光明贵人达力拿的指示,我们要保护他们。他们可能知道誓约之门的情况,要不然我们也能潜入屋舍、寻觅线索。"

太慢了,沙兰想。

刚到没多久的斥候走了过来,俯身端详沙兰画的大地图,同时用毛巾擦身。沙兰瞪了他一眼。要是他敢把水滴到这张她苦心绘制的地图上……

"这上头有错。"他说。

有错?这是她画的,*自然不会有错*。"错在哪里?"她疲惫地问。

"那边的高地。"斥候用手一指,"你画的版本很狭长,这样不对。实际上,它呈正圆形,其间有宽大的沟壑,东西两向都有高地。"

"不太可能。"沙兰说,"果真如此的话——"她眨眨眼。

这样就和既定的地貌不符。

※

"那好吧,为光明女士沙兰找来一小队士兵,并依照她的吩咐行事!"达力拿转过身,迎风扬臂。

雷纳林点点头。幸好他答应在战时穿上瑛甲,而不是套着第四冲桥队的制服不肯脱。最近,达力拿很难搞懂这孩子……风杀的。达力拿从不觉得身披碎瑛甲的人会显得很扭捏,可他儿子就是如此。大风大雨刚过,雷纳林的盔甲湿漉漉的,反射着提灯发出的蓝光。

"去,"达力拿说,"保护正在执行任务的学者。"

"我……"雷纳林说,"父亲,我不知道……"

"雷纳林,这种事犹豫不得!"达力拿吼道,"照我说的做,要不然就还回那套风杀的瑛甲!反正总有人穿!"

那孩子慌忙退后敬礼,传出一阵铿锵声。达力拿向伽瓦尔作指示,后者高声下令,集结了一个小队的兵力。雷纳林跟上伽瓦尔,两人即刻出发。

飓风之父在上。天色逐渐暗沉,他们即将用到纳瓦妮的法器。天上的风是一阵一阵的,裹挟着大量雨水,不是泣雨季常见的景象。"我们必须打断歌唱!"达力拿冒雨高喊,走到高地边缘,由军官和传令兵陪伴,瑞莱恩和几名第四冲桥队的队员也一并同行。"仆族。这场风暴是他们引起的吗?"

"我想是的,光明贵人达力拿!"

在深渊的另一侧,亚拉达军正和仆族智者殊死一战。一道道红色闪电陆续划过,然而依据战地情报来看,仆族智者并不明白操控的方法。起初,这种闪电似乎是可怕的武器,现在虽然站得近的人会有危险,但它已经失去了威慑力。

遗憾的是,在正面作战时,这些新变异的怪物就完全另当别论了。一群仆族智者悄然靠近深渊,全力袭击一支矛兵小队,势如破竹,仿佛一头践踏蕨丛的白脊。他们的打法十分残暴——仆族智者在高地上的表现远非如此——武器屡屡与红色闪电相接。

这种场面让人难以直视,可达力拿不能去那里战斗。今天不是时候。

"亚拉达军的东翼需要增援,"达力拿说,"可调用的兵力有多少?"

"有轻步兵预备队。"只穿着制服的考尔将军说。他儿子穿着他的瑛甲,正在与罗伊翁军协同作战。"还有塞巴里尔军的第十五矛兵队。但是这支部队理应支援光明贵人阿多林……"

"没有支援他也行。领兵增援亚拉达。通知他突破仆族智者的后防线,不计一切地与唱歌者交锋。纳瓦妮情况如何?"

"配置已完毕,光明贵人。"一名传令兵说,"她想知道从何处起手。"

"罗伊翁军的侧翼。"达力拿马上就说。他预感那里即将发生险情。嘴巴上表决心固然很好,然而就算考尔的儿子加入前线战斗,罗伊翁军的实力依旧是最弱的。泰莱布在塞巴里尔军中抽调了一些援兵,他们作战有方,令人惊讶。塞巴里尔是个战争废物,但他有本事,熟悉用人之道——他自己可能还以为达力拿对此一无所知。

到目前为止,他主要把塞巴里尔军当作预备队,包括他们在内,他已经用上了现有的所有兵力。

达力拿掉头走向指挥帐,途经沙兰、英娜达拉、一些冲桥手和一队士兵——雷纳林也在其中,他们快步穿越高地,前去执行任务。他们必须沿着南部高地的边缘行进,离战区不远。克勒克保佑他们尽快赶到。

达力拿冒雨前进,浑身湿透。他一边观察各部侧翼,一边分析战况。不出意外,他的部队具有优势,不过现在风很大,又有红色闪电划空……阵阵强风吹过,仆族智者在黑暗中行动,毫不费力,人类士兵则眯着眼,脚下打滑,受到重创。

不过阿勒斯卡军依然坚守着。问题在于,这些仆族智者只占总数的一半,如果另一半发动袭击,人类军队将陷入巨大的麻烦——但他们没有进攻，所以他们肯定认为唱歌是重要的一环。他们发现，相比单纯加入战斗，这场由他们生成的风暴对人类更危险，也更致命。

他为此而恐惧。往后的形势将更严峻。

"很抱歉，你们必须以这种方式灭亡。"

达力拿僵立在原地，透过雨幕望向传令兵、副官、护卫和随行军官。"刚才是谁在说话？"

他们面面相觑。

且慢……那个声音听起来很耳熟，他是不是认了出来？

没错，那是天启之音，他听过多次。

全能之主开口了。

82

荣光耀

密切关注其中之一。虽然它们均具备一定的预知力,不过摩拉诃最为擅长此项。它会渗入与肉体分离的灵魄,透过死亡之火来生成幻象。非也,此举混淆视听、给人误导。身为君主,我们须得探讨为王之本。

——摘自《谶记·次桌屉书》第十五节

卡拉丁一瘸一拐地走上通向行宫的曲折步道,极大的痛楚烧灼着他的伤腿。他来到大门前,重重地往上一靠,险些摔倒。他喘着气,用一只手臂夹着拐杖,还用另一只手抓着矛,好像他能使矛似的。

必须……赶到……国王身边……

他要怎样带艾尔霍卡出去?莫阿什会牢牢地盯着。千风万剐的。刺杀行动每时每刻都有可能发生。达力拿肯定已经离得够远了。

动起来。不要停。

卡拉丁瘸着腿,走进门口。门卫一律不在。恶兆。他该不该发出警报?军营内没有援兵,要是他带人过来,格雷夫斯及其同伙会知道出了事。只要独自行动,卡拉丁也许能见国王一面。他可以悄悄地把艾尔霍卡转移至安全地带,这是最大的希望。

傻瓜,卡拉丁心想,之前发生了那么多事,你到现在才改变主意?你在干什么?

但是欠风操的……国王试过了。他真的试过了。那个人虽然傲慢,或许还有点无能,可他毕竟尽力了。他的心是赤诚的。

卡拉丁停下脚步,乏力地靠在墙上,伤腿尖声呻吟。就不能容易点?下好决心后,他不该更专注、更自信、更活跃?他完全没有那种感觉,只有疲惫、困惑和迷茫。

他奋力向前。撑住,继续走。全能之主保佑他能及时赶上。

他又开始祈祷了?

他在晦暗的走廊内择路而行。就不能亮堂点?他费力地来到行宫的上层,边上是自带阳台的会议厅。两名穿着第四冲桥队制服的卫兵守着门,但卡拉丁不认识他们。他们不是第四冲桥队的队员,甚至不是前国王亲卫队的队员。风操的。

卡拉丁跛着脚上前,明知自己的模样一定很狼狈——浑身湿透、瘸着一条腿。他发现腿上淌出了血,伤口上的缝线已被扯开。

"站住。"一名卫兵对卡拉丁上下打量。此人长着夸张的凹下巴,似乎刚出生就被斧子砍到了脸。"你是那个人称'飓风恩护者'的家伙。"

"你们是格雷夫斯的人。"

两名卫兵相互对视。

"不要紧,"卡拉丁说,"我是你们这一边的。莫阿什在吗?"

"他暂时走开了。"卫兵说,"今天很关键,他得睡上一觉。"

为时不晚,卡拉丁想。运气不错。"我想和你们合伙。"

"不用,事情已经办妥,冲桥手。"卫兵说,"回你的营房吧,装作没事就好。"

卡拉丁凑了过去,仿佛想说悄悄话。卫兵俯身向前。

卡拉丁趁机丢下拐杖，把矛刺向那人的腿间，再猛地一抬，又立马转身，把重心移到没受伤的腿上，拖着伤腿，迅速地把矛扎向另一名卫兵。

那人扬矛格挡，喊出了声："准备战斗！准备——"

卡拉丁用力一刺，那人的矛被弹开了。卡拉丁扔下自己的矛，用湿漉漉的、早已麻木的手指掐住那人的脖子，重重地把他的脑袋摁到墙上。之后，他一个转体，躬下身，用手肘往下一砸，正中"凹下巴"的天灵盖，那人顺势瘫倒在地。

两名倒下的卫兵不再挪动。卡拉丁砰地往门上一靠，感到头重脚轻。世界天旋地转。他起码有数了，自己还能在未摄入飓光的情况下作战。

他不由自主地笑了笑，可笑着笑着就咳嗽起来。他刚才真的攻击了那些人？看来他已打定主意。风操的，他甚至不清楚自己为什么会这么做。要论理由，国王的真心占有一定的比重，但这不是真正的深层次原因。他知道自己应该这么做，**可为什么？**一想到国王或许会无缘无故地死去，他就异常难受，还会记起提安的遭遇。

然而那也不是充分的理由。风操的，就连他自己也想不明白。

两名卫兵几乎没动，只抽搐了几下。卡拉丁干咳不止，大口喘息。没时间懦弱。他伸出兽爪般的手，转动门把，用力推开门，差点迎面跌进屋里。他做了一番挣扎，站稳脚跟。

"陛下？"他叫了一声，把身子靠到矛上，拖着伤腿走路。他来到一把睡椅的后面，借之完全站直。国王在——

国王一动不动地躺在睡椅上。

✦

阿多林把稳风姿剑，以大开大合之势扫出瑛刃，划过一名仆族智者士兵的脖颈，剑尖水沫飞溅。伴随着一声炸响，明亮的红色闪电从尸体内迸出，士兵倒地而亡。附近的阿勒斯卡士兵小心落脚，以免踩进尸体旁边的水塘。他们吃尽了苦头，终于得知这种奇怪的闪电在水中的杀伤性更强。

阿多林举起剑，领兵冲向距离最近的一群仆族智者。诅咒这场引发一切的飓风！还好纳瓦妮架起了法器，驱走了些许黑暗，战场沐浴在超常恒定的白光中。

阿多林和他的队伍又与仆族智者展开厮杀，可当他冲进敌阵时，他感到自己的左臂被什么东西拽了一下。绳圈？他猛地一惊，往后收住脚步。绳子缠不住碎瑛甲。他怒吼一声，把那根绳子从敌人手中扯出。紧接着，另一根绳子抛了过来，绕住他的脖颈，把他往后一拉。

他失声大吼，转身扫出瑛刃，割断了绳子。又有三个绳圈从黑暗中飞来；仆族智者派出了一整支队伍。阿多林转而防御，扎赫尔曾经教过他如何抵挡专门冲着他而来的绳子。他们已经在他跟前的地面上拉起了好几根绳子，就等着他攻过去……没错，就在那里。

阿多林后退几步，切断了迎面而来的绳子，只可惜他的部下都指望着他冲破仆族智者的阵线。在他转而倒退之时，敌人则大规模地扑向阿勒斯卡军的阵线。和往常一样，他们没有结成战斗阵型，而是采取小队队形，或是成对出击。战场上一片混乱，伴着轰鸣的雷声，暴雨倾盆，劲风阵阵，仆族智者的打法行之有效，令人心悸。

战地指挥官派瑞尔被他派遣至光源附近，在此统领战斗，他大声命令阿多林的侧翼撤退。阿多林连连咒骂，割掉最后一根绳子，倒走几步，把剑尖朝外一指，以防仆族智者紧追不放。

他们没有追上来。不过，在他和士兵一道撤退时，有两个人跟到了他身后。

"冲桥手，你们都还活着吧？"阿多林问。

"还活着。"斯卡说。

"您身上还缠着一些绳圈,长官。"德雷赫说。

阿多林伸出手臂,让德雷赫用匕首割断绳子。他回过头,看着仆族智者重整阵线。他们的吟唱声穿透风声与雷声,刺入他的耳膜。

"他们总是派出队伍和我交战,试图分散我的注意力。"阿多林说,"他们不想打败我,只想把我拖出战斗。"

"他们总要和你来真的。"德雷赫割断另外几根绳子,用手抚摸光头,抹去雨水,"他们不可能放着一名碎瑛武士不管。"

"其实,"阿多林眯起眼,聆听仆族智者的吟唱,"他们恰好在这么做。"

阿多林在交加的风雨中一路小跑,去往临近光源的指挥位置。裹着大号风衣的派瑞尔就站在那里大声下令。他迅速向阿多林敬礼。

"战况如何?"阿多林问。

"踩水中,光明贵人。"

"什么意思。"阿多林说。

"这是游泳时用的词,长官。"派瑞尔说,"我们反复战斗,却毫无进展。双方实力还算持平,各方都想占上风。我更担心仆族智者的预备兵,他们现在应该已经派上了。"

"预备兵?"阿多林举目望去,视线扫过昏暗的高地,"你指的是那些歌者?"阿勒斯卡军正在左右两边对抗另一群仆族智者,战场上腾起耳熟的致命喧嚣,士兵发出的战吼声与铿锵的武器击打声交织在一起。

"是的,长官。"派瑞尔说,"他们就在高地中央的石坡前,唱得太风操的起劲了。"

阿多林还记得那块在暗中屹立的凸岩,上面站得下一个大队的士兵。"我们能从后面爬上去吗?"

"光明贵人,雨都下成这样了,您还有这种想法?"派瑞尔问,"可能性不大。*如果是您的话*,大概可以,但您真想一个人去?"

阿多林等着那股熟悉的渴望催他前行。以前，他总会不计后果地冲上战场，他早已学会控制；而现在，他惊讶地发觉这种感受……消失得无影无踪。

他皱皱眉，备感疲乏。这算理由吗？雨点落在他的头盔上，他听着雨声，考虑局势。

我们需要从后方接近那些仆族智者，他想，*父亲希望动员预备队，让他们停止歌唱……*

沙兰是怎么描述这些中部高地的？上面的岩石地貌又是如何？

"召集一支大队，"阿多林说，"给我一千名重步兵，我要和他们一起出动。半小时后，派出剩下的士兵，向仆族智者发起全面进攻。我想做个尝试，希望你们能移开敌人的注意力。"

※

"你死了。"达力拿对天高喊。他猛一转身，还站在被三座战场包围的中心高地上，惊到了身边的副官和随员。"你亲口告诉我你被杀了！"

雨点打在他脸上。周围陷入混乱，雨中吼声四起，他刚才是不是幻听了？

"我不是全能之主。"那个声音响起。达力拿转身四顾，在惊惶不已的同伴中搜寻声音的来源。四名穿着风衣的冲桥手往后退去，仿佛被吓到。他身边的将领看着涌动的乌云，纷纷把手放到剑柄上。

"有人能听到那声音吗？"达力拿问。

众人不分男女，一律摇头。

"您是不是……听到了全能之主的声音？"一名女传令员问。

"是。"这样回答最简单，可他还是不清楚到底发生了什么。他继续在中心高地上穿行，想要去阿多林的战线查看情况。

"我很抱歉。"那个声音重复道。与幻象不同,达力拿找不到说话者的形象,其言论生自虚无。"你们极力拼搏,可我无能为力。"

"你到底是谁?"达力拿压低嗓音,厉声质问。

"我是一抹余留。"那个声音说。其声线低沉雄浑,和他在幻象中听到的声音不尽相同。"我是他剩下的残瑛。我见过他的尸首。仇恨杀了他,我看着他死去。之后,为了维持原状,我……我逃走了。神的一部分留在人世,化为拂动人心的风。"

他究竟是在回答达力拿的问题,还是在自言自语?达力拿原以为自己总是在和天启中的声音对话,结果却发现那些似是而非的话语其实是预设好的。至于眼下的情况是否如此,他无从分辨。

风操的……他难道已入幻境?他僵立在原地,脑海中忽然浮现出一幅恐怖的画面:他身处行宫,神志不清地趴在地板上,想象出了一切,从出兵之始,直到这场雨中的战役。

不,他竭力说服自己,*我绝不会走上那条道路*。以前他一直拥有身处幻境的意识,因此他没有理由相信事情已经改观。

奉命支援亚拉达的预备队小跑而过,矛兵手持长矛,矛尖指向天空。这些士兵一旦碰上真正的闪电,就风杀地有危险,可他们没有太多选择。

达力拿期待那个声音再度响起,但事与愿违。他继续前行,很快便走近了阿多林所在的高地。

有雷声?

没有。达力拿转过身,认出了一匹马。它载着一名传令员穿过高地,朝他飞奔而来。他抬起手,打断了亚威军尉的战术汇报。

"启禀光明贵人!"传令兵掉转马头,喊道,"光明贵人泰莱布阵亡!轩亲王罗伊翁的部队溃不成军,剩余兵力遭到仆族智者的围攻!他被困在北面的高地上了!"

"诅咒之地的!考尔军尉呢?"

"殊死抵抗中,正在去往罗伊翁最后一次现身的位置,快被打垮了。"

达力拿一转身,问亚威道:"预备队如何?"

"剩余预备兵人数未知。"亚威的脸色在微光中显得很苍白,"这取决于是否有人轮换出来。"

"弄清后就领兵过来!"达力拿朝传令员跑去,对她说:"下马。"

"长官?"

"下马!"

女传令员慌忙下马,达力拿一刻也没磨蹭,一脚踩上马镫,随即翻上马背,拨转马头。谢天谢地,仅此一次,他没有穿碎瑛甲,不然这匹不够强壮的马将无法承受他的重量。

"召集一切可用兵力!跟上!"他吼道,"急须增援,纵使要把矛兵队从亚拉达处调回,也在所不惜。"

亚威军尉的回答被雨声吞没,达力拿压低身子,一夹马腹,马儿打着响鼻,达力拿不得不用蛮力催它前进。远处传来雷电的爆响,马儿受了惊。

指明正确的方向后,他放松缰绳,让马儿前冲。它急不可待地载着达力拿穿越高地,速度极快,医疗帐、指挥所和食品站一晃而过。他骑到北部高地附近,勒马停下,扫视了一圈,寻找着纳瓦妮。

她不在可见范围内,但他确实看到了几张放在地上的大油布——都是昂贵的黑色方布。她的工作已经开始了。他向一名工程师高声提问,她伸手一指,达力拿循着那个方向沿深渊骑行,途经另一些在石地上列成一排的油布帐。

往左看去,在深渊对面战斗的士兵接连阵亡,发出惨叫。罗伊翁军的战况甚为惨烈,达力拿亲眼目睹着这一切。在长着红眼的敌人面前,罗伊翁军作战阵型已破,离散的士兵三两成群,四面被围,战力孱弱,危机可见一斑。阿勒斯卡军会抗争到底,可由于阵线被分化,前景十分黯淡。

两个月前,达力拿也曾像这样战斗。他还记得自己被一大片敌人包围,获救无望。达力拿驱马前进,马儿越跑越快,他很快就发现了纳瓦妮。她正站在伞下指导一群工兵放置另一张大油布。

"纳瓦妮!"达力拿勒马大吼,马儿蹄下打滑,停在她对面,两人之间横着那张油布,"我需要奇迹!"

"正在准备。"她回吼。

"没时间了,立即执行。"

他离得太远,看不到她的瞪视,但感受得到。还好她转而招呼工兵不要再碰她身旁的油布,而后对工程师高声下令。她们向深渊跑去,那里堆放着一排石头。上面系着绳子,达力拿想。不过他不清楚操作的过程。这时,纳瓦妮高声下达了指示。

耗时太久,达力拿想道,眺望深渊的另一端,一阵紧张袭上心头。他们有没有取回泰莱布的瑛甲和他所挥的御用瑛刃?现在他不能对此人致以哀悼。他们亟须这些碎瑛武器。

士兵正在达力拿身后集结。罗伊翁军的弓箭手是军中一绝,可在雨中,他们毫无用武之地。纳瓦妮一声令下,工程师后退几步,工兵借机上前,把连成一排的四十多块石头推下悬崖。

石头坠落,一张张油布鼓了起来,布面的前端被扯开,距离地面有五十尺。就在一瞬间,深渊的一侧就竖起了一长排临时帐。

"前进!"达力拿催促马儿在两顶帐篷之间奔驰,"弓箭手!前进!"

士兵冲进油布之下躲雨,有些人抱怨没看见撑杆。纳瓦妮只掀起了油布的前端,所以整个布帐是向后倾斜的,未被掀起的部分对着深渊,雨水就顺着这个方向淌下。而唯一的开口正对着罗伊翁的战线。

达力拿翻身下马,把缰绳递给一名工兵。他小跑至一顶帐篷下,弓箭手正在那里列阵。纳瓦妮走了进来,肩上扛着一只大口袋。她解开袋口,里面露出一件法器,一颗巨大的石榴石发着光,镶在精密的金属网格中。

她摆弄着法器,片刻后后退几步。

"我们真该再拨点时间做试验。"她抄起手,提醒达力拿道,"吸引器是新发明,我还是有点担心这东西会把触摸者的血吸走。"

她的担心没有成真,法器四周很快就开始积水。飓风啊,确实管用!湿气都被吸了过来。罗伊翁军的弓箭手从护袋中取出弓弦,在副尉的命令下拉弓张弦。许多人是光眼种——箭术被视作一项广受认可的感召,适用于中等出身的光眼种男子,军官不是人人都能当的。

弓箭手张弓搭箭,一波波箭矢飞过深渊,落向围攻罗伊翁军的仆族智者。"很好,"达力拿看着箭矢齐飞,"非常好。"

"这风雨交加的,射箭时要瞄准还是很难。"纳瓦妮说,"法器的运作状况不易把握,帐布并未遮挡前方的门户,湿气会不断涌入帐内,飓光没过多久就有可能耗尽。"

"这样足矣。"达力拿说。箭矢的效果立竿见影,仆族智者的注意力很快就被引开,陷入围攻的阿勒斯卡军终获得暂缓一口气。不到万不得已的时候,这种战术一般不用,因为伤及盟军的风险太大,但罗伊翁军的弓箭手是名不虚传的。

他用一手搂紧纳瓦妮。"你表现得很好。"说罢他冲出帐篷,呼唤战马——是他自己的战马,而非传令员胯下的烈马。那些弓箭手为他营造了一个契机。但愿现在去支援罗伊翁还不算太晚。

※

不!卡拉丁绕过睡椅,来到国王身旁。他死了吗?卡拉丁没有见到显眼的伤口。

国王动动身子,没精打采地咕哝着,坐了起来。卡拉丁长吁一口气。茶几上放着一个空酒瓶,洒出的酒水散发出酒味,卡拉丁靠得近,可以闻到。

"冲桥手?"艾尔霍卡含混不清地说,"你是来取笑我的吗?"

"风操的,艾尔霍卡!"卡拉丁说,"你到底喝了多少?"

"他们个个……他们个个都在议论我。"艾尔霍卡趴倒在睡椅上,"就连我的亲卫……也一个不落。他们说我是昏君,还说没人不嫌弃我。"

卡拉丁浑身发冷。"艾尔霍卡,他们想灌醉你,这样更易下手。"

"啊?"

风操的,这家伙快神志不清了。

"站起来,"卡拉丁说,"外边有刺客,是冲着你的。我们得离开这儿。"

"刺客?"艾尔霍卡一跃而起,继而左右摇晃,"他一身白衣。我就知道他会来……可是……他只顾着达力拿……就连刺客也觉得我配不上这个王位……"

卡拉丁把艾尔霍卡的胳膊搭到自己的肩颈,用一手挂着矛。国王萎靡地压到他身上,卡拉丁的腿连连叫唤。"拜托了,陛下。"卡拉丁行将颓然倒地,"您要试着走走路。"

"刺客可能是来杀你的,冲桥手。"国王喃喃道,"你比我更像领袖。我希望……我希望你能教教我……"

所幸艾尔霍卡在不久后便或多或少地站直了身子。卡拉丁奋力把他扶到门口,那个卫兵的尸体还躺在——

尸体呢?另一人去哪儿了?

这时,一把近乎无影的匕首晃了过来,卡拉丁扭身挣脱国王,凭直觉收回矛杆,将双手举至脑边,摆出适合近身战的姿势,然后挺矛就刺。矛头深深没入"凹下巴"的腹部,那人哀叫一声。

可他刚才不是朝着卡拉丁来的。

那把匕首已经扎进了国王的侧体。

卡拉丁抽回矛,"凹下巴"扑倒在地,匕首脱了手。艾尔霍卡满脸惊愕,一摸侧肋,手上沾了血迹。他见状低声道:"完了。"

在那一刻,卡拉丁的伤痛和虚弱似乎烟消云散。闪过心头的恐惧唤来了力量,他用没受伤的腿跪着,调用全身的力气,撕开艾尔霍卡的衬衣。那把匕首擦到了一根肋骨,国王血流如注,但是这种伤只要经过救治,就不会致死。

"压住,别松手。"卡拉丁从国王的衬衣上扯下一截料子,顺势摁在伤口上,再把国王的手挪到此处,"我们得出宫,找个安全的地方躲一躲。"决斗场如何?那里的虔诚者值得信赖,也能作战。可这样是不是太明显了?

先别想那么远,他们首先得出宫。卡拉丁握着矛,转身领路,可他的腿几乎不听使唤。他稳住身子,却痛得抽气,只好紧抓矛杆,以防跌倒。

风操的,*他脚边那摊血是他自己的吧?*他的伤口扯到了线,血流了出来。

"我错了,"国王说,"我们两个都完了。"

"疾风一路飞奔。"卡拉丁咆哮道,又把艾尔霍卡的身子支了起来。

"什么?"

"他不可能赢,却还在跑。待飓风迎头赶上之时,他的死活并不要紧,因为他会全力狂飙。"

"对,没错。"国王的话音很弱,然而原因究竟是酒精的作用还是失血,卡拉丁辨不清。

"要知道,活到最后,人难逃一死。"卡拉丁说。两人穿过走廊,卡拉丁倚着矛,这才挺直腰背。"因此,真正要紧的是过程的优劣。艾尔霍卡,在你父亲遇刺后,你从未停止过奔忙,*即便你风操的次次*

都搞砸。"

"你在夸我？谢谢。"国王疲乏地说。

他们来到一个岔口前，卡拉丁放弃了从大门出去的想法，决定领着国王逃往深宫。这么走一样快，却不一定是弑君者一开始会找的地方。

宫中空无一人。按照先前的说法，莫阿什以白衣刺客侵袭为由，将侍从疏散至别处避难，做得天衣无缝。

"为什么？"国王悄声问，"你不该嫌弃我吗？"

"我并不喜欢你，艾尔霍卡。"卡拉丁说，"然而看着你死是不对的。"

"那又是为什么？冲桥手，你曾经建议我退位，现在却来救我。理由呢？"

我也不知道。

他们转入一条走廊，刚走到一半国王就瘫倒在地。卡拉丁咒骂一声，挨着艾尔霍卡跪下，为他把脉验伤。

他的酒劲上来了，卡拉丁得出结论。由于失血和醉酒，国王头重脚轻，情况危急。

糟了。卡拉丁极力为伤口重新包扎，可是接下来怎么办？难道要把国王放上担架，再抬出去？或是冒险丢下他一人，再去求救？

"卡拉丁？"

卡拉丁一怔，仍旧跪在国王身边。

"卡拉丁，*你在干什么？*"莫阿什的问话从后方传来，"我们发现了国王房外的卫兵。风操的，*杀掉他们的是不是你？*"

卡拉丁起身回望，把重心压到没受伤的腿上。莫阿什站在走廊的另一端，身穿红蓝相间的华丽碎瑛甲，他身边是另一名碎瑛武士，此人扛着碎瑛刃，面罩已拉下。格雷夫斯也来了。

刺客已临。

纳瓦妮的笔记本：战地详图

83 时光幻象

> 他们显然愚昧无知灭世或随时降临无须由外力引起灵体已料到灾祸将至先兆明显石之耄耋终会逐渐奔溃他以坚强之志力保尘世的繁荣与和平延续四千多年实乃奇迹
>
> ——摘自《谶记·乙天旋书》秘符一

沙兰过了桥，踏上一座荒芜的高地。

雨声盖过了战时的喧嚣，大地上弥漫着更为孤寂的感觉。天色暗沉，宛如已近黄昏；落雨淅沥，宛如过耳私语。

这座高地赫然耸立，俯瞰多数高地，所以飓座清晰可见。市中心在她周围铺展开来，那里石柱林立，附着在基座上的飓砂将其转变成了石笋。往日的建筑已化为山包，表面覆有岩石，就像白雪盖在落地原木上。暗沉的雨幕为古城勾勒出迷蒙的轮廓，引人遐思。

这座城市历经岁月，隐藏在时光的幻象之下。

其余人跟着她过了桥。他们起先沿着亚拉达军所在高地的边缘行走，绕开战区，悄悄地顺着阿勒斯卡人的战线来到下一座高地。上高地的过程很费时，因为冲桥手必须定出合适的落脚点。他们不得不去往相邻的高地，在那里爬上一座斜坡，随后把桥架好，这才穿过了深渊。

"你怎么能确定我们来对了地方？"雷纳林踏上高地，来到她身边，瑛甲铮铮有声。沙兰选择撑伞，可雷纳林站在雨中，头盔夹在腋下，任由雨水顺着脸颊淌下。他不是一直戴眼镜的吗？她最近没怎么看到他往鼻梁上架镜片。

"我们是来对地方了，"沙兰说，"因为这里很不寻常。"

"你的结论缺乏逻辑。"英娜达拉来到他们身旁，与此同时，士兵和冲桥手也过了桥，上到了空旷的高地，"那种性质的通道肯定不见天日，不会不寻常。"

"誓约之门不是秘密场所。"沙兰说，"不过这无关紧要。我们所在的高地是圆的。"

"很多高地都是圆的。"

"它们没有这么圆。"沙兰说着，大步往前走。既然来了，她就能看清楚这座高地究竟有多不规则……应该说，究竟有多规则。"我在找一座高台，却没意识到它的规模。誓约之门就坐落于这一整座高地上。

"你还没发现吗？其余高地都是某种灾难的产物，显得坑洼不平。而这座高地是例外，因为它早在破碎平原诞生前就伫立在这里了。在旧版地图上，它处在高位，就像一个巨大的基座。在平原变得支离破碎时，它未受影响，仍然保持着原貌。"

"对……"雷纳林领首道，"试想一下，一口盘子的中央刻着一个圆圈……盘子受力后，可能会沿着刻痕碎裂。"

"由此可得一堆不规则的碎片，"沙兰表示赞同，"以及一块圆形碎片。"

"你们所作的类比也许讲得通。"英娜达拉说，"可我还是觉得，此等地点具备重大战略意义，一般不会露人眼目。"

"誓约之门是一种象征，"沙兰继续前进，"代表着沃林教赋予公民的旅行权。令使宣称一切边界均应开放，旅行权由此而生，达到足够等级的公民均可享受这一权利。誓约之门是连接白银十王国的门户，为了展现这种一体性，在哪里创立地标才算理想？是藏匿于密室之中，还是耸立于城市之上？古人为此而自豪，于是把传送门建在了这里。"

他们仍在风雨中行进。此地给人一种神圣感。老实说，她多半是出于这个原因才认为自己的看法正确无误。

"嗯。"图腾轻声道，"它们在召唤风暴。"

"虚灵？"沙兰小声问。

"是有羁绊的虚灵。风暴是它们的产物。"

也对，她没有时间干站着思考，手上的任务才要紧。她正想命令众人启动搜寻，却把话咽了回去。她注意到雷纳林正在遥望西部，双眼迷离。

"雷纳林王子？"她问。

"不对。"他喃喃道，"风向不对。自西向东……噢，全能之主在上。太可怕了。"

她朝他注视的方向望去，却什么也没看到。

"竟然是真的。"雷纳林说，"灭世风暴要来了。"

"你说什么？"沙兰问了一句，为他的语调所惊，感到一阵恶寒。

"我……"他看看她，抹去眼中的雨水，护手还挂在腰上，"我应该陪在父亲身边。我应该去战斗。可我太没用了。"

这倒好，他不仅讨人嫌，还有一肚子的牢骚。"可你父亲命令你协助我，所以请你处理好自己的问题。各位，让我们四下里找一找吧。"

"妹子，我们要找什么？"冲桥手石头说。

妹子，她想，多可爱啊。他这么称呼她，就因为他们都长着红发。"不知道。"她说,"反正就是奇怪的、不正常的地方。"

众人在高地上分散开来。除了英娜达拉,沙兰手下还有一个专程来协助她的小组,由虔诚者、学者和一位达力拿名下的读风者构成。遵循若干名学者配备一名冲桥手和一名士兵的编制,她派了几支小分队前往各个方向搜寻誓约之门。

雷纳林和多数冲桥手执意和她一起行动。她不能多抱怨,因为这里在打仗。沙兰路过地上的一块凸岩,那是一大片环形地貌的一部分,以前可能是一堵低矮的雕花墙。这座高地的往昔风貌究竟如何?她展开想象,希望自己可以挥笔作画,这样肯定更为形象。

传送门位于何处?它最有可能在高地中央,她已经去往这个方向,并找到了一座大石丘。

"就这样?"石头问,"还不都是石头。"

"这正是我想找的。"沙兰说,"暴露在外的东西要么会被风化,要么会被硬化的飓砂所覆盖。想要有所发现,就得往里走。"

"往里走?"一名冲桥手问,"哪里?"

"建筑里。"沙兰说着,碰了碰石壁,在石丘的背面摸到了一个凹凸不平的地方。她回头对雷纳林说:"雷纳林王子,请你帮我宰了这块石头,好吗?"

✧

阿多林在暗室中举起润石,把光打在墙上。时值泣雨季,他长时间处于室外,现在少了轻拍头盔的雨点,倒觉得奇怪。这里弥漫着愈发潮湿的霉味,就算士兵跺脚咳嗽,周围还是过于安静。他们身处这座石冢,距离外部战场可能还有数里路。

"长官,您怎么就知道?"冲桥手斯卡问,"您是怎么猜到这座石包是空心的?"

"多亏了一位聪慧玲珑的女士。"阿多林说,"她曾请我替她攻击一块巨石。"

他和士兵从一座大石丘的一侧绕过,那里是仆族智者用作后防的区域。阿多林挥动碎瑛刃,在石丘上砍出一个入口,里面确实是中空的,符合他的设想。

他择路穿过一间间落满灰尘的暗室,途经尸骨和干枯的残片,后者也许曾是家具。此建筑大概早已腐烂,那时还未被飓砂封死。在很久以前,它是不是某种民居?要不然就是市场?这里确实有很多房间,不少走廊上仍旧保留着生锈的门铰链。

一千名士兵和他一起在建筑中穿行,手举提灯,里面装着经过切割的大宝石,这些宝石比布罗姆大五倍,然而哪怕是这样,一些宝石也黯淡下来,因为很久没有刮过飓风了。

这里令人发毛,要在室内通行,一千人是个大数目。不过,假如他没有错到底,他们目前应该在向建筑另一端的墙面靠近,越过这道墙,就是仆族智者的战地。一些士兵去附近的房间探察,回来后向他确认,那里就到头了。阿多林现在能看到窗户的轮廓,它们被封得死死的,窗缝里积压了长年的飓砂,有一些已经溢了出来,顺着墙壁滴下,堆积在地上。

"行了,听好,"他对中队指挥官和他们手下的军尉高喊,"让我们召集全员,在这间屋里的,在外面那座大厅里的,全都上。我会切一个出口,弄完后,我们要蜂拥而出,袭击那些唱歌的仆族智者。"

"第一中队分成两批,各站一边保住出口。千万别被击退!我会冲上去转移敌兵的注意力。其余人穿出这个口子,尽快加入袭击。"

士兵们连连点头。阿多林深吸一口气,合上面甲,走向墙壁。他们在建筑的二楼,但室外的飓砂层层堆积,估计会把这一楼变作底楼。他预判正确,听到外面传来了轻微的响动,仆族智者的喁喁歌声穿透墙壁,不断回荡。

风操的，仆族智者就在外面。他召唤出瑛刃，等着中队指挥官传话，通报他们的部下已做好准备。之后，他在墙上劈出好几道狭长的口子，又横切几刀，随即用加了护甲的肩膀撞上去。

　　墙壁瓦解倒塌，石块纷纷在他面前落下，漫天的雨幕重现，洞口距离地面仅有几尺。他急忙挤出去，跑到湿滑的岩石上，仆族智者的预备队在左边站成好几排，背对着他潜心吟唱。那种异常恐怖的歌声淹没了战争的喧嚣，令人背脊发凉，金戈铁马声几乎不可闻。

　　现在是绝佳时机。雨声和歌声盖过了开洞声。他砍出另一个洞口，恰逢提着灯的士兵涌出第一个洞口。他凿起第三个出口，却听到了一声喊叫。终于有一名仆族智者留意到了他。此人是女性。他们换上了新态，性别特征比以往更明显。

　　他冲向几步开外的仆族智者，扑进他们的阵列，无所顾忌地挥剑，杀伤力十足。敌人接连倒下，双眼焦枯，五个，十个。本军士兵和他一同作战，把矛刺向仆族智者，打断他们的骇人歌声。

　　和这些仆族智者战斗简直易如反掌。他们不甘不愿地停下歌唱，从恍惚状态中清醒过来，显得迷茫而困惑，互相之间缺乏配合，阿多林迅速出击，让他们来不及召唤闪电怪力。

　　阿多林尽情杀戮，眼前的敌人仿佛陷入了沉睡。他以前也用碎瑛武器干过卑鄙的勾当。诅咒之地的，普通的士兵就像是挥着棍棒玩耍的孩童，披甲持刃者打响战斗，并将其无情斩杀，本身就是一种龌龊的行径。然而阿多林面对的情况更为残酷。这些仆族智者通常在被杀之前才苏醒过来，他们晃晃身子，一眨眼就恢复了知觉，结果却发现自己正在雨中和一名甲刃俱全的碎瑛武士面对面，眼看着伙伴遭到杀害。阿多林大肆横扫，死去的敌人接连倒地，他们眼中的恐惧在他脑海里挥之不去。

　　往常驱使他展开此等屠杀的激越感去哪儿了？这是当前必须的，可他只有反胃的感觉。雨还在下，刺鼻的烟气从烧焦的眼窝中袅袅升起，他站在刚刚垒起来的死人堆中央，浑身战栗，嫌恶地扔下瑛刃，后者化为雾气，消失不见。

这时，他的背部被狠狠地撞了一下。

他踩到一具尸体，绊了一下，却站稳了脚跟。他猛地转身，发现一把碎瑛刃刺中了他的胸甲，留下一片发光的网状裂缝。他用前臂挡住下一剑，往后挪步，摆出战斗姿势。

站在他身前的人就是她，雨水顺着她的盔甲淌下。她自称何名？伊舒娜。

在头盔的遮挡下，阿多林冲这名碎瑛武士笑了笑。他可以和她老老实实地干上一仗。他摊开双手，碎瑛刃从雾中显形。他握住瑛刃，往上一挥一扫，挡开她的攻势。

谢谢，他想。

✳

达力拿骑在加兰特背上，从罗伊翁所在的高地返回。他过了桥，护着体侧的伤口。他一时大意，结果被矛刺中，他本该预见到。当时他一心想着红色闪电和仆族智者那变化迅速的双人战斗模式，注意力太过集中。

这背后的真相在于，达力拿边想边溜下马背，方便手术师验伤，**你现在已经老了**。他今年才五十出头，从岁数上来说也许不算老，但是以军人的标准来衡量，他绝对称得上是一员老将。缺少了碎瑛甲的匡助，他的速度和体能都下降了。杀戮是后生的游戏，这仅仅是因为老一辈会先一步倒下。

这场该死的雨下得没完没了，他只得跑进纳瓦妮架起的一顶帐篷躲雨。弓箭手一直在射箭，阻止深渊对面的仆族智者骚扰撤出重围的罗伊翁军。在弓箭手的协力下，达力拿解救出轩亲王的部队，至少取得了一半的成功,可北部高地业已失守。罗伊翁纵马返回,来到安全地带,后面跟着徒步而来的考尔军尉——考尔将军的儿子穿着自己的瑛甲,握着从已经阵亡的泰莱布身上幸而取回的御用瑛刃。

迫于形势,他们只好忍痛丢下泰莱布的遗体和瑛甲。与之同样糟糕的是,仆族智者的歌声还未消弱。哪怕士兵得救了,他们还是大败一场。

达力拿脱下胸甲,手术师给他要了一把椅子,他哼唧着坐下,默默忍受着女医师的救治,但他明白自己伤得不重。受伤自然是坏事——在战场上,只要受伤就是坏事,用剑的手臂尤其不能中招——却不足以致命。

"风杀的,"手术师说,"轩亲王,您这下边全是疤。您究竟受过多少次肩伤?"

"记不得了。"

"您怎么还能活动胳膊?"

"归功于训练和实战。"

"这样可不行……"她低声道,瞪大了眼睛,"我是说……飓风在上……"

"把伤口缝上就好。"他说,"放心,今天我不上战场。我不会勉强自己。这些话我以前全听过。"

他本来就不该去那里。他曾告诫自己不要再参战。现在,他应当走上政治的舞台,不能固守将军的身份。

然而,"黑荆棘"有时也得出山。士卒需要"黑荆棘"。风操的,*他自己也需要*。那——

纳瓦妮飞奔入帐。

太迟了。他叹了口气。她阔步上前,路过了帐篷里的法器。这件法器发着光,安放在一个小底座上,已经收集到的水分环绕在四周,形成一个波光粼粼的水球,随后沿着两根竖在法器边上的金属杆淌

下，洒到地上，再流出帐篷，落下悬崖。

他抬头看着纳瓦妮，一脸肃然，以为自己会受到责备，就像一名忘记带磨刀石的新兵。可她反而搂住了他那没受伤的侧体。

"不训几句？"达力拿问。

"现在是战时。"她低语，"而且我们快输了，是不是？"

达力拿瞥向弓箭手，他们的箭矢即将用尽。"是的。"他没有讲得太响，唯恐他们听见。手术师瞄了他一眼，随后低下头，继续缝合伤口。

"只要别人有需求，你就会策马作战。"纳瓦妮说，"你救了轩亲王的命，他的部队也死里逃生。你以为我会生气？为什么？"

"因为你就是你，这是你的本色。"他伸出没受伤的手，摸了摸她的秀发。

"阿多林已取胜，"纳瓦妮说，"攻上高地的仆族智者已溃散。亚拉达仍在坚守。尽管罗伊翁失守，敌我双方还是势均力敌。照此而言，我们怎么会输？看着你的表情，我有种不好的预感，但我不明白。"

"势均力敌就是失败。"达力拿说。他有种预感，那场风暴正在遥远的西边生成。"待他们唱完那首歌，瑞莱恩的警告就会成真，我们也就没救了。"

手术师尽力缝完他的伤口，用绷带缠好，允许达力拿更换衬衣和外套，把绷带压压紧。更衣完毕，他站起来，想要去指挥帐听取考尔将军汇报最新战况。这时，罗伊翁冲进帐篷，打乱了他的计划。

"达力拿！"这个已经谢顶的高个男子冲过来抓住了他的胳膊，正好碰到了伤处。达力拿痛得蹙眉皱额。"风操的，那边杀得血肉横飞！我们完了。风操的，我们全完了！"

近旁的弓箭手躁动不安，箭矢已用尽。赤瞳仆族智者站成茫茫一片，聚集在对面的高地上，仿如黑暗中的未熄炭火。

达力拿很想扇罗伊翁一巴掌,可他不能对轩亲王干出这种事,就连情绪过激者也不例外。因此,他转而把罗伊翁拉到营帐外面。伴随着全盛的飓风,冰冷的雨水泼了过来,浇在他那早已湿透的制服上。

"光明贵人,请克制一下。"达力拿正言厉色地说,"阿多林已取胜,一切没有表面上那么糟糕。"

"终结之道不该如此。"全能之主说。

风操的!达力拿推开罗伊翁,大步走到高地中央,仰头望天。"回答我!让我知道你听得到!"

"我听得到。"

终于有人应了,算是有所进展。"你是全能之主吗?"

"我说过我不是,荣誉之子。"

"那你是什么?"

我是带来光明与黑暗的推手。那声音的音质愈发低沉、愈发迷离。

"飓风之父,"达力拿说,"你是令使吗?"

不是。

"那你是灵体还是神?"

都是。

"你和我对话有什么意义?"达力拿对天叱问,"发生了什么事?"

他们唤来了一场性质截然相反的致命风暴。

"怎样才能阻止他们?"

你们办不到。

"肯定有办法!"

我会带给你们一场飓风,以净化污秽。你们的尸体会被卷走。我只能做到这一步。

"不!你竟敢抛弃我们!"

我是你的神。你居然对我提要求?

"你不是我的神。从来就不是！你是一个影子、一个假象！"

远方的雷声轰隆作响，凶险而不祥。雨势更猛了，达力拿的脸颊受尽捶打。

我受到了召唤，必须离开。一个女儿违抗了禁令。你不会再见到幻象，荣誉之子。一切告终。

永别了。

"飓风之父！"达力拿高吼，"肯定有办法！我不想死在这里！"

高地陷入沉寂，就连雷声也消殒了。士兵、文书、传令兵、罗伊翁和纳瓦妮纷纷聚拢到达力拿身边。众人失魂落魄。

"请不要弃我们于不顾。"达力拿渐渐失语，"求求你……"

莫阿什没有合上面罩，反而上前几步，面色痛苦。"卡拉丁？"

"我必须做出能让我安然入梦的选择，莫阿什。"卡拉丁站在昏迷不醒的国王身前，有气无力地说道。他的伤口又裂开了，淌下的鲜血在他脚边汇成一摊殷红。他感到一阵眩晕，只得倚着矛站稳脚跟。

"你曾说他很守信用。"格雷夫斯转身面向莫阿什，他的话音在碎瑛甲的头盔里回响，"你许诺过，莫阿什！"

"卡拉丁本来就守信用。"莫阿什说。行宫的走廊空荡孤寂，只有他们三人站在其中。如果算上国王，就是四人。

这里远离风息，是可悲的葬身之地。

"他只是有点茫然。"莫阿什上前道，"还没到不可收拾的地步。卡尔，你没有告诉任何人吧？"

我认出这条走廊了，卡拉丁意识到，这里就是我们和白衣刺客交战的地点。左边的墙上有一排窗户，不过窗板已经关上，挡住了细雨。没错……就是这里。他发现墙上那个被刺客切出来的窟窿已经被几根板条封住。当时卡拉丁就是从这个洞口跌入了黑暗。

如今他重回故地。他深吸一口气，尽量用没受伤的腿撑住身子，随后扬起矛，指向莫阿什。

风操的，他的腿疼极了。

"卡尔，国王身上显然有伤。"莫阿什说，"我们就是跟着你们留下的血迹过来的。他已经快死透了。"

血迹。卡拉丁眨了眨疲惫的双眼。那是当然。他的思维慢了一拍。他本该想到。

莫阿什停住脚步，离卡拉丁仅几步之遥，恰好处在矛无法轻易刺中的位置。"卡尔，你要怎么办？"莫阿什看着冲他而来的矛头，质问道，"你当真想攻击第四冲桥队的队员？"

"谁违背我们的职责，谁就自动退出了第四冲桥队。"卡拉丁低语。

"你不也一样？"

"对，我也一样。"卡拉丁感觉心里空落落的，"可我正想做出改变。"

莫阿什又上前一步，卡拉丁把矛往上一挺，矛头直指莫阿什的脸。他的朋友迟疑不决地扬起覆有护甲的手，摆出防御性姿势。

格雷夫斯走上前，但莫阿什招呼他退开，随后回头对卡拉丁说："卡尔，你觉得这有什么用？碍事就等于找死，国王还是会完蛋。你想让我知道你不同意？行啊，你是试过，可现在我们的实力相差悬殊，再争就没意义了。把矛放下。"

卡拉丁回头一瞥。国王还有呼吸。

莫阿什的盔甲铮铮作响。卡拉丁回过身，又扬起了矛。风操的……现在他的头真的开始痛了。

"我是认真的，卡尔。"莫阿什说。

"你敢攻击我？"卡拉丁说，"我是你的队长，**更是你的朋友！**"

"别给我来这套。"

"为什么?对你来说,哪个更重要?是我还是缺心眼的复仇?"

"卡拉丁,他弄死了他们。"莫阿什满腔义愤地说,"他无端地杀害了我唯一的亲人。"

"我知道。"

"那你为什么保护他?"

"因为这不是他的错。"

"可有很多——"

"这不是他的错。"卡拉丁说,"然而,就算他有错,我也会来救他。莫阿什,你听我说!我们不能这么狭隘,因为……我无法解释,也说不清。你得相信我。请你罢手。国王还没有看到你和格雷夫斯。我们等会儿就去找达力拿,我会替你伸冤。你要找的人是荣寿,他才是导致你祖父母过世的真凶。

"话说回来,莫阿什,我们不能做这种人。我们不能在阴暗的走廊里谋杀一名醉汉,就因为觉得他讨人厌,还自我安慰,说这是为了王国好。如果换作我,我会光明正大地杀人;而我现在这么做,只是因为已经无路可走。"

莫阿什一时拿不定主意。伴随着金属撞击声,格雷夫斯走到他身旁,可莫阿什又抬手叫停。"对不起,卡尔。一切都太迟了。"

"你不能杀他。我绝不妥协。"

"我可不想让你这样。"莫阿什啪的一声合上面罩,头盔两侧随即生雾。

84 拯救

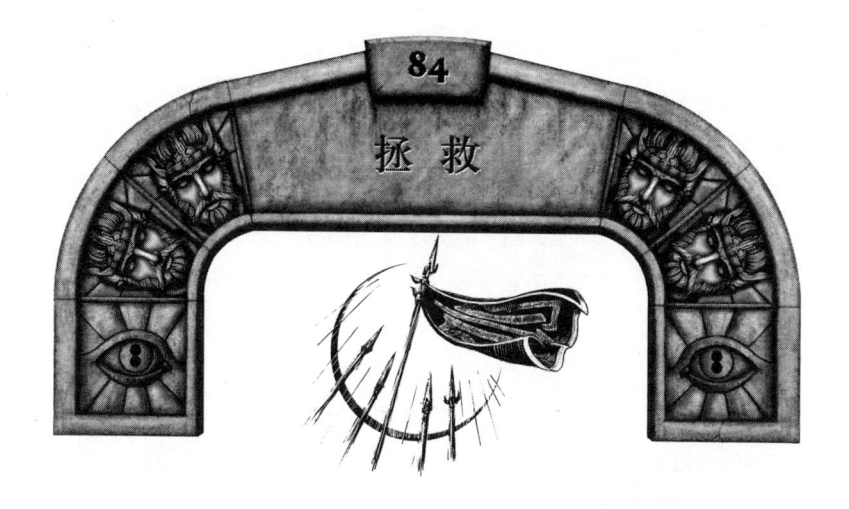

2021254218314214254221147672672621767142538746777543737211
4316146141323138741657165147211471652131542201475467267262 1767
1425

——摘自《谶记·乙天旋书》秘符十五

  石块往里一塌，沙兰的猜测得到了确认。他们打开了一座建筑的门户，这里已有数百年未被涉足，甚至未被发现。雷纳林从刚凿出的洞口前退后几步，让沙兰有机会上前。室内散发出一股陈腐的霉味。

  雷纳林遣走瑛刃，但奇怪的是，他这么做的同时，又释怀地长出一口气，放松地靠在建筑的外墙上。沙兰动身入内，可冲桥手抢先走了进去，举起蓝宝石提灯，蹑手蹑脚地检查房屋的安全性。

  蓝光之下是一派壮丽之景。

  沙兰屏息而观。这间圆厅宽敞气派，堪比殿宇和神庙，内墙和地板上铺满镶嵌画，图案华美、色彩夺目。众多身着盔甲的骑士站在红蓝辉映的天幕前，来自社会各阶层的人民得到了精妙的描绘。匠师运用种种镶嵌手法，每一幅画均由各类石料制成，色泽艳丽，巧夺天工,将全世界浓缩在一间屋内。

她唯恐莫名其妙地破坏传送门,所以才吩咐雷纳林把洞口凿在一块凹凸处附近,她原以为那里是一个出入口,看来她的猜想是正确的。她穿过洞口,走上一条贯通圆厅的弯道,默默地清点地画的数量。地上主要有十幅镶嵌画,沿袭了骑士团有十支、古王国有十座、古民族有十个的定式。在呈现第一座王国与第十座王国的局部地画之间,还有一幅较窄的地画,描绘了乌有斯麓高塔。

她找到了。传送门做工精美、气势恢宏,不愧是非凡的艺术品!

不,现在不是欣赏的时候。巨型镶嵌地画虽然围绕着中心铺展开,但是每一位骑士都剑指墙上的同一区域,沙兰往那个方向走去。这里的设施似乎保存得相当完好,就连壁灯也是如此,里面似乎还放着无光的宝石。

她在墙上找到了一口嵌进石壁的金属盘,这东西是不是用钢铁做的?尽管废弃许久,它仍然没有生锈,甚至没有失去光泽。

"时日即临。"雷纳林悄悄宣告。他的声音从穹顶圆厅的另一端传来,在室内回响。风杀的,那小子真烦人,尤其是在飓风呼号、倾盆大雨哗啦哗啦地浇在高地上的时候。

光明女士英娜达拉携几名学者赶到,她们走进圆厅,个个震惊得直抽气,然后疾步来到壁画前细细打量,彼此交换起意见。

沙兰端详着嵌入墙壁的古怪金属盘。它形如十角星,中央部位有一道窄缝。**光辉骑士能操纵这个地方**,她想,**他们有什么别人没有的本事?**答案有很多种,但她看了看金属盘上那条缝的形状,猜到了只有光辉骑士才能开启誓约之门的原因。

"雷纳林,过来一下。"沙兰说。

年轻人迈着重步向她走来。

"沙兰,"图腾提醒道,"时间很紧。他们唤来了灭世风暴,而且……反方向也有情况。飓风要压过来了吗?"

"现在正值泣雨季。"沙兰目视图腾,他就挨着钢盘贴在墙上,显出涡纹,"何来飓风。"

"反正那场飓风不会爽约。沙兰,它们会相撞。两场风暴,各行一方,它们将在这里扎进对方的怀中。"

"我想它们的力量不会就此抵消,你说呢?"

"它们的力量会彼此相长,"图腾说,"好似两股波涛在浪头相融……一场绝无仅有的大风暴即将诞生,到时天崩地裂,高地可能会塌陷。后果坏得不能再坏了。"

沙兰望了望刚走到她身边的英娜达拉。"你怎么看?"

"我不知道该作何解,光明女士。"英娜达拉说,"你对此处的想法是对的。我……我已经无法相信自己辨别是非的能力了。"

"联军必须转移至此高地。"沙兰说,"要是我们打不开传送门,就算战胜仆族智者,也难逃覆灭的命运。"

"这里看上去完全不像传送门,"英娜达拉说,"它起什么作用?难道能在墙上开出门口?"

"不知道。"沙兰看了看雷纳林,"召唤你的碎瑛刃。"

他照做了。碎瑛刃一显形,他就难受得直皱眉。沙兰凭直觉指了指墙上那道形如锁眼的狭缝。"看看能不能用瑛刃在金属盘上划一刀。千万留神,不要弄坏誓约之门,免得我出了错。"

雷纳林走上前,用手从上面夹住武器,小心翼翼地把剑尖放到锁眼周围的金属上。瑛刃无法在钢盘表面留下划痕,他气恼地咕哝几句,用了点力,但瑛刃就是切不进金属。

"两者材质相同!"沙兰激动起来,"单看那条缝的形状,也许容得下瑛刃。你试试看,把武器插进去,动作能慢则慢。"

他顺从地把剑尖移进狭缝,金属流动起来,锁眼的形状完全改变,恰好契合雷纳林的碎瑛刃。奏效了!他把武器放到位,他们转身四顾,可圆厅内似乎毫无变化。

"这样有用吗？"雷纳林问。

"必须有用。"沙兰说。他们大概打开了一扇门，可要如何转动门把？

"我们需要轩贵女纳瓦妮的帮助。"沙兰说，"更重要的是，我们需要把大家都转移过来。士兵们，冲桥手们！快去通知达力拿，叫他把几支军队召集到这座高地上。再告诉他，如果不来，他们注定要灭亡。余下的学者们，我们要集思广益，争取弄清楚这个风杀的装置该怎么操作。"

✵

阿多林在暴风中舞动，与伊舒娜过招。她水平不错，却没有使用他熟悉的剑姿。她来回躲避，挥着瑛刃试探他，冲破狂风骤雨，仿如霹雳炸响。

阿多林紧跟着她，扫出碎瑛刃，逼她后退，仿佛是在决斗。他赢得下决斗，就算处在风暴的中心、就算对手是怪物，*他照样得心应手*。他不断进犯，她被迫却步，离他的部队参战的位置越来越近。

她很厉害。他只见过伊舒娜两次，却觉得自己和她不打不相识。她浑身散发出如同激越感的嗜血杀气，他自身没有这种感受，却在她身上体会到了。

四周的仆族智者不断遭到袭击，或是逃散、或是扎堆作战。阿多林路过一名被士兵开膛破肚的仆族智者，他瘫倒在雨中，刚刚还想爬着走。高地上满是雨水和血迹，在雷声的映衬下，狂号四起。

遥远的西边传来隆隆的雷声。阿多林朝那个方向瞥了一眼，注意力差点分散。在他眼中，交加的风雨形成巨型龙卷，内部红光闪耀。

伊舒娜朝他挥出一剑，阿多林转过身，用前臂格挡。他的前臂护甲变得愈发不结实，飓光从裂缝中漏出。他迎上伊舒娜的剑锋，单手持瑛刃砍向她的侧体。伊舒娜呻吟了一声，却没有弯腰，更没有后退。她举起瑛刃，再次劈向他的前臂。

伴随着一道闪光，他的前臂护甲炸裂成熔融的金属碎屑。风打雷劈的。由于少了相连的甲片，护手甲变得奇重无比，他被迫收手，并松开护手甲，使其掉落。他的一部分皮肤因此暴露在外，刮过来的大风势头猛得惊人。

再加把劲，阿多林想道，没有退却，哪怕损失了一些甲片。他用两手紧握碎瑛刃——一手佩戴金属护甲、一手纯粹是皮肉——往前连连出剑。他不再架起风姿剑，因为华丽的劈砍对他无用。他需要用焰姿剑，不单单是为了追求力度，更是为了把这种剑姿的狂怒气场传达给伊舒娜。

被阿多林逼退的伊舒娜低吼一声。"你彻底完蛋了，破坏者。"她的声音从头盔里传出，"今日时运倒转，你出手再狠，也只是搬起石头砸自己的脚，我们不会灭族，会死的反而是你们。"

再加把劲。

阿多林猝然压上，朝她舞剑，而后稍微放松，给她一个破绽。她立刻接上，挥剑砍向他的头盔，那里早已挨过一击，倾泻着飓光。没错，她完全受到激越感的牵制，能量和力量都得到了增强，却也更易忽视周边环境，从而造成行动上的轻率。

阿多林头部中招，脚下不稳。伊舒娜欣然一笑，再次出剑。

阿多林疾冲向前，扭过肩，迎头撞向她的前胸，用力甚猛，他的头盔随之炸裂，但此举有效，他走赢了一着棋。

他们距离深渊只有几步之遥，伊舒娜未加留意。

他这一撞使她翻下了悬崖。伊舒娜跌入了空旷的暗渊，他感受得到她的恐惧，也听得到她的呼喊。

不巧的是，炸开的头盔让阿多林一时盲目。他踉跄迈步，一脚踩空，身子一斜，滑向虚渊。

在这惊心动魄的一刻，恐惧侵占了他的心房，时间凝固，堪比永恒。少顷，他意识到自己并未坠落。雨帘将他笼罩，待视线清晰，他俯视面前的无底深渊，又回头一望。

只见两名冲桥手攥住了裙甲上的钢链，正在奋力往回扯。他们哼哧哼哧地喘着气，紧紧抓着湿滑的金属，把脚卡进石隙，防止自己反被拖走。

其余士兵冒了出来，冲来帮忙。他们纷纷搂住他的腰、环住他的肩膀，一齐将他从悬崖边缘拉了回来。他重新恢复了平衡，磕磕绊绊地走离深渊。

士兵们齐声欢呼，阿多林放声大笑，笑声中透着疲惫。他转身对冲桥手斯卡和德雷赫说："我想我没必要怀疑你们两位能否跟上我。"

"这算什么。"斯卡道。

"简直手到擒来。"德雷赫应和道，"抱起发胖的光眼种太容易了。您什么时候真该扛一座桥试试。"

阿多林咧嘴一笑，用未加防护的手抹去脸上的雨水。"你们去找找我的头盔和前臂护甲，看看有没有剩下来的部分。有了一块残片，盔甲再生的速度就会加快。也请顺便带回我的护手甲。"

两名冲桥手点点头。红色闪电频频划空，裹挟着暗雨的旋风柱不断向外扩张。此景……似乎不是个好兆头。

他需要进一步把握其余军队的情况，于是小跑过桥，来到中心高地。他父亲在何方？亚拉达军和罗伊翁军的前线怎么样了？沙兰是否已从征途中返回？

中心高地上似乎乱成了一团。渐起的大风撕扯着帐篷，有几顶已经倒了。人们四处窜逃。阿多林看到了一个披着厚斗篷的人，那人在雨中阔步奔走，看样子心有目标。眼见那人走了过去，阿多林一把抓住他的胳膊。

"吾父何在？"他问，"你有什么命令要传？"

兜帽滑落，着斗篷者回头打量阿多林，那双眼睛不同寻常，显得略大略圆。他顶着光头，斗篷之下的蝉衫宽松飘逸。

白衣刺客现身了。

✦

莫阿什上前几步，却没有召唤碎瑛刃。

卡拉丁挺矛一刺，却不顶用，光是为了站直，他就耗尽了力气。他的矛擦过莫阿什的头盔，那名曾经的冲桥手往下挥了一拳，砸中武器，木杆随之碎裂。

卡拉丁猛地停手，但莫阿什不罢休。他走上前，伸出覆有护甲的手，一拳埋入卡拉丁的腹部。

卡拉丁疼得倒抽一口气，折弯了腰，**体内脏器多处破裂**，那一拳威力无比，他的肋骨根根折断，有如生脆的树枝。卡拉丁一阵干咳，不住地呻吟，咯出的血溅在莫阿什的盔甲上，他的朋友见势后退几步，移开了拳头。

卡拉丁瘫倒在冰冷的石地上，双目鼓出，眼前一阵摇晃。他蜷着身子抱住裂开的胸口，不停颤抖。

"风操的，"莫阿什的声音远远地飘来，"我原本不想下这么重的手。"

"你那是迫不得已。"格雷夫斯说。

噢……飓风之父……好痛……

"现在怎么办？"莫阿什说。

"做个了结，拿碎瑛刃灭了国王，但愿还有暗杀的样子。那几道血迹是败笔，容易令人起疑。来，让我砍掉这些挡板，造成刺客破墙而入的假象，就和上次一样。"

寒气弥漫。雨落不息。

远方是不是传来了呼喊？他熟悉那个声音……

"茜尔？"卡拉丁张开血迹斑斑的双唇，小声唤道，"茜尔？"

没有应答。

"我跑啊跑……跑到再也迈不开步。"卡拉丁低语，"竞速……告终。"

生先死。

"换我上，"格雷夫斯道，"责任由我扛。"

"应该是我！"莫阿什说。

他眨眨眼，凝望身边的国王。国王昏迷不醒，却仍有呼吸。

我会保护那些无法自卫的人。

卡拉丁到现在才摸清下此决心的道理。他翻了个身，挣扎着跪起。格雷夫斯和莫阿什争执不下。

"我必须保护他。"卡拉丁呢喃道。

为什么？

"如果我……"他不停干咳，"如果我……只去保护那些我看得惯的人，那就意味着我根本不在乎做正确的事。"这样仅仅是为一己之利着想。

那不叫保护，而叫自私。

卡拉丁尽力抬起那只没受伤的脚，忍受着钻心的痛楚。他咳了一口血，猛地撑起身子，跟跟跄跄地在国王和刺客之间站起，用发颤的手摸向腰带，连试两次，终于拔出了匕首。他挤去因痛苦而流出的眼泪，透过模糊的视野，看到两名碎瑛武士正望着他。

莫阿什缓缓抬起面罩，露出一张神色愕然的脸。"飓风之父啊……卡尔，你怎么站起来了？"

现在道理摸清了。

所以他才幡然悔悟，不仅为了提安和达力拿，更为了是与非。然而最关键的道理是：保护他人。

他正想如此做人。

卡拉丁一脚置后,让脚后跟靠着国王,摆出战斗姿势,又扬起手,亮出匕首。他的手阵阵发颤,就像被雷震得轻晃的屋檐。他迎上莫阿什的目光。

强护弱。

"你……不……能……杀……他。"

"莫阿什,结果他。"格雷夫斯说。

"风操的,哪儿有必要。"莫阿什说,"你看看他的样子,他还不了手。"

卡拉丁感到疲惫不堪,可他至少站起来了。

行而又止。一切告结。

那个叫声似乎越飘越近,卡拉丁已能听清。

他归我所有!一个女声道,我要挽回他。

他背弃了誓言。

"他知道得太多了。"格雷夫斯对莫阿什说,"假如他活过今天,必定会反咬我们一口。莫阿什,你明白我说的是实话,杀了他。"

匕首从卡拉丁的指尖滑落,当啷一声落在地上。他体力太弱,无法再握持武器。他的手臂颓然垂到身侧。他低头盯着那把刀,头昏眼花。

我不管。

他会杀了你。

"卡尔,对不起。"莫阿什走上前来,"我真该一开始就痛快点。"

卡拉丁,真言。茜尔的声音响起,你得念真言!

我不准。

你怎么想不重要!茜尔大喊,只要他念出真言,你就挡不了我!卡拉丁,真言!快念啊!

"只要做法正确,我也会保护那些我恨的人。"卡拉丁动了动淌血的双唇，低声道。

莫阿什手上现出碎瑛刃。

远方雷声轰鸣。

真言有效。飓风之父语出无奈。

"卡拉丁！"茜尔道，"伸出汝手！"她绕着他上下飞窜，忽地显形，化为光带。

"我不能……"卡拉丁心力交瘁。

"伸出汝手！"

他伸出颤抖不已的手。莫阿什一时不敢乱动。

冷风从墙上的洞口灌了进来，已经化为光带的茜尔换上惯常形态，变作一团雾气。银雾在卡拉丁面前凝聚扩张，飘到他的手心。

一把熠熠生辉的碎瑛刃从雾中显现，剑身蚀满涡纹，放射出鲜亮耀眼的蓝光。

卡拉丁深吸一口气，仿佛久梦初醒。整条走廊陷入一片漆黑，所有壁灯都熄灭了。

他们一时站在黑暗中。

卡拉丁身上猛地爆出飓光。

黑暗中，喷薄而出的强光使他耀如炽烈白日。莫阿什连连后退，挥手护眼，在夺目白光的映照下，他的脸褪尽了血色。

疼痛骤消，仿佛雾气在热天蒸发。卡拉丁牢牢握住光华流转的碎瑛刃，与之相比，格雷夫斯和莫阿什的武器顿时黯然失色。窗板接二连三地敞开，呼啸的狂风刮进走廊。卡拉丁身后结出一层地上霜，寒霜向后蔓延，一个形似羽翼的铭文逐渐生成。

格雷夫斯号叫一声，急着要逃。莫阿什后退几步，盯着卡拉丁。

"光辉骑士团，"卡拉丁轻吐语词，"回归了。"

"为时晚矣！"格雷夫斯大吼。

卡拉丁皱皱眉，瞥向国王。

"《谶记》曾有言述。"格雷夫斯沿着走廊快步窜逃,"我们一时疏忽,完全未得其义!你身上起了变化,我们早先只顾着确保你和达力拿分处两地,却没有考虑到这种做法可能会招致什么后果!"

莫阿什看看格雷夫斯,又回望卡拉丁,随后拔腿就跑,瑛甲锵锵作响。他转身冲向走廊的尽头,很快便不见了人影。

卡拉丁,茜尔的声音在他脑海中响起,我感觉风还是很不对劲。

格雷夫斯纵声狂笑。

"确保我和达力拿分处两地?"卡拉丁低问,"他们为什么要操这个心?"

他扭身眺望东方。

噢,糟了……

85

泯于天穹

> 那位浪迹四方的漫游者为何人？他是如此叫人捉摸不透，一言一行都蕴含深意。仅窥得一隅，我便眼界大开、畏缩不前。这岂有可能？
>
> ——摘自《谶记·西壁奇颂》第八节
>
> （阿德罗塔吉娅作注：此处有无可能指代穆里兹？）

"她连通道能否开启都没说？"达力拿问道，大步走向指挥帐。密集的雨点砸向地面，将他笼罩。由纳瓦妮研发的照明法器泛出强光，但在倾盆的暴雨中，根本看不清被风掀起的帐篷之间的路。现在早已过了寻觅掩护的时机。

"是的，光明贵人。"冲桥手皮特说，"但她坚称我们抵挡不了两场为时不远的飓风。"

"怎么可能有两场飓风？"纳瓦妮问。她披着一件厚实的斗篷，浑身却已湿透，手中的雨伞早已被风吹飞。罗伊翁走在达力拿的另一侧，他的髭须沾了水，显得软塌塌的。

"不清楚，光明女士。"皮特说，"可她就是这么讲的。一场是普通的飓风,还有一场是别的什么,她称之为灭世风暴。她认为它们会在这里硬生生地相撞。"

达力拿蹙眉冥思。指挥帐就在前方。进帐后,他想和战地指挥官交谈,并且——

指挥帐剧烈抖动,后被强风掀起。这阵风裹挟着绳索和地钉,恰好在达力拿面前刮过,近在咫尺。原先安在帐中的十几盏提灯撒落到高地上,放出光线。达力拿咒骂了几句。文书和士兵冒着风雨奋力抓住地图和纸张,不让其被吹走或淋湿。

"风操的!"达力拿回身迎上烈风,"呈上即时战报!"

"长官!"战地总指挥官科艾携妻子雅帕拉小跑而至。他的衣装少有打湿,可这长久不了。"亚拉达守住了高地!雅帕拉正欲撰文通报。"

"当真?"全能之主保佑,他顶住了。

"当真,长官。"雨中的科艾须顶风呐喊,"轩亲王亚拉达表示,齐声高歌的仆族智者立马落败,任其斩杀,其余士卒纷纷溃逃。就算罗伊翁的高地失守,我们还是赢了!"

"未必如此。"达力拿回吼。仅在几分钟前,雨势减弱,但局面仍在迅速恶化。"立即向亚拉达、我儿子及考尔将军传令。东南方恰有一座呈正圆形的高地,望各方均能转移至该处躲避即临的风暴。"

"遵命,长官!"科艾用一手捶衣行礼,却用另一手指向达力拿背后,"长官,您看到了吗?"

他回望西方。那里红光耀闪,雷电划空,爆响阵阵,天幕震颤。巨型暴风眼已经生成,正在急速向外扩张。

"全能之主在上……"纳瓦妮轻叹。

近旁的营帐抖了几抖,桩钉渐渐松动。"科艾,别管帐篷了。"达力拿说,"全员转移。**动作快**。纳瓦妮,去见光明女士沙兰,尽可能施予协助。"

军官飞身而去，高声下令，与他同行的纳瓦妮遁入夜色，一队士兵紧随其后提供保护。

"那我呢，达力拿？"罗伊翁问。

"你要担任你方的总指挥，带领部下转移至安全地带。"达力拿说，"如果有处可寻的话。"

那顶离得不远的营帐再度晃动起来。达力拿皱起眉。营帐似乎没有随风而动。是否有人在……喊叫？

阿多林穿破帐布，仰面滑倒在石地上，盔甲漏出飓光。

"阿多林！"达力拿高呼着冲向儿子。

年轻人咬着牙抬起头，鼻血直流。他说了点什么，却被风声掩盖。他的盔甲有好几处残缺，少了头盔和左前臂护甲，裂纹遍布的胸甲几近散架，他的右腿裸露在外。谁能对碎瑛武士造成如此大的伤害？

达力拿瞬间便有了答案。他把阿多林轻轻地抱在怀里，却仰头望远，视线越过了坍塌的营帐。营帐在风中搅动，后被扯开，一个人阔步走出，身上腾起缕缕缭缭的飓光。此人的五官富有异域特色，一身被雨打湿的白衣紧贴躯体，低垂的头颅光秃无发，暗含阴鸷的双眼闪耀着飓光。

这就是杀害迦维拉尔的白衣刺客泽斯。

※

沙兰依次辨认着圆厅墙上的题铭，奋力寻找开启誓约之门的方法。

誓约之门必须起效，没有别的选择。

"上面全是晨颂文，"英娜达拉说，"我无法解读。"

光辉骑士乃关键之钥。

有雷纳林的剑不就够了吗?"方法何在?"她低声问。

"嗯……"图腾说,"和破碎平原相似,你大概靠得太近了,所以看不到?"

沙兰一时发蒙,随即起立,走到圆厅中央。那里的地画描绘了光辉骑士团及其王国,所有图案都交汇于中心点。

"光明贵人雷纳林?"英娜达拉问,"出什么事了?"青年王子已经跪下,正蜷缩在墙边。

"一切都在我眼中。"雷纳林发狂似的答道,他的声音回荡在室内。方才还在细察局部壁画的虔诚者们抬头看着他。"我能预见未来。为什么?为什么,全能之主?为什么向我下达此等咒罚?"他尖声嘶叫,语带恳求,随后起身,把什么东西往墙上一敲。一块石头?从哪里搞来的?他用覆有护甲的手抓紧石块,刻起了字。

沙兰吃了一惊,朝雷纳林走近一步。那是一串数列吗?

墙上的数字均为零。

"末日已临。"雷纳林絮絮低语,"末日已临、末日已临、末日已临。呜呼哀哉、呜呼哀哉、呜呼哀哉……"

裂空之下,达力拿搂着儿子跪倒在地。雨水冲走阿多林脸上的血渍,那孩子眨眨眼。被刺客痛打后,到现在他依然头晕眼花。

"父亲……"阿多林道。

刺客悄然上前,明显不急,犹如在雨中滑行。

"吾儿,等你接手公国的统治,"达力拿说,"切莫受人影响、切莫把玩权力。你要率先垂范,不要随波逐流。"

"父亲!"阿多林与他对视。

达力拿站了起来。阿多林一侧身,手脚并用,试图起立,可是刺客已经破坏了阿多林的胫甲,想要站立几乎不可能。那孩子脚下一滑,又跌倒在水塘里。

"阿多林,你自幼就懂事。"达力拿直盯着刺客道,"论做人,你比我出色。我曾经专横惯了,只得逼自己学习如何转变。可你呢,你生性就很好。阿多林,你要身先士卒,把他们团结起来。"

"父亲!"

达力拿从阿多林身旁走开。不远处,文书、随员、将领和官兵纷纷奔走呼号,试图在风暴的混沌中寻求秩序。他们服从了达力拿下达的撤退命令,多数人尚未留意到白衣刺客。

刺客在距离达力拿十步开外的地方作停。罗伊翁避开两人,面无血色、语无伦次,张嘴就喊:"刺客!刺客!"

雨势有所减小。这没有带给达力拿太大希望,红色闪电还在不停地划过天际。在那场新生飓风的前方,是不是……正要生成飓幕?扰乱仆族智者阵脚的努力已成一场空。

深族人没有出击,而是异常冷静地正对达力拿而立,纹丝不动、面无表情,脸上滴下雨水。

这个矮个男子皮肤苍白,样貌青涩,一身素衣。相比身材魁伟的达力拿,他就像一名未经历练的少年。

在他身后,罗伊翁的号叫消失在混乱中,第四冲桥队却持矛围拢在达力拿身边。达力拿挥手,示意他们退下。"这种情况不是你们能应付的,"达力拿说,"让我来对付他。"

十下心跳。

"为什么?"达力拿质问僵立在雨中的刺客,"为什么杀我兄长?在下令时,他们有否解释原因?"

"我是瓦拉诺之孙泽斯,"刺客厉声道,"深国无真奴。主人如此要求,我便不问缘由。"

达力拿瞬即改写预判。此人并不冷静,虽说表面上是一套,可一且开口说话,他就会紧咬牙关、怒瞪双目。

他疯了,达力拿想,风操的。

"你无须动此干戈,"达力拿说,"如果事关报偿……"

"吃了亏,"刺客发出高呼,口中腾起飓光,雨水溅于脸颊,"总会赚回!一点一滴,积少成多。我将浸淫其中,踩石客!"

泽斯横出一只手,碎瑛刃显形。他一个箭步上前,轻蔑地向达力拿出剑,仿佛仅在剔除肉中的少许软骨。

达力拿举起刚显形的瑛刃加以格挡。

刺客瞄了一眼达力拿的剑,抿嘴一笑,只露星点牙齿。他笑得迫切,眼神饱受折磨,这是达力拿见过的最邪恶的一景。

"多谢。"刺客说,"碰上不易死的人,我会更痛苦。"他后退一步,**身上骤然爆出烨烨白光。**

他再度以非人般的速度冲向达力拿。

※

阿多林一阵怒骂,晃晃脑袋,逐渐清醒。风操的,他头痛欲裂。被刺客抛到地上后,他一定磕到了。

父亲正在对抗泽斯。全能之主保佑,他服了理,终于和那疯人的瑛刃立了契。阿多林切齿咬牙,奋力站起,胫甲一碎,行动更是艰难。雨势渐弱,可天色仍暗。西边的闪电劈向大地,宛如猩红悬瀑,几乎从不间断。

与此同时,东边狂风大作。某物也在飓风之源内潜滋暗长,为极恶之兆。

父亲对我的嘱托……

阿多林踉跄欲跌,但有人伸出了援手。他侧头一望,发现先前的两名冲桥手——斯卡和德雷赫——正在扶他起立。

"二位,"阿多林说,"你们风杀的加薪了,快来替我卸下这身盔甲。"他以风卷残云之速拆卸盔甲的各部分,整套瑛甲千疮百孔,几近无用。

达力拿还在附近战斗,那里传来阵阵铿锵声。他若撑得了一时,阿多林便可救场。他不许那个妖孽再打败父亲。绝不会有下次!

他瞥了一眼达力拿的战况,随即一怔,两手捏着胸甲的扣带。

父亲……父亲正翩然舞剑。

✶

达力拿不为生存而战。他的命已长年不为己有。

他为迦维拉尔而战。多年前,他错失机会;现在,他希望重新一战,弥补遗憾。此时,飓风暂息,风平雨止,他与弑君者蹁跹而舞,自若处之。

刺客跃然腾空,身动如影、步速超人,一挥碎瑛刃,霎时电掣星驰。他不时地前伸另一手,仿佛想抓住达力拿。

达力拿回忆起上次交锋,承认这才是泽斯最危险的武器。达力拿屡屡抢着瑛刃逼走刺客,后者从多方进攻,但达力拿不加考虑,不然思维可能会混乱、心神可能会涣散。

他的直觉知道接下来该出哪几式。

一,待泽斯越过头顶,闪避;二,后退,以免中招折脊;三,攻击,逼开刺客;四,往后快退三步,举剑格挡,刺入刺客推来的手掌。

四步皆有成效,他暂可与此人一战。第四冲桥队依他之命留在阵后,他们只会造成干扰。

他活了下来。

却并未得胜。

达力拿旋身躲过一击，动作却不够快。刺客一个回转，一拳埋入他的侧体。

达力拿的肋骨断了。他呻吟着蹒跚挪步，就快跌倒。他朝泽斯扫出瑛刃，促其退避，可这无关紧要，损伤业已造成。他跪下来，痛得难以正身挺胸。

突然间，他领悟了。有一个道理他早该了然于心。

如果那一晚我未曾醉倒，而是神志俱全地守在现场……迦维拉尔依旧会死。

我打不过这个妖孽。此时无能，彼时亦然。

我救不了他。

达力拿顿觉心境平和了不少，那份携带六年有余的负担终于卸了下来。

刺客朝他阔步逼近，身上漫出刺目可怖的飓光，这时却有人从后方扑来。

达力拿以为是阿多林，抑或是某位冲桥手。

然而，上前的人是罗伊翁。

✷

阿多林抛下最后一部分盔甲，朝父亲奔去。他没来晚，达力拿跪在刺客身前，虽落败，却未死。

阿多林怒吼着缓步靠近，不料一个人影闪出倒塌的营帐。轩亲王罗伊翁手持佩剑，竟然带领一小队士兵冲向刺客。

罗伊翁之于刺客，就如野鼠之于深渊恶魔。

阿多林才堪堪来得及叫出声，刺客就以闪电般的速度扭身劈砍，罗伊翁手中的剑立马刀柄分离。泽斯推出手掌，压住罗伊翁的前胸。

罗伊翁射向半空，留下一道光迹。他号叫连连，泯于天穹。

他比部下挨得更久。刺客在他们之间来回横扫，灵巧地躲避矛尖，动作优雅超然。十几员士兵瞬间倒地，双眼灼烧。

阿多林跃过一具瘫倒的尸体。风操的，他还能听到罗伊翁在天上惨叫。

阿多林举剑朝刺客刺去，可那魔怪转身挡开碎瑛刃，张嘴大笑，一语不发，齿缝间却钻出飓光。

阿多林使出烟姿剑，接连突刺出击。刺客泰然处之，默默回拼。阿多林聚精凝神，全力斗争，可在此人面前，*他身手稚嫩。*

还在嘶吼的罗伊翁陡直从天而降，坠至湿滑的地面，发出令人头皮发麻的趾溜声。阿多林飞快地瞥了一眼尸体，知道轩亲王已无法再起身。

阿多林斥骂几句，扑向刺客，然而一块被刺客顺手拂过的油布却径直朝阿多林飞来。那个妖怪可以控制无生命的物体！阿多林劈穿油布，纵身向前一跳，对刺客挥出一剑。

他发觉无人可战。

快闪。

他迅速伏地，恰逢刺客飞过半空、某物掠过头顶。泽斯的碎瑛刃刷刷破风，险些命中阿多林的脑部。

阿多林翻身跪起，大口喘气。

如何……他能怎么办？

你打不过那邪魔，阿多林想，*它所向无敌。*

刺客轻盈落地，阿多林又站了起来，发现有人协力。十几名冲桥手整队列阵，将他环绕。领头的斯卡向阿多林注目颔首。他们都是好汉，见罗伊翁摔落，却还是和他站到一起。阿多林手举碎瑛刃，注意到父亲已在不远处起立，另一支冲桥手小队经由同意才簇拥到他身旁。他和阿多林苦战落败，眼下只可疾走狂奔。

不远处腾起战吼声，以渐近的旗帜判断，考尔将军正率突击大军前来。此刻支援，为时已晚。刺客站在潮湿的高地上，夹在达力拿和阿多林的小型布阵当中，头首低垂。散落在地的提灯焕发蓝光，天幕擦黑，唯有红色闪电划空。

要战碎瑛武士，仅可围攻，以求乱中出奇。阿多林冲达力拿点头，父亲肃然回礼，已然意会。**他明白该邪祟立于不败之地。**

阿多林，你要身先士卒。

把他们团结起来。

阿多林一声嘶吼，持剑前冲，士兵与其一并飞跑，达力拿也以慢速推进，一手护胸。风杀的，父亲快走不动路了。

泽斯猛然仰头，全无表情。待他们赶到，他一个飞跃，射向高天。

阿多林抬头睇视，他们肯定没有逐走他……

刺客在空中翻身飞腾，随后轰然落地，浑身耀如彗星。瑛刃划过，力道惊人，阿多林刚好挡下，顺势后退。刺客一个转身，两名冲桥手双目焦黑，倒地而亡，其余人试图戳刺，矛头却遭劈断。

刺客从人群中挣脱，身上的几处伤淌着血。阿多林定睛一看，卡拉丁所言不虚，刺客的伤口果然止血愈合了。阿多林心一沉，备感恐惧，**方才意识到他们的生机有多渺茫。**

刺客直奔殿后出击的达力拿，这位垂暮老兵挥起瑛刃，仿如致敬，而后刺出一剑。

主动进攻才是上策。

"父亲……"阿多林低唤。

刺客挡下瑛刃，用手按住达力拿的胸脯。

轩亲王通体放光，遽然飞向暗天，但并未失声咆哮。

高地陷入沉寂。一些冲桥手扶起伤员，其余人转身直面刺客，结成出矛阵型，神情狂乱。

刺客垂下握持瑛刃的手，跨步离开。

"混账!"阿多林啐道,紧追其后,"混账东西!"他满眼含泪,几乎看不清路。

刺客蓦地停步,将剑尖指向阿多林。

阿多林慌忙止步。风操的,他的头作痛不已。

"事已毕,"刺客念念有词,"不得再起。"他背向阿多林,复又走开。

该死的! 阿多林将碎瑛刃高举过头。

刺客一个旋身,挥剑拍挡落下的瑛刃,力度之强,**阿多林都能听清腕关节传出的脆响**。他的瑛刃从指尖滑落,消失不见。刺客猛地探出手,一拳揍向阿多林的胸口,他倒抽一口气,转瞬窒息。

他跪倒在地,晕头转向。

"不过,"刺客喝道,"一旦时间受我支配,再杀一个也无妨。"他瞪大双目,咧嘴狞笑,白齿毕露,仿佛身陷巨大苦楚。

阿多林喘着气,静候刺客动手。他仰望苍天。**父亲,抱歉了,我……**

我……

那是何物?

空中飘下一个形同落叶的发光体。他眨眨眼,认出了那道人影。

达力拿。

轩亲王缓缓坠落,全身轻若浮云,泄出缕缕耀眼白光。不远处,冲桥手低声议论,士兵扬手呐喊。

阿多林一眨眼,深信自己丢了魂。**然而那的确是达力拿,其人仿如……从宁静园下凡的令使**。

刺客见状仓皇退后,吓得张口结舌。"不……不!"

在达力拿身前,一个耀光四射的躁动火球如流星般坠下,轰的一声砸向地面,送出一圈宛如白烟的飓光。在光圈的中心,一个蓝衣人蹲伏在地,一手扶石,一手紧握发光的碎瑛刃。

他身着冲桥手制服，额前有奴隶烙印，双眼爆出炽烈光芒，叫刺客相形见绌。

那圈弥漫的光雾逐渐散去，只留一个剑形巨铭，不出片刻，后者亦消。

"刺客，你送他上天受死，"卡拉丁开口道，团团飓光从中逸散而出，"可是天风二者归我所有。今日，我要夺你性命。"

86 陆离流光

> 确切而言,一者几乎背叛了他者。
> ——摘自《谶记·次桌屉书》第二十七节

卡拉丁让飓光在身前消散。他的体能愈发不济,刚才拼命飞过平原,他已经耗尽了飓光。暗沉的苍穹挂在明亮的高地上,得悉那道升天的炽光竟是被泽斯甩上天的达力拿,他备感震惊。

卡拉丁很快就接住了他,并小心地用风行术把他送回地面。身在前方的泽斯跌跌撞撞地从大公子身边退开,把剑尖指向卡拉丁,摆出防御性姿势,双目圆睁,嘴唇翕动,看上去惶惶不安。

甚好。

达力拿终于稳稳落地,卡拉丁的风行术已然耗尽。

"你们要寻求掩护,"卡拉丁说着,血管中的风暴逐渐减弱,"我一路飞来,途中撞上了一场……生自西部的大风暴。"

"我们正在撤离。"

"加快速度,"卡拉丁说,"那伙计由我处置。"

"卡拉丁?"

卡拉丁转身瞥向轩亲王,后者以手护胸,却昂首挺立。达力拿注视着他,道:"你就是我在找的人。"

"对,您总算找到了。"

卡拉丁回身大步走向刺客,经过了结成密集阵型的第四冲桥队。泰夫特高声下令,队员们便往卡拉丁跟前扔下几盏发着蓝光的提灯,内置泣雨季专用的特大号宝石。

还好有他们在。他走了过去,飓光涌起,充盈在他体内。不过,他注意到了两具眼窝焦枯的尸体,心情顿时变得沉重起来。派丁和马特躺在众人脚边。亚斯紧紧抱着死去的兄弟,泪如雨下。其余冲桥手也是缺胳膊断腿的。

卡拉丁龇牙低吼。绝不会有下次。他不能再把部下送进这头怪物的魔爪。

"准备好了吗?"他小声问。

当然, 茜尔的声音在他脑中响起,*一直在等的人可不是我。*

卡拉丁怒不可遏,猛然扑向刺客,与其兵刃相接,飓光在体内燃烧,使他浑身熠熠放光。

※

"哀哉……"雷纳林念叨不止。

"来人啊,快叫他住口,"沙兰愤愤道,"实在不行就堵牢他的嘴。"她故意转过身,不再理睬口出胡言的王子,仍旧站在铺满镶嵌画的大厅中央。开启誓约之门的方法何在?

这座大厅呈圆形,位于一侧的锁眼装置可自行调整,各种碎瑛刃都插得进去。地上画着浑身散发飓光、剑指塔城的光辉骑士,与神话的描述相符。壁灯共有十盏。锁悬于一幅地画之上,她认为画面所描绘的王国是纳塔纳坦,也就是破碎平原的所在地。它——

十盏内置宝石的灯盏，均由金属网围绕。

沙兰眨眨眼，震惊袭过心头。

"这是法器。"

※

刺客蓦然升空，卡拉丁军尉飞起追逐，身后漫出道道光轨。

"撤退的进展！"达力拿大吼，在高地上穿行，肋骨痛到极致，先前负的伤也没有好到哪儿去。风操的，那一处伤在他战斗时消减无影，现在却痛得厉害。"谁来汇报一下！"

文书和虔诚者从附近那些已成一团狼藉的营帐中现身。高地上空腾起叫嚷声，风越刮越猛，短暂的平静终结了，缓和期就此过去。*他们必须立刻从高地上撤离*。

达力拿朝阿多林伸出手，扶年轻人起立。阿多林看上去真是有点狼狈，身上有伤，受尽打击，整个人都迷迷糊糊的。他弯了弯右手，痛得直蹙额，只好小心地放松开。

"该死的，"阿多林说，"那个扛桥的小子真是他们的人？他真的是光辉骑士？"

"对。"

阿多林不合时宜地一笑，喜形于色。"哈！*我就知道那家伙有问题*。"

"动起来，"达力拿推搡着阿多林，"我们要把部队转移到两座高地之外，去往沙兰所候的地方。你要到那边去，尽全力组织好。"他向西看去，携着暴雨的狂风越刮越猛，"时间紧迫。"

阿多林呼喊着，要求冲桥手跟上。他们扶起伤员，可惜无法带上死者。有几个人还抱着阿多林的碎瑛甲，那些甲片显然失效了。

达力拿忍着伤痛，往高地的东边跛行而去，尽量把速度放到最快，寻找着……

这里确实是他和加兰特分离的地方。马儿打着响鼻，晃了晃湿漉漉的鬃毛。"感谢你，老朋友。"达力拿伸手去摸雷沙迪乌马。尽管天上轰雷炸响，四周陷入一片混乱，这匹神驹仍未逃窜。

达力拿翻上马背，行动更为自如。他终于找到了正在有组织地自北向南涌向沙兰所在高地的罗伊翁军。眼看这支军队秩序井然，他大舒一口气。罗伊翁军的大部队已经穿过了南部高地，距离沙兰所在的圆形高地只有一座高地之遥。这是好消息。他不记得考尔将军被派去了何处，但是罗伊翁已经阵亡，他的部队估计陷入了混乱。

"达力拿！"一个人叫道。

他回过头，看到了与周围环境很不协调的一景。塞巴里尔和他的情妇正坐在一顶雨篷下吃着干鞍果，一名面露窘迫的士兵为他们托着盘子。

塞巴里尔朝达力拿举杯。"希望你别介意。"塞巴里尔说，"我们解救了你的物资。当时它们被吹了过来，不知要往哪儿去，凶多吉少。"

达力拿瞪着他们。帕萝娜甚至取出了一本小说来阅读。

"是你干的？"达力拿朝罗伊翁军点点头。

"他们闹哄哄的，"塞巴里尔说，"不仅走来走去，还彼此呼喊、痛哭流涕，真是太煽情了，总觉得应该有人让他们动一动。我的部队已经去了另一座高地。你要明白，那里可有点窄。"

帕萝娜翻看着小说，几乎没有注意他们的谈话。

"你见过亚拉达吗？"达力拿问。

塞巴里尔举杯一指。"他应该也穿过去了。你去那边就能找到他。幸好顺风。"

"少磨蹭，"达力拿说，"你若不走，到头来就是死人一个。"

"就像罗伊翁？"塞巴里尔问。

"不幸言中。"

"那么这的确是真的。"塞巴里尔起身拍拍裤子,那里多少还是干的,"这下我要拿谁开涮?"他悲痛地摇摇头。

达力拿纵马去往塞巴里尔所指的方向。他注意到两名冲桥手还跟在后面,不免觉得不可思议。达力拿看到了他们,他们便向他敬礼。

他把自己的去向告诉他们,随即快马加鞭。风操的,肋骨断了后,骑马并不比步行舒服多少,甚至更痛。

遵循指示,他果然在下一座高地上找到了正在监军的亚拉达,士兵逐渐登上沙兰所说的正圆形高地。罗斯特·埃瑟尔也在那里指导巨型机械桥的操作,他身上那套瑛甲是阿多林赢来的。这座桥梁横跨在深渊之上,和另两座达力拿军的机械桥并排放置,越过了较小的桥梁无法连通的距离。

与破碎平原的面积相比,这座高地显得相对较小,从一端到另一端只能走上几百码。现在人人都在往此地转移,呈蜂拥之势,但愿上面容得下联军。

"达力拿?"亚拉达问道,他骑马踱步而来,马鞍上挂着一颗巨大的钻石,似乎是从纳瓦妮的法器灯里顺来的。在光照下,他穿着一件湿透的制服,额头上缠着绷带,不过别处似乎安然无恙。"克勒克的臭嘴,这是怎么一回事?我无法从任何人口中得到直接的答复。"

"罗伊翁死了,死得光荣。"达力拿勒住加兰特,消沉地说,"他攻向刺客,如愿地把对方的注意力分散了一阵子。"

"我们赢了。"亚拉达说,"我驱散了那些仆族智者,敌人死者过半,大致算算,甚至有四分之三。阿多林在他的高地上表现更为突出,战果颇丰。根据汇报,与罗伊翁军作战的仆族智者已从高地上逃离。复仇誓约终得兑现!我们为迦维拉尔报了仇,战争结束了!"

他口出豪言,甚是骄傲。达力拿听罢,不忍说扫兴话,只好目不转睛地盯着亚拉达,浑身麻木。

我负担不起，还坐在马背上的达力拿心想，身子一瘫，必须做好领导。

"我们赢了也无足轻重，对吗？"亚拉达用更轻的声音问道。

"这当然事关轻重。"

"可是……就不该有别样的感受？"

"疲惫。"达力拿说，"苦痛、折磨。胜利的感受常是如此，亚拉达。我们是赢了，可我们现在必须借此求生。你的部下基本上都过桥了吧？"

他点点头。

"将全员转移至那座高地，"达力拿说，"万不得已时就赶他们上去，挤一点不要紧。我们得准备好，传送门一开启就尽快通过。"

这话的前提是那扇门能开启。

达力拿喝促加兰特向前，马儿驮着他跑过一座桥，来到深渊对面，大量士兵已在此处列阵。他艰难地策马冲向高地的中心，希望在那里得到拯救。

✴

卡拉丁纵身飞入半空，追逐刺客。

在他脚下，破碎平原渐行渐远。营帐被风刮倒，士兵阵亡，散落在地的宝石遭人遗弃，照亮了中心高地和周边的三座毗邻高地，还有那座处在另一侧的高地，从上空俯视，其形状圆得出奇。

联军集结在那座高地上。众多尸体星罗棋布，远看就是一个个小小的隆起，形同斑点。

卡拉丁抬头望天，重获自由。**风儿在他脚下涌起**，成为助力，他似乎在随风而升。他的碎瑛刃散作雾气，茜尔窜了出来，化为光缎，在他飞行时绕着他打转。

茜尔还活着。茜尔还活着。他仍旧备感欢欣。她不是死了吗？他在飞越破碎平原时问过她，她的回答很简单：

卡拉丁，你背弃了誓言，我才会死。

卡拉丁继续飞升，避开即临风暴的行进路线。从当前的视角观察，两场风暴历历在目：一场从西部滚滚而来，裹挟着红色闪电，爆响阵阵；另一场生自东部，靠近的速度更快，暗灰色的飓幕挂在前方。它们即将相撞。

"一场是普通的飓风，"卡拉丁猛然升入高天，追赶着泽斯，"另一场是仆族智者引来的红色风暴。不过现在为什么会刮飓风？还没到时候啊。"

"这场飓风是我父亲送来的，"茜尔的语调变得严肃而郑重，"他加快了风速。卡拉丁，他已经……沦落了。他觉得这一切不该发生。他想终结这一切，把所有人卷走，还想逃避未来。"

她父亲……飓风之父莫非想要他们的命？

这下好了。

刺客遁入黑云，消失在上方。卡拉丁咬咬牙，再次向上施放风行术，使自己加速跃向云海，周围的一切都变成了平淡无奇的灰色。

他持续留意空中的闪光，以防刺客攻来。刺客可能会出其不意。

周围变亮了。那是刺客吗？卡拉丁横出一只手，茜尔立刻化作瑛刃。

"不需要数十下心跳？"他问。

不需要，因为我和你在一起，随时准备着。十下心跳的延迟适用于死去的灵体，它们每次都需要复活。

卡拉丁冲出云海，沐浴在阳光下。

他倒吸一口气，先前忘了天还没黑。这里处在尘世之上，远离战时的昏暗。在阳光的直射下，密布的云朵散发出苍白色的光芒，美不胜收。高空的稀薄空气冷冽异常，但他体内飓光肆虐，使他易于忽略严寒。

刺客把银光倾泻的碎瑛刃举到一边，低着头悬停在附近，脚尖朝下。卡拉丁施放风行术，让自己停下，随后落至与刺客同高的位置。

"我是瓦拉诺之孙泽斯。"刺客道，"无真奴……无真奴。"他抬起头，瞠目咬牙，"你偷走了荣刃。这是唯一的解释。"

欠风操的，卡拉丁总把白衣刺客设想成冷酷杀手。真人在前，却大相径庭。

"我没有这种武器，"卡拉丁说，"也不明白要它顶什么用。"

"你在撒谎，我全知道。"泽斯一个猛冲，亮出剑尖。

卡拉丁用风行术把自己甩向一边，在回避之余挥起瑛刃，却未靠近击打。"我本该多练练剑术。"他喃喃道。

哦，没错。你大概希望我变成矛，对不对？

瑛刃散作迷雾，逐渐拉长，化为一根银矛，镌刻在刃口的铭文扭旋盘绕、辉光四溢。

泽斯在空中转体，用风行术把自己甩回悬停位。他一看卡拉丁的矛，似乎在发抖。"不。无真奴。我是无真奴。无真奴从不发问。"

泽斯仰天长啸，口出蒸腾飓光，那声凡人的嘶吼消逝在无尽长空，徒劳无功。

下方雷霆轰鸣，云海震颤变色。

※

沙兰从圆厅的壁灯前奔过，依次为每一盏灯注入飓光。她从虔诚者的提灯中摄取了飓光，浑身灿亮。现在不是作解释的时候。

身为飓能者，她不会再隐藏自己的本性。

这间圆厅是一件巨型法器，由壁灯中的飓光驱动。她早该看出来了。她从英娜达身前走过，后者直盯着她。"光明女士，你……你是如何做到的?"

几名学者已经坐到地上,急匆匆地在布面上画着铭守符,由于环境潮湿,她们用的是粉笔。那些祷文的具体内容是什么?是祈求安渡风暴,还是祈求摆脱沙兰?她并不知道,可她确实听见有人低声念出了"光辉变节者"一词。

还剩两盏灯。沙兰为一颗红宝石注入飓光,使其重新发亮,之后却耗尽了飓光。

"宝石!"她环顾圆厅,"我需要更多飓光。"

众人面面相觑,只有雷纳林还在石壁上凿刻一成不变的铭文,同时止不住哭泣。飓风之父啊,她已经用完了他们的飓光储备。一名学者从背包中掏出了油灯。与壁灯相比,这盏灯的光线显得很黯淡。

沙兰弯腰走出门洞,望着集结在外的大批士兵,他们在黑暗中挪动着双脚,人数成千上万,所幸有人拎着提灯。

"我需要更多飓光!"她说,"这——"

*那不是阿多林吗?*沙兰喜出望外,倒吸一口气,其余想法暂时烟消云散。她在人群的前排看到了他。阿多林倚靠在一名冲桥手身上,看上去狼狈不堪,左脸颊一片模糊,满是血痕和淤青,制服血迹斑斑,被撕出了好几道口子。沙兰朝他跑过去,拥他入怀。

"见到你真好。"他把脸埋进她的头发,"听说你要把我们从混乱中解救出来。"

"混乱?"她问。

轰隆一声,雷霆当空炸响,未有间断,成片的红色闪电劈向大地。*风操的!她没有意识到灾难快要临头了!*

"嗯……"图腾说。她往左边一瞅。一堵飓幕正在逼近。两场风暴就像两只渐渐合拢的手,处在其间的联军将被捏得粉碎。

沙兰猛吸一口气,飓光流入体内,给她带来活力。阿多林显然随身携带着一两颗宝石。他挣脱她的怀抱,打量着她。

"你也是?"他问。

"嗯……"她咬咬嘴唇,"没错。对不起。"

"对不起?风操的,女士!你能像他那样飞吗?"

"飞?"

雷声轰鸣。末日逼近。时不我待。

"确保全员就绪!"她回身奔入圆厅。

✦

两场气势浩荡的风暴席卷大地,在卡拉丁脚下相撞,云开雾散,红光与灰幕交织,弧形闪电穿行其间,此景犹如亚哈里提安再现,万物迎来终结。

卡拉丁在世界之巅俯瞰一切、拼死一搏。

泽斯持剑一扫,银色金属剑身闪过一道寒光,**伴随着叮的一声**,卡拉丁挡开攻击,手中的矛微微颤动。泽斯继续下落,从他身前经过,卡拉丁也往那个方向施放风行术。

他们往西坠去,掠过云顶,不过在卡拉丁看来,西边才是下方。他把矛尖对准杀气腾腾的深族刺客。

泽斯猛地闪向左侧,卡拉丁连忙跟上,把自己甩往那一侧,身下是翻涌不息的滚滚乌云。两场风暴似乎在较劲,照亮风雨的闪电就像划空的飞拳,四周爆响阵阵,不全是雷声。一块巨石被狂风掀起,石体上氤氲着水雾,在卡拉丁身旁穿云破风,随后来到阳光下,如海兽般鱼跃一番,再沉入云海。

飓风之父在上……他距离地面已有几百尺,或许有几千尺。巨石被抛得这么高,下面的状况该是何等激烈?

卡拉丁把自己甩向泽斯,同时沿着飓风的顶面加速运动,等到靠近后,又往回一收,使落体速度与泽斯持平,自此之后,他们并排飞行。

卡拉丁持矛挥向刺客,泽斯灵巧地挡过,一手紧握碎瑛刃,另一手从后面托住剑,把卡拉丁刺来的矛拨开。

"光辉骑士团不可能回归。"泽斯高吼。

"事实正相反,"卡拉丁抽回矛,"他们回归了,而且要杀你。"他在空中转体,把自己轻轻地甩到一边,举矛横击泽斯。

泽斯却陡然飞升,与卡拉丁的矛擦身而过。他们持续在空中坠落,身旁就是苍茫的云海,泽斯扑过来出招,卡拉丁咒骂着,刚好把自己甩开。

泽斯从他身前冲过,消失在下方的云层中,成为一道影子。卡拉丁想要追击,却未能如愿。

顷刻间,泽斯在卡拉丁身边跃升而起,迅速使出三连斩,有一剑刺中卡拉丁的手臂,他只得松开茜尔。

诅咒之地的。他用风行术退避,又把飓光注入那只化为一团死灰的手。经过一番努力,皮肤再现血色,可泽斯已经猛扑过来,眼见就要击中他。

雾气在卡拉丁的左手心上凝聚,他抬手防御,一面柔光四溢的银盾显形,挡开了泽斯的瑛刃,刺客惊讶得直哼声。

卡拉丁的右手恢复了力气,割伤已愈合,然而他已注入大量飓光,由此感到极其疲惫。他飞离泽斯,试图与他保持距离,可刺客纠缠不休,对有意回避的卡拉丁穷追不舍,无论他往哪里躲,泽斯总能飞快地凑上来。

"你是新手,没法和我打。"泽斯大喊,"我会赢。"

泽斯疾窜上前,茜尔又在卡拉丁手中化为矛。她似乎预料得到他想用什么武器。泽斯挥剑砍向茜尔,他们直面相视,同时翻倒,借由风行术沿着云层下落。

"赢的人总是我。"泽斯语出怪调,似乎带有愤怒。

"你看错我了，"卡拉丁说，"我不是新手。"

"你才刚刚习得法力。"

"不，风归我，天也归我，此情始于儿时。擅入其间的是你，不是我。"

他们结束相持，卡拉丁一使劲，把刺客推开，不再顾虑风行术、不再多想自己该干什么。

他反而顺其自然、听从本能。

他朝泽斯俯冲而去，举矛指向刺客的心脏，大衣呼扇作响。泽斯闪到一旁，可卡拉丁扔下矛，挥臂划出大弧，茜尔化为斧戟，斧头差点就要砍到泽斯的脸。

刺客开口谩骂，却刺出瑛刃，以作回应。卡拉丁手中的斧戟即刻变作盾牌，他极力格挡攻击，茜尔甚至在此刻就解体重构，卡拉丁空手往前一挥，瑛刃显形，深深砍入泽斯的肩膀。

刺客瞪大双眼，卡拉丁转了转瑛刃，把它拔出刺客的皮肉，随后试着反手给予其致命一击。泽斯反应迅速，往后连连施放风行术，逼迫卡拉丁跟上。

泽斯的手还能动。诅咒之地的。他肩上吃的一剑未能完全损坏手臂上的神经，而卡拉丁体内的飓光快耗尽了。

所幸泽斯的状态更为低迷，其周身的光芒逐渐减弱，由此可见，刺客消耗飓光的速率似乎要比卡拉丁快很多。治愈肩伤需要海量飓光，他没有这样的打算，却还是腾挪闪身，意图甩掉卡拉丁。

下方阴暗朦胧，风雷交加，云雾缭绕，战斗还在持续。卡拉丁追逐着泽斯，某种庞然大物在云层之下移动，显出一片黑影，有一座城市的大小。片刻后，**一整座高地的顶部冲破暗云**，缓缓翻转，仿佛刚被抛上来。

泽斯险些撞上高地，但他往上施放风行术，足以飞越过去。他登上地表，往前飞跑。高地在空中徐徐转动，向上的冲力渐渐淡去。

卡拉丁在他背后落地，却保有大部分朝上的风行术，所以他的身子很轻。他沿着高地的边缘奔跑，几乎直冲天际。泽斯突然扭身切穿一处岩石，巨石纷落，卡拉丁闪身躲到一边。

高地逐渐往地面跌落，岩石哗啦啦地滚下来，泽斯来到最上方，飞身一跃，之后没多久卡拉丁就从岩石地表上弹跳而起，高地坠入奔涌的流云，就像一艘沉船。

他们还在你追我赶，但泽斯更换方式，沿着飓风顶面往后坠落，双眼直视卡拉丁，眼神狂野。"说服我！"他吼道，"你绝不是他们的人！"

"你都见识到了。"卡拉丁回吼。

"虚渡！"

"回归了。"卡拉丁高呼。

"不可能。我是无真奴！" 刺客喘息道，"我不必和你打，目标另有其人。我……我有使命！我从！"

他转身将自己甩至下方。

他落向云海，直冲达力拿所在的高地而去。

※

两场风暴迎头相撞，沙兰赶紧从室外冲进圆厅。

她在干什么？没时间了。就算她能开启传送门，**风暴也已来袭**。她来不及把大家疏散过去。

众人难逃覆灭的命运。上千人或许已被飓幕横扫致死。

不管怎样，她还是往最后一盏还未点亮的壁灯跑去，为其中的润石注入飓光。

地上泛出光芒。

虔诚者们惊得跳起，英娜达拉尖叫一声。阿多林磕磕碰碰地从门口进来,带入呼啸的狂风和一阵暴雨。

他们脚下的地面由内而外地发出辉泽,精密巧致的设计得以展现,看起来简直就像彩绘玻璃。沙兰跑向墙上的锁,一个劲地招呼阿多林过来。

"剑!"她顶着室外的风声冲阿多林大喊,"插进去!"雷纳林早就遣走了瑛刃。

阿多林依吩咐匆步上前,召唤出碎瑛刃,把它插进狭缝,金属再次流动,契合武器的外形。

毫无反应。

"没用。"阿多林吼道。

答案只有一个。

沙兰握住剑柄,脑海中响起惨叫,她置之不顾,飞快地把剑拔出来扔到一边。阿多林的剑瞬即归于雾气。

真相非常深刻。

"你的瑛刃有问题,所有瑛刃无一例外。"她仅仅略作犹豫,"只有我的瑛刃可用。图腾!"

他在她手中化为瑛刃,那是深藏不露的灵魂,她曾借此杀人。沙兰把剑插进狭缝,武器在她手中震动,发出光亮,**高地深处的某个部分随即开启。**

室外闪电劈落,人们连声号叫。

现在,沙兰明白了誓约之门的操作机制。她用力把剑往前推,仿佛在推磨,她的剑就是磨轮上的辐条。这座建筑有双层墙壁,内墙就像管中的圆环,可以旋转,外墙则会保持原样。她一推剑身,内墙就移动起来,起初还卡住了,因为门洞被切开后,落石挡了道。阿多林使上劲,和她一起推。他们沿着环形内墙前进,来到绘有乌有斯麓的地画上方。他们是从画着纳塔纳坦的地方开始推的,后来绕过了半圈。她把瑛刃拔了出来。

十盏灯瞬时熄灭,如同闭上的双眼。

✦

卡拉丁跟随泽斯冲入风暴中的黑暗,在旋风和响雷的包围中坠落。狂风捶打着他,把他刮得团团转,这是风行术无法阻止的。他也许御风自如,可飓风是另一码事。

小心,茜尔传话,我父亲恨你。这是他的地盘。更可怕的是,还有另一场由它们引发的风暴。

不论如何,飓光源于飓风,卡拉丁身在飓风中,全身充满能量。留在他体内的飓光爆燃而起,泽斯的情况显然也是如此。刺客骤然重现,通体煞白,急速穿过汹涌的风暴,飞往高地。

卡拉丁怒吼着施放风行术,追赶泽斯。彩色闪电在他周围划过,或红、或紫、或白、或黄。在雨中,他浑身湿透,附近的飞沙走石时有碰撞,使他中招,但飓光一下子就治好了他的伤。

泽斯顺着高地而行,卡拉丁费力地跟了过去。驾驭怒风非常艰难,四周一片浓黑,几乎不见五指。闪电断断续续地劈过,照亮了平原。幸好泽斯藏不住身上的光华,卡拉丁聚精会神地留意着那团烈光。

快点。

依照扎赫尔几周前的教导,泽斯无须打败卡拉丁便可获胜,他只需直取那些受到卡拉丁保护的人。

再快点。

一道闪电照亮了战地,卡拉丁往下一瞥,发现了军队。几千名士兵挤在巨大的圆形高地上,许多人缩身蹲下,其余人恐慌不已。

闪电骤消,大地重归黑暗,不过卡拉丁都看在眼里,深知灾变已临。人们被吹下悬崖,还有人被落石砸死,不出几分钟,整支军队都会被抹去。风操的，卡拉丁甚至不确定自己能否在这场灾害中存活。

泽斯砰的一声降落在士兵之间，在黑暗中熠熠生辉。卡拉丁也把自己往那个方向甩，这时又有闪电劈过。

电光一闪，泽斯站在一座空旷的高地上，显得困惑莫解。军队消失了。

※

室外风吼消止。沙兰瑟瑟发抖，湿冷难当。

"全能之主在上……"阿多林低叹，"我快要对新发现产生恐惧了。"

建筑的内墙经过转动，他们开出的洞口移了位，正对着硬化的飓砂。从前，这里可能有一个天然的门道。阿多林召唤出瑛刃，切了一个洞。

图腾——她的碎瑛刃——归于雾气，室内的装置停止了运作，室外的声响已被隔绝，风啸和雷声均不可闻。

她做着心理斗争，百感交集。她似乎救了自己和阿多林，可军中的其他人……阿多林砍出一个门洞，阳光从洞口倾泻进来。怀着忐忑不安的心情，沙兰向门洞走去，途经坐在屋角的英娜达拉，她看上去不胜困窘。

沙兰在门口眺望未曾改变的高地，这里只不过被阳光照亮，变得安定了不少。来自四支队伍的男男女女统统蹲在地上，浑身湿淋淋的，许多人抱着头、缩着身子，想要抵挡不再刮来的强风。不远处有一匹雷沙迪乌牡马，旁边站着两个人，分别是达力拿和纳瓦妮。看得出来，他们早前正在赶往这座位于高地中心的建筑。

一片陌生的山岭在他们身后绵延开去。他们所在的高地还是之前那座高地，但周边多了九座高地，这十座高地围成了一圈。在沙兰的左手边，一座棱纹巨塔矗立在山上，形如层层叠起的杯盘，自下而上逐渐变窄。乌有斯麓到了。

高地上并没有传送门。

高地本身就是传送门。

✹

泽斯冲着卡拉丁大吼，可他的话消隐在风暴中，来自远方的走石在他们周围轰然坠落。卡拉丁确信自己在风中听到了可怕的惨叫，与此同时，他从未见过的红色灵体在他身旁窜来窜去，形如拽着尾巴的小流星。

泽斯再度狂号，这次卡拉丁听清了他的话："怎么会！"

卡拉丁击出瑛刃，以作回应。泽斯极力格挡，两人白刃相接，光耀黑暗。

"我认识这座像柱子一样的高地！"泽斯嘶吼，"我以前见过！他们去了那座城，对不对！"

刺客跃向高空，只想冲出风暴的卡拉丁恨不得跟上去。

泽斯连连号叫，朝西飞去，远离红光耀闪的风暴，依循普通飓风的风向，而后者已是相当危险。

卡拉丁追了过去，在狂风的捶打下，要赶上他十分艰难，虽然泽斯不比卡拉丁占上风，但风暴着实变幻莫测，他和泽斯会被推至两个方向。

万一泽斯甩掉了他，会发生什么？

他知道达力拿的去向，卡拉丁想道，咬紧牙关——与此同时，一道刺目的白光闪过，蒙蔽了一侧的视野——*而我不知道。*

假如他找不到人，就无法保护达力拿。不幸的是，在追逐中，这等阒黑对逃逸者更有利。泽斯缓缓拉开距离。

卡拉丁想要跟上去，可一阵强风吹得他偏离了方向。即便施放风行术，他也不能真正地"飞"起来。风势不可捉摸，他受到牵制，无力抵挡。

不！泽斯的发光人形渐渐缩小。卡拉丁冲着黑暗怒吼，眨眨眼，挤出雨水。他快看不见了……

茜尔窜至半空，来到他身前，而他仍然提着那根矛。怎么回事？

一条条光缎升腾而起，时不时地化为年轻男女的形态，全是怡然欢笑的风灵，有十多只在他周围打转，划出多道光迹，它们的爽朗笑声盖过了飓风的咆哮，不知为何。

*在那里！*卡拉丁想。

泽斯就在前面。卡拉丁冲着他施放风行术，在风暴中坠落，猝然改换方向，来回躲避电闪和走石，顶着滂沱的暴雨不停眨眼，挤去灌入眼中的雨水。

旋风之中是一片混沌。前方……有光？

那是飓幕。

泽斯突然冲出飓风的最前锋，透过纷乱的水石残片，卡拉丁只能勉强看清刺客，后者转身回望，举手投足间流露出自信。

他自以为甩掉我了。

卡拉丁冲出飓幕，周围的风灵袅袅展开，组成陆离流光。他高呼一声，挺矛直刺，泽斯匆促举剑一格，双目圆睁。"不可能！"

卡拉丁一转身，手中的矛已变为剑。他瞄准泽斯的脚，挥剑劈砍。

刺客沿着飓幕侧身一闪。泽斯和卡拉丁双双往西边持续坠落，就在那堵混杂着碎石残屑的水墙之前。

下方的陆地飞驰而过，影绰不清。两场风暴终于分离，普通的飓风沿着惯常的路线行进，自东向西吹拂。破碎平原很快就被抛在后头，让位于连绵的山峦。

卡拉丁追了上来，泽斯翻身后落，出剑攻击，不过茜尔趁机变成盾牌格挡。卡拉丁往下一挥胳膊，手中现出一把锤子，正好砸中泽斯的肩膀，后者的肩胛骨断了。刺客设法用飓光接骨疗伤，这时卡拉丁欺身靠近，一手压住泽斯的小腹，一把匕首在他指间显形，刺进皮肤。他越捅越深，找寻着脊梁骨。

泽斯痛得直抽气，拼命往后施放风行术，挣脱了卡拉丁的控制。

卡拉丁跟了上去。巨石在飓幕中翻滚，在卡拉丁看来，那里就是地面。他必须不停地调节风行术的方向，以免偏离正确的位置，落到飓幕之后。

巨石显露出来，卡拉丁一跃而上，追逐着泽斯，刺客奋力坠落，衣衫飘荡，呼啦有声。无数风灵忽隐忽现，在卡拉丁周围形成一圈光晕，绕着他的四肢盘旋不止。飓风唾手可及，飓光源源不断。

泽斯减速疗伤，悬浮在排山倒海的飓幕前，把剑举到身前，继而深吸一口气，迎上卡拉丁的目光。

那么是时候终结一切了。

卡拉丁向下俯冲，茜尔化为他最熟悉的武器，在他指间形成一根矛。

泽斯连连劈扫，毫不留情，动作快得看不清。

卡拉丁逐一挡下，终于用矛抵住泽斯手中的剑柄，只差几寸就要命中刺客的脸。

"确实是真的。"泽斯低语。

"确实。"

泽斯点点头，焦虑之情似乎不再有，取而代之的是眼中的空洞。"那么我自始至终都是对的，我向来就不是无真奴，随时都能终止杀戮。"

"我听不懂你的话，"卡拉丁道，"但你根本无须杀戮。"

"我奉命——"

"借口！你要是仅仅奉命杀人，就不是我心目中的恶棍。反之，你是个懦夫。"

泽斯直视他的双眼，点了点头，随即逼退卡拉丁，举剑欲挥。

卡拉丁向前伸手，茜尔化为剑的形态。他本想挡下泽斯的攻势，以破坏其章法。

泽斯未作抵抗，仅是合上眼皮，自甘承受打击。

在那一瞬，出于某些无法表达的原因——或许是怜悯？——卡拉丁改变瑛刃的指向，刺穿了泽斯的手腕，该处的皮肤立即变成一团死灰。刺客的剑脱了手，剑身反射着闪耀电光，随后变暗。

刺客身上的光芒散去了，飓光忽地化为乌有，风行术统统失效。

泽斯掉了下去。

去取那把剑！ 茜尔在卡拉丁脑中发出呼喊。*握牢。*

"还有刺客！"

他已经解除了契约。没有那把剑，他什么都不是！瑛刃不可丢！ 卡拉丁立刻跟上，一个俯冲，经过了泽斯，后者在空中翻滚，仿如布偶，怒风对他百般捶打，将他吹向飓幕。

卡拉丁奋力把自己往下甩，就在飓风刮走瑛刃之前，他一手握了上去。刺客从他身旁坠下，被风暴吞噬。卡拉丁眼中只剩一幅骇人的画面，泽斯的人影显得软弱无力，全盛的狂风袭来，他顺着风势撞向下方的高地。

卡拉丁举起刺客的瑛刃，把自己往回甩，并沿着飓幕飞升，早前被他吸引的风灵在他周围盘旋，笑得纯真。待他来到飓风之巅，它们向外散开，嗖嗖有声地窜到仍在压进的飓风之前，随风起舞。

现在，他孤身一人，只有茜尔相伴。她化为素裙翩翩的少女，长到真人身高，悬浮在他身前。待飓风行至他们脚下，她莞尔一笑。

"我没杀他。"卡拉丁说。

"你想杀吗？"

"不想。"卡拉丁讶于自己说了真话,"可我真该不顾一切地杀了他。"

"你拿到了他的璜刃。"她应道,"飓风之父可能带走他了。假如没有……嗯,反正他不再是过去的人形兵器了。我得说,你干得很漂亮,这次我大概能守牢你了。"

"谢谢。"

"你要明白,你差点害死了我。"

"我明白,我以为我已经失去了你。"

"不说点别的吗?"

"说点别的……嗯……说你伶牙俐齿、绝顶聪明?"

"你忘了表扬我。"

"可我刚才不是说了——"

"你只是在列举事实。"

"茜尔,你真了不起。"他说,"绝无夸张,你太棒了。"

"还是铁打的事实。"她笑开了花,"不过,只要你愿意赏我一抹真心实意的笑容,我就不计较啦。"

他笑了。

这感觉无与伦比。

87
飓雨

阿勒斯卡自然在劫难逃。密切留意,不可任人巩固该国统治。黑荆棘不成盟友便为宿敌,一切都依傍他是否走上军阀之路。若他倾向讲和,即刻斩杀,不得顶风与其竞争。

——摘自《谶记·榻灯铭》第四节(由阿德罗塔吉娅译自秘符原文,第三版)

破碎平原又被碾碎了。

卡拉丁穿过大地,肩上扛着泽斯的碎瑛刃。他路过了成堆的岩石和新生成的地缝,如小湖般的大水洼泛出亮泽,夹在大块的碎石之间。在他的左手边,一座完全坍塌的高地陷进了周围的深渊,其底部犬牙交错、裂隙横生,似乎呈焦黑色。

他没有发现泽斯的尸体。这意味着此人活下来了,要不然就意味着风暴已经把他埋进了碎石瓦砾,或是把他卷进了某道被人遗忘的深渊,留他在崖底腐烂,就等某支不幸的物资收集队前来挑拣尸骨。

目前,泽斯还没有把瑛刃召唤回去,这样就够了。正如茜尔所言,他不是死了,就是和那件古怪的武器断绝了联系。卡拉丁还不知道辨别的方法,这把碎瑛刃的剑柄没有装上宝石,无法给出示意。

卡拉丁在一座高坡旁停步,仔细打量灾后的废墟。他瞥了一眼坐在他肩上的茜尔。"还要来?"卡拉丁问,"另一场飓风还没走?"

"是的。"茜尔说,"这是一场崭新的风暴,和他有关,但和我们无关。"

"这种飓风每次刮过来,都会引发这么糟糕的后果吗?"卡拉丁问。在他目力可及的高地中,只有那一座被彻底摧毁。但是,既然飓风可以对纯天然岩石造成那种破坏,它又会对城市产生什么影响?尤其是在风向相反的时候?

飓风之父在上……避风地的功能即将丧失,遵循背风设计的建筑会一下子暴露在风暴之下。

"我不知道。"茜尔悄声说,"卡拉丁,这场风暴是新生成的,史无前例。我不知道它是如何产生的,也不知道它意味着什么。但愿它不会变得这么可怕,除非普通的飓风和灭世风暴相撞。"

卡拉丁应诺了几声,谨慎地择路来到现有高地的边缘。他吸入少许飓光,用风行术把自己往上甩,以抵消自然界的地心引力,进入失重状态。他用脚轻踢,飘过深渊,去往下一座高地。

"那么军队怎么就那样消失了?"他撤除风行术,坐到一块石头上。

"呃……我怎么知道?"茜尔说,"那时我可有点忙。"

他哼了一声。原先所有人都在这座浑圆的高地上避难,它的形状确实奇特。在附近的高地上,曾经的大山裂开了,露出了里面的残垣断壁。相比之下,这座呈正圆形的高地要平坦得多,不过在它的中央,似乎有一座石坡,或是别的什么。他迈开大步,往那个方向走去。

"看来所有碎瑛刃都是灵体变的。"他说。

茜尔的脸色变得愈发凝重。

"是死去的灵体。"卡拉丁补充道。

"对。"茜尔认同道,"当人类召唤碎瑛刃、使自己的心跳与其本质同步的时候,灵体就会稍微复活。"

"怎么会有'稍微'复活这种说法?"

"我们是灵体。"茜尔说,"我们是各种力量的化身。你们不能完全杀死我们,只能……做到一定程度。"

"这再明显不过。"

"这对于我们而言,才再明显不过。"茜尔说,"你们是奇怪的一族。敲碎的石头还是石头,崩溃的灵体还算是灵体,而一个人受到伤害后,有些东西就会不见。那个人发生了改变,剩下的只有肉身。你们太古怪了。"

"总算说清楚了。"他停下脚步,不见阿勒斯卡人的影子。他们真的逃脱了?要不然就是被一阵骤风卷入了深渊?此类灾难似乎不可能不留一丝痕迹。

*拜托了,千万不要发生这种事。*他把泽斯的剑举离肩膀,放到面前,再往下一插,几寸剑尖没入了石地。

"这把剑怎么说?"他审视着武器。这是一把朴实无华的瑛刃,剑身细长,银光四溢,有些不寻常。"我拿着它的时候,没有听到惨叫声。"

"因为它不是灵体变的。"茜尔小声说。

"那它是什么?"

"危险品。"

她在他肩膀上站起来,走了又走,仿佛登上了通向那把剑的阶梯。她在化为人形时不经常飞,除非变成一条光带、几片落叶,或是一小朵云。无论她以哪一种形态出现,都会秉持该形态的天性。他从未意识到这是多么奇怪、却又多么正常。

她悬停在剑身前。"我觉得这是一把荣刃,也就是令使用的剑。"

卡拉丁应诺了一声。他听说过。

"任何持有这种武器的人都会成为风行骑士。"茜尔回望卡拉丁，解释道，"荣刃就是我们的原型，卡拉丁。荣誉将之交予人类，他们便从中获取了法力。灵体察觉了上神的举动，于是依样为之。我们是上神神力的一部分，就像这把剑。它是宝物，你要小心保管。"

"那么那个刺客不是光辉骑士。"

"对。但是卡拉丁，你得明白，谁挥起这把剑，谁就能运用你的法术，却无须……受制于灵体。"她碰了碰荣刃，浑身发抖，形体扭曲了片刻，"这把剑赋予刺客风行术之力，可仍要消耗他的飓光储备。操持荣刃所需的飓光比你这样要多得多，已达岌岌可危的程度。"

卡拉丁伸手握住剑柄，茜尔飞到一旁，变作光带。他举起武器，放回到肩膀上，之后继续前行。前方的确有一座石坡，很可能是一幢被飓砂覆盖的房屋。他越走越近，看到周围有人在动，真是万幸。

"喂？"他喊道。

近旁的几个人停下手上的动作，转身一望。"卡拉丁？"一个熟悉的声音传来，"风杀的，是你吗？"

他笑开了颜，辨出了那几个穿蓝制服的人。泰夫特心急火燎地在石地上跑过，疯疯癫癫地赶来见他。其他人跟在后面，又是吼又是笑。德雷赫、皮特、比西格和西格吉尔一个不差，身材最魁梧的石头自然也没落下。

"又来一把？"石头瞅了瞅卡拉丁的碎瑛刃，"是你的？"

"不，"卡拉丁说，"是我从刺客身上夺来的。"

"那他死了？"泰夫特发问。

"差不多。"

"你打败了白衣刺客，"比西格低声说，"这下真的结束了。"

"我想他的落败只是一个开始。"卡拉丁朝那座建筑点点头，"这是什么地方？"

"哦!"比西格说,"快来!我们要领你去高塔里面逛逛,那个光辉骑士姑娘教会了我们如何把高地召唤回来,就等你了。"

"光辉骑士姑娘?"卡拉丁问,"沙兰吗?"

"你说得一点都不惊讶。"泰夫特咕哝道。

"她有一把碎瑛刃。"卡拉丁说。这把瑛刃并未在他脑中尖叫。因此,她要么是光辉骑士,要么持有另一把荣刃。他向那座建筑走去,看了看附近的阴暗处,注意到一座桥。

"这桥不是我们的。"卡拉丁说。

"嗯,"雷滕说,"那是第十七冲桥队的东西。飓风刮起来后,我们把桥留下了。"

石头点点头。"当时敌人杀得火热,我们忙着阻止光眼种掉脑袋。哈!可是在这里,我们需要桥。那个平台要运作,我们只好走下去,方便沙兰·达瓦回来。"

卡拉丁把头伸进石坡里的厅室,发现一派美景,不由得屏息静观。第四冲桥队的其余队员就等在屋里,其中有一位高个男子,卡拉丁没能一眼认出来。他是不是偻朋的亲戚?那人转过身,卡拉丁发现自己把他的头盖甲误认成了帽子。

头盖甲是仆族智者的特征。卡拉丁浑身一紧,**恰逢这名仆族智者举手敬礼**。他还穿着第四冲桥队的制服。

而且额头上有文身。

"瑞莱恩?"卡拉丁问。

"长官。"瑞莱恩说。他的五官不再圆润,反倒轮廓分明、强健结实。他长着粗壮的脖子,下巴比以往要挺拔,如今生着一圈红黑相间的胡须。

"人不可貌相,你来头不小啊。"卡拉丁说。

"长官,容我指正,"他说,"我认为这句话可以同时套用到你身上。"他说话的嗓音富有乐感,语词间带有古怪的韵律。

"瑞莱恩已获光明贵人达力拿的赦免。"西格吉尔解释道,绕过卡拉丁,走进了屋。

"他原来为什么有罪?就因为是仆族智者?"卡拉丁问。

"因为我是族人派来的间谍。"瑞莱恩说,"他们似乎销声匿迹了。"他说话的节拍改变了,卡拉丁觉得自己能在其中感受到痛苦。石头走了过去,把手放在瑞莱恩肩上。

"等回了那座城,我们可以对你细细道来。"泰夫特说。

"我们就知道你会来这座高地。"西格吉尔补充道,"所以我们必须在此处迎接你,不管光明女士达瓦怎么抱怨。总之,发生了好多事情,我们有好多话要告诉你。我想你马上就会成为焦点人物。"

卡拉丁深吸一口气,但点点头。他还能有什么期待?不能再躲藏。他已经下了决心。

我该怎么和他们说莫阿什的事?他心里直纳闷。此时,第四冲桥队的队员簇拥在他身边,不停地念叨着他要怎样为灯盏里的润石注入飓光。几名冲桥手在战斗中受了伤,比西格也在其中,他始终把右手插在衣兜里,一截发灰的皮肤露在袖口外,这只手被白衣刺客砍伤后就失去了生气。

卡拉丁把泰夫特拉到一边。"有没有损失别的人手?"卡拉丁问,"我看到了马特和派丁。"

"还有罗德。"泰夫特咕哝道,"他被仆族智者杀了。"

卡拉丁闭上眼,长吁短叹。罗德是一名不太会讲阿勒斯卡语的乐天派赫达孜人,也是偻朋的亲戚。卡拉丁跟他不熟,但他仍是第四冲桥队的一员,所以卡拉丁要负起责任。

"你无法保护所有人,孩子。"泰夫特道,"你消除不了他们的痛苦,也不能阻挡死亡的召唤。"

卡拉丁睁开眼,但没有顶嘴,反对意见至少不能用言语表达出来。

"卡尔,"泰夫特的语调变得更为和缓,"快结束时,就在你赶过来之前……风操的,孩子,我发誓我在那里见到了几个发光的小青年,他们身上冒出了幽幽的飓光。"

"什么?"

"我在听人诵读光明贵人达力拿所见的幻象。"泰夫特接着说,"我觉得你也该听听。我推测,光辉骑士团似乎不单单由骑士组成。"

卡拉丁望了望第四冲桥队,不禁笑了,那些因损失人手而起的悲伤被他压了下去,至少暂且不会抬头。"我想知道,"他轻声说,"当**一群前奴隶的皮肤一律开始发光**,阿勒斯卡的社会结构会产生什么样的变化。"

"更别提你的眼睛了。"泰夫特嘟哝道。

"眼睛?"卡拉丁说。

"你没发现?"泰夫特说,"咳,我怎么会讲出这种话来?平原上又没镜子。小伙子,你的眼睛是苍蓝色的,就像亮晶晶的水面,比所有国王的眼睛还明亮。"

卡拉丁背过身。他总希望自己的眼睛不要变色,可事实正相反,所以他感到很不安。情况堪忧,他还是不敢相信光眼种有任何理由实行压迫。

他们仍然没有理由,他想道,依照西格吉尔的指示,为灯盏里的宝石注入飓光,光眼种的统治恐怕肇始于世人根深蒂固的观念。这一群体的外表的确有点像光辉骑士,可这并不代表他们应该压迫所有人。

欠风操的光眼种。他……

他如今也成了一名光眼种。

风杀千刀的!

他召唤出化为瑛刃形态的茜尔,根据西格吉尔的指示,把她用作启动法器的钥匙。

沙兰站在乌有斯麓的大门前，抬头一看，想要有所领悟。

高塔的大厅中回声阵阵、光线摇曳，人们四处探索，由阿多林指挥，纳瓦妮则就地扎营，料理伤员、清点补给。遗憾的是，多数食品和装备还留在破碎平原上。此外，誓约之门传送人员的代价并不低廉，超出了沙兰的预想。不知为何，传送过程产生了极大损耗，高地上的男女所携的宝石只有一小部分未褪光。无独有偶，那些由纳瓦妮研发的法器也耗尽了飓光，工程师和学者都把它们握在手中。

她们做了几轮试验，发现传送人数越多，传送所需的飓光量就越大。看来除了容纳飓光的宝石，飓光本身也会成为一种宝贵的资源。在探路时，他们已经实行了宝石和提灯的配给制。

几名文书在沙兰眼前走过，带来了图纸，用以画出阿多林考察的路线。她们一屈膝，迅速向沙兰行礼，显得很不自在，还叫她"骑士小姐"。她到现在还没有和阿多林细谈她的事。

"这是真的吗？"沙兰拼命仰头，望着直插蓝天的巨塔，"我是一名光辉骑士？"

"嗯……"伏在她裙子上的图腾说，"还差一点，你得再念几句真言。"

"什么样的真言？要立誓吗？"

"织光骑士只须念出第一信条，"图腾说，"自此之后，你必须讲真话。"

沙兰仰观高塔，过了一阵子就转身走回临时军营。此地并未进入泣雨季，至于为什么，她并不确定。是不是因为他们其实凌驾于雨云之上？又或者单单是由于古怪飓风的来临，天气已经变得不正常了？

在军营里，穿着湿外套的士兵坐在石头上发抖，按阵列划分。沙兰呼出一口气,但她已经吸入了飓光——只有少许——以防自己发冷。可惜的是,在这里很难把火生起来。塔城的前方有一大片石地,长在那里的石壳木非常稀少,仅有的几株也很小,还没有一个拳头大,当不了多少柴火。

这块空地上矗立着十座围成一圈的柱形高地,也就是誓约之门,每一座高地的底部都有一圈台阶。在更远处,山脉绵延不绝。

高地的部分台阶确实被飓砂覆盖了,一直蔓延到空地的边缘。这里的飓砂远不如破碎平原上的多,可见降水量肯定偏少。

沙兰来到石地的边缘,下面就是峭壁。如果《王者之路》所述属实,**诺哈东真的走到了这座城市**,那么他一路上一定攀登过陡崖。迄今为止,他们没有找到下山的路,只能通过誓约之门旅行。然而就算有出路,人们还是会流落于群山之中,一连几周与世隔绝。从太阳的高度判断,学者认为他们处在靠近柔刹中部的山区,周边的国度是图拜拉,也有可能是埃穆尔。

乌有斯麓地处偏远,防御极为坚固,至少达力拿是这么说的。他们在此孤立无援,有可能与外界隔绝。这反过来解释了为什么所有人都在关注她。他们用别的碎瑛刃屡作尝试,却没有一次成功地启动古法器。沙兰完全就是众人走出崇山的唯一渠道。

一名士兵在附近清了清嗓子。"骑士小姐,您确定要离悬崖这么近?"

她看了他一眼,一脸戏谑。"我即使掉下去也不会死,还能悠闲地走开,士兵。"

"嗯,明白,光明女士。"他面露愧意。

她从悬崖边上走开,继续寻觅达力拿。人们注视着她,士兵、文书、光眼种和轩领主都一样。好吧,就让他们看看光辉骑士沙兰的样子。以后她总能找到自由,只要换上另一张脸就行了。

达力拿和纳瓦妮正在军队的中央指导一群女子。沙兰走了过去,问:"有消息吗?"

达力拿瞥了她一眼。文书用上目前所有的对芦,向各大军营和塔石科的情报中转站传信:*新风暴或临,生自西部,而非东部,望防范。*

灭世风暴扫过破碎平原,即将于今日袭向位于柔刹大陆东岸的新纳塔楠,之后会进入东部海域,向飓风之源移动。

无人知晓接下来会发生什么。灭世风暴会不会环绕世界一周,最后袭向大陆的西岸?每一场飓风是否都是同一场环绕星球的风暴?又或者,就如神话所言,新风暴每次都会在飓风之源内生成?

近日,学者和读风者支持前一种假设。经过计算,他们认为,在一年中的这个时期,灭世风暴的移动速度与普通飓风相同,再过几天,这场风暴就会刮回来,在深国和伊里肆虐,然后横扫整座大陆,蹂躏那些本该受到庇护的城市。

"没消息。"达力拿的语气很紧张,"国王似乎失踪了。不仅如此,塔冠城好像发生了骚乱,已经进入了紧急状态。对于这两个问题,我还没有得到直接的答复。"

"我相信国王平安无事。"沙兰瞄了一眼纳瓦妮。这名女子维持着沉着的脸面,可当她对一名文员作出指示时,话语却短促而生硬。

附近的一座柱形高地闪烁着,现出一圈绕着高地边缘旋转的光墙,之后光墙逐渐消失,留下几道模糊不清的残影。有人启动了誓约之门。

达力拿走到她身边,他们怀着紧张的心情候在原地,直到一群蓝衣人出现在高地的边缘。他们走下台阶,都是第四冲桥队的队员。

"噢,*感谢全能之主*。"沙兰低语。来人是他,而非刺客。

一人指了指达力拿和他们其余人所站的位置,卡拉丁就从部下身边走开,*从台阶上落下*,飘浮在军队上方。他一个箭步跨到石地上,肩上扛着一把碎瑛刃,长及膝盖的军官制服外套没有扣上。

他的额头上还留着奴隶烙印,她想。但是疤痕被长发挡住了不少。他的双眼已经变为苍蓝色,发着微光。

"'飓风恩护者'。"达力拿唤道。

"轩亲王。"卡拉丁说。

"刺客呢?"

"死了。"卡拉丁举起剑,把它插进达力拿身前的岩石,"我们得谈谈。这——"

"吾儿呢,冲桥手?"纳瓦妮在后面问道,上前抓住卡拉丁的手臂,似乎完全不在意他从皮肤上逸散而出的光雾,"吾儿出了什么事?"

"有团伙图谋弑君。"卡拉丁说,"我挫败了他们的行动,但国王负了伤。在我过来协助达力拿之前,已经把他转移到了安全地带。"

"哪里?"纳瓦妮追问,"我们已经派人在军营里四处搜查,途经虔诚院、宅邸、营房……"

"那些地方太明显了。"卡拉丁说,"如果您想得到,刺客大概也行。我得找个出乎意料的藏身之处。"

"到底在哪里?"达力拿问。

卡拉丁面露笑意。

※

偻无双一手握拳,将润石紧紧攒于掌心,他老娘正在隔壁教训国王。

"错喽,错喽,陛下。"她讲起话来口音很重,用上了使唤斧狐犬的严厉语气,"这东西要卷起来吃,不能这样撕开。"

"暗眼大婶,我不怎么饿。"艾尔霍卡说。他的声音还很微弱,不过他已经从醉得不省人事的状态中恢复过来,无疑是个好迹象。

"反正给我咽下去！"大娘说道，"我知道该怎么照顾面色不好的人。陛下，恕我妄言，您的脸色差得要命，就像刚晒过的床单！别跟我争，乖乖吃，不准多嘴。"

"本王不会听从——"

"您现在在我家！"她说。偻朋动动嘴巴，有样学样。"在赫达孜女人的檐下，一切由她做主，别人说的话都不算。要是有谁过来接您，我才不会让他们发现您没吃饱饭！我不想任人乱讲，光眼陛下，我说到做到！吃掉它，我还有汤要煮。"

偻无双扑哧一笑，不仅听到了国王的声声牢骚，**还听到了汤匙敲击碗碟的声音**。他的亲戚中有不少彪形大汉，其中两人正坐在茅屋外边。这里是"小赫达孜"，尽管建在轩亲王塞巴里尔的军营里，不过赫达孜人不在乎。另外四个亲戚坐在巷口，心不在焉地缝着靴子，随时留意可疑情况。

"一切就绪。"偻朋自言自语道，"这次你可要好好表现。"他死盯着手中那颗润石，施行日常惯例。在卡拉丁队长开始发光之后，他没有一天不在尝试，迟早会弄明白。他对此万般确信，就像他从不怀疑自己的大名。

"偻朋。"一张宽脸探进窗户，打乱了他的阵脚。那是他的叔叔祁林科。"重新把那个国王打扮成赫达孜人，咱们可能要走了。"

"走？"偻朋起身问。

"轩亲王塞巴里尔向各大军营传话，"祁林科用赫达孜语说，"他们在平原上有所发现。我们得做好准备，不怕一万，就怕万一啊。人群里炸开了锅，不晓得是怎么回事。"他摇摇头，"先是不知从哪冒出来的飓风，接着连雨都停了，**最后轮到风杀的阿勒斯卡国王大驾光临**，坐到了自家门口。眼下又来了新消息，我看咱们没准是在弃营，连天黑都顾不上了。反正我不懂，不过那个国王可怠慢不得。"

偻无双颔首道："我马上去，等会儿。"

祁林科闪开了。偻朋摊开掌心,注视着润石。为了试手气,他一天都不愿浪费,免得错失机会。毕竟他总有一天会看着这个——

偻无双吸进飓光。

他还坐在凳子上,一眨眼的工夫,飓光就从皮肤上升腾而起。

"哈!"他一下子跳起来,大吼道,"哈!喂,祁林科,回来,我要把你粘到墙上!"

飓光迅速散去。偻无双蹙着眉收起凝视,把单手举到身前。这么快就用完了?怎么搞的?他突然一愣,那种麻酥酥的感觉……

他摸了摸肩膀,本该接在那里的胳膊老早就没了。他的指尖碰到了一截正从结疤处长出的肉。

"噢,*邪风退散*!大伙,还不快把润石交给偻无双!我一定要发光。"

※

莫阿什坐在车尾,车辆沿着曲折的道路行驶,喀啦喀啦地开出军营。他可以坐在车头,可他不想远离自己的盔甲。盔甲的各部位已被包起,就堆放在车尾,很难被人看见。这套甲刃在名义上也许归他所有,可他不抱任何期待。阿勒斯卡的上流人士一旦发现他企图携带碎瑛武器逃逸,后果将不堪设想。

刚出了军营,他乘的车就驶上了山顶。人们在后方排成蜿蜒的长龙前往破碎平原,规模十分浩大。轩亲王达力拿下达的命令很明晰,却令人不解:弃营,留下所有仆族,全体军民转移至破碎平原的腹地。

在诸位轩亲王中,有人遵从,有人不从。奇怪的是,撒迪亚斯也是遵从者之一,他的军营也像塞巴里尔、罗伊翁和亚拉达的军营那样迅速撤空。不论男女老幼,似乎所有人都在撤离。

莫阿什乘坐的车停了下来。过了一会儿，格雷夫斯走到车尾。"没必要缩头缩脑。"他看着撤退的队伍，咕哝道，"他们忙得都没时间注意我们，瞧。"

一些商团聚集在达力拿的军营之外，装作要背起行囊走人，实则没有明显的动作。

"趁火打劫的家伙，"格雷夫斯说，"他们正准备前往人去楼空的军营搜刮一番。脑子被风吹坏的蠢货，受点罪算他们活该。"

"受什么罪？"莫阿什问。他感到自己仿佛被抛进了汹涌的暗流，飓风刮来，沿岸决堤，他随波逐流，勉勉强强才能浮出水面。

他原来想杀死卡拉丁。*那可是卡拉丁。*计划全败，国王免于一死，卡拉丁重获法力，而莫阿什……莫阿什又一次成了叛徒。

"灭世风暴。"格雷夫斯说。他穿着百衲衣和暗眼种穷人的衬衫，不像往常那样文质彬彬。为了让瞳色变暗，他滴了几滴奇怪的眼药水，还叫莫阿什学他的样。

"什么意思？"

"《谶记》语焉不详。"格雷夫斯说，"我们只能从迦维拉尔先王的幻象中得知这个词，不过《谶记》有言，这场风暴可能会唤醒虚渡，它们好像就是仆族。"他摇摇头，"诅咒之地，那个女人说得没错。"

"女人？"

"迦熙娜·寇林。"

莫阿什晃晃脑袋，*完全不能理解这一切。*格雷夫斯的话串起了许多毫不相关的内容。仆族就是虚渡？迦熙娜·寇林？国王的姐姐不是死于海难了吗？格雷夫斯了解她哪些底细？

"你究竟是什么人？"莫阿什问。

"仁人志士。"格雷夫斯道，"一如陈言。在上级发出诏示之前，我们有权以自身的利益和目标为先。"他摇摇头，"我原本确信自己的判断无误,以为除掉艾尔霍卡,达力拿就会与我们结盟,共同抗击即临的灾祸……没辙,看来我想错了,或是出手太晚。"

莫阿什感到心灰意冷。

格雷夫斯使劲捏了一下他的胳膊。"振作点,莫阿什。有幸带回一位碎瑛武士做伴,我这趟活还不算一败涂地。你还可以跟我们说说这位刚冒出来的光辉骑士,我会向你介绍《谶记》,我们有要务在身。"

"什么要务?"

"拯救全世界,我的好伙计。"格雷夫斯拍拍他,走向车头,其他人都坐在那里。

拯救全世界。

我被耍了,成了十蠢之一,莫阿什想道,将下巴抵在胸口,而我却对过程浑然不觉。

马车又向前驶去。

88 风的归属

1173090605 1173090801 1173090901 1173091001
1173091004 1173100105 1173100205 1173100401
1173100603 1173100804

——摘自《谶记·北壁末注·窗缘集》第二节
（此处似乎汇集了诸多日期，但是目前尚不知晓其意义。）

不久后，他们逐渐向高塔内转移。

他们没有别的事情可做，不过阿多林的考察工作还远未完成。夜晚将临，室外气温骤降。此外，那场横扫破碎平原的飓风正在呼啸着穿越大陆，最后仍会袭向这片山区。飓风穿越整座大陆要耗时一天多，而他们可能处在中部地区附近，因此风起时分愈发接近了。

这是一场没有预报的飓风，沙兰想道，与护卫一同在昏暗的走廊里穿行，有什么别的东西从另一个方向过来了。

她可以一眼看出，这座高塔——包括塔内的设施和每一条走廊——是宏伟的建筑奇迹。可目前她只想睡觉，不想为高塔画任何图——这表明她是真的累了。

他们的润石打出光亮，前方的墙上现出了某种不寻常的东西。沙兰皱皱眉，强打起精神，走上前。那里有一张叠起来的纸，像是一张小卡片。她回头望望护卫，他们的表情也很疑惑。

她把卡片从墙上撕下来。纸背上糊了象甲蜡，是被人贴上去的。沙兰展开卡片，上面画着鬼血会的三角形标志，标志下方写着沙兰的名字，而非浣纱的名字。

沙兰的名字。

她感到一阵恐惧，提起了戒心。她立刻从提灯里吸取飓光，整条走廊瞬时变成漆黑一团。但是附近的一处门廊传来了光芒。

她盯着那边看。盖兹迈开步，准备一探究竟，却被沙兰用手势拦下。

逃跑还是战斗？

我还能逃到哪儿去？ 她想。抱着迟疑的心态，她走向那条门廊，又招呼护卫退回。

穆里兹站在门口。他透过一扇没有安玻璃的窗户向外凝视。这扇窗户俯瞰着塔内的另一块区域。他朝她转过身，形容扭曲、满脸是疤，却以一袭绅士般的装束保持着儒雅的风度，不知何故。

看样子她的身份暴露了。

我再也不是那个只会在别人吵架时往屋里躲的小孩了， 她坚定了信心，走进房间，*如果我从此人面前逃走，他会把我视作猎物。*

她走到他面前，准备召唤图腾。她现在承认，他和别的碎瑛刃不同。在实行召唤时，持剑者一般需要数十下心跳，可他出现得更快。

他以前就以这种形态出现过。她曾经不愿承认他有这种能力。假如承认了，会多事。

我究竟撒了多少谎？ 她想，*这其中又有多少阻止了我办成力所能及的事？*

可她需要那些谎言。*她太需要了。*

"浣纱，我找你找得好苦。"穆里兹说，"如果你没有在战事中靠施法来救场，我或许根本发现不了你的假身份。"

"浣纱才是假身份，穆里兹。"沙兰说，"我就是我。"

他端详着她。"我并不这么想。"

她迎上他的目光，内心却在不停地哆嗦。

"你的境遇相当微妙。"穆里兹道，"你会隐藏自己的真正实力吗？我自有办法知道，但是其他的人就没有这么聪明了。他们可能只见过瑛刃，也不会问你还能干点什么。"

"这种事由不得你来关心。"

"你是会中一员，"穆里兹说，"我们从不看薄自己人。"

沙兰蹙眉道："可是你已经拆穿了我的谎言。"

"瞧这口气，你难道不想待在鬼血会？"他的语调并不咄咄逼人，可是风杀的，他的眼神凶狠得足以穿石，"我们一般不向普通人发出邀请。"

"你们杀了迦熙娜。"沙兰咬牙道。

"是的。在她雇凶杀害大量会员之后，我们也以其人之道还治其人之身。你不会还相信她是清白的吧，浣纱？"

她望向别处，避开了他的瞪视。

"我本来就该料到你的真身是沙兰·达瓦。"穆里兹接着说，"没有及早看穿你，是我的倦怠。你的家族一向和这类活动脱不开干系。"

"我不会帮你。"沙兰说。

"有意思，要知道，你的诸位兄长全在我手里。"

她连忙掉转回视线。

"你的家业已经不复存在，"穆里兹说，"一支过路的军队夺去了领地。我将你的诸位兄长救出了继位战争的水火，正要把他们接过来。不过，你的家族确实欠我一笔债，也就是那枚坏掉的魂器。"

他迎上她的目光。"刀儿，我看你可以抵那枚魂器，这样事情就省心多了。"

她召唤出图腾。"我要先杀了你,让你无法拿他们来要挟我——"

"我不会要挟你。"穆里兹道,"他们会安全抵达,算是入会的见面礼。走着瞧,静候我的传话。我提起这笔债,只是为了……让你长点记性。"

她皱皱眉,挥舞着手中的碎瑛刃,终于问:"为什么?"

"因为你还太懵懂。"身材魁梧的穆里兹渐渐走近,"你不了解我们是什么样的组织,也不明白我们的目标。你几乎一无所知,浣纱。你父亲为何要入伙?你长兄为何寻觅破天骑士团?你看,我事先做过功课,能够回答这些问题。"他出人意表地扭过身,走向门口,"我会给你时间考虑。你大概觉得自己刚刚晋升为光辉骑士,已经不适合入会了吧?然而我和我的巴布斯对此并无偏见,沙兰·达瓦可以成为循规蹈矩的光辉骑士名流,而浣纱可以投入我们的怀抱"。他在门口止步,"她可以找到真相。"

他消失在走廊中。沙兰发现自己的疲惫竟比先前更甚。她遣走图腾,往墙上一靠。穆里兹自然找得到过来的路,他很可能混进了转移的大军。前往乌有斯麓是鬼血会的首要目标之一。尽管她执意不与他们共事,却还是把他们送了过来,使他们如愿以偿。

她的兄长们真的没事?巴拉特的未婚妻和那些家仆又过得如何?

她叹了口气,走回门口,叫齐了护卫。她可以找到真相。要是她不想找呢?图腾嗡嗡低哼。

她走过高塔的底层——用自体发光来照明——在一条走廊上找到了阿多林。他依照约定站在某个房间的门外,手腕上缠了绷带,脸上的淤青已经开始发紫。但是,他那种醉人的帅气只被抵消了一点点,他身上却多了一种"我今天揍了一堆人"的粗犷,光凭这一点沙兰就被吸引了。

"你看着好憔悴。"他给了她一个轻轻的吻。

"你看着就像被人用棍子揍了几顿,脸上全是伤。"她还是对他笑了笑,"你也该稍事休息。"

"行,"他说,"马上就去。"他伸手抚摸她的脸颊,"你知不知道自己有多厉害?苍生万物都被你一手救起。"

"阿多林,我不是易碎的玻璃,你没必要这么待我。"

"你可是光辉骑士。"他说,"我是说……"他摸了摸一如往常的乱发,"沙兰,你比光眼种还伟大。"

"'胃大'?你在嘲弄我有水桶腰?"

"什么?我不是那个意思……"他面色泛红。

"我不会扭捏处事,阿多林。"

"但——"

不等他反应她便抱住他,强行送出深切的热吻。阿多林想喃喃说话,可她把嘴唇压上去绵绵长吻,让他体味她的渴望。他沉醉其中,紧搂沙兰的娇躯。

不一会儿他抽开身。"风操的,痛死了!"

"啊!"沙兰用手捂住嘴,想起他脸上还泛着青紫,"抱歉。"

他咧嘴笑笑,又皱眉蹙眼起来,显然笑一个也很疼。"痛有所值。反正只要你收敛一下魅力,我保证不再畏缩,至少等到伤好之后。说定了?"

"说定了。"

他望望她的护卫。"谁都不许打扰骑士小姐,听明白了吗?"

他们纷纷点头。

"晚安,做个好梦。"他推开房门。纵使废弃已久,许多房间仍安着木门。"希望就寝条件尽如人意,你的灵体专门挑了这间房。"

她的灵体?沙兰皱皱眉,接着踏进房间。阿多林关上了门。

沙兰打量着没有安窗户的石室。图腾为何特意选在此地?这个房间似乎没有与众不同之处。阿多林为她留了一盏飓光提灯——此举十分阔气,因为他们仅有少量发光的宝石——在光照下,一个四方形的小房间显露出来,屋中央放着一条石凳,上面铺着一些毯子。阿多林是从哪里找来毯子的?

她冲着墙壁皱了皱眉。岩石表面上有一处方形的区域褪了色,似乎有人在那里挂过画作。事实上,这一景似曾相识,她有种奇怪的感觉——倒不是说她以前来过这儿,可是墙上的那个方块……

在雅克维德,她父亲也往家中的墙上挂了一张图,那张图所在的位置就和这里完全一样。

她的头脑恍惚起来。

"嗯……"图腾趴在她身边的地板上,说道,"时机已到。"

"不。"

"时机已到。"他又说了一遍,"鬼血会对你围追堵截。人民需要光辉骑士。"

"他们已经有那个扛桥的小子了。"

"不够,他们需要你。"

沙兰忍住泪花。事与愿违,房间逐渐变形,白毯铺地,画作上墙,家饰俱现,四壁漆成了浅蓝色。

还有两具尸体。

尽管尸体只是幻象,沙兰仍然跨过其一,向墙边走去。作为幻象的一部分,一幅画出现在她眼前,四边泛出白光,后面藏着东西。她掀开——或是试着掀开——画布,幻象受到手指的干扰,变得模糊不清,仅此而已。

这仅仅重现了一段她不愿拥有的记忆,算不了什么。

"嗯……更有力的假象,沙兰。"

她眨眨眼,挤去眼泪,又抬起手摁到墙上。这一回,**她摸得到画框**。它不是真的,可她暂且假装它是真的,任由幻象将她包围。

"我难道就不能一直装下去?"

"不能。"

她回到了父亲的房间。她浑身颤抖,揭开画作,后面有一只嵌入墙体的保险柜。她举起钥匙,但犹豫了。"母亲的灵魂在里面。"

"嗯……不,不是她的灵魂。这里面的东西夺走了她的灵魂。"

沙兰开启保险柜,把柜门使劲拉开,里面露出一把小碎瑛刃。它被匆猝地插进了柜子里,剑尖刺穿了背面的柜壁,剑柄朝着她。

"这就是你。"她小声说。

"嗯……对。"

"父亲拿走了你。"沙兰说,"他想把你藏起来。这当然没用,他一关上保险柜你就化为雾气,跑得没影了。他那时头脑不清醒,我们俩都没缓过来。"

她一转身。

血染白毯。母亲的情人躺在地上,手臂血流如注,但伤势不足以致命。沙兰向其余的尸体走去,有一个人呈趴伏状,身穿蓝金相间的艳裙,一头红发披散有致。

沙兰屈膝跪下,把母亲的身子翻了过来,她的眼窝已是一片焦黑。

"她为什么想杀我,图腾?"沙兰低声问。

"嗯……"

"自从她发现我的能力后,一切就不可收拾了。"

她至今仍记得事发时的经过。那天,母亲带来了一个沙兰不认识的情人,与丈夫面对面,母亲吼声震天,与沙兰父亲发生了争执。

她称沙兰为他们之中的一分子。

父亲勃然大怒,冲到母亲身前,两人起了争执。母亲的情人拔出匕首,与父亲扭打在一起,不料却被自己扎了一刀,鲜血四溅于地毯。那厮经过苦斗,最终得胜,父亲被他死死地按在地上。母亲见势立马绰起匕首,刀锋直指沙兰。

之后……

沙兰手中现出一把剑。

"没人晓得我才是真凶。"沙兰呢喃道,"为了保护我,他布下了大骗局。大家都以为祸首是他,说他一气之下把他妻子和第三者都杀了。"

"我知道。"

"这个秘密不仅毁了他,还毁了整个家庭。"

"我知道。"

"我恨你。"她盯着母亲的亡眸,嗓音嘶哑。

"我知道。"图腾轻声道,"到头来你还是会杀了我,这样你就能报仇了。"

"我不想报仇,我只想有个家。"

沙兰抱起双臂,把头埋进去,嘤嘤地哭泣。与此同时,幻象化为白烟,渐渐消逝,只留一间空屋。

瑞斯塔雷,我只能断言,亚马兰匆匆写就几个潦草的铭文,我们成功了。达力拿军来报,生有红眼、身负远古之力的虚渡不仅重现于世,还与军队进行了战斗,显然为这个世界引来了一场全新的风暴。

他抬起头,朝窗外窥视。他坐的马车在达力拿的军营中行驶,一路上吱嘎作响。达力拿军的士兵已经全部弃营,剩下的护卫都去监督撤离行动了。就算亚马兰名声在外,他还是能轻松地获准入营。

他继续往下写。"对此,我不感欣喜,牺牲在所难免。作为荣誉之子的成员,我们总要承担下来。为了见证令使的回归、为了复辟教会的统治,我们必须让世界陷入危机。"

"现在,横在我们眼前的危机甚为严重。令使回归在即。考虑到我们当下所面临的问题,他们岂能不回归?但是亡命者将无数,万千生灵将遭涂炭。纳兰保佑这些损失是值得的。不论如何,我很快就会取得更多情报。在下次发函时,但愿我已进入乌有斯麓。"

马车停了下来,亚马兰推开车门,把信件递给车夫帕玛。她顺手接过,在小包里翻找对芦,以便向瑞斯塔雷传书。他本想自行与瑞斯塔雷联系,却无法在行驶过程中使用对芦。

在通笔结束后,她会销毁这些笺纸。亚马兰瞥了一眼放在车尾的箱子,其内蕴藏着贵重的宝物,包括他所有的地图、笔记和理论文献。他该不该把这些资料留下,让自己的士兵保管?带领一支五十人的部队进入达力拿的军营肯定会引来关注,哪怕此地已是一片混乱,所以他命令他们在平原上和他会合。

他必须继续行动。他从马车前大步走开,拉上斗篷的兜帽。达力拿军的神殿甚至比多数军营的随军神殿更为繁忙,因为大批民众都在这个非常时期前来,向虔诚者求助。他从一名母亲的身旁经过,后者正在恳求一名虔诚者为她那位与达力拿军一同作战的丈夫焚烧祈祷符。虔诚者反复强调,说她应该打点行李,加入穿越平原的车队。

是真的,*这一切都是真的*。经过常年的不懈努力,荣誉之子终于达成了目标。迦维拉尔一定会感到自豪。亚马兰加快脚步,刚一转身,就发现另一名虔诚者急忙赶来,询问他是否有需求。不过,在她看透被兜帽遮挡的脸庞并认出他之前,她的注意力就被两名受惊的年轻人吸引过去了。他们抱怨自己的父亲因为年老而无法成行,还恳求虔诚者想办法帮他们背他走。

他来到一幢楼房的墙角,那里是虔诚会开设的疯人院。他绕到临近军营边界的后墙,避开了众人的视线。他先张望了一番,再召唤出瑛刃。只要迅速地切几刀——

那是什么?

他猛地一转身，确信自己看到有人在靠近，可是周围并无异常。他恐怕把影子错看成人了。他在墙上切了几刀，小心地一推，开出一个洞。伟大的大君——司掌战事的令使塔拉内拉塔艾林——坐于暗室内，姿势和以往差不多。他低着头坐在床头，身子颓然前倾。

"他们为什么非得把您关在此等黑暗之中？"亚马兰遣走瑛刃，"这种环境本来就不适合最低贱的平民，更别提和您相比的人物了。我真要和达力拿说说疯人的处置方式——"

不，不可以。达力拿认为他是杀人犯。亚马兰深深地吸了一大口气。见证令使的回归需要付出代价，但是杰泽雷泽在上，失去达力拿的友谊确实让他赔了血本。在几个月前，要是他没有手下留情就好了。他本可以处死那名矛兵。

他疾步走到令使身边。"大君，"亚马兰悄声说，"我们得走了。"

塔拉内拉塔一动不动，但他又在喃喃低语，所言内容一如既往。亚马兰不禁想起，在他上次拜访此地时，同行者耍了他一通，始终把他当作十蠢之一。谁晓得达力拿竟在暮年变得如此狡猾？时日流逝，他们两人都不复以往。

"求您配合，大君。"亚马兰费力地搀扶令使起身。此人身型魁梧奇伟，虽然与亚马兰同高，却壮如山墙。在他们初次相见时，亚马兰讶于他的皮肤竟呈深棕色——他先前有点愚蠢地认为所有令使都会长得像阿勒斯卡人。

令使的暗眼自然是某种假象。

"灭世……"塔拉内拉塔喃喃道。

"是，灭世已临，您可借此重归荣耀。"亚马兰领着令使走向洞口，"我们必须送您去——"

令使的手突然在他身前扬起。

亚马兰吓了一跳，愣在原地，与此同时，他看到令使的指间夹着某样东西。那是一支小镖，镖尖滴下了某种透明液体。

亚马兰瞥了一眼洞口，阳光从外面洒了进来。一个矮小的人影躲在洞外，腮帮一鼓，吹出一口气，一支吹箭被其托于唇边，嘴上的半张脸都被面具遮了个严实。

令使在一眨眼间就推出另一掌，夹住了划空的飞镖，亚马兰的脸险些中招。这支镖由鬼血会的人送出。他们无意暗杀令使。

他们的目标是亚马兰。

他大吼一声，把手伸到一边，召唤着瑛刃。太慢了。洞外的那个人看看他和令使，轻声一骂，仓皇逃走。亚马兰追了过去，跃过残垣断壁，来到日光下，可是那个人跑得太快了。

唯恐令使的安全受到威胁，他回望塔拉内拉塔，心脏咚咚直跳，却怔怔地发现令使巍然屹立，昂首挺胸，那双深棕色的眼眸清澈得惊人，映出从洞口射入的光线。塔拉内拉塔把一支镖举到眼前，细细地观察着。

接着他把两支镖丢下，坐回到卧榻上，又吟诵起那些古里古怪、恒常不改的内容，满嘴都是胡话。亚马兰感到背脊上流过一阵寒意，可当他转身面对令使时，他又无法让令使给出回应。

他用上力气，再次搀扶令使起身，领着他走向马车。

✣

泽斯睁开眼。

他立马又紧紧闭上眼。"不。我死了。我死了！"

他触到了身下的岩石。渎神之举。他听着滴水声，感受着洒在脸上的阳光。"为什么我还没死？"他低语，"我与碎瑛刃解除了契约，因而施不出风行术。我落入了风暴之中，可为什么没死？"

"你确实死了。"

泽斯再次睁开眼。他躺在一大片空旷的岩地上，全身湿透，衣衫褴褛。霜冻之地？尽管日光尚暖，他还是不停发冷。

一名男子站在前方。他身穿整洁的黑银两色制服，生有马卡巴克人的深棕色皮肤，但右颊上长着一块细小的浅白色月牙形胎记。他一手靠背，一手将某物揣进了外套的口袋。那个亮闪闪的东西是某种法器吗？

"我认识你。"泽斯恍然大悟，"我们以前在哪里见过。"

"所言属实。"

泽斯挣扎着起身，重心刚落在膝盖上，就瘫倒了下来。"这是怎么一回事？"他问。

"我一直在等。"那人说，"落地后，你摔得粉身碎骨，灵魂四分五裂，肯定死透了。随后，我让你复活了。"

"无稽之谈。"

"在脑死亡之前仍有可能。只要施救得当，溺水者可获新生；类似的，只要用上合适的飓能术，你也能活过来。当然，如果再缓上几秒，就太迟了。不过你肯定明白，你的族人握有两把可以唤起重生术的荣刃。我想你见过刚死的人又活过来的场景。"

他说话时气定神闲，不带一丝情感。

"你到底是谁？"泽斯问。

"你常年恪守民间传统与宗教戒律，却认不出族人信奉的神？"

"我信奉的神是石精灵、太阳和群星，"泽斯低语，"不是人。"

"一派胡言。你族人敬仰的石灵，*你却不予尊崇*。"

那道月牙形胎记……他认出来了，是不是？

"泽斯，"那人说，"你崇尚秩序，对吗？在故国，你奉公守法、一丝不苟，让我动心不已，然而这类情感恐怕会影响你的辨别力和……评判力。"

评判力。

"我叫宁，"他轻声道，"在此处亦称纳兰或纳尔，乃司掌正义的令使。"

宁点点头。

"为何要救我?"泽斯说,"我的命还不够苦吗?"

"随我研习的门徒竟冒出这种蠢话,"宁说,"不成体统。"

"我不想研习,"泽斯蜷缩在岩石上,"死了才痛快。"

"是吗?你就那么求之不得?如果你真心诚意,我便成全你。"

泽斯紧闭双眼。黑暗中,那些为他所杀之人的惨叫恭候着他。

错不在我,他想,**我本来就不是无真奴**。

"不。"泽斯呢喃道,"虚渡已经回归,我是对的,有错的是我的族人。"

"你的放逐祸起某些鼠目寸光的卑鄙小人。我会领你上路,向你传授不为情所动的技巧,你必须在族人之中再树新风,将深国领袖绳之以法。"

泽斯开眼昂首。"我配不上。"

宁侧了侧头。"凭你还配不上?我看着你为了履行使命而不惜自毁;在他人溃不成军之时,我看着你坚守个人信条。内荼罗之子泽斯,在我眼中,你是一个言必信、行必果的人。多数人身上业已失却了这项优点——它是世上唯一的真善美。要说谁配得上加入破天骑士团,我怀疑无人敌得过你。"

破天骑士团?然而那是光辉骑士团的一个分支。

"我已经自取灭亡了。"泽斯小声道。

"你的确这么做了,并且以死告终。你与瑛刃之间的契约得以解除,所有灵肉关联一概消失。你重生了。请追随我,现在是时候一访你的族人了。你的训练即刻启动。"宁动身离开,举在背后的东西露了出来,是一把入鞘的剑。

你重生了。泽斯能否重生?他能否驱走阴影中的惨叫?

那名光辉骑士是风的归属,他如是说:**你是个懦夫**。泽斯对此略为首肯，不过宁开出了更多不同寻常的条件。

泽斯秉持跪姿，仰头望着男人的背影。"你是对的。我的族人拥有余下的荣刃，数千年来，它们一直得到妥善保管。如果我想伸张正义，要面对的敌人不单配备碎瑛武器，而且势力强大。"

"这不成问题。"宁回首道，"我为你带来了碎瑛刃的替代品。此剑既适于执行使命，又契合你的脾性，是不二之选。"他将巨剑扔到地上，后者在石面上打着滑，随后静止在泽斯面前。

他从未见过插在金属鞘里的剑，况且谁会为碎瑛刃上鞘？这把瑛刃难道是全黑的？在滑行过程中，若干寸剑身已经出鞘。

泽斯确信自己看到了一小缕仿如暗色飓光的黑烟从金属鞘中冒出。

你好，一个愉悦的声音在他脑海中响起，**今日可想摧毁邪恶**。

89 四士

此问题必有答案何为答案某位仆族智者是关键必须加以阻止该族实为缺失的一环在此人汲取远祖异能之前鼓动阿勒斯卡人彻底摧毁该族从而架起桥梁消除鸿沟

——摘自《谶记·地板书17》第二节，译文以原文第二个字母开头，其后跟随双数位字母

达力拿伫立在黑暗中。

他转过身，试着回想自己是如何来到这里的。在幽暗处，他看到了家具和摆设：几张桌子、一条地毯，以及产自亚泽尔的明艳窗帘——她母亲总是引以为豪。

那是我的家，他想，我回到了孩提时代。早在征战之前、早在迦维拉尔……

迦维拉尔……迦维拉尔不是走了吗？不，隔壁传来了兄长的欢笑声，达力拿听得到。迦维拉尔尚年幼。他们俩都没长大。

达力拿在昏暗的房间内穿行，隐约有种喜悦之感，因为周围的一切非常熟悉，还原了应有的模样。他没有收走自己的木剑。他有很多这种剑,每一把都被雕成了碎瑛刃的样子。现在他早已过了年纪,自然用不上了,可他仍然喜欢收藏。

他走到阳台门前,推门而出。

他沐浴在和煦的光芒中,**深彻入骨的温暖将他包围**,钻入他的毛孔,深达他的内心。他注视着那道光,未觉目眩。光源虽遥远,可他明白。他了然于怀。

他笑了。

他在乌有斯麓的新住处内醒来。他们仍在塔中探路,在此期间,这里只是临时居所。他们抵达此地已有一周,而军中民众终于陆续抵达,携带着在那场意料之外的飓风中重新充满飓光的润石。他们急需以此来操作誓约之门。

这些人来得正是时候。灭世风暴还未再起,但它只要像普通的飓风那样定期移动,总有一天会袭向军营。

达力拿在黑暗中坐了一会儿,**回顾着那种温暖的感受。这究竟意味着什么?** 如今他又见幻象,却没到惯常的时机。天启总在飓风期间送达。之前,他在睡梦中察觉到了幻象降临的预兆,此后就被唤醒。

他向护卫核对了情况。那时没有起飓风。他心事重重地穿上衣服,想试试今天能不能登上塔顶。

※

乌有斯麓的廊道昏暗无光,阿多林行走其中,不想表现出心神昏乱之感。**世界一下子就发生了转变,仿如一扇门被打开。** 几天前,他的未婚妻还是一名异乡家族的子女,地位相对次要,其订婚对象则有权有势。如今,沙兰可能成了世上最重要的人物,而他……

他的位置在哪里?

他举起提灯,用粉笔在墙上作了几个记号,表示自己已来过。这

座塔偌大无比,如何才能屹立不倒?即使他们在此探访多月,也不一定打得开每一扇门。他已经投入了这项任务,因为他好像做得到。不幸的是,他也有了思考的时间,而且没有得出多少答案,这让他难以平复心境。

他转过身,意识到自己已经与斥候队的其余队员离得很远了。最近,探路工作展开得愈发频繁。第一波来自破碎平原的军民已经分批抵达。他们需要决定众人的安置点。

前方是不是传来了声音?阿多林皱皱眉,往走廊深处走去,把提灯留在了身后,以防别人看见自己。有几个人正在走廊的另一头交谈,他认出了其中一人。*难道是撒迪亚斯?*

没错,轩亲王正和他手下的斥候队站在一起。阿多林默默地诅咒着。究竟是哪阵风把撒迪亚斯吹来了?为什么偏偏是他响应了撤往乌有斯麓的号召?如果他只是安分守己地留在军营里,一切都会方便许多。

撒迪亚斯指示几名士兵走进一条如隧道般幽深的走廊。他的夫人携几名文员去往了另一边,两名士兵跟随在后。轩亲王举起提灯,欣赏着墙上的褪色画作,阿多林借机观望了一小会儿。那是一幅幻想画,描绘了神话中的动物。他认了出来,上面的若干生灵在童话里出现过,比如那头在脸部周围和颈部上下长满鬃毛的巨型似貂生物。它叫什么来着?

阿多林扭身就走,不料靴底刮到了石头。

撒迪亚斯转过身,举起提灯。"啊,阿多林王子。"他一身白衣,气色不改——一白一红反差极大,衬得他的面容显出一派血色。

"撒迪亚斯。"阿多林回过身,"我先前不知道你过来了。"欠风操的家伙。这几个月来他一直视父亲为空气,*现在倒决定俯首听命了?*

轩亲王信步走上长廊,与阿多林擦肩而过。"此地可了不得,实在了不得。"

"那么你承认我父亲是对的,"阿多林说,"他经历的幻象确有其事,虚渡已经回归,而你成了傻瓜。"

"坦白地说,"撒迪亚斯道,"你父亲斗志犹存,我曾经担心他没有这么顽强。他使出了一招妙计,与仆族智者联络,和他们达成了协议。听说他们上演了一场好戏,无疑说动了亚拉达。"

"你怎么能认为这全是演出来的?"

"噢,算了吧。你难道要矢口否认他在亲卫队里安插了一名仆族智者?那几个新上任的'光辉骑士'既包括达力拿的卫队长,又少不了你的未婚妻,岂不是很方便?"

撒迪亚斯笑了,阿多林看清了真相。撒迪亚斯不相信这种事是真的,他会对别人撒谎。他还会再度挑起众议,力图中伤达力拿。

"为什么?"阿多林向他走去,"撒迪亚斯,你为什么要这样做人?"

"那是因为,"撒迪亚斯叹道,"没有第二种可能。孩子,你要明白,一军不容二将。我和你父亲是两头觊觎王国的老白脊,胜者非我即他。自从迦维拉尔死后,我们的方向就很明了了。"

"这样做没有必要。"

"很有必要。你父亲再也不会相信我了,阿多林,这点你很清楚。"撒迪亚斯脸色一沉,"我会把他手中的东西夺过来,控制这座城市、掌握这些发现。我想让他摔个跟头。"

阿多林呆立片刻,注视着撒迪亚斯的双眼。终于,他听到脑壳中梆的一响,于是横下了心。

决定了。

阿多林用没受伤的手掐住撒迪亚斯的喉咙,重重地把轩亲王往墙上压。撒迪亚斯的脸上写满了震惊,逗乐了阿多林的一小部分意识,而这一部分意识还未完全陷入不可挽回的愤怒。

他越掐越紧,牢牢地把撒迪亚斯按在墙上,后者妄图高声呼救,却没了声音。阿多林用另一只手抓住那人的胳膊,可撒迪亚斯是一名训练有素的军人,他试图挣脱,转而抓拧阿多林的胳膊。

阿多林毫不泄劲,却失去了平衡。两人翻倒在地,纠缠扭打,乱来一气,没有发扬决斗时的风范,发起工于心计的猛烈攻势,甚至没有遵循战时的屠戮章法。

两人惊惶不安、浑身是汗,精神紧绷到了极点。阿多林年纪更轻,但他与白衣刺客交战时所受的伤还未消肿。

他终于翻到了上面,压住对方。撒迪亚斯拼死拼活地大叫,阿多林不给他机会,揪住他的脑袋,猛地往石地上一砸,试图弄晕他。阿多林气喘吁吁地拔出匕首,刀尖直冲撒迪亚斯的脸,可那人设法抬起手,抓住了阿多林的手腕。

阿多林一声闷哼,用左手抓着匕首,送近了些。不管怎样,他还是用右手抵着护手,手腕上传来阵阵灼痛。刀尖触到了左鼻孔,撒迪亚斯的额头上渗出密密的汗珠。

"我父亲认为,"阿多林嘟哝道,汗水顺着鼻梁淌下,滴在了刀刃上,"我在做人方面强得过他。"他一使劲,感到撒迪亚斯的拳头松了一点,"可惜,一旦碰上你,他就错了。"

撒迪亚斯低声哀号。

阿多林突然怒火中烧,强行把刀往上提,越过撒迪亚斯的鼻梁,扎入眼窝,刺穿眼球,仿佛那是一颗熟莓,随即一刀捅进大脑。

撒迪亚斯摇晃片刻,阿多林用刀搅了搅,确保刺中要害,刀刃一过,鲜血直涌。

不一会儿,一把碎瑛刃在撒迪亚斯身旁显形。这把剑原属阿多林的父亲。撒迪亚斯已亡。

阿多林赶忙退后,以免血沾到衣服上,可他的袖子未能幸免。风操的,他刚才真的动手杀了一名轩亲王?

他晕乎乎地盯着那件武器。他和撒迪亚斯都没有召唤瑛刃作战。这种武器也许价值不菲，但在近身战中，还不及石块有用。

待神志清醒之后，阿多林提起武器，跌跌撞撞地走开，把瑛刃扔向窗外。它落到了下面的露台上，正处形如花架的突出部位。这样大概比较保险。

此后，他没忘割去衣袖，用自己的瑛刃在墙上划了几刀，剜去了粉笔记号。他极力走远，之后才找到斥候队，装作一直在那个区域活动。

※

达力拿总算搞明白了开锁的机制。他走到楼梯的尽头，推了推金属门。这扇门嵌在塔顶，台阶可以直接通上去。

尽管他把锁解开了，活板门还是推不开。他已经为一些部位上过油了，可这扇门为什么动不了？

自然是飓砂的缘故，他想。他召唤出碎瑛刃，在活板门周围切了几刀。之后，他使劲一推，古旧的活板门向上开启，他走了出去，登上塔城之巅。

他笑着踏上塔顶。经过五天的探寻，阿多林和纳瓦妮已经深入了这座堪比城市的高塔，达力拿则禁不住去寻觅塔顶。

这座巨塔的塔顶其实相对较小，没有被太多飓砂所覆盖。飓风带来的雨水很少能落到这么高的地方，而且人人都知道东部的飓砂要比西部的厚。

飓风在上，不愧是一座摩天高塔，他在登顶时耳鸣了好几次，乘坐的是由纳瓦妮发现的法器升降梯。她谈过升降梯的对重和宝石的联动，话语中洋溢着对古代技术的崇敬。他对此没有概念，只知道她的发现让他免去了攀登几百级台阶的麻烦。

他来到边缘,低头俯视。由上及下,高塔的每一层都比上一层要宽一点。沙兰说得没错,他想,这些加宽的环形部分都是菜园,专门用来种植粮食作物。塔身的东面正对飓风之源,造得十分陡直,墙上没有阳台,他不知道其中的原因。

他弯腰探身,眺望远方,巨塔高耸,让他发晕。他认出了组成誓约之门的十座柱形高地,与破碎平原连通的高地闪着光,大队人马出现在上方,代表哈萨姆的旗帜随风飘扬。达力拿手下的学者已经把地图发出去了,哈萨姆等人仅用了一周左右就迅速率军抵达誓约之门。早前,达力拿军也走过了同样的距离,他们异常小心,处处提防仆族智者的攻击。

从目前的角度来观察,他认出了一座高地。那是塔冠城内的一座石台,王宫和王室神殿就建在上面。沙兰觉得迦熙娜曾想开启当地的誓约之门,后者在笔记中提及,所有城市的誓约之门都处于紧锁的状态,只有破碎平原上的传送门没有关闭。

沙兰希望弄清其余誓约之门的用法,可试验表明,它们都被锁起来了,不知为何。只要她能操作这些传送门,世界就会越变越小——前提是人间还有生机。

达力拿转身仰望,打量着天空,深吸一口气。他登上塔顶就是为此而来。

"你送来了那场飓风,企图毁灭我们!"他冲着云层大喊,"企图掩盖沙兰和卡拉丁的身份!企图将一切扼杀在摇篮中!"

一片沉寂。

"为什么向我送来天启!为什么叫我做好准备!"达力拿大喊,"当我们听从了昭示,又为什么要毁灭我们?"

我须得适时送来天启。该命令出自全能之主。我无法违拗、无法终止风啸。

达力拿深吸一口气。飓风之父给出了回应。谢天谢地,他终于开口了。

"看来天启是他的产物,"达力拿说,"而你是遴选接收者的媒介?"

是。

"为什么挑中我?"达力拿追问。

这无关紧要。你们行动过慢,难掩颓势。灭世风暴已临,敌方灵体开始栖入上古住民体内。终结时刻已至。你们输了。

"你说过你是全能之主的一小部分。"

我可以算作他的……灵体,而非魂魄。既然他已逝去,我便成了人类为其打造的记忆体,象征风暴与天意。我不是神,仅仅是神的影子。

"我会尽我所能。"

他希望我找到你,但你的族人只为我的同类带来了死亡。

"有关这场由仆族智者唤起的风暴,你了解多少?"

那是灭世风暴。其性质纯属新瓶装旧酒。该风暴裹挟着他的灵体,现已席卷全世界。只要一经触碰,任何维持旧态者都会化为新态。

"也就是虚渡。"

这是它们的叫法。

"这场灭世风暴一定会重现吗?"

它将像飓风那样定时刮起,不过频次更低。你们注定会灭亡。

"仆族还会因此而变形,我们就没有办法阻止吗?"

对。

达力拿闭上眼。这正是他所害怕的。联军确实击败了仆族智者,可后者只是潜在灾难的一小部分。不久后,他将面临无数未知的险情。

对此,其余国度一律不闻不问。他设法用对芦联系上了亚泽尔大帝,并与他进行了交谈。由于泽斯已经杀害了上一任大帝,新一任大帝才刚刚登基。亚泽尔境内没有爆发继位战争,这是理所当然的,因为开战的书面工作量太大。

新大帝邀请达力拿出访,却明显把他的话视作一派胡言。达力拿没有意识到自己陷入疯狂一说已经广为传播。然而,就算没有谣言,他还是觉得自己的警告不会受到重视,因为他说的都是疯话。一场往反方向吹的飓风?仆族化为虚渡?

令使保佑,似乎只有卡哈巴兰斯之王塔拉梵吉安——也即现任雅克维德之王——乐意听取忠言。但愿他能为那个饱经战争创伤的国度带去和平和安宁。达力拿曾委托人询问其以何种方式得到王位。初步报告显示,他是在突然之间匆匆即位的。可他刚刚为王,雅克维德的国力又弱,他无法大展身手。

除此之外,对芦传来意想不到的急报,塔冠城内起了动乱。对于这件事,他也还没有收到直接的答复。此外,传说淳湖爆发了瘟疫?风操的,真是一团糟。

他必须有所行动,各方面都要顾及。

达力拿又望天道:"我已奉命重组光辉骑士团。我要加入其中,不然无法成为领袖。"

空中万里无云,但雷声轰鸣。

"生先死!"达力拿高呼,"强护弱!行胜果!"

我是全能之主的残瑛! 那声音盛怒道,**我是飓风之父。我不会以这种方式羁系于你!我将因此而亡!**

"我需要你。"达力拿说,"你过去的行为先不计较。那个冲桥手说过,十支骑士团所用的誓言各不相同。第一信条是统一的,此后,信条依骑士团而有别,骑士必须念出不同的真言。"

雷声隆隆,听起来就像……挑衅。现在,达力拿能解读雷声了吗?

这是铤而走险。他所面对的是未知的原始之力，它早前还急于消灭他和他的一整支部队。

"所幸，"达力拿说，"我知道自己该怎样念出第二句誓言，无须提醒。飓风之父，我会化散沙为众志，把人民团结起来。"

雷声消弱。达力拿孑然立身，望天等待。

甚好，飓风之父终于道，真言有效。

达力拿笑了。

我不会为你化做单一的利剑，飓风之父告诫道，也不会随叫随到。无论愿意与否，你都得永久卸下那件……为你所携的凶器。你要成为光辉骑士，但不得使用碎瑛刃。

"那就这样吧。"达力拿召唤出碎瑛刃。瑛刃一显形，他脑中就响起了惨叫。他丢下武器，仿佛那是一只猛地咬住他的泥鳅。此后，惨叫声消散了。

瑛刃哐啷一声掉落在地。与其解除契约的过程其实很困难，需要集中意念、并触碰剑柄上的宝石。可是这把瑛刃仅在一瞬间就和他断绝了联系。他感受得到。

"在上一次天启中，我收到的讯息是什么意思？"达力拿道，"就在今晨，天上没有刮飓风，可我见到了幻象。"

我未在今晨送来幻象。

"我见到了，有光，感觉很温暖。"

仅是睡梦而已，非我之力、非神之力。

奇了。达力拿敢发誓他在进入幻境时也有过同样的感受，只是这次没有那么强烈。

去罢，铸契骑士，飓风之父道，引领你那濒死的一族走向覆灭。仇恨杀害了全能之主，你们对他构不成任何威胁。

"全能之主并非不朽。"达力拿说，"如果此情属实，那么这位仇恨就能被杀死。我会找到解决方式。天启提到了代理斗士一说，还提到了一场对决,你是否有所了解?"

天上只传来了一阵雷鸣,此外再无回应。也罢,稍后他有的是时间追问下文。

达力拿从乌有斯麓之巅走下,又进了楼梯间。一级级台阶通往一间几乎囊括了塔城顶层的厅堂,那里安着玻璃窗,但不见窗板或支架,有几扇窗面朝东方。日光透过窗户射了进来,照亮了室内。达力拿不知道这些玻璃窗是如何经受住飓风的吹打的,不过那上面还是蒙上了一道道飓砂垢。

十根短柱在大厅里围成一圈,屋中央还有一根。"如何?"卡拉丁转过身,不再观察短柱。沙兰正在绕着另一根短柱踱步。她看上去远没有刚进城时那么衣衫不整。尽管他们在乌有斯麓过得很匆忙,睡上几晚好觉还是对他们大有助益。

达力拿从口袋中取出一颗润石,将其举起,以回应卡拉丁的问题。他吸入飓光。

他明白自己体内将腾起一场呼啸的风暴,因为卡拉丁和沙兰都向他描述过。飓光催他表现、催他行动,他无法长时站立。不过,他并没有体会到先前预想的战时激越感。

他感到自己的伤口正在以一种熟悉的方式愈合。他发觉自己有过这种经历。是不是在战场上?现在,他的手臂感觉并无大碍,侧体的伤口几乎不疼了。

"您一开始就上手了,这太不公平。"卡拉丁说,"我花的时间相当多。"

"有人教过我。"达力拿走进厅堂,把润石塞好,"飓风之父称我为'铸契骑士'。"

"这是一支骑士团的名字。"沙兰把手放到一根短柱上,"那么我们三人均是光辉骑士:风行骑士、铸契骑士、织光骑士。"

"还有第四人。"楼梯间的昏暗处传来一个声音。雷纳林走进了明亮的厅堂。他看看他们,又往后一缩。

"吾儿?"达力拿问。

雷纳林依然垂首立于黑暗中。

"没戴眼镜……"达力拿低语,"你把眼镜摘掉了。我原以为你想改换面貌,成为战士,然而事实并非如此,飓光医好了你的眼睛。"

雷纳林点点头。

"那把碎瑛刃,"达力拿上前搂住儿子的肩膀,"你听到了它的惨叫,这就是你在决斗场上所遇到的情况。在召唤瑛刃时,你脑海中响起了叫声,所以你无法作战。为什么?为什么你从来不说起?"

"我原以为自己的头脑出了问题,"雷纳林怯怯道,"可是格里斯他说……"雷纳林眨眨眼,"我是识真骑士。"

"识真骑士?"卡拉丁望望沙兰,她摇摇头。"我御风、她织光、光明贵人达力拿铸契,你有什么能力?"

站在远处的雷纳林与卡拉丁对视。"我明察。"

"这样就是四支骑士团。"达力拿自豪地捏了捏雷纳林的肩膀。风操的,这孩子在发抖。是什么让他这么焦虑?"其余骑士团想必也将回归。我们必须找到那些被灵体选中的骑士。事不宜迟,灭世风暴将临,其破坏程度超出了我们的想象。"

"怎么会?"沙兰问。

"仆族会变形。"达力拿说,"飓风之父向我证实了这一情况。那场风暴一旦袭来,虚渡就会重现。"

"诅咒之地啊,"卡拉丁说,"我要去阿勒斯卡,回赫斯通。"

"士兵?"达力拿喊道,"我已经尽力提醒过人民了。"

"我父母还在家里,"卡拉丁说,"而且镇子的城主配了仆族,我非去不可。"

"怎么去?"沙兰问,"你要全程飞过去?"

"是落过去。"卡拉丁说,"但也差不多。"他在门口停步。

"这会消耗多少飓光，孩子？"达力拿问。

"不知道，"卡拉丁坦言，"可能要很多。"

沙兰看了看达力拿。他们无法提供多余的飓光。不过，那些从军营里转移至此的人们带来了重新注过光的润石，而开启誓约之门需要消耗大量飓光，这取决于传送的人数。在誓约之门的中心屋宇内，点亮灯盏所需的润石数量仅是启动该装置的最低要求——在誓约之门分批传送多人时，这些人所携的宝石也会完全褪光。

"我会尽量筹办好的，"达力拿说，"祝你一路顺风。也许用剩的飓光足以抵达王都，就请你协助那里的人民吧。"

卡拉丁点点头。"我要打点行囊，一小时内出发。"他躬身走出房间，下了楼梯。

达力拿又吸入飓光，感到最后一丝伤痛也消退了。这种过程似乎很容易习惯。

他差遣雷纳林去办事，吩咐他和国王谈话，并征调一些绿宝石布罗姆，以便卡拉丁借去旅行。艾尔霍卡终于携着所有什物，和一群赫达孜人一同抵达了。有一个赫达孜人还扬言自己的名字要被载入阿勒斯卡的帝王谱……

雷纳林急忙去执行命令了。他似乎很想干点力所能及的事。

他已经是一名光辉骑士了，达力拿想道，目送他离开，*我大概不能再差他跑腿。*

风打雷劈的，这的确是真的。

沙兰已经来到窗边，达力拿走到她身旁。这里是塔身的东墙，平坦的一端直面飓风之源。

"千千万万人在外，卡拉丁只有时间拯救少数。"沙兰说，"光明贵人，目前骑士共有四位。在这场极具破坏力的风暴面前，仅有四人在抵抗……"

"这就是现状。"

"好多人会死去。"

"我们会尽力拯救苍生。"达力拿向她转过身,"生先死,光辉骑士。现在,我们立誓要投入这番事业。"

她抿起嘴,仍旧目视东方,却颔首道:"生先死,光辉骑士。"

尾声

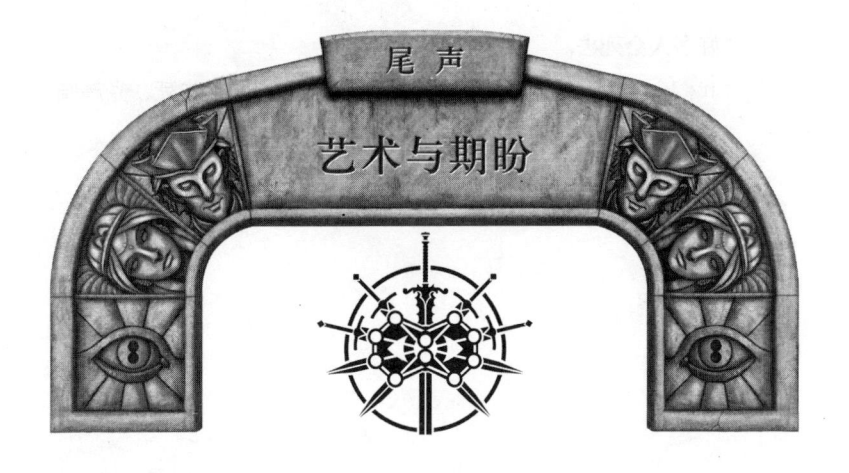

艺术与期盼

"一位盲人正在等待终结时代的到来,"知策说,"同时寻思着自然之美。"

寂静。

"这个人就是我。"知策说,"我的双眼并未失明,被蒙蔽的只是我的心灵。你仔细琢磨琢磨,那句话其实颇具意味。"

寂静。

"要是我的宏篇伟论能让面前的智慧生命心生敬畏、如痴如醉,"他说,"那就更惬意了。"

栖息在旁边石头上的蜥蟹怪蹭了蹭爪子,发出迟疑的声响。

"你当然没错。"知策说,"我的听众通常都不是特别聪明。但这才是话里的可笑之处,我都替你感到丢人。"

蜥蟹怪迅速爬过石面,移到了另一端。知策发出一声叹息。天色已晚,对于出其不意的来访和严肃的哲学探讨而言,本是上乘的时机。他的运气真够背的,这里不见得有谁能跟他辩上几句,也没有人可以拜访,不管是不是出其不意。一条小河在附近汩汩流淌,它隶属于这片异乡怪地上仅有的几条永久水路。绵延的群山向四周伸展开去，沿途的河流为山体划出道道沟壑，山谷中长满了某种奇异的石南。这里几乎找不到树木的踪迹，不过西边的山坡上倒是生着一片名副其实的森林。

几只歌灵贝在附近啼鸣，他取出笛子试图模仿，却不得神韵。这歌声嘶嘶作响，太像打击乐，纵使具有乐感，也不像笛声。

那些生物似乎还在与他一唱一和。谁知道呢？它们或许拥有最基本的智慧，但说到雷沙迪乌马……他为之震惊。幸好世上还有能让他震惊的东西。

他终于放下笛子，陷入沉思。**蜥蟹怪和歌灵贝好歹算得上几名听众。**

"艺术，"他说，"本质上并不公平。"

一只歌灵贝不断地擦出嘎吱声。

"要知道，我们以为艺术即不朽，是某种恒久延续的概念。你也许会说，此乃真理。艺术之为艺术，**因为它本来就是艺术**，并非因为我们说它叫艺术。这话是不是太跳跃了？你跟得上吗？"

嘎吱。

"很好。然而，如果艺术是一样意味隽永、特立独行的不朽之物，那么它为何如此依赖于受众？你肯定听过农夫在妙笔节进宫的故事吧？"

嘎吱？

"哦，这故事其实没有那么伟大，都不用听上第二遍。开头又是老生常谈，一名农夫来到大城市，出了点洋相，结果碰巧遇上王女，还救了她一命，没让别人踩扁她。此类故事里的王女之辈眼神总是不太灵光，根本不会走路。我觉得她们应该去咨询一下某位声名鼎旺的镜片师傅，配上一副合适的眼镜，别继续在大街上乱窜。"

"回到正题，鉴于这个故事是出喜剧，那个农夫便受邀进宫，好领取赏赐。后面的剧情又是一大段流水账，最后以可怜的农夫在厕所里擦屁股收场。他将世上最美妙的画作当成了厕纸，完事后溜达到外面，发现全体光眼种都在盯着空荡荡的画框出神。他们评头论足，赞叹作品的精绝笔触，乐得大笑，又是哈腰又是手舞足蹈，没有多想就转身离去。"

他顿了顿，等待着。

嘎吱？

"咦，你没有听明白？"知策说，"农夫在厕所附近找到了这幅画，想当然地就认为它是用来当厕纸的。光眼种在图殿里见到了空空如也的画框，以为是一件传世杰作。你可能会觉得这故事又蠢又无聊。它本来就是，可这并不妨碍它传递真相。毕竟我也会经常犯傻，可我几乎每时每刻都在说真话，习惯成自然了。

"说到期盼，这才是真正的艺术之魂。要是你给予一个人的东西超出了他的预料，他一生一世都会为你高唱赞歌。要是你有能力创造出希望，并且经营有方，就会取得成功。

"反之，要是你的绝佳身手和老辣技巧已经扬名在外……那就要小心了。艺术创作在大众眼中是一项青出于蓝的活动，假如你交出一份不尽如人意的答卷，哪怕只有一点点退步，你也会立马败下阵来。一眨眼的工夫，你便一无是处。有个人在泥土中发现了一枚硬币，对着它念叨了好几天；可当他继承遗产，察觉其数目比预期的数目少了百分之一，他便宣称自己被骗了。"

知策晃晃头，起身掸去外套上的灰尘。"赐我一名听众吧，他只消过来找乐子，无须胸怀什么特殊期盼。对他们来说，我就是神一般的存在。据我所知，这是最有力的真相。"

寂静。

"你瞧，为了创造戏剧性的效果，"他说，"我可以来点音乐。有人即将大驾光临，我要准备好迎接。"

那只歌灵贝殷勤地再度献声。知策大吸一口气，摆出一副契合此刻气氛的姿势,慵懒地期待着,浑身都透出叫人难以招架的自命不凡和处心积虑的睿智博学。毕竟他确实享有盛名,所以他索性努力不辜负这等角色。

在他身前,临近地面的空气突然一阵搅动,仿佛经过加热。一束光环绕而过,一道光圈显现出来,形成一堵五六尺高的界墙,充其量只是一道残影,瞬间便消失不见,就如某种疾速转圈的发光体。

迦熙娜·寇林昂首站在光圈的正中央。

她衣衫褴褛,头发编成一股易于打理的辫子,脸上满是灼伤。她曾经穿着一条上好的裙子,只是已被扯得七零八落。她把褴褛的下摆卷到膝盖处,还戴着一只用拼凑的料子缝成的手套。说来也怪,她挎着某种皮制肩带,还背了个背包。她在启程时估计并未携带这两样东西。

她发出一声长叹,望向站在旁边的知策。

他朝她灿烂地一笑。

她猛地探起手,胳膊周围萦绕着雾气,一把又细又长的剑随即成形,剑尖直指知策的脖颈。

他扬了扬眉毛。

"你是怎么找到我的?"她问。

"你在那一边惹出了不小的麻烦。"知策说,"灵体已经很久没有接触过活生生的人类了,更何况又是如你这般难搞的角色。"

她愤恨地呼出一口气,把碎瑛刃再往前一送。"告诉我你究竟知道些什么,知策。"

"我曾经费了大半年时间困在一个偌大的胃里,被慢慢消化。"

她冲他皱了皱眉。

"这的确是我知道的一件事啊。你在恐吓别人时应该说得更清楚些。"他往下一瞟,只见她晃动着碎瑛刃,剑尖不停旋转,仍旧指着他,"要是你那小刀能对我造成什么实质性威胁,我会吃上一惊的,寇林。不过你大可以把它挥来挥去，随你的便。你这么做了，也许会觉得自己更重要吧。"

她端详着他，手里的剑倏地归于雾气。她放下手臂，说："我没工夫跟你多费口舌。一场飓风要来了，甚为可怕，虚渡会被引至……"

"飓风已经来了。"

"诅咒之地啊。我们必须找到乌有斯麓——"

"已经找到了。"

她一时语塞。"光辉骑士团——"

"已经重组了。"知策说，"其中有一部分是你学徒的功劳，我得说那姑娘和你比起来，要可爱百分之七十七之多。我做过调查。"

"你撒谎。"

"好吧，那其实是一次相当非正式的调查。可这只丑陋的蜥蟹怪确实给你打出了极低的分数——"

"我指的不是这个。"

"迦熙娜，你知道我不会撒这种谎，你是明白人，所以才会觉得我很讨厌吧？"

她仔细打量着他，随后叹了口气。"这的确是一大理由，知策。我对你的讨厌形同滔滔江水，而这只是区区一滴水的分量。"

"你会这么说，只是因为你还不了解我。"

"未必。"

"你根本没有看透我。**如果你确实了解我，那被讨厌浸透的滔滔江水定会变成汪洋大海。**先不管这些。我知道很多你不知道的事情，**而我相信你没准真的知道一些我不知道的事情。**我们应该通力协作。要是你能控制一下自己的讨厌之情，我们说不定都能学到东西。"

她上上下下地打量他，然后抿起嘴，点了点头，径直前往离此地最近的城镇。这女人的方向感还真不错。

知策连忙追上她，走在她身边。"你想必已经意识到我们从这里出发至少需要一周才能抵达有人烟的地方。你运用异唤术，好端端的地方不去，竟来到这片穷乡僻壤，至于吗？"

"我出逃之时情势危及，能抵达这里已是万幸。"

"万幸？换做我，我可不知道自己会不会这么说。"

"为什么？"

"你还是待在那一边为妙，迦熙娜·寇林。灭世已临，这片大陆的末日也不远了。"他看看她，"抱歉。"

"别抱歉，"她说，"这还要看看我能补救多少。飓风已经刮过来了？仆族变形了吗？"

"飓风已经刮起。"知策说，"今晚，飓风就会袭向深国，继而横扫大陆。我相信仆族会因此而变形。"

迦熙娜在原地停步。"现在的情况不同于以往，我在那一边有所收获。"

"你言之不虚，这次事态有变。"

她舔舔嘴唇，老练地掩饰了自己的焦虑。"如果状况和从前迥异，那么我所知晓的一切可能是错误的，轩灵的言论也不一定准确，我寻求的记载也许起不了作用。"

他点点头。

"我们不能依赖于古文献。"她说，"人类所谓的神只是虚构出来的，所以我们不能听天由命，更不能回溯过去。那么我们能往哪里看？"

"你还真笃定这世上没有神。"

"全能之主已经——"

"哦，"知策说，"我指的不是全能之主。塔那万斯特是个好家伙，有一次还请我喝酒，但他不是神。迦熙娜，我能理解你的怀疑精神，但我并不苟同。我只是觉得，你一直在寻觅神的踪迹，却找错了地方。"

"那就得让你来告诉我了。在你心目中,我该去哪里寻觅神?"

"哪里能找到这场灾难的救赎,哪里就能找到神。"知策说,"神栖居在人类的心中。"

"真稀奇。"迦熙娜说,"我认为你这个观点其实值得肯定,不过我的理由和你不一样。此行也许未必会像我预想的那么糟糕。"

"也许吧。"他仰望漫天繁星,"不管怎么说,这个世界在走向终结时至少选择了一方美丽的夜空……"

(本卷完)

尾注

"华光之风近临，绝命风暴临近风之光华。"

这段回文诗作于1174年第一月第一周第一天，时逢出光日。纳瓦妮·寇林将此作为日记封面的装饰，她在文中现身说法，叙述了神神导致天世风暴降临的事件。

该诗所描绘的铭文形如两场相撞的风暴。

—纳兹

秘典

十元素及其历史渊源

数	对应令使	宝石	元素	对应体征①	擅长塑魂术	主/从神性
一	杰泽雷泽	蓝宝石	天风	吸气	轻烟，空气	保护/领导
二	纳兰	烟晶石	水烟	呼气	浓烟，雾气	学识/给予
三	恰娜兰娜奇	红宝石	火花	灵魂	火焰	勇敢/服从
四	维德蕾德芙	钻石	光晶	眼睛	石英，玻璃，水晶	爱/治疗
五	佩莱阿	绿宝石	木纤	头发	木头，植物，苔藓	正义/自信
六	莎拉什	石榴石	青血	血液	血，一切非油类液体	创意/诚实
七	巴忒阿	锆石	膏脂	油脂	所有油类	智慧/谨慎
八	克勒克	紫晶	金箔	指甲	金属	决心/建设
九	塔拉内拉塔	黄玉	地骨	骨骼	岩石	可靠/机智
十	艾什	金绿柱石	肉筋	皮肉	皮肉	虔诚/指引

上表罗列了沃林教的传统符号与十元素的关联，并不详尽。这些符号组合起来，即构成全能之主的双瞳眼，这是一只有两个瞳孔的眼睛，是全能之主创造动植物的象征。经常与光辉骑士联系到一起的沙漏也是这种形状。

古代学者还在该表中加入十个光辉骑士团以及十令使，让他们分别对应相应的数字和元素。

---

①我时下认为，"对应体征"这一概念更似一种哲学上的解读，而非单纯指向对应的神能及其表现形式的切实性质。

我目前还不能确定，共分十级的虚魂术、或者它的近亲古魔法，是否也可纳入这张表格，以及该如何纳入。我的研究表明，应该还存在另一种比虚魂术更玄奥的魔法体系，也许那就是古魔法。但我开始怀疑，那是另一种截然不同的魔法。

关于法器的制造

迄今为止，已知的法器共有五类。法器团体牢牢把守着有关其制造方法的秘密，但看起来它们都是现代科学家心血的结晶，而非古代光辉骑士所使用的、更加神秘的飓能术。我愈发笃信法器的制造与当地团体所言的"灵体"息息相关，它们是人类意识的具现，将灵体困于法器中就可以驱动其运作。

变化类法器

增幅型：此类法器可以增强某种事物，例如生成热量、疼痛乃至微风。和所有法器一样，它们靠飓光提供能量。增幅型法器的效力似乎对力量、情绪和感官最为明显。

雅克维德人发明的所谓半瑛甲就是用这类法器制成的。他们在金属板后附上增幅型法器，以增强其牢固程度。我见过多种使用不同宝石的此类法器，我猜想，安装十种宝石的任何一种都可以。

衰减型：这类法器的效果与增幅型相反，适用范围和后者类似。愿意与我分享秘密的法器学者相信，法器科技还有极大的潜力可挖，尤其在增幅型和衰减型法器的领域。

配对类法器

联动型：为红宝石注入飓光，将其一分为二，通过某种我目前还不清楚（但有所猜想）的方法，可以创造一对联动的宝石。两部分宝石具备远距离同步联动功能。对芦是最常见的联动型法器之一。

联动型法器能维持同样的力。例如，如果其中一件附在一块沉重的石头上，扛起这块石头需要多少力气，扛起另一件联动的法器也需要多少力气。至于两部分能在多远的距离下保持联动，似乎取决于制作过程和工艺。

反联动型：用紫晶替代红宝石，能制造出反联动型法器，其联动作用是相反的。例如，抬起其中一件，另一件就会被往下压。

该型法器问世不久，学者已开始发掘其各种可能的用途。它们似乎存在一些预料之外的局限，但我尚未发现那究竟是什么。

警示类法器

这类法器只有一种，俗称"警示器"。警示器可以在附近出现某种物体、感觉、感官或现象时发出警示。这类法器的内核为金绿柱石。我不知道其他宝石是否可用，也不知道为何要使用金绿柱石。

这类法器的有效警示范围取决于你可以注入的飓光量，所以作为内核的宝石的大小至关重要。

风行骑士和风行术

通过白衣刺客所具备的一些奇能异术的报告，我顺藤摸瓜，找到一些资料，我相信这些资料基本不为人知。风行骑士乃是光辉骑士团的一支，他们使用两大类别的飓能。这些飓能的效用被该骑士团成员划分为三种风行术。

基础风行术：改变重力

这是该骑士团成员最常用的风行术，但并非最易施放（最易施放的是下文要介绍的捆缚风行术）。基础风行术可以撤销施法对象与脚下大地之间的重力灵缚，暂时将之与其他物体或方向束缚在一起。

这种风行术能有效改变重力方向，扭曲大地的能量场。透过基础风行术，风行骑士可以飞檐走壁、将其他物体或人甩上半空，或者制造类似的效果。风行骑士队对该法术的进阶用法是将自己的一部分质量束缚到上方，从而达到身轻如燕的效果（从纯数学角度讲，向上束缚四分之一的质量即可减少一半体重，向上束缚一半的质量即可创造失重）。

多重基础风行术可以使物体或人体受到两倍、三倍乃至更多倍的重力牵引。

捆缚风行术：将物体捆缚在一起

捆缚风行术或许看起来和基础风行术非常相似，但作用原理截然不同。后者操纵重力，而前者操纵束缚力（光辉骑士称之为束缚飓能）。我相信，该种飓能也许和大气压力有关。

为施放捆缚风行术，风行骑士需要将飓光注入到施法对象中，然后将其与另一个物体按在一起。两个物体会紧紧粘贴，其结合力极大，几乎不可能分开。事实上，大部分材质的强度都低于这种结合力，哪怕物体本身断裂，结合也不会被打破。

逆转风行术：使对象成为重力源

我相信，这实际上是基础风行术的一种特殊形式，它消耗的飓光在三种风行术中是最少的。施行这种风行术时，风行骑士对某个物体注入飓光，并用意念指挥它，使其产生引力，吸引其他物体。

这种风行术会在施法对象周围创造一个界域，模拟物体与地面的重力灵缚，正因如此，该风行术对接触地面的物体很难起效，因为在那种情况下，其与大地的灵缚力最强；另一方面，在下坠或飞行中的物体最易受其影响。当然，其他物体也可以受该法术影响，只是需要风行骑士使用更多的飓光和掌握更高的技巧。

织光术

飓能术的第二种形式是三界宙通行的致幻技巧，涵盖光与声的操控。与盛行于瑟尔[1]的幻术[2]不同，此法术相当注重灵力，飓能者不仅需要预先在脑海中勾勒出完整的画面，还需要与之产生一定层次的交流。织光骑士创造出的幻景不只源于想象力，更源于他们的创造欲。

从多方面来看，柔刹织光术是最接近于尤伦[3]原始织光术[4]的法术，这让我欢欣鼓舞。我想深入研究，希望能完全理解它与感知力和灵力的关系。

---

[1] 瑟尔：三界宙中的一颗星球，《伊岚翠》和《皇帝魂》的世界。
[2] 幻术：指《伊岚翠》中描画艾欧符文的法术。
[3] 尤伦：三界宙中的一颗星球，古人类和初代十六神瑛的起源地，名称取自珍·尤伦（Jane Yolen），是对该奇幻作家的致敬。
[4] 原始织光术：各类纯粹的幻象魔法统称为织光术（Lightweaving），《飓光志》中织光骑士使用的同名法术是后期的变体，有更多限制。

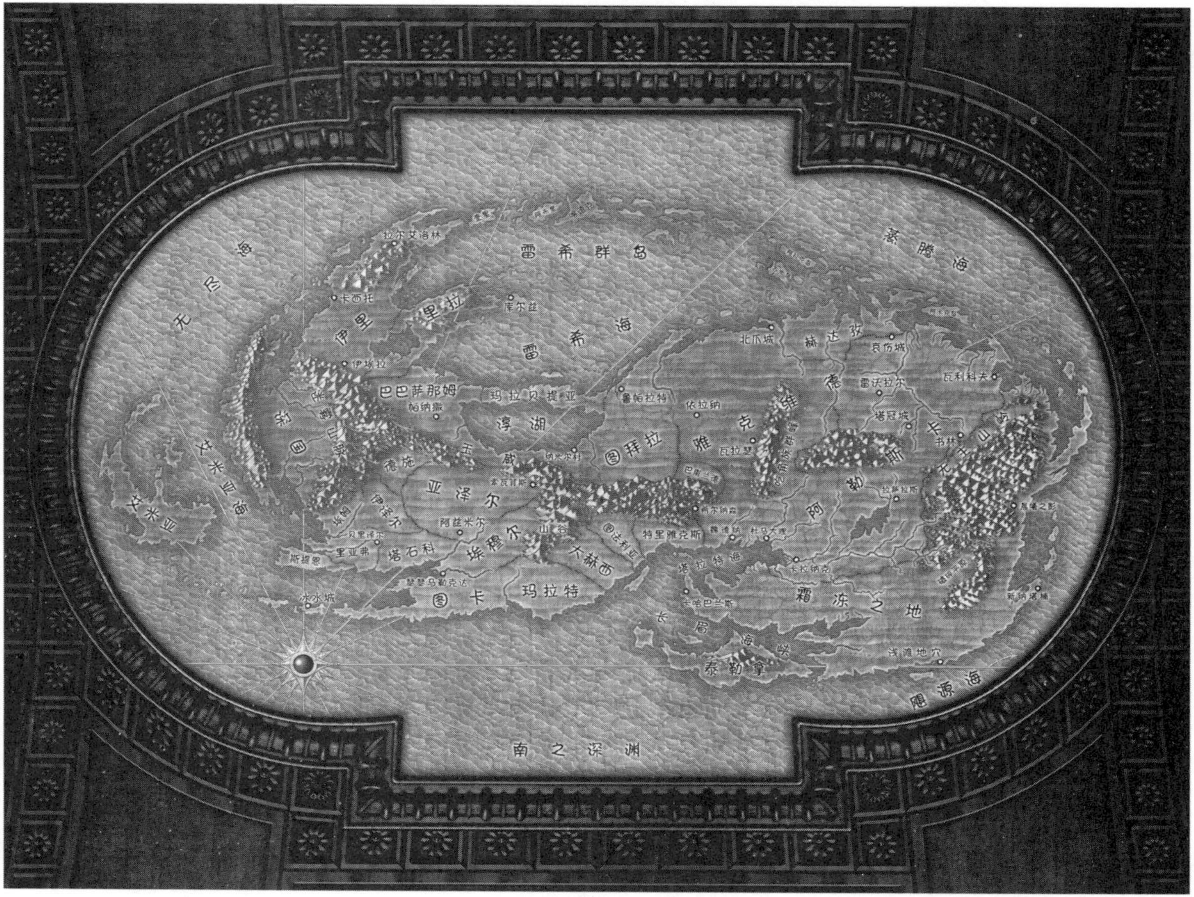